ZHEBEIZI GANGEMING

李　宁◎著

时代出版传媒股份有限公司
安徽文艺出版社

图书在版编目(CIP)数据

这辈子　干革命/李宁著. —合肥:安徽文艺出版社,2017.3
ISBN 978-7-5396-5868-1

Ⅰ. ①这…　Ⅱ. ①李…　Ⅲ. ①长篇小说-中国-当代
Ⅳ. ①I247.5

中国版本图书馆 CIP 数据核字(2016)第 235143 号

出 版 人:朱寒冬
责任编辑:岑　杰　　　　装帧设计:徐　睿

出版发行:时代出版传媒股份有限公司　www.press-mart.com
安徽文艺出版社　www.awpub.com
地　　址:合肥市翡翠路 1118 号　邮政编码:230071
营 销 部:(0551) 63533889
印　　制:安徽联众印刷有限公司　(0551)65661327

开本:700×1000　1/16　印张:28.75　字数:350 千字
版次:2017 年 3 月第 1 版　2017 年 3 月第 1 次印刷
定价:38.00 元

目录

第一章 冤家路窄

一 栓娃

顾顺家拨开挡在眼前的草棵，充满了血丝的眼睛死死盯住十几米外两个半大孩子中的一个，那孩子头上罩着一顶红军帽，正坐在一个火堆前烤东西。

“栓娃！”顾顺家在心底狠狠地咀嚼着这两个字，一股仇恨的怒火升了上来。

昨夜红军攻打石桥镇，顾顺家从梦中惊醒，差一点就小便失禁。枪炮声持续了一个小时，红军没有攻进来。

石桥镇工事坚固，有两座用大石块砌的炮楼，一座在镇口，一座就在自家的顾家大院门口；除了东边大沙河是天然屏障，石桥镇三面都建有高墙壕沟。

岳山县其他乡镇的土围子都没有石桥镇的坚固。硬件好，软件也强，守军是一个连的保安团。这一切，全仰仗顾顺家的大哥，岳山县保安团团长顾顺国。

红军没打进来，但也没撤退，双方僵住了。

为了以防万一，顾顺家的老爹顾老财决定把小儿子送出去。

顾顺家在汉口上学，半个月前回来给他爹过六十大寿，正事已完，顾老财打算让他去城里大儿子家住几天再返回汉口，没想到偏偏被“赤匪”堵在镇子里了。要是有个三长两短的，那顾家的香火怎么延续？

顾老财已经年过花甲，是方圆百里的首富，有钱，但也有一本难念的经。老大顾顺国结婚多年，没有子嗣。顾老财从此有了心病：顾家的血脉也许就要靠小儿子承担了，所以这小儿子无论如何都不能有什么闪失。

镇口的枪声又响起来，顾老财不再犹豫。

“顺家啊，你过来！”顾老财招来了心神不宁的顾顺家。顾顺家皮肤白皙、高鼻梁、大眼睛、细薄嘴唇，用当年的时髦词形容，就像戏文里的祝英台。

顾顺家梳了一个城里学生流行的对开小分头，身穿小立领黑细布学生装，左胸口袋里插了一支亮亮的派克金笔，虽然只有十七岁，但细长的个头已经比顾老财高出了半个脑袋。

“你到镇外先躲一夜，镇子要有什么闪失，你立刻到县城找你大哥，让黑二混子和瘦猴跟着你，好不好？”

“那爹您呢？”顾顺家是孝子，舍不得爹爹。

“我老胳膊老腿的跑不动了，我还要看着这家。”

顾老财叫来黑二混子和瘦猴，嘱咐他们一定要把小儿子带出去，哪怕先在空空的野地里待着，也比在院子里瞅着子弹横飞强。

黑二混子粗粗壮壮，是顾家最得力的打手，瘦猴鬼点子多，两人在顾家都有七八年了，是顾老财最放心的家丁。

“老爷放心，”黑二混子把手枪顶上子弹，“我们带他从镇子后面的暗道里出去，我听那边没有枪声。”

精细的瘦猴给顾顺家换了一身庄户人穿的衣服，又在他白净的脸上抹了两把灶灰，这才放心出了后门。

黑二混子在前瘦猴在后，两人夹着顾顺家一出门就向北跑，刚过了第二个巷口，碉堡上的机枪声忽然没了。

片刻的安静中，黑二混子听见前面有杂乱的脚步声，他赶紧示意身后人躲避，瘦猴眼疾手快，把顾顺家拖到就近的一个草垛后面躲藏。

三人刚藏好，一队拿枪的红军就从他们躲着的草垛前跑过来。

刚到草垛边，脚步声忽然都停了，只听一个声音在问：“栓娃，还有多远？”

“过了前面这个巷子，就是顾老财家的后院门。”答话的是脆脆的童声。

“全体准备！”

一阵拉枪栓的哗啦声，第一个声音又响起：“栓娃，等你带路呢，你干吗啊？”

“我撒泡尿。”

响起了一阵哗啦啦的水声，随之跟来一股尿臊味，顾顺家赶紧屏住呼吸。

“好了，走。”那个叫栓娃的说。脚步声随之又起，听声音人数不少，草垛后面的三个人六只眼相互对望着，心中各自打鼓。

“爹爹危险了，你们……”顾顺家话刚出口，就被瘦猴一把捂住了嘴。

顾顺家被两人拖着拽着拉到镇子北头，枪声已经从顾家大院的方向传来了。顾顺家不由得哭出声来：“爹！”

栓娃。带路的那小子名叫栓娃！这个名字刻在顾顺家的心里了。这个叫栓娃的小子眼下就在自己的面前，顾顺家紧紧地攥住了拳头。

……

顶着红军帽的栓娃哪知道附近还有仇家盯着他，他一面带着小伙伴顾大宝烤斑鸠，一面吹嘘自己的光辉战绩：“你不知道，昨晚我可露大脸了……”

栓娃是小名，他姓周，大名叫周长河，家住河东周家湾。栓娃今年十四岁，人还没长开，小瘦脸尖下巴，凸脑门扁脑勺，大眼眶里滴溜溜地转着两粒黑眼仁子，高鼻梁翘嘴巴，嘴角一撇，露出的都是鬼主意。

周家湾人都姓周，全村一个家族，到栓娃这一辈，已经传了二十四代了。上十六代的周家老祖宗给下十六代的子孙定了族谱，共十六个字：“星辰辉光，永远久长，四体方园，风雨吉祥”。

栓娃这一辈在十六个字中排第八，是“长”字辈，这一辈的男人大名中间都有一个“长”字，比如他叫周长河，他的一个堂哥叫周长山，还有一个堂哥叫周长金。

“长”字辈的父辈是“久”字辈，栓娃爹的名字叫周久财。

周家湾是苏区，政府叫苏维埃，下面有农会，有赤卫队，有妇女队，还有儿童团。栓娃就是周家湾的儿童团团长。周家湾的农民都参加了农会，只有栓娃爹周久财不愿意参加。周久财不参加农会有理由，打土豪分田地是穷人的事，他不算穷人。周久财不算穷人也不算富人，他家有五亩水田，够吃够喝。相比那些只顾埋头在土坷垃里刨食的兄弟侄儿，周久财的脑瓜子活络一些，他深知种粮只能得粮，而生意才能来钱的道理，所以他把自家田地交给别人代种，自己常年挑着担子横穿大别山，到汉口贩些小商品，回到石桥镇上卖。

老子不参加组织，可儿子却当了儿童团团长，这是个很奇怪的事情。栓娃这个团长不简单，他还是全村的孩子“民选”把他选上的。为啥？因为栓娃有真本事。

第一个真本事，他认字。认字这事要感谢他爹，周久财花钱让栓娃在石桥镇读了三年私塾。第二个真本事，栓娃有绝活。他的绝活还不止一个。

第一个绝活：打一手好弹弓。

农村孩子有弹弓不稀罕，折一根“丫”形的树枝就能做弹弓，可栓娃的弹弓属于奢侈型的，用黄杨树杈做弹弓架子，涂了桐油，打磨得溜滑光亮；弹皮是他爹从汉口带来的黄色皮筋，一股股拧起来，韧性十足，弹出的泥球三十米内直直的，不带抛物线；他打的弹丸都是自己亲手做的，全用当地腌鸭蛋的红黏土，洒水和泥搓圆晒干，又硬又匀称，大小个头都一样。

有好家伙还要会使，栓娃的准头是天生的，什么麻雀斑鸠燕子乌鸦，遇见了他那就算是遇见了鬼。在周家湾跟栓娃玩到大的孩子，还有石桥镇跟他一起上学的孩子谁没吃过栓娃打的斑鸠？他把打下来的斑鸠用泥巴一糊，几根柴草堆起来一烧，整个一叫花鸡的感觉。就这一手，栓娃就笼络了周家湾和石桥镇上的一帮孩子，包括眼前的顾大宝。

第二个绝活说起来不雅：打架掐人家小鸡鸡。

按说男孩子打架算不了绝活，何况栓娃身材一般，属于只有骨头没有肉的小骨架，力气也不算大，但他打架总胜，绝活就是掏对手裤裆里的小鸡鸡。这打法虽然有点损，可就能出奇制胜。

小鸡鸡的重要性栓娃是听他奶奶说的。那时栓娃还小，裸身子光屁股，裆下夹着一根树枝和一群孩子玩骑马打仗，不小心摔一个马趴，把裆下的小鸡鸡挂了一个血口子。那时栓娃奶奶还在，她一面摸着孙子的小鸡鸡一面心疼地说："孙子哎，这可是你的命根子，可得护好了！"为此周久财还被他娘臭骂一顿，急急忙忙背着儿子跑了七里路，到石桥镇找顾大宝的父亲，镇上最有名的顾郎中给栓娃看小鸡鸡。

周久财自己就是独养单传，他十七岁就娶亲，他娘给他娶了个姓杨的媳妇，大他三岁，本想抱一个金砖，谁知道十好几年，连个石蛋也没见着。好在石桥镇的顾郎中和他交好，给他老婆开了一大堆苦药，周久财三十岁的时候老婆怀胎，十个月后生下了栓娃。这一辈眼看又是一个单传，小命根子受伤了那还得了？就在栓娃到石桥镇看小鸡鸡的当口，他奶奶剪了自己的一件大褂给孙子做了两条短裤，再也不让他光屁股出门了。

从这一系列的事件中，栓娃知道了小鸡鸡的重要性，于是他把这种常识运用到打架中，就是拼着挨上对方两拳，他也要直扑对方裤裆，直接攻击对方的命根子。他下手狠、准，不管对手身材瘦小还是牛高马大，一被掐住就会立马瘫倒。那几年只要是打架，总有村里的大人带着捂着裤裆的小孩来周久财家告状。告也白告，只要有栓娃奶奶在，周久财不敢动他儿子一个指头。告状的总是告诫自己的孩子："别再跟栓娃那小子打架，坏了自己的命根子！"

栓娃奶奶去世之前，村里的孩子很少有人敢和栓娃打架，这让栓娃的威信大长，儿童团团长非他莫属。周久财根本不想让儿子干这个团长，但遭到了全村人的反对，想想也罢了，反正也就是一个孩子王，只当小孩玩家家了。没想到这一玩，玩出大事来了。

要按栓娃吹出的牛皮，昨晚红军打石桥镇失利，是他一举挽救了危局。

二　石　桥

石桥镇隶属岳山县，岳山县在皖西。发源于金刚峰山脉的一条大沙河从豫东南一直流入皖西，河流横穿岳山县境，把岳山县分为河东和河西。

石桥镇在河西，周家湾在河东，连接两岸的是一座大石桥。石桥镇名字的来源，也正是因为这座大石桥。

大石桥是清朝同治年间由顾老财的爷爷主持修建的，那时的石桥镇还是个村子，因为住的都是顾姓人家，起名叫顾家村。顾家村的东面紧贴着大沙河，大沙河水面宽约百米，平时河水清澈，深处可没人头顶，浅处只到人的小腹。

别看大沙河的河水平时安静得像个姑娘，可一旦上游下大雨，大沙河立马就会变成一个咆哮的莽汉，一泻而下，汹涌澎湃。大沙河流域的地势也很特别，河东的地势高，河西的地势低，因此顾家村的人饱受水患之苦，和对岸的周家湾相比，顾家村穷，周家湾富。

顾老财的爷爷是顾家族长，决心要带领全族老少在河西修堤建坝，以防水患。修堤建坝需要大量石料，这些石料又必须到河东的观音山上取，观音山山脚下的周家湾就放出话来，顾家可以上山取石料，但必须在大沙河上修桥一座。

顾家全族经过商议，接受了周家湾的条件，先集资修石桥，然后运石料。最近的路是从顾家村中部直接修一座桥，直通对岸的周家湾，只有四里地。可建好的大石桥并不是从两村之间穿过，而是在南边绕了一个大圈。

有捷径为啥不用呢？因为来了一位风水先生，这位风水先生站在河边单眼一眺，说石桥要修就必须正对河东观音山的山梁，这叫正拜观音，对顾家大吉大利。风水先生还悄悄对顾族长耳语，只要按他的话而行，他保证顾家三代之内变成本地首富。顾族长听后大喜，于是石桥就修在了离现在镇口两里之外的地方。

这样一来，一个弯道就多出了三里路，现在从石桥镇到周家湾，要走七里路。

经过几年修建，顾家村沿河修了结实的堤坝，那个风水先生也说准了，大石桥建成之后，顾老财家真是年年丰产，代代发达，顾家村在几十年的光景中就从一个小村落变成了河西重镇，民国之前改名为石桥镇。

风水转了，到了顾老财这一辈，河东观音山一片百分之八十的土地都成了顾老财家的私地，周家湾百分之九十的农民都成了他家的佃户。

风水转来也会转去。到了1929年，天地惊变。

共产党领导的“闹红”风潮席卷整个大别山区。岳山的立夏节暴动以河东观音山山脚下的周家湾和杨营子两个村为中心点，向河东的十乡八村蔓延。河东一带的农民大多是顾老财家的佃户，暴动的农民喊着“打土豪，分田地”的口号，冲过了大沙河上的大石桥，眼看就要冲进石桥镇的顾家大院，幸亏顾顺国带着保安团及时赶到并拼力阻挡，这才保住了顾家大院。

立夏节暴动之后，岳山县就以大沙河为界，形成了红白两区，共产党在河东成立了岳山县苏维埃政权，河东各村都成立农会赤卫队。顾顺国也发动河西各村的地主老财们出钱出力，建立大刀会和白枪会，和苏区沿河对峙。

河东农民暴动之后，顾顺国几次想把大石桥炸掉，都被顾老财拼死阻拦。

“这座桥是我们顾家祖宗建的！拆桥？你还不如把我的老骨头拆了！”顾老财抖着胡子，对着大儿子叫着。

又迷信又守财的顾老财既不愿意拆桥，也不愿搬家，顾顺国无法说服自己的老爹，只好退一步，在石桥镇上修碉堡筑高墙，还加派了一连保安团守卫，大石桥就成了一个分界线，桥的两端成了真空，两边的人马谁也不敢擅自上桥。

随着革命形势的发展，河东的苏维埃要对河西的反动派动手了。

前天下午，大沙河对岸的岳山县苏维埃黄主席开了一个会，作为周家湾的领导干部之一，栓娃参加了这个会议。周家湾的干部团队一共五人，农会的正、副会长周五叔和十三叔，赤卫队队长周长山，妇女队队长杨山杏，还有儿童团团长栓娃。

黄主席传达了县苏维埃的指示，明天夜里，红军豫皖边第九游击师要偷袭石桥镇，打掉大土豪顾老财。此话一出，群情激奋。任务很明确，红军打下石桥镇之后，农会和赤卫队负责顾家大院里面的物资运输，妇女队帮助照顾伤员，儿童团负责大石桥上的站岗放哨。

黄主席宣布了地点：“明晚二更天，大石桥东头集合。”

三 狗洞

石桥镇上有一个私塾，栓娃曾经在这个私塾上学三年。私塾后院有一个茅房，茅房里有一个狗洞，方便外来的野狗钻进茅房吃屎。狗洞是私塾老先生有意为之，这样野狗有了狗粮，茅房也不用打扫了。

私塾只有一位教学老先生，他有自己的教书规矩，自己少说，学生多背，空出时间还能眯一会。读私塾的学生中，栓娃明显属于皮猴一类，逃学打架是家常便饭，茅房里的狗洞成了他带着孩子们逃课玩耍的通道。就是因为总是钻狗洞出去玩耍，栓娃不知道挨了老先生多少板子。可他从来都没有想过，这个狗洞会为他带来荣耀。

昨儿夜里二更天，栓娃带着儿童团团员来到大石桥下，桥头集中了不少农会会员和赤卫队队员，见面还没说话呢，就听见镇口响起激烈的枪炮声。

"不是说要偷袭吗？怎么就打起来了？"栓娃在心里嘀咕。

枪炮一响，等在桥下的人心里一阵紧张，枪炮声越来越激烈，他们从紧张变成了兴奋。也不知道过了多久，枪炮声忽然停了，不知道谁嚷了一句："红军打进石桥镇了！"也没有人发动，众人不由自主地向桥西跑，一时间，桥上人满为患。栓娃没忘记自己的职责，他立刻吩咐手下布置哨位。儿童团的岗哨刚刚设好，跑到河西的人呼啦啦又回来了，一个个垂头丧气，他们还背扶着十几个红军伤员。

"怎么都回来了？"栓娃问赤卫队队长，他的堂哥周长山。

"炮楼上火力太猛，打不进去，红军让我们先退回来。"周长山气喘吁吁。

"这么熊啊？保安团都打不过？"栓娃感到吃惊。

"两个指挥的在吵架呢，说不定都能打起来。"周长山无奈摇头。

"有打架的！"栓娃的黑眼珠子滴溜乱转了几下，他是个哪热闹往哪凑的主，有吵嘴打架的哪有不赶紧去围观的道理？所以他拔腿朝桥西跑，周长山一把没拉住他："你去哪？前面危险！"

石桥镇镇口的正南方，一个土坡后面，是红军的集结地，此时有两拨人正在对峙，为首的两人一个粗壮，一个黑瘦，正在张口对骂。

"奶奶个熊的杨泽田，你这熊人搞的什么熊情报？这是一个连的火力吗？

他娘的两个连也不止！”粗壮的大汉挥着手中的驳壳枪，吐沫星子乱喷。

黑瘦的抹了一把脸上的吐沫，直接把手指点到对方的鼻子尖：“娘了个腿的冯大柱，破坏战斗方案的就是你！我还没偷袭，你进攻个屁！”

“谁说进攻一定要你到？我是战斗总指挥，怎么指挥我说了算！”

“狗屁个指挥！看看你这些熊兵架势！你这是偷袭吗？你这是找死！”

“要是按你的情报，保安团那几个人还用得着我偷袭？你看看！自己看看那碉堡里有多少机枪！奶奶个熊的，你要是我部下，我现在就崩了你！”

“就你崩我！你打的这个烂仗，许师长不砍你的‘葫芦瓢’，我杨泽田摘了裤裆里的两个蛋给你当球踢！”

“老子有，不稀罕你那两个臭蛋！”

……

两人一声比一声高，冯大柱身后的士兵多，卷袖子露胳膊准备给自己的头帮忙。杨泽田身后的战士也不含糊，整个一打群架的架势。

“他不就是个排长吗？敢和俺们营长顶嘴？”冯大柱的兵叫着。

“俺们侦察排归许师长管，你们营长算个屁！”杨泽田的兵也不示弱。

“反了天了！再红也是个排长，老子帮营长揍他个龟孙子。”

没等战士们上前，冯大柱和杨泽田已经吵得不过瘾了，冯大柱把手里的枪别在腰里，一把抓下帽子扔在地上，杨泽田也忙着解上衣扣子，两人揪住对方，像两个斗架的公鸡一样要开打。就在此时，他们身边响起一个稚嫩的声音：“大老表！你们别吵了，前面打不过，我带你们到后边掏他小鸡鸡！”

已经揪在一起的两人顿时停手，不约而同地朝发声的方向看去。

月光下，一个半大小孩提着红缨枪站在战士中间。黑瘦的杨泽田一愣：“栓娃？你跑来干吗？”

栓娃是杨泽田的表弟，他娘是杨泽田的亲姑。

“帮你们打仗啊！我知道有一条后路，带你们去捣顾老财家的后腚门！”

停手的杨泽田松开了冯大柱，他一把抓住栓娃的肩膀：“你说的路在哪？”

"我带你们去，这黑灯瞎火的你们摸不到。"

"屁话！"杨泽田骂他，"这石桥镇哪条路我不熟？还用你带？"

"你熟你自己去吧，我走了！"

没想到自己的大老表这样不相信自己，栓娃悲愤了，自尊心受到了重重的打击，他拨开杨泽田的手掉头就走。没想到冯大柱上前，一把抓住他。

"等等，我相信你，我跟你去！"

"走。"栓娃答得干脆。

独立营营长冯大柱长得粗壮但不是莽汉，别看他和杨泽田又吵又打，其实他比谁都心虚。"奶奶个熊的！老子这个'葫芦瓢'可能真保不住了。"

"葫芦瓢"是红军豫皖边第九游击师师长许松涛对脑袋瓜子的"尊称"，打仗的时候他总是在叫："完不成任务，老子砍你的葫芦瓢！"红军的最高军法就是刀砍葫芦瓢，没办法，子弹金贵，要节省每一颗子弹。

战斗打响没多长时间，冯大柱就觉得自己的后脖颈子凉飕飕的。师部制订了作战计划，师部侦察排排长杨泽田带人先化装混进石桥镇，从里面来个中心开花，而后他冯大柱再率部队冲锋。

杨泽田还没到，冯大柱的部队先期到达石桥镇镇口，阵势也摆好了。

"奶奶个熊，对面只有一个连，还是保安团，我们一个营捻也把他捻碎了，要他侦察排干熊啊！"说这话的人是冯大柱的前卫排长，"奶奶个熊"是他们西北军骂人的口头禅，岳山本地骂人的口头禅是"娘了个腿的"。

冯大柱原是国民党西北军的一个连长，在战场上率部起义参加了红军，自打戴上红军帽之后，他已经在大别山打了十几个地主土围子，每次都没用到一个连，他带人用机枪、手榴弹一阵猛轰，后面的赤卫队和农会就挑着箩筐来分粮分钱，除了和国民党正规军打过几场硬仗，他冯大柱就没有碰到过对手。

而这次不同，师长许松涛专门开了作战会议，侦察排排长杨泽田在会上一直强调石桥镇特殊，说这里是岳山保安团团长顾顺国的老家，顾顺国在镇里摆了一个连，有两挺轻机枪，镇子三面都修了高墙，还建有两个碉堡，一个在镇口，一个在顾家大院的门口。

两个碉堡算啥？冯大柱心想：没有足够的火力，碉堡就是那王八的壳，从哪个方向都能掀翻了它。说实话，要不是许松涛逼他全营出动，他绝不会把两个连都带来。再说攻打碉堡是他战斗部队的事情，跟侦察兵有鸟关系。属下一煽动，冯大柱就激动了，他来了一个“将在外军令有所不受”。

偷袭谁不会啊？趁着月亮被云层遮挡的时候摸上去，三下五除二结束战斗。只是没想到啊，天黑敌人看不见你，你自己也看不清路。前卫排的一个战士在镇口摔了一跤，惊动了炮楼上的敌人哨兵，一声枪响，偷袭就变成了强攻。

双方一交手，打了多年仗的冯大柱马上意识到情况不对，对手绝对不止两挺轻机枪，从喷火的枪眼就能数出来，两个炮楼交叉的机枪至少四挺，其中有一挺还是重机枪，打出来的子弹像一把扇子，正好封锁住镇口的大路和两边的稻田。

偷袭的前卫排排长身中四弹，带上去的一个排接二连三地倒下。前卫排排长的“葫芦瓢”已经交出来了，自己脖子上这颗瓢保得住保不住，冯大柱真要掂量几下了。

“奶奶个熊的！保安团绝不止一个连！这情报搞错了，他杨泽田也跑不了！”

犯错的冯大柱不是傻蛋，他想找一只替罪羊，但他找错人了，杨泽田不是绵羊，那也是一条狼。冯大柱知道，如果他不能拿下石桥镇，真正倒霉的一定是他。所以栓娃一出声，冯大柱就像是抓到了一根救命稻草。要保住自己脖子上的“葫芦瓢”不被砍掉，他只能把宝押在一个孩子身上。

冯大柱从地上拾起自己的军帽戴在头上，他命令一连连长控制部队继续吸引敌人的注意，又命令二连跟自己走，把不知所措的杨泽田给晾在了一边。

“我呢？我干吗啊？”杨泽田叫着。

“你不是负责偷袭吗？你想办法偷袭吧。”冯大柱丢下一句话。

“等等。”队伍刚要出发，栓娃站住了，眼珠子骨碌碌地又转动起来。

“怎么啦？”冯大柱奇怪了。

“我要是帮你们打胜了，你要给我奖励。”栓娃说。

“啊？你要做买卖啊？”冯大柱不高兴了，“先说你想要什么？”

“就要你的军帽。”栓娃指着他脑袋说。

“就要这个啊？”冯大柱拿下自己的军帽直接扣在栓娃脑袋上，“现在就给你，我们赶紧走吧。”

栓娃晃晃脑袋上的大军帽，心理得到了极大的满足，他看也没看他的大老表，带着冯大柱和他的一连兵出发了。

部队先是向西，而后又向北，围着石桥镇几乎跑了半个圈。

为了防范红军，顾顺国把整个石桥镇三面都用大石条砌成一丈多高的高墙，红军没有炸药根本进不去。

“我们怎么进去？”冯大柱边跑边问。

“跟着我就行。”栓娃胸有成竹。

说话间，他们已经穿过一大片竹林，来到一座高墙边。

“从这里进去，里面就是私塾的茅房。”黑暗中，栓娃的两只眼睛闪着光。

冯大柱弯下身子，打亮了火镰，这才在脚下的草堆旁看见一个黑洞，他的心一下子凉了半截，嘴里忍不住骂了起来：

“奶奶个熊的，你唬老子啊，这个洞是给狗钻的！”

“就是狗洞啊，我在这里上私塾的时候，外面的野狗扒了一个洞，到茅房里找屎吃，我们为了能出来到地里偷瓜，就把它弄大了。”

“这个洞我们钻不过去，只有你差不多。”冯大柱打量着栓娃的瘦小身材。

“没事，我先进去，没人就吹个口哨。你们搭人梯，爬进去不就行了？”

冯大柱哭笑不得，他指着高墙说：“让我们爬过去？你看这石墙都有一丈半高了，这边可以搭人梯，那一边呢？全往下跳？还不把腿都摔瘸了？”

“我不是告诉你了吗？那边是茅房，这高墙是保安团加盖的，你们爬上墙就看见那边的茅房房顶了，我都能跳下来，你们不会那么没用吧？”冯大柱被这小子说得一愣一愣的，心想这小子还真行，是个机灵鬼。

跟着栓娃，冯大柱轻而易举地进了石桥镇，又在栓娃的带领下，从顾家大院的后门进入，拿下了顾家大院前门的碉堡，抓了俘虏，还缴获了两挺机枪。冯大柱用缴获的机枪和自己带来的机枪全部对准镇口的碉堡，一顿扫射，镇口的守敌被来自身后的子弹给打蒙了。一连连长乘机冲锋，夺下了镇口的碉堡。

石桥镇拿下了，冯大柱再也不用担心他脖子上的“葫芦瓢”会被许师长砍掉了。

栓娃兴高采烈，跟着得胜的红军混了一夜，天亮之后，他找到自己最要好的玩伴顾大宝，两人跑到野外打鸟吃烧烤。顾大宝是镇里顾郎中的独养儿子，顾郎中和栓娃的父亲周久财也是至交，栓娃在石桥镇上学时经常住在他们家。

此时的栓娃已经把一团包着斑鸠的黄泥块给敲开了，斑鸠毛都被糊上去的泥巴拔落，露出白嫩嫩的肉，一股香气扑鼻，把顾大宝的下巴都馋掉了下来：

“哎哟，我的娘哎，真香！”

“盐呢？撒上一点。”栓娃说。

顾大宝赶紧从上衣兜里掏出一个油纸包，打开来，里面是几颗碎碎的盐粒。

栓娃撇了一下嘴：“就拿这么一点，小气！”

“这一点还是从药房偷的，趁我爹不在的时候，从罐子里捞出来的一点。”

顾大宝和栓娃同岁，个头比栓娃高一点，长着肉肉的圆脸蛋和小眯眯眼。不是顾大宝小气，咸盐金贵，农民家养鸡舍不得吃蛋，都指望着鸡屁股下蛋能换点咸盐。

“别撒了，就蘸着油纸吃。”栓娃吹指头摸耳根，两手忙着把一只斑鸠撕成两半，半只递给顾大宝，自己拿了半只在油纸上蘸着。跟着红军跑了大半夜，栓娃着实饿了，连肉带骨头都嚼进了肚子里。

“好久没吃到你打的鸟了。”大宝也是一顿大嚼。他说的是实话，自打河东“闹红”以来，栓娃就不能来上学了，他爹周久财也不敢来赶集卖货了。

“我也好久没吃了，我娘不让我打鸟。”栓娃说的也是实话，他娘信佛，看见栓娃杀生总要双手合十，对着东边的观音山嘀嘀咕咕半天。

说话间，一只斑鸠进了两人的肚子。栓娃扔下吃剩的大腿骨头，拿树枝从火堆中又拨出另一团黄泥，掰开来，瞬间又有一股浓香铺散开来。

栓娃始终不知道自己处在危险之中，从石桥镇逃出来的顾顺家和两个家丁都死死地盯住他，听顾大宝叫他栓娃，顾顺家就认定了他是自己的仇人。

“这小子我认识，是周家湾周久财的儿子，原来在私塾上学，还有一个是顾郎中家里的。”黑二混子一天到晚在镇子里转悠，镇里的人他都熟悉，“要不要我把他先干掉？”

黑二混子说着掏出了手枪，看着顾顺家。顾顺家正要点头，忽然又有声音传来，几个赤卫队队员过来了。

“栓娃，你还不回镇里去，我们要游斗顾老财了！”

听见这话，顾顺家的一双大眼睛顿时淌出来两行热泪，他激动得发抖：“爹，我爹还活着。”

第二章 再闹石桥

一 错 字

石桥镇正在游斗地主顾老财。

赤卫队队长周长山领头，赤卫队队员押着顾老财走上街道，一顶白纸糊的高帽子戴在他的头上，胸前还挂着“土豪劣绅顾老财”的大牌牌。

昔日趾高气扬的顾老财如今腰弓得如大虾，脸色似白纸，两腿哆哆嗦嗦无法站立，靠赤卫队队员架着才能挪动。

红军抓住顾老财的消息让河东的佃户们十分兴奋，已经“闹红”两年了，最大的土豪劣绅顾老财却一直没抓着，地契账本还在人家手里攥着，有着自己名字和手印的欠条都还在人家家里放着，再闹也是名不正言不顺啊。

通往石桥镇的各条路上都有赶来的农民，不一会儿，整个石桥镇都围满了人，农民们都想看看游斗老财主是个什么情形。石桥镇的街面不大，不一会就游斗了一圈。赤卫队把顾老财转到一个大场，这里是顾家收粮打场的地方，赤卫队在一头搭起一个木板台子，周长山跳到台子上，对着密密麻麻跟随的乡亲们高声叫道：

“乡亲们，大家看看，这就是大土豪大劣绅顾老财，过去他欺压我们，抢我们的田，霸我们的地，还杀我们的亲人！有压迫就有斗争，有剥削就有反抗。今天，我们要斗倒顾老财，有仇报仇，有冤申冤……"

栓娃拉着顾大宝也在看热闹的人群中，他满脸兴奋，顾老财就是自己领着红军抓住的，心里的满足感可不是一般的高。顾大宝第一次见到这个场面，台上周长山说的那些新词他听不明白。

"什么叫有压迫就有斗争啊？"顾大宝问栓娃。

"这都不懂啊？就是有人打你、欺负你，你就要斗争他，拉出来游街！"

栓娃好歹是苏区的儿童团团长，这两年受的教育不一样。

"谁打你你都能斗？"

"那当然，不然怎么叫平等？"栓娃嘴里新词一套套的。

"那私塾老先生打你最多了，能不能斗？"

"嗯？"

顾大宝问的这个问题栓娃没有想过，他的眼珠子又滴溜溜转了起来。

此时台上正有一个农民在控诉顾老财抢地杀人，控诉人哭得凄惨，引得群众情绪激愤，纷纷上台揪打顾老财，台上台下一片混乱。栓娃心里一动，扶扶要被挤掉的红军帽，提起红缨枪："走！"

"干吗去？"

"斗争啊。找那私塾老长毛去，给他挂牌子，打他个土豪劣绅。"

说来也巧，当栓娃和顾大宝来到私塾学堂的时候，正碰上私塾老先生在打一个学生，老先生一边打手心一边还教训："叫你不认真，叫你不认真！背！"

被打的孩子还小，面对老先生高高扬起的戒尺，他更加结巴："人之初，性本善。性相近，习相远。苟不教，性乃迁。教之道，贵、贵、贵……"

老先生急了："教之道，贵以专。什么记性，伸手！"学生哆哆嗦嗦地伸出手，戒尺啪的落了下来，脆生生地打在伸出的手上。

"啊！"

这一声尖叫不是被打的孩子发出的，而是发自老先生自己的喉咙。他下手打人的同时，感到自己的腰眼被什么东西戳了一下。老先生回头一看，只见自己的腰上顶着一杆红缨枪的枪尖。他顿时吓得一哆嗦，戒尺也掉在了地上：“你、你、你是谁？你要干什么？”

挺着红缨枪的栓娃两眼发光，一脸正气：“干什么？斗争你！”

老先生这才看清楚拿红缨枪的人是栓娃，他叫着栓娃的大名：“周、周长河？你、你说什、什么斗争？”

“斗争你都不知道，你还是先生呢！”栓娃收起枪，捡起掉在地上的戒尺晃着，“就该打你的手心。有压迫就有斗争，你压迫我，我就要斗争你！”

老先生直起腰来：“我怎么压迫你了？”

“我背书背不出来，你打我手心，打了都有一百次！你说‘人之初，性本善’，你自己一点也不善。你们说，是不是？”栓娃指着一屋子的学生，大大小小十多个孩子大眼瞪小眼，谁也不敢吭声。

栓娃指着刚刚被打的小子：“你是不是被他打了？”被打的孩子点头：“是！”

老先生仰起脖子来：“自古先生打学生，天经地义。”

周长河把红缨枪往地上一蹾：“那是过去！现在是苏维埃政府了，人人平等，你打人就不行，被打的人就可以斗争你！现在街上正在斗争顾老财呢，你们谁挨过先生打？挨过打的举手。我先举，大宝你怎么还不进来？”

顾大宝低眉顺眼畏畏缩缩地从外面溜进来，手里还拿着高帽子和大牌子。

“你也是一个，举！”栓娃对顾大宝说。屋子里的学生看着有两人举手，一个个都举了起来。

栓娃游斗老师的行动进行到一半，被顾郎中和杨山杏阻止了。

红军攻打石桥镇有不少伤员，周家湾的妇女队队长杨山杏在帮助红军救助伤员，苏维埃的黄主席专门请来了名医顾郎中帮忙救治。

红伤药不够，顾郎中带着杨山杏回家取药，家里的乱象让他大吃一惊。满地都是被黑墨写得乱七八糟的纸张，还有一碗早晨给大宝留的稀饭也变成了半碗糨糊。

“这是怎么啦？”顾郎中指着满地狼藉，问自己的老婆。

“大宝带着栓娃糟践的，又糊帽子又做牌子，不知道小猴子们要干啥。”

大宝娘是个大门不出二门不迈的人，只知道两个崽孩风风火火地来，风风火火地闹腾了一阵，又风风火火地走了。

“跑哪去啦？”顾郎中问。

“好像到私塾斗老先生去了，斗什么我也不懂……”

顾郎中和杨山杏赶到私塾的时候，栓娃发动“群众”已经结束，正带着一群孩子推推搡搡地把老先生揪到院子里。

栓娃上学时就是孩子王，有他带头，大部分学生都能勇敢跟随，平时都被老先生教训，一个个怨气颇盛，这怨气此时不出又待何时？

老先生死活不戴栓娃糊的高帽子，花白的胡子和说话的声音同时颤抖：“有辱斯文！有辱斯文啊！”

栓娃挺着红缨枪：“拉倒吧，你打我才不斯文，戴上游街去！”

老先生知道游街意味着什么：“等等！你有什么资格让我游街？”

栓娃脱下头上的八角帽：“看看，这是什么？红军帽！”

老先生惊奇了：“你才多大，都当了红军了？”

“怎么样？”栓娃大模大样又戴上帽子，“我以红军的名义宣布，游街！”他转头找顾大宝，“打倒土豪劣绅！我写的大牌子呢？”

看着顾大宝拿来的大牌子，老先生使劲跺脚，还连连打了自己两个嘴巴，这让栓娃更得意：“你干吗自己打自己？知道错啦？已经晚啦！”

老先生激动得手都颤抖：“我该游街。我教出此等学生，有辱先师啊！我游街！游街！”他把栓娃写的大牌子主动挂在自己脖子上。大牌子上的四个字错了三个，“土豪劣绅”被栓娃写成了“土毫烈伸”。

他们还没出门，顾郎中和杨山杏就到了，顾郎中逮住顾大宝，当脸就俩耳光：

“你这个不知好歹的东西，怎么对待先生的？我打死你这个不知上下的。”

顾大宝一面挣扎一面叫着：“栓娃说的，有压迫就有斗争，他打过我。”

顾郎中更加气愤：“你个不孝之子，我也打你，你怎么不拉我游街啊？”

他一手揪着顾大宝，返身一手指着栓娃，“栓娃！‘一日为师，终身为父’，这个道理不懂啊？你爹打你，你也拉你爹游街？”

跟在顾郎中身后的杨山杏是个十八岁的姑娘，她帮着说话：“栓娃，教书先生又不是土豪劣绅，你胡斗什么啊？”

栓娃犟嘴一流：“谁胡斗啊？他欺负我们，我们所有小孩的手心他都打过。”

杨山杏接话：“是不是也打过你？”

栓娃点头：“我被打得最多了。”

杨山杏扑哧一下笑出声来，发现场合不对，她又赶紧捂住嘴。

顾郎中放下儿子，夺过栓娃手里的红缨枪，掉过枪杆打他屁股：“你这个不成器的，你爹不在，我代你爹教训你！”

栓娃挺着身子挨了两下，顾郎中打过之后不知道下面该怎么办，正犹豫间，一旁摘下牌子的老先生倒是先伸出手，一把扯住栓娃的衣领：“你给我进来！”

栓娃连挣几下都没有挣开，急得大叫：“干吗？你干吗？”

老先生把栓娃拽进屋里，让他站在桌子前面。老先生研墨铺纸提笔，写了大大的四个字“土豪劣绅”。

“看清楚了，土豪的豪不是毫毛的毫；劣是不好的东西；劣绅的绅是绅士的绅，绅，绞丝旁，表示丝绸衣服也。”老先生对他说。

“我又写错字了？”懵懵懂懂的栓娃很自然地伸出手，老先生也很自然地拿起戒尺，想想，他又放下了。

“走，你赶紧走！”老先生摆着手，“把这个拿走，再写错字别说你是我的学生。错字连篇，四字错仨，惭愧！惭愧啊！”

跟进来的顾郎中转脸又给了顾大宝一个嘴巴：“你个没用的东西，见了栓娃写别字都认不出来，真是一丘之貉！”

二 堵截

月亮跃上了树梢，兴奋了一天的石桥镇安静下来，人们都渐渐进入了梦乡。就在此时，镇里传来了枪声，把睡梦中的人惊醒。这枪是黑二混子打的。

白天，躲在野地里的顾顺家放过了栓娃，得知他爹没死，他要黑二混子一定救出自己的老爹。黑二混子是顾家的头号家丁，他原名李二黑，他爹是顾家的家丁头头，在一次抢夺土地中身负重伤，临死时把儿子托付给了东家顾老财。顾老财让他接了他爹的班。这小子干事又狠又毒，人给外号“黑二混子”。这黑二混子虽混，但对老东家忠心耿耿，他只提了一个要求：“你们别去了，人多目标大，救不出老爷还要顾你们。”

“那你去，我们在外面接应你。”瘦猴胆小，他可不愿身陷险地。

黑二混子在顾家多年，对顾老财忠心耿耿，胆子也不小，借着天黑从暗道又潜回了石桥镇，把在顾家大院后门站岗的哨兵打晕，从用人住的厢房里救出了被斗得筋疲力尽的顾老财。

当他背着顾老财跑出顾家大院后门的时候，正好被前来换岗的哨兵撞见，黑二混子眼疾手快抢先开枪，打倒了迎面碰上的红军哨兵。枪声惊动了镇里的红军巡逻队，黑二混子仗着路熟，先把追兵向南引，让别人以为他会去村口，目的达到之后又背着顾老财钻进小巷，回头来找暗道。

黑二混子刚刚跑出巷口，只见十来米远的地方立着一个大草垛，草垛边站着一个矮矮的黑影，因为草垛挡住了光线，黑二混子看不清对面人的脸。

“哎哟！”这一声是黑二混子叫的。

他左胳膊先中了一弹，手一松，背上的顾老财滑掉下来。

“哎哟！”这一声是顾老财叫的。从黑二混子身上掉下来的顾老财屁股沟撞在路边的一块尖石上，硌得生疼。

黑二混子听到顾老财的叫声，下意识地转脸去扶顾老财，没想到第二弹又飞来，正打在他左脸上。

“哎呀！”黑二混子顾不得颧骨疼，左手捂脸的同时右手向前一举。

砰砰两声枪响，两颗子弹直接飞向黑影，黑二混子第三次扣扳机时，子弹卡壳了。

“别想跑！”随着一声清脆喝叫，一杆红缨枪刺到黑二混子的腰眼。

黑二混子算是练家子，他腰身一闪，躲过刺来的一枪，借势横起一脚踢在刺枪人的肚子上，那人连连倒退，一屁股跌坐在地上，手里的红缨枪也飞了出去。

黑二混子扑上去，正逢地上的人仰脸朝天，他终于借着月光看清了这个人的脸，就是白天在野地里烤斑鸠的栓娃。

“臭小子！又是你！”

堵截黑二混子和顾老财的正是栓娃。

白天游斗私塾老先生不成，他和顾大宝都挨了顾郎中一顿臭揍，两个被打的小子整个白天都没敢回家，跑到镇外野地里继续打鸟挖红薯吃烧烤。

天黑了，顾大宝不敢一个人回家，栓娃在送他回去的路上听见了枪声。栓娃本能地转身向枪响的方向跑，顾大宝是跟屁虫，傻乎乎地跟着他。听见有脚步声向自己的方向奔来，栓娃的眼珠子滴溜一转，站住不动了。

顾大宝这才明白事情的严重性，他的小腿肚子开始打战，忙拉着栓娃躲避。

栓娃原本就是那种会两下狗刨就敢蹚河的主，他一把甩开拉他躲藏的顾大宝，把手里的红缨枪斜靠在草垛上，很冷静地掏出了他的致命武器：弹弓。

当年的栓娃也有崇拜的偶像，就是《水浒传》一百单八将中的“小李广”花荣。其实栓娃没看过《水浒传》，梁山好汉的故事全是听集市上说书人说的，每当说书人口若悬河，说“小李广”花荣如何潇洒神勇百步穿杨，栓娃就会听得入神。他把听到的一招一式都熟记在心，平时练习弹弓就按说书人说的套路来。

“两腿微弓，身体前倾，左手提弓毫不经意，右手挂弹游刃有余。”栓娃心里念叨着说书人的书词，右手的三个手指头已经夹住了两个弹丸。三指夹两弹有讲究，说书人夸赞花荣箭如飞梭，听了这一段后，栓娃琢磨过这句成语的意思。啥叫飞梭？飞梭就是连发，弹弓如何连发啊？栓娃对弹弓的打法做了创新，他试着练了一手三指夹两弹的技术。

栓娃的所谓三指夹两弹，就是用拇指和食指夹着第一个弹丸，食指和中指夹着第二个弹丸，第一个弹丸打出之后，第二个弹丸立马滚进拉线的弹皮里。这技术栓娃练了好久，但都没有经过实战，因为过去栓娃最大的目标是野鸡，也就一弹见分晓，今天对付人了，这手艺可算派上用场了。

此时栓娃选的位置也十分有利，他站在草垛下面，身子有遮挡，黑二混子没有看见他，他倒是一眼就认出这位在石桥镇上横行街头的顾家大院头号家丁。

老话说得好，先下手为强，后下手遭殃。两人一对面，栓娃立刻放出一弹，由于对三指夹两弹疏于练习，手感不对，栓娃瞄准胸口打中的却是胳膊，好在第二弹恢复了手感，要不是黑二混子转了脸，这一弹准中他的鼻头，打他个鼻血四溅。两弹打完，栓娃立刻扔了弹弓，迅速去拿靠在草垛子上的红缨枪。就是这拿枪的动作救了栓娃一命。

黑二混子离他很近，连打两枪按理说不会失手，而栓娃去拿红缨枪的动作实际上等于提前躲闪，让两发正面飞来的子弹发生了偏移。

黑二混子的第一枪掀掉了他的帽子，第二枪从他左耳边穿过。吃了大亏的黑二混子真后悔，白天就该把这小子杀了，结果现在弄得小鬼缠身。

黑二混子一个跨跳，举起手里卡壳的手枪向栓娃的脑袋击去，而挨了一脚的栓娃一个懒驴打滚，机灵地躲过致命一击，他一猫身子蹲起，立刻掏向黑二混子的裤裆，嘴里也大声地喊叫起来：“快来人哪！黑二混子在这里！”

黑二混子虽然躲得够快，可裤裆里的蛋蛋也被栓娃掐得生疼。栓娃扯着嗓门的尖叫顿时让他没了主意，掉在地上的顾老财一个劲朝他挥手：

“快跑！带顺家找他哥去！”

就这一打顿，黑二混子听到了周围越来越响的脚步声，他无奈地跺了一下脚，撒开脚丫子就跑。

栓娃一骨碌翻身起来，捡起红缨枪，逼住了爬不起来的顾老财：“不许动！”

追上来的红军和赤卫队队员们都看见了栓娃逼住顾老财的英雄架势，提着手枪的冯大柱推开围着顾老财的人们，惊讶地瞪大眼珠子：“栓娃？”保持架势的栓娃得意极了，说话都用命令口气：“黑二混子往北跑了，快追！”

待众人押走了顾老财，栓娃不走，他借着月光在地上找着什么，冯大柱也凑上来:“你找什么啊?”

“我的弹弓，还有你给我的帽子。”

栓娃找到了弹弓，冯大柱在两丈开外的地方找到了他的帽子，刚想给他戴上，发现帽子上有两个洞，冯大柱按住栓娃脑袋，一绺头发落入他的手心。

冯大柱倒吸一口冷气:“真险，擦着你头皮飞的。”

栓娃这才想起刚才的险境，一身冷汗冒了出来，可就这样他也要装装好汉。

“嘿嘿，没事。”栓娃说着踢了一脚旁边的草垛，“出来吧，胆小鬼。”

冯大柱奇怪了:“还有谁呀?”

从草垛里爬出来的是懵懵懂懂的顾大宝，他满头满身都是稻草。

三 山 杏

栓娃再立新功。

他抓住了从赤卫队手里逃跑的顾老财，苏维埃专门奖励他一百斤稻谷，还让栓娃骑马戴花，在石桥镇上“秀”了一回。栓娃一夜之间成了名人，深感责任重大。这几天他没回周家湾，住在顾大宝家里，每天给石桥镇的孩子们传授革命经验，他准备把周家湾的样板放在石桥镇复制，成立石桥镇儿童团，自己兼任团长，培养顾大宝当副团长。

栓娃在石桥镇忙着革命，他爹娘可急疯了。

红军打下石桥镇的第四天早上，到汉口进货的周久财回来了。

周久财今年四十有五，长年的重担压迫，已经让他的身形有些佝偻，尤其是后背，挑担子的时候弯得更像一把弓。

他这回帮苏维埃政府进货，买的是布匹，回来的时候见到大路上有国民党军队，胆小的他带着侄子周长金改翻走山道，整整晚了两天才到家。

按说到家就踏实了，可自打进了周家湾，周久财的心反而不踏实了，因为碰到的人都朝他笑，还朝他竖大拇指。自打周家湾“闹红”之后，他在村里就没有享受过这种待遇，而且跟他打招呼的人表达的都是一个意思:

“你们家栓娃够劲！”

“我们家栓娃到底干吗了呀？”丈二和尚摸不着头脑的周久财急急忙忙加快脚步把担子挑回家，到门口一看，自家的院门是铁将军把门。这院门落锁的情形周久财还是第一回遇见：“这倒霉婆娘跑到哪去了？”

栓娃他娘是个小脚，走不了长路，要是人在村里，院门就不会落锁，要是院门锁了，那人就不在村里。周久财赶紧把担子放进隔壁周长金的家里，然后到村里打听他婆娘的去处了。

他得到的第一个消息：他婆娘去石桥镇找栓娃了。他吓了一跳，石桥镇不是白区吗？接着再问，得到第二个吓死人的消息。他不在家的这些天，他们家栓娃带着红军打下了石桥镇。

“啊！”周久财顿时感到天旋地转。

周久财赶紧朝石桥镇跑，到了石桥镇，街上熙熙攘攘，人人喜笑颜开，周久财顾不得看西洋景，一头就扎进顾郎中的药铺，向顾郎中打听栓娃的下落。顾郎中不仅证实了栓娃带路的事实，而且又加上一个更加劲爆的消息：栓娃又干了一件大事，他抓住了逃出顾家大院的顾老财。被栓娃抓住的顾老财已经在大场上被苏维埃政府开公审大会枪毙了，栓娃也成了功臣，苏维埃政府奖励他一百斤稻谷。

“你没看见奖励你们家的稻谷？”顾郎中问。

“我不是告诉你了吗？我家门都没进去。”此时的周久财脸色煞白，上面一口气没吐出来，差点憋死，下面一泡尿差点吓出来，又给忍回去了。

“对了，栓娃娘也来了，正在镇里找栓娃呢。”顾郎中说。

当栓娃的爹娘正发疯似的找儿子时，那小子正在顾家祠堂门口帮杨山杏打架。

杨山杏今年十八，她不是周家湾人，老家在杨营子村，她是“泽”字辈的，栓娃的表哥杨泽田是她同族的远房堂哥。

农村自古讲男尊女卑，女人不进族谱，名字不按辈分，婴儿呱呱落地之后，当爹的只要看到两腿之间没有小鸡鸡，也就不请秀才不烦长辈，随便掂一个什么花儿枣儿杏儿之类的，就算搞定孩子的名字了。

杨山杏是个苦命人。她十二岁的时候，给顾老财当佃户的父亲得了痨病，为了治病，她爹把她卖给了石桥镇顾屠户家九岁的瘫儿子当童养媳，可是用女儿换来的钱也没有留住爹的命，山杏爹在山杏当童养媳的第二年就撒手归西，山杏娘没了活路，带着山杏的小弟跟了一个在河南平顶山挖煤的煤黑子走了，从此杳无音讯，杨山杏成了一个没有娘家的人。

买她的顾屠户是顾老财的亲侄子，有顾老财撑腰，顾屠户垄断了石桥镇的屠宰行当，十里八乡谁家想杀猪卖肉，就必须要把肥猪赶到石桥镇来，让顾屠户白刀子进红刀子出。垄断的生意最能发财，石桥镇是岳山县北面最大的集市，隔天逢一次集，所以顾屠户的生意很好，他家盖有六间青砖瓦房，置有二十几亩水田和五亩旱地，不仅养了两头耕牛和一头驴，还雇了两个长工打理。

顾屠户干的是屠宰业，家里那些猪肠子牛下水自然是不缺，然而这些好东西山杏是一点都沾不上，她这个小童养媳只能和长工吃一个灶头，小姑娘经常看着小瘫子丈夫喝汤吃肉，自己只能默默地吞咽口水。好在顾屠户家不饿肚子不用下田，一晃四年已过，十六岁的山杏变成了一个水灵灵的大姑娘，杏仁脸高鼻梁，双眼皮大眼睛，嘴唇是天然的暗红色，微黑的皮肤泛着红晕，皮肤上细细的绒毛放着油亮的光泽，出落得就像她的名字一样：一颗刚刚成熟的山杏。

山杏的美丽也让镇里的一些男人生了邪念。山杏不只是皮肤好，身材也是凹凸有致，于是就有人在固定的时间固定的地点守候，专门来看屠夫家的童养媳下河挑水。每天早上山杏都要到大沙河边挑三担水，装满家中的水缸。从河岸挑水要上二十几个石头台阶，守候的男人就想看她挑着水桶上坡。

当山杏挑着满满的两桶水从河岸上坡的时候，她那发育完全充满弹性的胸乳会随着扁担起伏而上下晃动，从前面观望，男人们会垂涎欲滴；当她走过去之后，那乌光溜滑粗粗的一根大辫子会在她那圆翘翘的臀上随着腰部摆动而左右飘逸，这让从她身后观望的男人们又浮想联翩。

这姑娘身上处处散发着青春健康的气息，那些男人都会冒出一声感叹：“可惜呀可惜！鲜花插牛粪！插在牛粪上的鲜花活不长，只能被牛粪给沤死。”

就连顾老财家的家丁黑二混子也对山杏垂涎三尺，黑二混子来顾屠户家喝酒的时候看见了山杏，那两只眼睛盯住就拔不出来，头像拨浪鼓似的摇着："娘了个腿的，你们家也太糟蹋人，真是鲜花糟蹋在牛屎上。"

随着山杏的慢慢成形，公公顾屠户的眼神也起了变化。那一天顾屠户杀猪回来，把一罐猪血丢给老婆，紧接着就喊热。他的黑脸老婆赶忙让山杏把洗脸水给送到堂屋。送水的山杏还没放下脸盆，顾屠户已经堵在了她的面前，他伸手到盆里抓毛巾，血红的眼睛却直直地盯着她的胸口看，看得山杏不由自主地勾背耸肩……

回到厨房，婆婆看她羞红脸的样子立马起了疑心，虽然山杏穿的是黑色粗布褂子，但她胸前的水印显而易见。那婆娘的脸就像秋天的丝瓜瓤子，一下子拉了下来。

也就在那天晚上，山杏做完所有的活计回屋，蹑手蹑脚经过公婆住房的廊檐下时，听到了里面的对话。"你别打山杏的主意，那是狗儿的媳妇。"是婆婆的声音。

"狗儿那样，给他个媳妇也白搭。"

"狗儿腿不行，可根没坏，那裤裆里的东西也能翘翘的，我寻思，狗儿快十四了，可以给他们圆房了。"

"圆房有个屁用，他还能给老子传宗接代啊？老子就看上山杏了，老子上了一样传宗接代。"

"你个狗东西，你想爬灰啊，那是你儿媳妇！不是你媳妇！要是生出个孩子是叫你爹还是叫你爷？"

"娘了个腿的是媳妇就行！谁让你没用，给老子生个儿还是个残废。"

"怪我吗？那都是你杀生杀多了，惹怒了老天爷，老天爷惩罚你！"

啪一声巴掌响，接着就听到婆婆的抽泣和公公的怒骂："你娘的少扫老子的兴！没有老子杀生，你们都喝西北风去！天明我就去找我二叔，让他给我做主了！"

无意之中听了公公婆婆的话，山杏傻眼了，她身上起了一层层的鸡皮疙瘩。

山杏木木地回到自己睡觉的房间，这房间放了一大一小两张床，大床上，那个叫狗儿的小丈夫早已经睡得像条死狗。山杏愣愣地瞅着狗儿，这小子一岁时因为高热得了小儿麻痹症，两条细腿像面条一样软塌塌的，山杏进顾屠户家门的当天，婆婆就把瘫儿子交给了她，还让她在瘫子睡的大床边上搭了一个小床。

"狗儿可是你丈夫啊！好好看着，再过两年给你们圆房。"婆婆对当时只有十二岁的山杏说。

十二岁的小媳妇照看九岁的小瘫子，山杏一看就是四年，狗儿上茅厕拉屎都是山杏抱着他去，别看这小子是个瘫子，脾气还坏，对山杏说打就打说骂就骂。

就跟他娘说的一样，这小子现在也朦胧懂事了，两条腿软但中间的小鸡鸡能硬了，过去出门都是山杏背他，而现在山杏不敢背了，这坏小子只要趴到山杏的背上，立马就用一只胳膊勾住山杏的脖子，另一只手去抓山杏已经隆起的乳房，第一次山杏吓得差点没把他摔下来。

"以后不许这样。"山杏说。

"你不是我媳妇吗？"小瘫子振振有词。

山杏怕他，找根布条把挺起的胸束起来，没想到小瘫子还向婆婆告状，婆婆把她拉到屋里，把她束胸的布条用剪子挑开，还使劲拧着她那粉嫩的乳头："你整个人都是我儿子的！还不让他摸了？"

山杏真是欲哭无泪，从那以后每逢狗儿要她背，她就改变过去两手兜腿的背法，而是紧紧地抓住他的两条胳膊，不惜把腰弯得低低的，尽量不让他侵犯自己。

而今晚听到了公公婆婆的对话之后，真是让她浑身发颤。"我杨山杏这辈子的命真苦，跟着个瘫子我都认了，还要我……"山杏不敢再想下去，一个字从脑子里闪了出来，"逃？"

老天有眼，山杏逃走的那天是立夏节的头一天，天降大雨，她那黑脸婆婆天没亮就赶她下河挑水，说水涨上来就不清了。

山杏冒着大雨来到河边，见四周空无一人，她脚一跺心一横，扔了扁担水桶，义无反顾地扑向了大沙河。山杏在杨营子村的家早已不复存在，她游过了河，跑到了嫁到周家湾的姨娘家。

听了山杏的诉说，姨娘和她抱头痛哭，可哭也没辙，上哪去呢？好在老天真长眼哪，第二天周家湾就发起了农民暴动，转眼之间，河东河西变成了两个天地。

苏维埃成立之后，有一个个子高高的小伙子来找她，她第一次听到了反封建和妇女解放的新词。小伙子说了，苏维埃政府已经知道了她的经历，可以给她做主，废除封建婚姻。山杏感到日子有盼头了，她留在周家湾参加了妇女队，还当了队长。

在周家湾的这两年，童养媳杨山杏不仅翻身解放，还收获了爱情，那个带她出来的小伙子就是周家湾的赤卫队队长周长山，周长山的爹是农会会长周五叔，两家商量好了，准备今年秋天就给他们办喜事。

红军打下石桥镇之后，杨山杏和一些妇女队队员帮着照看二十多个伤员。她在顾屠户家当了四年童养媳，在石桥镇刚露面，就被镇里人认出来了。

山杏回到石桥镇的消息很快传到了顾屠户的耳朵里，这让他又喜又气又急。喜的是童养媳还在。原以为她失足落水了，顾屠户当时只在河岸边发现了山杏挑水的扁担，人和水桶都无踪影，失去漂亮童养媳的顾屠户又急又恼，还把他那黑脸婆娘暴打一顿。气的是他被骗了，急的是杨山杏竟然和苏维埃有关系。

顾老财被镇压了，作为顾老财的侄子，顾屠户不想惹人注意，可他对这个漂亮的童养媳还真是舍不得丢，顾屠户脑子一转，觉得还是让女人出面比较靠谱。

此时的顾家祠堂空空荡荡，只剩下杨山杏和一个叫雪姑的姑娘。

冯大柱接到新任务，周家湾组织的担架队一早就把这里的伤员转移进山了，护理伤员的妇女也都各回各村，山杏和雪姑因为有些扫尾的工作才留了下来，这会两人正要下河洗被褥，这些被褥都是借老乡的，要洗干净了才能还。山杏和雪姑把脏的被里被面都拆下来放在篮子里，两人提着篮子刚要出门，一个妇人闪了进来。

杨山杏心一抖，该来的终于来了。

站在她面前的正是黑脸女人，顾屠户的老婆小瘫子的娘。

“山杏啊，媳妇哇，你还在世上啊，你让我们找得好苦哇。”黑脸女人一把拽住山杏的胳膊，高一声低一声地哭诉起来。

“谁是你家媳妇？我不是你家媳妇了！”山杏连甩了两下胳膊都没有甩开黑脸女人紧攥着的手。

山杏的话让黑脸女人立刻变了脸，那张开的眼睛里一滴眼泪也没有：“什么？你不是我家的媳妇是谁家的？你爹娘卖给我们家的，有字据为证！”

山杏使劲甩，终于甩开了黑脸女人：“我不是你们家的媳妇，现在是苏维埃了，买卖婚姻是封建婚姻，不算！”

山杏的新词黑脸女人听不懂，倒是明白这丫头铁了心不回去了，她立刻大叫起来：“来人看哪！来人看哪！媳妇翻天要打婆婆啦！没有天理呀！”

随着她的叫声，祠堂大门口拥进来五六个女人，山杏认出这几个都是顾家的亲戚，她们上来就扯拽山杏的衣服，七嘴八舌帮着黑脸女人说话。

一旁的雪姑急了，赶紧拦住她们：“想干吗？光天化日的抢人哪！”

“就是抢人！怎么啦？”黑脸女人两手叉腰，“她是我们家童养媳，我儿子今年十五了，算命的说要圆房了。你管得着吗？”

“我不是你家媳妇，苏维埃政府已经给我做主了！我已经解放了。”

“你是我家的媳妇，谁做主也不行，给我拖回家去！”眼见山杏想跑，黑脸婆娘急忙指挥，“揪住别放了！这丫头心野了，想要找野男人了，我们老顾家丢不起这个人哪！”

雪姑眼看山杏抵挡不住众人撕扯，被一步步拖出祠堂大门，她连忙追出大门，黑脸女人跟着出门，她一把抱住雪姑的腰，并继续叫喊：“狗儿快来呀！你媳妇在这呀！”

随着她的叫喊，顾屠户家的两个长工背着他的瘫儿子狗儿跑来，狗儿伸着脑袋也在叫喊：“快！抢回我媳妇！抢回去给你们肉吃！”

狗儿话音未落，背他的长工哇呀一声，双手抱头跌坐在地，把背上的狗儿摔了一个仰面朝天。

栓娃从另一端冲过来，他一把掐住狗儿的脖子，高声对那几个拉扯山杏的女人叫道：“你们放了我姐！”

栓娃本想叫山杏嫂子，但山杏说没过门，让他叫姐。

栓娃这时来找杨山杏，为了他那顶红军帽。栓娃阻挡顾老财的那一夜被黑二混子打了两枪，一颗子弹正好打掉了他的军帽。栓娃的军帽是冯大柱给的，因为大了怕掉，他把帽子朝上戴着，结果子弹在红五星的上方打了一个对穿，栓娃回来后把帽子交给杨山杏："姐，给我补补，还有，这帽子大了，弄小点啊。"栓娃来找山杏拿补好的军帽，正好碰上顾家抢人，他的弹弓绝活立马派上用场，一弹击中那长工的脑门。

"你们两个大人还打不过一个孩子！快把狗儿抢回来！"黑脸女人大叫。

"谁敢来！我把他鸡鸡给掐下来！"

见两个粗壮的长工要扑过来，栓娃使出第二个绝活，他用一条腿跪压着狗儿的胸脯，一只手掐住狗儿裤裆里的一团东西，狗儿顿时发出惨叫："娘啊！救命！"

就像时间停滞一样，双方都僵住了。

直到周长山带着赤卫队赶到，控制住黑脸女人和她的帮凶，栓娃这才放开狗儿，大摇大摆地起身。

当这个胜利者得意扬扬拾起掉在地上的弹弓时，他的耳朵被一只粗糙有力的手揪住了。

"谁呀！干吗呀？"栓娃扭过脑袋一看，顿时泄了气，揪他耳朵的不是别人，正是他爹，他爹的身后，还跟着他那小脚的娘。

第三章 形势不妙

一 阴 谋

就在栓娃在石桥镇被他爹抓住的同时，他的表兄，侦察排排长杨泽田刚刚进了岳山县城。

一大早，杨泽田在石桥镇的大石桥上遇见了栓娃娘。听说栓娃在石桥镇惹事，他娘急得满脸是汗，他爹还没回来，栓娃娘踮着两只小脚跑了七里路，到石桥镇来找栓娃。

见到姑姑，杨泽田才知道自打红军攻下了石桥镇之后，栓娃这小子竟然几天都没回家了。这臭小子帮冯大柱这么大忙，是不是冯大柱给他包吃包住了？杨泽田想。

杨泽田和栓娃差着十岁，知道亲姑姑就这一根独苗，从小宠着惯着，栓娃是个能玩能闹的主。可杨泽田根本没想到这小屁孩能有这么大能耐，眼瞅着冯大柱这个狗娘养的违反军令要倒霉了，关键时刻这小屁孩救了他。

打下石桥镇之后，杨泽田就去师部了，昨天回来听说栓娃抓住了逃跑的顾老财，这让他更加吃惊，这个表弟到底是特别机灵啊还是特别有福啊？他不由得产生一个念想，这小子要是当了侦察兵，说不定也是一把好手。

“打石桥镇的那夜我看见他了，他真没来找我。”杨泽田对姑姑说。

“大侄啊，你看他干的那怕人的事啊！要是他有个三长两短的，你姑父还没回来，我怎么跟他交代啊！”

看着姑姑一脸焦急的样子，杨泽田赶紧劝她：“姑，你别急啊，栓娃好着呢，在营部和那个冯营长玩呢，你上那找去，找不着也没事，等玩累了他就回家了。”

“他不会想着法地跟你们走吧？”栓娃娘一直担心，栓娃在家的时候说过好几次他要像大老表一样去当红军。这话让他娘一次次心跳加速。

“栓娃要当兵？”杨泽田赶紧摇头，“怎么可能？他还没牛犊子大呢！好像才十三吧？”

“今年十四了，属小龙的。”栓娃娘说。

“那也小，我们不要小孩。对了，栓娃不是独娃子吗？我们苏维埃政府有规矩，独子可以不当兵。”杨泽田找到了帮姑姑宽心的理由。

“真的啊？”栓娃娘稍微放心了，“你可不能骗我，我就这么一个独苗，栓娃可鬼了，我管不了他，也追不上他。”

“姑，你放心！我发誓，就是他来了，我也给他撵回去！”杨泽田信誓旦旦地保证。他有重要任务，就给姑姑指了冯大柱营部驻扎的方向，看着姑姑颤巍巍挪着小步子一个人往镇里走，他摇摇头，掉头朝南走了，那是进城的大路。

今年是公历 1931 年，但老百姓都习惯说民国二十年。不管用哪一个年号，今年也是鄂豫皖大别山的红军根据地发展最快的一年。

5 月，鄂豫皖红军粉碎了蒋介石对大别山苏区的第二次围剿，成立了中共鄂豫皖中央分局、鄂豫皖革命军事委员会和中共鄂豫皖省委。新成立的中央分局和军事委员会下达指示，要求大别山各地的红军趁敌人兵力空虚之时迅速扩大苏区地盘。此次豫皖边第九游击师攻占石桥镇，只是完成了任务的一部分，按师长许松涛原来的计划，是想一战全歼岳山保安团，解放岳山县城，使岳山山河一片红。

石桥镇其实只是许松涛的一个饵。许松涛原以为驻守岳山县城的保安团团长顾顺国为了救他老爹，一定会派兵增援，所以在冯大柱和杨泽田攻打石桥镇的同时，他亲自带两个主力团运动到岳山和石桥镇之间，布好了口袋等着顾顺国，可没想到顾顺国太鬼，就是死了老爹他也按兵不动。

许松涛讨便宜不成就准备来一个霸王硬上弓，又带着部队开到白集附近。白集是岳山县城到石桥镇的一个中间据点，离岳山县城只有十华里，号称岳山门户，顾顺国在此驻守了一个营。如果拿下了白集，顾顺国的保安团就只剩下驻防县城的一个多营的兵力，许松涛的第三步就是集中全师的兵力，直接拿下县城。

杨泽田此去的任务就是看看县城里敌人有什么动静，有没有新的部队调防，以便许松涛下攻取白集的决心。

岳山县城。

保安团团长顾顺国已经得知爹爹去世的消息，此时的他强忍悲痛，正在等着接待一位贵客。

顾顺家前天就来了，他没有救出自己的老爹，带着黑二混子和瘦猴连夜跑到了县城，一见大哥的面便放声大哭："大哥，发兵啊！再不发兵爹就完啦！"跟在他身后的瘦猴也帮腔："是啊，大少爷，昨晚我们这一闹，老太爷就……"

顾顺国的脸色铁青，双眼血红。他是顾家的老大，差一岁就四十了。顾顺国的眉眼长得也不错，宽脸盘子宽肩膀，眉毛粗胡子重。年轻时候的顾顺国不爱读书，喜欢习武，练得虎背熊腰一身腱子肉。辛亥革命以前他还在清军队伍里当过几天的哨长，民国之后剪了辫子回家，也没忘记自己的从军梦。那几年军阀混战各地大乱，为保家园，他在石桥镇拉起了第一个民团组织白枪会，也就是现在的岳山保安团前身。

顾老财为了他的前程，花重金给他娶了一房姓胡的漂亮媳妇，其实顾老财重金买的不是儿媳妇的漂亮脸蛋，而是这个儿媳妇家族里的一位位高权重的三叔。

此时这位三叔就在汉口的剿总当参议。胡参议得了顾老财不少好处，当然要给侄女婿谋一个肥差，顾顺国顺风顺水地当上了岳山保安团的上校团长。

就凭这一点，顾顺国打心眼儿里感谢老爹，老爹虽说是个土财主，倒也有与时俱进之心，懂得有枪能生财的道理。此次老爹遇难，顾顺国是想救却不能救，这里面的原委他还不能对弟弟说，真是愁得牙花子上火，急得屁腚门冒烟。他这才想明白一句老话：公身不由人。

不能出兵的原因是顾顺国接到了大别山剿总的一封密令："岳山保安团停止一切行动，等待国军五十九师联络。"

其实顾顺家带出来的消息他都知道，他已经派出了好几拨探子，不仅探明了石桥镇上的情况，还得到了"赤匪"要设伏的情报。他心里其实也暗暗为剿总下达的命令庆幸，要是没有这道命令，自己说不定就成了那扑火的飞蛾了。

顾顺国心里着急却不敢动兵，好在老天有眼，属下报告，五十九师的联络官已经进门了。

顾顺国的一肚子恶气终于冲了出来，他放了一个重重的响屁："请！"顾顺国肚里憋的臭屁太臭了，致使五十九师派来的联络官一进门就捂鼻子。

顾顺国有点傻眼，进来的联络官竟然和他一个官阶，也挂着上校领章。很显然，国军的上校没把他这个保安团上校当一回事，说话就像下命令，顾顺国心里又是一阵颤抖。

"什么？我的队伍拉到白集？"他不敢相信自己的耳朵，"那县城怎么办？"

"就是要摆一个空城计。"上校联络官很肯定地答复。接着他站起来，走到挂在墙上的地图前面，用手里的文明棍指着上面的标注："我们邱师长率五十九师星夜兼程，已经从汉口秘密到达丰集。有情报显示，'赤匪'第九师要攻打白集，你部要把'赤匪'粘在白集，只要你们把'赤匪'粘住，不要两个小时，我师的一六一、一六二团即可赶到，立刻对'赤匪'实施反包围，吃掉'赤匪'的第九游击师。"

联络官作完说明回到自己的座位："顾团座有所不知，蒋委员长非常重视鄂豫皖的匪患，已经计划第三次围剿，我五十九师是秘密潜行。按照剿总的情报，这第一个口袋不是白集就是你的岳山县城，既然'赤匪'要打白集，那白集就是第一个口袋。你要不去，‘赤匪’怎么会全力以赴？”

“按照联络官的意思，还有第二个口袋？”顾顺国问。

“哈哈，顾团座果然聪明，不过这是军事秘密，你无须知道。”联络官悠然自得地端起茶杯。

“团座，那五十九师的联络官在县城旅馆住下来了。”顾顺国的副官回来报告，“他们还带了一部电台，说是可以随时和他们师部联络。”

“还想监视我？”顾顺国站在地图前看了一阵，“命令部队准备。”

“我们真的去白集啊？那是去送死。”副官也看出来了，要是按照这样的布置，保安团就成了包子里面的肉馅，基本没活路。

“出去躲过他的监视再说，他有他的打算，我也有我的谋略，我就不信他强龙能玩过我地头蛇！”顾顺国咬牙切齿地说着。

二 受困

红军要打大仗了。

栓娃倒被他爹给圈住了。

红军主力即将攻打白集的消息已经从石桥镇传到了周家湾和河东各村，消息包含的内容很多：有的说驻守石桥镇的红军早已出发，副会长十三叔带领支前队已经去了白集；还有一个更好的消息，说红军主力部队拿下白集之后就会直接攻打县城，彻底消灭顾顺国和他的保安团。这些好消息让苏区的群众兴高采烈，大家都认为这一仗打完之后，就能安安心心地过太平日子了。

周家湾只有一个人郁闷，那就是栓娃。他被关在房间里，他爹连院子都不让他出，死死盯着他。周久财自己如果出门，就在房门上挂一把大锁，让老伴看着，一步都不离。

栓娃娘心疼儿子：“你就让他到院子里透透气，老关着，关出毛病来了。”

“你妇道人家懂什么？”周久财拍着大腿说，“他把天戳个窟窿你补得了吗？我说你别闲着了，收拾一下，等长金把家里安顿好，我们一起搬到麻城他姨娘家躲着去，这周家湾是不能再住了。”

周长金是他侄儿，跟着周久财跑生意，他在湖北麻城有亲戚，那里是他们跑生意的落脚点。周久财本是个胆小怕事的人，栓娃捅出这么大的事，他更是吃不下睡不着，苏维埃政府奖励栓娃的一百斤稻谷放在他家堂屋里，让他越看越后怕。周久财本想抓着栓娃立刻就走，可是周长金的媳妇痨病犯了，周长金又刚刚回来，周久财也不好开口。还有更重要的一点：真要走了，家中的田地怎么办？

周久财也想卖了田干脆不回来了，可自打红军打下石桥镇之后，顾老财的田地契约都回到了佃户们的手里，大家都还在分田分地，谁会对他的田地感兴趣？无奈，周久财只能和侄子周长金商量，让他先照顾媳妇几天，然后再帮着把栓娃送走，这几天他先把儿子关在屋里，怕他再出去惹祸。

皮猴一样的栓娃哪受过这样的憋屈？他想着法儿也要溜出屋子，他一会喊渴，一会叫饿，好不容易把他娘骗得开了门锁，一抬头，他爹拿着他的红缨枪，正虎视眈眈地瞪着他。

“你死到临头还不明白啊，我们家现在是顾家大院的仇人啦！你怎么能惹他们呢？你想让我们全家死无葬身之地啊！”周久财左右叨咕就这几句话。

“顾老财是土豪劣绅，不该杀啊？”栓娃和他爹犟嘴。

“杀不杀碍咱们家什么事啊？你又不种他的田，又不交他租子。你长山哥他们受顾老财欺负，咱家又没受他欺负，你狗咬耗子多管闲事，招来这么大灾，那顾家大少爷是什么？保安团团长！怎么办哟，我的小祖宗啊！”

栓娃抹抹鼻子：“我不怕！我好汉做事好汉当！”

“你好汉？我们老周家就你一根独苗，你要是有个三长两短，我怎么见地下的老祖宗啊？你干吗去？”周久财看出来栓娃想挤身出门，立马拦住他。

“我上茅房。”

“你不是肚子饿吗？”

“我上面饿，下面胀。”

“那就在院子里拉，不许出门。”周久财离开房门，紧接着后退几步，关上院门，他横枪站在院门口。栓娃无奈地放了一个蔫屁，彻底泄了气，他一屁股在门槛上坐下。

“怎么不拉了？”

“谁拉屎还站岗看着啊！”

红军打白集的消息是儿童团团员三歪和小亮在院子外面喊给栓娃听的。

三歪是农会会长五叔的小儿子，小亮是副会长十三叔的大儿子，两人都算是村里的干部子弟。他们带来的消息让周久财半信半疑，他打开院门，把两个叫嚷的小子放进来问个究竟。

“红军打白集是真的吗？”栓娃从门槛上蹦起来，对进门的两个孩子叫着。

“当然是真的！”走在前面的三歪抢着说话。他和栓娃同岁，今年十四，小亮小，才十一岁，他们都精神抖擞地提着红缨枪。

“我爹说山里的红军加上石桥镇的红军，打了白集就去打县城。”

“可不是，我爹他们都支前去了。”三歪话音未落，小亮就抢着证实。

栓娃娘听见动静也从厨房里出来了：“三歪，你爹也去了吗？”

“是。”三歪很自豪地点头，“他刚从山里送伤员回来，没吃饭就走了，说是还要给红军送弹药。”

栓娃立马直起腰，仰起脖子对他爹娘开始指点：“听听，听听，红军打白集打县城了。什么顾大少爷顾小少爷，都是乌龟老鳖一锅烩了炖汤喝。三歪，你爹给我们布置任务了吗？”

“我爹说，让我们儿童团还到石桥镇的桥头放哨去。”三歪神气地说。

“好，你们先去，我马上就到。”栓娃立刻拿出了他团长的派头。

三歪奇怪：“我们还不一块去啊？”

栓娃摸摸肚子：“到现在没吃饭呢。娘，你饭好了没有啊？”

栓娃娘赶紧往厨房跑：“等着啊，一会就好。”

栓娃一把拿过周久财手里的红缨枪：“给我，你拿着也不像。”

三歪和小亮答应先去桥头，在哨位上等他。

两个孩子走了之后，栓娃跑进房间又跑出来：“娘，我的红军帽呢？”

“在我床上呢。”厨房里呼啦啦拉风箱的声音中夹着栓娃娘的应声。

栓娃跑进屋去找帽子，周久财忽然清醒过来，他拿起锁又锁住了房门，里面的栓娃找着了帽子，却拉不开房门了。

“开门！你们干吗啊！放我出去！”

小窗子前出现了周久财的脸：“不行！你哪儿也不能去！就在家待着。”

栓娃急得大叫：“周久财你这个落后分子！等红军打下县城我告诉黄主席！给你游街！”

“你个小兔崽子。怎么对你爹说话的？我打断你的腿！”周久财一面骂着一面嘱咐从厨房里跑出来的栓娃娘，“你看着啊，别让他跑了，他说啥也别开门啊！”

“开门，我要拉屎。”栓娃拼命摇着门。周久财不理他：“拉屎就拉屋里，你自己拉自己闻。”

周久财说着就要出院子，栓娃娘忙问：“他爹，你去哪啊？”

“我先去白集打听一下消息，要是红军真打下了县城抓了顾家少爷，我们就不用跑反了。”

听着自己的爹出门了。栓娃在房间里面使劲捶门：“娘！放我出去！”

“不行，钥匙让你爹带走了，说等打下了县城就让你出来。”

栓娃急得要哭了：“哎哟，我的亲娘哎，红军打下县城，我还出来干吗啊？”

白集没打下来，那就是个陷阱。

攻打白集的战斗突然停了下来。前线指战员们都很纳闷：战斗实施得很顺利啊，守卫白集的保安团已经丢了半个镇子，最迟到晚上就能全歼守敌，现在正是较劲的时候，师长干吗下令停止进攻？

不仅是停止进攻，而且接下来又来了一道交替撤退的命令。

不能不撤退，杨泽田得到了敌人以白集为诱饵，准备围歼红军第九游击师的准确情报。这情报来自杨泽田在城里抓到的一个国民党军官。

白集围歼战打响后，顾顺国就出城增援了，杨泽田刚想命令侦察员们撤离县城，监视的侦察员又来报告，有国民党军官住进了县城旅馆。国民党正规军的军官来到岳山县城，让杨泽田起了疑心，大战在即，任何蛛丝马迹都不能放过。他亲自探了一次旅馆，发现这个旅馆的偏院让一群国民党军包了，任何人都不让进，这让他更加怀疑这帮人的来历。

杨泽田决定抓住其中一个，把情况弄清楚。抓住的人是个上尉，他刚从保安团团部回来，看见抓他的人身穿着保安团军装，顿时破口大骂：“奶奶个熊的，你们那个狗熊顾团长不听上峰的命令，不增援白集，带着队伍跑哪去啦？”

杨泽田大吃一惊，立刻搜查了这个上尉，从他口袋里掏出一份五十九师师部发来的电文。

如今这份电文到了许松涛的手上。许松涛三十出头，他个子不高，敦敦实实，方脸宽嘴黑浓眉，脑门正中有一道长长的刀疤直到鼻梁，这是他当敢死队队员时和对手抡大刀的英勇见证，给他的面容增加了几分神武。

“娘了个腿的，这两地合围是怎么回事？”许松涛看着电文问杨泽田。

“俘虏说，他们计划用五十九师的两个团和保安团一起合围我们，还有一个团直接开到石桥镇围剿我们的苏维埃政府。本来是先让顾顺国的队伍来白集把我们缠住，可是顾顺国出城之后就不见了踪影。”

许松涛顿时冷汗直淌，如果杨泽田的情报没错，敌五十九师的两个团已经出发，这可是两个齐装满员的正规团，每个团一千多人，武器装备也是他第九游击师无法比的。而自己的第九游击师虽然号称为师，其实只有两个团和一个独立营，每个团两个营，每个营只有两个连，一个连还不到八十人，全师加起来也不到八百人，不足对手的一个团。自己的兵力对付顾顺国的保安团还行，要是五十九师真的从两边围上来，自己就从包子皮变成了包子馅，成敌人的口中肉了。

许松涛下令：“命令冯大柱吸引敌人注意力，在独立营攻打的同时让主力撤出战斗，立刻进山。”

“师长，那石桥镇怎么办？苏维埃政府的同志都还不知道啊！石桥镇也还有我们的队伍呢。”杨泽田说。

许松涛思索了一下：“这样，你一刻别停赶到石桥镇，把情况向苏维埃黄主席报告，帮助他们立刻撤离，从观音山往山里撤。”

“好！”杨泽田敬礼要走，许松涛赶忙补上一句：“我让冯大柱在白集虚晃一枪，然后直接回石桥镇掩护你们转移，事不宜迟，你骑我的马去！”

三 撤 退

苏维埃政府转移的速度比杨泽田预料得慢多了。

首先是苏维埃的同志心里想不通啊，眼看就河东河西一片红了，整个岳山县都是苏维埃政府的天下了，怎么转眼工夫就形势逆转了呢？这么多的红军都是干什么吃的？不能跟白狗子拼一拼吗？再就是舍不得身边的坛坛罐罐。自打民国十八年立夏节暴动，到今天打下石桥镇，打土豪分田地已经两年了，遇到顾老财这样的大财主真不容易啊！打了顾老财就发了一个大洋财，既然要走了，这些个胜利果实不能留下。在这种思想的指引下，苏维埃政府把从白集撤下来的农会支前队留下了，周长山的赤卫队也变成了挑夫运输队。

此时已经天黑，松明火把噼里啪啦地烧着，把顾家大院的院里院外照得透亮，装货物的担子一直排到了大门外，长长的几溜排像一个集市，人流穿梭，还不断有人抱着东西往货担子上装。杨泽田面对此情此景真是急得上火，他扯着嗓子号也没人理他，他只能跑进顾老财家，拉着正在指挥打包的黄主席的胳膊，一直把他拉到了顾家大院的大门口。

杨泽田对黄主席大叫：“你让他们都扔了！赶紧扔！带着这些累赘能逃命吗？”

黄主席不高兴了：“杨排长，不是说撤退吗？怎么逃命的话都说出来了？”

“这不是逃命是什么？”杨泽田指着大门外的这些人和担子，“撤退就是逃命，部队叫撤退，对你们老百姓来说就是逃命！”

“这意思可大不一样，按《说文解字》解释，撤退的原意是指军队从占领的地区有计划地后退，这是一个中性词；而逃命是为保住性命而逃离危险，这是一个贬义词……”

咬文嚼字的黄主席还没有解释清楚，杨泽田就彻底毛了：“黄主席，我是一老粗，不管是圆的还是扁的，我就知道现在危险，逃得快，这条命就保住了，到时候再回来革顾顺国的命！逃不掉，你这条命就让顾顺国给革了！你说撤退，老百姓能听得懂吗？对他们就要说逃命！赶紧走！一刻也不能停！过了河直上观音山！”

杨泽田话音未落，家住河东一带的支前队和赤卫队队员都嚷嚷起来了。

“什么？连大沙河都不守啦？”

“那我们还回不回家啊？”

“……”

“同志们！同志们！”杨泽田声嘶力竭地叫着，底下的人也不听他说话。吵嚷声压住了他的嘶叫声。

“砰！”

杨泽田抽出驳壳枪，朝天开了一枪，吵嚷的人顿时噤声。“我奉许师长之命，负责苏维埃政府的撤退！”杨泽田顿了一下，“所有人必须听我的指挥，告诉你们，除了保安团，开过来的还有国民党正规军的一个团。敌人说到就到！是你们的命重要还是这些乱七八糟的东西重要？别一个个的要钱不要命！凡是赤卫队队员，都放下担子拿起武器！周长山，你带赤卫队火速占领大沙河的桥头，掩护苏维埃撤退！快！”

队伍刚刚挪动，他们就听到了从岳山方向传过来的枪炮声，而且枪声越来越近，石桥镇上撤退的人们不敢不重视了。

周长山带着几十名赤卫队队员，打着火把一窝蜂地出了镇口，他们沿着大路一直往河边跑，刚到大石桥的桥头，对岸突然响起枪声，一连串机枪子弹横扫过来，把跑在前面的赤卫队队员打倒了好几个。既没有战斗经验也没有精神准备的赤卫队队员顿时乱作一团，他们扔了火把就向后跑，周长山喊都喊不住。

从桥头退下来的赤卫队一口气又跑回镇口，正好碰上带着大队出来的黄主席和杨泽田，杨泽田显然听到了机枪声，他也很紧张。

“怎么回事？”杨泽田问跑回来的人。

“不好了！白狗子占领了河东的桥头，机枪把桥堵住，我们回不去了！”

周长山满头虚汗，说话都带着哭音。

“有多少人？”杨泽田追问一句。

“不知道，机枪打得邪乎，我们伤了不少。”周长山虽然也当了两年赤卫队队长，但这样的阵仗还是头一回碰上，受了迎头一击，他心里早没了主意，看着黄主席和杨泽田，“怎么办啊？”

同样失去主意的黄主席也看着杨泽田，杨泽田犯难了，手里一个兵也没有，他心里暗骂：这帮兔崽子，怎么来得这么快？

“大老表！”一个孩子的哭叫声从队伍后面传来。

杨泽田回头望去，在火把的光亮中，杨山杏带着栓娃跑了过来。“栓娃？你怎么还在镇上？”杨泽田看见栓娃浑身湿漉漉的，脸上不知道是汗水还是泪水。

“大老表！”从栓娃再次叫他的音调上，杨泽田判断他的脸上是泪水。

“保安团到桥头了，他们杀了三歪和小亮。”栓娃哭着说。

“啊！”发出惨叫的是站在杨泽田身边的周长山，三歪是他最小的弟弟。

扑通——晕倒在地的是跟在黄主席身后的五叔，三歪是他的小儿子。

短短大半天，栓娃经历了冰火两重天。

去白集探听情况的周久财一路小跑，跑回周家湾的时候天都黑了。

他顾不得理会从院门跟到房门的栓娃娘，一双颤抖的手已经拿不住锁和钥匙了，好一会才把钥匙插到锁眼里。听见锁响，在房间里面急得发晕的栓娃一跃而起，拉开房门就往外面跑，周久财一把扯住他。栓娃更急了：“你回来了还不让我出去啊？”

“小祖宗啊，你这回要是出去了，那就是一个字，死！”

听了周久财咬牙切齿的话，跟在身后的栓娃娘慌了：“到底怎么啦？”

“打白集的红军都撤了。败了！”

“败了？不可能！”栓娃绝不相信。

周久财跺着脚：“你是不见棺材不落泪啊，我还没到白集呢，你五叔的支前队就稀里哗啦下来了，说红军败了，要跑反了，让他们先撤。我没跟他们去石桥镇，先回来了，赶紧，他娘，赶紧收拾东西！”这下栓娃发愣了，不知道该不该相信爹的话。

周久财一把拿掉他头上的红军帽扔在桌上：“这个别带了。他娘啊，我带栓娃先走，到麻城长金他姨娘家躲些日子。你脚小，眼睛也不好，一时也跑不远，让长金先送你去段营子他舅家，我安顿了栓娃再去接你啊。”

栓娃娘生怕儿子有事，忙不迭地答应：“行，你们赶紧走，我一个妇道人家怎么样都行。”

栓娃这会真没主意了，看着爹娘一阵忙乎，周久财把原来就准备好的一个包袱塞到他手里，又掉头到里屋去，要拿点钱带在身上。栓娃一眼看见爹扔在桌上的红军帽，赶忙抓起来藏进包袱里。

周久财原想趁着天黑带着栓娃穿过村子直接上东边的观音山，再从观音山走小路去湖北，他从汉口回来就走这条路。可栓娃一出家门就和周久财拧上了，他非要上西边的大石桥，说要和三歪与小亮见一面，他说这两个小伙伴不见到他是不会走的，他还要告诉他们红军在白集打败的消息。

“这事哪要你管，白集的事都是他爹告诉我的。”周久财怕夜长梦多，摇头不答应。

“那我也要去一下，你不是说不让我回来了吗？”

面对儿子的坚持，周久财只好答应了。他其实也担心，也怕夜晚上观音山不安全，山里野兽不少。向西也行，那就过了桥直奔县城，从大路奔湖北。爷俩出了村子一阵疾走，从周家湾到大石桥不到四里地，没走多久就到了河堤边上。

河堤下面是一片树林，爷俩出了树林，栓娃仰脸朝上张望，借着月光，他已经看到了桥头边两个小伙伴的身影，还听到了三歪清脆的声音：“站住！干吗的！”

栓娃以为是三歪看见了他，刚想应声，就听见西边有人瓮声瓮气地说话：“我们是赤卫队。”

“哪村的赤卫队？我怎么不认识你啊？”这是小亮的声音。

“你看见我就认识了。”随着话音，栓娃看见几个黑影飞快地扑向三歪和小亮，两人都是大叫一声就没了声音。

栓娃刚要张口叫唤，却被身后的周久财死死地捂住了嘴巴，紧接着又把他拉倒在地，爷俩倒地的时候正好被一个土坎分开来，分别滚进了两个土坑。

此时又听见了桥头有人发声："老黑，两个小崽子都干掉了。"

"马上架机枪封锁桥头，不管镇子里出来什么人，统统给我扫掉！"就是那个瓮声瓮气的声音。

掉进土坑里的栓娃就势一个打滚，滚进了河堤下面的树林里，眼泪哗哗地流着，心里面还叫着三歪和小亮。伤心！后怕！要不是爹把他关在家里，那今天倒在桥上的一定还有他。

报仇！

栓娃猛然想起那人说的话，他们有机枪，占领桥头是不想让镇子里的人过来。栓娃想到了镇子里头的熟人，有长山哥、山杏姐、赤卫队，还有给自己戴红花骑大马的黄主席，不知道冯营长在不在。对，要他们赶紧来打桥头，为三歪和小亮报仇！

栓娃义无反顾地离开了爹，他找了一个离镇子最近而又很隐蔽的地方泅水过河，上岸之后直奔顾家大院，还没到门口呢，就看见了一支举着火把挑着担子的队伍，他看见了队伍最后面的杨山杏。

听了栓娃的讲述，杨泽田判断这是一小股敌人，仅仅占领了大石桥的桥头。

他主意已定，转脸问周长山："你的赤卫队有什么火器？"

强忍悲痛的周长山咬着牙："四杆土枪、两支老套筒，还有红缨枪和大刀。"

"有手榴弹吗？"杨泽田问。

"我有两个，别人还有几个。"周长山说。

"都给我！"

杨泽田拿过周长山收集来的手榴弹："你们都把火把灭了，先用这几支枪吸引敌人的注意力，我从栓娃过来的地方游过去。记住了，我的手榴弹一响，你们一刻也不要停留，立刻冲过桥。冲过去才有命！无论敌人的机枪响不响，你们都要拼命冲，拼命就是保命，听到没有？"

杨泽田说完转向黄主席："黄主席你赶紧通知大家，冲到河东就一条道，上观音山顶集合。"

黄主席点头："你放心吧。"

栓娃又一次自告奋勇："大老表，我带你过去，我路熟。"

"你好好待着！一冲过桥你就立马回家，别让你娘着急！"杨泽田对栓娃说，因为他想起了自己对姑姑做的保证。

第四章 白色恐怖

一 屠 杀

顾顺国大获全胜，“赤匪”的河东苏区已经不复存在。

天大亮的时候，石桥镇一带的战斗已经全部结束，顾顺国不仅收复了老家石桥镇，还占领了河东的十几个村落，他的队伍一直打到了观音山下。

顾顺国踌躇满志地站在顾家大院的大门口，看着院子外那些被穷鬼搬出来之后又丢弃的柜子箱子，心想自己的这步棋真是走对了，从这一路散落的挑子看，这些把自家洗劫一空的“赤匪”泥腿子是慌不择路望风而逃哇。

顾顺国昨天带队从县城出发，他根本就没去白集，而是绕了一个圈子，杀回了石桥镇。为了全歼石桥镇上的苏维埃，他让黑二混子和瘦猴带领一个班插到河东，直接拿下大石桥，堵住“赤匪”的进山道路。只可惜自己被从白集退下来的“赤匪”狙击了一阵，晚到一步，而黑二混子占领了大石桥却没有守住桥头，不然就把这伙苏维埃全给解决了。千算万算，顾顺国没算到瘦猴会在昨天夜里立功。

据属下描述，昨天夜里“赤匪”把黑二混子的桥头阵地打垮，一口气冲过了大沙河，多亏了瘦猴带着一挺机枪埋伏在观音山山脚下，对即将逃出去的“赤匪”又进行了一次突然袭击，这一击很有效，惶恐不安的“赤匪”立刻作鸟兽散。既然瘦猴这么能干，新成立的侦缉队可以让他当队长了。

顾顺国正想着，瘦猴喜颠颠地跑来报告：“大少爷，家里的东西都找回来了。这些穷泥腿子真是兔子钻石窟，尾巴留在外面，把咱家的东西扔在田里和路上，到处都是。”

“娘了个腿的，咱家的那些地契、粮钱，还有……”顾顺国指着地上扔着的担子，“你都要给我追回来！”

“放心吧大少爷！黑二混子正在抓人呢。只要他能把我昨夜打散的人抓到，我榨油也能给您榨出来。”瘦猴脑袋瓜子一转，把昨夜黑二混子的责任和自己的功劳不知不觉又提一遍，让顾顺国再加深一下印象。

和瘦猴的兴奋相反，黑二混子觉得自己太背，第一仗就辜负了大少爷的栽培。昨天的行动，大少爷原是交给他负责的。开始一直都顺利，他们一路奔袭，解决了大石桥上站岗的两个小孩，占据了有利的地形，他在桥头留下两挺机枪。只是不该让瘦猴上观音山去设第二条封锁线，他让瘦猴带着两个人和一挺机枪去观音山下埋伏时，瘦猴还嘟嘟囔囔不愿意。

谁知好事却让给了瘦猴呢。还是自己太轻敌了，认为用机枪就能把“赤匪”堵死，就等大少爷过来包抄立功。结果不知道从哪儿飞过来的手榴弹，把布置在桥头的两挺机枪全炸翻了，烟雾还没散，河对岸的“赤匪”们就喊杀着冲了过来。

黑二混子带着被冲散的几个人当即钻了河堤下的树林，直到顾顺国带着保安团冲过了大石桥才收拢归队，为此大少爷赏了他一个耳光。所以说，他无论如何都要抓住“赤匪”，将功抵过。

其实他已经有了重大收获，他抓住了农会会长周五叔的全家，只跑了他那个当赤卫队队长的大儿子；农会副会长十三叔的老婆和女儿也在村里给搜出来了。五叔和十三叔的家人没及时跑掉的原因是他们忙着收殓死在桥头的三歪和小亮的尸体，悲痛过度逃命晚了。这功劳还不够，那什么样的功劳才能抵过？黑二混子想起了那个叫栓娃的小子。只要抓住那小子，就能给老太爷报仇了！

黑二混子亲自带人包围了周久财家，手下把空无一人的房子翻了一个底朝天，却什么都没找到。黑二混子一怒之下，一把火点了周久财家的房子。

随着周家湾大火的燃起，河东十多个村落都冒出了冲天火光。

正午之前，保安团把十里八村的老百姓都赶到石桥镇的大场上，顾顺国要在苏维埃公审顾老财的地方行刑，给已死的老爹祭奠亡灵。

顾顺国让士兵把家里的太师桌搬来当供台，上面供着顾老财的牌位。保安团士兵把抓住的农会会员和赤卫队队员都押在两边，又把周家湾的农会会长周五叔独自绑在一根柱子上，两个打手凶狠地鞭打，周五叔紧闭双眼，一声不吭。时辰一到，顾顺国和一早从城里赶来的弟弟顾顺家一起给爹爹上香磕头。三通头磕过，顾顺国站起来，他转过身，面对着下面黑压压的人群，拍了拍手上的土。“什么叫有仇报仇有冤报冤？今天就是！‘赤匪’在这个地方杀了我爹，今天我要让老天睁眼，让你们都看看当‘赤匪’的下场……”

顾顺国正说得起劲，下面忽然传来一个杀猪一样的叫声：“大少爷，我抓住啦！我抓住啦！”

顾顺国顺着叫声望去，只见黑二混子从黑压压的人群中挤出来，他手里紧紧地扯着一个抱着包袱的人。他把那人扯到台下，一脚踢倒，平时瓮声瓮气的嗓子都变了调子：“老天有眼！大少爷！这就是那个小崽子的爹！”

周久财背，他真是叫自投罗网。

昨晚看见了黑二混子他们杀三歪和小亮，趴在坑里的周久财吓得不敢吭声，过了一会，他听桥头动静小了，这才斗着胆子伸头去找栓娃，他往旁边的土坑里一看，心凉了半截，坑里没人，只有一个包袱扔在地上。丢了儿子心里着急，可周久财既不敢跑也不敢叫，只能捡起包袱悄悄地往回挪。等他跑回周家湾，栓娃娘已经锁门走了。

找不着儿子他不敢走，枪声响了一夜，周久财吓得在野地里猫了一夜。天亮之后，他想到石桥镇找顾郎中，看看栓娃有没有跑到他家去，谁知刚到镇口就被保安团抓住，和被抓的一大群老百姓一起，被赶到大场上看杀人。

到了大场上，他才知道顾顺国要杀的人竟然是同族的五哥一家和十三弟的媳妇女儿。周久财既伤心又害怕，他死死地低着脑袋，躲在人群中不敢看人，他这一奇怪举动，被钻到人群里搜查的黑二混子发现了。

被黑二混子拉出人群又一脚踢倒的周久财趁势跪下，对顾顺国连连磕头："顾大少爷，我没有做对不起你们顾家的事啊，求求你放过我吧。"

见周久财跪着央求，紧闭双眼的周五叔忽然睁开眼睛，大声地斥责他："老六，你这个没出息的！骨头硬一点！"

周久财本来就不是一个硬骨头的人，此时早已三魂吓掉两魂半，他没听见五哥的话，依旧磕头如捣蒜。

顾顺国走到他面前，围着他绕了一圈，摸摸自己的鼻子："放过你？那个给'赤匪'带路的小崽孩不是你儿吗？把老太爷劫下来的还是你儿，你养了一个好儿子啊，放过你可以啊，把你儿子交出来吧。"

周久财的脑袋低着，身子一直跟着顾顺国的大皮靴转："我不知道他跑到哪里去了啊，我找他就是不想让他跟红军走啊，我已经带他回家了啊。"

顾顺国一脚把他踢翻，一双通红的眼睛死死盯着他："回家？娘了个腿的晚了！早干什么啦？听说你儿子还在我们老顾家的私塾念书啊？夫子不是说'养不教，父之过'吗？你能说你儿子没干那些事？"

"我做证就是他儿子干的！"黑二混子拾起周久财掉在地上的包袱，解着上面的布扣，"那小兔崽子还用弹弓打我的脸！要不老太爷能死吗？告诉你，顾家和你结了血仇了，要是今天抓到你家那小兔崽子，就大卸八块，用他脑袋祭奠老太爷，身子拿去喂狗！"

黑二混子从包袱里翻出来一顶红军帽子，他的眼睛一下子睁大了："大少爷，团座，你看看，这是什么？"

顾顺国接过红军帽，满脸狞笑："这是什么？这是什么？你说你不通'赤匪'？看看，这就是证据！来人啊！先杀这个狗东西，给我老爹祭奠！"

瘫倒在地的周久财傻傻地看着顾顺国手上的红军帽，不知道从哪来的勇气，他一下子跳起来，两手向顾顺国抓去："你个狗日的！我和你拼了！"

没有防备的顾顺国被他猛然一扑，脸上竟被他抓出一条血印子。黑二混子从旁一个飞脚，将周久财再次踢倒，几个保安团士兵赶紧扑上去，把他死死按住。

抹去脸上血迹的顾顺国暴跳如雷：“砍！给我砍！”

顾顺国在大场上一共杀了十八个人，连同已死的三歪和小亮，二十个人的脑袋都被割下来，挂在刑场的柱子上。

站在前排，同样被赶去看杀人的顾郎中听见了周久财留下的最后一句话：栓娃，你把爹害了啊！

二 陷 阱

杨山杏在山下躲了两天，终于爬上了观音山。

她跟着前面带路的红军队长往山顶的观音庙走去，一面走一面看那人头上的军帽，心里暗暗奇怪：这人头上的帽子怎么这么熟悉啊？

前天夜里，她跟着从石桥镇出来的队伍一起冲过石桥，过河之后队伍就散了，像马蜂惊窝一般，路上、田间、林子里到处都是人。乱哄哄的人群穿过周家湾，直奔观音山。

没想到观音山下还有埋伏，机枪一阵乱扫，跑在前面的人倒下好几个。杨山杏本来就跑在队伍的后面，前面一乱，后面跟着就散开了，就听见有人喊了一句：“大家自己想办法，到观音山顶上集合啊！”

黑天黑地的，杨山杏先是紧跟着两个挑担的农会会员跑，后来他们把担子一扔，钻入山坡边上的一大片竹林里。杨山杏随即跟着钻了进去，在林中三转两转，前面两人就不见了。不知东西南北，杨山杏不敢再跑，她只能猫在竹林里一动不动。

一夜枪响，空气中弥漫着一股焦煳的气味。好不容易熬到天亮，她本想从竹林中出来看看，可林边似乎有人咋呼和喊叫，把她吓得又缩了回去。杨山杏又怕又饿，看见山坡上有红薯地，匆匆去扒了几个红薯又返回了竹林。她在竹林里躲了整整两天，直到周围的村庄黑烟燃尽寂静无声，她才敢走出竹林，朝着观音山方向跑去。

当时只听见有人说在观音山顶上集合，没说时间，所以杨山杏上山的时候非常小心，她尽量贴着路边的丛林走，只要有点风吹草动，她就能钻进树林深处去。

终于看见人了。她看见观音山的山顶上有两个戴着八角红军帽的士兵，心里的喜悦和激动真是难以言表，她激动地跑出了树林，沿着上山的路跑了起来。“同、同志，你、你们是第九游击师的吗？”杨山杏的话语带有哭音。

两个端枪站岗的哨兵很惊喜地看着她，其中个子稍高一点的哨兵回答了：“是啊，你是谁？”

杨山杏的眼泪夺眶而出：“可找到你们了，我是周家湾妇女队队长杨山杏，那天夜里跑散了，只听说到观音山上集合。”

矮一点的哨兵马上接话了：“对，现在都在观音庙集合呢！你过去，我们队长在山门口。”

山门口站着一个背着盒子枪的黑粗汉子，杨山杏快步走到山门，那位队长却忽然回头往回走了。杨山杏紧赶几步，跟上队长的步伐。

“队长，找到你们太好了，山下都是保安团的人，他们在搜查，又烧房子又抓人，白天不敢出来，夜里又怕迷路，没想到你们真在这里……”

杨山杏不说话了，她认出来了，这个队长头上戴的军帽好像是栓娃的。当时栓娃的帽子打了两个枪眼，她补的帽子，还顺便把帽子改小了一点。脑后的帽边上打了一个褶，当时找不到同颜色的线，用的是缝被子的白线，而这位队长戴的军帽能看出来，后面的褶扯开了，显眼的白线还在上面……

杨山杏紧走几步，想看看队长帽子的正面。因为正面的枪眼在红五星之上，为了补住这个枪眼，她把帽子上的红五星拆下来往上移了，红五星也是用白线缝的。

杨山杏刚和队长走并排，那队长一下站住了，同样歪过头来看她，黑脸上堆着淫笑。“哈哈！顾屠户家的童养媳，你还认识我吗？”

杨山杏吓傻了。这哪是什么红军队长，他分明是顾家大院的黑二混子。

观音山，相对周围的崇山峻岭来说，只能算一个普通的小山包，海拔也就三百多米，山上有大片松林，一年四季都呈现出绿色。观音山有名，就是因为山上有座观音庙。这座庙建在观音山山顶的南端，香客要上山，只能沿着周家湾东面的山路往上爬，这条路可直达山顶。到了山顶，就能看见一个丁字路口，向东走可以直接进入大别山腹地，向南走就是观音庙。

观音山上的这座观音庙据说有两百年历史了，它占地有六七亩，原有正殿和后殿，还有东西厢房各三间。清朝末年，观音庙被大火烧过一次，烧塌了后殿和东厢房，现在的后殿和东厢房只留下地基，地基上放着两排盛满了雨水的大水缸，时时提醒着以香火拜观音的人要谨防火灾。

观音庙有名，当然缘于庙里的观音菩萨。据说这座庙宇正殿供奉的观音菩萨是从普陀西渡而来，是普陀观音的闲身之一，极有灵气，所以此地信奉观音菩萨的人极多，每年的农历二月十九都要举办观音山庙会，众多的香客都聚集于此，舞狮子踩高跷，热闹无比。民国十八年河东“闹红”，观音山上停了庙会，河西有钱的土豪劣绅都不敢上山，没人出钱，观音山也失去了办庙会的基础。

没有了庙会，可四乡的百姓还要拜观音，一般百姓只要说是来拜观音山上的观音娘娘，红军和赤卫队的岗哨都给放行。儿童团团长栓娃在站岗时碰到河西的老百姓上山烧香也不敢阻拦，因为他娘就信观音菩萨。

顾顺国过去有不少苏区的情报，都是他的探子冒充香客探来的。

黑二混子到观音山山顶张网捕鸟，已经蹲守一天一夜了。“赤匪”也是人，有刚强不屈的，也有灰包软蛋透露了到观音山集合的消息。观音山真是他的福地啊，连这个刚刚逮到的杨山杏，黑二混子已经抓到了十个“赤匪”了。他心想：娘了个腿的，难道真是观音娘娘保佑我了？

有人说，人要是走了背字，放屁都砸脚后跟。黑二混子认为这话不对，人只要能放屁，那就说明气通顺。一通百通，一顺百顺。黑二混子真要感谢观音山啊，这是自己升官发财的地方，就凭几顶红军帽和用几个红布剪成的红领章，猎物就自己乖乖地走进笼子里了。回去之后大少爷一定会大加赞赏，把桥头一战的耻辱一笔勾销。

最让他高兴的是竟然还兜住了顾屠户家的童养媳，矮子哨兵让她过来时，黑二混子老远就认出来了，所以他及时回头，玩了一出猫捉老鼠的好戏。

“哈哈，观音山！观音庙！”抓到了梦寐以求的美人，黑二混子真想亮开嗓门唱两句，可惜自己五音不全。黑二混子决定回去之前要干一件事，那就是给观音娘娘上炷香磕仨头。虽然他从来不信观音娘娘。

“放了我！你们这些坏蛋！”

听见杨山杏的叫声，两个守卫一脸坏笑，一个守卫一面锁门，一面自言自语地说：“叫吧，叫吧，这里只有观音娘娘能听见，可惜没用，观音娘娘是个泥胎。”

“别胡说啊，这庙的观音娘娘可灵光了，你小心遭报应。”另一个守卫信奉观音，不愿在庙里乱说菩萨坏话。

被推进房内的杨山杏被绳索五花大绑，动也不能动。过了好一会眼睛才适应过来，透过没封全的窗户缝里漏进的细光，她发现这房间里不止她一个人。

地上四散坐着好几个被绑着的人，其中有一个女孩正泪汪汪地看着她，杨山杏忍不住叫起来：“雪姑？”雪姑才十七，看见杨山杏，就像见到了亲人一样，她忍不住放声大哭起来：“山杏姐。”

山杏也跟着抽泣起来，两个同样命运的姑娘偎在一起哭，把坐在角落里的一个男人弄得不耐烦了：“都是要死的人了，哭啥哭啊！丧气！”

杨山杏转过脸来，眼前这个人她认识，而且是同村同宗同族一个辈分，比她大两岁，叫杨泽江，是杨营子村赤卫队的人。

“泽江哥，怎么是你？”山杏问，“你不是和长山哥他们都在前面吗？”

“娘了个腿，倒霉催的！”杨泽江一声长叹。

他和周长山一起当先锋，被机枪子弹打散之后，掉进山边的一个泥塘里，这泥塘是给水田补水和水牛洗澡降温的，里面多泥少水又湿又滑，天黑也看不见，人没爬出来，反把他弄得像个泥猴。后来枪声稀疏了，为了安全，杨泽江当时猫在泥塘里没敢动，原本以为多躲两天会安全，谁知道还是进了陷阱。

“长山哥他们冲出去了吗？”山杏最关心的还是她心爱的人。

“谁知道啊！”杨泽江又是一声长叹。

“泽江哥，你是男人，你想一个办法啊！”

“这都绑着呢，有劲也使不上啊！”杨泽江歪着身子，两手被绑得发麻，几乎没有了知觉。

“那你能不能站起来，我给你咬开。”杨山杏说。

雪姑又哭了起来：“没用啊，外面都是保安团，我们的人都跑了，我们死定了。”

三 相 救

雪姑也没说对，并不是所有的人都跑了。

杨泽田和三个侦察员刚刚上山，这会正在山腰的松林里猫着呢。他们四个人之所以能在被敌人占领的地方行走，是因为他们都穿着保安团军装。

杨泽田那天晚上泅水过河，用四颗手榴弹炸掉了敌人的两挺机枪，看着大队人马冲过了桥头。但他没有继续前行，而是返回桥东，和正在打狙击的冯大柱接上头，告诉他们从石桥镇撤出来的人已经全部过河，让他们也及时撤退。

杨泽田离开队伍之后又绕了一个圈，再次回到了岳山县城，他聚集了留在城里的三个侦察员，全都换上敌人的军装，四个人大模大样直奔观音山而去。有侦察能力的人就是不一样，他们也看见了山顶上两个放哨的红军哨兵，但他们都在树林里待着，谁也没有出去。

“小王，说说你的看法？”杨泽田低声问身边的侦察员。

“不像我们的人。”小王分析道，“这山下保安团折腾得这么厉害，这山上的岗哨怎么这么大模大样，一点隐蔽意识都没有？”

小王也上过几天学，是侦察排里的“秀才”，嘴里时不时溜出两个文绉绉的词。

杨泽田拍拍小王的肩膀，小声说：“你小子够机灵，这不是我们的人，穿的是我们的衣服，可我们的人有抽烟卷的吗？”

小王兴奋了：“我说哪儿不对呢，还是排长你眼尖。”

杨泽田得意了：“这不是眼尖，侦察员就要观察这个，你说过的，那叫什么词？对了，猪屎马尿？”

小王差点笑出声来，他赶紧捂住嘴。

杨泽田做了一个要揍他的手势："我哪说错啦？"

小王忍着笑，手指着前面："先说怎么办吧？"

"是真是假，过去就知道了。"杨泽田站起来，"你跟我过去，你们俩别动！"

杨泽田让另外两个侦察员继续隐蔽，他带着小王大模大样地出了林子，两人慢慢地在山路上走着，山顶的哨兵显然看见了他们身上的军服，一点反应都没有。

"怎么样？现形了吧？"山顶哨兵的表现让杨泽田更坚信了自己的判断，"没错，就是狗日的装的。对了，我到底说错什么啦？让你这么笑话我？"

杨泽田一边走一边问，前面虽然有敌人，他还惦记着自己刚才哪里说错话了。

小王乐了："哈哈，那叫蛛丝马迹。你说的是猪屎马尿。"

"娘了个腿的，显你认几个字有学问是吧？蛛丝马迹？什么个意思？"

小王有在排长面前显摆的机会也绝不会放过："蛛丝马迹啊？蜘蛛吐的丝，马留下的痕迹，都是判断的对象。"

杨泽田给他一拳："去！当老子不知道啊！什么词，那马尿就是马的痕迹啊？猪屎不是比那蜘蛛丝好认多了？哎哟，这些文人是怎么想词的。走！"

两人若无其事走走停停侃大山的举动完全打消了山顶一高一矮两个哨兵的疑虑，以为真是保安团派人上山来了。

眼看离得近了，走在前面的杨泽田举手招呼："嘿！兄弟辛苦啊！"

高个子见杨泽田挂着上尉领章："不辛苦，长官上来干吗？"

杨泽田放慢脚步："团座问你们干得怎么样了？"他不知道这些人在山头上的目的，索性搬出顾顺国的名号试试。

果然，放松警惕的假红军上当了，叼着烟卷的矮个子干脆连枪也放下了，一脸得意之色："不错，已经抓到十个，还有两个女'赤匪'，都关在观音庙了。"

说话间，杨泽田已经来到哨兵面前。他伸手从矮个子嘴里拿过烟卷，放进自己嘴里，狠狠吸了一口："怎么就你们两个啊？也不怕红军摸了你们啊？"

"带队的老黑累了，带着弟兄们在观音庙里喝酒吃饭呢。"被拿走烟卷的矮个子看这个长官和和气气的，忙赔笑回答，"上来的'赤匪'都是单个的。再说了，我们也是红军啊，除了我们俩，树林里面还有人呢。"

杨泽田左右看看："在哪呢？哪有人啊？"

"不是说去吃饭了吗？一会就回来了。"

趁杨泽田已经吸引了两人的注意力，小王悄悄走到高个子哨兵的身边。时机已到，杨泽田把烟卷一丢，背在身后的左手把一柄亮闪闪的匕首直接送进了矮个子的胸口，小王的匕首也同时刺进了高个子的腰眼里。

放倒了两个，杨泽田立刻招手让树林里的两个侦察员上来，他已经知道了山上这股敌人的意图，决定救人。杨泽田让他们先把敌人哨兵的尸首拖入树林藏起来，两个侦察员拿起哨兵的两支步枪，朝天连连开枪，然后又从东面下山。

黑二混子听见枪声，带人冲出观音庙，在山顶哨位上找不到哨兵，就顺着枪声追去了。没有多少战斗经验的黑二混子上当了，杨泽田和小王就乘机摸进观音庙，还是发挥匕首的作用，无声无息地干掉了黑二混子留在正大门和西厢房门口的三个哨兵，当他们打开房门的时候，第一个认出他的是杨泽江。

"大哥啊，你来救我们啦！"

杨泽江叫声中带着难中重生的颤抖，杨泽田一面给他解绑绳，一面对里面的人说："别耽误了，都跟着我的人走。"

屋里的人一个个解救出来了，站在门口的杨泽田发现不对，他抓住最后一个人的胳膊："不是说有两个女的吗？还有一个呢？"

他记得刚才山顶的哨兵告诉他说有两个女人，而刚从这屋里出去的只有一个姑娘。

"刚才被他们拖出去了一个。"

"你快走！"杨泽田推了这个最后出来的同志一把。

他出门看了一下，关人的这一间是西厢房最南面的房间，旁边还有两间也都紧闭着房门。他紧跑两步，一脚踢开中间的房门，里面有几个被绑的和尚吱哇乱叫。杨泽田没理他们，第二脚踢开最北面的房门。

他的眼睛不由得睁大了，房间暗，看不清，他眨巴好几下眼睛之后，眼睛睁得更大了。

他看清了。像一个“大”字，杨山杏躺在一张凌乱的床上，手和脚都被绳子绑在床架上，她的上衣已经被撕烂，嘴里还塞了一团烂布。

看见门口有黑黑的人影，她挣扎得更凶了，嘴里发出呜呜的嘶叫声。

……

杨山杏被杨泽田解下来的第一反应就是一头向墙上撞去，好在杨泽田眼疾手快，一把搂住她：“别干傻事！我是你哥，我不会对旁人说的！”

杨泽田把自己的军上装脱下来，裹在杨山杏的身上，搂着还在哆嗦的她出了观音庙山门，和其他人会合之后，一干人都躲进了树林。

第五章 独闯虎穴

一 当兵

栓娃当红军了。

那一晚栓娃跟着黄主席他们一起冲过了大石桥，经过周家湾的时候他连头都没回，队伍在观音山下遭遇敌人的机枪狙击，别人四散而逃，他一个翻滚就进了一片小树林，从树林中绕过，径直往山上爬去。

栓娃是谁？他从小就住在观音山下，对这座山熟得不能再熟，在整个突围的队伍中，他竟然是第一个到达观音山山顶的人。

从石桥镇撤出来的人星夜兼程陆续上山，终于到了一个叫三姑墩的山村，这里原本就是独立营的营地。独立营回来之后，栓娃他们四十多个人全都报名参军，冯大柱把新兵编成一个排，任命赤卫队队长周长山为新兵排长。栓娃被编入四班，按年龄和个头，他都是新兵排里的最后一名。

新兵排刚组建完，又进来几个新战士，听说都是侦察排排长杨泽田从观音庙里救出来的，其中一个叫杨泽江的被分到四班。这个杨泽江报数竟然排在栓娃前面，栓娃还是最后一名，这让他很生气。

“凭什么啊？总有个先来后到吧。”栓娃找周长山讲理。

“按站队报数，谁让你个子最矮呢？”周长山说。

栓娃不喜欢杨泽江，因为他鬼鬼祟祟地把周长山拖到屋子外面。栓娃好奇心重，悄悄跟出去偷听。原来是通报山杏姐的消息，说她被杨泽田相救，送到战地医院去了。周长山的脸上露出喜色，栓娃也非常高兴。

随后杨泽江说的一定不是好话，只见他趴在周长山的耳边小声嘀咕，周长山的嘴角开始颤动，双拳紧攥。

“你对我哥说啥了？让他不高兴！”栓娃质问杨泽江。

“你个小屁孩，人不大闲事管不少，一边待着去！”杨泽江不买栓娃的账，甩手走了。

杨泽江的做派让栓娃反感，谁知道他还碰上一个更让他讨厌的人，也姓杨。

这一天上操，栓娃正在新兵队走一二一呢，一个人忽然出现，不由分说地把他往场院外面拉，栓娃抬头一看，正是他的大老表杨泽田。

栓娃一个劲甩手："你干吗？干吗？"

“你怎么会在这？走！我有话对你说！”杨泽田的手劲好大，栓娃甩不脱。

栓娃不愿意跟他走，今天出操有意义，上边说了，操练完给新兵发枪。

杨泽田一直把栓娃拖到一间农舍背后才撒手，两句话一说，栓娃明白了，这是要赶他走的节奏啊！

“我不回去，我已经当红军了。”栓娃没把他表哥放在眼里。

“屁大一点当什么兵！你必须回去！”杨泽田提高了音量，他红口白牙向姑姑保证不让栓娃当兵，谁知这小子真跑来了，他下定决心，一定要把他撵回去。

“不回不回就不回！”栓娃一声比一声高，嗓门又尖又亮。

杨泽田也火了："你娘了个腿的，不回我把你绑回去！"

“我娘是你亲姑！你骂谁？”栓娃抓住了把柄，把杨泽田给噎住了。

杨泽田硬的不行来软的："我的小祖宗弟弟，我求求你好不好，我都答应你爹娘了，一定要让你回家，你家里就你这一根苗苗，还指望你传宗接代呢。"

“当红军就不能传宗接代啦？当红军的都断子绝孙啦？”

“怎么说话呢你？没大没小。告诉你，我们干革命的都是把脑袋别在裤腰里的人。”

“切！”栓娃呲呲鼻子，“看我小蒙我啊。脑袋别在裤腰里的那还是人吗？裤腰里的那是鸡鸡，谁把脑袋和鸡鸡别在一起啊？”

“你走不走？你不走我去找冯大柱那个狗日的，让你怎么来还怎么乖乖回去！”杨泽田没辙了，觉得要赶走栓娃，一定要找收他的人。

看着杨泽田的背影，栓娃得意了：“俺营长才不鸟你呢，奶奶个熊的。”栓娃觉得冯大柱骂人的腔调很酷。

杨泽田来到营部，和冯大柱又干一架，而且还当着苏维埃黄主席的面。两句话不投机，杨泽田吐沫星子乱飞起来：“我告诉你冯大柱！你就是不能留他，他爹娘不让他当兵。参军要自愿，他爹娘不自愿！”

冯大柱擦了一把喷到脸上的吐沫：“奶奶个熊的你把嘴抹干净了再说话！他爹娘不自愿让他爹娘来！你算老几！你一个……”

没等冯大柱把话说完，杨泽田的手指指到了冯大柱的鼻子尖：“我算看出来了，留我表弟当兵就是你的主意，他才十四岁啊，人家爹娘就这一根独苗，你非让他当兵，你什么居心啊？你打仗损兵折将，也不能拉一个小孩子充数啊！”

打人不打脸，杨泽田这话明显在揭冯大柱的伤疤，指他打石桥镇的伤亡大。这让冯大柱更恼了，他啪的一声拍了桌子：“杨泽田，你还让不让人说话啦？我什么居心？你一个排长在我营长面前撒野！你还懂不懂军纪？”

……

两人暴吵，把一旁的黄主席弄傻了，他本是教书先生，想劝解可根本无法插嘴，看两人吵得实在是不像样，慢性子的他也忍不住了，赶紧上去推开两人：“干什么啊你们？还是红军吗？你们还像领导吗？我是地方的，不愿意说你们，可你们两个指挥员到一起就吵！”

杨泽田指着冯大柱对黄主席嚷：“都是他教唆栓娃当兵！”

“当兵自愿，栓娃他自愿，你咬我裤裆里的屎？”

“老子裆里有！你那两个骚蛋子老子不稀罕！”

黄主席连连摇头，怎么当红军指挥员的还满口都是脏话？真是听不下去，他刚要发火，冯大柱的勤务兵冒冒失失地从外面冲了进来，结结巴巴地话也说不清：

“营、营长，打打、打起来了！”

冯大柱正在卷袖子露胳膊：“谁说打起来了，老子还没动手呢！”

勤务兵愣了，指着外面说：“已经开打了，那个栓娃和人打架了！”

栓娃和杨泽江又干上了，因为发枪。就这么寸，最后一支枪排到了杨泽江，栓娃一看没有他的，冷不丁就给抢走了，杨泽江急眼，一把扯住栓娃：“你怎么拿我的枪？”

栓娃把枪往肩上一扛：“你的枪？你的枪在连长手里呢。”

“这支就是我的！”

“你的？那你叫它，看它可答应！”

杨泽江没想到这小子这么无赖，恼得一巴掌扇过去，栓娃早有准备，猫腰一躲，杨泽江扑了一个空，身子向前一冲，还踉跄了两步。

栓娃一招见效抬脚就跑，可是他肩上的步枪太长，被紧赶上来的杨泽江抓住枪头，栓娃一翻身，双手抓着枪托，两人变成了拔河状。

一见有人打架，老兵和新兵都围过来看热闹。

杨泽江使劲拉：“放开，这是我的！”

“你叫！它答应就给你！”

虽然杨泽江个头高力气大，可他抓的是枪头，有力使不上，栓娃力小，可枪托抓得牢实，杨泽江连拉两次都没有拉过去，他更急了：“你再不放手我扇你！”

“你扇！你刚才不也扇了吗？你能拔过去就算你的。”

栓娃舌头上抹油，油嘴滑舌，杨泽江信以为真，他两手抓住枪尖使劲一拔，栓娃忽然一松手，杨泽江用力过猛，连退两步，摔了一个后仰，枪也掉在地上。

围观的士兵一阵哄笑，栓娃趁机拾起枪，大模大样地走了。

杨泽江气坏了，他在哄笑声中迅速爬起来，从后面来了一个饿虎扑食。

栓娃脑后长着眼睛，只见他一个马步下蹲，在杨泽江抱住自己脑袋的同时，右手直接掏向杨泽江的裤裆。

“哎哟！”

栓娃一招得手，杨泽江顿时脸色变白，一声惨叫，放开了栓娃，两手捂着裤裆，直不起腰来了。

“好！”士兵们看得过瘾，一阵叫好。

刚从营部跑来的冯大柱见到了最后一幕，他把众人扒拉到一边：“奶奶个熊的，谁打架？”

周长山立正报告：“报告，是栓娃和杨泽江！”

冯大柱脸色铁青：“什么栓娃？大号叫什么？”

周长山再次立正，提高音量：“报告，是周栓娃和杨泽江打架！”

栓娃不愿意了：“你还是我哥呢，连我大号都不知道，行不更名，坐不改姓，我大号叫周长河。”

冯大柱哭笑不得：“奶奶个熊的，蚂蚱里还蹦出个跳蚤，数你欢啊？周长山，把这两个都给我关禁闭！”

捂着裤裆的杨泽江委屈了：“冤枉啊营长，是他抢我的枪，干吗关我啊？”

冯大柱对他不屑一顾：“干吗？你还好意思问，你这么大个人被一个娃娃掏裤裆抢步枪！你那裤裆里是什么？那是男人的命根子！枪是什么？枪是战士的命根子！你两条命根子都没了，叫什么冤屈！关！”

冯大柱的歪理邪说又引得战士一阵哄笑，跟来的黄主席听了冯大柱的话，总觉得男人的裤裆和枪不可相提并论。他又不好多话，只好扯了扯身边的杨泽田：

“冯营长处理得对不对啊？”

“他官大一级压死人，爱怎么处理是他的事。”

杨泽田嘴里说一套，其实心里想的倒是另一套，这打架的两人一个是他亲表弟，一个算是远房堂弟，按理说是栓娃不对，是他胡搅蛮缠，但他现在关心的不是栓娃打架而是栓娃当兵的事，他深知栓娃的禀性，心想让冯大柱关关这个浑小子也好，最好是把冯大柱惹烦了，主动把他撵回家去。

二 噩　耗

栓娃跑了，他得知了爹的死讯。

他和杨泽江打架，被冯大柱关了禁闭。他不知道什么叫禁闭，进了禁闭室房门倒是乐了，原来就是关小黑屋啊。栓娃在私塾读书的时候被老先生关过多次小黑屋，他坏事干得太多了。

杨泽江关了三个小时就被放了，而栓娃要被关三天，毕竟肇事的主犯是他，冯大柱也不是睁眼瞎。

说是三天禁闭，栓娃其实在禁闭室里就待了一天。第二天早上，哨兵把他带出来了，说是带他去开全营大会。

栓娃跟在哨兵身后，边走心里还边犯嘀咕：不会是开我的批斗会让我游街吧？我又不是土豪劣绅，不就打了一场架吗？

栓娃到达会场的时候，部队已在打谷场上按连队的顺序席地而坐了，新兵排的兵还没分配，他们坐在全营的最前面。

栓娃是犯错的人，哨兵让他一个人坐在全营的最后面。“你就坐在这里听，听完跟我回禁闭室。”哨兵说完就站在他身边。

这次大会不同寻常，这是黄主席和冯大柱两人商量之后临时决定要开的。

昨天夜里出了一个状况，从石桥镇跑回来一个苏维埃政府的同志，他在观音山下走散了之后被保安团抓住，遭受了严刑拷打，他想出一个点子，假意说知道苏维埃的物资藏在什么地方。保安团押他上了山，他借着天黑滚下了山崖，逃脱了敌人的魔爪。

这位回来的同志哭诉了顾顺国在石桥镇的种种暴行，悲痛万分的黄主席觉得有必要借此教育战士，他和冯大柱商量一下，决定召开全营大会，要让这位从敌人虎口里逃出来的同志控诉敌人的罪行，把顾顺国对苏区的白色恐怖告诉全体战士，特别要告诉那些刚刚参军的新战士，他们都是石桥镇一带的赤卫队队员和农会积极分子，残酷的现实一定能激起他们的阶级觉悟和战斗精神。

果然，血和泪的控诉让整个队伍都激愤了，当那位同志哭诉到周家湾农会会长全家被杀，人头被挂在架子上的时候，周长山悲痛过度当场晕倒；当哭诉到顾顺国在石桥镇连杀三天苏维埃干部和赤卫队队员，刀砍斧剁、枪刺绳吊，而且到现在都不许收尸的时候，打谷场上更是哭声一片。

"一定要报仇啊同志们！"控诉的同志早已泣不成声，"那些土匪的暴行我三天三夜也说不完！他们滥杀无辜，没有人性，杀红军家属，杀农会干部，杀赤卫队队员。就是儿童团的也不放过，他们在人群里认出了一个人，说他的儿子是周家湾的儿童团团长，当场就把他砍了啊！"

"你说谁被杀了？"坐在台上的杨泽田两眼血红，他跳了起来，两只手抓住控诉者的肩膀使劲摇着。

"我不知道他的名字，那人求饶都不行，顾顺国说他儿子是周家湾的儿童团团长。"

冯大柱惊得站了起来，他对着坐在下面的队伍喊："栓娃！栓娃在不在？"

带栓娃来的哨兵擦干眼泪，一看身旁，栓娃不见了。

控诉大会暂停，冯大柱让各连长检查自己的哨位。不一会，一连长带着游动哨跑来报告，说看见那个小兵了，是哭着往新兵排方向走的。

冯大柱一摆手："去新兵排！"新兵排里翻遍了也没发现栓娃的踪影，冯大柱和杨泽田站在院子里，两人都纳闷，这人跑哪去了？

忽然从四班的宿舍里传来一声杀猪般的叫声，把院子里的人吓了一跳。

"奶奶个熊的，是谁见鬼啦？"冯大柱刚骂了一句，就见杨泽江惊慌失措地从屋里跑了出来，边跑边叫："丢啦！丢啦！"

"快说，丢了什么了？"杨泽田急切地问。

"大哥，我的、我的……"杨泽江几乎要哭出来了，"我新发的一颗手榴弹没了。"

"一定是栓娃拿走了。"在四班住的房间里，杨泽田看见栓娃和杨泽江的床铺紧靠着，他立刻就想到了栓娃。

“栓娃？一定是他！”冯大柱心里发凉，冷汗直冒，他也有同样的想法，一定是栓娃听到了他爹的死讯，偷了杨泽江的手榴弹报仇去了，这小子真的疯了，小命都不想要了。

冯大柱急得直跺脚，还没等他想出主意，他的勤务兵气喘吁吁地跑进院子：“报告营长，师长来了！”

就在部队忙着找他的时候，栓娃早已跑出驻地一大截了。他心急如焚，健步如飞。

和杨泽田想的一样，栓娃偷了杨泽江的一颗手榴弹，绕过哨兵，一个人往石桥镇的方向跑去。顾顺国杀了他爹，他要找仇人报仇雪恨。十四岁的孩子不知道什么叫害怕，更不会想到后果，他的脑子被仇恨填满了。栓娃原本想弄一杆枪，可部队集合把武器都带出去了，他只找到了杨泽江留在床边的一颗手榴弹。

五十里地，一刻不停，渴了喝山水，饿了吃野果，天傍黑的时候，栓娃终于到了大沙河边。河东的苏维埃已经不复存在，大石桥上空空荡荡的，保安团连岗哨都不放。这里是三歪和小亮遇害的地方，栓娃不禁想起了两个自己最要好的小伙伴，同时也想起了被自己害死的爹：要不是自己偷着跑了，爹也不会冒险到石桥镇去，他一定是为了找我才被顾顺国抓住的。想到这里，栓娃忍不住又转回大石桥东面，在当时爹把他拽倒的土坑边大哭一场，一直哭到浑身抽搐，眼睛红肿，才擦干泪水，抽出腰里的手榴弹：“奶奶个熊的！我非炸死顾顺国这个狗娘养的不可！”

栓娃到镇口的时候天已大黑，他看见镇口有拿枪的人在转悠，碉堡顶上也有人影在晃动。栓娃不愿冒险，他多绕几步，熟门熟路地从私塾茅房的狗洞钻进了镇子里。

栓娃钻进茅房的时候，碰巧私塾的老先生正蹲在里面拉屎。人老容易便秘，老先生的小肚子一憋一憋地正在使劲呢，忽听到墙边洞口嗦嗦作响，他那出恭的意念立马被吓了回去。老先生提起裤子歪头看去，只见从黑黑的洞口钻进来一个黑黑的东西，天黑再加上老眼昏花，迷迷糊糊也看不清楚。

冒出的正是栓娃的脑袋，他出了洞口刚一抬头，正好和弯腰瞧他的老先生四目相对，老先生一手抓着自己的裤子，一手抓着栓娃的肩膀，直接把他拖了出来。

栓娃在自己的整个身子出了狗洞之后，忽然把手里攥着的一把土扬到老先生的脸上，爬起来就跑。

"周长河，你给我回来！"眼睛迷土的老先生揉好眼睛刚想迈步，发现自己的裤子又掉了，他赶紧提起裤子，这才想起刚才慌得连屁股也没擦。"斯文扫地，真是斯文扫地！"不知老先生是在骂栓娃还是在说自己。

三 偷袭

栓娃进镇子时，顾家大院正在摆宴席。

瘦猴和黑二混子正在宴请五十九师的运粮队。顾顺国不在，他带队回县城了。

顾家大院的外院里点亮了两排灯笼，摆了三个餐桌，两个大圆桌边上围坐着二十来个押粮的兵，上首的一张方桌是主桌，瘦猴坐在主位，客位是五十九师押粮队的上尉队长，陪坐的是黑二混子。

瘦猴是顾顺国刚刚任命的侦缉队队长，黑二混子悲催，才混了个侦缉队班长。老是走背字，是不是惹怒观音娘娘了？这些天黑二混子头都大了，他觉得自己背到家了，不只是放屁砸了脚后跟，还迎风吐吐沫，专糊自己的眼。观音山上被抓的人全跑了不说，还死了五个弟兄，要不是那两个知道自己干缺德事的哨兵都死了，估计自己的脑袋现在都被大少爷搬了家。

娘了个腿的，难道真是观音娘娘天上有眼，不让我在观音庙里干那个，给我来个现世报？黑二混子一遍一遍地想着。他十分后悔，自己真是太性急了，没听属下的话。

当他命令那两个哨兵把那个童养媳拖出来让他强奸的时候，其中一个就劝阻过，说不能在观音娘娘面前干这个事，要遭报应的。自己当时给了他一个嘴巴，当时是怎么说的？"老子不信这个，老子就是玉皇大帝，一高兴，连观音娘娘一块那个了！"

黑二混子每次想起，都要给自己一个嘴巴。

那天抓住杨山杏后，他忽然想起一个很关键的问题，这小妮子漂亮是漂亮，可她是“赤匪”，拉回去说不定就砍头了。娘的，这一朵花骨朵要是就这样被掐掉了，那不是太可惜了吗？这想了多年的嫩肉还没吃上一口，眼瞧着就要变成一块烂肉了。黑二混子越想越觉得不甘心，干脆先给她办了，以后再也没了遗憾。

黑二混子哪里知道身下这小妮子这几天遭了什么罪啊。

杨山杏自打从石桥镇跑出来之后，在林子里躲着、烟火里熏着、泥里土里猫着，累出来的热汗吓出来的冷汗再加上竹林里的雾水，不知道把身上的黑粗布衣裳浸湿了多少遍，早就捂臭了捂馊了。

正想好事的黑二混子叫人打水来给她冲身子，观音庙外的枪声就响了。

人说偷鸡不成蚀把米，这黑二混子是炖鸡不成连锅都塌了，损失大了去了，到手的功劳全都丢了。

原想那侦缉队队长的位子肯定是他的，结果顾顺国赏了他两个耳光子，班长差点都没让他当。顾顺国离开石桥镇时给他一个艰巨任务：治不好二少爷，直接枪毙。

顾顺家到底怎么了？顾顺家在刑场上被吓出毛病来了。第一天祭奠顾老财，栓娃他爹第一个被大刀砍了脑袋。当时刀光一闪，刽子手手起刀落，周久财的脑袋和脖子立时分家，一股热血冲上天空，刑场上一片惊叫。不止台下有被吓倒的，站在台上的也倒下一个，就是顾顺家。顾顺家当时面色苍白、四肢逆冷，裤裆湿了一片。

当黑二混子把他扶回去的时候，顾顺国狠狠地骂了一句：“没用的东西！”

“胆是练出来的！”当天晚上，顾顺国啃着猪蹄对犯呕的弟弟叫着，“不能见血要多见！见多你就不怕了！”

第二天，第三天，杀人行刑他都被大哥逼着去了，说是要他练胆。没想到啊，胆没练成，顾顺家的恐惧和恶心一回比一回厉害，到了第三天，他不仅尿了裤子，还发展到口吐白沫了。

顾顺国这才知道弟弟的病不是自己想得这么简单，他派人叫来了顾郎中："我知道你给'赤匪'治过伤，"顾顺国盯着颤抖如筛糠的顾郎中，"你只要治好我弟弟，我可以既往不咎。"

顾顺国走的时候把给顾顺家治病的任务交给了黑二混子，黑二混子把顾郎中叫到面前："我可知道你儿子和杀老太爷的那小子玩得好，治不好二少爷，我拿你儿子开刀！"

顾郎中差点让他给吓尿了裤子，这几天他一天两回跑顾家大院，顾顺家吃的药全是他亲自熬好了送来，又施以扎针理疗，终于让顾顺家的脸色有了好转。这让黑二混子长舒了一口气，没有辜负大少爷的嘱托。

五十九师运粮队是今天下午来的，陪着他们的是瘦猴。上次白集一战，顾顺国放了五十九师的鸽子，后来又是找人又是送金条，终于和五十九师的邱师长冰释前嫌称兄道弟，这回是顾顺国供给五十九师军粮，而邱师长送给顾顺国五支崭新的德国造二十响盒子枪。五支枪让瘦猴分配，瘦猴给自己一支，给了亲信两支，也给黑二混子拿来一支，又给二少爷送去一支。拿到新枪，黑二混子也不感谢瘦猴，这小子太狡猾了，时时不忘打压自己。

在顾家大院里宴请运粮队，酒菜都是石桥菜馆的伙计做好送来的，冷热菜紧着上，酒也端上了。

"来来，李队长，干一个解解乏啊。"瘦猴向上尉劝酒。

"好好。"李队长拿起酒杯也不忘公务，"粮车今晚能装好吗？"

瘦猴举起杯子："放心，我们老黑班长亲自办的，不耽误你们明早赶路。"

一股无名火顶上黑二混子的脑门，真是恼火、忌妒加上恨，他恨不能给瘦猴一个大嘴巴子：娘了个腿的！当着人家面叫我班长，明摆着要贬低我。可黑二混子的这股邪火又没法发出来，他见石桥菜馆的老板跑来跑去的，顿时就找到了撒气的地方："胡老板，你那水氽鱼怎么还不上？不给老子脸面，不想好了？"

胡老板连忙跑过来，点头哈腰赔不是："黑爷，这就上，已经让小三子回去端菜了。三子这孩子死哪去啦？"胡老板一面骂着一面招呼另一个小伙计，"二子，你去看看三子怎么还没到！"

叫二子的小伙计不一会就提着食盒子上来了："水氽鱼来了！"

二子放下食盒子，把一碗碗做好的鱼端了出来。胡老板奇怪了："你在哪里拿的？三子呢？”

“没看见啊，这盒子就放在那边台阶上的。”二子指着后面。

胡老板更奇怪了：“见了鬼了，三子人跑哪儿去啦？”

黑二混子被刚才胡老板的一句黑爷叫得舒坦多了，他不管三七二十一，伸出筷子先尝了一口：“不错，李队长尝尝水余鱼，这是我们石桥镇的特色菜。”

李队长吃了一口，连连点头：“不错。对了，不是说你们团座的弟弟也在家吗？一块叫来喝几盅。”

瘦猴赶紧打岔：“算了算了，他爹刚死，现在没这个心情。来来，咱们喝。”

顾顺家此时想出也出不来，他让栓娃给堵到屋里了。

跑出私塾学堂的栓娃一刻不停，直奔顾家大院，只见顾家大院的大门口火把通明，保安团正押着一些人在扛粮包装大车。大门进不去了，栓娃又向后门跑去。后门看得不紧，栓娃发现一拨拨送菜的人里外穿梭，他找了一个空当，用手榴弹把一个送菜的小伙计砸晕了，自己冒充送菜的小伙计，大摇大摆从后门进了顾家大院。

栓娃在走廊里放下食盒子，蹑手蹑脚往前院摸，他认识路，自从上回打进顾家大院，这里就是苏维埃政府办公的地方，栓娃进出好几回了。

他摸到前院门边，心里纠结了，没想到院子里有这么多人，二三十人正吆五喝六地喝酒吃肉，那香味诱人，让肚子空空的栓娃忍不住连连咽了几口口水，真后悔刚才没把食盒里的东西先吃了。

这会拉手榴弹，一定能炸死几个狗日的。可能不能炸死顾顺国呢？栓娃眼珠子滴溜一转，看这情形，在外面吃饭喝酒的都是小兵，要是大官，就会在小院里面吃，先到小院看看，有喝酒吃饭的就扔手榴弹。

栓娃又悄悄转到小院，有一个房间亮着灯，他打眼一瞧，眼珠子就拔不出来了。这屋没人吃饭，吸引他的是桌子上的一支乌油油的盒子枪。这间房正是顾顺家的住房，桌上的枪正是瘦猴拿来的那支二十响。

顾顺家原本是一个文绉绉的好学生，对枪从来就没兴趣，他也不喜欢大哥打打杀杀。这次回来给爹拜寿，他才真正见识到了什么是阶级斗争穷人暴动，眼看着自己的爹丢了性命，又眼看着大哥杀人如麻，顾顺家虽也是仇恨满胸膛，可终归还是落下了病。顾郎中的药吃了几服，扶了邪也固了本，但顾郎中说得好，这病根子不是药管的事，最好眼不见为净。所以顾顺家想着赶紧回汉口，离开这血灾之地。既然自己见不得血，那要枪又有何用？顾顺家准备明天到了城里就把枪还给大哥，所以这支枪还放在桌上。

外面吆三喝四的声音传来，也让顾顺家心中黯然。爹的尸骨未寒，外面这些人也太不讲究了。想到这里，顾顺家拿起一张照片细细端详起来，看着看着，悲伤的眼泪就忍不住喷涌而出，他正要掏手绢擦眼泪，突然听到身后有响动，他回头一看，大吃一惊："栓娃？"

顾顺家话音刚落，脑袋上就挨了重重一击，他用手一摸，一手的血。顾顺家啊了一声躺倒在地，顿时口吐白沫。不用说，袭击顾顺家的就是栓娃，用的武器就是手榴弹。栓娃悄悄进来的时候，看见一个人背对着房门哭得稀里哗啦。栓娃心想正好，他右手握着手榴弹防备有变，左手去拿桌上的枪，没料到那枪比想象中的要沉，弄出了动静。

顾顺家刚一回头，栓娃的手榴弹就迅速砸在他的脑袋上："这个没用的，只叫了一声就倒了。"栓娃把手榴弹别在腰里，把盒子枪转到右手。

"这小子认识我？叫我栓娃？"他疑惑地打开盒子枪的机头，把枪口对准倒地的人，只见这人脑袋上流血，嘴巴上流沫，裤裆里还流尿。

"真不顶用。"栓娃差点笑出声来，接着他看见了掉在地上的照片。栓娃还是第一次见到这种黑白画，他好奇地捡了起来。中间坐着的人他认识，就是被枪毙的顾老财。左边站着一个穿军装的，难道是顾顺国？右边一个就是躺在地上的人。难道他是……

还没等栓娃想明白，外院已经嘈杂起来。

黑二混子发现有人混进了顾家大院，因为被栓娃打昏的小伙计醒了。

他正喝着酒。隐隐约约听到叫声，接着看见胡老板带着一个满脸是血的小伙计跑进来，一面跑一面叫："不好啦！不好啦！"

黑二混子火了："你号个鬼啊！什么不好啦！"

对面的李队长喝得有点晕："就是，菜不错啊，很好。"

胡老板急了："不是啊，我的伙计给人打晕了，菜给抢了。"

瘦猴一惊："抢菜？抢到哪里去了？"

小伙计一手捂着脑袋，眼睛直直地盯着桌上的水氽鱼："老板，在这，就是这个水氽鱼。"

黑二混子愣了："什么？这个菜被抢了？"

瘦猴马上接话："抢了又放上来？不是在菜里下毒了吧？"瘦猴话一出口，桌上的人都傻了，你看我我看你。胡老板吓坏了："不是我啊！"瘦猴的第一个反应是抠嗓子眼："呕！"

李队长酒也醒了。跟着他一起抠，黑二混子倒是强作镇定："不对，这菜吃了一会了，有事早就有了，"他忽然大叫起来，"赶紧封锁大院，有'赤匪'！"黑二混子这一叫，栓娃就陷入了危险境地。

听见外面动静不对，栓娃立刻窜出房间，透过小院的院门，他看见外面大院里吃喝的人乱作一团。怎么办？手中有枪，栓娃好像就有了胆，一不做二不休，他抽出腰里的手榴弹，拉开弦向饭桌扔去，自己就像一颗子弹，嗖一下向后院窜去。

栓娃刚出院门，身后轰的一声巨响，手榴弹爆炸了，院子里一片鬼哭狼嚎。趁着手榴弹爆炸，栓娃几步就窜到顾家大院后门，后门的岗哨听见动静走了进来，正好和栓娃撞了个面对面，他边拉枪栓边对着栓娃叫唤："谁？站住！"

栓娃扬起盒子枪，一扣扳机，只听咔嗒一声，枪没打响。"不好！"栓娃的心猛地一沉。

第六章 狮子吞象

一 岗 位

杨泽田救了栓娃一命，他对大老表的印象有了一个一百八十度的大转弯。

栓娃在顾家大院闹腾的时候，杨泽田也进了石桥镇。

栓娃从新兵排偷了一颗手榴弹跑了，杨泽田和冯大柱都判断他跑回石桥镇报仇了，而他的莽撞一定会带来危险。

刚到营地的师长许松涛没顾上责备他们，只问了冯大柱和杨泽田一句："你们的意见？"

"要去！不然，栓娃就有危险了！"杨泽田说。

"要去！不然，队伍就散了！"冯大柱说。

"好！"许松涛下了命令，"杨泽田带侦察员立刻出发！迅速搞清楚石桥镇敌人的动向。冯大柱立刻集合部队！你们准备二打石桥镇！"

杨泽田又换上了敌军军服，不过不是保安团的，而是上回在城里抓住的那个五十九师上尉军官的军装，跟着他的侦察员全都是国民党正规军的打扮。杨泽田没想到，这次进镇子非常容易，到了镇口的哨卡，他还没有开口呢，哨兵先给他行了一个礼：“长官是五十九师的吧，你们的运粮队已经到了，都在顾家大院喝酒呢。”

石桥镇里很平静，顾家大院大门口正在装粮食，杨泽田没看出栓娃捣蛋的痕迹，他心里又是庆幸又是担心，希望栓娃最好别上石桥镇来，可他不来这里，又会去哪儿呢？

杨泽田也看出顾家大院的后门防备不严，他让两个侦察员在前面盯着敌人的粮车，自己绕到后门，准备弄些火油出来，烧掉门口装粮食的大车。他还没进后门，院子里就传来了手榴弹的爆炸声。

杨泽田心里咯噔一下，嘴里说“不好”，枪已经上膛。他一脚跨入后门，在敌人的哨兵举枪之际先扣动扳机，在最关键时刻救了栓娃一命。

“大老表，你怎么来了？”不知好歹的栓娃还问。

“救你来了！你赶紧从后门跑。”杨泽田蹲下翻看被他打中的哨兵死没死。

“你看看我的枪怎么不响？”栓娃此时还想着自己的枪。

“没上膛，”杨泽田拿过手枪，边说边打开机头拉出枪栓推弹上膛，又把枪塞到栓娃手里，“快跑！你怎么进来还怎么出去！”

栓娃跑出后门上了大街，迎面碰上了保安团跑过来的三人巡逻队。先下手为强！栓娃一抬手臂，没想到他的二十响是放在连发上，就听见哒哒哒一阵长射，三个巡逻的都倒地了，栓娃手上的枪还在发射，直到子弹打完。他自己也吃一惊：“乖乖，这么厉害？”

栓娃跑到私塾门口，大门紧闭，他连推了两下都没有推动。栓娃有点慌了，这是一条死巷子，想退，退不回去，想爬墙，墙又高，后面追兵的脚步声也听见了。

正急得抓耳挠腮，只听一声门响，一只手把他扯了进去。栓娃一看，正是私塾老先生，栓娃吓坏了：“你干吗？干吗？”

“别叫！”老先生反身插上门闩，杂乱的脚步声和喝叫声都进了巷子。

“去！去茅房！”老先生急急地说，他跟着栓娃一起跑进茅房，栓娃把腿先放进狗洞，老先生挥手让他走，栓娃却不动了。

“赶紧走啊！”老先生催促。

“先生，我都对你那样了你还救我？你再打我一次吧，就打脑袋。”栓娃仰着脑袋说。

老先生轻轻地在他头上敲了一记：“切记，人之初，性本善，圣人的话是不会错的，走吧。”

栓娃继续挺着脑袋：“‘土豪劣绅’四个字我不会写错了，我……”

栓娃话音未落，忽然有两只手抓住了他的脚，一股蛮力把他直接向外拖去。

“哎哎！”栓娃叫了一声，响应他的是镇里爆豆般的枪声。

石桥镇的激战持续了一个小时，红军获得了意想不到的胜利，许松涛出其不意地拿下了镇口的炮楼，消灭了在炮楼上驻扎的一个排的保安团。埋伏在顾家大院大门口的侦察员救出了被敌人当“肉票”的老百姓，杨泽田还放火烧了二十大车粮食。

只可惜，黑二混子组织了有效的抵抗，粮车上的大火又把四周照得通明，顾家大院门口的碉堡发挥了阻挡作用，部队冲不上去。

许松涛见好就收，他及时下达撤退命令，独立营带着被救出的群众在撤退时抢回了大场上的二十几具尸首和挂在架子上的人头，归置整齐后，在观音山的半山腰上就地掩埋。

全体参战新兵齐刷刷地跪在亲人的坟包面前，他们痛哭流涕地发誓，这笔血债一定要找敌人加倍清算！

结果被清算的人是栓娃，他又进禁闭室了。

把栓娃拖出狗洞的正是冯大柱，许松涛在前线亲自指挥战斗，他下令给冯大柱，一定要找到那个惹事的小兵。冯大柱知道栓娃进镇子的路数，果然在狗洞里把他给逮住了。回到营地，栓娃险些被许松涛枪毙，冯大柱和杨泽田联合作保，他才只被关了禁闭。

就在他坐禁闭期间，杨泽田第一次觍着脸找冯大柱走后门，给栓娃谋了一个勤务兵的岗位。杨泽田其实就一个想法：栓娃如果当了勤务兵，就能离枪子远一点了。

前任勤务兵交接的时候给他一个水壶和一把刺刀：“俺们营长好伺候，

不打人不骂人，就是有一点，打仗的时候要喝开水，你要给他烧好了，别耽误他喝水。”

“什么？人家打仗我烧水啊？”栓娃接过水壶，心里虽不爽但还是接受了，虽说自己被冯营长关了禁闭，但是他心里明镜似的，冯大柱是护着他的人。

平时战士擦枪，他就擦水壶，把一个黑黢黢的水壶擦得亮亮的。

二 情 报

栓娃的勤务兵当了没几天，大别山就组建了中国工农红军第四方面军，部队开始打大仗，冯大柱也接到命令，叫他们开赴黑虎岭，在黑虎沟设伏，打顾顺国。

黑虎岭位于岳山县东部，是群山中一座突出的山峰，此山离岳山县城不到五十里。黑虎岭后山有一个山村，叫前营子村，豫皖边红军第九游击师师部和后方基地都在这个村里。

黑二混子得到情报，黑虎岭一带有“赤匪”活动。为了摸清情况，他亲自带人到黑虎岭实施侦察。

黑二混子过去听说黑虎岭有名，但当他第一次看见黑虎岭时，他的心情只能用两个字来形容：惊叹！

他走出一片密林之后，眼前出现了一大片缓缓上坡的草甸子。草甸子足有两里多路宽，草有膝盖高，而且没有一棵树，就像一个牧区的草场，给人一种心旷神怡的感觉。他顺着草甸再向前看，心里顿时一惊，草甸尽头耸起一座几十丈高的黑色崖壁，高耸狰狞，就像一只伏地的猛虎，这就是黑虎岭。

黑虎岭周围的其他山峰从上到下都是密密的树林，只有黑虎岭独特，它的西北南三面都是直直的崖壁，崖壁陡峭险峻，无路可上。黑虎岭三面的崖壁上光秃秃的，也没法长树木，但山崖顶上却耸立着一色的高大黑松，棵棵都有百年的树龄。

黑二混子被这奇异山形惊得心颤，不由自主地感叹造物主的鬼斧神工。

草甸子直通黑虎岭的西面山崖，山崖中间像是被利剑劈开一样，有一个五丈来宽的口子，这就是传说中的黑虎沟。要上黑虎岭，必经黑虎沟。

民间有一个传说，这黑虎沟是被天神的利剑所劈，整个沟是一条直线，西面的沟口是剑柄，东面的沟口是剑尖，因为黑虎沟西面宽东面窄，西面五丈可跑马，东面两尺只走人。从黑虎沟的西面进沟，一直往前走，沟长足有三里多路。

第一次到这里的黑二混子也不敢贸然进沟，他决定抓一个俘虏问问。

第二天一早，他瞄上了一个身背箩筐从山沟匆匆出来的中年人，他们一直跟着那人进了城里，见那人进了一家药铺，黑二混子马上实施抓捕。

被抓的人说他是药农，来自黑虎岭后山的前营子村，他在黑虎崖上采到了一株野生灵芝，这种贵重的药材只有城里的药铺能收，他想卖了灵芝，给家里买盐和扯一些布。

黑二混子从药农躲闪的眼神中判定他一定知道些什么，他让一个侦缉队队员在火炉里烧铁钩子："不说实话，我烫死你！"

胆小的药农都交代了，他说前营子村里有红军的大官，还有一个医院。黑二混子把得到的情报直接上报给顾顺国。

顾顺国亲自审问药农："到你们前营子村，还有别的路吗？"

"没有了，就这一条。要进前营子，必走黑虎沟。"药农说。

"那你就给我说说黑虎沟！"

……

拿到情报的顾顺国并没有立即行动，他制定了一个方案，拿着这个方案去忽悠驻防丰集的国军第五十九师的邱师长。可邱师长不愿意干，他说五十九师刚刚接到了武汉剿总的电令，红四方面军主力包围了国军嫡系第二师，现在剿总命令他的五十九师火速去救二师。

"老弟，这二师可是蒋总裁的心尖子肉蛋子，我要不去救，二师可能丧命于'赤匪'之手，那我就会丧命于总裁之手，你有这么大的好事不如单独行动吧，老哥我承让了。"邱师长连连摆手。

"师座，也不是让您出什么重兵，救二师您尽管救，您最多留一个营，一个营足够了。"顾顺国说，"您看，出兵不多功劳不小，我们捣毁'赤匪'

的后方据点，说不定就会逼围攻二师的‘赤匪’撤兵。”

邱师长心动了：“真的一个营就够了？”

“就一个营！”顾顺国拍着胸脯，“我手上兵不够，不然也不会麻烦师座您。情报说前营子村的‘赤匪’不到三百人，都是医生和后勤人员，我出一个营，您再出一个营，如果拿下了前营子，作战功劳归师座的，把侦察功劳留给我就行了，反正您也要留驻防丰集的部队。”

顾顺国巧舌如簧，邱师长动心了：“特务营留下，作战方案你和邱营长商议。”

杨泽田偶然得知了敌人的偷袭计划。

许松涛接到上级命令，如果敌五十九师出发增援，许松涛务必全力堵住，以保证我主力围歼蒋介石嫡系第二师的顺利实施。

在丰集实施侦察的杨泽田瞅准了五十九师的一个中尉司务长，这家伙正在买木柴，这引起了杨泽田的注意，五十九师有开拔迹象，他怎么还买烧火的东西？

“这么一点不够！你赶紧回去拿，过了今晚老子就没用了！”

杨泽田凑过去一看，司务长要一堆松木，松木只当引柴，没杂木那么经烧。

“老弟，刚当司务长吧，这种柴是引火的，不用多买。”杨泽田有意撩他一句，果然把那位给逗急了，歪着脑袋犟嘴：“谁说烧柴了，我们是当火把用。”

“部队大白天就出发，要什么火把？”杨泽田跟上一句。

“我们特务营夜里单独行动，谁跟你大白天出发？”

司务长的话立刻引起了他的警惕，杨泽田眼珠子一转：“我们连马上开拔，伙房里有一堆松木柴，你都抱去，钱咱俩分。”

一听有利可图，那司务长果然上当，他跟着杨泽田进了街边的一间民房，房间里没有木柴，只有两个杨泽田带来的侦察员。

杨泽田审了俘虏之后立刻赶回黑虎岭，向许松涛汇报敌情。敌人分兵了，许松涛也必须分兵，师部和主力一走，前营子村就剩下一个警卫排，他们把后方安在这里，完全是因为黑虎岭的地形，如果敌人有完整的偷袭计划，那也不能大意。

“时间来不及了，师部马上要走，”许松涛说，“你们侦察排留下，让冯大柱也过来，你们在黑虎岭布置个口袋，告诉冯大柱，打得好不好不管，我只要一点，前营子村绝不能受损失。”

独立营从三姑墩出发，夜晚才到达黑虎岭，冯大柱立刻做了部署。

按杨泽田的情报，敌人此次联合行动有两个营的兵力，以冯大柱的两个连再加上杨泽田的侦察排，要打敌人两个营的伏击，像是在说天书，可冯大柱野心勃勃，就想靠黑虎沟的有利地形，搞一个狮子吞大象的战例。

冯大柱和杨泽田分工，杨泽田负责守卫东面沟口的哨卡，不让敌人冲进来，冯大柱兵多，他负责伏击。冯大柱把大部分兵力分布在黑虎沟山崖的中段，这里从崖顶到沟底足有七八丈高，从下面仰脸看不见上面，而上面正合适埋伏。为了能包个饺子，冯大柱还让两个班各带一挺机枪，埋伏在西面进口的山崖上。

为了解决弹药不足的问题，独立营连夜搬石头锯树木；为了能下沟肉搏，驻前营子村的被服厂连夜加班，准备了不少长绳子。

冯大柱的兵在凉风飕飕的山上折腾了足足一夜，当东边的天际有了一丝亮光的时候，冯大柱命令全体进入阵地。栓娃在冯大柱身边趴着，冯大柱忙到半夜口干舌燥，转脸看见栓娃腰上挂着空水壶，低吼了他一嗓子：

“栓娃，你小子干吗？水烧了吗？”

栓娃正幻想着今天能缴一支枪呢，冯大柱这一叫唤，才想起自己的主要工作是啥，他找了几根枯柴跑到不远处蹲下，刚要点火，冯大柱张嘴又熊他：

“栓娃！你小子也不看看什么地方！有意暴露目标！想让顾顺国跑了啊？”

冯大柱的一番骂惹得周长山等一干从石桥镇出来的战士都对着栓娃直挥拳头。听说这次是打顾顺国，他们摩拳擦掌憋着劲要报仇，要是栓娃吓走了顾顺国，这帮人真能把他活剥生吃了。

“滚得远远的，别让我看见！”冯大柱对栓娃下令了。

栓娃也不知道跑多远才算是远远的，他干脆从东面跑下山坡，找了个靠小溪的地方，拢了一堆柴火点火烧水。

栓娃心里憋屈，还不如当初在石桥镇，自己手里好歹还有一颗手榴弹，打仗是轮不上了，只希望战斗结束时能跑得快点，捡回来一支枪就阿弥陀佛了。

栓娃一边烧水一边胡思乱想，他忽然听到有鸟叫声。清晨正是鸟儿争鸣的时分，栓娃觉得手痒了，肚子也有点饿了，打不着人就打鸟吧，他悄悄掏出了兜里的弹弓。

三　伏　击

顾顺国带着侦缉队和一个营的保安团在当天夜里悄悄出城，他们在路上和五十九师的邱营长会合，一同举着火把进山，黎明前来到了黑虎岭前面的树林中。

借着晨光，看清了静悄悄的大草甸子和黑森森的黑虎岭，邱营长有点怵了：“顾团座，这山有些瘆人啊，你确定有‘赤匪’在这里吗？”

“邱营长别怕，我的人在这里侦察多次，全布置好了。”他一挥手，侦缉队齐刷刷地脱了军装，露出了里面齐崭崭的红军军服。

“顾团座，你这是？”邱营长有点糊涂了。

“邱营长，要上黑虎岭，必进黑虎沟，黑虎沟里的‘赤匪’哨所位置险恶、易守难攻，我的侦缉队如此化装，就是要一举拿下‘赤匪’哨所，这样才能夺取这黑虎沟，要不‘赤匪’一杆步枪封住沟口，我军在沟里就是有几百人，也是寸步难行。”

“原来顾团座早有准备，佩服、佩服。”邱营长点着头，“那就赶紧出发吧。”

不到半个小时，化了装的敌人侦缉队轻手轻脚地走到冯大柱的鼻子下面，他们的军装让埋伏在山梁里的红军犯迷糊了。

“营长，这下面好像是我们的人啊！”趴在冯大柱身边的周长山悄声置疑。

冯大柱也揉揉眼睛，虽说沟里的光线暗，可也能看见下面人穿的军装颜色，真是灰军装，而且他们抬头向上看的时候，帽子上的红五星隐约可见。

冯大柱也犹豫了："是不是杨泽田搞错了？"

埋伏在西面的一连连长派人过来报信了："西面有敌人大队进沟。"

"狗日的难道是跟着我们的人进来的？"冯大柱来不及细想。不管了，前面的事情交给杨泽田："传令下去！准备战斗！"

冯大柱悄声命令身旁的周长山，周长山没听见，他此时正仰着脑袋嗅着什么。

冯大柱一愣，他自己的鼻子里也冲进一股味道："什么味？"

"是……好像是烤斑鸠？"周长山不敢肯定。

"奶奶个熊的，狗栓娃要是暴露了目标，天王老子也救不了你！"冯大柱马上就肯定，咬牙切齿地骂。

暴露目标的就是栓娃，这会他正大口吞食烤好的斑鸠。

栓娃虽说机灵，但他没有战斗经验，他选择的这块烧水的地方虽然在山坡下面，可位置正对着黑虎沟的东口，再加上拾来的柴火有干有湿，火起来的时候烟也起来了，山沟本来就吸风，走到黑虎沟中央的侦缉队不仅闻到了烟味，而且还看到了东面山崖的豁口上依稀升起来的烟。

瘦猴立刻命令停止前进，让黑二混子赶紧到后面向顾顺国报告。

"团座！团座！赶紧撤！'赤匪'有埋伏！"黑二混子跑着叫着。

顾顺国的脑袋立马发昏了："怎么回事？"

黑二混子指着东面的山口："你看，那里有烟，'赤匪'是不是在发信号啊？"

顾顺国身旁的邱营长抬头也看见了前面有烟，他立刻紧张起来："赶紧！前队变后队！迅速退出山沟！"

到底是正规军，进沟的部队立马一个向后转，可是没走几步，邱营长又举手示意："等等！"

"怎么啦？"顾顺国不解。

邱营长使劲地抽着鼻子："等等，我闻到了一股味道，"他眼珠子一转，再次下令，"听我的命令，全队向后转！向前，快速通过黑虎沟！"

"为什么啊？"顾顺国更加不解了。

"这上面肯定没有'赤匪'的伏兵，"邱营长胸有成竹，"要是有伏兵，一定是四周寂静生怕暴露，谁敢明目张胆地放烟火？可是你闻闻这味道，报信的人还有心情烤野味吗？这一定是'赤匪'岗哨疏忽大意，正在享受美味，我们要快速通过。"

"啊！"顾顺国心服口服地点头，"不愧是王牌正规军，我又学了一招。"

……

战斗打响，顾顺国终于尝到了什么叫深陷绝地。

现在他就是一个掉进坛子里的老鳖，跑没处跑，躲没处躲，沟里兵虽多，可是要想对敌射击，就要个个端枪仰面朝天放，而从上面下来的不仅有子弹、手榴弹，还有石块、滚木，无论从上面下来什么，都能打中或砸到下面的人。

邱营长以身殉职，被周长山一枪击毙。顾顺国也没能幸免，他的右胳膊让手榴弹片削去一块肉。

"团座，赶紧躲过来！"危难时刻，顾顺国才认识到黑二混子的忠心耿耿。

虽说黑二混子的右肩膀也中了一弹，但他强忍伤痛，用左手拖过几具五十九师阵亡士兵的尸体，在山崖的死角搭起一个掩体，把脸色苍白的顾顺国推进去。

"大少爷，我让你穿'赤匪'衣服你穿了吗？"

顾顺国愣了一下，这才看清黑二混子身上的红军军服，昨天晚上出发前，黑二混子特意把同样一套红军军服给了他。

顾顺国掀起衣角，露出了里面的灰色军服，黑二混子连连点头，悄声说："这就好，等他们打乱了，我护着大少爷混出去。"

听了黑二混子的话，顾顺国简直要落眼泪了："黑子，要是能渡过这一难关，你就是我兄弟！"

借着红军军服，顾顺国、黑二混子和瘦猴终于跑上了黑虎沟东边的哨卡。他们不敢回去，因为去路已经被埋伏在山口的红军堵死了。

伏击的红军拽着绳子从山崖上溜下黑虎沟，冯大柱一把大刀抡得上下翻飞、血花四溅，老西北军出来的人要大刀是一流的，何况沟里的敌人已经被打得魂飞魄散，失去了抵抗能力。守在沟口的杨泽田带着侦察排打掉了化装的侦缉队，见到没有后续敌人再冲过来，他脑子发热，带着哨卡的人离开阵地冲入沟底，加入混战的队伍中。

顾顺国三人跑上无人的哨卡，刚松下一口气，前面忽然跳出一个人来，对着他们大叫："站住！"

顾顺国吓了个半死，此时他眼睛迎着光，看不清来人的脸庞，只见那人身形瘦小，手握一支步枪正对着他们，顾顺国右胳膊受伤，枪举不起来了。

"黑子开枪啊！"顾顺国话还没有说完，对面一声枪响，子弹紧贴着顾顺国的耳根飞过，把他的左耳朵震得嗡嗡作响。

扑通一声，身后一个人倒地了。

开枪的人是栓娃，他刚缴获了一支小马枪。

栓娃对自己烧水跑烟，烤肉漏味的情况一点都不知晓。黑虎沟枪声响起的时候，他放在柴堆上的水壶刚刚冒出气泡。听着激烈的枪声，栓娃的心猫抓似的着急，他不停翻着壶盖子，恨不能拿自己的手臂当柴烧，直到壶里翻出大水花，他才提着水壶一溜烟往山上跑去。真是越急越出事，栓娃刚跑上山腰，脚底一滑摔了一个马趴，好在壶滚得快，开水没浇到自己身上。

"奶奶个熊的！"跟着冯大柱没多久，冯大柱骂人的口头禅倒让栓娃学会了。

他爬起来，捡起漏得差不多的水壶一看，也就剩两口水了。栓娃宁愿挨冯大柱一顿骂，也不想重烧了。

枪声弱了，喊杀声起，冯营长一定下沟去了，我是上山呢？还是下沟呢？拿不定主意的栓娃刚想起身，忽见从山上跑下一个身穿黄军装的人，栓娃一猫身，闪在一棵大树后面。是白狗子？怎么跑到山上去了？栓娃在腰带上摸出自己的弹弓。

从山上跑下来的是那个邱营长的勤务兵，邱营长死了，他够机灵，拉着红军下沟的绳子攀上岩壁，心想到了林子里，出不去也可以躲一阵。

没想到离了战场也能碰上灾星，栓娃放了一弹弓，弹丸正中他的右眼。栓娃平时打弹弓的精度就是麻雀的身子斑鸠的脑袋，这一下是专瞄着来人的眼睛去的，因为对手有一支枪，不给他来个一弹穿眼，自己就有危险。

被打中眼睛的勤务兵疼得两手捂眼，手里的步枪啪一声掉在地上。树后的栓娃一个翻滚，抽出屁股上挂的刺刀，从他的腰眼斜刺进去。刺刀的凹槽立刻冲出两股热血，可怜这个家伙只身爬出了黑虎沟，还没见到人影呢，就命丧黑虎岭。

杀了敌人，栓娃拾起地上的步枪，细细地端详起来。这是什么步枪啊？这么小？这枪的长度不到三尺，再掂掂，比一般步枪还轻不少，栓娃不认识这枪，就感到这支枪自己拿着顺手，就像自己的弹弓一样。

他试着用自己打弹弓的姿势来试枪，照着不远处的一块小石头抬手举枪扣扳机，只听一声枪响，子弹准准地直击石头，把石头崩得无影无踪。栓娃乐得蹦了一个高，他忙不迭地解下死尸身上的子弹袋和手榴弹袋，在自己身上左右披挂。披挂完毕，他提起枪扭头就往山下跑，想从哨卡的位置进黑虎沟，再在敌人身上试试自己得来的这个宝贝。

栓娃刚到沟口，就看到了迎面过来三个人，脸上都是血，像是自己人的伤员，而他们身后还紧跟着一个穿黄军服拿手枪的人。

"站住！"栓娃大叫一声。

其实他是对着最后那个人叫的，那个黄军服立刻朝他举枪，栓娃手举枪响，子弹直射那人的脑门。

放完枪的栓娃疾步窜过去，和那惊愕的三人擦肩而过。

他直接蹲到被打死的敌人面前，只见那人的领章是两杠一星，还是个官啊。栓娃把缴获的盒子枪插在自己的腰带上，又去解身上的枪套，他发现这个死人的上衣口袋鼓鼓囊囊的，他伸手去摸，摸出来一尊黄灿灿的小金人。小金人不大，才两寸来高，栓娃见过这慈眉善目的模样，这是观音娘娘。

"哈哈，这个好，给我娘带着。"栓娃把小观音放进自己的上衣口袋，这时他才想起那几个伤员。

"你们真是大意，后面有敌人都不知道啊？"栓娃说着站起来，他向身后看去，眼前空空荡荡的，那三个人都不见了。

四 婚 礼

黑虎沟伏击战大获全胜，冯大柱的一个营加上杨泽田的一个排，全歼敌五十九师一个特务营外带保安团侦缉队，击溃了没有完全进沟的保安团一个营，比整个第九游击师牵制敌五十九师取得的战果还要大。

许松涛回到前营子村的第一件事，就是为独立营开庆功会。在庆功会上，冯大柱把周长山放到了立功受奖的第一位置，在黑虎沟伏击战中，周长山杀死了七个敌人，其中一个是敌人的营长。许松涛亲自给周长山戴上大红花。

除了周长山，独立营还出了一个名人：栓娃。栓娃打死的官也不小，是敌人的副营长，可栓娃不仅不算立功，反倒又坐了一次禁闭，冯大柱说他敌前烧烤暴露目标。栓娃的禁闭只坐了一天，就被许松涛给解除了，因为俘虏说了一个让人哭笑不得的故事，栓娃烧烤冒出的烟竟然让敌营长认为不会有埋伏。这让冯大柱更加相信，这栓娃就是名福将。

这还不算出名，真正让栓娃扬名的是他和许松涛比枪。出了禁闭室的栓娃见人就炫耀他的小马枪："看，这是什么枪？没见过吧，马步枪，骑兵用的，可得手了。我用弹弓就缴获了，我还打死一个当官的，那小子拿枪对着我，我甩手一枪，正中他脑门心。"

"谁这么大口气，甩手一枪，还正中脑门心？"

"本来嘛，"牛皮哄哄的栓娃一回头，只见冯大柱带着许松涛和黄主席站在自己身后。刚才说话的正是师长，栓娃赶紧敬礼："师长啊，我就是……"

冯大柱在后面给栓娃使眼色，栓娃愣没搭理："我就是甩手一枪嘛。"

一旁站着的杨泽江拍师长的马屁："吹牛，说师长甩手一枪还差不多。"

栓娃急了："我不吹牛，不信比试。"

许松涛眼珠子瞪得像牛眼："比试？你和谁比啊？"

栓娃梗着脖子："和你比。"

……

许松涛和栓娃比打吊在树上的两个葫芦。师长要和小勤务兵比试枪法，立刻引来了众多人前来观看。

“本来我们红军子弹金贵，不许乱放枪，可今天碰上挑战的了，也不得不露两手。”许松涛对大家说完，转脸看栓娃，“你先来吧，我看你怎么甩手一枪。”

栓娃一声不吭，掂掂小马枪，拉栓上膛，只见他两手一抬。

啪——子弹出膛，一个葫芦被打漏了，里面的水流了出来，所有的人都惊呆了。

许松涛惊异地看着他：“好小子，想让我翻船啊！”他说着盒子枪一抬。

啪啪——第一颗子弹打断了吊着葫芦的绳子，第二颗子弹穿漏了葫芦，大家齐声叫好，栓娃嘴张得老大。

许松涛收起枪，拍拍栓娃：“好小子，今天差点让老子出洋相。人家用手枪甩手一枪，步枪甩手我还是第一次见到，先说说，怎么练的？”

“没练过枪，就是弹弓打斑鸠的准头。”栓娃说。

回到冯大柱的营部，许松涛发话了：“把你那小勤务兵给我了。”

“别扯了师长！你官大嘴就大啊？给谁我也不给他。”冯大柱当时就翻脸。

许松涛要栓娃没要着，倒是促成了周长山和杨山杏的婚事。

庆功会之后，冯大柱带着许松涛和黄主席在驻地看独立营训练，黄主席瞧见了杨山杏和周长山两人在为什么事推搡，杨山杏主动，周长山却在躲闪。

黄主席转头问冯大柱：“周长山和他的小媳妇在干吗呢？”

“谁？”冯大柱没搞清楚。

已经当了红军医院护理员的杨山杏身穿灰军装，腰扎武装带，更加俊俏了。她当兵之后一直跟随红军医院驻扎在前营子村，在庆功会上，她看见了立功戴红花的周长山，一颗心兴奋得怦怦直跳。可她又看见周长山给师长敬礼的手裹着纱布，心里又一惊，问了独立营的战士，才知道周长山在白刃战的拼杀中，手背被敌人的刺刀伤了。

庆功会后，她拿着药箱来找周长山，谁知周长山看见她之后，脸上没有惊喜，面部表情反倒冷冰冰的。

“我不换。”周长山说话的口气有点生硬。

“要换，时间长了要化脓的。”杨山杏感觉他变了，可不知道他为啥变，但当着众多的战士又不敢多问，只能就着给他处理伤口说话。

“我说你走，我现在不换。”周长山有点不近人情了。

“不换不行。”杨山杏抓住他手腕，周长山怕疼不动了，但就是转脸不看她。

杨山杏很熟练地给他换完药包扎好：“手可以动，但伤口不能沾水。”

“哈哈，周排长的小媳妇发话了啊，伤手不能沾水，你可听到啦？”

黄主席在周家湾就支持杨山杏冲破封建婚姻的牢笼，也算是这两人的媒人。

“哦？你就是我们大功臣的媳妇啊？”跟黄主席同来的还有许松涛，“你发话了他手不能沾水，可他要撒尿，不用手端着哪行啊？周长山，你媳妇不让你沾水，你那家伙就让你媳妇给端着吧！”

从师长许松涛嘴里出来一句荤段子，逗得周围人大笑起来，杨山杏憋红了脸。

“师长你可不能乱说话。”周长山也急红了眼。

“哈哈，你个周长山，刚立功就敢批评我了？娘了个腿的，要按年纪我算你大伯子，大伯子和侄媳妇开玩笑不行啊？”

许松涛脸上一点尴尬表情也没有，这也是大别山人的风俗，面对结过婚的媳妇，大伯子和小叔子怎么说荤段子女方都不能生气，有胆大的媳妇也可以用荤话回敬，而这样的荤话对没结婚的大姑娘那是禁忌，这在乡下也是个原则问题，所以周长山立马要说明：“师长，我们还没成亲呢。”

许松涛的脸面顿时窘迫起来，看着杨山杏的大红脸，他自己说话也不利落了：“啊？她还是大姑娘啊？呸呸，黄主席，这可是你的不是啊，你说人家是小媳妇，这大姑娘面前能乱说话吗？”

黄主席哈哈大笑起来：“没过门的媳妇也是媳妇！许师长啊，你这农民本性怎么还改不掉呢？随嘴乱说出丑了吧？人家是自由恋爱，又双双参军。许师长，怎么样？你既然这么讲风俗，给他们俩当媒人行不行啊？”

许松涛当场表态：“什么媒人啊？我们革命军人要说新词，要说证婚人。好！我就当证婚人，趁现在形势好，你们赶紧把事给我办了。”

黄主席认真了：“许师长，你当真啊？”

“当真！”许松涛严肃地说，“这玩笑可开大了，我要是不把这大姑娘变成小媳妇，那真没脸见人了。”大家又是一阵乱笑。说错话的许松涛还没有明白：“我难道又说错啦？”

冯大柱笑得前仰后合：“当然错了，是人家周长山把大姑娘变成小媳妇，不是你师长变，你当是你娶媳妇啊！”

许松涛也哈哈大笑：“哈哈！你们这些狗日的把我都绕糊涂了，看我笑话。不多说了，这事就这么定啦！”

许松涛下命令的第三天，周长山和杨山杏的婚礼就举行了。洞房是营部腾出来的一间土坯房，四壁空空，只放着一张床和一张桌子，墙上贴着个红纸剪出来的大红“囍”字，展示了这间土坯房目前的功能。

入夜了，这对新人坐在床边沉默着，小小的油灯不时发出轻微的噼啪声。打破僵局的是杨山杏，她开始抽泣。经过千难万险，杨山杏终于见到了用日思夜想魂牵梦绕的心上人，悲喜之情难以言表，原以为可以互诉衷肠，没想到周长山对她的态度不是热火而是冷冰。即使是要结婚了，周长山还在躲避她，直到今天的婚礼之前，她和周长山之间的对话竟然没有超过十句。

“你哥怎么啦？”满怀心事的杨山杏悄悄问栓娃。

“我哥好着呢，没怎么啊。”

“那他干吗不理我啊？”

“对了，是不是那个杨泽江说你坏话了？这小子一来就和我哥叨咕你的事。”栓娃把杨泽江的表现向杨山杏学了一遍，杨山杏的俊脸刹那间变得惨白。

杨山杏的哭泣声越来越响，周长山终于把眼睛移到了杨山杏的脸上。杨山杏的泪水已经打湿了军装的前襟，浑圆的肩膀随着抽泣不停地抖动。

周长山心疼了，但也只是疼，他的心没软。自那天杨泽江向他描述了在观音庙发生的一幕之后，他做梦脑子里都会出现杨山杏被保安团拖出去的场景。周长山是革命战士，但他也是一个农民，世俗观念让他处在一个十字路口上。杨山杏是自己的心爱女人，可她已经“脏”了。

好像知道周长山在看自己，杨山杏抬起满是泪水的脸，她已经无法再憋下去了，周长山在新婚之夜的无动于衷终于把杨山杏逼进了死胡同，她站起来，一个纽扣一个纽扣解开了自己的军装。

“长山，我只能告诉你，我是清白的身子，我自己没法说，今天我是你的媳妇了，你自己看吧。”杨山杏积聚了巨大的勇气，终于和周长山摊牌了。

傻了呆了木了晕了，周长山没想到杨山杏会有如此的举动，眼花了脑乱了，一切的坚持都变了。即使是油灯昏暗，黄弱的光也能照出那美丽胴体的光鲜和灿烂，何况杨山杏在白天就挑来了清清的山泉水，把自己浸泡得更像一颗刚刚采摘回来的山杏，全身都透着细嫩和鲜美。

忍不住了！真的忍不住了。第一次真正见到女人身体的周长山把心里的嫉恨、憋屈和怨气都化成了一股原始的兽性，他一把抱住杨山杏光溜溜的身子，把她狠狠地压在了床上。

新房外也不平静。杨泽江带着两个战士正躲在窗外听墙角呢，里面半天没有动静，听的人早就急了。“咱排长够有耐心的，怎么还不吹灯啊？”一个战士悄声说。

杨泽江悄声接话：“懂个屁，吹灯干吗？新房里不兴吹灯。”

“那是你们家，我们家都吹灯。”第二个战士反对。

杨泽江不耐烦了：“去去，好像你们听过多少墙角了。吹不吹灯没关系，就是的，怎么里面还没动静啊？”

“人家是不是悄悄地进行，不打枪啊？”第一个说话的战士猜测。

“等你娶媳妇就知道打不打枪了，一定是知道我们在外面，不敢动呢。”杨泽江话刚说完，就听见里面传来一阵新娘子撕心裂肺的呜呜声。

“动了，动了！”几个人来劲了。

听到木制床腿吱吱呀呀的响声，众人一个个竖起耳朵，过了一阵子，在新娘子呜呜的哭声中，他们听到新郎排长骂了一句让他们百思不得其解的话：“娘了个腿的杨泽江！老子要骟了你的蛋！”

两个听墙角的战士都奇怪地看着杨泽江，杨泽江自己也傻了。

第七章 革命艰难

一 跟踪

仗越打越大，越打越残酷。

1932年6月，蒋介石亲任豫鄂皖剿总总司令，亲率三十万大军及四个航空队，对鄂豫皖苏区进行第四次“围剿”。而此时的中共鄂豫皖苏区中央分局却还沉浸在连续胜利的兴奋中，加上对形势的错误估计，他们不顾红军连续作战的疲惫，反而命令红四方面军主力南下，实现“夺取麻城，威逼武汉”的计划。

为使驻守岳山县的敌五十九师不能增援麻城，豫皖边红军第九游击师奉命堵截老对手，栓娃所在的独立营开赴白马山，打了一场对五十九师的狙击战。

栓娃的神枪在狙击战中起了大作用，他干掉了两个军官和两个机枪手，用的都是甩手一枪。但栓娃的甩手一枪动作有一个致命缺陷：要甩枪他只能站着甩，而在战壕里受地形局限，步枪甩不出去。所以栓娃只要射击，就必须跳到战壕之外，甩枪的同时，他自己也暴露无遗，结果他击毙了敌人，自己也中了一枪。栓娃的伤不重，他的右大腿被步枪子弹打了一个贯通，战斗没有结束，他就被送到老君山的山洞里，那里藏着红军医院。

老君山位于岳山县到大别山主峰的中间地带，往西四十里能到观音山，往东三十里就是大别山的主峰区。大别山的主峰有三座，分别是白马山、白云山和天河山，三座主峰如同一个“品”字，巍然屹立，气势磅礴，和周围的群岭高峰遥相呼应。大别山的主峰区也是战略要地，从这里可以南出鄂东北，北出豫东南，西达皖西，东扼汉口，是红四方面军主力重点活动的区域。

老君山在群峰中不算高,此山以溶洞出名,满山的大小溶洞有五六十个，最大的溶洞是山南的千人洞，能容千人。

红军医院放在老君洞，这个山洞位于山的背面，虽然不及千人洞大，但地形隐秘。老君洞长有一百多米，上下两层，上层通风，下层聚水，洞口隐蔽在丛林之中，红军医院选在这里，就是为了隐蔽方便。老君洞的洞口正对着一座绝壁险峰，人称“上天无门”的百丈崖。

因为栓娃的大腿里没留弹头，不用手术，没几天他就能在老君洞里蹦跶了。老君洞里和栓娃关系最好的自然是杨山杏，栓娃惊奇地发现，自打杨山杏结婚之后，整个人都变得光鲜起来，脸蛋红扑扑的，眼睛笑眯眯的，就连说话的声音也像拌了蜜一样甜丝丝的，有时候还听见她哼两声山歌小曲，老君洞的伤兵都喜欢她来换药，说她整个人都充满了喜气。

一天吃中饭，山杏、雪姑和栓娃一起讨论一个话题：为啥要革命?

杨山杏说：“我革命，就是为了不当童养媳。”

雪姑说:“那你革命已经成功了,你不是童养媳了,还找了一个好丈夫。”

杨山杏问：“那你呢？”

“打土豪分田地啊！”雪姑长叹一口气，“我的革命不成功，田是分了，可又给人家抢走了。”

杨山杏的脸色也黯淡下来，转脸问栓娃：“栓娃，你干吗要革命？”

“我？我干吗啊？好玩啊。”栓娃三口两口扒着自己碗里的米粒。

“啥？好玩？”两人顿时瞪大了眼睛。

“就是好玩嘛，”栓娃停止了咀嚼，“骑大马挎洋枪，多神气。”栓娃的脑海里浮现了他在石桥镇披红戴花骑大马的场景。

雪姑转脸看杨山杏："你看，小孩就是小孩，想的就是玩。"

栓娃放下饭碗，一张小脸变得狰狞起来："那是我当儿童团团长的想法，现在不好玩了，现在我革命是要为我爹报仇，我要扒顾顺国的皮，抽顾顺国的筋，拿他的骨头敲洋钉！"栓娃恶狠狠的样子让杨山杏和雪姑不敢说话了。

孩儿脸变得快，栓娃忽然又拿起饭碗："姐，半碗饭不够吃，我可是伤员。"

杨山杏赶紧把自己碗里的米饭往他碗里拨："洞里没米了，运粮队该来了。"

栓娃紧着扒了两口："对，运粮队改道了，我长山哥保证今天到。"

雪姑奇怪了："你怎么知道？"

"上次师长来医院亲口对山杏姐说的，说什么牛郎织女要相会，要让长山哥来送粮，这两天就是送粮的日子，昨天没来，今天肯定来。"

听了栓娃的话，杨山杏的脸忽地变红了。

周长山已经在路上了，许松涛真的让他带着一个战斗班来给医院送粮。

今天就能见到媳妇，即使他身上压着百斤重的粮担，脚下还能健步如飞。他带的人却跟不上趟了，到了一个三岔路口，已经当上班长的杨泽江啪唧一声把担子放下了："不行了，排长，该歇歇了。"

周长山停住看他："你怎么啦？这个行军速度你就跟不上趟啦？"

"排长，我们是送粮，不是急行军。哎哟，累死我了！"杨泽江一屁股坐在地上，摘下军帽呼哧呼哧扇着，"不能你的好事来了，就跟兔子似的跑这么快。再说了，我们也是为你好，你要悠着点，留点力气晚上用，你们说是不是啊！"

杨泽江最后一句带有煽动味道，引得身后擦汗的战士齐声应和："是！"

"你们这些兔崽子，小心我收拾你们！"周长山笑骂着也放下了担子。

"看见媳妇就顾不上我们了，就想着收拾媳妇了。对不对？"看周长山搭话，杨泽江煽动得更厉害，引得战士齐声喊："对！"

周长山指着杨泽江说："杨泽江，你存心和我过不去啊？"

“谁和你过不去？这可是营长嘱咐的，我们送到就回来，你就留在山洞里和嫂子洞房花烛了。”

“什么洞房花烛？早洞房花烛过了，这叫梅开二度。”一说起这个话题，当兵的个个有劲。

周长山没辙：“我瞎眼了，怎么带你们这些熊兵，再胡说我罚你们跑步啊。”

杨泽江不怕：“跑就跑，谁怕谁啊。”

战士们跟着起哄：“对，跑步！跑步！看谁晚上腿软。”

杨泽江没有想到，他坐下的时候，竹筐底部破了，漏出的一根竹签刺破了装米的布袋，几个米粒流了出来，穿过竹筐底部的缝隙，落在了地上。

就这几个小米粒暴露了他们的行踪。

周长山他们走了没多久，路上过来两个人，其中一个正是保安团的瘦猴。原来顾顺国也接到了剿总的命令，让他配合作战，袭击红军后方。顾顺国在黑虎岭吃了大亏之后一直很谨慎，他让侦缉队侦察前行，自己带着大队跟随。谁知瘦猴这个侦缉队队长看不懂军事地图，把方向搞反了，大队人马爬了半天高山，人疲马乏，顾顺国把瘦猴狠狠地训斥一顿，不让他吃饭，让他赶紧找路。

受了斥责的瘦猴惨兮兮地带着一个侦缉队队员来到三岔路口，又累又饿的他找棵树靠着坐下，从口袋里拿出一块饼，大口啃了起来，跟他出来的侦缉队队员馋了，直咽口水：“队长，还有吗？我也饿了。”

“看你那熊样。”瘦猴又掏出一块饼子扔给队员，队员没接着，饼子掉在了地上，那队员在捡饼子的同时，发现了草丛里有亮闪闪的几点，他看了一眼，急忙叫道：

“猴队长你看！”

瘦猴不耐烦了：“什么？有元宝啊？”

那队员捡起来一粒米：“这是大米？”

这几粒大米摆在瘦猴的手掌心里，他心里一阵激动，知道机会来了。

……

运粮队发现不对劲，好像被人盯上了。“排长，后面好像有人跟着我们。”后卫的战士说。

周长山警惕地问道：“什么人？”

“离得远，看不清楚。”

周长山对杨泽江说：“你带着队伍先走，我们等着看看。”

杨泽江带着队伍走了，周长山没走多远就证实了后卫的判断，后面确实有人。

他们不动，后面不动，他们一动，后面就动了。周长山的一颗心忽地吊了起来。他记起走前师长的交代：千万不能让敌人发现老君洞医院。

周长山对一个战士嘱咐：“你快跑几步，通知前面人把所有粮食集中起来，让杨泽江带五个挑担子的直接去老君洞，其他人跟我上百丈崖。”

……

跟了一段路之后，顾顺国确定前面的是红军运粮队，他真是心花怒放。从行踪看，这股“赤匪”人不多，一定不是给大部队送粮，那粮队会到哪去呢？说不定就能找到一个“赤匪”指挥所什么的，那就不是一般的功劳了。顾顺国心里正乐呢，没想到和已经停步的侦缉队碰头了。

“怎么回事？”顾顺国问瘦猴。

“前面山顶是岔路口，不知道为啥，他们在山顶上不动了。”

“不动了？发现你们了？”顾顺国说。

“不知道，也许……”瘦猴话音未落，前面传来了叫声：“后面的！是哪一部分的？”

顾顺国心里一惊：真被发现了！事不宜迟，他拔出手枪，大叫一声：“上！”

二 失踪

顾顺国发现红军运粮队行踪的时候，侦察排排长杨泽田正在报告保安团进山的情报，根据顾顺国的行进路线，许松涛马上意识到了老君洞面临的危机。

“有多少敌人？什么时候出来的？”许松涛问。

“至少有两个连，已经出来两天了，他们不是城里的保安团，是从石桥镇和白集出发的，所以我们的情报晚了。他们昨天剿了好几个山村，今天往老君山方向行进。”杨泽田说。

“坏了，说不定他们会和周长山的送粮队碰上，”许松涛命令，“你和冯大柱带独立营轻装出发，要绝对保护老君洞医院的安全！”

老君洞洞口，正在和栓娃聊天的杨山杏也听到了枪声。

“栓娃，你听到了没？”杨山杏开始紧张了。

“听到了，是枪声。”栓娃张望着。

枪声激烈起来，栓娃判定了方向：“好像是百丈崖。”栓娃指着对面陡峭险峻的山崖。

俗话说，望山跑死马。百丈崖看着近，枪声能听得真切，但要跑到那里也有七八里山路。

手榴弹的爆炸声也传过来了，群山中不断响着回音，杨山杏感到心口憋闷，喘不上来气。

“不会是你长山哥吧？他们不会去百丈崖吧？”杨山杏是在问栓娃，实际上也是在安慰自己。

杨山杏的担心被杨泽江的送粮队证实，面对着迎上来的医院院长和警卫班同志，杨泽江气喘吁吁地报告：“报告院长，路上发现敌人，我们周排长把敌人引到百丈崖去了。”

杨山杏双腿一软，差点倒地，被身旁的院长一把扶住。

栓娃跳了起来，一把夺过杨泽江手里的步枪：“我去救我哥！”

“拦住他！”医院院长一面指挥警卫班战士抱住发疯一样的栓娃，一面对闻声从洞里出来的医护人员叫着，“全体准备战斗！”

……

百丈崖的枪声足足响了半个小时，停了一段之后，又剧烈地响了起来，这让老君洞的人一直处于紧张状态。

守卫老君洞的兵力只有一个警卫班，加上杨泽江六人，也就半个排。

院长下了死命令，无论栓娃怎么吵闹，为了医院和伤员，老君洞不许出去一个人。

百丈崖的枪声停止了好一会儿，才有人来报信，冯大柱和杨泽田带领部队赶来。守卫老君洞的人松了一口气。

冯大柱和杨泽田在老君山周围布置了警戒后，回到老君洞口，他们带来了一个不好的消息，周长山带的五个战士全部牺牲在百丈崖，周长山本人失踪。杨山杏当场就昏了过去，被人抬进洞里。

“周长山他们打得很凶，山上有二十多个敌人尸体，周长山也不像是被俘，我们和那一股敌人交手了，他们跑得比兔子还快，要是带俘虏跑不了这么快。”

杨泽田小声对院长说着自己的分析，站在他们身后的栓娃竖着耳朵听着。

“估计是子弹打完跳崖了。”冯大柱也说了自己的判断。

“那你们没有下去看看？”院长急得搓手跺脚的，让周长山来送粮本来是他和许师长说的玩笑话，没想到许师长当真，还就派了周长山来送粮，这真是，没做成好事，反把杨山杏给害了。

“谁说我们没去？我们的战士用绑腿接着下去了，可是悬崖太深，下去还不到一半就不行了。”冯大柱也是一脸难受，他马上向医院院长传达了师长的命令，“师长说如果碰上敌人，老君洞医院立刻转移回前营子村。”

周长山失踪的那天晚上，苏醒过来的杨山杏一直抱着雪姑呜呜地哭着，雪姑怎么劝都没用。

“山杏姐你也别太难过，长山大哥不是没找着吗？说不定还活着呢。”

雪姑越劝，山杏哭得越凶。别人不知道，雪姑自己也是知情人之一，她知道山杏心里苦，为了被俘的那段蹂躏，山杏背了多重的负担啊！生怕心爱的人误解她，直到新婚之夜才真相大白。谁知道刚结婚就分离，好不容易相聚了丈夫又失踪，这山杏的苦命，真和那孟姜女有的一拼。

就像孟姜女哭长城似的，杨山杏越哭越凶，大有哭塌老君洞之势，准备天亮撤离的医院人员听见山杏的哭声，一个个心里发颤。山杏的哭声也让栓娃揪心，他暗自决定，明天一早去找周长山。

按冯营长他们说的，长山哥十有八九掉到山崖下面了，可就是掉下去，也不一定摔死啊。在石桥镇时就听顾郎中说过，他治好过一个采药的，绳子断了掉下悬崖，结果落在树上，就断了一条腿。

栓娃在自己的床板下面藏起一大团绳子，他准备明早单独行动。天没全亮，栓娃就扛着绳子出了老君洞，他之所以这么早出来，就怕遇到杨泽田阻拦，他在黑乎乎的山路上走着，急切的心情抵挡住了一切来自外界的威胁，山谷中发出的野狼叫声也没挡住他的匆匆脚步。

百丈崖的正面山坡和四周大山一样，一条小路顺着斜坡直通山顶，到了山峰的顶端，就没有下山的路了，全是齐刷刷的岩壁。一阵阵凉风从黑黑的崖底翻起，让人感到深不可测。

栓娃给自己鼓劲，这会儿日头还没有出来，等日头高了，就能看清下面了。为了保险，他找了个树干，把绳子围着树干拴好，把另一头扔到悬崖下面，他拉着绳子，小心翼翼地下了山崖。

开始一段还轻松，但栓娃越下越难，直立的崖壁夜里沾有露水，又湿又滑，下去十几米以后，栓娃的右腿开始发抖。不好，腿上的伤口刚刚愈合，右腿还不得力。不想还好，一想就慌，这一心理暗示立马让他把一身的热汗吓成了冷汗。

栓娃害怕了，他想试着往上拉一步，结果脚下一滑，他的整个身子直线而落，瞬间就掉下去好几米。栓娃此时脑子一片空白，岩壁把他的膝头、大腿和肚皮都磨掉了一层皮，可他还是快速往下掉。忽然他感到屁股一顿，一棵长在崖缝的松树正好支住了栓娃的胯裆，粗糙的树枝不仅磨去了他大腿内侧的一块油皮，还把他胯裆里的蛋蛋顶得生疼。

栓娃忍不住大叫一声，这次他算尝到了打架被对手抓蛋蛋的滋味了。栓娃的叫声未落，山顶也传来一声大叫，立马让栓娃转痛为喜。

“栓娃！”这是杨泽田的声音。

……

遍体鳞伤的栓娃胳膊没劲了，是杨泽田和两个战士把他拉上来的。

栓娃刚离开山洞，杨泽田就从站岗的哨兵处得到了消息，他一刻也没有停留，叫醒两个战士就去追。

看着满身是血、浑身无力的栓娃，杨泽田没再责备他，他把栓娃背在背上，往老君洞走去。

“放下我！我能走。”

“你能走个熊能走，要不是老子到了，你都掉到悬崖底下喂熊了。”

“你是我表哥，不是我老子！”栓娃历来是输人不输嘴。

“我都是给你气的。”杨泽田边走边说，“我知道你烦我，当兵的时候我赶你走，现在又处处管着你。栓娃，你既然叫我大老表，我还是要说你一句，别把自己的小命不当一回事，到处逞英雄，打枪还站着打。你也不想想，你把枪口对着敌人，人家的枪口能不对着你？还有，啥地方你都敢去！你再想想，今天你要是把小命丢在百丈崖，你值得不？你长山哥无论死活都不会原谅你！”

听到杨泽田提到周长山，栓娃不吭声了，他的心正处在矛盾中，就在杨泽田把他从百丈崖的崖壁拉上来的那一刻，他看见了另一棵长在悬崖缝里的松枝上挂着一件东西。

虽然光线很暗，但他还是看清了，那是一顶红军帽。一定是长山哥的，长山哥牺牲了。但栓娃现在不想说，怕杨山杏难受，他决定保密。跟着红军医院回到前营子村之后，栓娃也没向上级汇报周长山的事。

由于活不见人死不见尸，部队把周长山暂定为失踪人员。栓娃根本没有想到，他隐藏的这一秘密为他在几十年之后保住自己的一个更大的秘密做了铺垫。

三 回 家

红军虽然英勇顽强，可战况非常不妙。

日益壮大的鄂豫皖苏区以大别山为根据地，既能扼制长江又可威胁武汉，就如同一根鱼刺卡在蒋介石的喉咙里，老蒋连续三次围剿都没有见效，眼见鄂豫皖红四方面军的实力越来越强，他的第四次围剿可下了血本。

就在国民党重兵进攻的时候，苏区内部出了问题，鄂豫皖苏区的主席张国焘听令于掌握中共中央大权的王明，在连连胜利之后也头脑发热了。

围剿就围剿，打仗就打仗，兵来将挡，水来土掩，谁怕谁啊！带着这种理念，红四方面军孤注一掷正面硬顶，谁知道敌人是越打越多，最后终于顶不住了。

到了1932年10月，鄂豫皖苏区第四次反围剿宣布失败，除留下少部分兵力坚持战斗外，红四方面军主力被迫离开了鄂豫皖苏区，向西转移。

这些大战略像栓娃这样的小兵蛋子不会知道，他跟着冯大柱闷着头一直走。走了几天有了感觉，此次行军和以往不一样，过去队伍都在山里转，而这一次部队不在大山里面转悠了，他们一个劲向西走，越走离山越远，第一天还是山路，第二天就是山丘，而到了第三天第四天，脚下几乎全是平地了。

长了十五年，天天看大山，栓娃只觉得离开了山心里空落落的，心想别是回不了家了吧！好在他还是个孩子，心里有事也就折腾一小会儿，反正前面开路的是大老表杨泽田，身边挨着一个冯大柱，后面还跟着师长许松涛，这些人都比自己高，天塌下来有大个子顶着。

后来他们就到了传说中的平汉路，栓娃这才知道领导口中的平汉路原来是用两根长铁轨铺成的铁路，上面能跑呜呜叫的火车，能从汉口到北平。

平汉路是国民党军的一条防线，为掩护主力越过平汉路，冯大柱的独立营奉命拿下一个叫卫家岗的车站，并且要在那里坚守一天。

许松涛临走时嘱咐，冲不出去就打回大别山。

这一仗打得惨，冯大柱的一个营硬是顶住来自信阳方向敌人一个师的反复进攻。等到了撤退时间，卫家岗已经被重重包围，部队伤亡惨重。重围之中，冯大柱带着剩余部队打了一个“声西击东”，明里是西进硬冲平汉路，实际上是东回再返大别山。在突围战中冯大柱受了重伤，他手下的连长、排长全部牺牲，全营只冲出来二十七个人，最大的官是一连三排九班班长杨泽江。

这二十七个人还没进山区，冯大柱就不行了。牺牲前，冯大柱支走了所有人，只留下了自己的勤务兵栓娃。

“营长，我再给你烧一壶水。”栓娃带着哭腔说。

“别忙乎了，奶奶个熊的，再喝就到阴曹地府里喝了，杨泽田走的时候交代给我了，我只能告诉你一人。”冯大柱嘴巴贴着栓娃耳朵，用最后的力气交代了回岳山县城的接头地点和暗语，最后两个字是“保密”！

冯大柱牺牲了，剩下的战士组成一个战斗排，自命为排长的杨泽江一个劲追问栓娃：“营长到底说了什么？”

哭得伤心的栓娃给问急了：“营长让我把你们带回老家去。”

半个月之后，化装成一个小叫花子的栓娃混进了岳山县城，找到了街上的李记裁缝铺，说出了接头暗语，和地下交通员李裁缝接上了头。李裁缝告诉栓娃，苏维埃的黄主席已经在黑虎岭上的前营子村重建了第九游击师，特委有指示，凡是在豫皖边打散的红军战士，都要到新九师归队。

见到一溜整齐的队伍，原来的苏维埃黄主席，现在的新九师黄师长真是喜出望外，他握着杨泽江的手起劲地摇着：“真是你们回来了啊！太好了！太需要你们了！自打主力红军西征之后，鄂豫皖的兵力很少，特委临时组建的武装都没有多少战斗经验，你们老红军的队伍就是回来一个人我们都高兴啊！”

杨泽江立正报告：“报告黄主席，不，报告黄师长，我们过去是一个营，平汉路一仗就剩下了一个排，现在归你指挥。”

黄师长回礼：“好，同志们赶紧休息，我让炊事班给同志们弄一点南瓜饭，敌人封锁，没有什么好吃的，就剩下南瓜饭了。”

站在队尾的栓娃叫了起来：“师长，我们带了打土豪的粮食。”

黄师长转脸看到他，喜得连跨两步，一把抱住他，还就地转了一圈：“哈哈！我们的小栓娃啊！你也回来啦！”

……

羡慕忌妒恨，在杨泽江的心里发芽了。

第一层是羡慕。杨泽江看黄师长抱着栓娃转圈，心里真是羡慕：师长只跟我握手，怎么就跟他抱上了？

第二层是忌妒。晚上点名的时候，杨泽江发现栓娃的腮帮子上糊了几道红印子。

“你的脸怎么啦？”

“啊？山杏姐给揉的，是不是没洗掉啊？”栓娃摸着自己的脸蛋子说。

栓娃回到老驻地，最想见的人是杨山杏，队伍一解散，他就往红军医院跑。

刚给伤员换完药还带着一手血的杨山杏意外地见到了栓娃，第一反应是嘴张得溜圆，第二反应是眼珠子也瞪得溜圆。

杨山杏一把把栓娃拉到自己跟前，也不管自己的手干净不干净，逮着栓娃的脸就一直揉着，栓娃的脸被她手上的血抹得血糊糊的。

杨泽江一听缘由，一股酸水顿时从嗓子眼里冒出来了：娘了个腿的，怎么女人也稀罕这个小屁孩啊？虽说杨山杏是杨泽江的同族妹子，可她也是个漂亮女人啊，杨泽江长这么大，除了他娘，从来没有女人摸过他。这小子还没成人就招女人喜欢，真他娘的没天理。杨泽江感到忌妒的滋味比羡慕的滋味更难受。

栓娃可不是杨泽江肚子里的蛔虫，不知道他心里想什么，他的脑海里还留着和杨山杏见面时的情形。山杏姐不仅用血糊糊的手揉他的脸，还像很久没见着的亲人一样抱着他痛哭：“栓娃，我以为再也见不到你了啊！呜呜。”

杨山杏的哭声把病房里的人都引出来了，医院院长被栓娃的模样吓一跳。

“栓娃？你回来了？伤哪儿啦？”院长问。

“我没伤，是我姐手糊的。”栓娃使劲掰下杨山杏抱他脑袋的手。

“栓娃，你们大部队都回来了吗？”和院长一同出来的雪姑充满希望地问。

“没有，就我们二十多个，都是掉队的。”栓娃实话实说。他的话让所有人的心都冷了，都觉得胸腔里空空的，院子里一片寂静。

“啊！疼死啦！”

房间里忽然传来一声惨叫，院长和出来的医护人员又返身跑进屋里。

栓娃也跟着他们跑进那间又当手术室又当病房的草屋，只见几个医护人员死死压住一个嘶叫挣扎的伤员，房间里还有几个伤员也都神色痛苦。

栓娃脸上的肉也忍不住抽搐起来，他把杨山杏拉到门外："姐，这是怎么啦？"

"栓娃，我们太难了。"山杏忍不住又抹起了眼泪，"自打你们走后，我们就没药了，看着伤员一个个牺牲却没有办法，这屋里好几个伤员的伤口都化脓了。"

这天夜里栓娃失眠了，他心里没有一点回家的喜悦，而是第一次体会到了什么叫心情沉重。第二天一早，栓娃就拉着杨山杏去找黄师长，他要潜入保安团把守的石桥镇，找顾郎中要祖传的红伤药。黄师长大喜，当场解下自己的盒子枪给栓娃使用。

杨泽江得知了消息，他大发雷霆："狗栓娃，你还是我的兵吗？你把我当排长了吗？啊！你是冯营长的勤务兵，了不起啊，过去许师长喜欢你，现在黄师长还抱你，你哪把我放在眼里啊？"

"我什么时候没把你放在眼里，我不都叫你排长吗？"

"打住！你把我当排长？到石桥镇这么大的事你干吗不跟我排长汇报，而是直接去找师长？"

"不是我找师长，是山杏姐找的。"栓娃感到这事自己是有点理亏，但他不想给杨泽江抓话把子。

"可我是最后一个知道的！"羡慕忌妒恨，杨泽江心中三味全齐了。

叫归叫，杨泽江也不能阻止栓娃去石桥镇。

杨山杏一定要跟着，她也有理由，她是卫生员，这种药的用法她要知道。

11月，进入秋末，天也黑得早，栓娃和杨山杏趁着天黑出了黑虎沟。

在县城接头时李裁缝就说过，顾顺国虽然不敢进黑虎沟，可他在黑虎岭外安置了不少眼线。栓娃算了算时间，觉得还是走夜路安全，黑虎岭山高路险还有野狼出没，那些保安团的眼线天黑后不敢在林子里猫着。

栓娃他们到达石桥镇外的大沙河边时，已是半夜了，借着月光，栓娃看见大沙河的石桥上有两个岗哨在不住地晃动。

“坏了，桥上过不去。”栓娃轻声说，“我知道一个地方可以过河，跟我走。”

两人沿着河边往下游走了一段，到了合适的地方，栓娃脱得只剩一条裤衩，他把脚放在河水里一下又缩回来：“姐，你在这边等着吧，我一人去就行。”

正在卷裤腿的杨山杏问：“怎么啦？”

“这河水贼凉。”

“那不行，就是拿了药，我也要问顾郎中怎么用啊！”

栓娃犹豫了：“姐，这河水不算深也齐我胸口呢，你也不能像我这样光膀子，你要是过去，衣服可就湿透了。”

杨山杏脱了鞋子：“不怕，又没到冬天，水深也没啥，我还会几下狗刨呢。”

杨山杏光脚一沾水，真凉，在水里走不了几步，杨山杏就抖起来了。

顾郎中和顾大宝望着门口两个冻得发抖的人，爷俩简直都不敢相信自己的眼睛，一个光脊梁抱着衣服，一个浑身透湿抱着胸口。顾郎中赶紧把他们让进门：“栓娃，山杏，赶紧进来换衣服。”

栓娃说：“顾爹，换也没用，我们还要蹚河回去，您先给我们弄药吧。”

“这样要生病的，找衣服先披着。大宝，拿你娘的衣服给山杏。”顾郎中说着拿出一个酒壶，“这里有药酒，你们先喝上两口祛祛寒。”

栓娃和杨山杏对着酒壶一人喝了一口，身上有了一点暖意。顾郎中把红伤药包了一大包，又告诉杨山杏这药的使用方法，杨山杏从湿衣服的口袋里掏出两个大洋放在桌上：“这是黄师长让我给您带的药费。”顾郎中赶紧推辞：“我不能要这个。”

“顾爹，您就拿着吧，我们红军有纪律，不拿老百姓一针一线，拿您的药哪能不给钱。”栓娃把这里当成自己家，顺手把那瓶药酒也放进包袱里。

没用一个小时，栓娃和杨山杏又回到了对岸，冰上加冰冷上加冷，两人冻得受不了，栓娃放下头上顶着的药包，伸手找顶着衣包的杨山杏要衣服：“赶紧的，姐，冻死了，给我衣服。”

杨山杏蹲下抖开包袱，把栓娃的衣服递给他，自己也拿出顾郎中给她带着的一套干衣裳准备换上，可她递衣服的手伸出去了，不见栓娃接衣服，她一抬头，发现栓娃两眼直愣愣地看着她。山杏低头朝自己身上一看，只见在皎洁的月光下，湿透的军装紧紧贴在她那丰满的前胸上。

虽说面对的是个十五六岁的男孩，山杏也已经脸上发烧了，她把栓娃的衣服朝他一扔，赶紧背过身子："瞎看什么，毛孩子？"

栓娃也清醒过来，感到自己的心怦怦乱跳，他一面转身一面套自己的裤子："姐，我背过去了，你换衣服吧。我不看。"

栓娃紧闭着两眼，匆匆穿好自己的军装，戴上军帽，可他的耳朵却一直在捕捉背后杨山杏换衣服的声音。

栓娃已经度过了十五个春秋了，他的身体里第一次懵懵懂懂有了一种奇异的信号，这种信号像火一样，把河水带来的冰冷驱逐得一干二净，他甚至感到下腹部还有热度在蔓延，栓娃的这种感觉一直到听见杨山杏发令才消失。

"好了，转身吧。"

栓娃转过身子，他不敢看杨山杏，只是低着头找他放在河滩上的东西。他先系上腰带，又拿起盒子枪插在腰里，刚才杨山杏抛他军装的时候，一个黄黄的小物件从军装口袋里掉出来了，他拾了起来，突然心一动。

栓娃想起了娘。他手里的小物件就是当年在黑虎沟战斗时缴获的战利品，那个小观音像。一切缴获要归公，他当时上交了，收战利品的人说这是铜的，不用上交。还给他正好，他想带给娘。

"怪不得老天都保佑你，你还带着观音菩萨呢，你不是说带给你娘吗？"正在整理药包的杨山杏在栓娃住院的时候见过这个小观音像。

"姐，我想去看看我娘，我们在周家湾停一下？"

杨山杏点头："行，师长说一路都听你的。"

……

到了周家湾，栓娃没有找到娘，他站在废墟一样的自家门前发呆，直到身旁的杨山杏拉了他一把，他才强压住自己的悲伤，喉咙里低低地吼了一声："娘！"

栓娃跳进隔壁周长金家的院子，敲开了他家房门。

“栓娃！真是栓娃啊！我说这两天左眼老是跳，真是你回来了！”一盏昏黑的小油灯下，周长金看着栓娃和杨山杏，还以为自己是在做梦，“你不是那个山杏，长山没过门的媳妇吗？”周长金指着杨山杏问。

一听他说周长山，杨山杏的眼圈就红了。

“长金哥，我娘还在吗？”栓娃赶紧问最关键的问题。

“在！”周长金做了肯定答复，“她今天不在家，进山找你去了。”

自栓娃爹去世之后，栓娃娘回到废墟一样的家，得知儿子当红军的消息之后，她啥事也不做了，每天提着要饭筐，迈着小脚进山找栓娃。

栓娃心酸，强忍着不流泪，但他一颗悬着的心却放了下来。他还想多问问娘的情况，无奈村子里的狗叫声越来越响，看周长金坐立不安的样子，栓娃感到自己不能长待下去了，他拿出了那个小观音像：

“长金哥，这里我不能多待了，告诉我娘我很好，你把这个给我娘，她信观音娘娘。你再告诉她，让她别找我了，有空我还回来。”

周长金接过小观音像，眼睛顿时瞪大了：“栓娃，你这是哪里来的？”

“我缴获的。”

“你都能缴金子了？”

栓娃愣了：“谁说这是金子，这是铜的。”

周长金摇头：“铜的？不是，我在汉口的金店见过这样的。”

“铜的和金的有啥不一样？”栓娃问。

“金子是软的，咬得动。铜硬，咬不动。”

栓娃说：“那你咬咬看？”

周长金把观音像捧在手里：“这是观音娘娘，谁敢咬？找报应啊。”

在回去的山路上，栓娃一声不吭，杨山杏奇怪了：“栓娃怎么啦？”

栓娃停住脚：“姐，你说那个小观音真是金子的吗？长金哥说那是金子的，要是金子的，我就犯纪律了。”

“你不是让好多人看过，都说是铜的吗？”

“他们都是穷人，谁见过金子？长金哥跟着我爹跑汉口，他见过金子，我怕真是金子的。”

杨山杏也迟疑了：“那怎么办？”

“等有机会找我娘要回来，让黄师长看看，他说不是，我再给我娘。”

“行。不过你可别对人说啊。”杨山杏叮嘱着。

第八章 路线斗争

一 显摆

树挪死，人挪活。

离开了大别山老根据地的红四方面军主力一路西行，终于摆脱了敌人的围追堵截。1932 年底到达了位于四川和陕西交界的通江县，在那里建立了川陕革命根据地总指挥部。国民党并没有放过这支冲出重围的红军部队，又组织了新一轮的围追堵截。

1933 年 7 月，红四方面军击败了来自国民党川军的三路围攻，10 月又粉碎了更猛烈的六路围攻，在这两次粉碎川军围攻的战斗中，许松涛打得英勇顽强，尽啃硬骨头，被红四方面军总部授予“老虎师”称号。

仗一直打到了 1934 年 8 月，川陕革命根据地也发展到了顶峰，红四方面军的主力部队由从大别山出来时候的两万多人扩展到了八万人。

1935 年 3 月，红四方面军主动发起了嘉陵江战役，总指挥徐向前指挥部队历时二十四天，歼敌十二个团，攻克了八座县城。至此，东起嘉陵江、西至北川、南起梓潼、北达川甘边界的大片地区都成了红四方面军的地盘。

嘉陵江战役之后，红四方面军总部获悉一个消息，五次反围剿失利之后撤出中央苏区的中央机关和红一方面军的行进方向可能就是川西。红四方面军总部立刻组织先遣队西渡岷江，迎接北上长征的中央红军。许松涛的“老虎师”作为先遣部队之一，迅速向川西小金县的夹金山方向行进。

此时的杨泽田当上了“老虎师”先锋营营长，他接到命令，要他的先锋营直接越过达维镇，到雪山脚下扎营，同时命令杨泽田到达维镇的师部报到。

骑着战马的杨泽田一进达维镇，就感到了不一样的气氛，大红横幅上写着很显眼的标语：“热烈欢迎我三十万中央红军。”一队队穿着蓝黑色军服的战士通过，人人脸上都是一副喜气洋洋的神色。

杨泽田的战马进了街口就慢了下来，颠着小步，一直跑到有士兵站岗的师部门口才停下来，杨泽田翻身下马。

“报告！”杨泽田站在门口喊。

“进来！”里面回应的人正是许松涛，红四方面军“老虎师”师长。

杨泽田进门敬礼：“报告师长，先锋营营长杨泽田奉命报到。”

“来得很快啊。”许松涛身穿一套崭新的蓝黑色细布军装，笑容挂在脸上，他的兴奋让杨泽田也受到了感染。

“迎接中央和一方面军嘛，这是大喜事，马都跑得欢欢的。”杨泽田说。

许松涛把他叫到地图前：“你的部队现在到哪了？”

杨泽田摆摆手：“看啥子地图啊？已经过了达维镇，往大雪山去了。”

“好！速度够快。”许松涛赞许，“有情报说中央红军可能会翻越雪山，要是这样，我们这一路可能先和一方面军的老大哥握上手，你可不能给我丢脸！”

“放心吧师长！我保证把面子争得足足的。”杨泽田信誓旦旦，“哎，师长，我看见镇上的标语了，中央红军有三十万啊？乖乖，那是个什么阵势啊！”

许松涛也高兴得直点头：“就是，几十万人马是个什么阵势我也没见过啊！对了，一方面军要是真走大雪山，那你们要多带一点物资。”

“我们都准备好了。”杨泽田拿了一把凳子先坐下，“有米有面，我们还从藏民手里买了不少盐巴、干肉，还有一些皮衣。对了，我还带了两坛子酒。”

“娘了个腿的，有酒也不知道给老子弄一点。”许松涛笑骂着。

杨泽田也笑了：“师长还能少酒？要不我给你留一坛子？”

许松涛一摆手：“算了，都带去，犒劳一方面军老大哥。”他说着也拿了一个凳子坐下，掏出口袋里的香烟拿出一支，把盒子扔在桌上，示意杨泽田自己拿：

“我们从鄂豫皖突围出来快三年了吧？”

杨泽田从烟盒里抽出一支香烟，拿过火柴点上：“两年八个月了。”

许松涛感叹：“是啊！当年我们从大别山出来两万人，现在八万人，比以前可是壮大多了，就是在中央红军老大哥面前，我们也不丢人。”

“那是。咱大别山的当然不能在井冈山的面前丢人不是。”杨泽田瞅着许松涛的细布新军装，“师长，你看你都穿得喜气洋洋，我先锋营可是你的门面，也不给我们发套新衣裳装装门脸？”

许松涛用夹着香烟的手指点点他：“你小子，狗屁叨叨什么便宜都占，这新军衣是总部首长给师以上干部配发的，要不把我的给你？”

杨泽田连连摆手：“算我没说，我有天大的胆子也不敢剥你师长的皮。”

许松涛站起来：“没有新军服你也要给我展示军威。不然我这里现成的部队把你调过来干吗？你赶紧到雪山下面等着，不要耽误了和老大哥会师。”

杨泽田也站起来，把手里的半截烟捻灭了：“师长放心，我保证完成任务。”

出了师部，杨泽田在兴奋之中又有一点惆怅。进入川陕之后，杨泽田觉得这两年顺多了，而日子过得越好，他心里越有一种内疚，不知为啥，一有好消息他就会想起栓娃，总会想起他对姑姑的保证。平汉路阻击战的时候，杨泽田曾两次暗示师长，想让他把栓娃从冯大柱身边调出来。许松涛其实也动心思了，他也很喜欢栓娃，但最后还是没有调。杨泽田理解师长的用心，临战调兵会失去军心。

冯大柱的一个营一个人都没回来，栓娃生死不明，想必是凶多吉少。生死由命，谁让咱是当兵的呢！杨泽田心里明镜似的，可就是挡不住一有好日子就想到栓娃。他毕竟还小了点，要是打死了还真亏。可自己年长一点又怎么样呢？还不是脑袋拴在裤腰带里，连女人是什么滋味都不知道。

管他呢，就是挨了枪子，谁说老子十八年后不会又是一条好汉？杨泽田一鞭子打在马屁股上："驾！"战马一惊，一步窜出去好远，四蹄倒腾快跑起来。

第三天中午，杨泽田终于迎来了中央红军的先头部队。

前两天的等待让杨泽田心生疑虑，他看着眼前高耸入云的大雪山，心想师长的情报是不是错了？大路朝天，各走一边，放着这么多条路不走，中央红军干吗从这大雪山上翻过来？前两天他派出去两个前卫班，爬到一半冻得受不了，都返回来了。

"营长，别是搞错了吧，这山上也没路，还猴冷。"昨天上山的前卫班班长穿着从藏民那里买来的老皮袄，冻得鼻涕一把的。

今天又上去一个班，杨泽田想要是今天再没消息，就报告师长说情报不准。

天阴沉沉的，据老乡说，天山上一定会下雪。杨泽田心也凉了，正想备马去师部，前卫班跑回来了两个战士："营长，他们来了！"

杨泽田高兴了："嘿！老大哥真走大雪山了？"

"对！山上风雪不小，可我们看到山顶的红旗了，是红军的军旗，我们班长带人迎上去了，让我们赶紧回来报告。"回来的战士说。

杨泽田来劲了，先命令吹号整队，又三步并作两步跑进炊事班，他对正坐着聊天的几个炊事员大叫："赶紧把大锅烧起来！老大哥们从雪山下来一定冻得够呛，多烧一点姜汤，也显得我们热情。"

"放心吧营长。我们烧的够一个营喝了。"营部的炊事班班长拍着胸脯子说。

"一个营？"杨泽田叫了，"中央红军几十万人马，你那点姜汤不够马喝的。"

炊事班班长傻了："天哪，几十万？"

杨泽田回到路边时，全营士兵以班为队列，以排为方阵，已经齐刷刷地列队完毕，战士们一个个精神饱满，军容整齐，杨泽田满意地笑了。

到了川陕根据地之后，军装的颜色变了，以深蓝黑为主，军帽是统一的大八角的形状，配上显眼的红五星、红领章和红袖标，更显出战士们的挺拔英姿。

先锋营也是许松涛的宝贝营，武器配备最好，人员也是满员配置，全营三个连，每个连三个排，每个排一挺轻机枪，排长胸前都挂着号称花机关的冲锋枪。

三个连队九个方阵，营直属还有一个机炮排，三挺马克沁重机枪和三门迫击炮按杨泽田的布置，排在队尾的最后一个方阵里。就眼下这个阵势，杨泽田已经搞了两次演练了。

“娘了个腿的，搞得不孬。”正当杨泽田对着自己的队伍点头的时候，前去迎接的班长派回的又一个战士赶到了：“报告营长，中央红军到了！”杨泽田一转脸，看到了远处飘扬的红旗。

二 疑 虑

接到红一方面军前卫部队的第二天，许松涛就在师部大毡房里召开了团级以上干部动员会，看看怎么才能更好地迎接中央红军老大哥。

许松涛自己先做一个令人振奋的发言：“同志们，我们已经和中央红军会师啦！今天晚上，我们要和他们的先头部队一起开一个会师会，明天，朱总司令、毛委员带领的党中央都要从这里经过。哈哈！同志们，我们是迎接中央红军的尖兵，要展示我们红四方面军的样子，要继续完成迎接、护卫和后勤补给工作。任务很重啊，同志们一个个都要给我表态。”

许松涛一说完，开会的人个个争着发言，一团团长保证：“我们一团保证向中央红军老大哥学习，以新的姿态和面貌来完成迎接工作。”

一团团长说完，二团团长也不甘示弱：“报告师长，我们二团参加欢迎的同志全部换了干净军装。保证不给师长丢人！”

三团团长比前两位有想法，他直接站起来：“你们只是迎接，我们不只准备了迎接，我们还准备了学习。师长，我们团的营连干部组织了学习队，准备到一方面军老大哥那里学习他们的革命经验！”

杨泽田坐在最后一排，他昂着脑袋发愣。他不是团级干部，但他的营属师部直管，此次迎接中央红军他又是前站，许松涛把他叫来，就想让他说说会师的经过，给大家鼓鼓劲。而杨泽田好像没事人一样，两眼望着毡房的顶棚，不知道他在看啥。

许松涛恨不得上去塞他两拳：“杨泽田，你的舌头给狗咬啦？你给我发言啊！”

“我没啥说的，团长们说的我都做了。”杨泽田躲不过，敷衍两句。

会议结束，许松涛把他叫住：“杨泽田你给我回来！你刚才什么意思啊？”

“人家都是团长说话，我一个小营长凑啥热闹？”

“凑热闹？你是全军的先锋，老大哥看到的第一张脸就是你！”许松涛说。

杨泽田拍着自己的脸：“师长，我这张脸不给你丢人，任务都很明确了，师长布置的我们都做到了，没话说。”

“你娘的吃了枪药啦？说话像枪子？”

许松涛很疑惑地看着他。这杨泽田平日里大大咧咧，说话直来直去，不像今天这个熊样，说什么都是绕弯弯：“你没有问题也有态度啊，刚才会议上大家都热情发言，你怎么一声不吭，王八吃钩子，卡嗓子眼里啦？”

杨泽田急了：“不说话就没态度啊？我是第一个会师的，我营里除了穿在身上的，连多余的裤子都送出去了，你还要我怎么样？把裤衩都扒了？那光屁股没办法站队迎接老大哥啊。师长，我所有能拿出来的东西都招待人家了，还说我没态度，那空口白牙谁没有？那个吐沫星子喷得多就是好态度啊？”

“哟哟哟！”许松涛怀疑杨泽田面上作秀，实际是想找他要物资，“你不是还穿得周吴郑王的吗？也没光屁股啊？干吗这么大火气？”

“反正我拿出来的都是吃在肚子里当饱、穿在身上管暖的，我有啥好说的？师长批评我，我就是不服气。”杨泽田说。

许松涛认真了：“得得得，我看你就是有事，你他娘的有话就是不敢放。”

“师长，那叫‘有话不敢说，有屁不敢放’！”杨泽田纠正许松涛的话。

“杨泽田你个臭扛活的还和我咬文嚼字。有话就说！有屁就放！别那么憋着。”

“是师长你让我说的啊，到时候别骂我。”杨泽田一脸正色。

许松涛看他不像开玩笑的样子：“赶紧的，什么话？”

杨泽田把他拉到门口，指着街上的标语小声说：“师长，把那标语摘下来吧。”

许松涛看着标语上的醒目大字，他读出声来：“热烈欢迎我三十万中央红军！这是总部陈政委的指示，怎么能摘了？你小子可不能胡来啊！”

“师长，据我的侦察，中央红军没有三十万。”

“什么？”

“十万都没有！”

许松涛大张着嘴，吃惊地看着杨泽田：“你小子吃错药了吧？中央红军的数字是总部说的，你敢胡言乱语？”

“我不敢！所以在会上不敢放屁。”

杨泽田有疑虑，这种疑虑从他见到金立中的第一眼就有了。中央红军第一个和他握手的是前卫连连长金立中，如果不是他自我介绍，杨泽田以为站在他面前的是一个叫花子。

金立中个头不高，杨泽田见他的第一感觉就是太瘦，脸颊深深地陷了下去，脖子下的锁骨也深深地陷了下去，而两眼却大大地凸出来，脸色几乎和胡楂子浑然一体，眉毛上还沾着没有化开的雪花。金立中穿一身灰色军装，说军装是好听，他的军装布满了大大小小的补丁不说，袖子几乎都成了布褛，只有领口的两块红布领章还能分清是红颜色。金立中脚上穿的不是鞋子，而是把两个草团子绑在了两只脚上。他也没有背包，挂在胸前的盒子枪和身后背着的一条军毯就是他的全部家当。

杨泽田握着他的手，鼻子一酸，冒出来第一句话是：“你怎么成了这样啊？”

杨泽田带着金立中的前卫连从自己的队伍前经过，他后悔了，这也太显摆了。他看见了自己战士的惊讶眼神，也听到了他们在窃窃私语。

“这是老大哥中央红军吗？怎么这么狼狈啊？”

“就是，打了败仗的样子啊。”

杨泽田立即制止：“吵吵什么？老大哥们从大雪山下来，吃大苦了，各连都来人，赶紧扶一方面军的老大哥们去休息。”

杨泽田这一招呼，把原来准备的列队露脸计划彻底打乱了，战士们都跑上来，帮助这一队疲惫的战士回驻地休息。进了营部，杨泽田给金立中来一个全身大换血，他把自己的军上装和通信员的军裤都给他了，还给金立中拿来一碗热乎乎的姜汤和两个香喷喷的大馒头。

“我们多少天都没有见过热饭了，真是一把炒面一把雪啊！不少战士埋在雪山了，杨营长啊，见到你们真是太好了！”端着热碗的金立中开始擦眼泪。

杨泽田的鼻子也有点酸：“哎哎，不兴这样啊，我们都是工农红军嘛，中午你先垫一垫，晚上我再请你喝酒。”

当天晚上，杨泽田和金立中喝酒拉家常，大致知道了一些中央红军的情况。金立中说自己是江西井冈山人，民国元年出生，民国二十年参加了红军。

“那你要叫我大哥。”杨泽田当仁不让，“我出生比民国还早几年，民国十八年就参加暴动当红军了。”

金立中立刻端起酒杯：“你是老兵，也是老哥，我敬一杯。”

杨泽田不客气，他一口喝下：“不过老弟，你看着可老相啊。”

金立中摇着脑袋：“没办法，能活下来都是运气。大哥，羡慕你们啊，这么好的装备，这么整齐的队伍。”

杨泽田很得意，当兵的就喜欢有人夸自己的军容和装备：“哈哈。装备都是我们缴获刘湘的，队伍比不上你们，我们只有八万人。”

“八万人还少啊？我们可就只有……”金立中忽然不说了。

“来来，再喝一点，这是从藏民家里买来的青稞酒。”杨泽田赶紧劝酒。

酒喝上头了，金立中的感叹也多了：“我们原来也好啊！就是这五次反围剿反的，苏区越打越小，最后老家都不要了，一个湘江突围，十多万人少了一半。中央在遵义开了会，情况才好点，但每天还是跑路，重装备丢了，大小家当扔了，赤水河都渡了四次，我们井冈山下来的多少好弟兄都不在了。”

杨泽田看着满脸痛苦的金立中，不由得想起两年前自己从大别山出来的情景，他也不由自主地又喝了一口酒。

“那个金连长说，湘江突围他们有十万人，一仗就损失了一半。师长你算算，那中央红军还能剩多少？”

杨泽田把自己的疑虑一五一十地告诉了许松涛：“我观察，中央红军这一路够惨的，干粮袋子都是瘪瘪的，过雪山的时候就几把炒面，上雪山都是单衣，冻伤了不少，他们的补给几乎没有，要是真有三十万人，那后勤补给会是什么样？”杨泽田说完了还是指指街上挂着的标语。

许松涛看了他一眼：“杨泽田！”

“到！”

“别把你当侦察员侦察敌情的那一套放在自己人身上，你给我记着，不该打听的不打听！不该说的你给我闭嘴！”

杨泽田当天就发现达维镇上的标语改了，清一色的“欢迎中央红军老大哥”。

三 立 场

比杨泽田计算的还要少，经过长征的红一方面军实际兵力只有三万，这和拥有八万兵马的红四方面军相差太多，这种实力的差距不仅让红四方面军的个别领导人开始觊觎红军的军事领导权，也同样影响到红四方面军的各个层面，杨泽田无意之中加入了一场争吵，也就说明了这一点。

这天没事，杨泽田想去红军医院看望他们营的教导员，他刚把马牵出来，迎头碰上了师长许松涛。

“杨泽田，干吗去？”许松涛叫住了他。

“师长，我去医院看看。”杨泽田赶紧立正敬礼。

“去医院干吗？你没病没灾的，是不是看上医院哪个妹子了？”许松涛对杨泽田口无遮拦，想到哪说到哪。

“师长，你把我看成什么人了？我去医院看我们教导员，他五大三粗的哪像妹子？他打摆子住医院好多天了，这营里就我一个，公公婆婆一起当，我去看他小子好了没有。”杨泽田赶紧解释。

“不是看妹子就好，你赶紧去赶紧回啊。”许松涛说完掉头就走。

“师长，有任务啊？是不是我们要和一方面军一起出发了？”

这一阵有些传言，说两个方面军要合起来一起行动，杨泽田想打听一点消息。

“你小子要是不去医院，就给我在家里待着。瞎咋呼什么！”看来许松涛不愿说这个话题。

“别别，我还是去医院，我们教导员还等着我给他带牦牛肉呢！我要不去，他会骂得我耳根子发热。”

杨泽田到了医院门口，他的教导员正好出门散步，一眼就瞄到了他，立刻大声喊叫起来：“操，杨泽田，你娘了个腿的终于来了，带啥好东西了？”

和杨泽田搭档的教导员也是大别山人，长得五大三粗根本不像一个搞政工的。他一边扯着嗓子嚷嚷一边翻杨泽田的包，愣是从杨泽田的包里扯出一个酒瓶子和一包牦牛肉，立马哈哈大笑起来。

两人进了病房，一会儿房间里就散发出酒的香味。

杨泽田滔滔不绝，把怎么在雪山下会师，又怎样打听一方面军的情况，一五一十都向自己的搭档说了一遍：“我可是把我们营的老底子都贡献完了，连裤衩都就剩屁股上这一条了。”杨泽田喝着酒咂咂嘴。

“你不穿裤衩也没有什么稀奇的。怎么样，见到中央首长了？”教导员拿了一个大块的牦牛肉干，放在嘴里使劲嚼着。

“看见了，我们还给中央首长当了一天警卫。毛委员，朱总司令，还有个外国大鼻子，都握手了。看来中央首长的日子也艰难，脸色都黄，都瘦。唉，遭难喔！看见他们，我就想起我们从大别山出来，看起来比我们那回还难。”

……

青稞酒加牦牛肉，不一会两人就上了脸。院子里一阵吵嚷声吸引了杨泽田的注意力，他奇怪了：“怎么住医院还这么吵？”

教导员摆摆手："这几天都这样，都在争论和一方面军合并的事。"

"合并？"杨泽田好奇了，"谁说合并？我听说是联合行动。"

"你是哪路的消息？我们这医院各路首长多，说什么的都有。"

就在杨泽田和教导员喝酒聊天之际，院子里几个伤病员也在争执，一个胖乎乎的伤病员指手画脚，吐沫星子乱喷："凭什么听他一方面军的，他才几个鸟人啊！号称三十万，结果呢？三万，还都像叫花子一样。我们多少人？正规红军就八万，还有地方独立师，最少也有十万人，要听也要听我们张主席的。"

有主唱的，旁边就有帮腔的，一个拄着拐杖的立马同意："就是，还要让我们跟他们北上！张主席说得对，谁的人马多就应该听谁的。北上有什么啊？荒草荒地，只有南下才是出路。"

也有反对的声音："不对，红军只有一个党中央，难道我们不听党中央的？"

胖子立马反驳："你什么意思？他叫中央就是中央啦？党中央要是正确能把中央苏区丢了？能把三十万打成三万？皇帝轮流做，今天到我家。我说啊，现在就应该听我们四方面军的，合并也应该是我们吃了他们。"

杨泽田喝的酒比较烈，上头了，他听见门外的争论，也跑了出来："娘了个腿的胡咧咧什么，谁兵多谁当家啊？噢，看不起打败仗的，你敢拍胸脯说没打过败仗？你们中间可有鄂豫皖出来的？有没有啊？有就举手！"杨泽田点着院子里的人，除了刚才几个争执的，旁边还围了一些看热闹的，看着杨泽田点着他们，包括胖子伤员都举起了手，想听听他下面要说什么。

"你们真是有嘴说人没眼看自己。"杨泽田点着举手的人，"民国二十一年，我们从大别山跑出来是个什么样？兵不过两万，把老根据地都丢了，说别人叫花子，你自己早就当过叫花子了，破裤衩对烂裤裆，都一样，别埋汰人！"

胖子不乐意了："你什么意思？让我们听一方面军的？"

杨泽田看着他："我没说。我们是当兵的，一切听上级的，别在这里瞎嚷嚷！"

"听上级的？你什么职务？"胖伤员问他。

"'老虎师'先锋营营长。怎么啦？"杨泽田瞪眼瞅着他。

胖子一拍胸脯子："你才是营长？老子是副团长！是你的上级！你是不是该听我的？我说合并，就要我们四方面军并了他们一方面军！怎么样？"

杨泽田火了："就你个熊样当个团副就称上级？老子哪只眼看你？"

胖子毛了："你对上级什么态度？当我老子了？"

"老子就当你老子了！怎么了！"

吵着吵着，两人拽到一起了，杨泽田的教导员赶紧带几个人上来拉架，胖子被人推进房间的时候，嘴里还是不依不饶："什么破营长！我叫你啥都当不成！"

杨泽田毫不示弱："你试试！"

那胖子还真有点能耐，还没过一天，许松涛就把杨泽田叫到师部，劈头盖脸一顿臭骂："娘了个腿的你算老几啊，不咧咧就把你给憋死啦？说啊！怎么不说话啦？老天第一你第二啊，连团长都敢骂！"

杨泽田一拧脑袋："什么团长？一个破团副。"

"副团长也是你领导！叫你在家待着，娘的你跑到医院去给我惹是生非！"

"不是我惹事，师长！是那小子说话太不厚道，明明是他破坏团结！要毁掉我们两军会师的大好形势！这不是你一直给我们交代的吗？听上级的听上级的！"

许松涛围着他走一圈："你小子平时说话没这一套套的文辞啊？破坏团结，大好形势，你以为糊弄我几句就行啦？那保卫部的人就在路上了。"

杨泽田瞪着眼："保卫部？保卫部的人关我屁事啊？"

"关你屁事？保卫部那些人是吃素的吗？川陕根据地肃反你忘了吗？你小子到底说什么了？把那些黑脸的小鬼给我招来！"许松涛一脸严肃。

杨泽田说："我说什么啦？他们骂一方面军是叫花子，我打抱不平，说人家叫花子，别忘了我们从鄂豫皖出来时的叫花子样，破裤衩对烂裤裆，都一样，别埋汰人。"

许松涛不信："就这些？"

“他问我是不是听一方面军的，我说听上级的，娘的那个团副就……”

许松涛打断他：“说话文明点，别娘娘的，什么团副？副团长。”

“是！我说要听上级的，那个副团长说他就是上级，我们俩就干上了。”

“没说别的？”

“要是说别的，我是他娘的这个。”杨泽田不仅嘴里骂娘，还伸手做个王八的样子。

许松涛两手叉腰：“他娘的！小小的团副也他娘这么狂！”

杨泽田笑了：“嘿嘿师长，你也骂娘了。”

许松涛瞪他一眼：“我都是给你气的！你小子不知道天高地厚，你知道你惹的是什么人……”他话没说完，卫兵进来报告：

“报告师长，总部保卫部的人要见你。”

“知道了，让他们进来。”

看着卫兵出门，许松涛指指杨泽田：“我相信你一回，滚！大大方方地滚！”

“是！”杨泽田敬礼转身，他大模大样地出门，和卫兵带来的两人擦肩而过。

杨泽田没走多远就停住脚步，他从口袋里掏出一支香烟点了起来，不一会就听见了里面许师长的大嗓门：“你们说的我都调查了，没有的事，你们要抓就把那个告状的副团长抓起来！奶奶的猪八戒倒打一耙，到处散布谣言，破坏两军团结，那就是个小人！想毁掉我们两军会师的大好形势，简直就是一个反革命……”

四 分 道

红一、四方面军会师之后，高层为北上还是南下而争执了多次，这种争执自上而下地也波及了两军的情绪。最后还是中央说服了已经担任红军总政委的张国焘，他同意执行北上计划，但在执行方式上也有自己的想法。中央也同意了张国焘的分兵意见，红军一、四方面军进行组合，编为左路和右路两路大军，分别北上。

许松涛的“老虎师”和部分红四方面军的部队划归右路军，由党中央和毛委员指挥，从毛儿盖向班佑和巴西地区开进。左路军由总政委张国焘和总司令朱德率领，经阿坝地区北上，两军共同合击甘南。

许松涛刚在作战会议上布置完“老虎师”北上的任务，一团团长马上提问：“师长，既然是一、四方面军合并进军，我们执行谁的命令？”

许松涛面色严肃：“我们归属右路军，听党中央和毛委员的。”

“可是中央不是说我们政治落后吗？还说我们军阀主义！张总政委不也说中央政治路线有问题吗？我们干吗要听他们的？”一团团长质疑。

“就是，我们就不应该合并，他们一方面军走右路，我们四方面军走左路。看谁走得顺当！”二团长就跟着凑热闹。

有人敲鼓就有人打锣，反对的不是一个两个，听着下面的议论，许松涛猛敲桌子：“你们瞎嚷嚷什么？我这是军事部署会，我们是军人，得到命令就要执行！还有，徐向前总指挥多次说两军要团结。听到没有？我要再听到你们说捕风捉影的话，我立刻报告保卫部，对你们不客气！”

“老虎师”师长真要发威，下面的人也都不敢再吭声。

散会后，许松涛留下了杨泽田：“给你个重要任务，我们师要担任右路军指挥部的警戒，派你的先锋营去，师部骑兵连也归你指挥。”

“是！”师长的脸色铁青，杨泽田真担心会出什么事。

这种担心还真出现了。右路军进展迅速，仗打得也很顺，可到了即将和左路军会师的关键时候，张国焘带领的左路军却忽然背道而驰，弃北向南行了。

杨泽田听见指挥部里争执一片，在红四方面军的高层里，两种意见旗帜鲜明。

“我们必须北上，北上才是唯一的出路，现在南下是死路。”这是一种意见。

“不是北上南下的问题，是执行不执行张总政委命令的问题！你看看总政委来的电报，如果中央一定要北上，我们四方面军就单独南下。”这是另一种意见。

“事实是明摆着的，我们已经打通了甘南的口子，此时北上，正是消灭敌人的大好时机；如果我们单独南下，那就是分裂红军。”

“徐总是什么意见？”有人问。

这一段时间一直和总部在一起，负责在外面警戒的杨泽田听到一个熟悉的声音。

“张总政委的电报我已经让陈政委转给中央了，毛委员已经给左路军回电，认为南下电令完全不合适，目前只有向北才是出路，否则红军将陷入前所未有的困境，我建议还是听中央的。你说呢，陈政委？”

“我认为要服从张总政委的命令。”这一个声音杨泽田也熟悉。

完了，两个主要领导想法不一样。杨泽田心里打鼓了。杨泽田检查完哨位之后回到营房休息，他迷迷糊糊刚进梦乡，就被一个人推醒，他揉揉眼睛，发现推他的人是许松涛。

“师长？”杨泽田一骨碌爬起来。

“杨泽田，你是不是我的兵？”

许松涛一句莫名其妙的话让杨泽田丈二和尚摸不着头脑：“师长，你什么意思？我当然是你的兵！”

“是就好。你知道不知道，这么多部队我为什么单单把你调来警卫指挥部，连骑兵连都交给你了？”

“师长信任！”

“信任是一方面。关键是你知道什么是大局。”

看着许松涛紧张而又严肃的面容，杨泽田推断一定是出了大事。真的出了大事。许松涛此时不能对杨泽田明说，此时右路军已经发生了大变故，跟随右路军的红军前敌指挥部参谋长叶剑英获得了张国焘密令四方面军截获中央的电报，他已经连夜通知了中央机关和右路军的红一方面军部队。而此时许松涛之所以叫醒杨泽田，是因为他接到了追击一方面军的命令。

“红一方面军单独北上了，叶参谋长也不见了。杨泽田，你立刻带领骑兵连连夜去寻找叶参谋长。”

“是！”

“杨泽田，我们都是穿同一种军装的人，该怎么做你心里明白。”许松涛看着他，“你给我记住徐总指挥说过的话，天下红军是一家。”

黎明时分，中央红军直属队正在急行军，担任后卫的金立中得到报告说有马队追来。他赶紧向领队的政治部柳主任建议，让队伍加快行军，赶紧脱离。

“不用，我和你一起去后面看看。”柳主任说着返身向后走。

怕首长有闪失，金立中立刻让他的连队沿着路两边散开，面朝南拉开了一道散兵线，一副准备战斗的模样。

不一会，南面传来了急促的马蹄声。晨曦中，他们看到一队飞驰而来的骑兵。随着马队的临近，金立中一个手势，他的部队全部卧倒，并在他的命令下拉开了枪栓。

马队越来越近，金立中认出了领队的人，他大叫一声：“杨泽田，你想干什么？”

第九章 重要任务

一 进 城

栓娃长大了，当兵四年，今年他正好十八。他的肩膀变宽了，个子长到五尺，只是脸看起来还嫩，小瘦脸还没长出棱角，鼻梁高了反显得鼻子大，两只黑眼珠子总是滴溜溜地转着，嘴唇上有冒胡子的迹象，可要是细看，一撇嘴还会显出孩子气。

栓娃现在是侦察班班长，是黄师长最信任的部下。此时他正带着五个侦察员换上国民党军装，进了岳山县城。

为了彻底消灭大别山里的红军，国民党把鄂豫皖第三保安司令部放在岳山。顾顺国升任少将司令，他的主要对手还是红军新九师，他用清剿和封锁结合的方法把山里能赶出来的山民统统赶出大山，他要让山里的红军成为无水之鱼。

新九师还在黑虎岭，顾顺国重点对黑虎沟进行封锁，我进不去，你也别出来。顾顺国发誓要让黑虎岭里面的红军得不到一粒米、一颗盐、一寸布。但他没有想到，栓娃他们已经解除了“要进黑虎岭，必走黑虎沟”的魔咒，在悬崖峭壁的后山上开辟了另外一条秘密通道，黑虎岭其实和外界畅通无阻。

就在前两天，栓娃带着特委派来的常特派员通过秘密通道来到黑虎岭，这位特派员见到黄师长就问：“你们能弄到钱吗？特委在汉口搞到一批武器弹药和医药物资，现在急需用钱。”

岳山县城里，顾顺国也正为钱在生气，盐税局胡胖子扣了他五千大洋的军饷不给他，胡胖子提出一个要求，他要把自己的女儿许给顾顺家。

男婚女嫁按说是好事，可胡胖子的女儿真是胖子的种，十九岁的姑娘长得像个水桶。顾顺国知道弟弟一定看不上，可自己的老婆胡彩花在里面极力撮合。那个胡胖子和胡彩花一个村，算是胡彩花的同族堂哥，也算是剿总胡参议的堂侄，两家都靠胡参议这个后台，顾顺国虽然当司令，可胡胖子可以不搭理他。

“你和你弟弟说了没有啊？”胡彩花又催促他。她五官精致、身材诱人，不然顾顺国也不会娶她。

“说什么啊？你没头没脑的。”顾顺国明知故问。

“胡局长那千金说给他当媳妇啊。那姑娘不就是胖点吗？可人家有钱。你弟弟倒是个小白脸，那能当饭吃啊？你要知道，那胡胖子家可比你们老顾家有钱多了，你要是攀上这门亲戚，你的军饷啊粮草啊还用愁吗？”

顾顺国不乐意了：“我攀他？老子有枪，怕他不给军饷啊？”

“你什么意思？不答应啊？”胡彩花不高兴了。

“我答应有用吗？顺家是新派青年，给他娶媳妇，要让他自己来看。”

“那你就赶紧写信让他来看啊。我就不信了，他一个听见枪响就尿裤子的还能娶到什么媳妇！”胡彩花撇着嘴说，“你让他回来，我来说服他，长嫂如母，还怕他不听？那胡局长这么大家产又没有儿子，那么多钱不都是你顾家的？”

“呸！没有儿子他不能生啊？你看看这桌上是什么？”

“什么？”胡彩花看见桌上有一封请柬。

“这是请柬。明天姓胡的又要娶小老婆了，没有儿子他能干吗？”

“你要想搞大钱，只有搞盐税局。”地下交通站的李裁缝对栓娃说，“盐税局最有钱，他们打着防共的旗号把全城和四乡的盐都垄断了。”

栓娃挠头：“那我们有什么办法能把姓胡的抓到？”

“还真有个机会。”李裁缝说，“那个胡局长明天要娶姨太太，县城和乡镇的头面人物都来巴结他，还有各乡的保长、甲长们都要来送礼，他一定会大捞一把。”

“那一定有大钱。”栓娃的眼珠子转了起来。

为了在胡胖子身上弄到钱，栓娃带着侦察员在县城里住了下来，在胡胖子娶姨太太的当天，他把两顿饭都安排在盐税局正对面的岳山饭馆。

中午一顿，跑堂的一看六个国民党兵进来，赶紧把他们往二楼的包间引：“老总，要吃点什么？”

栓娃推开了包间的窗子，窗口正对着盐税局的大门，大门口人来人往，不少人抬着礼品进门。他很满意这个位置，听见跑堂的问，他就随口答：“一人两个馍，一碗光面。”

跑堂的有些奇怪：“老总们就吃这个？”

栓娃醒悟过来：“我没说完你打什么岔？再来一碗红烧肉、一个酱猪蹄、一只小鸡子，再来一个炖豆腐。”

“好嘞！红烧肉一碗、酱猪蹄一个、小鸡子一只、炖豆腐一盘。”

跑堂的叫着下楼了，几个侦察员都馋兮兮地看着他，高个刘大山喜出望外：“班长，你有钱啊？”

挂着国民党少尉领章的栓娃瞪他一眼：“你叫我什么？”

刘大山知道自己错了，小声改口：“是！排长，咱们能这么吃啊？”

栓娃脱下自己的帽子看看：“咱们现在是国军一二三师的人，不吃人家会怀疑的。”

“我是说，你有钱吗？”刘大山凑近了问。

栓娃他们吃的这顿午饭是找李裁缝借的钱，去借钱的陈二贵又带来了一个情报：“真的一二三师也进城了。”

栓娃警惕起来：“多少人？干吗的？”

“四个兵一个官，当官的比你多条杠杠，是个少校，他们赶着一辆大车，好像是进城买东西的，现在住进山城旅社了。”

“好！”栓娃兴奋起来，“老话怎么说的？天助我也。”

“怎么啦？”陈二贵不明白了，“一二三师进城了你还高兴？”

“你看看这个，”栓娃指着自己的领章，“一个小少尉能进得了盐税局吗？弄个少校就可以去给胡胖子祝贺了。”

傍晚时分，栓娃带着侦察员在山城旅社拿住了那几个一二三师的人，除了一辆大车外，那军需官兜里的几十块大洋一股脑都进了栓娃的腰包。

把那几个人处理了，栓娃换上少校军服又上了岳山饭馆，还在那个包间里，几个人美美地又吃了一顿。他们边吃边等机会，直到盐税局门口那些熙熙攘攘的人都进了院子，大红灯笼下面就剩下了两个把门的哨兵，栓娃叫人到楼下找跑堂的伙计要了几张黄草纸，他把吃剩的猪骨头鸡骨头拢成一堆，对刘大山说：“你给包起来。”

刘大山不明白了：“包这干吗？”

二 赴宴

胡胖子办喜事，在盐税局的院子里摆了十几桌，顾顺国夫妇自然是坐主桌。

“呵，娶个姨太太还弄得这么排场！”顾顺国的口气酸溜溜的，“新娘子呢？”

一个打扮得珠光宝气的胖女孩朝这边走来：“人家虽然是姨太太，要的也是明媒正娶，哪能随便就露面啊？是不是啊老爹？”

胖女孩的话引得众人一阵大笑，胡胖子面露窘色：“见笑了，这是小女宝珠。”

顾顺国连连点头：“见过见过。”他假笑着低声对胡彩花说，“就是这头货，你还想把她许给顺家？脑子有毛病吧？”

胡彩花不以为然：“有什么毛病？人家有钱。”

那个宝珠没听她爹的话，不仅不回自己的座位，反而朝顾顺国和胡彩花似蹲非蹲地躬了一下超吨位的身子：“大哥大嫂，宝珠给你们请安了。”

顾顺国糊涂了："你叫我什么？"

"大哥啊，我爹不是把我说给你弟弟了吗？"

旁桌的人一听说，纷纷过来祝贺，弄得顾顺国上也不是下也不是，随便应付几句，借机又对胡彩花发火："搞什么搞，成没成，我先比胡胖子低一辈。"

宝珠倒是不把自己当外人，她一把扯住胡彩花的胳膊："未来大嫂，我爹给你们备的礼物都在西院了，你要不要去看看？给你留的一套首饰可漂亮呢。"

胡彩花一听喜笑颜开："好好，当家的，我去了啊。"

负责喜宴接待的是胡胖子的管家，里面的酒宴刚刚开始，门口又来客人了。

"胡局长娶太太很热闹啊，这点薄礼不成敬意啊！"说话的人就是栓娃，他一抬手，把刘大山包得歪歪斜斜的草纸包扔在一堆礼品里。

"不知三位老总是……"

管家刚询问一句，一旁的刘大山抢着搭腔："这是我们一二三师周营长。"

管家赶紧赔礼："不知长官到小县来，没及时下帖子。"

"没下帖子这不也来啦。"栓娃说着想直接往院里闯，这管家有些犯难，这些已经喝多酒的丘八也惹不起，要是争执起来，那可就把胡局长的喜气给冲了。

管家赶紧拦住栓娃："有地方，只是院里都满了，我给各位另摆一桌怎么样？"

"行，只要有吃有喝的就行。"

不一会，十几个菜和一坛子酒就端进了管家的房间，管家端起杯子敬酒，他刚和栓娃喝了一杯，就忽然发现了不对劲的地方。这营长这么年轻啊？这张脸怎么看也和脖子下面的少校领章对不上。借着明亮的灯光，管家心里不禁咯噔一下。

"各位先自便，我去招呼再给你们上几个好菜。"

管家刚想起身，被身旁的栓娃一把按住了：“别动！”

随着栓娃的一声低喝，身边的刘大山把一把匕首顶在管家的喉咙下面，对面的王有田也用手枪指着他的脑袋。

管家屃了，带着他们进了西院，指指一间亮灯的房间：“钱在这屋里。”

栓娃一步跨到了门边，他听见从房间里面传来了女人的笑声和说话声。

“嫂子，你那小舅子顾顺家到底回不回来啊？不是诓我的吧？”

“哪能诓你啊。实话给你说，我一发火，昨天下午我们当家的就派一个班去汉口了，估计有个五天就能回来了。怎么，等不及了？”

“嫂子说什么呢！人家看得上咱不？”

“看得上看不上他说了不算，我是他长嫂。老话怎么说？长嫂如母。”

“哎哟！那就谢谢嫂子。等他来了，我把家里的首饰再送嫂子一套。”

“里面是谁？”栓娃把刀尖顶在管家的腰眼。

“是我们家小姐，还有……”

管家没有说完，栓娃按住管家的肩膀，一使力，他便把管家推进门去。

……

顾顺国的军饷被人劫走了。顾顺国得知消息赶来，西院的正房被翻得乱七八糟，他们从超大的红木床下拖出来被捆住手脚、脏布塞满嘴的两女一男。

“谁干的！”胡胖子对拿掉堵嘴布的管家大叫。

“一二三师的，就跟土匪一样啊。”管家哭丧着脸。

“首饰没有了！大洋也没有了！当家的，赶紧追回来啊！”胡彩花刚被黑二混子解了绑绳，就自己扯掉嘴里的布，“是三个当兵的，他们把箱子抬跑了。”

“啊？”胡胖子傻眼了，“顾司令，你赶紧追，抢走的全是给你的军饷。”

不管胡胖子说的是真是假，顾顺国立马命令全城戒严。不久传来消息，有一辆一二三师的大车刚刚出南城门，车上不止三人，起码有五六个人。

“南城门是丰集方向，真是一二三师？”顾顺国气坏了，“快给我追！”

顾顺国带着一个连的保安团追了四十多里，累得筋疲力尽，他越追心越凉，心想要真是一二三师的人当劫匪，他们往营地一躲，我上哪找啊？

忽然有手下叫道："司令，前面有辆大车！"

顾顺国带兵搜索着过去，路边真是歪倒着一辆大车，上面有"一二三师军需处"的字样。只有车没有马？顾顺国立刻警觉起来：如果是一二三师干的，这些人怎么会把车扔在这里？难道是"赤匪"冒充的？莫非是一二三师的兵痞子想把军饷藏起来，不敢带进军营里？

顾顺国正百思不得其解，手下又发现了人马进山的痕迹，还发现了路边有丢弃的食盒子和一些猪骨头鸡骨头。

"就是这一帮人，食盒子都是盐税局的。"手下说。

"娘了个腿的！狗日的怎么吃进去的，就怎么给我吐出来！"顾顺国狠狠地骂着，"你们给我追，追上了我重重有赏！"

还真给顾顺国说中了，栓娃他们吃进去的没有吐出来，倒是拉出来了。除了刘大山之外，栓娃和另外四人个个跑肚拉稀。

栓娃他们舍不得盐税局里的一桌好菜和管家房间的两包咸盐，搬钱箱的时候都带出来了，他们在弃车上山之前，几个人把带出来的菜吃得干干净净。

食多也伤人。这几个人连着三顿油荤，快活了嘴却忘了肚子，偏偏盐税局的盐不要钱，菜做咸了口干，陈二贵在路边弄了一壶凉水，除了刘大山之外，几个人又咕咚咕咚猛灌几口凉水，油荤加凉水，没多久，喝凉水的肚子就开始闹腾了。

栓娃刚在草丛中蹲下，陈二贵也忙不迭在他的旁边脱裤子，这没走三里地，已经蹲下四五回了。俗话说，好汉抵不住三泡稀，不一会儿，抬咸盐的两个侦察员就不行了。

"都放在马背上。"栓娃苦着脸说。

"不行，马驮着两箱子银圆都够重的了。"牵马的刘大山反对。

"那你驮着啊？我们都拉稀了，怎么就你没事啊？"陈二贵也扛着一包盐，他也拉得浑身没劲。

"我不就没喝你弄来的臭水吗？"刘大山看众人这个熊样，他也只能接过陈二贵的盐袋子扛在自己的肩上，把牵马的缰绳塞给了陈二贵。

没走几步，王有田又憋不住了，他一面脱裤子还一面嘀咕：“你说这肚子怎么就这么没福气呢？三顿肉就他娘的这样泻掉了。”

新九师已经离开了黑虎岭，驻扎在三姑墩，也就是栓娃当兵的地方。

看见侦察班回来四个人的模样，黄师长傻了。除了刘大山还能直着腰给师长敬礼之外，栓娃和另外两个战士都蹲在地上，四个人都穿着短裤，三个蹲地的不仅露着裆，还散发着一股臭气。

“什么味道啊？你们掉到粪坑里啦？”黄师长几乎要捂鼻子了。

“是……师长……是拉肚子了。”栓娃脸色苍白，他摇着手，说话都费力。

“你拉肚子？你的战士也拉肚子？你们的裤子呢？”

“都在门口，当口袋装银圆呢。”

黄师长惊喜了：“银圆？好啊！真搞到银圆了，赶紧拿进来啊！”

刘大山把四条当口袋的裤子从门外提了进来，黄师长“见钱眼开”，也顾不得臭味了，他捧着一摞白花花的银圆笑得合不拢嘴：“哈哈，还真不少啊！打了多少？”

“没数，一共两个箱子。我们只带回来一箱，还有一箱藏起来了。”

栓娃说的是实话，当驮箱子的马被压垮的一刹那，栓娃知道这两箱子银圆带不走了，可要空手回去，这个样子怎么有脸见人？

栓娃一面解裤带一面命令：“快脱裤子。”

“脱裤子干吗？”没有拉稀的刘大山不知道他是啥意思。

“能装多少装多少。”栓娃说，“刘大山，这里就你是好人，把银圆装裤子里，你多扛点吧。”

刘大山赶紧脱自己的裤子：“我扛也扛我自己的，你们那臭裤裆还能闻吗？”

“你俩都别脱了，找个地方把剩下的钱藏起来，等着带人来取。”栓娃一面对拉稀最厉害的王有田和陈二贵说，一面把装了银圆的裤子驮在自己的脖子上。

四个人中多亏刘大山有劲，两条装满银圆的裤子正好凑成一副担子，就这样走走停停，三十里山路硬是磨了六个小时，到了三姑墩的村口时，栓娃和两个战士硬是站不起来了，是哨兵把他们送到师部的。

“让大山带人去取剩下的……”栓娃话没说完，就两眼一黑倒下了。

等他再醒来的时候，发现自己和两个兵都躺在医院的铺板上，他身边是正用热水给他擦身的杨山杏。栓娃弄到大钱的好消息传开不到半天，又传来一个坏消息，藏起来的另一箱大洋又被顾顺国夺走了。

难道是因为栓娃他们留下的一路稀屎，顾顺国闻着臭味就跟来了？

“好！回去要给盐税局的厨子嘉奖，老子昨晚还骂胡胖子盐税局打死贩盐的。真是老天有眼啊，竟然是给劫匪下药了。赶紧追！追上一人赏一个大洋。”

好消息传来：“司令，沟里有一匹倒下的马，已经快没气了。”

“等等！都站住！”顾顺国听见倒马的消息，他停住了，“先别追了，给我搜，沟里！树林！细细地搜！”

顾顺国可是有脑子的人，没有了马，这五千大洋是多大的一坨啊！凭几个跑肚拉稀的能搞得动？果然不一会儿，就有变了调的声音传来了：

“司令！司令！快来啊！找到军饷了！”

众人向发出声音的树林里走去，在树林中，两个箱子被乱草和树枝覆盖着。

“怎么找到的？”

“这附近也有两泡稀屎。”

“哈哈！天助我也！”顾顺国放声大笑，他向打开的箱子看去，只见一个箱子里放着两包咸盐，另一个里面全是纸包的大洋，一摞摞得放满了一箱子。

三 路劫

栓娃丢人丢到家了。

刘大山被叫进了师部，在有肃反审讯经验的常特派员面前，他竹筒倒豆子抖了个一干二净，怎么弄的钱，吃了几顿饭，吃了什么东西，为啥拉肚子，等等。

听说黄师长和常特派员有过一番激烈的争执，争执的结果是两人互让一码，常特派员要求严肃处理栓娃的意见被暂时搁置，但原定栓娃升任岳山便衣队队长的任命也同时作废。

常特派员到新九师来身负两个重要任务，一是搞到经费，二是贯彻特委新型游击战的精神，在各区域建立便衣队，而黄师长推荐的队长人选就是栓娃。

真是窝囊，躺在医院里的栓娃不想喝杨山杏端来的稀饭，他苦苦地思索着，忽然有了一个主意："狗日的顾顺国，老子一定把失去的再夺回来。"

从汉口到岳山有一条沙石公路，一路向北，九转十八弯，横穿了大别山的崇山峻岭，行程有两百公里。

岳山县地处鄂豫皖三省交界，属边缘县城，爹不亲娘不爱，虽有公路，但至今也没有开往岳山的一辆长途班车。岳山人出门，无论是南下湖北汉口，还是东去安徽六安，抑或西走河南信阳，所用的交通工具就两种：马车和轿子。想快点赶路就坐马车，想舒服一点的就坐轿子。

顾顺国派人去汉口接顾顺家回来相亲，因为要赶时间，所以这一路他们用了马车，去的时候走了两天，回程倒是走了三天。两辆马车一前一后，负责接人的保安团王班长带着二少爷坐前面的车，车上不仅有顾顺家，还坐着一个抱着野花的漂亮姑娘。

这姑娘是顾顺家自己处的对象，名叫卢大雁。住在汉口大码头的卢大雁今年十九，过去没见过这么大的山，进山之后她看什么都新鲜，一会问顾顺家这山里有没有老虎，一会又下车看路边的小溪里有没有小鱼，回程的时间就这样一点点被耽搁了。

刚才她又被山坡上的大片野花迷住，不知不觉采了一大把，直到顾顺家催她："大雁，再不走天黑了也到不了家。这山里没有老虎可有狼！"

顾顺家知道不说点吓人的东西，说不动这大小姐。

"真的啊？"听到有狼，卢大雁紧张了，她抱了一束采摘的山花跟着顾顺家下山，走三步还一回头，好像身后真会有狼跟着。

"真有狼啊？你不是骗我吧？"上了马车，卢大雁问顾顺家。

“大白天没事，晚上就说不准了。”

大白天路上没狼，倒是有人在等着他们，等着顾顺家的人就是栓娃。

自打弄来的大洋给顾顺国追了回去，栓娃真是把肠子给悔青了，他找个没人的地方抽了自己几巴掌，骂自己贪吃的臭嘴倒霉的肚子，骂了无数遍。

栓娃在医院里不拉肚子了，倒是破天荒地失眠了，他实在睡不着，就睁着大眼，把这一路的情景一遍遍在脑海里回放，这一回放，让他想起一个细节，这脑子瞬间就活了。栓娃想起的细节就是他在偷袭的时候听到了房间里面两个女人的对话，顾顺国要把他弟弟顾顺家从汉口接回来。

接回来干吗？对了，接回来说亲。栓娃一骨碌从床上坐了起来。那两个女人，一个是顾顺国老婆，一个是胡局长女儿，她们的话一定不错，五天之内顾顺家会回来。

一想起顾顺家，栓娃就想到了他那年在顾家大院缴那支盒子枪的场景。就是那吓尿裤子的小子，他是顾顺国的弟弟，要能绑到他，就能逼顾顺国交钱，这叫绑肉票。

他把自己设想的计划详详细细地告诉了黄师长，黄师长立刻就批准了，还顺带给他布置了另外一个任务。

终于等到顾顺家了。那保安团的王班长还以为栓娃他们设的哨卡是一二三师的呢，也没当回事，可那顾顺家两腿刚着地就看见了一副似乎相熟的面孔，他脑子里的搜索引擎只用了一秒，一个名字从他大脑里蹦了出来：栓娃！

虽然已经过了好几年，眼前这人已经从少年变成了青年，可这脸形，这眼神，是顾顺家深深烙在脑海里而不能忘却的，这让他不由自主地大叫了一声：“‘赤匪’！”

顾顺家一声惊叫，王班长习惯性地去掏枪，只听一声枪响，王班长的手枪落地。

栓娃的枪口上冒着青烟。

王班长手腕上的鲜血立刻刺激了顾顺家的神经，他的裤裆很快就有了热烘烘湿漉漉的感觉。同在此时，后面马车上的保安团士兵也在众多的枪口下纷纷举起了双手。

栓娃计划的第一步百分之百成功了，只是没想到被抓的俘虏中还有一个城里的大姑娘。当栓娃知道了这个姑娘的身份之后，决定让她去给顾顺国报信。

“既然你是他的媳妇，这送信的事就交给你了，知道信送给谁吧？就是他哥，那个岳山的顾司令。”栓娃说。

“我不是他媳妇，我只是他的女朋友。”卢大雁纠正栓娃用词的准确性。

“那都一样，反正你是许给他了。”卢大雁的解释对栓娃不起作用。

“可是好汉，你们要把顺家怎么办啊？”卢大雁和他说不清，一听说要让她送信，她心里稍稍安定了一点。

她叫我好汉？栓娃觉得好笑。他打量了一下眼前的姑娘，这让他心里一酥。他第一次见到大城市的姑娘，心想这姑娘像画上的一样漂亮。

卢大雁在学校就被公认是东方标准美人，她长了一张瓜子脸，配上柳叶眉和凤眼、小口，更像画出来的仕女，最显眼是她的皮肤，从脸颊到脖颈，露在外面的皮肤真的是白皙滑腻。

她身上的装束栓娃第一次见到，上身是紧腰的细白布衫，能显现胸的凸挺和臀的鼓翘，下身是一条过膝黑色长裙，脚下是长白袜黑布鞋，既风韵又显得素雅。

栓娃不知道这在汉口是标准的女学生打扮，他是第一次见识，看得有点发傻。

这卢大雁也是见过世面的人，第一次见到国民党报纸上描述的“赤匪”，她的好奇心战胜了恐惧心，她同样也用眼睛直直地正视他。

时间一长，栓娃醒悟过来了，在自己的计划中，没有盯着姑娘看的内容。

“你既然叫我们好汉，那肯定知道我们要干啥，你让姓顾的拿钱来赎他弟弟，他弟弟现在是我们的肉票了。”栓娃说着递给卢大雁一封早已写好的信。

“那你是谁？我怎么和他哥哥说？”卢大雁接过信，斗着胆子又问了一句。

“我是谁？你告诉顾顺国，老子行不更名坐不改姓，我叫栓娃，大号周长河，是他顾家的仇人！他到时候不拿钱，我就撕了他弟弟！”

卢大雁被他的这句狠话吓得一哆嗦，而一旁被绑的顾顺家感到自己的裤裆里又热了一下。

四 布 局

“他娘的他娘的他娘的！”看了卢大雁带来的信，已经上床睡觉的顾顺国忍不住破口大骂。胡彩花听着他的骂声也从床上爬起来，也披着衣服出来了。

“深更半夜的，你到底在干吗？”胡彩花问。

顾顺国把信往她面前一扔：“我弟弟给‘赤匪’绑票了。”

胡彩花拿起信还没看，就问：“他们要多少？”

“五千！”

“什么？五千大洋？”胡彩花听着像割她的肉一般，“你弟弟值五千大洋？”

在一旁站立的卢大雁听不下去了：“五千大洋怎么啦？这是一条人命！顾司令，顾顺家可是你亲弟弟！”

“你是谁啊？这里有你说话的地儿吗？”胡彩花不知道这个女学生打扮的人到底是谁，她转头问顾顺国，“她是谁？”

“她是……”顾顺国慌里慌张，也没问卢大雁的身份，他一时不知道怎么说。

“我叫卢大雁，是顾顺家的女朋友，我和他一起回来的。”

“你是他女朋友？”胡彩花吃惊地叫了起来。

顾顺国得到消息的时候，顾顺家已经被栓娃蒙着眼藏进一个山洞中了。这个洞叫鲇鱼洞，位于鲇鱼山，算是栓娃他们的物资兵站，一个叫齐大哥的联络员住在洞里。

齐大哥是猎人，平时除了打猎采药，他还开垦了一些山地种了一些玉米和南瓜，收了之后都储存在洞里，时不时地给前营子的部队送一些去。鲇鱼洞也作为栓娃他们出山进山落脚的地方，此次顺利地抓到了顾顺家，他们就在洞里待了一夜。

第二天天没亮，几个人又把顾顺家眼睛蒙着提了出来，他们向黑虎岭继续前进，这条路是后山的秘密通道，要穿过一个水帘洞，还要上一截天梯，带着蒙眼的顾顺家很耽误时间，所以这一路上基本是刘大山背着顾顺家行走。

除了绑票，黄师长还给栓娃一个重要任务，他要在前营子村里安排一场好戏。

“我们新九师已经转移出了黑虎岭，要和主力一起在外线作战，但要让顾顺国认为我们现在还在黑虎岭，你如果绑到他弟弟，你就唱一出空城计。”

这就是黄师长交给栓娃的重要任务。所以说，即使顾顺家是栓娃的仇人，栓娃也不能杀他。栓娃他们进了村子，把顾顺家关押在原来红军医院的一间空房间里。

坐在地上的顾顺家很快就听见了哨子响，他支起了耳朵，接着又听见了不少人的脚步声，他还听见有人报告：“报告师长，各部到齐，请发布命令。”

“好！一营长！”

“到！”

“今晚顾顺国要来赎肉票，你营到左边山崖布防。”

“是！师长！一营听我的口令，跑步走！”

“二营长，你们去右边山崖！”那个师长又叫。

顾顺家接着又听到了二营队伍跑步的声音，接着，三营，还有机枪连等等。

……

顾顺家越听越担心：这哪是赎票啊，这是要打大哥的埋伏啊！要是大哥中了埋伏，那自己同样小命不保。顾顺家忍不住一阵阵发颤，他那蒙着眼睛的脑袋左右转着，就想多听一点动静。他不知道此刻栓娃就在窗前正伸着脑袋看着自己的样子发笑呢。

这小子上当了。栓娃心想。

刚才他给侦察员们分配角色的时候，大家还不相信，刘大山第一个放炮："班长，这村里加上留守部队，只有三十几个人，就玩空的啊？"

"什么空的？这叫空城计！三十人不少了，诸葛亮就玩三个人的呢！"栓娃说。

"空城计的戏文我听过，"陈二贵发言了，"诸葛亮一个人在城楼上摇扇子，下面两个老兵扫地。可那是唱戏，我们要是这样，顾顺国一梭子就把我们突突了。"

"我们当然不能那样。"栓娃说，"我们现在有两个任务，一是拿顾顺家换赎金，把我们拉稀丢人的脸面找回来；二是我们的主力已经撤走了，我们要让顾顺国还相信我们的部队还猫在前营子村里，所以要让那个顾顺家看一场好戏，不，是让他听一场好戏。他熟悉我，我是不能出面了，你们都有角色。"

装师长的是王有田，几个营长都是侦察员装扮的，脚步声最好办，留守的一个排战士有三十来双脚，一起重重踏步，也能造出上百人的声效来。

第一出戏演完了，栓娃又带着人赶紧布置晚上演出的大舞台。

……

深夜，顾顺国带来了两个营的保安团到了黑虎沟前面的草甸子上。他们还带来一个不该带的人。那个卢大雁一定要跟着来，也正是因为她，顾顺国才决定出兵黑虎岭。从昨夜到天亮，顾顺国也没想出一个万全的办法，他想去赎人，而胡彩花不同意："你追回三千，这回他们要五千，这不是越干越亏吗？"

"你这是妇人之见，那是我弟弟，我顾家传宗接代就要靠他了。"

"你弟弟？你把他当弟弟，他把你当哥了吗？随随便便就带个女人回来，那胡胖子的女儿怎么办？"

"这都什么时候了还管那个，救顺家最重要，你赶紧给我拿钱。"

"没钱！"

两人的吵嘴声让闯进外屋的卢大雁听见了。

卢大雁这半夜睡得艰难，白天的事情让她合不上眼，好不容易迷糊了一阵，又是噩梦不断，天才蒙蒙亮，她忍不住爬起来又来找顾顺国。

“你给汉口我爸打个电报，就说我被绑票了，要钱赎人。”卢大雁说。

“什么？”顾顺国没听懂卢大雁的话。

“你们不是不愿出钱吗？我让我爸出，赶紧打电报吧，我给你们写地址。”

听着她斩钉截铁的语气，顾顺国这才细细地端详起眼前这个姑娘。虽说她也受了惊吓，气色不佳、眼睛红肿，但就这样，这姑娘的气质相貌俱佳，不说那个宝珠和她相比是乌鸦比凤凰，就连自己的老婆胡彩花也相差一截。顺家这小子有何本事，怎能把这样的姑娘弄到手？顾顺国也心有醋意。

“快点吧，电报局在哪？”卢大雁没想到顾顺国在短短的时间里会转这么多心思，她的心就在顾顺家的身上，“让我爸爸给这里的银行汇五千大洋，你从银行提钱就行。”

顾顺国赶紧开口：“卢小姐，我们这个小土县城没有电报，城里除了当铺票号，哪有什么银行？好了，你不用担心了，不就是五千大洋吗？一切都准备好了。”

卢大雁被劝回去休息了，顾顺国抬起头：“没想到我弟弟还是一个有福之人，找的这个不是要员也是洋财东家的大小姐，真是小看他了。现在一切都以我弟的生命为重，钱不算什么。”

到达了黑虎岭外围的顾顺国把部队布置成一个扇面，悄悄地埋伏起来。他对黑虎沟十分忌讳，偏偏今晚还浓云密布没有月光，听着远处野狼的叫声，跟着顾顺国一起进山的卢大雁第一次体会到了什么叫月黑风高夜，夜半杀人时，真是恐怖。

“几点了？”顾顺国问黑二混子。黑二混子刚要划火柴看怀表，身旁的卢大雁开腔了：“九点八分。”

黑二混子伸伸舌头：“乖乖，手表还是带绿光的。”

顾顺国也看见了卢大雁的手腕上戴了一只带有绿色夜光的小坤表：真是大户人家小姐，今个算是见识了。顾顺国心里想着，嘴里却在下令：“队伍行动！”

黑二混子轻轻打一个呼哨，四周的保安团开始行动，他们刚出树林没走多远，顾顺国就听见一片脚踩枯叶的喳喳声。

“叫他们行动小声点！”顾顺国急了，这不是明显暴露目标吗？

“司令，看！”黑二混子忽然指着前面叫起来。

只见黑虎岭山崖下的一棵大树边亮起一支插在地上的火把，火光照着大树上绑着的一个人，而四周空无一人。

“顾顺国来了吗？你弟弟在此！把钱送过来！”对面有一个声音高叫。

“顺家！”卢大雁高声叫起来。

“大雁！哥！救我！”正是顾顺家的声音。

顾顺国这边也亮起了几支火把，黑二混子一挥手，四个早已准备好的保安团士兵手举火把，抬着两个大箱子，一步步地走到了大树下，他们放下箱子，就上去解顾顺家身上的绑绳。

“别动！你们退回去！让顾顺家的媳妇过来！”黑暗中不见人影只听人声。

过来的人明显听到了周围传来了拉动枪栓的声音，他们赶紧退回原地。

卢大雁手拿一支火把过来了，她战战兢兢地走到大树下。

顾顺家被绑在树上，看见她的到来，刚想说点什么，那个栓娃从大树后闪了出来，手上的枪口指着顾顺家的脑袋。

“你要的钱已经在这里了，你要放人。”卢大雁的声音有些发抖。

“我会放人，你的火把给我，现在你打开箱子，点给我看。”栓娃命令她。

卢大雁只好把手里的火把递给他，她打开箱子，里面是一包包银圆。

“拆！”栓娃一只手抓着火把，枪口还对着顾顺家。

卢大雁只好一包包拆开，一个个银圆从她手上滑落到箱子里，她听不见别的声音，只有火把燃烧的噼啪声和着银圆掉下的叮当声，在寂静中显得那样清晰。

“停住！”栓娃忽然发话。

卢大雁刚刚停手，栓娃手里的两支火把都忽然熄灭，卢大雁的眼前一片漆黑。只过了静静的几秒，卢大雁看见离她二三十米的两边忽然腾起两股火龙，火龙自上而下，直向顾顺国埋伏的树林边扑去。转眼间，草甸子上烟火弥漫。

火攻！栓娃料定顾顺国可能会带大批部队来抢人，火攻是他计划里最绝的一步。

黑虎沟外是一大片草甸子，此时是秋天，天气干燥适合用火，加上黑虎沟口吸风，栓娃他们在草甸子上还铺了一些树叶和干草，同时还挖了两条暗沟，当保安团行动的时候，脚下踩的干枝树叶就暴露了他们的行踪。

刚才抬箱子的士兵退回去的时候，两边埋伏的侦察员们同时在挖好的沟渠里浇上火油，草甸子的地势东高西低，火油快速地从坡上往下流，栓娃在听到枝叶被踩踏的声响越来越近的时候，果断熄灭火把，发出了命令。

火借油力，风借火势，大火瞬间蔓延，直向坡下扑去。

“躲在这里！这里没有火！”一只手把傻愣愣站着的卢大雁拉到一块大石头的后面，黑暗之中又蹿出来几个人，迅速拖走了大树下的银圆箱子。

“顺家！”卢大雁刚叫了一句，身边就传来了顾顺家的声音：“我在这。”

卢大雁转过头，解掉了绑绳的顾顺家就在她的身后，她转过身子，一把搂住顾顺家的脑袋，哭了起来。

此时的草甸子上已经满是大火，顾顺国埋伏在周围的保安团士兵在火光中暴露无遗，前面没来得及跑的被大火烧得哭爹喊娘，后面的赶紧抱头鼠窜，黑虎崖上，一排机枪子弹朝着大火扑去，像是在给顾顺国送行。

第十章 苦寒绝境

一 内斗

顾顺国大败。赔了五千大洋不说，“赤匪”一把大火把自己带去的兄弟烧死了三十七个，伤者不计其数，而自己只见到了栓娃的影子。好在一点，弟弟救回来了！

顾顺家带来的情报让他大吃一惊：“伏击你的是个师长，他们至少有四个营。”

顾顺国暗自庆幸，幸亏天黑啊，那些“赤匪”也没有追他。但有一点他闹不明白，自己明明把黑虎沟外围的各条路口都围住了，那些“赤匪”绑了二弟又怎么进的黑虎沟呢？

“他们蒙着我眼睛背着我走，有一段他们让我摸着绳梯爬一个山崖，还过了一个有水的山洞，出洞口衣服都淋湿了。”顾顺家回忆说。

“还有一条路？”顾顺国明白了，原以为自己锁住了黑虎沟前面的山口就可以把“赤匪”封锁住了，其实人家另有通道。

“顺家，你要帮帮大哥，把你这次走过的路都想起来。”

顾顺家今年从政干学校毕业，胡参议看好他，让他跟着自己，可他害怕血腥，想去做生意，经过如此磨难，他决定跟随胡参议，和共产“赤匪”斗争到底。

有磨难也有温情，此次事件中最用心帮助自己的不是大哥大嫂，而是卢大雁。伟大的爱情啊！你真是无所不能！

顾顺家和卢大雁是在汉口政干学校和女子师范学校的联谊舞会上认识的，当他在翩翩起舞的人群中见到卢大雁的时候，立刻被她的美貌征服，而他的潇洒英俊和花言巧语同样打动了姑娘的芳心。

卢大雁是大家闺秀，她父亲是个弃政从商的国民党老党员，汉口、九江和安庆都有自己的实业。卢大雁的母亲早逝，家中只有一个妹妹，父亲的开放宽容和西方思想的同化，让她真正成为女性解放的先锋。

这一次回岳山，他问卢大雁能不能和他一起回趟老家：“帮我一把，我要去打碎包办的封建婚姻。”

“我当然去！打碎你的包办婚姻，也就是保卫我们的纯洁爱情！”卢大雁答得非常干脆，而且她本人就像打了鸡血一样兴奋。

没想到啊，保卫爱情的卢大雁遇到了一场劫难。

这还没完呢，回到岳山县城的当天，卢大雁又被惊吓了一次。

胡胖子的女儿胡宝珠不知从哪得知顾顺家带着一个女人回来的消息，她一气之下打上门来，哨兵没拦住她，冲进大门的宝珠正好看见从偏院出来的卢大雁，她立刻断定这个姑娘就是自己的威胁，她晃动肥胖的身子直奔卢大雁而来，一把揪住卢大雁的头发：“你个杀千刀的死女人，掉粪坑的臭婆娘，敢抢我的男人！我叫你不得好死！”

宝珠边打边叫，跟在卢大雁身后出来的顾顺家晚了一步，一看不妙，他冲上来抓住宝珠打卢大雁的手，想把她推到一边，谁知宝珠人胖力大，死死抓着卢大雁的头发不放，顾顺家推她，她趁势把卢大雁也扯了一个踉跄。

“放手！哪来的疯婆子！你要干吗？”顾顺家喊着。

宝珠对他大嚷：“干吗？她抢我男人！我打死她这个臭婆娘！”

“谁是你男人？”顾顺家问。

“顾家的二少爷，顾顺家就是我男人！”

“谁说我是你男人？”

宝珠终于见到了真实的顾顺家，只见她两眼一亮，放开了卢大雁的头发，上去一个熊抱，一下把顾顺家搂得严严实实："哎哟！你就是顾顺家啊？那你就是我的男人啊！你可要为我做主啊！你不能被这个狐狸精迷住啊。狐狸精！"

她抱着顾顺家还转脸去找卢大雁："我打死你！叫你迷我男人！"

"给我拖出去！"发令的是站在台阶上的顾顺国，他实在是忍无可忍了。

顾顺国话音刚落，黑二混子伸手招来几个卫兵，他们把宝珠从顾顺家的身上扯下来，连拉带拽拖出大门，直接把她扔在了大街上。宝珠当街撒泼："不要脸啊！顾家赖婚啊！顾家欺负人啊！"

宝珠在大街上一闹腾，引来众多人围观，跟出来的黑二混子正要招呼岗哨驱赶人群，正巧一顶小轿在门口停下，掀帘下轿的是顾顺国的老婆胡彩花。赖在地上的宝珠一看是她，噔一下纵身而起，她一只手拽住胡彩花的衣襟，一手扬起就打："不要脸的，收了我的首饰！还让小狐狸精来抢我的男人！我打死你！"

"来人来人！给我打这个胖婆娘！"胡彩花连挨两下，她也大叫起来。

黑二混子又指挥卫兵来拉扯宝珠，情急之下，宝珠的两手死死扯着胡彩花的衣服，只听刺啦一声，胡彩花身上崭新的绸缎旗袍被宝珠的两只肉手从前襟一直撕到了腰部，连同里面的丝绸内衫都给扯了下来。

"哇呀！"胡彩花一声惨叫，一头又钻到轿子里。

"给我照死里打。"闻声出门看到这一幕的顾顺国简直要疯掉了。

那倒地打滚的宝珠居然也是个犟人，一身肥肉被卫兵踢得噗噗直响，还始终骂不绝口，这让顾顺国更加恼火："去！你们把那盐税局给我砸了！"

……

丢人丢到家的胡彩花闹着要上吊。

卢大雁的头发被宝珠扯下来一大把，脖子上抓出两道印子，幸亏顾顺家护得及时，要是自己像胡彩花那样春光外泄，那真是没脸见人了，思想再开放也不行。

"天哪，这就是你的封建包办婚姻啊？这不是女人解放，是女人发疯了！"大家闺秀卢大雁第一次遇到这种泼妇，也真是长了见识。

第二天一早，卢大雁和顾顺家一起回汉口了。顾顺国这回派黑二混子亲自护送，他还让顾顺家给汉口剿总的胡参议带了一封信。顾顺国有些后怕，他把岳山的事情给闹大了，估计胡胖子不会善罢甘休。

不出顾顺国所料，顾顺家走后没多久，这事件发酵了。

顾顺国的手下把胡局长的千金打得奄奄一息，而且又砸了盐税局，胡胖子赔钱又赔面子，他直接翻脸，跑到省府上告。这胖子告状很有水平，绝口不提冲突缘由，而是告顾顺国拿着军饷和“赤匪”交换自己的弟弟，平不上账目就起兵打砸政府要害部门，抢夺钱财破坏税收。

这种罪状省府极其重视，加上胡胖子花钱找了人，省府对顾顺国的撤职意见已经行文，但因岳山地处剿共前线，顾顺国又是军职，最后还要上报剿总核批。

关键时刻还是胡参议发挥了作用，他上下托人阻止了对顾顺国撤职命令的下达，胡参议还亲自来到岳山，平息顾顺国和胡胖子的风波。

“现在是什么时局？你们不是同心协力对付‘赤匪’剿灭共党，而是内斗掐架！顺国，你身居要职，怎么能干出这种打砸地方机关，破坏税务重地的事？”

当着胡胖子的面，胡参议斥责一顿顾顺国，不仅让他赔钱，还让他摆酒赔礼，看在胡参议的面子上，胡胖子终于和顾顺国喝了一杯和好酒。

酒宴散后回到顾家，顾顺国亲自捧上一杯香茶，诚心诚意地检讨：“三叔教训得对！是我的不是。”

“知道我的苦心就好。”胡参议接过茶杯喝了一口，又教训赔笑的胡彩花：“你也是目光短浅，就看到那一点点钱，我都听说了，胖子的女儿泼妇加神经，能要吗？娶到家里来，是听你的还是听她的？”

顾顺国连连点头：“是是，三叔看得准，一语中的。”

胡彩花低头不敢多话。胡参议继续说着：“别要小女人性子，只要有枪杆子，那就什么都有！要是这次你男人丢了保安司令的位子，没有了前程你上哪弄钱？”

一听有如此后果，胡彩花心慌意乱：“就听三叔的，都是我不好，听说撤顺国的命令都下了，三叔用什么手段摆平这件事的？”

胡参议得意了：“说实话，要不是拿到顺国提供的情报，我还真不知道怎么帮你们摆平。胡胖子告你用军饷从‘赤匪’手里赎人，光这一条，就是资敌通匪之罪。我向上峰说明这是顺国有意布置，舍弃胞弟深入敌营，专为套取敌人情报，这才破了这个险局。当然，中间少不了关键人物的打点啊。”

顾顺国赶紧奉承：“真是多亏三叔想出绝妙主意。放心，打点的钱我出。‘赤匪’主力的消息就是我二弟从‘赤匪’营中偷听到的，消息准确，我才敢斗胆报告啊。”

“哈哈，好啊，顺家是个有前途的青年，他此次虽说受了磨难，但也有了剿共的感悟，这是在政干学校里读多少书都学不到的东西啊！这一段时间我让他跟我到剿总实习，他给我写出一个条陈还真有道理啊！”

看出胡参议对顾顺家很欣赏，顾顺国来兴趣了：“我二弟写了什么条陈？”

二　逃　兵

顾顺家回到汉口跟着胡参议，整天就谋划着怎么整治大别山里的栓娃。

顾顺家通过此次被绑肉票的细节分析，“赤匪”要钱，他们可以用钱购物，这也说明“赤匪”并非被封锁得无路可走，而是有缝隙可钻。

顾顺家经过研究，认为现行的保甲政策有漏洞。大别山这一带都是家族联系，周家湾，都姓周，杨营子，全姓杨，现在的制度虽是十户连坐，可是各甲要都是一族血脉，这种连坐可能就收效甚微，就是发现一家通匪，其他人也难以报案。于是他提交了一个把“赤匪”家属分开连坐的办法，只要和匪属有关的保甲，十户连坐一定有外姓参与，而且由外姓重点看住匪属，这样就能切断“赤匪”进山的资源。

顾顺家的这个建议很毒，胡参议把这个建议书交给顾顺国，在岳山试行，结果非常有成效。红军原来暗自培养的一些保长、甲长不是被监视，就是被撤职，没有他们的帮助，红军的物资出现了极大的问题。没有给养来源，部队就出现了逃兵。

谁也没想到，逃兵是红军医院的警卫班班长杨泽江和护理员雪姑。

杨泽江是个倒霉蛋，他的自私毁了他的前程。他带着原独立营的二十六个战士回到新九师之前，就自命为排长，黄师长急需用人，也承认了他的排长名分。

当他知道新九师的现状时，他感到自己太老实了，做了一件吃大亏的事。干吗要封自己排长啊？要是当时封自己一个营长，现在不也就水到渠成了吗？虽说自己只有二十几个人，可新九师根本没有像样的部队，战斗部队才四个连，是在两支赤卫队和两支小游击队的基础上组建的，加上原来的老九师留下的被服厂和红军医院，总共才三百来人，黄师长自己也承认他这个师长是挂名的。

有了私心，杨泽江就会做出格的事情，黄师长准备把他带来的老兵分到各个连里，好好教教新兵怎么打仗，他立刻反对："我们是全师的主力，要是我们分开了，这主力就不存在了啊。"

杨泽江下定决心不让自己带回来的这些战士被分散，这些兵都是身经百战的老兵，是自己成功的基础，哪怕现在就让当排长，也比任命他当连长、营长，领导几十个没打过仗的新兵蛋蛋靠谱。

杨泽江的坚持让刚带队伍的黄师长不好再说什么，但他的自私同样引起了其他连队的反感。结果一次和大刀会的作战，因为他轻敌而导致孤军深入，得不到外援吃了大亏。战后检讨时墙倒众人推，结果他丢掉了排长职位，离开战斗部队，被调到红军医院当了警卫班班长。

悲摧的杨泽江这几年也有一个收获，他向雪姑发起的爱情攻势成功了。雪姑也是红军医院里相貌数一数二的姑娘，特别是她皮肤白，不像山里姑娘。开始雪姑不搭理他，可禁不住锲而不舍的追求，她终于同意了。

姑娘追到了，但还不能成为两口子啊，他只是个班长，如果当不到连级以上的干部，根本就别提"结婚"两个字。杨泽江正没辙呢，又遇上了竞争对手，而且来头比较大。

常特派员负伤了，他在医院养伤的时候询问过雪姑的情况，但是他没问对人，他问了杨泽江。

“雪姑有对象，快要结婚了。”杨泽江慌着回答。

常特派员官太大，他要真是盯上雪姑，自己肯定鸡飞蛋打。为了让常特派员转移视线，他推荐了杨山杏。杨泽江心想，要是自己成了特派员的媒人，那说不定还有出头之日。不然他一个小班长，哪敢公开和雪姑的恋情啊！果然如此，常特派员一见到杨山杏马上移情别恋，寡妇没啥啊！因为他自己就是鳏夫。

1927年汉口“7·15”事变，他妻子被国民党杀害，至今已有九年。常特派员找过黄师长，他求黄师长以组织的名义找杨山杏谈话。

黄师长同意了：“好吧，我去试试。”

“山杏啊，老常是工人阶级出身，也是老革命者了，他又是上级领导派来的，组织上认为你俩还是合适的。”黄师长对杨山杏说。

“师长，不合适，我是结过婚的人，我丈夫是周长山，你也参加了我们的婚礼，组织上可没说他牺牲。”杨山杏的眼眶红了，周长山已经离开四年了，但他还不是烈士，他只算一个失踪人员，没人能证明他牺牲，这始终是她隐藏在心底的痛。

“她还有丈夫？”常特派员的心凉了，可当他知道杨山杏丈夫的实际情况之后，他那冰凉的心又燃起了希望，“失踪四年？那肯定不在了。这种婚姻名存实亡，只要有人证明，我马上就可以给他上报烈士，可她丈夫活不见人死不见尸，不是被俘叛变革命了吧？这种情况也说不定啊！”常特派员的最后这句话传到了杨山杏的耳朵里，本来她对常特派员还挺尊敬的，听到这话之后，她从心底对这位领导产生了反感。

“杨山杏同志，我和你一样，都是结过婚的，你的丈夫不在了，我妻子在汉口也被汪精卫杀了，我们不能把自己埋藏在痛苦之中，我们应该成为更紧密的革命同志。”常特派员没有气馁，找了一个时机，他直截了当地和杨山杏摊牌。

杨山杏低头不说话，常特派员死死盯住她那秀美的脸庞，忍住心里的一阵阵冲动：“你不会嫌我年纪大吧？我参加革命早，可我参加革命时年纪不大，我今年才三十二岁，只是长得老相点……”

“对不起，特派员。”杨山杏终于抬起了她的脸，她的一张脸上全是泪水，她一字一句地说，“特派员，我和你不一样，我有丈夫，他……”杨山杏说不下去，她起身跑了。

杨泽江也来为常特派员说话，可他说漏嘴了，杨山杏终于知道他才是始作俑者，不仅没给他好脸色看，就为这件事，她和雪姑之间也有了隔阂。这只是一段小插曲，杨泽江和雪姑之所以当逃兵，是因为受不了环境艰难。

1936年的元旦刚过，大雪铺天盖地地下着，红军医院搬回了老君洞，因为山洞里要相对暖，医院里的伤员少受风雪侵害。眼看要过年了，栓娃还是没有送来物资。栓娃现在的职位是岳山便衣队队长，这是在他圆满完成筹款和诱敌两大任务后，黄师长直接任命的。

自打栓娃绑架了顾顺家，让他带走假情报之后，岳山的顾顺国和国民党一二三师都认为红军新九师就在黑虎岭。这样一来，岳山便衣队的区区三十多人把上万敌人拖在了岳山，使之不敢轻易移动。

今年冬天顾顺国在岳山试行了顾顺家的方案，实行“掺沙子”政策，用大刀会和白枪会的家属担任保长、甲长，这样一来，栓娃的便衣队在年前就没有搞到物资。

老君洞的年夜饭就是一碗糙米饭、一碗盐水汤，里面漂了几片干菜叶。

雪姑把自己的那一份拨了一半给杨泽江，他夜里还要站岗。不到半夜，雪姑就饿醒了。

老话说，饿了就想家，冷了就想娘。雪姑又冷又饿，想家又想娘，她裹着一床军毯哭了一阵，实在忍不住了，起床摸到了洞口，见到缩成一团的杨泽江。

雪姑依偎着他哭了一阵，哭完了，她仰脸看着杨泽江：“杨大哥，我们跑吧。”

杨泽江紧张了，小声说：“你想当逃兵啊？”

雪姑哭着摇头：“我不想当逃兵，可这日子我实在过不了了。”雪姑已经把话说出来了，她也就索性说到底：“我也不敢回家，可这日子也太难熬了，年前已经死了三个重伤员，今天又有一个危险了，看着他们都一个个死了，我真是害怕啊。杨大哥，我知道你在这里也不开心。要不你带我跑吧。”

“跑？就是跑出了山，人生地不熟的，我们去哪啊？”

雪姑说：“我想过了，我们不回家，随便到哪成一个家，就你和我，行吗？”

也就是雪姑的这句话让杨泽江真正下定了决心。他也激动了，他知道在这样的环境里上级根本不会同意他一个小班长谈婚论嫁，虽然两人能悄悄地要好，但在众目睽睽之下连亲近一下的想法都不敢有。

雪姑在大年夜里的一句话终于把一层窗户纸捅破了，一个活生生的大姑娘就放在自己面前，只要离开这里，自己就能有一个媳妇。

“雪姑，你真愿意跟我？”杨泽江两手扳着雪姑的肩膀。

雪姑一个劲地点头：“你知道我早就愿意了，可在这队伍里我不敢，还有，我怕你像山杏姐的男人似的，活不见人死不见尸。”

“雪姑，你别说了，你等我的安排。”

大年初三的白天，杨泽江安排自己去对面山头放哨，他让雪姑穿警卫班的棉衣去给他送饭。等换哨的战士穿着单衣来到对面山头的哨位时，只发现了雪地里留下的两排脚印。

……

两个逃出来的人路过观音山，雪姑一定要去观音庙，去给观音娘娘磕头。“记得我们在观音山被抓了一次，能跑出来就是多亏了观音娘娘保佑，这一回还请观音娘娘保佑我们。”

杨泽江本想快点下山，找个有人的村子先把两人身上的军装给换了，不然穿这一身哪都去不了。可雪姑是这么坚持，她说得也有道理啊，拜观音也都是为了他俩好，不就是磕几个头吗？耽误不了多久。

杨泽江没进观音庙，他尿急，想先在庙墙外找个旮旯方便一下。他这几年一直在山里当警卫，不知道观音山一直都有保安团的哨兵，之所以他们没有遇到，是因为天晚并且又下雪，哨兵躲进观音庙烤火取暖了。

雪姑在正殿磕头的时候被人扑倒在地，两个人一人搂住她的头，一人按住她的腿，搂住头的那人撕开了她的棉衣领口，蜡烛光照亮了她穿在里面的灰布军服，衣领上还有两个红领章，撕她衣领的人发出的声音都变了调：“发财了，这是个女‘赤匪’！”

“杨大哥！”雪姑声嘶力竭地叫了起来。

系好裤带的杨泽江刚要进观音庙大门，雪姑那撕心裂肺的声音让这个老兵马上意识到大事不妙，他哗啦一声把枪膛顶上子弹，跳上台阶，一脚踢开大门。

一条腿还没有跨进门槛呢，啪啪两枪，两颗子弹飞过他的头顶，杨泽江看见从大殿里冲出来三个端枪的保安团士兵，杨泽江当即还了一枪，打中了中间一个敌人，趁另两个保安团士兵分别躲闪的机会，他连蹦带跳跑出大门，保安团士兵还没有出门，他已经钻入树林中了。

……

审问雪姑的是黑二混子。黑二混子现在是顾顺国身边的大红人，保安司令部侦缉队队长，挂少校军衔。瘦猴不可能再威胁到他，因为瘦猴早就死了，死在百丈崖，他不是被打死的，而是被那个“赤匪”周长山抱着跳崖了。

一直胆小如鼠的瘦猴竟然立功心切，趁周长山没有子弹想活捉他，可惜啊，连个囫囵尸首都没有留下。瘦猴一死，黑二混子喝了一天大酒，他不是悲愤，是高兴，太高兴了！

真是走了狗屎运，黑二混子年关回顾家大院取收租的粮钱，顺便再督察一下观音山的防务，谁知道能顺便抓住一个“赤匪”逃兵。黑二混子听说在观音庙抓住的还是一个女“赤匪”，他的脑海中马上冒出了四年前在观音庙前抓住的那个杨山杏，那个顾屠户家的童养媳。

看见雪姑的一刹那，黑二混子眼里现出了失望，可他又忍不住笑了起来：“哈哈，这也是当年跑掉的一个。哈哈，这回观音娘娘不保佑你了！”

雪姑吓得紧闭眼睛，浑身发抖。黑二混子把马灯调亮，凑到雪姑的脸前：“哟哟，跟着‘赤匪’才几年啊？就变成了这个熊样啊。”

雪姑虽然说不上漂亮，但也长得白净、丰满，四年前她第一次被抓住的时候，黑二混子也曾注意过这个姑娘，但是后来又抓住了杨山杏，就把雪姑忘了，这四年来黑二混子飞黄腾达，经手的女人无数，可就是忘不了那个杨山杏。

面对眼前这个面黄肌瘦的姑娘，黑二混子越发笑得欢了，心想顾司令的封锁太有效了，要不是饿极了，她一定不会自己跑出来，这回说不定能抓着大鱼。

黑二混子命令手下扒了雪姑的棉衣，把她拉成一个“大”字绑在木柱上。

盯着雪姑里面穿的破烂军装，黑二混子摇摇头：“哈哈，都不用你承认了，你就是女‘赤匪’。进了这里，那可就看你的表现了。”雪姑不敢看他，只是一个劲地摇头。

黑二混子看着她忍不住抖动的脸颊和身子，心想这一个怎么又是脏兮兮的，身上还有一股汗酸味。这味道又让他想起当年已经被他压在床上的杨山杏，就是一股子酸臭味大煞风景，愣没干成好事。

脏不脏的毕竟也是个女“赤匪”，虽然作为侦缉队队长不缺女人，但是玩玩女“赤匪”也不失为一种乐趣。黑二混子慢慢走上前，一只手托住雪姑的下巴，一只手在她脖子下面搓着，几下就从她的脖子上搓下了一条条粗粗的灰痕。

“操！这么脏啊，他娘的还是女人吗？‘赤匪’真把女人不当女人！”

黑二混子停止了搓灰，他的两只手都上来，抓住雪姑身上的衣服用力往下扯，在一阵刺刺啦啦的布条撕裂声中，雪姑上身的破衣烂衫被他扯得精光。

雪姑疼得惨叫起来：“啊！疼呀！我说啊！”黑二混子很无味地放了手，他感到这次审问太没劲了。

三 破 阵

雪姑走过秘密通道，她的记忆中有天梯，有一个水帘洞，还知道一个地名，从黑虎岭后山出来，要经过鲇鱼山。

顾顺国拿到雪姑的口供，和弟弟的记忆对上了。开春之后，黑二混子派了好几拨人去鲇鱼山，他们化装成山民在鲇鱼山一带找路，找了几个月，从春找到夏。功夫不负有心人，侦缉队终于发现了送粮上山的齐大哥，并悄悄跟着他，终于摸清了上山的秘密通道。

黑虎沟方向响了一枪，响枪的时候栓娃他们正在吃午饭。前营子村里现在只有岳山便衣队，便衣队是排级建制，三个小队，三十来人，一个小队放在前山哨卡，两个小队在村子里驻扎，除了他们之外，前营子村里还有红军医院留下的十几个伤员和一个医生及护理员杨山杏。黑虎沟哨位几年都没有响枪了，这突如其来的枪声让吃饭的人都有点发愣。

“是不是顾顺国搞偷袭啊？”一小队队长是刘大山，他站起来骂道，“奶奶的找死啊！队长，我带人去看看。”

刘大山话音刚落，黑虎沟哨位方向又传来了密集的机枪声，而且明显听出是多挺重机枪。栓娃抄起靠在桌边的小马枪，大声叫道：“全队集合！”

黑虎沟里先打响，这是顾顺国的计策之一。找到黑虎岭的秘密通道，顾顺国调一个加强营由黑二混子指挥，他把一个团所配备的轻机枪都给了黑二混子，让他从后山偷袭。估计后山偷袭的部队已经到达指定位置，顾顺国命令事先埋伏在黑虎岭前面的部队迅速开进黑虎沟，在重机枪的射程之内封锁黑虎沟哨卡，把前营子村的注意力都吸引到黑虎沟来。

顾顺国此时正在黑虎沟里，命令他的三挺重机枪以四十五度的仰角对准黑虎沟上面的哨位猛烈地扫射。

“给我狠狠打！要打得‘赤匪’不敢露头！”顾顺国趴在重机枪后面叫着。

在他周围，几百名保安团士兵都端枪对着两边的山崖戒备着，生怕上面会落下子弹和手榴弹。

……

栓娃带着便衣队跑到黑虎沟哨卡，只见哨卡的掩体被沟里的重机枪打得火星直飞碎石乱溅，哨位里的战士把头都埋在掩体下，根本无法抬头。

“打死了几个？”栓娃问负责哨卡警戒的二小队队长王有田。

“几个？一个都没有。”王有田气哼哼的，“我们刚发现有人，还没来得及看清，狗日的重机枪就扫过来了！娘的，愣是打得抬不起头来。”

跟在栓娃身后的刘大山说：“我们上两边的山崖，揍他狗日的。”

栓娃有点犹豫，心想到底是怎么回事啊！顾顺国在这里吃过大亏，他竟然还敢进沟，是活腻了还是有阴谋？

空中传来了一声呼啸。“炮！”栓娃叫了一声。迫击炮弹在哨位后面约五十米的山坡上爆炸了。

迫击炮是顾顺国和黑二混子敲定的合击信号，黑二混子带着保安团早已攀上黑虎岭后山，听到炮声便蜂拥而下，十多名轻机枪手平端着机枪一路狂扫向前，后面几百个端着刺刀的士兵号叫着冲进村里。

村子里只有陈二贵的三小队，面对敌人的密集火力，三小队根本不是对手，双方一接火就有三个战士被打倒，其他人只能依托农舍的墙边死角进行还击。

众多的保安团士兵进村之后立刻撒开，他们冲进一个个院落，伤员们住的院子靠着后庄，最先被敌人闯入，除了杨山杏在村外的小溪边洗绷带还没回来，伤员和医生都被堵在院子里，十几个人在泼洒的弹雨中全部牺牲。进村之后的敌人推进速度极快，当栓娃带着一小队返回前营子村口时，陈二贵带着剩余的四个战士和侥幸逃脱的杨山杏已经被敌人挤压出来了。

“队长，敌人火力太猛，我们顶不住了。”陈二贵面色煞白，他身边的战士也有两个挂彩了。

“姐，你们医院怎么样？”栓娃从撤退的人中看见了没戴帽子、披头散发的杨山杏。

“栓娃，我们医院全没了。”杨山杏哭了。

“撤！上黑虎崖！”栓娃脸色铁青，前营子村彻底完了，黑虎沟从前面走的是天险，但从后面下来那就是一马平川。

现在也只有一条路了，就是上黑虎沟两边的悬崖，上山还能抵挡一阵，比在这平坦的地方给敌人当靶子强。

趁敌人还在村里发狂，栓娃他们撤回哨卡，他快速给三个小队长布置任务：“刘大山，陈二贵，你们俩带着队伍上山，北边有一个崖壁不高，你们找个下去的地方。王有田小队跟我掩护，刘大山，把你的机枪留下来！”

抱着机枪的刘大山不愿意：“队长，你们撤，我掩护！”

“执行命令！”栓娃夺过刘大山手里的轻机枪交给了王有田，“你们快走！”

刘大山一跺脚，和陈二贵带着十几个人走了。

撤退的人上山之后，栓娃做了重新部署，他一转身，发现杨山杏还跟在他身后：“姐，你跟着我干吗？突围啊！”

杨山杏不愿意：“不，我就跟着你。”

“跟着我危险！你快走，跟着突围的走！”

说话的当口，从前营子村出来的追兵已经到了，骄狂的敌人跑着喊着：“抓活的啊！别让‘赤匪’跑了啊！”

栓娃甩手一枪，打倒了敌人冲在前面的一个机枪手。他从腰里掏出一颗手榴弹，塞到了杨山杏的手上：“快，跟着刘大山他们走！”

两下一耽搁，杨山杏和刘大山他们就跑岔了，刘大山他们去了北崖，而杨山杏上了南崖。

黑虎沟哨卡的狙击战只持续了十分钟。敌人的火力太强，跟着栓娃阻击的战士全部牺牲，王有田的胳膊负伤，栓娃的头皮也被敌人机枪子弹擦了一条沟，他军帽被打飞了，头上的鲜血顺着脸颊淌着，滴答滴答落在衣领上。

“机枪还有子弹吗？”栓娃擦了一把额头上的血，他问王有田。

“最后一梭子了。”王有田说。

“我们上南崖！把狗日的引到南崖去。”

栓娃知道自己的命可能保不住了，但他要给突围的战士再多争取一点时间。两人猫着腰跑上南崖，各自选择好一个有利地形。栓娃有些后悔，早知道敌人这样厉害，真还不如放弃黑虎沟哨卡带着战士上山，还能各自隐蔽多消灭几个敌人。现在迟了，战友们都牺牲了，机枪子弹还剩一梭子，自己的步枪子弹也只有十几发。

“你的机枪也用点射，多拖狗日的一会儿。”栓娃对王有田说。两人严阵以待，可下面的敌人没动静了。

在黑虎沟哨卡，顾顺国和黑二混子胜利会师。黑虎沟哨卡是顾顺国梦寐以求的地方，这是他第二次到了这里，第一次他是丧家之犬，而这一次，顾顺国是一个胜利者。

“哈哈。黑虎沟，你终于被我顾顺国踩在脚下了！”

“报告司令，我们清点了战果，在村里和黑虎沟口，我们一共打死穿军服的‘赤匪’二十六人，其他都是老百姓。”作战参谋过来报告。

“什么？就这么点？”顾顺国疑虑了，二十多人？这和自己预估的战果相差太大了，他立刻命令：“黑队长马上带队搜山，这里都是绝路，你要搜仔细了，要一个不留全都给我干掉！”

“是！”黑二混子答应着，他把手下分成两路，分别走上南崖、北崖。

上南崖的保安团刚一露头，就听啪一声，最前面的一个当场被爆头。

众人还在发愣，又是一声啪，第二个人的脑门心又是一个洞。接连被干掉了两个，保安团立刻都被吸引到了南崖。

不用说，两枪都来自栓娃。栓娃和王有田两人交替掩护，且战且退，一直把搜山的保安团带向山顶。

“快退啊！栓娃的左大腿上又中一弹，他招呼着前面的王有田，而王有田不走了。

坏了，他是不是没子弹了？栓娃想。王有田真没子弹了，只见他站起来，使劲把机枪朝一棵大树横劈过去，机枪的枪把断了。王有田扔了机枪，回头拼命朝栓娃摆手。

栓娃只好一瘸一拐地继续向山顶跑，他知道这是王有田在给他争取时间。他也没跑出多远，身后就传来了爆炸声。王有田拉响了最后一颗手榴弹。

……

黑二混子终于看清了，那个孤零零站在山崖顶上，倒拎一支步枪的人就是自己日盼夜想的栓娃，他从雪姑的嘴里得知，周家湾的这个小崽子就是这一带活动的“赤匪”头子。“赤匪”头子？那个在野地里烤斑鸠的毛头小子怎么就变成了“赤匪”头子？

不管他是不是头子，这小子的枪法他是领教过的，从战斗一开始他就特别小心，生怕自己的脑袋被开了瓢。刚才搜山的时候，他也是催别人先上，前两个士兵刚被打倒，他就认定是栓娃干的，因为倒地的士兵全是脑门中枪，脑袋中间的弹洞和当年在黑虎沟被打死的那个五十九师副营长一模一样。

他要做的就是一点点缩小包围圈，你枪法再好，也有子弹打完的时候吧？包围圈越来越小了，站在山崖顶上的那个人手臂不再挥动了。直到自己人把山崖上的那人给围住了，黑二混子才现身。

“都别开枪啊，这是匪首周栓娃。栓娃，你投降吧，你已经无路可逃了！”

黑二混子把手里的枪指着眼前的栓娃，趁这工夫，他细细端详了栓娃一下：这小子长大了，和四年前的那个毛孩子可不一样了。哈哈，你长到今天也就算是到头了，现在你头上腿上都在流血，还虎倒架子不倒，看我的眼睛里都是凶光，那没用，你现在就是无路可走的困兽，站在崖边，身后就是悬崖……

黑二混子心中一动：困兽犹斗，我不能再上前了，这小子不说话，说不定就想引我过去，当年瘦猴就是那样，一不小心被“赤匪”周长山抱着跳崖摔死，老子不能上他的当……

“黑二混子！这颗子弹就是留给你的！”栓娃手臂一抬，挥动了步枪。

早有准备的黑二混子先扣动了手里的扳机，啪，栓娃的胸口重重挨了一击，他身体后仰，从山崖顶上落了下去……

第十一章 洞穴篝火

一 谎报

菩萨保佑，栓娃的命真大。他被黑二混子打落山崖，他掉下来的地方很奇特，从远处看，他站立的那块岩石就像张开的蛙嘴，从岩石下方伸出一棵松树，活像蛙捕食伸出来的舌头。

自由落体的栓娃被那“舌头”挡了一下，又向上弹了一下。这一弹，就有了片刻停顿，也就有了一个时间差，就在这一刻，忽然从蛙嘴中伸出一双手，抱住了他的两腿。伸出的这双手只是抱住了他的腿，可要把失去知觉的栓娃整个人拖进蛙嘴里，短短几秒根本不可能。

如果山崖上的黑二混子立即奔过来伸头向下看，那栓娃一定活不了。可黑二混子偏偏没过来。因为他身后忽然传来手榴弹的爆炸声。扔手榴弹的是一小队队长刘大山，他没突围出去，又杀回来了。

栓娃对敌阻击的时候，刘大山和陈二贵带着北崖顶上的战士扒衣服脱裤子，终于结成了一根几十米长的绳索。陈二贵打头，刘大山殿后，二十多个脱得光溜打滑的战士一个个拉着布绳溜下了山崖。

当山顶上只剩下刘大山和另外一名战士时，救命的绳子出现了裂痕。

因为物资紧张，便衣队的战士逮到什么就穿什么，所以战士们有的穿保安团的洋布军服，也有人穿红军的土布军服，这两种军服要是绑在一起当绳子，很快就分出了优劣。

洋布尚还结实，可土布经不住连续向下的拉扯，一条土布军裤最薄弱的裤裆部分彻底崩溃，在倒数第二个战士正在下滑的时候被扯断了。

听见那个战士惨叫着跌下山崖，光着膀子的刘大山知道自己在劫难逃。反正都是一拼，刘大山脚一跺心一横，提着步枪手榴弹冲上南崖，在栓娃被击中掉下山崖的一刹那，他向敌人背后扔出了手榴弹。手榴弹的爆炸让黑二混子转移了注意力，刘大山在打死六个敌人之后，在敌人扔来的手榴弹的爆炸声中倒下了。

黑二混子在确认刘大山死亡之后才又想起了栓娃。他来到了栓娃落崖的地方伸着脑袋往下看，只见下面三四米处有一棵从崖壁上伸出来的松树，散开的松枝正在一阵山谷的回旋风中摇晃着，山崖下黑乎乎的，黑二混子看着头晕。

“你们找根绳子，下去把那小子的脑袋割了请赏。”他心里不踏实。

“队长，您把那小子打下山崖我们都是亲眼瞅见的，我们都给您做证。”

“就是就是，掉到这个下面，就是神仙那也活不成了。”

黑二混子的手下都到山崖边瞄了一眼，然后用各种各样的理由进行搪塞，让他彻底打消派人下去的念头。

“那个周栓娃死了？尸首呢？”顾顺国不相信。

“掉下山崖了，我亲手打死的。司令不相信可以去问跟我的人，他们都亲眼看见了。”看着顾顺国不相信的眼神，黑二混子赌咒发誓：“骗您我不得好死。”顾顺国相信了黑二混子的话，可手下报告的新情况又把他吓了一跳。

“司令，据抓住的老百姓交代，这里没有‘赤匪’新九师了，只有岳山一个便衣队，那个栓娃就是队长，新九师半年前就跑了。”一个副官进来说。

“你说什么？”顾顺国追问一句，这消息非同小可。

此次战斗他调用了一个团，损失五十多人，“赤匪”只留下二十来具尸首，要是真没有“赤匪”的新九师，那就是谎报军情。不仅这一次谎报，这大半年上报的都是错误军情，不仅误导剿总部署，还连累国军一二三师不敢离开岳山地界。

“传我的命令，把这村里的活着的都给我突突了，前营子村一个活口不留，所有的死人不管是男是女，全部点数算战绩。”顾顺国面目狰狞，他恶狠狠地对黑二混子说。

黑二混子提着手枪出去了，顾顺国思索片刻，又对副官下令：“上报剿总，就说我第三保安司令部精心谋划，运筹帷幄，突袭黑虎岭，用前后夹击战术直捣豫皖边‘赤匪’老巢前营子村。我部全歼‘赤匪’新九师及所属战地医院一座，歼敌七百一十七人，匪徒无一漏网。我部缴匪轻、重机枪二十挺，各类步枪六百余支，击毙匪首周栓娃，顺利占领‘赤匪’师部！至此，豫皖边岳山匪患全部肃清。用快马报送剿总，也给安庆省府送一份。”顾顺国话音刚落，前营子村里就响起密集的枪声和老百姓的惨叫声。

不管顾顺国算不算谎报军情，但起码有一点他没说准，不是无一漏网，起码漏网了两人，他上报击毙的匪首周栓娃漏网了，还有个女匪杨山杏也漏网了。

因为抱住栓娃两只脚的人就是杨山杏。她跑错路上了南山崖，想先找地方躲藏起来。她一直找到山崖顶上，发现了岩缝中有一根下伸的藤枝，她拽着藤枝往下看，下面依稀像有立足之地，她壮着胆子攀着藤枝慢慢地下来，这才发现山崖下面有一个四五米见方的凹口，凹口的另一端，有一棵松树横长在崖壁上。

到了这里，山杏好像安心了一点。要是那些坏蛋也拽这个藤枝下来，我就把他推下去，要是坏蛋多了我就拉手榴弹，反正不能当俘虏。山杏默默想着，观音庙被抓的耻辱是烙在自己心底最疼的伤痕，她手里紧紧攥着栓娃给她的那颗手榴弹。

头顶上的枪声越来越近了，最后在自己的头顶上方停滞了，听见上面有说话的声音，她身子猛然一抖，这声音嗡声嗡气的，应该就是那个黑二混子。黑二混子叫着栓娃的名字，这让她更加揪心。山杏赶紧挪到悬崖边，仰脸往上瞧，谁料一声枪响，头顶直接落下来一个人。

……

栓娃落下时被伸出去的松树挡了一下，不然山杏也抓不住他的腿。

手榴弹的爆炸声和枪声给她赢得了时间。山杏费了九牛二虎之力把昏迷的栓娃拖进悬崖凹口，她终于看清了栓娃的模样，他脑袋上有血，腿上也有血，好在还有呼吸。

她又惊又怕，第一动作就是赶紧撕下自己的一条衣边，把栓娃头上和腿上的伤口包扎好，不让伤口再流血，然后她就一直抱着栓娃的脑袋，山崖上黑二混子和他手下的对话山杏听得真真切切，她生怕他们会仔细搜，要是他们下来，那就不止自己了，她要带着栓娃和他们一起同归于尽。

直到天色昏暗，搜山的敌人再也没有回到山崖顶上。天渐渐暗了，山顶的敌人好像全都撤了，周围很寂静，没有一点声音。

山杏一颗久悬的心终于开始松动了，随着心的松动，她的身子越来越无力了。这半天的经历太吓人了，她从紧张到惊恐，从惊恐到劳累，从劳累到疲倦，又随着山顶的安静和光线变暗，她不由自主地闭上了眼睛。

待山杏迷迷糊糊睁开眼睛的时候，月亮已经爬上了天空。虽说现在是夏天，可从山谷穿过的阵阵凉风也让她接二连三打了几个喷嚏。喷嚏声似乎显示有生命存在，远处立刻回应了一阵野狼的嚎叫，这毛骨悚然的叫声让山杏身上的鸡皮疙瘩一粒粒隆起来，她的心脏也被吓得扑腾扑腾跳。

忽然，她感到胸前有一个热烘烘的东西动了一下，这才想起身上还依偎着一个人，她赶紧俯下头，轻轻拍着栓娃的脸："栓娃，栓娃！"山杏不敢大叫，生怕引来了什么野兽。

两下拍打，她感到了栓娃的脸很烫，她又摸摸他的脑袋和身子，火热热的，像个小火炉。根据她做了多年红军护理员的经验，栓娃一定是伤口感染，开始发烧了。

山杏越发慌了，这里没火没光，她无法查看栓娃的伤情。敌人虽然走了，但自己如何才能爬上去呢？现在肚内空空且浑身无力，自己一个人都爬不上崖顶，不要说再弄上去一个伤员了，可是如果今夜不把栓娃弄上去，万一明天敌人回过味再派人下来，那两人就是瓮中之鳖了，就是敌人不来，这个地方无水无粮无药，栓娃这个样子也免不了一死啊。

现状让山杏感到了无助和绝望，这种绝望又让她忘记了自身的处境，她忍不住放声大哭起来。

“栓娃！你醒醒，醒醒啊！你可不能有事啊！”

……

“有人吗？”寂静的头顶上方忽然传来一句话。

山杏吓死了，立马止住哭声，她的两条胳膊紧紧搂住了栓娃脑袋，仿佛只有把这个热乎乎的脑袋压在自己的心口，才能制止自己怦怦的心跳。

“有便衣队的同志吗？我是齐大哥啊！”

齐大哥！山杏的眼睛里陡然燃起了希望的光亮。齐大哥她认识，给前营子村的便衣队送粮，还给他们伤员送熏好的獐子肉，他也是栓娃最信任的人。

“有同志吗？”山杏听出来了，齐大哥急切的叫声中也包含着颤抖的哭音。

三 手 术

齐大哥是最早发现敌人进山的，但他束手无策。一早，他背着背篓刚出山洞，就听见山下有不寻常的响动，他向山下跑了几步，又吓得躲了回去。山沟里正密密麻麻经过着保安团，人不少，前望不到头，后看不见尾。

“狗日的怎么会到这里？走这条道的人可能是去黑虎岭后山，他们要是上了后山，前营子村的栓娃他们就危险了。”齐大哥急得搓手跺脚，但他一点儿办法也没有，眼前只有这一条小路，他不可能穿过敌人大军去给栓娃报信。

保安团的队伍终于过完了，齐大哥远远跟在后面，他看见前面的队伍进了水帘洞，又看见了那些人排队爬上了他亲手编织的藤梯，他要死的心都有了。齐大哥就是不明白，这些狗日的怎么会知道这条隐秘的小路呢？

前营子村方向响起了枪炮声，机枪打得那个密啊，都分不出点来，不一会儿，枪声就越来越远，齐大哥心急如焚。齐大哥一直在黑虎岭的后山下面挨到了天黑，直到听不到任何动静了，他才敢穿过水帘洞，顺着藤梯一步步爬上黑虎岭的后崖，又一步步地摸进前营子村。

黑色笼罩的村庄此时没有一点生命迹象，空气中还散发着一股血腥味道，空空的民房黑黢黢的。这个村子完了，被保安团给剿了，剿得一个人都没了。

齐大哥听到了村南有野狼在嚎叫，那一定是保安团杀人抛尸的地方，当年保安团剿灭自己的庄子，侥幸在外的他回到家之后也看到群狼抢夺尸体的惨状。

他想到了北面的黑虎沟，那是黑虎岭的前山，栓娃他们有枪能打仗，不会都死了吧？想到这里，他又找了一根松木当火把，上了南崖。杨山杏的哭声把他吸引到了山顶。

齐大哥把栓娃背回鲇鱼洞时，天已经大亮了。齐大哥把栓娃放在自己睡觉的铺位上，跟在他身后的山杏一刻也不敢耽误，她抓过草铺上的一个破床单，用力撕成一片片的。

"齐大哥，要凉水！"山杏说。

齐大哥拿来清凉凉的山水，山杏把布片用凉水浸湿，贴在栓娃的头上散热。

"他伤得厉害吗？"齐大哥问。

"脑袋上只是擦了一条沟，还不要紧，最严重的是他腿上伤口发炎了，里面有子弹要取出来。"山杏借着洞外的亮光，已经查清了他的伤情。

栓娃的腿伤手术是护理员杨山杏和猎户齐大哥合力在鲇鱼洞里给他做的。一把猎刀，又烧了一锅盐水。

山杏决定给栓娃取子弹了。这是作为红军护理员的她第一次主刀，拿的还是齐大哥给她的一把猎刀，但她在战地医院耳濡目染，经过了无数次残酷磨炼，早就练就了一颗强硬的心脏和麻木的听觉。

没有麻药的手术她也参加很多次了，用木头锯子锯胳膊锯腿的血腥场景她也亲身经历过，栓娃的昏迷反而坚定了她立刻手术的决心，面对昏迷的人她也许能下得去手，如果栓娃醒了，要面对他睁开的双眼，她不知道自己还能不能下手。

杨山杏动刀了，她首先要把被枪打中的创面扩大，好发现子弹的位置。昏迷中的栓娃没有喊叫，可巨大的疼痛他一定能感受到，那就是他不停地在昏迷中抽搐的原因。

一旁的齐大哥说是帮忙，但只能傻傻地看着，他是猎户，自己也常常对打死的猎物做剥皮开膛的事情，可那是面对死野兽，而这个女人正用刀子在割活人。一个柔弱女子竟敢在男人的腿上动刀，这让齐大哥心里忍不住发怵，这种发怵表现在他龇牙咧嘴的表情上。

杨山杏终于摸准了子弹的位置，她那血淋淋的左手按住那正在冒血的伤口，右手直接伸进栓娃的伤口中，两个指头在里面一点点地抠摸着，直到她从栓娃的大腿肉中抠出了一颗黄澄澄的弹头。

"齐大哥，盐水！"杨山杏叫着。

"真要撒盐啊？"端起一碗准备好的盐水，齐大哥犹豫不决。

"赶紧浇啊，不消毒就不能包扎。"

齐大哥只好把盐水浇在栓娃的伤口上。看来在伤口上撒盐才真是酷刑啊！杨山杏刚才伸手进肉里去掏子弹都没让栓娃叫唤，而这一碗洗伤口的盐水却让昏迷中的栓娃突然惨叫起来："啊！"

"不怪我啊栓娃，都是你姐让我干的。"齐大哥惨兮兮地说着，也不管栓娃能否听见。

杨山杏顾不上说话，她赶紧用撕开的布条扎起了栓娃的伤口。红军护理员杨山杏参加了无数次拯救伤员的手术，这是她这一生中完成的唯一一次由自己主刀的取弹手术。

做过手术的栓娃不仅没见好，反而发起了高烧。山杏让齐大哥去石桥镇找顾郎中要特效红伤药，算时间他也该回来了，可为啥不见人影呢？

这一天栓娃就喝了一碗稀粥，他就这样昏昏地睡着，山杏不住地把凉水浸湿的布放在他头上，又扒开他身上的军服，用凉凉的湿布擦他滚热的身子，这样能让栓娃的高烧往下降一些。

栓娃终于清醒了一阵，他睁开眼看着山杏，嘴唇嚅动着："水！"山杏从铁锅中舀出一碗水给栓娃喂下去，栓娃吞水时又露出了痛苦神情。

“腿上伤口疼？”山杏赶紧问。

“胸口疼。”

“胸口？”山杏奇怪了，胸口没伤啊！怎么会疼呢？

“狗日的黑二混子一枪打我胸口上了。”栓娃说。

“你说胡话吧？怎么可能？胸口没有伤口也没有血啊！”山杏赶紧又解开他军装扣子，擦他身子的时候好像看见他左胸有一块青紫，不知道是怎么弄的。

山杏摇头：“不可能，没伤口……”她说着把敞开的衣服又给栓娃掩上，这才发现他的左胸口袋有一个小洞，她把手伸进衣袋里，从里面掏出来一块银圆。这块银圆很奇特，上面嵌了一个子弹头。

“啊？”山杏倒吸一口凉气，“栓娃，你真是命大，你胸口真的中枪了，多亏了这个。”山杏把中弹的银圆举给栓娃看。

“这是齐大哥买粮食剩下，前些天还给我的。”栓娃无意中提到了齐大哥，这让山杏刚刚放下的心又揪了起来，她手里攥着那块银圆，不由自主又跑到洞外。

对着手里的银圆，她在心里一遍遍地喊：齐大哥你快回来啊！你的银圆救了栓娃一命，你要再不把救命的药带回来，这救下的命也会没了。

三 药 包

齐大哥回不来了，他被保安团抓走了。齐大哥来到顾郎中的药铺，他忽然提起栓娃的名字，这把正在吃午饭的顾郎中爷俩吓得不轻。

“我姓齐，是便衣队的联络员，是杨山杏让我来找你们的。”

顾郎中不相信，又问了有关栓娃和杨山杏的一些问题，终于核实了齐大哥的身份。在他把五剂红伤药给了齐大哥，看着他出门之后，顾郎中忽然又想起什么。

“你悄悄跟着他。”顾郎中嘱咐儿子。

“为什么？”顾大宝不明白。

“跟出镇子你就回来，千万别出什么事。”

顾郎中担忧得不无道理，现在实行十户联保制，一户通匪十户连坐，要是让保安团抓到自己给红军弄药，被杀头的可不止自己一家。真是怕鬼鬼偏找上门，不一会儿顾大宝就慌慌张张跑回来了。

“爹，完了！那个姓齐的在蹚水过河的时候被保安团逮住了。”

“啊？”顾郎中一屁股坐在凳子上，他半天说不出一个字。

“爹！说话啊！”顾大宝上来要掐他爹的人中，被顾郎中用手推开，他急切地问：“药呢？咱那药是不是给搜走了？”

“没有。”顾大宝摇头，“那个齐大哥已经蹚水走到河的半中央了，忽然对面蹿出来两个保安团士兵，拿枪对着吼他上岸，他一下摔到水里，头上的斗笠顺河漂走了，药包就在那斗笠里。”

顾大宝的叙述让顾郎中稍微安心一点：“只要没有物证，咱就不怕。”

“可那药是给栓娃救命的。”顾大宝担心起来。

“是啊，可我问他栓娃在哪，他也没说啊。”顾郎中真后悔，当时就该问清楚，旁人可以不管，可栓娃不能不问，那是周久财的独苗啊。

“菩萨保佑，老周家就这一根独苗苗了，千万要保佑啊！”顾郎中急得也只能求菩萨了。

忽然他坐正了身子：“我这两天不回家，大宝你告诉你娘，给我送饭。”

“干吗啊？”顾大宝不理解。

“我等杨山杏，只要栓娃不死，我相信她会来的。”顾郎中的眼神坚定。

顾郎中判断得不错，杨山杏真的来了。齐大哥回不来，山杏只能靠自己。

天完全黑了，栓娃又醒了一次，山杏热了稀饭喂他，栓娃喝了两口就摇头了。

“栓娃，不吃东西不行。”

“姐，我热，真热。”栓娃的脸又开始发红。山杏摸他脑门，滚烫滚烫的。

“栓娃，等等，你等等啊。”山杏放下饭碗，抱着一个瓦罐跑出洞口，一会她就提着半罐凉水回来了，她把一块块布片放在水桶里浸湿了，贴在栓娃滚烫的身子上。

被凉水刺激的栓娃一把攥住她的手："姐，我会死吗？"

山杏一个劲地摇头："你不会死，栓娃，你千万别死啊！你要是死了，你叫姐怎么办啊！"

栓娃断断续续说："姐，我不死。打我三颗子弹我也不死。"

山杏话语里带着哭腔："是，栓娃，咱不死，就是打你十颗子弹，咱也不死。栓娃，你还没娶媳妇呢！你娘还等着你回家，你真的不能死啊！"

"对，我还没有娶媳妇。我还没给我娘娶媳妇。姐，你给我当媳妇行吗？"

栓娃的身子忽然僵硬起来，他两眼火红，直勾勾地看着山杏，山杏让他看得心慌，她根本就没想到栓娃会说这个。

"不行，栓娃，我是你嫂子。我是你姐。"

听了山杏的回答，栓娃的身子一下子软了："姐，我哥不在了，真不在了，掉百丈崖山下了，我喜欢姐，真的喜欢姐。我要是不死，姐就当我媳妇。"

"你哥真死了？"杨山杏早就意识到周长山可能不在人世，可她没有想到第一个告诉她这个消息的竟然是栓娃，而且还是在这样一种处境里。

"姐，我不敢说，我看见我哥的军帽挂在百丈崖的树上了。"栓娃的声音变得好大，"姐，我不死，我就要姐当媳妇！"

山杏一时无语，一串眼泪从她眼眶流出，豆大的泪珠顺着下颌滴下来，掉在栓娃的脸上。

栓娃的声音也越来越小了："姐，我要死了，我不会有媳妇了。"

山杏急得紧摇他："栓娃，你不能死！姐答应！姐给你当媳妇！姐答应了。"

栓娃此时已经听不见了，他又昏迷了。山杏从栓娃身边爬了起来，她不再等了，她拼了，前面就是有刀山火海，她也要闯一闯，她今夜必须闯一趟石桥镇。

山杏没想到自己会有这么大的胆子，深更半夜深山老林，她一个人穿过了水帘洞爬上了黑虎岭，跑过了有野狼嚎叫的前营子村，还走过了阴森吓人的黑虎沟。

她高一脚低一脚跑着，不知道摔了多少个跟头。

空气湿闷，大雨将至，山杏一身是汗，四十多里山路她跌跌爬爬走了六七个小时，直到四更时分她才蹚过大沙河，她刚进镇子，一道闪电接着一阵轰鸣，噼里啪啦的雨珠顿时下来了。山杏没想到顾郎中爷俩此时还都守在药铺里，两人正和衣坐着相对着打盹，山杏刚在门板上轻敲了两下，顾大宝就把大门打开了。

“山杏啊，就怕你过来找不着人啊。”顾郎中看见山杏的衣服裤子都湿透了，明白她也是蹚水过来的，“都湿透了。赶紧换衣服吧。”

“顾爹，衣服不用换，栓娃危险了，我要赶紧拿药回去。”

药包是早已经准备好的，即使是山杏再着急，顾郎中还是让顾大宝去家里找几件衣服，拿点吃的。

想着回去还有四十多里山路，山杏也没再推辞，她就着一碗热水吃了两个顾大宝从厨房拿来的蒸红薯。

顾郎中趁她吃饭的时候又详细地问了栓娃的伤情，听说栓娃胸口还中了一弹，顾郎中赶紧又包上一包骨伤药，一起放进油布包里，还说要跟山杏一起走。

“不行，顾爹，我们躲在一个山洞里，你不能去，路太难走了。”

杨山杏何尝不想顾郎中去？可是一想到要爬藤梯下山崖，路上说不定还有保安团的人，她绝不能让顾郎中这么大年纪的人去冒险。

“那还缺什么不？”顾郎中的一句话让山杏忽然想起还有一件大事。

“对了，缺盐！”山杏说，“顾爹，有没有盐？”

“有有。”顾郎中指挥儿子把备好的几件衣服打成一个包裹，自己从坛子里抓出盐，包了一大包，都放进包袱里。山杏把装衣服和盐的包袱系在自己腰间，把装药的油布包贴胸藏着。就在石桥镇耽误一会工夫，从上游下来的山水使沙河水位上涨了不少。

“姐，那药可不能进水啊。”送她到河边的顾大宝提醒她。

山杏解下了斗笠，把怀里的油布包拿出来，也顶在头上，再把斗笠戴上系紧，她一步步走下河去，来的时候河水漫腰，而此时河水已经漫到胸口。

“姐，行吗？”

“行，大宝，你回去吧。”一道闪电照亮了山杏的脸，她的神色是那样的坚毅而果断，这种神色让顾大宝心里满是钦佩。

山杏下河没走多远，身子开始漂浮，她开始用狗刨式渡河，顾大宝立刻跳下河，游了几下就追上了山杏。

“大宝，你不用管我，我行！”

刚说了一句山杏就呛了一口水，大宝一下子把她托了起来：“山杏姐，我送你过去。你放心，我游水的本事是小时候和栓娃一起学的。”

有了大宝的扶托，山杏顿时感到轻快多了。

山杏回到鲇鱼洞，栓娃依旧高烧，山杏摸摸他的胸口，感到了他的心脏在快速跳动，身上烫得吓人。

山杏快速打开自己带回的油布包，从里面拿出一个写着内服的小药包，捻了一撮药放在碗里，等篝火上的水开了之后，用开水把药化开，待碗里的水变温，她撬开栓娃的嘴唇，把药灌了进去。

弄完内服的，接着她又拿出大包的外用药粉，抓了一小把调成糊糊状，又解开栓娃腿上的绷带，把药糊糊直接敷在那肿得发紫的伤口上。工作都完成了，下面只能听天由命了。

累极了的山杏一头栽倒在栓娃的身边，不知是昏过去了还是睡过去了。也不知道过了多长时间，山杏好像听到有人在哼哼，她睁开了眼睛，眼前一个模糊的面容逐渐清晰起来。

栓娃醒了，睁着眼睛在看她：“姐，我死了吗？”

两滴眼泪从山杏的眼角中流出来，她一把抹去，起身抱住他的脑袋：“你没死！栓娃，你不会死，我给你上药了，顾郎中家的药。”

“可我腿疼，火烧火燎地疼。”

栓娃叫疼了，山杏倒是兴奋起来了，这种药效果好，就是疼得受不了。山杏转脸再看栓娃的腿伤，只见原来又肿又亮的黑紫伤口里流出了一些脓血，山杏深深吸了一口气：“栓娃，我要给你挤脓血了，你忍着点啊。”

栓娃的声音在颤抖：“行。”

山杏用干布擦掉了伤口周围的脓，用两只手使劲挤着伤口，一股更腥更黄的脓从伤口中冲了出来。

“啊！”栓娃疼急了，他发出一声惨叫。

山杏立刻停住了手：“疼了？”

“疼！姐，我能喊吗？”

“你还有劲喊啊？那你喊吧。”

山杏手下使劲加力，更多的脓血喷了出来。

“啊！啊！啊……”

山杏挤净了伤口里的脓血，栓娃已经疼昏了，山杏准备把他的伤口洗净再换上新药，此时锅里的水已经沸腾，山杏这才发现顾大宝给她的包袱还在身上系着，她解开了包袱想拿盐包，可她从包袱里摸出来的不是盐包而是烂湿的一团纸。一包盐已经没有了，全都在水里化掉了。

山杏痛苦地捶着自己的头：“我怎么这么糊涂啊！我的盐，盐啊！”

山杏绝望地想把手里烂湿的纸团扔掉，就在举手的刹那间，她想到了什么。

栓娃再次醒来，天好像又黑了。顾郎中的药起了作用，栓娃已经感到自己的身子不再滚烫，而且还有许许凉意，他舔了舔干燥的嘴唇，想问山杏要水喝，还没张嘴呢，眼神却定住了。他两眼直勾勾地看着洞壁。

洞壁上，跳跃着一个女人的裸身剪影，这剪影是被洞里的篝火给照上去的。

栓娃不由自主地转过脸来，眼睛朝着篝火的方向望去。离他不远处，一堆篝火正旺旺地烧着，上面架着一口锅。赤裸着上身的山杏侧面对着栓娃，她目不转睛，死死盯着开水锅里正在翻腾的几件衣服，她那动人的身子和那动人的脸颊都在篝火的跳跃中变换着色调。

栓娃使劲盯着这幅令他心跳的画面，一股热潮正在他的心里升起。在他十九年的生命中，他第一次看见女人的身子……

时间一分一秒地过去，山杏忽然轻轻叫了一声：“好了。”只见她用树枝在锅沿上刮了一下，一点白白的粉末到了她手中，她用舌头轻轻地在自己的手掌心中舔了一下，笑了。

栓娃被这笑容迷醉了，他忍不住咽了一口吐沫，谁知道咽得急了一些，呛得咳了一声。栓娃的咳嗽声让山杏的身体不由自主地抖动一下，她下意识地扔掉了手里的树枝，两手不自觉地捂住了胸前那一对在火光中上下跳动的乳房。

栓娃赶紧闭上眼睛，他想起了第一次在河边对着山杏胸前看的窘境。好像洞里此时全没了声息，栓娃只能听见自己心脏突突直跳的声音。时间又是一分一秒地过去，栓娃终于忍不住了，他先把眼睛微微睁开一条细缝，这条细缝马上就变大了。

山杏已经在自己的身上披了件褂子，现在背对着他。

“姐！”栓娃叫着。

“干吗？”山杏没有回头。

“我看到你身子了，你要给我当媳妇，你答应的！”

山杏不说话，洞里只有火苗偶尔跳动的噼啪声，她在洞壁上的影像又开始抖动起来了。

第十二章 和谈陷阱

一 变 迁

岳山县城，城门大开，城门口那些保安团的哨兵形同虚设，进城出城的行人和车马畅通无阻，搞得像集市自由行一样。

栓娃挑着一担柴火在城门口纠结起来：是进呢，还是不进呢?

近两个月来，栓娃已经在岳山县城的几个城门口来回转悠了三次，他不敢进城，哨兵查得太严，他没有十足的把握。新的保甲制度规定各村的村民外出都必须有保人和甲长的证明，凭证明到保长那里换一张外出条子。如果查出谁没有条子就外出，那就有通匪嫌疑。

前几次栓娃到了城门口也没敢进城，就是因为查条子查得太严。他不敢再装叫花子，他这个年纪装叫花子也不像。他也不能再冒充国民党兵，岳山县这一带也没有驻扎别的国民党部队，他弄不到敌人的军装。

栓娃是老侦察员，没把握的事宁可不干。但他又必须进城，他现在找不到部队，唯一的办法就是进城去找李裁缝，否则他和杨山杏都无法归队。按照后来周长河（栓娃大名）档案里的军人履历表记载，从1936年9月到1937年7月，他有整整十个月的离队时间。他履历中记载了这十个月是在养伤，其实前几个月栓娃真在养伤，后几个月的情况他不敢说，那是他需要保守一辈子的秘密。他不说别人也可以想象，一男一女，青春热血，又住在渺无人烟的深山孤洞里，有吃有喝冬暖夏凉，是人都能猜到能干吗，尽干好事了。

自打进洞之后，栓娃就一直吵着要山杏给他当媳妇，山杏的确也离不开栓娃，之后几个月，两人就住在山洞里面过家家了。这种实情哪能白纸黑字写入革命干部的履历中，那不是没事找抽吗？不想要官帽了？栓娃是吃过亏的人，吃一堑长一智。

“姐，等我们回到队伍里，也让黄师长给我俩办喜事，就像当年许师长给你和长山哥一样办，好不好？”这话是栓娃说的。那还是他俩正式成事的当天夜里，光溜溜的山杏把脑袋枕在光溜溜的栓娃胳膊上，两人一同看着从洞口上方流进的一缕月光。

可能是栓娃这突如其来的一句话触动了山杏的神经，她忽然哭了。

“姐，我说的是真的，你干吗哭啊？”还在激情回味中的栓娃奇怪了。

“你长山哥要真牺牲了，那我就是一个寡妇，谁会给寡妇家办喜事啊？”

“不怕！姐！我俩也是自由，我们苏维埃政府不是讲婚姻自由吗？我喜欢姐，姐也喜欢我，我和黄师长说。他一定会答应的。”

栓娃嫩一点，把事想得简单，山杏大一点，她感到这事情不会这么简单。

人是一种很奇怪的动物，有时候会很冷静，有时候会很火热，冷静的时候拒人千里，就像山杏对常特派员；火热的时候不顾一切，就像山杏对栓娃。现在的山杏就是不顾一切，因为她喜欢栓娃，只要是喜欢，不好的事情她不愿去想，哪怕就在山洞里当野人了，也不去想不好的事情。

山杏的抽泣声慢慢地小了，她把栓娃搂得更紧了。

两人成事的时候栓娃还瘸着腿，就这样也没有耽搁他对山杏肉体的渴望，两人在草铺上男欢女爱，反而能提升伤愈速度。

由于栓娃腿上的伤口大，又没有缝合，伤口愈合得很慢，这也和山杏取子弹时没有器械有关，一直到了第二年春天，他的伤口才算完全愈合。

鲇鱼洞本来就是便衣队的兵站，存有一些粮食，齐大哥打的一条獐子也熏成了肉条，有粮有肉，再加上山里不缺野菜蘑菇，鲇鱼洞附近的竹林也不少，竹笋可吃冬春两季。两人就这样一天天地凑合，熬过了一冬一春。

栓娃能跑能颠之后，就带着他给山杏的那颗手榴弹出了几趟山洞，他用布兜围住脸扮成土匪，专对保长家下手，弄完就溜，他不仅弄了一些食盐和粮食，还弄到了几块大洋，最近一次出洞他还让一个保长签了一张进城的路条。

栓娃原本想用这张条子进城，现在用不上了，城门口的哨兵不查人货，都聚在一起抽烟扯闲篇，栓娃挑着一担柴火走进城门，心里反而七上八下不踏实了。

太阳真打西面出来了吗？栓娃看看天，晌午没到，太阳还在东南方向的天上挂着，明亮亮的，直晃眼。

他进城了，栓娃发现人们纷纷往保安司令部的那条街上走。

“看见了吗？是真的吗？”去的人碰上了回来的人。

“看见了，就在司令部的大门口站着呢。”回来的人对去的人说。

好奇的栓娃挑着担子也跟人们往那边走，只见保安司令部的大门外像赶集一样热闹，都围成了圈圈，人们都好奇地伸着脑袋朝里看。

人多挑担走不动了，栓娃索性把柴火担子放在街边，自己独个往里挤，挤到跟前他也站住了，更准确地说，他是被眼前一个奇特景象给定住了。

保安司令部大门口的一边站着两个手持步枪的保安团哨兵，他们一动不动。除了他们，站在另一边的还有两个头戴八角帽的红军哨兵。见鬼了吧！栓娃的两手用力地揉着眼睛。

栓娃终于见到了李裁缝，同时他还见到了正要出门的陈二贵。

见到栓娃，陈二贵发疯一样抱着栓娃的脖子，既高兴又激动，他语无伦次了：“栓娃！你真的是栓娃吗？你怎么还活着啊？”

“当然是我啊，我干吗要死？二贵，你不也活着吗？”

栓娃同样脑子短路、语言不清，一会拍着陈二贵的背哭，一会扒着陈二贵的脸看，生怕不是真的：“你们真跑出来了啊？咱便衣队还留下几个啊？”

“连我一共跑出来十三个，上级又补充了十多个，现在还叫岳山便衣队。”

李裁缝接话：“陈二贵现在接了你的职务，他也是队长了。栓娃，你是怎么活下来的？”

“我啊，一言难尽。”栓娃说了自己怎样被黑二混子打下山崖，山杏和齐大哥怎样相救，直到说他自己在鲇鱼洞养伤的时候，陈二贵懊恼地拍了一下大腿：

“嗨！我们怎么就没想到鲇鱼洞呢？我们从黑虎沟突围出来之后，上级就把我们派到金刚台一带活动去了，这大半年我们也没进过这岳山县城。”

“那今个你们怎么来了呢？”栓娃觉得太巧了，此次进城，他想见到的人见到了，没想到的人也顺便见到了。

陈二贵说他这次带着岳山便衣队进城，是暗地来给红军谈判代表保驾护航的。他们昨天就进了岳山县城，在保安司令部四周布了暗哨，暗地监视着顾顺国的一举一动，谈判结束之后，他们再出城和红军的谈判代表会合。

“上级派来的谈判代表你也认识，就是到我们师的常特派员。”陈二贵说。

“我们干吗要和顾顺国谈判？到底是怎么一回事啊？你赶紧给我说说。”

陈二贵有事要出去，李裁缝把栓娃带进里屋，给他拿了两个馍馍。在他吃饭的当口对他说当前的形势，从西安的“双十二事变”到国共谈判联合抗日，把自己知道的，一五一十对栓娃说了一遍。栓娃听得五迷三道，都是新鲜事，他眼睛直眨巴，塞进嘴里的馍馍也忘了嚼。

“栓娃，现在抗日是大趋势，如果我们中国人自己再内斗下去，那就要亡国了。北边的中央红军已经改编成国民革命军第八路军，奔赴抗日前线，党中央又通知我们南方十多个省的红军游击队和国民党进行合作谈判。”

栓娃问：“那要是谈好了，我们怎么办啊？”

“集结改编啊。”李裁缝说，“特委已经指示，大别山的红军部队要在三个月内到湖北红安七里坪集中改编，我这一段时间都在跑联络，现在就等我们的代表和顾顺国商量这个地区部队在岳山的集结地点和集结路线。

两人正说着，陈二贵进来了：“我们的代表已经谈完出门了，我们的暗哨也撤了，都到城外十里庙村集结。李裁缝，你给我们的军装都备好了吗？”

“好了，你就一块带走吧。”李裁缝说着从柜子里取出来两个大包袱，当着他们的面解开。栓娃的眼前一亮，一大包都是灰色的红军新军装。

“都是我们的新军装啊？”栓娃问。

“常特派员说要宣传红军的抗日主张，让我特意给你们便衣队做的，要是你们在县城里集结，说不定还能穿着它在岳山县城里走一趟呢。”

“那我要一套。”栓娃说着就从包袱里扯衣服。

李裁缝笑了：“栓娃还是这个德行，见了好东西从来不吃亏。”

二 扣押

十里庙村。

岳山便衣队的老兵们没想到他们的老队长还活着，个个又惊又喜，就连先期到达十里庙村的常特派员也非常惊讶，因为黄师长告诉他栓娃已经牺牲了。

说老实话，这位常特派员对栓娃还是有好感的，他第一次来岳山是栓娃把他接进前营子村的，后来也是栓娃为他去弄钱，跑肚拉稀把缴获的银圆丢了，才气得他要处分栓娃，结果这小子又绑架了顾顺国的弟弟，把丢掉的钱给追了回来。

虽说现在栓娃没有新职务，常特派员还是很看重他，把他和陈二贵都带到房间里，和同来的王特派员一起给他俩布置下一步的任务。

“陈队长，栓娃，我们豫皖边的部队要进岳山县城宣传我们的抗日主张，然后一起赶赴七里坪，和鄂豫皖的其他部队会合，共赴抗日前线。你们的黄师长带着一个团现在正在白马山一带，由陈队长负责去通知。”

栓娃更加激动了：“特派员，我们什么时候去县城集结？”

“三天之内。”常特派员说着从包里拿出一张地图，把它铺在桌上，“陈队长，现在我告诉你各队的行军路线，灵山和金刚台便衣队的行军的路线是经鲇鱼山到黑虎岭后山，到前营子村集结，这条路你应该知道。黄师长的部队和白马山便衣队的行进路线是经老君山，过黑虎沟，也到前营子村集结。我们的部队在前营子村整军一天，再集中进城，各部队三天之内到达，不得有误。”

一听常特派员说的行军路线，栓娃的脸就白了。

“等等，特派员啊，不是说到县城吗？为啥要在前营子村集结？”

前营子村其实是顾顺国设下的一个圈套。而且顾顺国是不知不觉让红军的两个特派员自己钻进去的。

本来他没想设圈套，可当他听到红军代表说出在他防区内的所有红军部队番号之后，他的血压一下升高了。

“我们目前在第三保安司令部地界里，除新九师的一个团之外，还有岳山、灵山、白马山、金刚台四个便衣队。”谈判时，常特派员和盘托出了自己的力量。

“娘了个腿的，‘赤匪’还真越打越多了。要是上报我的地界里还有这么多‘赤匪’，那我这个模范治安县不就成了笑话？”顾顺国强压心里的一股怒气。

当常特派员提出他们要在岳山县城集结，然后进城宣传红军抗日主张的要求时，一条计谋在他脑子里忽现。

“宣传抗日当然是好事，本司令全力支持。可是你们部队有这么多番号，最好在外面集结之后一起进城，毕竟城里还有保安司令部的部队，还要防范土匪，这城里的治安可就……哈哈……”

“顾司令看我们在哪集结比较好呢？”常特派员问。

“随你，只要在没有我们驻军的地方都可以。离县城也不要太远。”

顾顺国在心里不住地盘算：石桥镇有我的驻军，丰集和白集都有我的驻军，看你往哪儿放！你要是放在其他地方，我都有理由让你挪开……

“那我们就在黑虎岭的前营子村集结怎么样？”

常特派员其实对岳山不熟，他就知道自己待过的几个地方。正中顾顺国下怀！他真想给这位共党代表发一枚大大的奖章。

哈哈，这可是你们自己选的地方，看来前营子村真是我的福地啊！当时也不知道哪根筋通了，没有放火烧了那些房子，原来就是等着今天这个机会啊。

后面谈的安排更是一帆风顺，包括各部队集结的时间，怎么进城，怎么在城里开抗日誓师大会等等。看着红军两位代表轻松喜悦的表情，顾顺国心里暗笑：娘了个腿的。就怕你们进不了城门。

为了部队到前营子村集结的事，栓娃把常特派员给惹恼了。

“为什么要到前营子村？从前山进一定要走黑虎沟，常特派员，黑虎岭的地势你是知道的，顾顺国在黑虎沟吃过我们的大亏，如果现在顾顺国在黑虎沟埋伏，那我们不就危险了吗？”栓娃急了，他一听顾顺国同意部队走黑虎沟，就预感这里面一定有问题。

“埋伏？他为什么要埋伏？”常特派员不解地问，“国共现在已经合作，两家是友军。到前营子村集结是我提出来的，顾顺国还说前营子村的民房都在。从这一点看，他也是很有诚意的。”

一听特派员这样说，栓娃更急了：“特派员，你千万不能相信顾顺国，他是个什么坏事都能干的坏蛋。”

“周栓娃，你是什么意思？”常特派员把脸板了起来，“你不能这么说友军代表，集结路线是我们国共双方代表共同商定的，不能改变！”

“不改变也行，那就通知我们部队悄悄到老君洞集结，那里更安全些，常特派员，你没在黑虎沟打过仗，不知道黑虎沟的凶险……”

栓娃话没说完，权威受到挑战的常特派员一拳就砸在桌子上：“周栓娃，你要破坏我们国共合作的大局吗？你这样不相信谈判代表是什么居心？你离队这么长时间，我要对你审查！陈二贵，你把周栓娃给我扣起来！”

……

栓娃没想到他对部队安全的担忧会引起自身的一场危机，常特派员和王特派员很严肃地坐在他面前，一场特殊的审查开始了。

“周栓娃，我的身份你是知道的，这位王特派员原是特委保安部的干事。你失踪了近一年，这一年里你干什么了？你要向组织上交代清楚。”

栓娃一听是这个事，心里憋着的气暗暗松了：“现在啊？”

“当然是现在！”王特派员说，“周栓娃，既然你是原岳山便衣队队长，而这一年你又失踪了，常特派员已经说了，我是特委的保安干事，我有权对你进行审查。”

“是！”这一会栓娃显得特别老实，他觉得能把自己说清楚，而且自己还不是一个人。

“那你交代吧！”

“交代？”栓娃觉得这个词真别扭，“行。那我从哪说起啊？”

……

栓娃交代了，交代完才发现，他摊上大事了！他坦白过多，交代了他和山杏的关系。

被审的栓娃倒认为自己光明磊落，面对组织也没什么可隐瞒的，他竹筒倒豆子，一五一十先说了当初前营子村被袭的原因，又说了自己负伤的经过，当栓娃说到自己是被杨山杏救出来的时候，常特派员眼睛一亮，他急不可待地追问一句：“是你们战地医院的那个杨山杏吗？她也还活着？”

“是。”

“那你继续说。”

栓娃意外地发现这位常特派员一直死板的脸上竟然有了一丝微笑，而正在记录的王特派员也非常奇怪地瞅了常特派员一眼。栓娃继续说了，杨山杏和齐大哥怎么背他下山，怎么进了鲇鱼洞，杨山杏怎么给他弄药，怎么给他治疗等等。栓娃说得嘴干，他顿了一下，其实心里也斗争了一阵，但心想既然是领导审查，那也就别隐瞒了。他结结巴巴，把他和山杏要好的事也交代出来了。

“你是说，你和杨山杏已经上床了？”

一句话都没说的王特派员此时忽然开口，这让栓娃感到有些意外，他看到那姓王的眼珠子在闪光。栓娃忽然意识到坏了，自己是不是讲多了？

“你们是不是上床了？周栓娃，你给我老实交代！”

常特派员忽然怒吼起来，他的两只拳头都狠狠地砸在了桌子上，这突如其来的震动让王特派员按在桌上的自来水笔笔头一下子裂开了，他心疼地直咧嘴。

“是，我们是、是、是那个了。”

栓娃这才感觉到自己承认的是一件不可饶恕的事，虽然他的声音已经像蚊子样哼哼了，但就是这样小的声音更让常特派员怒不可遏，他又一次猛敲桌子："周栓娃，你好大的胆子！除了你疏于防范让敌人钻了空子，你还竟敢和杨山杏通奸，你这是作风腐败！你是共产党员吗？"

"是！"栓娃的头昂起来了，他是在平汉路卫家店的阻击战中火线入党的，冯大柱主持了新党员的入党宣誓，当时他才十五岁。而常特派员的一句通奸让他实在受不了，他非常激动地站起来，嗓门也不是一般大："我是共产党员，可我没有通奸！我们自由恋爱！我和山杏姐商量要结婚的！"

"结婚？你能和杨山杏结婚？你当我不知道啊，杨山杏是结过婚的人，她的丈夫叫周长山，是你的堂哥，我没有说错吧？"

"是，杨山杏原来是我嫂子，可是我哥已经牺牲了。"

"牺牲！谁证明他牺牲？他是失踪！到现在活没见着人，死也没见到尸！"

栓娃急了："我长山哥就是牺牲了，我可以证明，他在百丈崖……"

"你不要再说了！"常特派员此时心情坏到极点，他追了杨山杏这么长时间，那个漂亮女人每次都用有丈夫这条理由拒绝了他，而这个女人竟然跟眼前这个毛头小子上了床，那阳光灿烂的笑脸和丰满诱人的身子居然被这小子占了！常特派员原来对栓娃所有的好感都变成了忌妒和愤恨，他有些歇斯底里了：

"告诉你周栓娃！你就是通奸！我们有纪律，结婚要报告上级！要组织批准！谁批准你了？你们没有得到批准就上床，你还说你不是通奸！"

"好了！事实已经清楚了。"那个只说了一句话的王特派员合上本子，"老常，根据他的交代，我看现在就实施逮捕吧！"

"我同意！"常特派员压下心中的气，转脸对门口叫道，"陈二贵！"

三　逃　脱

山杏预感不好，栓娃是不是出事了？

自打栓娃离开了鲇鱼洞，山杏的心就跳得邪乎，这种邪乎不仅是感觉心跳很快，而且自己的耳朵还能听见自己心跳的声音。他不会出什么事吧？

山杏坐立不安、六神无主，她一趟趟跑到洞口张望。

可她张望的时间又不能长，站久了她腿累，此时她觉得自己的肚子又动了一下，她的两只手很自然地捂在高高隆起的肚子上。山杏怀孕了。掰着手指头算，她怀孕已经有六个月了。青年男女在一起，就免不了播下爱欲的种子。

这一点山杏想到了，栓娃可没想到。栓娃今年二十，虽说农村男孩十七八岁当父亲一点也不稀奇，但栓娃十四岁就当兵，天天忙着行军打仗，每天都想着明天自己的脑袋还在不在。

栓娃和山杏的这一次结合真算是天地撮合，两人躲在一个洞里朝夕相处，山杏浑身散发着熟果的味道，这种味道又日日诱惑着这个脱离朦胧已经长大的小男人，终于让他自身堆积的荷尔蒙有了猛烈而且持续发散的机会。

山杏是一个尝过男人滋味的女人，在这个充满力量的小男人怀里，她也得到了久违的身心满足。他们忘记了身处深山的洞穴，忘记了外面残酷的战争，同样也忘记了自己的身份，两人就在茅草铺上，一次次享受着男欢女爱的滋味。

一天晚上，山杏果断地推开了栓娃抚摸自己的手。

“怎么啦？”栓娃问道。

“栓娃，不能了，我有孩子了。”山杏面对着栓娃那张急切的脸，轻轻地告诉了他一个意想不到的消息。

“孩子？什么孩子？”

栓娃一时还没明白过来，山杏轻轻在他脸上拍了一下：“傻瓜，你的孩子，我肚子里有你的孩子，你要当爹了。”

栓娃有些傻了，他直愣愣地坐起来，好久他都没躺下，还是山杏把他拉着躺倒在草铺上的，而这一次，他躺得离山杏足有一尺远，而且再没有摸过山杏的身子。

当爹？栓娃这一夜竟然没睡着觉。一夜过去，栓娃好像长大了，他忽然变得话少了，每天就是上山打柴、入林打鸟、挖山笋采蘑菇，想方设法弄些有营养的食物让山杏吃，山杏那张有些蜡黄的脸上很快就有了红晕。

栓娃也不和山杏在一个铺上睡了，他自己晒了一些草，在洞口边上铺了一个地铺，他还把齐大哥在山洞里留下的唯一一床破棉被给山杏盖，一切好像都翻了一个个儿，两人的关系不再像姐姐照顾弟弟，倒像丈夫照顾妻子了。

山杏一直在默默地关注着栓娃的这些变化，她也咀嚼着这些变化。栓娃的这种变化对她来说是幸福中掺杂着担忧。她喜欢原来的栓娃，那种清纯直爽夹带着鬼鬼的精灵，而一夜之间，身边的这个男人变了，变得更像男人而不像栓娃了，她嚼不透这其中的滋味。

终于忍不住了，忍不住的是山杏。一个月后的又一个夜晚，山杏悄悄挪到栓娃身边，她从后面抱住了他的身子，手掌在他的身上游走，体会着从那年轻结实的身子里散发出的雄性热度。

忽然，她手掌下的身子抖动了，栓娃的身子紧绷着，栓娃转身了。

……

“姐。我们不能再住这里了，我要找队伍去。”事毕之后的栓娃说。

“姐不敢回去，没脸见人了。”山杏一直偎在他的怀里，像在喃喃自语。

“不是，姐，我说过了，我要去找黄师长，让他给我们办喜事，只要是办了喜事，就没人笑话你，也不会笑话我了。”

听着栓娃的话，山杏的眼眶湿了，她抬起头，身子往上移移，两手搂住了栓娃的脖子，把他的脑袋深深地埋在自己的胸脯里：“栓娃，我们不能办喜事，人家知道总是要说闲话的。”

“说也不怕，我们是恋爱自由，婚姻自由，这是黄师长说的，他让你离开那个鬼瘫子的时候就是这样说的，我记得！”

栓娃竟然还记得这么多往事，山杏的眼泪就更多了，她把栓娃搂得更紧了：“你要找队伍就去找，只要和你一起，丢人我也认了。”

也就是从那以后，栓娃把找队伍的事放在第一位了，那一段时间里，对他的外出山杏其实并不担心，因为栓娃一直担心自己，他每次外出都不敢跑太远，而且他每次出去都说一句同样的话：“姐，你别急，我今个准回来。”

对了，山杏想起来了，今天自己心跳得如此反常，就是因为没有听见栓娃说那句话，他走的时候没对她说“我今个准回来”。

天已经黑透了，能看见满天的星星，栓娃还是没有回来。山杏暗暗害怕起来，自打住进鲇鱼洞，栓娃从没有让她一个人独自过夜。此时她才感到这个像自己家一样的山洞从里到外处处充满了陌生和危险，她把放在包袱里面的那颗手榴弹拿了出来，又在篝火里添了一点柴。她心里暗暗想着：栓娃不回来，我今夜绝不能睡觉。

忽然，山杏听到了一种声音，是脚踩野草的嚓嚓声，而且越来越近。一定是栓娃回来了。山杏兴奋起来，她有些费力地支起身子，刚刚起身，又感到有些不对了。

那脚步声离洞越近反而越稀，好像是到了洞口，又几乎完全没了声音。山杏的心又咚咚蹦跶起来，她慢慢向洞内一个凸出的石壁后面移去，手里紧紧握着那颗手榴弹，她在心里暗暗地提醒自己：这不是栓娃，绝不是。

就在杨山杏等待栓娃的时候，栓娃已经被关起来坐牢房了。此时的栓娃开始后怕，他没想到自己人会对自己这样。

栓娃真后悔自己多嘴，也痛恨自己单纯。怎么这么无知啊？当侦察员的第一原则就是保密，自己做了丑事怎么还敢把它说出来呢？就因为自己没把这事当丑事。常特派员说得没错，没有报告就和山杏姐有了这种关系，那就是作风腐败，自己不是普通老百姓，是共产党员、革命战士，可我犯错他干吗这么大气性？

夜深了，他在床上辗转反侧。他们会怎么处理我呢？我已经告诉他们了，山杏姐也在鲇鱼洞，他们会不会派人把山杏姐抓回来对质呢？山杏姐老说自己没脸见人，要是这次被他们抓回来，她的大肚子就暴露了，她会怎么样啊？

栓娃忽然萌生了逃出去的念头，他环顾四周，窗户用木头钉牢了，门口哨兵巡视的脚步声就没有停止过，还有，要是自己跑了，那一定会连累陈二贵。

几乎失眠了一夜，哨兵的几次换岗他都听见了，直到窗户的缝隙里有了点亮光，奔波一天又难受一夜的栓娃开始眼皮子打架了。门悄然开了，进门的是陈二贵。

他推推正在打盹的栓娃，把一个包袱和一支手枪塞在他的手中：

“队长，你不能在这了，赶紧走！”

栓娃揉揉眼睛看着他：“是常特派员让我走的？”

“什么常特派员？不是玩意的东西，他们说今天要秘密枪毙你呢！”

陈二贵说这话可不是无中生有，昨天晚上他在两位特派员住的院子里查岗，听到了房间里面的谈话，他们谈话的内容让陈二贵惊出一身冷汗。

“如果按照他承认的事实，那前营子村失守就是他的责任，按纪律就该枪毙！还有通奸，这种堕落分子更该枪毙！我看不必再上什么法庭，我们明天在这里就地执行。”这是王特派员的声音。

“老王，这个周栓娃是黄师长的爱将，听说他牺牲了，黄师长几天都没吃饭，我们要是把他杀了，见到黄师长怎么和他说？他不是和那个杨山杏有事吗？明天让便衣队去把杨山杏抓回来，有人证有物证，他赖也赖不掉。”

“老常，我其实还在考虑另一个问题，这个栓娃是反对我们和顾顺国的谈判协议的，要是他再弄出点什么事，那国民党方面会说我们不讲信用，破坏团结抗日的帽子就会戴到我们头上。这次让各地的队伍到县城集结是我们自己商量的，可那个黄师长和我们的想法不一样，他当时就提出来不和国民党啰唆，各队自行到七里坪集结。要是这个周栓娃在黄师长面前夸大事实，那不是也给我们自己找麻烦吗？所以不能留他。你要同意，我就让我们的警卫员来秘密执行。”

“行！你现在还挂有特委保安干事的头衔，这个事情你说了算。对了，那个栓娃说的情况我也想了，我们也要防止顾顺国真有什么企图，我想我们明天就带着岳山便衣队进驻前营子村，占据黑虎岭，先利用黑虎沟的天险，这样就保证了我们集结部队的安全……”

陈二贵已经没有心思再听下去了，他下定决心要救栓娃，栓娃是救了全队性命的功臣，无论如何不能再让这个死里逃生的战友最后死在自己人手里。

趁着月色，栓娃跑出了十里庙村。他和陈二贵商量好了，黄师长在白马山，现在就去找黄师长，绝不能让部队冒险过黑虎沟，说不定顾顺国现在就把伏兵布置在黑虎沟了。

至于自己有没有错误，那全凭黄师长决断，黄师长说要枪毙自己，就是天大的委屈也都认了，奶奶个熊的，脑袋掉了不就是个碗大的疤吗？

栓娃越想步子越快，他一口气跑出去二十来里地，到了一个三岔口才歇脚，他从包袱里掏出一个陈二贵给他装的杂面馍馍，大口吃了起来。

不对啊，要是黄师长也说枪毙我，我的葫芦瓢掉了，那山杏姐怎么办？会不会也杀她啊？她肚子里还有我的孩子呢！忽然冒出来一个念头，栓娃差点被嘴里的馍馍给噎着了。

昨天向两个特派员坦白的时候，他也留了一点，没把山杏怀孕的事情说出来。

不过隐瞒不隐瞒都没有用了，他们已经认定自己是腐败堕落，是通奸。

要是真为这个事把自己给枪毙了，那可真坏了名声，就是到了阴曹地府，冯营长和长山哥肯定不会饶恕自己，还要把自己枪毙第二回。

要是自己就这样跑了，他们到鲇鱼洞去抓山杏姐那该怎么办？抓住了山杏，他们就看见那个捂不住的大肚子，那就证据确凿了。

栓娃心里开始打鼓，脚下有两条路，一边到白马山，另一边去鲇鱼洞，往哪个方向走呢？栓娃咽下了最后一口馍馍，犹豫不决地站了起来。

"是栓娃吗？"

心神不定的栓娃忽然听到有人叫他，他拔出陈二贵给他的手枪，四处张望。从三岔口的树林中出来了一个人，栓娃简直不敢相信自己的眼睛了。

"齐大哥！"栓娃叫着。

真是失踪了十个月的齐大哥。原来他那次在石桥镇被保安团当民夫抓了，顾顺国把被抓的人都卖给调往西北围剿红军的一二三师，直到发生了西安事变，西北大乱，他才趁乱逃了出来，一路上他要饭打零工，终于返回了大别山。

"栓娃兄弟，真是你啊？"齐大哥跑过来，抱着栓娃的肩膀起劲摇着，"老远就看到你一个人跑过来，腿也不瘸，真是太好了。"

"早就好了，齐大哥，你什么时候回来的？到鲇鱼洞去了吗？"

"我昨夜回来的。到鲇鱼洞就见到了弟妹，山杏什么都给我说了，我现在就叫她弟妹了。你没回来她急死了，天没亮就让我出来找你，说你进了城，我就在这三岔口等着，远远看见一个人很像你，就躲到林子里看。”

“什么很像？就是我。齐大哥你瘦多了，吃了不少苦吧？”

“一言难尽。你也瘦了，活着就好啊！走，赶紧回山洞。”

栓娃见到齐大哥是一喜，齐大哥已经见到了山杏对他来说是二喜，栓娃现在终于可以分身了，他觉得在此遇到齐大哥就是天意，一切都是老天爷在帮他。

他把这一天一夜发生的事情和自己现在的处境简单说了一下，他当务之急就是要找到部队。

“你不回鲇鱼洞了？”齐大哥问。

“我要回。不过我先要找到黄师长，人命关天啊齐大哥，你先带山杏姐到鲇鱼洞外面躲一躲，别让人抓到你们，我找到黄师长之后也会去前营子村，那里是部队的集结地，到时候我就去接你们。”

“这没有问题。”齐大哥说，“可山杏这个身子还能和你一起回队伍上吗？”

栓娃摇摇头：“我想过了，我姐现在绝不能回队伍，我接上她以后就去找我娘，让我娘认她这个媳妇。”

“好！这个办法好！”齐大哥连连点头，“家里人认了，谁都说不了什么，再说生孩子也要有老人照应。那就这么说，我们分头走。”

栓娃把包袱交给齐大哥：“里面有军装，还有几个馍馍，你带回去给我姐吃。”

“好。”齐大哥笑着接过来，“我先回去，免得山杏着急。我说你啊，山杏都是你媳妇了，别整天你姐你姐的，让人家听着笑话。”

齐大哥走了，栓娃卸下了包袱，感觉一身轻松。

“等着我啊！我一定去接你们！”栓娃对着齐大哥的背影喊了一句，然后撒开了腿向白马山方向跑去。

栓娃真是感谢老天爷开眼啊，关键时刻总能让他逢凶化吉。其实老天爷有开眼的时候也有闭眼的时候，既然能帮他也能捉弄他，栓娃万万没想到自打这一分别，他再次见到杨山杏时，已经在十几年之后了。

第十三章 实战辩才

一 违令

准星，缺口，两点一线。

三八大盖的枪口死死圈住正在马上摇动的那顶土黄色战斗帽。

“狗屎！还不下令？金立中搞什么名堂！”暗暗爆粗口的人是杨泽田，用枪口瞄着鬼子军官的也是他。他带着部队正埋伏在深沟一侧的阵地里。

鬼子大队已经进沟了，杨泽田的枪口跟着骑马带队的鬼子军官移动了一个扇面，膏药旗在他眼皮下晃荡，眼看最前面的鬼子就要出沟了，而对面的发令枪就是不响，急得他直想跳出去。

干着急没用，指挥战斗的指挥员不是他。杨泽田现在的职位是八路军115师晋东独立旅一团一营三连连长。

1934年杨泽田就当营长了，到了1939年反而变成了连长，倒不是因为他犯错被贬官，是因为蒋介石太小气，国共合作建立了抗日统一战线，他只给了八路军三个师的编制。

1937年8月22日，国民政府军事委员会宣布，原中国工农红军一、二、四方面军改编成“国民革命军第八路军”。八路军下辖三个师，分别是第

115师、第120师和第129师。三个方面军缩为一个军，老憋屈了。红一方面军一军团的老大是林彪，屈居当了115师师长。红二方面军的老大是贺龙贺胡子，两把菜刀闹革命，打响南昌起义第一枪，和国民党分裂之前他就是军长，如今成了120师师长。129师师长刘伯承更不用说了，二十四岁就获“川军名将”美称，他也是南昌起义的发起者之一，曾任中央军委总参谋长。

杨泽田的老领导、红四方面军的总指挥徐向前也不简单，黄埔军校一期，比林彪高三届，1930年担任中国工农红军第一军副军长兼第一师师长，他干了七年多“军”以上的领导职务，现在委屈成129师的副师长，他找谁说理去？比起他们，他杨泽田算老几啊！当个连长有啥委屈的？

可知情人有疑问了，杨泽田是红四方面军的人，按理说应该去129师啊，八路军115师是由红一方面军组成的部队，杨泽田怎么跑到那儿去了？

说来话长，这还要从当年的一、四方面军分裂说起。

有人说，历史是有轮回的，一点也不假，历史的轮回有时也很快。

张国焘当时和中央的北上方针背道而驰，他带着部队南下川康，在一个叫卓木碉的地方宣布另立中央。

然而老天并不帮他，他带着红四方面军的八万将士像无头苍蝇一样到处碰壁，南下失利，西进受阻，百丈关损兵，根据地站不住脚，终于无路可走了。

中央红军北上的胜利和张国焘南下的失败，终于分清了谁正确谁错误，张国焘的错误路线终于在斗争中被纠正，南下的部队再次北上。

1936年7月，红四方面军和红二、六军团在甘孜会师。

1936年10月，红四方面军又赶往会宁，要和红一方面军再次会师。

红四方面军的杨泽田1935年夏天奉命在雪山下迎接北上的红一方面军，他碰上的红一方面军的第一个人是金立中。一年又两个月之后，红一方面军的金立中又奉命赶往甘肃会宁，迎接第三次过草地北上的杨泽田。

与一年前相比，红四方面军的八万将士也只剩下三万余人了。

作为先锋营营长，杨泽田带着部队在会宁城下打了一仗，结果他受了重伤，接应他的金立中就近把他送到红一方面军的医院救治。

杨泽田的伤没好，许松涛的“老虎师”就跟随红四方面军部分主力加入西路军，奉命过黄河到青海，计划打通西线。结果西路军在祁连山一带遭到了马步芳骑兵的围剿，敌我力量悬殊，西路军陷入绝境。一些突围出来的战士被红一方面军组织的西援军收容，金立中当时也收容了几十个突围出来的战士，再加上杨泽田和一些在红一方面军治疗的红四方面军伤员，他们都留在了红一方面军。

部队改编为八路军之后，杨泽田参加了115师首战平型关。八路军在平型关是首次和日本军队交手，杨泽田和所有参战的八路军指战员一样，感到了小鬼子的武士道的厉害，那牛皮也不是吹的。有两个数字说明，一是115师上报的伤亡数字超过了六百人，二是一个日军俘虏也没有抓到。

平型关战役之后，115师兵分两路，一部分兵力向南作战，开辟吕梁抗日根据地；另一部分兵力向晋察冀三省的交界地挺进，开辟晋察冀抗日根据地。

开辟根据地就是夺地盘扩势力，拿下的地盘越多，八路军的番号就越多。

杨泽田现在归属晋东独立旅，这一年多来他们一直在晋东和小鬼子周旋，大仗不多，小仗不少，向今天这样出动一个营的兵力直接伏击鬼子两个中队的战斗算是大仗了。

自打平型关战斗以来，作为基层指挥员的杨泽田也一直在琢磨对付小鬼子的战术，他这次准备了两个杀手锏，而这两个杀手锏已经在他的连队里偷偷训练了很长时间，今天他要一战显身手。

现在是万事俱备只欠东风，他所要的东风就是对面金立中的发令枪。

……

可埋伏在对面的金立中此时心中正在打鼓呢。部队出发时，独立旅政训处的柳主任忽然来到战场，他要现场观战。

国民党序列的军队里没有政委职位，政训处主任就是原红军部队的政委。

老领导亲临前沿，这让金立中又喜又惧，既想在老领导面前露一手，又怕打不好让老领导陷入危机。

成双路纵队的鬼子大队已经进了沟，通信员再次报告：“营长，敌人已经全部进入了伏击圈。”

金立中转脸请示柳主任：“报告主任，敌人全部进入。”

柳主任已经掏出手枪：“你是指挥员，你下令啊。”

金立中再次把盒子枪举起来，手指刚压上扳机……

啪嗒，不是金立中手里的盒子枪响，而是清脆的三八大盖声音。随着枪声，已到沟口的鬼子军官从马上掉了下来。

“妈的，谁先开枪了！”已经没人理会金立中的骂声，回应他的是一片爆豆般的枪声。

掉下战马的鬼子军官没死，只是肩膀受伤，只见他飞快地爬了起来，抽出指挥刀就指挥反扑。这队鬼子训练有素，部队立刻散开，机枪很快打响，金立中面前的掩体被机枪子弹打得扬起一片沙土，他忙护住正抬头观战的柳主任。

“看！手榴弹！”柳主任的警卫员叫了起来。

柳主任和金立中不约而同地抬头看去，只见对面杨泽田的阵地上腾起一片羊屎蛋子，飞在空中黑压压一片，足有上百颗之多，金立中认出来了，那些羊屎蛋子不是八路军发的木把手榴弹，而是日本军队的小地瓜手榴弹。

第一片羊屎蛋子刚刚落到沟里，第二片羊屎蛋子又飞到鬼子头顶。

第一片手榴弹刚在沟里炸响，第三片又飞上天去。这一片可不是羊屎蛋子了，而是一百多颗八路军配发的木把手榴弹，这些手榴弹在空中翻着跟斗把式，一个个屁股上还冒着白烟。这一连三拨手榴弹在沟里炸响，让整个山沟都冒烟起雾，鬼子的机枪顿时哑口无声。

金立中刚要命令继续射击，柳主任的警卫员又叫起来了：“冲锋了！”

金立中定睛望去，只见从对面壕沟里跳起一长排身穿灰色军装的战士，个个端着亮晃晃的刺刀，杨泽田冲锋在前，他们直接向沟里的鬼子冲去。

金立中急得大叫：“杨泽田，你不要命啦！”

“金营长，赶紧命令冲锋！支援三连！”柳主任叫着也跳出了战壕。

“冲啊！”金立中挥动着手枪。这边阵地上的战士也早就按捺不住，赶羊似的端着刺刀冲进沟里。

……

这一场伏击打得出奇地顺利，两百多个鬼子在两百多颗地瓜手榴弹和一百多颗木把手榴弹的攻击下死伤大半，手榴弹爆起的烟雾一过，八路军的刺刀已到胸口。

鬼子兵的强项本来就是拼刺刀，没想到这拨冲下来的八路军不拼刺刀，而是照着他们胸口直接搂火，当场把正在退子弹准备肉搏的鬼子兵打倒。

那个被杨泽田打伤肩膀还举起指挥刀搏斗的鬼子官也挨了杨泽田的第二枪，日本军官当场毙命，杨泽田缴获指挥刀一把。

战斗顺利结束，金立中清点战绩，鬼子被灭了一百四十五人，只有少部分敌人逃跑，除了打扫战场的自己人摩擦出了一点小插曲，搞了一点不愉快之外，金立中圆满完成了战斗任务。

摩擦发生在三连和一连身上。三连连长杨泽田正吆喝着让部下多捡鬼子的小地瓜手榴弹，手下的排长赵海量气呼呼地带着几个战士跑过来，一问，是一挺已经缴获的机枪被别人抢走了，被抢枪的战士委屈得要流泪：

“我干掉鬼子一个机枪手，把死尸拖到一起点数，回来的时候看见一连的兵把我缴获的歪把子捡跑了。”

原来杨泽田战前有交代，打死鬼子后，先缴获敌人的小地瓜手榴弹，再把鬼子的尸体拖到一边，好统计本连战果。

没想到他的兵得了尸首丢了枪。

“娘了个腿的！反了天了！”杨泽田发飙了。

……

一连连长带着他的人扛着战利品刚爬上沟顶，就被杨泽田带人拦住了。

“是他们吗？”杨泽田问自己的兵。

丢枪的战士指着一个扛着歪把子机枪的战士：“就是这一挺。”

杨泽田走过去，一把夺过那个战士扛着的机枪，二话不说就丢给自己的兵，看不知所措的一连连长还在发愣，就教训几句：“教教你的兵！别像小脚老太太，打仗跑不动。”

被抢枪的战士不服气了：“连长，那是我先看到的，就是这挺机枪让我们死伤好几个弟兄。”

“你看见有屁用，是你打死的吗？老子们不冲锋你还缴机枪？你吃机枪子弹吧！走！”杨泽田骂骂咧咧带着自己的兵走了。

这一来，一连的战士们不服气了，围着自己的连长就叫起来了。

“连长，你干吗不说话？”

“就是，他是三连连长，你是一连连长，凭什么他们三连能欺负我们一连？”

一连连长像是吃鱼头让钓鱼的鱼钩卡了嗓子似的，他憋了半天才冒出一句：

“我这个连长能和他那个连长比吗？他资格多老啊！”

二 禁闭

杨泽田打了胜仗，可他也得罪人了。

回到营地的金立中一脑门子官司，一连连长进来告状，刚说了“杨泽田”三个字，他就把帽子一扔：“妈的头！到底是谁指挥啊？我营长的指挥枪没响，他连长的先响了，我被压制了，他倒是冲锋了。”

告状的一连连长一看金立中有火，跟着就煽风：“营长，那杨泽田就是老滋老味，到处说我们营就他资格老，上至你营长，下至小兵蛋子，谁也没他资历长。他资历长有什么了不起？资历长那也是跟张国焘跑的。”

二连连长倒是兴高采烈地进来了：“营长，我们干掉了三十八个鬼子，缴获一挺歪把子、一个掷弹筒，可算发了一回洋财了。”

“你发什么财？财都让三连发了！”一连连长看不惯二连连长的高兴劲。

“你来得正好，通信员！找三连连长过来开会！”金立中叫着。

这个营没有副营长，营里的主要干部就金立中带着三个连长，杨泽田一进来，金立中就开口质问，要趁他不备打他一个下马威。

“杨泽田，你自己说！你有没有违反战场纪律？”

“违反了。”杨泽田直言不讳。

这让三个人都有些意外，原想他会找点理由狡辩，他却一口承认了。

金立中自己倒有点迷糊了：“那到底是谁指挥这场战斗啊？”

“你啊！你不是营长吗？”

杨泽田的语气似乎有点轻蔑。这让金立中又激动了，他忽地站了起来：“你还知道我是营长？我没开枪你先开枪！我没有冲锋你先冲锋！”

“是我不对。可我主要考虑战机不能耽误，耽误了损失大。”

“有损失也是我指挥员的事情，你是下级，下级必须听上级的命令！”

杨泽田知道这次战斗他有失礼的地方，不尊重领导就是犯错。他本来想放个屄炮，承认错误搞个低姿态，谁知金立中得理不饶人，一味穷追猛打，这让杨泽田也激动起来，他也站了起来：“战士的命也是命，我们不能拿战士的命开玩笑吧？”

“你怎么知道我拿战士的生命开玩笑？敌人的火力没有压住，你就冒险冲锋。是你拿战士的生命开玩笑！”

“事实证明我冲锋是正确的，我没开玩笑！”

两人吵架，火气越来越大，另外两人只能干看着，一句嘴也插不进来。

金立中吵不过杨泽田，急得一拍桌子：“杨泽田同志！”

“到！”一听金立中大叫自己同志，杨泽田立马做出反应，他立正了。

“你遵守八路军的纪律吗？”

“是！”

“你自己承认你违反纪律了！你说怎么办？”

杨泽田看看身边两个目瞪口呆的连长，他冷静下来，心想，怎么搞的？不是说要忍要忍吗？自己不管怎么说也是下级，今天要是让这个金立中太难看，那不知道营里人还会说什么。娘了个腿的谁让我是红四方面军的呢？后娘养的更要夹着尾巴做人。他再次直立身子：“你是营长，任凭你处置！”

金立中不仅骑虎难下，他脑子还有点蒙：“来人！”

两个战士跑进来，一连连长和二连连长不知道他要干吗，赶紧也站了起来。

金立中自己想干什么都没想好，他嘴巴张了几次才说出一句话：“我命令，关三连连长三天禁闭。”

“是！关我三天禁闭，你们跟我走。”杨泽田自己带着战士出门了。

杨泽田一走，房间里的人面面相觑，二连连长看看正在发愣的金立中：

“营长，你糊涂了吧？今天这一仗可全靠老杨。”

“我是给他气糊涂了！”金立中挠着脑门。可军令一下也无法改口啊，他给自己找台阶：“你看他，老滋老味的，他把我这个营长放在眼里了吗？”

杨泽田带着两个战士朝禁闭室走，他一面走还一面暗暗地笑：这个处分好，可以歇三天了。至于议论嘛，相信老天自有公道。

……

杨泽田摆了一个低姿态甘愿受罚，可他做梦都没想到，就在他被关禁闭的时候，旅部的柳主任正在琢磨他呢。

柳主任对杨泽田可不陌生，那一次红一方面军和红四方面军分裂，张国焘密电要挟持中央，他带着中央直属队连夜转移，当时率领红四方面军骑兵追击他们的就是这个杨泽田。担任警卫的金立中连队当时都子弹上膛了，气氛十分紧张，可追击的杨泽田却命令他的马队止步，他跳下战马，单独一个人向他们走来。

走到柳主任面前，杨泽田向他敬了一个标准的军礼：“报告首长，我带来我们许松涛师长的一句话。”

“什么话？”

“师长让我告诉首长，我们徐总指挥说，天下红军是一家。”

柳主任记得他当时深深地出了一口气，眼前的危机解除，同时他对这个杨泽田也有了深刻的印象。

第二次印象更深。那是西路军在祁连山陷入重围，伤还没好的杨泽田找到他，苦苦哀求要参加红一方面军组建的西援军，去解西路军之围。他同意了，还让他担任金立中先遣营的副营长，原以为两人会相处得很好，谁料到部队刚到黄河两人就崩了，因为当时的西援军停止了前进。

柳主任正好赶到先遣营，他看见就在冻得结实的黄河冰面上，怒不可遏的杨泽田一手揪着金立中的衣领，一手用枪指着金立中的额头。金立中手下的两个连长同样用枪指着杨泽田。

金立中被杨泽田揪住了领子，挣扎几下也没有挣开：“老杨，你误会我了！”

“误会？一点都不误会！你凭什么命令停止前进？柳主任让我们日夜兼

程救人，你保存实力磨磨蹭蹭，你是不是要等我们红四方面军的战士都死完你才高兴啊？你这个混账王八蛋！老子毙了你！”

“杨泽田！”柳主任忍不住大叫一声。

两个连长迅速收枪立正，杨泽田也转过脸，他一看是柳主任过来了，不仅不放手，反而把金立中的脖子揪得更紧了：

“柳主任来得正好，金立中这家伙不想救人，想当逃兵！”

“杨泽田，你放开手！”柳主任叫着，“停止前进是我下的命令！”

“什么？”杨泽田像被人抽了筋一样软了下来，他松开抓着金立中的手，任凭柳主任的警卫员上前缴了他的枪。

“杨泽田同志！”柳主任声色俱厉，“不管你是红四方面军还是红一方面军，你都是红军的一名指挥员。我可记得你对我说过的话，天下红军是一家。可是你今天的行为是一家人吗？不相信同志！把自己的同志当敌人！枪口对着你营长的脑袋！你像一个红军指挥员吗？像一个革命的同志吗？你的行为是错误的！我必须对你今天的行为进行纪律处分！”

杨泽低着头腿发颤，他简直要哭出来了：“柳主任，我求求你了，你处分我枪毙我都行，可是我们不能停止前进啊！停止了，我们的西路军怎么办？那可都是我的战友啊！我们一起从大别山出来，一起在川陕建根据地，草地我们都过了三回啊！柳主任，我求求你求求你了啊，要不我给你跪下，千万不能下令停步啊！”

杨泽田说着扑通一声跪在冰面上，眼看这个暴烈的汉子泪流满面，其他人也受不了了。

“柳主任，别停了。”

“首长，让我们上吧，去救西路军的同志！”

柳主任一把扶起杨泽田，他也眼含泪水：“同志们，命令是我下的，可我传达的也是西援军刘伯承总指挥的命令啊。为什么我们要停下，我读一份电报你们就明白了，这是我们红军西路军总部发给西援军刘伯承总指挥的最后一份电报。”

听说是最后一份电报，大家都静下来，只有河面上的风在呼啸。

柳主任从包里拿出一张电报，他一字一句地念道：“刘伯承总指挥，我们西路军和数倍于我们的敌人经历了多次残酷血战。在没有后方、没有补给的艰难情况下，我们英勇顽强地奋战。目前我们在祁连山康隆寺陷入重围，已经弹尽粮绝。若西援军再过黄河，已是远水解不了近渴……”

柳主任哽咽得说不下去，所有人的脸上都是泪水。

“同志们，请不要再西进，西路军失利只是局部，请保存革命的火种，革命的烈火一定会越烧越旺……”

扑通一声。众人一看，是杨泽田倒在了地上，身旁的金立中赶紧抱起他，只见他脸色惨白双眼紧闭，被腰带压着的棉军服上渗出了一大片血印。伤口迸裂的杨泽田要被送回后方医院，送他的大车旁，站立着柳主任、金立中以及和他一起参加西援军的红四方面军伤愈战士。

“老杨你放心吧，我们马上就要西进了。”这话是从金立中嘴里说出来的。

看着杨泽田不相信的目光，柳主任坚定地点头肯定：“是的，我们马上就过黄河，祁连山被围的部队冲出来了不少同志，我们要前去接应他们。”

杨泽田挣扎着从车里坐起来，伸手先打了自己一个嘴巴。

金立中赶紧抓住他的手：“老杨，你这是干吗？”

杨泽田满脸悔恨：“营长，我错怪你了。”他抬起脑袋对柳主任说：“不管上级给我什么处分，只要留着我的脑袋，我都到先遣营当兵。”他对着他带来的战士叫着：“听到没有！从今往后，不管在哪，我们都是红军战士！”

围着他的战士全体立正，向他们的营长敬礼。

……

柳主任长长出了一口气，有情有义，有胆有识，杨泽田就比金立中有性格，但金立中也不差，他还是自己的老部下，那究竟选谁去担当重任呢？

“报告！”随着门外的一声报告，金立中笑嘻嘻地进来，立正敬礼：“首长，我来了。”

三 交 流

回到营部的金立中让炊事班搞了两个菜，然后把另外两个连长也叫到营部，专等被关禁闭的杨泽田到来。大爷样的杨泽田跟着通信员进了营部的房门。

金立中吐出嘴里咬着的酒瓶木盖："老杨，赶紧的，等你半天了！"

"喝酒啊！要喝也给我送到禁闭室去啊！"杨泽田阴阳怪气。

"老杨别生气了，还要我怎么说？我在给你赔罪啊！"金立中当然要低姿态，不然下面的活不好办。

他被叫到旅部，柳主任给他布置了一个重要任务，要开全旅营以上干部的经验交流会，主角就是杨泽田，还有他金立中。

"你们这场伏击战打得好啊！一个营伏击鬼子两个中队，干掉了鬼子一百四十五人，我们的伤亡六十三人，伤亡比例二比一还多一点，平型关战斗之后到现在，我们战斗的伤亡比例能到一比一就算是好的了，我们从井冈山下来的老同志就这么多，也不能这么跟鬼子一对一拼啊。"

柳主任很高兴："你们开了一个好头，旅长发话了，要在你们团开一个经验交流会，你们要好好总结传授经验，尤其是杨泽田的三连，他们打得最好，伤亡还最小。"

这么露脸的任务金立中可是做梦都没有想到，可他一想到那位功臣大爷被他放到禁闭室里去了，止不住冷汗顺着脊梁骨向下流。

没招想了，那就喝酒吧，喝酒能拉近距离。

借着酒劲两人什么话都说开了。杨泽田拍着胸脯子保证，绝对给营里露脸，而且给他当营长的长脸。

"娘了个腿的营长老弟，想当年，我在你们医院住院的时候你给我送酒喝，我俩的交情那就是铁打的。"

"那是，我们俩第一次喝酒还是我们从雪山下来时。老杨，当时我就交底了，我就是你老弟，你当哥的原谅小弟。"金立中不仅酒多了，情绪也有些激动。

"谁原谅谁啊？都是革命。你不搞山头，我也没有山头，咱们就是好兄弟，一心打鬼子！我琢磨的东西，明个就竹筒倒豆子。告诉你，我真有东西显摆，这一仗就已经证实了，我保证让他们，那句话，文人是怎么说的，不虚那个什么行。"

在一个营长两个连长的夹击之下，杨泽田明显喝多了，他舌头都直了。

虽然杨泽田当时是醉话，可杨泽田的脑子里还真有玩意，在全旅营以上指挥员参加的战术交流会上，他真让金立中露脸了。

“各位领导也许不认识我，我原来是红四方面军‘老虎师’的，我的老师长说，想在比自己武功高的对手身上取胜，硬干不行，要干就找他的软肋。”杨泽田正在台上演讲，下面的听众从旅长、团长到营长，坐了好几排。

他面前的桌子上还摆有道具，是两颗手榴弹，一种是日本的小地瓜手榴弹，一种是八路军的木把手榴弹。

“小鬼子的武功怎么样？那比我们强，各位首长别不服气，小鬼子武器厉害，火力强不怕死，拼刺刀有功夫。我们有什么？总结我们这次战斗成功的经验，首先是我们一定要找到有利的地形，这叫地利。所以说，这次伏击成功第一功劳要归我们金营长，我们营长选的这个伏击位置好，居高临下，手榴弹能够着，冲锋距离也短，还是鬼子的必经之地。”杨泽田说着还向坐在边角的金立中使了一个眼神。

金立中很得意，老杨说到做到，一张口就给自己露脸。

“既然我们有地利，那么我们下面就要想怎么才能让他的伤亡最大，我们的伤亡又最小。”杨泽田操着一口大别山口音，说得倒是抑扬顿挫。

他拿起一个手榴弹：“这是日本小地瓜，他们叫九七式手榴弹，小鬼子的手榴弹杀伤力大，它一爆炸，碎片至少能分出四十八瓣。”他说着又拿起另一个，“这是我们的手榴弹，杀伤力小，炸开顶多分四瓣。但可也别小看我们自己的东西，我们手榴弹也有一点好处，就是烟雾大，有烟雾也是长处啊，所以我们第一拨对鬼子的攻击就是三轮手榴弹。”

杨泽田看大家听得聚精会神，就喘了一口气，停顿一下：“打伏击就要快，打得他头昏脑涨找不着北，我们第一拨和第二拨就扔这个小地瓜，让他们的伤亡最大，然后第三轮就扔我们的木把手榴弹，造成大量烟雾，让他看不清，第三轮一炸完，我们接下去就是一拨冲锋，等小鬼子看清了，咱刺刀就到他胸口了……”

杨泽田讲得绘声绘色，让这些身经百战的指挥员个个听得津津有味。

杨泽田讲完了，他的经验介绍获得了热烈掌声。

接下来金立中上台，讲了此次战斗选择地形的做法。口头经验介绍之后，还带着大家去了操场，看三连的刺杀演练。

只见两个班的战士两两组合，装扮成鬼子，另一个排的战士摆出三人一组的阵势，两边摆好对练，杨泽田现场讲解：“小鬼子拼刺刀厉害，我们在多次战斗中见识过，发现他们都是两两为伍互相照应，我们的战士冲上去，一个人吃亏，两个人也干不过他，我们连现在就采取三人一组，多一个人来对付他的方法。”在杨泽田说话期间，他的战士不断变换队形来进行配合。

杨泽田继续介绍：“小鬼子虽然拼刺刀厉害，但是他有一个毛病，看你端刺刀上来他就退子弹。我对我们连的战士要求是，冲锋时枪膛必须有子弹，冲到面前别盯他刺刀，上去先给他一枪，他不是说他们是武士道吗？娘的谁是武士？谁有道理？把你狗日的打倒了，我就是武士！我就有道理。这就是我的战术，所以啊，这次我们连参加伏击伤亡最小，总共不到十人。”

“好！有想法！”旅长频频点头，直接肯定。

再次回到会场上，旅长做了总结发言：“今天的战术交流会非常好，这告诉了我们一个道理，敌人强不怕，关键是看谁脑筋动得多，会动脑筋的，弱势也能变成强势，这一点，一团一营就做到了。会后你们作战处要把一团一营这次伏击战的战术好好总结一下，尽快推广到全旅，还要上报师部。开完会后大家再研讨一下，我们大家都要好好学学一团一营的战术经验。”

旅长总结完了还要去总部开会，众人送走了旅长之后，一团团长当了东道主，在团部招待柳主任和两个兄弟团长。他让伙房弄了块猪肉，烧了一大碗端上桌子，瞬间风卷残云，一大碗肉差不多就给抢空了。三团团长眼疾手快把碗里的最后一块肉夹起来，他没放进自己的嘴里，而是放到柳主任碗里。

二团团长吃醋了：“哎哟，看不出啊，马屁也会拍了啊！”

三团团长脸也不红，一口应承：“拍马屁？我就是拍了，要知道拍马屁是有用的。你没听人家说吗？马屁拍得勤，必定要求人。”

柳主任看着碗里的肉：“哈哈，吃你一块肉，还要给你办事啊？说，什么事？”

三团团长盯了一团团长一眼："好，我说，是领导让我说的啊。"他故弄玄虚压低了声音："我可听说他们一团一营的这个三连长过去是人家红四方面军先锋营的营长，是柳主任你把人家弄来当连长的。"

柳主任停住了筷子："谁让你乱嚼舌头的？这杨泽田是我弄来的不假，他过去当过营长，可当时任命他当副营长他不干，连长是他自己申请的。"

"什么申请的？我看不过。"三团团长一副打抱不平的架势。

柳主任颇有意味："看不过是什么意思啊？你这话有些问题啊！"

三团团长很认真："我还真有意思。这样，我明人不说暗话，上次王庄遭遇战，我的三营营长牺牲了，那位子还一直空着呢。"

一团团长气了，他把筷子一扔："啊，我说你拍领导马屁看我干吗？原来你是挖我墙脚来了。"

三团团长直着脖子："什么墙脚？我们都是一个旅的，又不是挖给别人。"

一团团长火了："妈的我请你吃饭，你就这样报答我啊！我丑话先放在这里，你想挖我的人，没门！"

柳主任立刻制止："打住！这事以后再说，吃饭！"

"以后？以后也别想！"

一团团长拿起筷子，伸手夹走了三团团长放在柳主任碗里的肉，直接放进自己的嘴里。他一面大嚼一面说：

"想拿我的肉拍领导马屁，那也没门！"

柳主任跟着叫："嗨嗨！那是猪肉，不是你的肉。告诉你们，杨泽田你们谁也别想了，旅部另有重用！"

回到旅部的柳主任拿起一份文件，那是上级要调派一支队伍开辟晋绥根据地的命令，经过今天的交流会和两个团长的争夺，他更认定了自己选中的目标。

和金立中相比，杨泽田更加合适，会上他已经和旅长统一了意见，于是他毫不犹豫地在文件上写道："派对敌斗争经验丰富的杨泽田同志担任先遣营营长……"

第十四章 冤家宜解

一 醉 酒

周长河喝醉了。

他一直醉到第二天的日上三竿才醒，即使他睁开了眼，可太阳穴还是一跳一跳地疼，而且睁眼之后，眼前一片褐色，不是房顶，而是一块方方正正的床顶。

“床还有带顶的？”周长河左右环视，发现自己躺的这张床不仅头上有顶，而且是三边带框的红木床，他的手摸到了身上盖的被子，不是粗布军被，这被子滑不唧溜手感很陌生，他低头一看，是一条大红缎面的盖被。

周长河一骨碌爬起来：“小高！”

“连长，你醒了！”听到动静的通讯员小高从外屋跑进来，这是一个不到二十的小伙子，小个头、大脑袋，浑身透着机灵。

周长河望着他发愣：“我是在哪啊？”

小高笑了：“这是卢总指挥家西小院哪，管家给我们安排住的地方。连长，你忘了我们昨天不是到了高河镇吗？你到自卫军上任来当副指挥的。”

周长河的脑袋还在发晕：“副指挥？高河镇？那是谁把我喝成这样的？”

“哇！真把脑子喝坏了，”小高被他问晕了，“卢总指挥给你接风的啊！两个大姑娘给你敬酒，有一个好像认识你，还问你是不是叫栓娃。”

“栓娃？”周长河都感到这个称呼很久远了。

自打从大别山出来的部队改编为新四军之后，几乎没人叫他的这个小名了。叫我栓娃？怎么会叫我栓娃？这不是在老家啊！1938年我就离开大别山了，到皖东也都一年多了，这里谁认识我啊？

都是被酒闹的。他终于想起来了，前些天，新四军皖东挺进支队的政治部黄主任亲自给他布置了一个新任务。黄主任不是别人，正是他在大别山时的黄师长。

“周长河，现在有个艰巨的任务给你，你去参加一支国共合作的抗日武装。”

黄主任是唯一一个还用小名称呼他的人，而这一回他也用很正规、很严肃的口气对他说话，周长河感到非同一般。他要去上任的队伍不是新四军，叫高河抗日自卫军，他被任命为副指挥。

黄主任特批给他两匹战马，昨天他带小高上任，一路上飞马驰骋，好不威风。

他们在黄昏之前到了高河镇，高河镇的镇口有自卫军的哨兵，这些哨兵也穿灰色军服，左臂上都戴了一个写有“抗日自卫军”五个红字的白色袖标。

几个哨兵问明他们身份之后，便有人带路，也有人飞跑着去报信。

当周长河和小高牵马跟着带路的哨兵走到一个挂着“高河抗日自卫军指挥部”牌子的大门口时，已经有几个人站在门口的台阶上等着了。

卢总指挥名叫卢见章，是个身材魁梧的人，他看起来保养得很好，一张圆脸有红有白，他背挺腰直精神抖擞，只有头上掺杂的白发暴露了他的实际年龄。

来之前黄主任介绍过这位总指挥，说他是老国民党，也是很有名的实业家。

总指挥亲自来接，周长河也不能失礼，他赶紧上前几步，举手敬礼：“报告卢总指挥，新四军周长河前来报到。”

周长河礼毕，放下右手赶紧拉住了卢见章伸过来的右手。卢见章的手虽然很大，但是不硬朗，绵软中带着温暖。

卢见章上下打量他一番，说话的声音很洪亮："好啊。新四军就是爽快啊，前几天答应了，今天派的人就真到了，没想到啊，给我派来的周副指挥这么年轻。"

"我二十三，不算年轻了。"周长河冒失地来了一句。

"啊？哈哈，"卢见章笑了起来，"来来，周副指挥，我先给你介绍一下。"

卢见章一侧身，把身后的两个人介绍给了周长河。第一个人个子不高，留着厚厚的络腮胡子。

"这是我们一大队的大队长邓二贵。"卢见章说。

邓二贵身穿深灰色的国民党军服，衣服的领口上还挂着少校军衔领章。周长河对邓二贵的着装有点好奇，国民党的校官都穿料子军服，就是保安团也不例外，而这位邓二贵的军服却是普通平布，和士兵穿得一样。

邓二贵不紧不慢立正，给周长河敬了个规规矩矩的军礼："欢迎长官。"他的口音有点怪，周长河没听过。由于黄主任事先打过招呼，说自卫军里有国民党，周长河有心理准备，可真正要和国民党军人为伍，他心里还是有点隔阂。

卢见章继续介绍："这是二大队大队长李有才。"

李有才是个粗壮汉子，方脸浓眉，一副工装打扮，看起来有四十多岁。

周长河这才知道说自己真年轻的意思，看起来自己是和一群中年人打交道。

和邓二贵的礼节不同，李有才不敬礼，倒是一把抓住了他的手，上下使劲地摇着："周副指挥，可把你给盼来了。"

"我们自卫军的参谋长和三大队长都去皖东专署了，他们明天才能回来，"卢见章最后指着一个细瘦的长袍先生介绍给他，"这是我的管家，你就叫他老祁，你以后的吃喝拉撒都找他。"

队伍上还有管家？真是奇了怪了。周长河忍不住瞟了毕恭毕敬的老祁一眼。

进了指挥部的大门，周长河有新发现，所谓高河抗日自卫军的指挥部原来就是卢见章的私宅大院，门前站的是哨兵，门后两边一溜儿站的都是男女用人，他们都听管家老祁指挥。他们进门之后，老祁一挥手，这些用人立刻四散开来，都各忙各的去了。

周长河闯过石桥镇的顾家大院，进了这个大门之后，他又暗暗把这座宅院和顾家大院做了比较。这院子没顾家大院那么宽敞，但从院子到房子，建得都很典雅，房子都是青砖灰瓦，有大大的玻璃窗子，院子内相隔的都是拱门花墙。从正门进来，大院里也不像顾家大院那样空空荡荡，而是栽有樟树、槐树、柿子树、石榴树，看起来这些树木都有年头，棵棵枝繁叶茂，把整个院子遮蔽得阴凉幽静。

看着这个精致的院子，再想那厚实粗糙的顾家大院，周长河不禁心里暗暗思忖：有钱人和有钱人也并不一样。

周长河进了门，就上了卢见章的接风宴。这是真正的十盘八碗，周长河此前就见过一桌，就是当年在岳山盐税局让他拉稀丢人的那一桌。

这皖东的宴席和豫皖边的口味真是不一样，真正的淮扬菜系，十分讲究刀工色泽，菜肴做得形态精致，什么清炖蟹粉狮子头、大煮干丝、三套鸭、水晶肴肉、松鼠鳜鱼、梁溪脆鳝等，让只把红烧肉当上品的周长河吃得舌头都转不过弯来。

“太好吃了！”这是周长河由衷的心里话。

“这是祁管家专门从鸿运楼订的菜。来来，我们喝酒，给副指挥接风。”

酒是本地产的高河大曲，据说和苏中的洋河、双沟如出一辙。

周长河没有真正喝过酒，当侦察兵的时候沾过白酒，那也是为了执行任务，现在他当了客人，不敢说自己不会喝酒：“总指挥让我喝，我服从命令。”

周长河仰脸喝了第一杯酒，卢见章高兴了：“好，新四军就是爽快，年轻人多喝点没事。邓大队长，李大队长，你们都来敬副指挥！”

总指挥发令，这下面就执行了，一个个上来敬酒。入乡随俗，周长河必须还礼，于是他就一个个地反敬，一连七八杯酒下肚，周长河早已晕乎，什么菜到嘴里都是一个味道。他耳边忽然传来一阵银铃似的笑声，只见两个姑娘来到他的面前，他的眼睛和思维此时都被涌上脑袋的酒精给迷糊了，当第一个姑娘端着酒杯走到他面前时，他赶紧站了起来，不管人家有没有喝，他自己晕晕乎乎地先一口喝下。

“周副指挥，你的名字是不是叫栓娃啊？”

对面姑娘的话让周长河的脑子一蒙，他努力睁大眼睛，想瞧清楚面前是谁。

“你要是叫栓娃，那我就再敬你一杯。”那敬酒的姑娘又说。

周长河再次端起杯子：“我小名是叫栓娃。你怎么知道……”

周长河话没说完，咕咚一声，他瘫到桌子底下去了。

二 退　却

晕头晕脑的周长河怎么也想不起敬酒姑娘的模样，但那姑娘不仅知道他的名字，而且对他的容貌刻骨铭心，因为她的名字叫卢大雁。

卢大雁见过他两次，第一次是在白天，周长河在岳山的公路上绑票顾顺家；第二次是在夜里，在那恐怖的黑虎沟口赎票。虽说时间过去了好几年，可她一眼就把周长河给认了出来。昨晚听说新四军给爸爸派来的副指挥到了，爸爸正在前厅给来人接风，她本来没啥兴趣，是小妹卢小雁好奇，非要拉着她去看新四军派来的是个什么样的人。

当时她只在窗外瞄了一眼，她吓了一跳：不是看错了吧？顺家不是说那个绑票的人死了吗？可这个正在和爸爸喝酒的人太像了。对了，他名字叫栓娃。

“走！我们给他敬酒去。”卢大雁想证实一下自己眼光的准确性，她灵机一动，突然对妹妹提议。她们两人一同进屋，卢大雁率先端起酒杯，径直向周长河走来。越是走近了，她越认定自己没有认错人，只有一点不同，当年那个叫栓娃的两眼滴溜儿乱转，而眼前这人醉眼蒙眬。

卢大雁脱口叫出了栓娃的名字，他还当场答应了。自己的判断被证实了，同时也搅乱了她的心。

顾顺家现在是她丈夫，职务是高河抗日自卫军的参谋长，而眼见的这个人是丈夫的仇敌，那么，这两人绝不可能在爸爸的队伍里一起共事。

卢大雁还没对爸爸开口，有感觉的卢见章来找女儿了。把醉酒的周长河安排好，卢见章就来到大女儿的房间，还没进门，就听见小女儿卢小雁的说话声：“姐啊，那个新四军太没用了，你一端酒杯他就成那个样子？到底是喝醉了还是被你吓倒了？姐，你真认识他啊？你还知道他名字，你怎么认识他的啊？”

卢大雁的声音：“你叽叽喳喳的烦不烦哪？我认错人了行吧！”

“不行！你绝对不是认错人。你说他叫什么娃，他也说自己叫什么娃？你们肯定认识，不然怎么会……”

卢小雁话没有说完，卢见章推门进屋，卢大雁见到爸爸进门，她转脸对小雁说：“小妹，你回你屋里去。”

卢小雁不高兴：“什么话我不能听吗？”

“小妹，听话。”

看着妹妹不情愿地出了门，卢大雁关上门：“爸爸你先坐，我有话跟你说。”

“怎么回事？你认识新来的副指挥？”卢见章坐下来，他真的很奇怪女儿的举动，一贯清高的卢大雁今天怎么会主动向男人敬酒？

“爸，你好好的干吗和新四军合作啊？”卢大雁没回答，倒是反问一句。

“我为啥不能和新四军合作？大雁，我拉抗日自卫军的目的就是打鬼子保家园。可我不懂军事，皖东公署胡专员说和我合作抗日，我合作了，谁知道他派你丈夫来当参谋长，顾顺家能带兵打仗吗？”

卢见章的话语里明显露出对自己女婿的不满意：“为了让高河抗日自卫军的名声真正立起来，我就要找能打鬼子的人合作，在皖东的地面上，能打鬼子的就是新四军，这也是顺应潮流，蒋介石都搞国共合作，我为啥不能搞合作？”

卢大雁下定决心说出真相来：“爸，我不反对你和新四军合作，可新四军今天派来的这个人你绝不能要。”

“为什么？”卢见章奇怪了。

“我就实说了吧，今天来的这个人是顺家的仇人！”

周长河的脑袋逐渐清醒了，他眼前总是晃动着那个和自己喝酒的姑娘的面容，虽然那个面容很模糊，可她竟然能叫出自己的小名。周长河心里一直很纠结，他相信这是醉酒造成的记忆恍惚，不然凭自己多年锻炼出来的侦察兵眼神，一眼还不能认出她是谁？周长河使劲想着，他脑子里有一根记忆神经被触动了一下，一个面容浮了起来。

那个和顾顺家在一起的姑娘很像昨晚上的人，他记得清楚，那姑娘特别漂亮。这个念头一起，他又马上否定：不会，那是大别山，这里是皖东，隔着上千里。但要不是她，那会是谁呢？在皖东我没有认识的姑娘啊，而且还叫我小名……

“昨天是不是总指挥的女儿和我喝酒了？”

中午吃饭，管家老祁送来了稀饭小菜，说是来解他的酒气，他拐弯抹角地问老祁，想要破解心中的疑团。

“对，那是我们家大小姐。”老祁说。

“你们家大小姐有婆家没有？”

“副指挥的意思是？”老祁不明白了，这副指挥难道还有啥想法？

周长河赶紧解释：“祁管家不要误会。我看你们家大小姐很像一个人，她是不是有个姓顾的男朋友？”

老祁有点惊奇，赶紧说：“我们家大姑爷就姓顾。”

疑团解开了一半，周长河追问一句：“你们家大姑爷是不是叫顾顺家？”

老祁更惊奇了：“周副指挥认识我们家大姑爷啊？他就在老爷的队伍上当参谋长，昨天到皖东公署去了。”

周长河这回是彻底傻了：“顾、顾、顾、顺家？他、他是参谋长？”

这天下真是太小了，老天爷安排得太巧了，顾顺家既然是这卢家的姑爷，那他老婆昨晚一定认出我了。那她干吗给我敬酒呢？想灌倒我把我干掉？可我还不是好好的吗？对了，一定是让我认出她，让我知难而退。那她现在一定把我的身份告诉卢见章了。怎么办呢？只能自己赶紧打道回府了，黄主任交代的这个任务这回算是砸在自己手里了，卢见章是顾顺家的老丈人，我和顾顺家可是有血仇，这个任务我不合适，还是赶紧回家，让黄主任另请高明。

一碗稀饭不知道是怎么下肚的，小高进来的时候他正两眼发愣，嘴里不停地咕哝：“顾顺家，顾顺家，冤家路窄，路窄冤家。”

“连长你怎么啦？还不舒服啊？这高河大曲不行啊，喝了一回就喝糊涂啦。”

小高赶紧摸他的脑袋，周长河一把扒拉掉他的手：“胡说什么？赶紧打背包牵马，到大门外等着我。”周长河说着站起身，从床上找到自己的军帽，周周正正地戴在头上，也不顾满脸疑惑的小高，自己迈腿就出了屋子。

“打背包？这背包还没解开呢。”小高从外屋自己的床上提起两个捆得方方正正的背包，直接出门找马去了。

一夜加一个上午，卢见章在书房就没出门。怎么就这么巧，一个副指挥一个参谋长，两个生死对头。他坚信自己找新四军合作没有错，人家新四军说话算话，派人来了也没错，只是新四军派来的这个人派错了。

卢见章把女儿卢大雁昨晚说的故事细细品了一下，一共四部曲：劫道绑票，黑夜赎人，放火拒敌，钱到人安。

那顾顺家的哥哥带着几百名保安团士兵不仅没摸到人家一根毫毛，反而被一把大火烧死了不少，到头来还不知道对手有多少人，走到近前的卢大雁也只看见周长河一人。

从这点看，新四军给自己派来的这个副指挥虽然年轻，但倒是一个经过大阵仗的人。人家黄主任真是按照自己的要求，派了一个能干的人。可能干的不一定合适啊，这个人偏偏和自己的女婿又是这种关系。

卢见章上次见黄主任，说他要建立一支国共合作的队伍，其实他知道，自己不能代表真正的国民党，因为自己早就脱离政界，而自己的这个女婿可以代表国民党，他才是国民党皖东公署在抗日自卫军的真正代表。对于皖东公署，卢见章并没有多少好感，但对女婿顾顺家那是另外一说。

卢见章的结发妻子是在小女儿三岁的时候去世的，之后卢见章一直把两个女儿带在身边，捧着怕摔含着怕化，虽然自己在汉口又续过一房，但怕女儿和后妈生分，还让她们分住两处。也许是忌妒他在两个女儿身上花的心血过多，那个比他小二十岁的续房在汉口沦陷之前就卷了他一大笔钱，跟着一个小开跑去了香港。

卢见章在汉口的时候就号称开明绅士，对女儿们追求自由、渴望爱情都给予充分支持，卢大雁和顾顺家的恋爱卢见章并没有异议，他还出钱为女儿办了婚礼。安庆和汉口都失陷之后，卢见章关了工厂回家乡拉队伍抗日，没多久，女婿顾顺家也到皖东公署任职，大女儿卢大雁跟他一同回到了皖东。皖东公署把自己的女婿派给自卫军当参谋长，卢见章没有反对，一来女婿总归是自己的家人，二来大女儿也能回家来住，兵荒马乱之时，没有什么比一家人团聚更可贵了。

天意有的时候让人欣喜，有的时候也让人烦恼。千算万算，卢见章怎么能算到新来的副指挥会和自己的女婿是仇家呢？何况这是在队伍上，如果按女儿的说法，那周长河如此有心计，那顾顺家就危险重重。也说不定啊，顾顺家因为有我这个靠山，也许会先对那个新四军下手呢？本来我卢见章是想树一面国共合作的大旗，可要是闹出一个国共分裂的笑话，那我卢见章真是猪八戒照镜子，里外不是人了。最好的办法是两人只能留一个，留谁是明摆着的，女儿女婿是自家人，走的只能是那个周长河。可人家才来一天，找一个什么样的理由让他走呢？卢见章的这颗心纠纠结结、缠缠绕绕，他始终没想出一个好主意来。

“报告！”一个声音打断了他的思绪，他打开门，全副武装的周长河站在门口。

卢见章明白了，他的这颗心顿时落到了肚子里：“周副指挥，快进来坐。”

“不用了，卢总指挥，我来向您辞行。您女儿认识我，一定把我的情况对您说了，如果顾顺家真是您女婿，那我就不适合在这里。真是让您为难了，谢谢总指挥的款待，这里的情况我会向我们首长汇报，让上级另外再给您派人来。”周长河的流利的阐述反而让卢见章不知道说什么好，他感到自己欠了周长河一个偌大人情。

三 返 回

无巧不成书，事情的变化总会有一些戏剧性。周长河在离开高河镇两天之后又回到了高河镇，而且这次是卢见章亲自到新四军里把他请回来的。因为卢见章对黄主任说了："别人不要，我就要周长河给我当副指挥。"

事情发生转变还是因为顾顺家。

那天下午，周长河带着小高离开了高河镇，和来的时候截然相反，两人情绪低落，一路无精打采，回程就慢了很多。他们路过一个地方，这地方叫作双河口，顾名思义，就是两条大河的交汇口。

两条大河一条叫高河，一条叫清河，向高河的上游走十多里地就是高河镇，向清河的上游走十多里就是清河镇，两河在此汇聚，一同流向淮河。

双河口也是陆路的三岔路口，一条路沿着高河去高河镇，那里归卢见章控制，一条路沿着清河上清河镇，那里被鬼子占领，还有一条路到长天县城，那里是国民党的皖东公署所在地。

当时周长河正带着小高在高河堤坝上歇息，忽然听见枪声，他和小高藏进堤坝树林，发现在长天县城过来的大路上，七八个鬼子骑兵正在追击两个穿黄军装的骑马人，鬼子不断开枪，那两人也不还击，只是伏在马背上狂奔。鬼子的东洋马快，枪法也准，又是几声枪响，那两人被打落马下，眨眼间鬼子骑兵赶到，举起马刀就要砍人，此时周长河的枪响了。

周长河还在使用小马枪，这种短小的步枪是他的最爱，虽然当了连长用上了短枪，但打仗的时候他还是喜欢用小马枪。他甩手就一枪一个。五个鬼子被他击穿了脑袋，剩下的掉转马头就跑。周长河把小马枪扔给小高，抽出驳壳枪来到落马人跟前。

他打眼一看，真是冤家路窄，那个肩膀上中弹昏迷不醒的正是顾顺家，而另一个因为战马中弹而摔下来的竟然是黑二混子。摔得七荤八素的黑二混子见到站在眼前的周长河，忽然睁大了眼睛，大叫一声："鬼啊！"之后，竟然口吐白沫不省人事。

周长河举枪先瞄了一下顾顺家，又瞄了一下黑二混子，想想还是算了。

"奶奶个熊顾顺家，先留着你这条小命，要不是搞统一战线，老子就像打你哥一样，让你死都不知道怎么死的。”他低声地嘀咕着。

周长河可没说假话，顾顺国就是他亲手打死的，不过这是政治秘密，当时的黄师长命令他打死都不能透露这个秘密。不能说的原因就是这关系到国共合作。

三年前，周长河被陈二贵从十里庙村偷放出来，他很顺利地跑到了白马山，也很顺利地找到了黄师长，因为时间紧迫，栓娃只简单说了说他受伤的经过，而后直接把话题转到他和常特派员的争执上面。

“我说不能走黑虎沟，这一定是顾顺国的圈套，他要是把我们都埋伏了，谁会知道？”当时的栓娃说。

黄师长很重视他的报告，但他也很纠结，常特派员是谈判的全权代表，如果这个协议没有被执行，国民党那边说不定会大做文章；可是如果真走这条路，他自己也不放心，的确和栓娃说的一样，风险比较大。

栓娃看出师长在犹豫。“师长你给我一个班，我先到前营子和黑虎沟侦察一下，如果没有问题，你们过；如果有问题，你们就绕道。”

黄师长批准了，他当天夜里就带着一个班的战士出发，天亮之前他们上了黑虎岭后山，之后一直小心翼翼，一步一观察。

栓娃忽然发现溪水的颜色不对，清清的水中似乎有细细的红色，好像是血迹。他一直跟着流动的溪水来到前营子的后村，他的两眼直了。眼前是堆在一起的尸体，二十几具，全是刚刚分开的战友。里面不仅有两个要枪毙自己的特派员，还有陈二贵和他的岳山便衣队，他们的鲜血似乎还没有流尽，正一丝丝地浸入清清的溪水中。

一切如栓娃想的一样，顾顺国布置了一个陷阱。栓娃来不及掩埋战友，他让跟他一起来的班长赶紧回去报告黄师长，其他人分路通知各路队伍，千万别来黑虎岭。

和他们分开之后，栓娃一个人又回到小溪边，他对着兄弟们的遗体发誓：“奶奶个熊的，什么国共合作！就是合作老子也要顾顺国的命！偷袭的买卖我也会！我现在就给你一个反偷袭，给我的兄弟们报仇！”

栓娃在前营子住了几年，这里的一沟一树他都了如指掌，他知道黑虎沟的北崖是最好的埋伏地点，顾顺国既然是指挥官，他一定会去北崖。

栓娃向黑虎沟隐蔽前行，一路上他发现了三处敌人设置的暗哨，他把暗哨都解决了，不仅弄了一支步枪，还扒下死人的军服换上，然后借着树林和草丛掩护溜上了黑虎沟的南崖，找到合适的位置埋伏了下来。栓娃埋伏的地方地形特殊，这里正好可以看见对面北崖最佳的指挥位置。那个位置是当年的独立营营长冯大柱带领他们伏击顾顺国时隐蔽的地方，栓娃相信，如果顾顺国会打仗，他一定会到自己的正面看地形。

果不其然，半个小时不到，对面山崖上出现了几个军官，中间一个正是顾顺国，他领子上的少将领章在初升的阳光下闪着亮亮银光。栓娃的眼睛亮了，这是他第二次在黑虎沟面对面地看着顾顺国，第一次顾顺国是穿着红军军服逃跑的，这一次你跑不了了。

一枪，只有一枪的机会。栓娃一面提醒着自己，一面把一颗在石头上擦得滚烫的子弹压进弹舱，老兵都知道，擦过的子弹容易形成炸子。这一枪是趴在地上稳稳的射击，他在南，顾顺国在北，清晨的太阳在东南方，给栓娃的正好是一个顺光角度，这一枪没有悬念。

“啪！”子弹从栓娃的枪口飞出，准确地穿过顾顺国的眉心，在他的头脑中央炸开。死透透的，天王老子也救不活。

回到七里坪集结的栓娃终于知道黄师长干吗让他保密了，国民党都宣布顾顺国是意外坠马而死，我们又干吗多此一举贻人口实？

晚饭前，顾顺家被抬进了高河镇的医院，同时抬进去的还有自卫军的三大队长黑二混子，他们从天长县城见完胡专员回来，路上遇到了鬼子骑兵。胡专员就是原鄂豫皖剿总的胡参议，抗战爆发之后武汉失守，胡参议跑回老家，正好国民党安徽省府也迁到皖西大别山，一直没有实权的胡参议借机谋了一个皖东公署专员的实缺，带着顾顺家和黑二混子一同来到皖东。

到了皖东之后，胡专员发现卢见章的高河抗日自卫军竟然是皖东最大的地方武装。他老谋深算，亲自来到高河镇和卢见章商谈合作，在征得卢见章同意之后，他委任顾顺家为高河抗日自卫军参谋长，委任黑二混子为自卫军三大队大队长，并让他们带来五十多个从保安旅抽来的士兵，组成了高河抗日自卫军三大队。这样一来，高河抗日自卫军里不仅有两个由皖东公署任命的高、中层领导，还有一支皖东公署安插在这里的卫队，这才是自卫军里真正的国民党力量。

此次卢见章和新四军合作并没有和自己的女婿商量，顾顺家觉得事情重大，他带着黑二混子专程到皖东公署汇报，请胡专员拿出对策。

此次出去，黑二混子带着三大队的一个班的护卫，结果就回来了两个。两个被打散的士兵遇到了周长河和小高，周长河把战利品连同顾顺家和黑二混子一同交给了他们。

从他们嘴里，卢见章自然知道了周长河是顾顺家的救命恩人，于是就有了他的第二次的新四军之行，黄主任又一次亲自接待他："卢总指挥啊，谢谢你对我们新四军的信任，我一定派一个让你满意的人。"

卢见章赶紧摆手："黄主任，你误会我的意思了，不用新人选，我就要这个周长河了，我就满意他。我说真话，当时周长河说走我没拦他，就是怕两人有仇，可是双河口这一仗让我这块心病去掉了。你想想，要是周长河当时把顾顺家打死了，那也没人知道啊。有在战场上救仇家性命这个气量，说句老实话，这个周长河是个识大体的人，我小看他了！"

见黄主任点头，卢见章舒了一口气，继续说道："还有啊，他们两个人一口气能干掉五个鬼子，而我女婿带一个班还被鬼子打得望风而逃，要不是周长河出手，一个都回不来了。你说，这样的人不要我还要谁？"

"你当真还要周长河？"黄主任还有些迟疑。

卢见章很坚决："我就要他。"

"不后悔？"

"绝不后悔！"

黄主任笑了："哈哈，卢总指挥，你这一趟来得好啊，让我想起一出戏。"

"你是不是说萧何月下追韩信？"卢见章摇头，"哎哟，黄主任高抬我了，我比不了萧何，我不识将才啊。"

黄主任先安排卢见章休息，说自己还要去做周长河的工作。黄主任把周长河叫来了，让他坐在凳子上，自己围着他转了一圈。

周长河被他转得头晕："干吗啊主任？是不是我当了逃兵要处分我啊？"

周长河回来之后一直担心这一点，他在什么时候都是拿到任务就上，漂漂亮亮地干完就回来，只有这一次是半道上自己跑回来的。虽说把原因都向领导报告了，可毕竟是没有得到命令就擅自撤退，不知道领导算不算自己是逃兵。

“好啊，栓娃，卢见章说小看你了，我也小看你了，能以民族大义为重，干得不错。怎么样？你还敢不敢回去？”

“卢见章来要我了？”周长河一下子跳了起来，“我当时没给顾顺家那狗崽子一枪，就想到这一点了，说不定卢见章会叫我回去呢，还真让我给猜着了。”

“什么？你是故意的？”黄主任也有点吃惊。

“我就是故意的，思想斗争了好一会儿呢！”周长河实话实说，“我走到半道就后悔了，奶奶个熊的我这算啥，灰溜溜地给人家撵走了？顾顺家那小子一定很得意：什么新四军啊？我媳妇的一杯酒就把新四军的周长河给吓回家去了。要是那样，我多丢人哪！我不能给我们新四军丢脸。哎呀，真是碰巧了，我还要谢谢小鬼子在后面追他呢！首长啊，你说我是不是你们说的福将啊？”

“你、你这话就到我这为止。”黄主任不知道对他说啥好了。

周长河和小高第二天又跟着卢见章再次回到高河镇。回去的当天晚上他偷偷去了医院，他并不想看顾顺家，而是去看黑二混子。

“鬼！鬼！”黑二混子正在发癔症，看见他更是浑身发抖。

周长河从上衣口袋里拿出一块银圆，银圆的中间嵌了一个弹头，周长河拿着它对他摇晃：“喂！黑二混子，你看看我，我就是栓娃，你打不死的栓娃。我可不是鬼，是人，你打我的那颗子弹在这上面呢！我留作纪念了。”周长河说完甩门出去了，过了好一会儿，黑二混子不发癔症了，他好像醒了。

他先给了自己一个嘴巴。啪的一声，真疼。黑二混子一骨碌从病床上爬起来：“娘了个腿的，真是人啊？你要是人，那老子怕你个屌啊！”

第十五章 欲擒故纵

一 黑 枪

周长河为啥还活着呢？黑二混子怎么也想不通，就算自己那一枪打在他胸口的银圆上，那他也不该活啊！他当时掉到山崖底下去了。难道都看走了眼？难道这小子不是肉胎，是哪吒托生的，从这么高的山崖掉下去都摔不死？

黑二混子下午来到医院，对正在养伤的顾顺家叨咕，既然这小子没有死，那偷袭大少爷的那一枪可能就是他开的。

“你怎么会这么肯定？”顾顺家问。

顾顺家已经听黑二混子多次讲大哥的死因，知道事情的前因后果，如果不是顾顺国要暗算来谈判的红军，他也不会在黑虎沟死于非命。

“我见过那小子的枪法，当时要不是他打光了子弹，我的脑袋肯定也是这儿中枪。”黑二混子指着自己的眉心说，“留着他就是祸害，二少爷，我向您知会一声，今晚就动手。”最后一句黑二混子是压低声音说的。

“都准备好了吗？”顾顺家问。既然自己的爹和大哥都死于共产党之手，不管蒋总统搞什么合作，自己和共产党绝对誓不两立。然而他也不是傻子，就是要报仇也要掂掂自己的斤两，好在他不是一个人在战斗，胡专员已经派出了杀手。

“不能有丝毫闪失，你一动他，总指挥肯定会想到我的头上，我又是皖东公署派来的，那新四军也一定会找碴儿。”顾顺家说。

“放心，都安排好了。”黑二混子说，“胡专员派来的人武功不错，正好让他干掉周长河。现在不杀他，谁知道日后他会怎么整我们？他是副指挥，我又是他下级，真要打仗他一定会让我做前锋，我哪知道他会不会在我身后打黑枪！”

卢大雁下课后到医院来照顾顾顺家，两人一起吃完了晚饭，卢大雁就回家了。她刚进自己的房间，妹妹小雁就跳着进来，也不管姐姐爱不爱听，喋喋不休地说她白天的见闻：“哈哈，那个周长河吃饭的模样太有趣了，整个一饿狗护食。”

卢小雁叽里呱啦一说，卢大雁才知道今天上午周长河受邓二贵邀请，到一大队指导训练，卢见章也要去看，小雁爱热闹，跟着爸爸一块去了。

周长河显示了他的绝活，他在百米之外甩手一枪，击碎了放在石头上的一个小香瓜。这让一大队的士兵们佩服得五体投地，终于相信副指挥在双河口一人击毙五个鬼子，救回参谋长和三大队长的传闻了。

有了副指挥亲自练兵，一大队训练十分投入，直到值星官吹哨开饭。

由于周长河坚持要在一大队搭伙，卢小雁也不想回家，她拖着爸爸在一大队蹭饭吃，邓二贵让人把伙房做的大盆饭和大盆菜都端到大队部。可能是训练饿了，周长河进了大队部就直奔饭盆。他先拿双筷子在自己的胳肢窝里蹭蹭，然后拿一个空碗，先打了一勺子菜放在碗底，然后盛了大半碗米饭盖在菜上，又在饭上盖了一勺菜，也不坐凳子，就这么站着呼呼啦啦扒起饭来。

他的这些动作全被二小姐看在眼里。“饿狗一只。”她心里暗自评价。

等邓二贵的勤务兵给卢见章和卢小雁的饭碗盛满端上桌时，周长河的半碗饭已经吃完，碗底的一勺子菜依旧放着不吃，他又满满压上一碗米饭和一勺菜，同样又是一阵风卷残云，扫完最后一个米粒，周长河满意地打了一个饱嗝，放下饭碗。见桌边的几个人都不吃饭，都对着他瞧，周长河回过味来：

“哈哈，我吃饭快是吧？当兵的习惯，不吃快点就没了。”

“好好。副指挥说自己是老兵我还不信，这回我信了，当兵的吃粮就这个味道。”川军出身的邓二贵反而竖起大拇指。

“姐，他在我们家吃饭的样子都是装的，今天露出本性，真像饿狗。最可笑的是他舀出的第一勺子菜直到最后才吃，你说这是什么德行啊？”卢小雁直摇头。

卢大雁点着她的脑袋：“你自己才不像话，十七八岁的大姑娘往兵营里跑，还吃人家的大锅饭，你以为他们新四军是什么人哪，那都是造反的农民，农民你说能有什么德行？”

卢小雁撇撇嘴：“我要不去，哪能看到这么好玩的事情啊？对了，都说共产党吃大户，那个周长河够能吃的。”

“吃大户算什么？他们还杀富济贫呢。”

“姐，你干吗对新四军这么有偏见？要不是你拦着，当年在汉口我就报名当新四军了。”

这是卢小雁的一个遗憾，新四军战地服务团当年在汉口宣传抗日招文化兵，卢小雁吵着要去，被卢大雁给硬拉了回来，所以卢小雁对新四军一直感兴趣。

得知爸爸找新四军要人，小雁和大雁形成两派，一个支持一个反对，谁知道来了一个周长河，还和姐姐、姐夫有历史渊源，就像说故事一样，所以在周长河回来的这几天里，卢小雁就像打了鸡血一样兴奋。

“姐，那个周长河是不是真把姐夫绑票了啊？你给我说详细点。”卢小雁对周长河走了又来非常好奇，她软磨硬泡，终于从老爸口里掏出了一点缘由。

“都是过去的事了，现在不是国共合作了吗？”卢大雁尽量把事情轻描淡写，“好了，这事不许再问，不然你姐夫……”

“啪！啪！”卢大雁话没说完，忽然传来了两声枪响。枪声很近，好像就在院子里面，两人吓一大跳，不约而同地大叫起来。

响枪的地点就在周长河住的西小院。

开枪的人既不是周长河也不是小高，而是卢见章的护卫大刘，他是一个会武功的保镖，对卢见章极为忠心。

按照大刘的说法，当时他去茅房，经过西小院的时候看见一个黑影从房顶跳进了院内，他跟了过去，只见那人鬼鬼祟祟地伏在副指挥的窗边正在掏枪，大刘立刻开枪，把那人击毙在周长河的窗外。

小高提着手枪先跑出来，他看见大刘从已死的刺客手里拿下一支手枪。一群卫兵也拥进院子，借着他们提着的马灯，小高看清了大刘手里拿的是一支日本造的王八盒子手枪。

周长河出来的时候，卢见章也过来了，他的身后跟着两个惊魂未定的女儿。

“惊动总指挥了。”周长河对披着衣服的卢见章说。

小高翻遍了死尸的衣服口袋，找出来一张全是日文的名片。

“这邓二贵是怎么防的?！鬼子杀手怎么能进到家里来？”卢见章皱着眉头说。因为高河镇和卢家大院的防务全归邓二贵的一大队负责，卢见章自然想到他。

看着管家老祁带着警卫把杀手的尸体搬走了，小高有些疑惑地跟着周长河回到房间：“连长，这人真是日本鬼子吗？”

“这事我们别问。”周长河说着把自己床头放着的二十响大机头给关上了。

“什么大刘上茅房？一定是总指挥特意安排的，就怕我们暗算周长河！”顾顺家对过来报信的黑二混子说，“不要再行动了，现在不是我们和新四军摊牌的时候，我明天就出院。”

“干吗？”黑二混子不明白。

“别让我老丈人对我起疑心，把自卫军的权力都给了周长河。”

二 民 情

顾顺家晚了一步，卢见章还真让周长河掌了权。

就在击毙杀手的第二天，卢见章对周长河说高河镇的防务有问题，让他把自卫军的布防重新安排一下。“可要提高警觉，不能再让鬼子奸细混进镇里来。”卢见章对周长河说。

“总指挥放心，我一定精心布置。”周长河心知肚明。周长河在接下来的几天里跑了三个大队和全镇的各个角落，不仅把高河镇周围的环境和地形全都记在心里，对三个大队也有了了解。

邓二贵的一大队是卢见章收留的川军，他们都穿灰色军装；李有才的二大队过去是抗日小游击队，没有军装，全是便服；三大队是皖东公署从保安旅抽派来的，穿的是保安旅的黄军服。

全队只有一个标志，即袖子上的白袖标，这真是一支非常复杂的队伍。

这几天周长河把自己的伙食安排在二大队，不是因为二大队的饭菜好吃，而是因为二大队队长李有才的真实身份也是中共党员。

吃完饭，周长河把自己绘制的一张地图摊在桌上，让李有才一起来看：“高河镇的防务有漏洞，我们三个大队都集中在高河镇里，这很危险，如果日本鬼子来袭击，这仗就要在镇里打，高河镇的老百姓多，就怕把家里打乱了。我想把你们大队拉到五里外的小李村一线驻防，重点监视清河镇的鬼子，就是打仗，也尽量把敌人挡在镇外。这个想法我和总指挥说了，他很赞成。”

“副指挥安排，我们坚决执行。”李有才表态。

“我现在拿不定的是，把你现在负责的码头交给谁。”周长河挠着头说。

得知周长河要把自卫军重新布防，邓二贵想拉拉关系，把码头弄过来。

他来到指挥部，拉住管家老祁，让老祁给他出主意。老祁对着邓二贵的耳朵说了几句，邓二贵频频点头，一番准备之后，他去找周长河了。

听说是体察民情，周长河跟着邓二贵上街，来到一个澡堂门口停了下来。

“高河浴池，这不是澡堂子吗？”周长河看着门匾说。

“走，到里面看看去。”邓二贵拉他进门。

周长河不愿意：“澡堂子里都是光屁股，有啥可看的！”

“你不想体察体察民情吗？”

周长河还是摇头：“我可没钱。”

“你没有我有啊。副指挥，你要是不去，那就是看不起我老邓。”

邓二贵摆出一副翻脸架势，周长河妥协了：“去去，不就是光屁股泡池子吗？”

进了澡堂子，周长河三把两把就把自己脱得光溜溜的，他先下了池子。

正在脱衣服的邓二贵看见小高还穿戴整齐，站在房间里不动，就说：“脱啊！”

小高赶紧摇头。

邓二贵不管他：“好好，随你，不能和长官一起光屁股，还官兵一致呢。”

小高说：“那我到外面站岗去。”

邓二贵赶紧制止：“要不得，澡堂子门口站个哨兵，老板要被吓死了。你要不放心，那就在这里看着衣服吧。”邓二贵一摆手，“这龟儿子是个傻帽。”

邓二贵下池子的时候，周长河已经泡在水里了，闭着眼，一副很安逸的样子。

“副指挥有没有泡过澡堂子？”邓二贵问。

周长河睁开眼：“不瞒你说，我还真下过一次。那时我在红军当侦察员，有一次到县城侦察敌情，碰到戒严，我和一个侦察员跑到澡堂子躲着，谁知道刚下池子戒严就结束了，还没泡热乎就出来了，花了两个铜板，当时把我心疼的。”周长河说着看看四周，“对了，这里怎么没人啊？没人怎么体察民情啊？”

邓二贵说：“天热，澡堂子人少，你先安安静静地泡泡，我再给你安排人捶捶。”

周长河奇怪了：“捶捶？怎么捶？”

“哈哈，没享受过吧，让你享受享受。”

看来邓二贵是经过准备的，他让周长河泡了一会儿之后，就叫来一个搓澡工。

邓二贵对搓澡工还嘱咐着："好好搓，这个客人可厉害了。"

搓澡工很得意："老板招呼过了，这位是新四军老爷，我们四个搓澡的抢着来，还是划拳赢了才轮到我的。"

周长河赶紧抬头："我是新四军不假，可不是老爷啊。"

搓澡工使劲搓着他的背："对，您不像老爷。您身上搓出来的灰比扛活的还多。"搓澡工使劲把从周长河背上搓出来的油泥从他的肩头上推下来，"您看看。"

周长河不相信地眨着眼："这是我身上的吗？"

搓澡工笑了："我们平日说客人身上有二两油泥，您身上可不止二两油泥呢。"搓澡工搓完他身上的油泥，用热水从他背上冲过，然后铺上毛巾，在他背上打出了鼓点子一样的节奏，震得他胸腔嗡嗡作响。

周长河歪头问："这是干吗啊？"

"敲背啊！您不舒服吗？"

周长河趴实在了："舒服。洗澡还洗出这么多道道来，我们老家就没有。"

泡完澡搓完背，周长河真觉得身子轻松不少，他从澡池子上来进了休息间，殷勤的伙计立刻递上来一条滚烫的毛巾。周长河倒腾两手，刚把烫毛巾放在脸上，小高凑上来，轻轻说了几句，不知是毛巾太烫还是生气了，周长河的脸变得通红。

等邓二贵从池子里出来的时候，休息间里不见了周长河，邓二贵问了跑堂儿的两句，就急急忙忙穿衣出来。他三步并作两步跑到门口，只见周长河和小高已经披挂整齐站在门口台阶上。

"怎么啦，副指挥？这戏才开场呢。"邓二贵奇怪了。

周长河很严肃："老邓，你说体察民情，可你把场子包了，你这不是扰民吗？"

邓二贵嘻嘻一笑："不就是想让你清静清静舒服舒服吗？"

"以后别干这事。老百姓知道会说我们。"周长河说，"对了，你付钱了吗？"

邓二贵赶紧点头："付了付了。"

周长河追问："你可是包场啊，要多少钱？"

"哎哟啥子嘛，说付了就是付了。副指挥，你说，你今天舒服不舒服？"

周长河还真是感到一身的疲劳全无，他点头："别说，还真是舒服。"

邓二贵得意了："舒服就要得。走，老板备的好茶都没喝上，我们喝茶去。"

在邓二贵的带领下，三人又向街里走去。

高河镇里有一条"丁"字街，它是镇里最繁华的路段。所谓"丁"字街，其实也就是一横一竖钩的形状，"丁"字那一竖的街面足有一里长，两边都是两层楼，鳞次栉比，一家连着一家，以酒家旅馆居多，店门口都挂有当招牌的旗面和灯笼。

"丁"字街头上的一横分左右两边，左边通往高河码头，街面都是仓储和货运的店面，右面是条商业街，全是一层的平房，虽然只有一层，但房子建得比较高，里面的商品一排排地码上去，看着也很排场。"丁"字街口有一栋三层小楼，它的每一层都挂着红灯笼。

邓二贵带着周长河走到丁字街口，邓二贵停下脚步：

"副指挥，刚才你急着要走，茶也没喝，现在渴了吧？我们到里面去喝点茶。"

周长河看看门口的牌匾："春香楼？喝茶怎么起这个名字？"

他随着邓二贵来到春香楼门前，一个脸上抹着白粉嘴上涂着口红的四十来岁妇人迎了出来，她挂着一脸媚笑，一把挽住了邓二贵的胳膊，一迭声地发起嗲来："哎哟，邓老总您终于来了，客人们都来了啊，姑娘们赶紧招呼着啊！"

周长河一听不对，连跑带颠地跑下了台阶。邓二贵一看周长河跑了，忙甩开妇人的手追上去："副指挥，你不进就不进，嘛子要跑嘛！"

周长河一脸恼怒，扭头问他："你这带我来的是什么地方？"

邓二贵说："春香楼啊，喝茶的地方。"

周长河点着他："喝茶？邓大队长，你是想害死我啊！这个地方不是窑子吗？你当我是白痴啊！小高，走！我们回指挥部！"

邓二贵看着两人的背影无奈地笑了一下："真是，带他上这儿干吗？这老祁出了个馊主意，马屁拍错喽！”

周长河走得及时，他不知道在这春香楼上还躲着一个人，这人就是黑二混子。

当他知道老祁给邓二贵出了主意，他派人跟着邓二贵，手下回来告诉他，高河浴池和春香楼邓二贵都去过了。高河浴池黑二混子没兴趣，春香楼倒是一个点。他灵机一动也来到春香楼，他是老客，上下都熟，他也布置一番，谁知道周长河不上当，刚到门口就跑了。

“娘了个腿的，他不上当，我白安排了。”黑二混子回来对顾顺家说，“就差一点点，一点点了。你知道吗？只要他进了春香楼的房间，坐不坐下都没关系，我给老鸨说好了，姑娘们一起上，拉住他就对着楼下喊新四军强奸民女。”

顾顺家很奇怪地看着他：“老黑，你脑子坏了吧？春香楼是什么地方？你在那个地方喊强奸民女，有人信吗？”

黑二混子说：“有没有人信不重要，只要一闹起来，新四军逛窑子的事就会传出去。他们新四军不是有纪律吗？他不滚，他的上司也会要他滚。”

“和共产党打交道可没那么容易，别搞这些不上道的。”

黑二混子不明白：“二少爷是什么意思？”

顾顺家心里暗骂黑二混子是猪脑子：“做事之前你要先想清后果，要是出事，总指挥一定会查。这个高河镇谁是老大？那个老鸨还能给你瞒着？最后倒霉的一定是你，说不定还带上我。”

想想也是，黑二混子顿时泄了气：“唉！我就想出口气，娘了个腿的，屎盆子扣他脑袋上，怎么也臭他半条街去。”

三　布　防

卢家大院指挥部里有一间议事厅，厅里放有一张红木长条桌，桌子北面摆了一张红木太师椅，那是总指挥卢见章的位置。周长河和顾顺家的座位在桌子东面，三个大队长的座位在桌子西面。桌子南面也放了一把椅子，是给管家老祁预备的，但他从没有坐过这个位子，只要是指挥部开会，他就指挥一个叫顺子的用人端茶送水。卢见章的位子是空的，他去商会为自卫军办筹款，换防会议委托给了周长河。

人到齐了，这是周长河来之后开的第一次会议，他觉得心里怪怪的，因为他身边坐着顾顺家：好奇怪啊，我竟然和他一起开军事会议。

此时的顾顺家面无表情，这位参谋长要显示自己也是军人，他竟然破天荒地穿了一身国民党保安旅军服，还佩戴少校军衔领章。他对面的黑二混子和他一般打扮，佩戴一样的军衔领章，此时也挺直腰板正襟危坐，目不转睛地盯着顾顺家。

周长河主持会议，他清了一下嗓子，首先对李有才宣布了二大队的防区区划："李大队长，你大队从今天起交出高河码头，开往小李庄，负责高河镇以东的外围防务，警戒范围直到双河口。"

李有才早就知道自己大队的换防位置，他起立应答："是！"

李有才坐下后，周长河又面对坐在第一位的邓二贵发令："邓大队长，你大队继续负责高河镇内防务，同时接管码头防务。"

邓二贵掩饰不住心中的喜悦，他马上起立："是！副指挥！"

黑二混子坐不住了，他刚想站起来，被顾顺家用一个犀利的眼神给止住了。

邓二贵坐下之后，周长河转向黑二混子："三大队长，你大队接替二大队原来负责的高河两岸和河道防务，给你们配备两条巡逻用的木船，你们的防区范围是……"

周长河话还没有说完，黑二混子看见顾顺家抬手摸了摸鼻子。这是他俩商量好的暗号，于是他在站起的一刹那一拳砸在红木桌上，用人顺子刚刚泡好的热茶被激起老高，洒了一桌。

"砰！"几个人冷不防地都被吓了一跳。

"老子不干！姓周的，你以为我好欺负！老子不吃你这一套！你这是布置防务吗？你是给我穿小鞋！"黑二混子突如其来的咆哮把在场的人都惊呆了。

周长河火了："黑二混子，你什么意思？！什么叫穿小鞋？！"

黑二混子指着他："还不是小鞋？你把肥肉给别人吃，把骨头给我啃，你安的什么心当我不知道？别以为我好欺负，老子就是不干！”

李有才听着不愿意了，他站起来打抱不平：“黑大队长你说谁？什么肥肉骨头？我们小李庄是前沿，要不你去？”

黑二混子转脸对着李有才指着自己的鼻子：“老子不姓黑，老子跟你一个姓！老子姓李！大号李二黑！你别跟老子叫！老子也不是说你！”

“那你就是说我啦？”邓二贵听着不对味，也扭过头来看着黑二混子。

“对！就是说你！”黑二混子转脸又对邓二贵撒野，“娘了个腿的，仗着你来得早，占着镇子还想霸着码头，肥肉油汤你都要，还让我们兄弟有活路不！”

“等等，你说什么？”周长河听不明白了，“什么活路？黑二混子，我们布置的是防务。你说什么鬼话？”

黑二混子嗓门儿立刻提高：“姓周的你少装蒜，谁不知道这高河镇的俗语？什么叫‘大大高河镇，肥肥船码头’？这个邓二贵吹牛拍马拉着你泡澡堂逛窑子，吃香喝辣的，想干什么？不就是想占码头这块宝地吗？娘了个腿的，我的大队难道只配看河道喝西北风？好处都放到你们自己腰包里了，你布置防务的难道以为河防能离开码头吗？就是总指挥在，老子也有理不怕你声高。”

邓二贵气得跳起来：“格老子的，谁声高？不都是你这龟儿子在叫唤吗？码头是不是要道？我负责高河镇内防务，水道陆道是一体，镇子里出了事都是我的责任。你个黑、黑……”

邓二贵原来叫他李大队长，“黑二混子”这四个字他是第一次听到，但他并没听清。“他叫黑啥混子？”最后一句他在问周长河。

黑二混子看顾顺家再次摸鼻子，知道是让他下劲搅和，他又捶了一下桌子：“老子这个混子是你叫的吗？你小子才是混子！老子揍你个浑蛋龟儿子！”

邓二贵气坏了，他一把掀翻椅子，越过李有才，揪住黑二混子的衣领：“老子就骂你个龟儿黑二混子，你想揍我？老子先打你个乌眼青！”

邓二贵举拳还没有动手，黑二混子眼疾手快，一拳先向邓二贵打去。被夹在中间的李有才发现不对，立刻抬肘阻挡，没料到黑二混子的拳头拐弯一拳打偏，打到了李有才脸上。在此空隙中邓二贵也回了一拳，直捣黑二混子前胸，两人顿时打成一团。

第一次换防会议被闹得不可开交，周长河带着郁闷的心情回到西小院，身后跟着脸颊青了一块的李有才。

周长河一进房间就掼帽子："流氓！无赖！老李，那黑二混子就是无赖，他是有意捣乱破坏布防！"

李有才说："副指挥，三大队长叫李二黑，你叫他黑二混子？你们过去认识？"

"认识？当然认识！我当红军他当保安团，天天打仗的死对头。"

"怪不得呢！我怀疑是参谋长唆使那个黑二混子有意闹的。"

"你也看出来了？"周长河问。

"是，他们是有意的。"李有才坐在顾顺家的斜对面，看见了顾顺家的表情和手势，"副指挥，你的防务计划是不是和总指挥商量过？"李有才问。

"当然商量过，这是大事，没有他批准我怎么开会？"周长河说。

"这就对了。顾顺家既是参谋长又是总指挥的女婿，总指挥能不和他商量？他早就知道你的布防计划，这个计划和他们的想法不一样，所以他们会上要闹。"

"一个码头他跟着抢，还什么肥肉油汤的，这黑二混子到底是什么意思啊？"

李有才搬个凳子让周长河坐下，他自己也坐下："副指挥，你刚来，不明白这里的道道。我们自卫军成立之后，总指挥和商会有个协议，自卫军既负责防务也负责征税。我们当时是两个大队，邓二贵负责镇里商铺，我负责码头的商船。三大队是后来的，黑二混子早就看上了码头，他让顾顺家在总指挥面前提过几次我都没放，这次换防是个机会，可你把码头给了邓二贵，你说他会不会跳？"

李有才说的情况周长河还是第一次听说："你说我们自卫军还管征税？这打仗的队伍怎么能管这些？"

李有才摇头："没有办法，地方的事复杂着呢。不征税，让总指挥一个人养几百人的自卫军，一年两年还行，时间一长他不也就破产了吗？”

“要征税就一定有好处。老李，我把你调离码头，你不是亏了吗？”

“我们没什么，本来就是抗日，我们大队有纪律，征税一律上交，谁也不许截留，靠岸的商船也不许刁难。这样我的岗哨查得也能严一些。”李有才说。

“油水多吗？”周长河问。

“油水肯定有一些。逢年过节的时候，一些商铺老板和船老板会给我们送点大米、猪肉。我们是打仗的队伍，本来就不想干那些税警的事，所以这次调防我们大队，上上下下我都做了工作，有几个人是不高兴，我压着，他们也没法冒刺。不过副指挥，黑二混子的话也是有道理的，你让他负责河道防务不管码头，这有些说不过去，顾顺家完全可以反驳你。”

周长河点点头：“其实我也想过，码头给谁都可以，可是三大队的兵员素质太差，三教九流不少，码头是重点防务地区，无论他怎么吵我都要坚持。你先回去准备和邓二贵换防，等总指挥回来我报告他，让他直接下命令。”

李有才走了，周长河越想越憋气：“奶奶个熊的，这是什么鬼队伍？”

周长河见到卢见章，已经是吃过晚饭之后了。

周长河进卢见章书房的时候，这位总指挥正独自下棋，他面对着一盘黑白子的残局在冥思苦想，周长河给他敬礼他也没看见。

“总指挥。”看见卢见章手举一枚黑子迟迟放不下，周长河忍不住叫了一声。

“副指挥啊，来来，你看看这棋还有没有救？”卢见章指着围棋盘子。周长河连连摇手：“这个我不懂。总指挥，今天的防务会……”

卢见章放下手里的黑子：“你不用说，我知道了。我已经训斥了参谋长和李二黑，无论在哪个部队，下级就是下级，怎么能对长官发火！”

“我想请总指挥按照原来的布置下令，防务的事情不能耽搁了。”周长河说。

卢见章没有马上答话，他把手里的黑棋子丢进盒子，示意周长河坐下来：“下令好办，不过我想和副指挥商量一下，我想让顺家带着三大队离开自卫军回皖东公署去。你意下如何？”

卢见章很认真地看着他，周长河没想到卢见章会说这样的话，他的第一反应是：这太好了！这句心里话差点溜出嘴，可他也算是历练出来了，心思越来越缜密，刚把到嘴边的话给咽回去，一个念头又冒出来了：他是不是在试探我呢？

“为啥？”周长河小心翼翼，反问一句。

“你好像和李二黑队长也很熟？老祁说你知道他的诨名。”

“你说黑二混子？”周长河知道瞒不住了，“我早就认识他，顾顺家的哥哥杀我爹的时候他是帮凶，后来我当红军他是保安团，我们打了七年仗。”

“还真是这样啊！”卢见章好像对周长河说的故事一点都不惊讶，他端起茶杯喝了一口，“这就对了，顾顺家是我女婿，李二黑是和你打过几年仗的保安团，说轻了是他们和你对立，说重了你们就是敌人哪。副指挥啊，我之所以把你从黄主任那里又要回来，你应该知道我的心思，我就是想把自卫军交给你带。可今天这个事，说小了是由你们的家事引起，说大了也是国共两党的恩怨，所以我思来想去，感觉还是让他们离开比较合适，本来他们就是皖东公署派来的。”

周长河越来越明白卢见章的心思了，这个总指挥绝不是想让顾顺家他们走，而是在试探自己的态度，这个老狐狸不简单。

周长河想着想着就笑了一下：“总指挥，你是不是怕我公报私仇啊？我向你保证，我绝对不会。总指挥你应该相信我，本来是我自己要走的，你又把我找回来，现在你又让他们走，我觉得这个时候可能谁走都不合适。”

“哦？你说说看，这是为什么？”

周长河拿下自己头上的军帽，指指上面的青天白日帽徽。他知道自己下面的话是言不由衷，可越是言不由衷他越要说：“全是为了抗日啊！总指挥，你看看我这身军装，还有这个帽徽，当年顾顺家大哥杀我爹的时候，穿的就是国民党军装，戴的也是国民党帽徽。要说个人的仇，那我还有一件没有告诉你的事情，就是那黑二混子，他还打了我一枪，要不是当时有块银圆在我胸口挡住子弹，我现在就不在了。他一直以为把我打死了，所以上次一见面，他以为我是鬼。”

卢见章第一次听到这一段故事，他惊讶地看着周长河：“还有这事？”

周长河点点头，他觉得一定要乘这个机会，用真情真意来打消卢见章的疑虑，这样自己才能在自卫军中踏踏实实地待下去，完成上级交付的任务。

“总指挥，我和他们的仇恨那是三天三夜也说不完的，可是我忍了。你说我为啥没有一见面就杀他们？就因为我是共产党员，是党的纪律不让我杀他们。实话实说，要不是搞抗日统一战线，我真不愿意穿这身军装，可我们黄主任告诉我，现在只有抗日是大事，只要是在一起抗日的中国人，再多的仇恨都要忍了，对蒋介石这只大老虎我们都忍了，都不杀，对这些小鱼小鳖我们还有什么不能忍的？”

听了周长河的一番话，卢见章颇有感慨：“是啊，这也是我佩服贵党的一点，一个‘忍’字就顾全了大局。好，副指挥，我相信这次防务你是秉公办理的，可我也有一些难处。怎么样？听我一次，既然你不让他们走，那码头就交给三大队负责。”

周长河还想争辩：“总指挥，这码头的防务非常重要，三大队的素质……”

卢见章点点头：“我知道，可是你刚来，高河自卫军的情况你还不完全了解，这回听我一次，怎么样？”

周长河很郁闷：“如果总指挥决定了……”

“那就这样吧。”卢见章一锤定音了。

周长河夜里迟迟睡不着，他觉得自己被卢见章涮了一把。“是不是上他当了？筹款啥时候不能筹？防务会议他是不是有意不参加？还嘟嘟囔囔说了这么多话，把我的一点秘密都诳出去了。这个老滑头，最后还是两头不得罪。他玩的这个花样叫什么？是不是叫欲擒故纵……”

第十六章 高河激浪

一 争执

抗日自卫军第一次换防会议，周长河的目的没有达到。没多久，自卫军又开了一次作战会议，同样在卢家大院的议事厅举行，卢见章亲自主持，他示意一下提议开会的周长河，周长河站了起来："二大队的侦察员得到情报，清河镇的鬼子在高河上游的盐矿里弄了两船盐，要运回据点清河镇，明天下午盐船会通过我们这里，情报说这些鬼子都化装成船上的船工，也不打旗号。这是一个好机会，我们应该在高河码头一线截住它，也给高河镇的民众看看我们自卫军的力量和抗日行动。"

"我反对！"周长河说完情况，起来说反对的人自然是黑二混子，"我三大队刚刚接手码头和航道，还没搞清情况，这个仗我不能打。"

邓二贵也反对："副指挥说鬼子是化装的，你要辨认鬼子，就要上船检查，你惊动了他，他就有了准备，偷鸡不成反蚀把米，这是啥子买卖嘛！不好做。"

李有才一听急了："两条鬼子商船能有多少力量？总指挥，我们请战，我们二大队对河道和码头都很熟悉，要不把我们二大队调回来，我们单独干！”

黑二混子不干了：“你什么意思？小李庄不想待了？你要回来那不可能，这码头和河道都是我三大队的防地，谁也别想再拿去！”

李有才站起来：“谁要你地盘？我把仗打完就走！”

“不行！”

“你这是什么道理！自己不干也不让我们干！放鬼子走？那……”

李有才话没说完，卢见章挥挥手打断他：“你们先别吵，参谋长的意见是？”

顾顺家慢条斯理地说：“我赞同一大队长和三大队长的意见，日本鬼子是要打，但不能在我们家门口打。我们既没有经验也没有把握，打得不好就会殃及高河镇的老百姓。自卫军自卫军，自卫为主，鬼子要是明着进高河镇，我们就自卫，他要是悄悄路过，我们便不管。”

“参谋长说的话太对了。”黑二混子和他一唱一和。

李有才不愿意听下去，他直接质问卢见章：“总指挥，我们叫抗日自卫军，可我们自打成立以来就没和鬼子正经打过一仗，高河镇的老百姓花钱养着我们，我们见到鬼子都不打，这合适吗？”

卢见章还没说话，黑二混子反驳了：“什么老百姓养我们？是总指挥养我们。”

邓二贵也说：“李大队长，要抗日，你也要掂掂自己的斤两，龟儿子的火力厉害，我们自卫军没有和鬼子干过，你这回就省省吧。”

李有才转头朝向邓二贵：“我们在座的几位，副指挥不算，你邓二贵不也和鬼子真刀真枪干过吗？平时吹什么男爷们站着撒尿哗哗的，台儿庄你打得怎么怎么的，原来也是见到鬼子就装孬熊尿裤子啊！”

“你别激我，我不吃这一套。”邓二贵说，“老子就是站着撒尿的爷们，尿不尿裤子你问问老子手下的兵！总指挥要说打我也不会含糊。”

屋里吵得正欢，都忘了隔墙有耳。给会场送水的伙计顺子从大厅出来，发现窗户边上有一个人正侧着耳朵偷听呢，他走过去一看，原来是二小姐。

卢小雁听说家里开军事会议，心想可能是有大事发生，好奇心让她不由自主地来到窗外，来听听他们要干什么。她看见顺子过来了，就连忙朝他招手："里面吵得那么欢，我爸怎么说？"

顺子摇头："不知道，副指挥把我赶出来了，不让听。"

里面的大声嚷嚷其实已经让卢小雁明白是怎么回事了，她很生气："要是不打鬼子，那要自卫军干吗？那个周长河不是会打仗吗？怎么听不见他说话了？"

大厅里面，卢见章止住了三个吵架的大队长："副指挥，我想听听你的意见。"

周长河已经沉默好一会儿，听见卢见章问他，他摇摇头说："既然大多数人都不同意在高河镇打鬼子，那我尊重顾参谋长的意见。"

李有才看着周长河，一脸失望。

窗外偷听的卢小雁也失望地骂了一句："草鸡一个，还新四军出来的呢，也是一根银样镴枪头！"

卢小雁偷听回来，直接跑进卢大雁房间，火气冲着姐姐发泄："你那个老公我这个姐夫，平时说话一套一套的，讲道理时口若悬河，什么抗日救国，人不分老幼，地不分南北，皆有守土保家之责。他把蒋总统那一套话说得比自己的话都溜。好了，现在鬼子要来了，他当缩头乌龟。姐，你找的是男人吗？"

"怎么这么大火气？你这从哪来啊？"卢大雁被她一顿"乱枪"打得发蒙。

"从哪来？听他们军事会议吵架，说鬼子要经过高河镇，几个人都想装傻看不见，"卢小雁一脸鄙视，"为首的就是你老公！"

卢大雁明白了："打不打仗是男人们的事情，你管那么多干吗？你说是顺家不愿意，那个副指挥怎么说？"不知为啥，卢大雁忽然想到顾顺家的对头。

卢小雁一撇嘴："你说那个周长河啊？也是窝囊废一个，爸爸最后让他决定，他来一句什么'我尊重顾参谋长的意见'，真是气死我了。"

卢大雁喃喃说道："真是奇了怪了，他们两个能意见一致？"

"什么意见一致？两人怕死倒一致！"

卢小雁在姐姐房间里发泄一通，第二天又在爸爸面前指桑骂槐。卢见章睡醒午觉，女儿拉他下围棋。卢小雁显然不是爸爸的对手，卢见章做了一个套，准备点吃女儿的一片棋子，卢小雁赶紧用双手护着："不行，我不干。"

卢见章笑着让她："好好，让你悔棋一次。"

卢见章收回手里的棋子，举手放在另一点上。卢小雁一看，这一点又要拿掉她的另一片棋子，她急得大叫："不行，这里我也没有看见。"

卢见章无奈了："你这也不行，那也不行，那怎么办？"

父女俩正在僵持，管家老祁跑进来："老爷，镇里镇外都找不到，从昨天开完会他就不见了，到现在都没回来。"

卢小雁知道他说的是谁："你找周长河啊？那个缩头乌龟，找他干吗啊？"

卢见章生气了，他把棋子一放："小雁，你怎么说话的！什么缩头乌龟？"

卢小雁也把手里的棋子一放："本来就是缩头乌龟嘛！他来的时候多会说啊，新四军多能打仗，还有他那个警卫员，说他打鬼子一枪一个，牛皮吹得比天都大呢！结果呢？鬼子从高河经过，愣是不敢打。还有你，爸，你就知道在棋盘上把我灭得一片片的，真有本事灭鬼子去啊！"

卢见章奇怪了："你怎么什么都知道啊？"

"这是我家，我能不知道吗？"

卢小雁正在损周长河，没想到周长河一头闯进来了。

"哎哟，总指挥好兴致啊，这一片片黑的白的，怎么了？"

卢见章刚要张嘴，卢小雁抢着说话："别跟他说，说了他也不懂。"

卢见章忙叫："小雁！"

周长河有点尴尬："这么大气性，一定是二小姐下不过总指挥，要赖了。"

卢小雁气了："下不过也比你当缩头乌龟强。我以为新四军都是好汉，原来也有胆小鬼老鳖蛋！"卢小雁不下了，一推棋盘，爬起来跑了。

"老鳖蛋是啥？"周长河一想明白了，这是卢小雁在骂他。他不知道这二小姐火从何来，但眼下顾不上想这些，他朝卢见章笑笑："总指挥，我找你谈谈。”

卢见章说：“好啊，我也想找你谈谈，老祁找了你一个上午，你干吗去了？”

“找了一块风水宝地。总指挥，想不想和我一起去看看？”

“风水宝地？”卢见章看看老祁，“高河镇有风水宝地？我怎么不知道？”

“去看看就知道了。总指挥好久不骑马了吧？骑马兜兜风吧！”周长河就想把他带出去。

卢见章点点头：“行。就随你一起走走。”

二 缓兵

周长河不是胆小鬼，他玩了一个缓兵之计。当邓二贵也起来反对的时候，他意识到自己把这支队伍想得太简单了。

不怪卢见章没主见，他虽然是总指挥，但他没打过仗，现在是一人支持三人反对，就是自己决定打这一仗，这支四分五裂的队伍也没法指挥。

在几个人争吵不休的时候，周长河的思绪已经出了会场，当卢见章最后征求他意见的时候，一个更好的方案正在他脑子里盘旋。

李有才不知道周长河的心思，他是一脑袋兴奋去开会，一肚子怨气回大队，周长河跟着他也来到了小李庄，他一路都不想跟周长河说话。

到了大队部，正好一个从清河镇回来的侦察员带来了新敌情，说清河镇的鬼子明天下午会派一只小火轮到双河口，不知道要干吗。

听完情报，周长河也没管在一旁生气的李有才，他坐在桌前，找出一张纸用笔画了起来，两人此时都不说话，大队部里只有铅笔头在纸上滑动的声音。

“砰！”周长河敲了一下桌子，李有才一惊：“你干吗？”

“这回能吃口肥肉了，”周长河招呼他过来，“老李，别生气，打仗不是你想得这么简单，顾顺家他们的态度提醒了我，这一仗既然不能同心协力，那就不能指望三个大队在一起干。刚才侦察员说清河镇的鬼子还要派出小火轮，鬼子的盐船偷偷摸摸走高河镇也不是第一回了，你过去听说过鬼子用小火轮吗？”

李有才摇摇头：“没有。”

“这说明鬼子警惕了。我判断这个小火轮是来接应盐船的。如果盐船平安，小火轮可以拉着盐船回去；如果高河镇打响了，小火轮不到一个小时就能到高河镇，我们就会两面受敌。所以啊，咱们还真不能在高河镇的河面上打仗。”

“那你要在哪里打？”李有才问。

“就在双河口打，那也是你的防地。”周长河看着他刚才画的图说。

“好啊！”李有才来劲了，“那你干吗不在会上说啊？让我着急。”

“会上不能说，我当时还没想透这个计划，再说研究敌情要保密，你看看咱们的指挥部能保住秘密吗？开一个会，家人用人来来往往，说不定你在这边布置打仗，那边敌人早就知道你的计划了。”

周长河的担心一点没错，高河镇里就有鬼子奸细。

卢家大院的作战会议刚结束，鸿运楼的余老板就得到了自卫军不敢作战的消息。他给清河镇的日军发出了一封电文，一共四个字：“高河畅通”。

作为日军安插在高河镇的谍报组长，余老板发完电报后划着了一根火柴，点燃了写着电文的纸张，火光中，他发现这张纸的背面记着黑二混子明天中午要的菜单。

余老板看着正在燃烧的菜单笑了，黑二混子驻防河道和码头，真是天助我也，明天我要给他上点好酒好菜，拖住他，让皇军顺利通过高河镇。

卢见章带着护卫大刘跟着周长河和小高骑马出了高河镇，四人策马扬鞭，一口气跑到双河口才停下来。

“你说出来转转，这一跑就是十里，怎么回事啊？”卢见章勒住马。

“在家里不好说，总指挥下马吧。”周长河说着先下马。

卢见章跟着下马，他看看周围：“你不是带我来看风水宝地吗？”

“这里就是风水宝地啊！”周长河指着前面的河道，“总指挥你看，这是两条河的汇聚点，河两边都是密密的树林，这里是不是伏击鬼子的风水宝地？”

“伏击打鬼子？”

周长河点点头：“我们就在这里打鬼子一下，李有才的大队已经埋伏好，就等总指挥您批准了。”

卢见章这才明白过来：“你这是先斩后奏啊。好嘛，为了这一仗，我都被小女儿骂得耳朵长茧子了。你先说说，你要怎么打？”

双河口首战告捷，胜利的消息在天黑的时候传到了高河镇。

当时卢见章一家人正在饭桌前等着他吃晚饭，既等不回来也找不到人，一家人正着急呢！周长河的警卫员小高进来了，向他们报告了战斗胜利的消息。

“你说什么？周长河没有命令就敢私自开打？”平时看起来温文尔雅的顾顺家此时一脸恼怒。

“不是没有命令，”小高有意卖了一个关子，“是总指挥亲自下令，这一仗可是总指挥亲自指挥的。”

“你说什么？我爸指挥的？”欣喜若狂的是卢小雁，欣喜中她又带着一丝遗憾。刚才她还问爸爸到哪去了，老祁说周长河拉着她爸爸去看风水宝地了。什么风水宝地？原来是去打仗啊！早知道这样就不和他们赌气，也许自己还能和他们一起去呢。

“我爸呢？”卢小雁问。

“总指挥他们押着盐船走水路，逆水走得慢，所以让我先骑马回来报信。我还要去找镇上的商会会长和学校校长，让他们组织人到码头迎接。总指挥说，要让全镇的老百姓都知道我们抗日自卫军打胜仗了。”

小高说完转身要走，卢小雁饭也不吃了：“等等，我和你一起去！”

从小高嘴里，卢小雁得知了双河口战斗的一些细节。日本鬼子的小火轮下午先到了双河口，一到地点，小火轮上的两挺机枪和一门小炮就对着两岸胡乱开火，好在周长河知道这是敌人惯用的火力侦察伎俩，埋伏的二大队事先得到提醒，所以一点没乱。

鬼子乱打了一阵没发现动静，就抛锚在河面上等候。不一会，上游的盐船也下来了，鬼子小火轮再次发动，掉头和盐船对接。可它转了一个弯就不能动了，只见鬼子从船舱里跑出来，趴在船尾用钩子在水下掏着什么。不一会他们从后尾的螺旋桨下面钩出了一团破渔网，掏着掏着，他们就发现掏出来的渔网上有去掉了保险的手榴弹。这下鬼子慌了，可为时已晚，水上水下的手榴弹几乎同时爆炸，小火轮顿时被炸得屁股下沉，脑袋上翘。

"小火轮一爆炸，卢总指挥就打了发令枪，我们隐蔽在两岸的机枪、步枪一阵猛射，船上二三十个鬼子全报销了。副指挥让我回来的时候，他们已经把战场都打扫完，小火轮上的机枪和小炮都是水性好的战士潜到沉底的船上给捞出来的。"

"真是我爸开了第一枪啊！"

卢小雁见小高讲得眉飞色舞，越发后悔错过了时机，但她还是兴高采烈地带着小高去找高河镇的商会会长和学校校长。

"我爸带着自卫军打了大胜仗，打死了三十个鬼子！"小高还没说话，卢小雁先报告战果。

"二小姐，你去哪？"从校长家出来后卢小雁也不回家，小高问她。

"我要带我的学生去码头欢迎我爸。"卢小雁欢跳着跑了。

这是高河镇码头最热闹的一晚。二大队的战士拉着两条缴获的盐船沿河逆水而上，老远就看见高河镇的码头上火把成串，光亮耀眼。盐船还没停靠码头，商会和学校组织的欢迎人群便敲起锣鼓，放起鞭炮。

从抗战开始到现在，高河镇过年也没有这天晚上热闹，卢小雁亲手把两个编织的花环套在从盐船上走下来的爸爸和周长河的脖子上，周长河第一次发现卢小雁的笑脸绽放着流光溢彩。

这二小姐长得真漂亮，不输她姐姐。

周长河忍不住多看了卢小雁几眼，虽然这位二小姐今天骂他是老鳖蛋、胆小鬼，但这个女孩的正义和直爽也改变了周长河对她任性刁蛮的原有看法，周长河不能否认，她身上正有一种青春气息在吸引自己。

皱着眉头的顾顺家和喷着酒气的黑二混子此时也站在码头上，看着这热闹欢喜的场面，他们互相对望一眼，谁都没说话。不用说了，栓娃又赢了。

三 双雕

高河抗日自卫军在双河口袭击鬼子的一艘小火轮，消灭鬼子的一个小队，缴获两船食盐、三挺机枪和一门小炮，外加二十几支三八式步枪，打了一个大胜仗。

清河镇的鬼子震怒了，原以为卢见章和皖东的国民党军一样，属于偏安一隅的自保之徒，谁料他冷不丁真动了手，吃了亏的鬼子哪能善罢甘休，立刻调动兵马。鬼子正要出发进攻高河镇，新四军突然冒了出来，两个小时不到就拿下了清河镇南面的小河村据点，一个中队的皇协军被缴械。清河镇的日军纠结了，这才明白双河口的损失不是自己想象得这么简单，也许是新四军和卢见章联手设了套，就等自己这个清河镇的螳螂去捕高河镇的那只蝉，新四军这只黄雀势必趁清河镇空虚，捡到嘴的便宜。

“清河镇一失，津浦路必断。老子不上这个当！”

日军大队长鸠山不敢轻举妄动，可又不甘让高河自卫军如此嚣张，这样势必引起连锁反应，皖东一带大大小小地方武装都敢到皇军头上来动土了。

打蛇打七寸，擒贼先擒王，卢见章不死不足以解其心头之恨。鸠山大队长随即给高河镇的谍报组发报，要他们接应从清河镇派来的日军狙击手，狙杀卢见章。

高河镇是皖东水陆码头重镇，日军在高河镇的谍报组实力也很强。两年前，余老板就以逃亡商人的身份在高河镇上进行了投资。他明面上在高河镇上开办了最好的酒家鸿运楼，暗地里还悄悄买下了鸿运楼对面的两层门面房，开了一个高河旅馆，由手下一个姓裘的特务担任经理。

按照日本人电令，余老板提前到了码头，找到黑二混子：“我侄儿今天给我送土产山货来了，还有一些饭店自用的餐具。”

一沓票子进了黑二混子口袋，他立刻给岗哨打招呼：“余老板的船来了先靠岸，自家用的餐具和山货，别再验货收税了。”

中午时分，一艘落帆的木船靠岸，一个小老板模样的中年人和一高一矮两个黑瘦伙计被余老板接上码头。码头上的哨兵发现那两个伙计扛着的货包有些特别，分别是两个用稻草捆扎的柱子，圆鼓鼓的，快有人高了。

见哨兵的眼光有异样，余老板解释说瓷器盘子必须这样包装，一解开就砸了。哨兵挥挥手，放行的好处是自己的口袋里又多了一包香烟。

余老板接上岸的三个人中，小老板模样的中年人叫王焦，是联络员兼翻译，而两个黑瘦的伙计都是日军狙击手，高个子叫佐藤，小个子叫黑木。佐藤是军官，少尉军衔；而黑木只是一个军士。

三人顺利地出了码头，又顺利地住进了高河旅馆，黑木和佐藤住进二楼的 205 房间，他们拆开稻草包，里面是两支日式的九七狙击步枪。

自自卫军打胜仗的消息传出之后，各地名人士绅纷纷前来祝贺，新四军送来了庆贺信，顾顺家也收到皖东公署胡专员的信，说要亲自来高河镇表彰卢见章。

高河镇里没有秘密。皖东公署胡专员要来高河镇表彰抗日自卫军的情报传到余老板手里，同时他也知道了全权负责胡专员安全的是新四军派来的副指挥。

在嘀嘀嗒嗒一阵电报沟通之后，余老板明白了日本人的意思，谍报组和日军狙击手的任务发生了变化。

“你是说，不杀卢见章了，要杀胡专员？”王焦问余老板。

余老板点点头：“对。皇军命令，卢见章顺带，那个胡专员一定要消灭。”

“那是为什么？”王焦不明白了。

“这个胡专员是国民党在皖东最大的官，护卫他的是新四军，杀了他，责任都在新四军头上，国民党和共产党就会……”余老板做了一个掐人的动作。

王焦一面用日语向两个狙击手翻译，一面问余老板：“那我们在哪里动手？”

“就在这里。”余老板说着推开 205 房间的窗户，指着对面鸿运楼的窗子说，“看见没有？对面就是我鸿运楼最好的包间，他们把宴请胡专员的宴席就放在那个房间，到时候，你们都不用出去，就在这里，啪。”

左藤听懂了，他连连点头：“哟西！”

明天就要刺杀胡专员了，可高河镇出了一点事，差点让刺杀计划流产。

春香楼的老鸨跑到负责治安的一大队来报案，说有两个妓女失踪了。

邓二贵当时正和周长河商量第二天接待胡专员的布防细节，一听说春香楼来报妓女失踪，邓二贵立马对报告的哨兵发火：“去去！赶紧让她滚蛋！老子忙得放屁都没工夫，哪有工夫帮她找婊子！”

哨兵还没转身，等在外面的老鸨已经迫不及待地冲进房间，鼻涕连着眼泪直往邓二贵怀里撞：“我的邓大队长啊！你可是我们高河镇的保护神哪！我被人骗了你不能不管哪！我的姑娘丢了不找你找谁啊！”

邓二贵一面躲闪一面叫着：“干吗干吗？你那也叫姑娘？你那野鸡肯定是跟着哪个买鸡的跑了。我这正事都忙不过来，赶紧走！没见到我和我长官有事啊！”

老鸨没抓住邓二贵，一眼瞅见了周长河，抹着眼泪就过来了：“哎哟，这不是年轻英俊的副指挥吗？都说新四军来的副指挥是好人哪！邓大队长说我那是野鸡，可我们每个月也给你们自卫军交税不是？副指挥长官，你给我评评理，我春香楼也是高河镇的铺子，我的两个姑娘给人骗了，生不见人死不见尸，他是负责治安的长官，我找他对不对啊？”

“什么时候的事？”周长河感到一股浓香扑鼻而来，他也不自觉地后撤两步。

听见周长河问话，老鸨一屁股就坐在他面前了：“就今晚。开始是两个人到我们春香楼，一句话都不说就瞅着我们姑娘笑，我怎么问他们都不说话，后来进来一个人说这两人是哑巴，把他们拖出去了。再后来，那个后进来的人又回来了，说要两个姑娘到高河旅馆去陪哑巴……”

邓二贵给老鸨绕糊涂了：“你说的啥子？什么两个哑巴一个人的，一会儿来一会儿去的？听不懂，赶紧走！”

周长河警觉起来：“你说哪里？高河旅馆？鸿运楼对面的那个高河旅馆？”

老鸨报告的地点让周长河警惕了，他和邓二贵带人跟着老鸨来到高河旅馆，检查了所有房间，都是空荡荡没有人住，跟在他们身后的裘经理愤愤不平：“谁往我们身上泼屎啊？今天自卫军的顾参谋长说要接待皖东公署的长官，让我们这里腾空房间，白天就没客人了。长官，您看看哪有人啊！”

周长河推开二楼205房间的窗户，只见窗户正对着对面鸿运楼的包房。

“老邓，这个房间明天要派警卫。”周长河说。

“老总，你们要给我做主啊！这春花和秋草两个姑娘不能就这样没了！”跟在他们身后的老鸨说得可怜巴巴。

“你那两只野鸡出去打野食，明个自己就回来了。”邓二贵说。

周长河觉得妓女失踪有些蹊跷，但他没工夫细想，明天胡专员来是大事。

老鸨没说假话，去春香楼的两个人正是日军狙击手佐藤和黑木。两个日本兵来到高河镇三天了，等待机会之余无所事事，白天吃饱喝足一觉呼噜到黄昏，吃完晚饭又一觉呼噜到天亮。这几天他们有一个发现，高河镇的夜景很好看，家家商铺门口灯笼高挂，把一条街照得明晃晃的，街上人来人往，比白天还要热闹。明天完成任务就回去了，这样繁华的地方不出去逛逛，那不就是白来了吗？两人想了个点子，让王焦出去给他们买烟，王焦前脚下楼，他俩后脚就跟着溜出了旅馆大门，两人一出门，顿时消失在人流中。

初夏刚至，高河镇店铺关门都晚，镇上的人们白天要劳作，都不太上街，晚上凉爽了，吃完晚饭的人都想出来走走，丁字路右面的商业街是镇里大姑娘小媳妇最喜欢光顾的地方，趁着没有太阳，到街上店铺休闲买东西。

在这条大街上，如果没有看见背枪走过的自卫军巡逻队，人们几乎感受不到这还是硝烟弥漫的战争年代。出了门的佐藤和黑木开始还是比较谨慎的，他们一面溜街看景，一面防范着背枪的巡逻兵，他们来到了丁字街口，突起的春香楼一下就吸引了他们的眼球。

春香楼晚上非常显形，从一楼门口一直到三楼房檐，三串十八个红灯笼把这栋楼房照得红彤彤、亮堂堂，就像一座红楼。两个日本兵到了这里，立刻就明白了这座楼里面的实际内容，红楼景象致使他们的肾上腺素急剧上升。

中国有句老话，叫饱暖思淫欲，现在这句话放在佐藤和黑木身上更加贴切，这两人在高河镇岂止是饱暖，简直就是狂补，顿顿鸡鸭鱼肉加白酒，吃饱了就睡觉，也没有筋疲力尽的训练，所以两人体内都积聚了巨大能量，眼前的景象让两人的眼睛变成了钩子，直勾勾地盯着这些花枝招展的女人。门口的妓女也都是老手，一见到这两个色色的男人立马主动出击，两人都被女人拉着扯着，自觉自愿地走进春香楼。

佐藤和黑木被拉进前厅，两人对妓女们叽叽喳喳的花言巧语只听不答，笑嘻嘻地在这个妓女脸上摸一下，在那个妓女胸上抓一下，把妓女们惹得高声尖叫。老鸨闻声赶到，见这两个精瘦汉子虽是普通人打扮，可笑脸上的细小眼睛却闪着寒光，见多识广的老鸨一时搞不清他们是什么路数，正要上前盘问，忽然从门外闯进一个中年人，不由分说拉着两人就走。

被吃了豆腐的妓女不愿意了，一个个上前理论，中年人不耐烦地拨开她们："滚滚，谁让你们没眼色，见过哑巴嫖娼吗？"

中年人把两人拖了出去，老鸨拦住了要追出去的妓女："算了，下次你们拉人先搞清楚他会不会说话。别把自己当哑巴卖了。"

本以为是过了的事情，可没过一会儿那个中年人又回来了，说自己的两个哑巴兄弟一定要尝尝鲜，要老鸨派人出台。老鸨开出了每人三块大洋的高价，中年人掏出六块大洋往桌上一放："赶紧的，高河旅馆 205。"

老鸨叫过来两个刚才被吃了豆腐的妓女："春花、秋草，你们俩跟着这位爷去高河旅馆，一完事就回来，一刻也别多待，要是过夜，就让这位爷过来加钱。"

"谁要过夜啊？走！"中年人带着两个妓女出门了。

这个中年人就是王焦。两个日本兵跑了，他吓出一身冷汗，一直找到春香楼，听见门口有人议论，这才把俩人拖回来，好在俩人都没有开口，也没有暴露身份。可回来之后麻烦了，俩人不依不饶，一定要他找来花姑娘。

"今天没有花姑娘，明天不打枪。"佐藤发出威胁，王焦只好再去春香楼。

春花和秋草进了 205 房间，发现是俩人同住一间，立刻提出异议。可到了这里就由不得她们了，佐藤和黑木扑上来一人抱着一个，按在床上就扒衣服。王焦赶紧把门关上，听着里面妓女的叫声，他心里暗暗祈祷，盼这两个日本猪赶紧发泄完事。

事情不仅没完，而且闹大了。被压在黑木身下的是春花，她正强忍着强暴一样的性交。

春花咬着牙，心想和哑巴也没法理论，只当给狗咬了一口吧。

黑木持续时间不长，很快就完成一轮，春花要起身，可黑木不让她起来。

“再做加钱。”春花想把他从自己的身上推下来，没料到黑木揪住她的乳房不放，春花疼了，伸手一把揪住了黑木。

“八格牙路！”受疼的黑木跳起来，反手给了春花一个嘴巴。

“日本鬼子！”春花吓得脸色惨白，可惜晚了，黑木两手迅速扳住春花脑袋，一个旋扭，只听嘎巴一声，春花的脖子断了。

对面床上的秋草听见了春花的惨叫声，使劲推开正在她身上动作的佐藤，没料到佐藤抽起一个枕头死死地捂在她脸上，不顾秋草发疯似的扭动，直到自己发泄完才移开枕头。此时秋草已经断气。

王焦推开门，看着横陈在眼前的两具光溜溜的尸体，他彻底傻眼了。

四 刺 杀

胡专员带人一早从长天县城出发，中午之前到了高河镇，卢见章带着周长河、顾顺家和三个自卫军大队长以及高河镇组织的欢迎队伍在镇口迎接他们。

一见面，胡专员的副官便找到周长河：“胡专员的安全由我们保安旅自己负责。”

看着少校副官身后密密麻麻的一队国民党骑兵，周长河感到气氛不对。

“你的要求我不能执行，这要请示我们总指挥。”周长河拒绝了。

“长河，你把高河街和指挥部的防务交给胡专员带来的许副官吧，”在卢家大院门口，卢见章对周长河说，“他们说要全权负责对胡专员的安全保卫。这样也好，你就和我一起安心接待他们吧。”

“高河镇丁字街的防务可以让给他们，指挥部绝对不行。他们要布岗让他们布，我们在这里的哨位不能撤。”周长河回身向邓二贵布置，“你向保安旅移交高河镇丁字街的防务，原来布置的哨位退到后面两条街上去。”

“他们都站岗了，我们还管他干啥？”邓二贵显得很不高兴。

周长河心里打鼓了，他已经从顾顺家兴奋的神情中看出了端倪，胡专员是来者不善，他后悔没有对李有才的二大队进行布置。

“可能今天会有变故。”周长河向小高小声交代，“告诉李有才，让他迎接完就赶紧回去，带小李庄的二大队回镇口接应。”

卢见章带着自卫军中队长职位以上的人列队站好，胡专员站在卢家大院的台阶上，大声朗读着省府来的嘉奖令：

“安徽省政府令：得悉，皖东公署所属高河自卫军在双河口一战中，歼日军船只三艘，歼敌三十有三，大长我皖东抗日之志气，开皖东民间抗战之先河。为表彰建业之功，省府给予高河自卫军总指挥卢见章特别嘉奖一次，奖卢见章及其所属自卫军大洋五百块。此令，安徽省主席，李仙洲。”

胡专员读罢，在场的众人一起鼓掌，卢见章兴奋地从胡专员手里接过嘉奖令：“见章不才，受之有愧啊。区区一小仗，还劳胡专员上报，真是无以为报。”

胡专员连连摆手：“哪里哪里，卢总指挥是我皖东抗战的一面旗帜，我胡某公平正义，只要是抗战功劳，胡某会立马上报省府及重庆国府。此次双河口一战，在皖东公署开了民间抗战先河，胡某也跟着沾光啊。卢总指挥是不是应该马上召开军事会议？我还有更重要的事情要宣布。”

卢见章看看天已正午，连忙说：“胡专员鞍马劳顿，见章和高河镇的各位士绅已在鸿运楼摆好接风宴，反正胡专员今天不走，我们下午再细谈。”

“那好。那就客随主便。”

胡专员此次嘉奖是假，防止自卫军靠向新四军是真，他要把高河抗日自卫军整编为保安第二旅。只不过他们上午骑马跑了几十里路，胡专员感到自己肚子已经咕噜，见许副官已经点头示意安排已妥，他随即答应了。

周长河走上鸿运楼的楼梯时，感到哪里有些不对劲。在刚才列队欢迎时，卢见章专门向胡专员介绍了周长河，也许是看他身上的新四军军服很刺眼，胡专员眯上了眼睛，鼻子只是哼了一下。卢见章让他参加陪客，自己到底是敬酒还是不敬呢？敬酒时说什么呢？

周长河纠结着走上楼梯，走到一半时，听到楼下有喧哗声，伸头一看，只见两个伙计抬着一个条桌，一个中年人提着食盒子，正向站在门口的许副官解释："老总，这是对面旅馆客人订的饭菜，这酒楼戒严不让进了，我们就给抬过去，让他们在房间里吃。"

许副官掀开盖子，看看里面的菜肴："行，去吧。"

听了楼下的对话，周长河感到有问题，可他一时没想清楚问题在哪里，正好学校校长也上来了，看见周长河立在楼梯上不动，笑道："副指挥还不入席？"

"啊啊，就去。"周长河心不在焉地说着。

"副指挥，今天这场面有点过吧？接待区区一个专员，这么兴师动众，连街面上都没有人了。"校长说。

"没有人？"

校长的一句话让周长河明白自己纠结在什么地方了。昨晚他到对面旅馆检查，那里的老板说旅馆已经清空没有人住，没有人住怎么会有客人订酒菜？周长河呼啦一下抽出腰间的二十响驳壳枪，打开大小机头："小高，跟我来！"

周长河的突然动作把校长吓了一跳，他感到腿有些软，跟在周长河身后的小高一下把他推到墙边，掏出驳壳枪，三步并作两步跟着上了二楼。周长河的判断没错，从鸿运楼抬桌子出去的就是佐藤和黑木，提着食盒子的那人就是王焦。

昨晚两个日本兵杀了妓女，王焦只能报告给余老板，余老板立刻做了危机处理，他一面把三人转移到鸿运楼的库房，一面让裘经理带着伙计处理后事。不出所料，春香楼的伙计找来了，后来春香楼的老鸨又找来自卫军的周长河和邓二贵。

当时余老板和王焦手心都捏着一把汗，而两个惹事的日本兵却没事人一样在鸿运楼的库房里打起了呼噜，恨得余老板真想拿刀把这两人当场给骗了。

但他后来又感到了万幸，一大早自卫军的哨兵就占据了高河旅馆的205房间，如果俩人还在里面居住，一定会露馅。

周长河刚才在楼梯上纠结时，出门的三人已经穿过街道进入旅馆，裘经理的伙计此时也已经用匕首干掉了205房间里换防的保安旅岗哨。佐藤和黑木进了旅馆就翻倒条桌，解开绑在桌下的狙击步枪，他们直奔二楼。

周长河举枪闯进鸿运楼二楼包厢的时候，里面的主宾已经入座，卢见章刚要招呼他，周长河一个箭步上前，用肩膀撞开了卢见章，枪口直指对面的窗口。

“都趴下！”周长河喊叫的同时，对面旅馆的窗户忽然打开，两支步枪同时伸出。两边同时响枪，对面有两颗子弹飞来，这边是一梭子子弹飞去。

黑木发射的子弹穿过周长河的左前胸。由于周长河忽然冲撞了卢见章，卢见章又碰了胡专员，所以胡专员的位子发生偏移，佐藤枪里发射出的子弹只击中了胡专员的肩膀。

周长河驳壳枪打出去的第一发子弹正中黑木的脑门，剩下的连发让佐藤的肩膀和耳朵也各中一弹。小高左手扶住站立不稳的周长河，右手手枪的一梭子子弹也飞进对面窗户里。

邓二贵正带着士兵在高河旅馆后门的街道执勤，听见枪声，他的士兵纷纷取下步枪，正好看见从高河旅馆后门冲出几个拿枪的人，邓二贵他们眼疾手快，一顿乱枪，冲出来的人丢下两具尸体，又缩了回去。

“后门出不去了，都向前门冲！”被邓二贵堵回来的裘经理让剩下的伙计在后门狙击，自己对从楼上下来的王焦和满脸是血的佐藤叫着。凶悍的佐藤虽然身中两弹，可还是冲到前门连连击发，三发子弹打倒了三个从街边冲过来的保安旅士兵。

日式的九七狙击步枪弹夹只有五发子弹，佐藤扔掉打空的步枪，又掏出一颗手榴弹扔在街上，趁着爆炸的烟雾冲上了街道。他捡起被打死的保安旅士兵的枪，把从鸿运楼里冲出来的卫兵连连打倒。趁着前门无人阻挡，裘经理和王焦也跟着佐藤冲了出来。

鸿运楼包厢里此时乱作一团，中弹的周长河已经昏厥过去，小高抱着他的身子急切地叫着：“副指挥！副指挥！”

被突如其来的变故搞晕的卢见章已经清醒，他见周长河有生命危险，立刻让小高背上周长河往医院送。

卢见章出门的时候，看见顾顺家正躲在桌子下面发抖，裤裆还湿了一块，他弯腰抽出顾顺家腰里的手枪，狠狠骂了一句：“没用的东西！”

背着周长河的小高出不去大门，佐藤的步枪压住了大门，许副官和没冲出去的警卫也护着受伤的胡专员躲在门边。

“总指挥，出不去！”小高看着跟下楼的卢见章。

“大刘！”卢见章一声喝叫，他的护卫大刘一个前滚翻出了大门，接连几声枪响之后，外面没了声音，小高背着周长河冲出了大门，许副官和卫兵也趁机溜了出去。

卢见章提着顾顺家的手枪跟了出来，他被眼前的景象惊呆了。

“小雁！”

佐藤和王焦都被大刘击毙，而裘经理用一把手枪顶住了卢小雁的脑袋。

卢小雁负责欢迎的学生队伍，散场之后她没走，进一个店铺买东西，从高河旅馆冲出来的人进了店铺，裘经理认出卢小雁，认为有了活命的筹码。

“卢总指挥，我要和你谈判！你的……”

裘经理话没有说完，卢见章耳边一声枪响，卢小雁应声倒下。

惊呆的卢见章回头一看，是胡专员带来的许副官开枪打倒了卢小雁，许副官趁着卢小雁倒下，手里的手枪连连发射，子弹打在裘经理身上。

“妈的，想用女人做人质！瞎了你的狗眼！”许副官边开枪边骂，冷不防身后的大刘来了一个扫堂腿，把许副官扫倒后，大刘的手枪直接顶住了他的脑门：“总指挥，杀了他！”

卢见章没管他们，他不顾一切冲上去，抱住了倒地的女儿撕心裂肺地大叫：“小雁！我的小雁哪！”

卢小雁没有回答，她的头软软地搭在他的怀里。

“我的小雁！小雁！”卢见章迅速看了一下女儿的身子，只见女儿细白布上衣的正胸口处有一个小洞，还冒着细细的青烟，可是不见鲜血流出，卢见章不顾身边有人，一把撕开女儿上衣的前襟，伸手进去……忽然，他带着眼泪仰天大叫：“天意！这是天意啊！”卢见章摸出一个圆圆的物件，是一枚银圆。红线穿着的弹洞上面，又嵌上了一颗黄澄澄的子弹头。

小雁一声咳嗽，嘴角流出鲜血来，她微微地睁眼：“爸，我好疼。”

第十七章 奇缘异分

一 银圆

周长河小名起得好：栓娃。他命硬，老天爷又一次拴住了他。

他醒来时麻药效果已过，胸口火辣辣的，疼痛难忍，可他忍住了，他不能叫，他要面子，这里不是鲇鱼洞。周长河其实不是个能忍痛的人，他在疼痛之中又昏睡过去。

昏睡和昏迷不同，昏迷如同死人，而昏睡尚能做梦。昏睡的周长河始终在做梦，他反复做同一个梦，梦中的场景是那个鲇鱼洞，身旁坐着的人是他的山杏姐，他梦见山杏大着肚子偎在他身旁，正用盐水给他洗伤口，她洗的不是地方，明明自己是胸口疼，但山杏老是洗他的腿。

"姐，搞错了，我胸口中枪了。"

"不是的，胸口的子弹打在洋钱上了。"山杏还是看他的腿。

他不争辩了。他饿了，想吃饭，但山杏不给他吃饭只给他喝水，急得他大叫："姐，我要吃饭，吃南瓜饭！"

"他姐在哪？"听见周长河在昏睡中喊叫，卢见章问看护的小高。

“不知道。”小高摇头，从来没听周长河说他有个姐姐。

“他能吃南瓜饭吗？”卢见章又问院长，“他做梦，说要吃南瓜饭。”

“行！他今天放屁了，醒了以后可以喂一点稀饭。”院长点点头。

周长河醒了，吃的第一口饭就是南瓜稀饭，软软的，有点甜。

“这是你要的，昏睡中你就叫着要吃南瓜饭，总指挥特意让人熬的。”小高边给他喂饭边说，“副指挥，你姐是谁啊？你老是喊姐，我没听说你有姐啊。”

小高的一句话让周长河吃不下去了，这句话触到了他心底那根隐藏了很久的神经，三年的战火把那根神经给烧麻木了，而今天的伤痛把它又给激活了。这根神经连接着一个藏在他心底的秘密，连他最信任的黄师长也没告诉。自打经历了十里铺那场变故，周长河被事实所教育，一夜之间变成熟了。

原来男女之间的事情也不是他想象得那么简单，他真心诚意地向组织汇报了自己的磨难和爱情，换来的结果是要被枪毙。如果不是战友相救，自己这颗葫芦瓢真不知道在哪块坟堆里埋着呢。

现在知道这件事的人都不在了，他们都被埋在一个山洞里，包括两个特派员和原来岳山便衣队的那些战友。尸首都是周长河亲手埋的，里面还多了一个人，那人是齐大哥。只有一个人不在，杨山杏失踪了。正因为山杏姐失踪了，所以这件事他不能说，一个字都不能说。

喝了几口南瓜稀饭，周长河再次闭上眼睛，他可以有大把的时间来回忆了，现在只要他闭上眼睛，就不会有人来打扰他。三年前的那一幅幅画面又在自己的脑海里显现了。

在黑虎岭上枪杀了顾顺国之后，他找不着杨山杏和齐大哥了。

栓娃从黑虎岭返回鲇鱼洞，在洞里没有找到他们，心想他们一定是按照自己的吩咐上山躲藏去了。他又出去找，从一个山头寻到另一个山头，白天寻找，晚上回到鲇鱼洞里等待，连着找两天等两夜，栓娃也没见到他们人影。栓娃慌了，他不顾危险又回到黑虎岭后山，在一片树林里，他发现有野狼。栓娃开枪打死一条野狼，把其他野狼给吓跑了。最不愿意看见的情景出现在他的眼前。

在一片草窝里，他发现了被野狼撕咬过的齐大哥，齐大哥的尸体已经开始腐烂，发出阵阵臭味。栓娃疯了一样找遍了整个林子，没有发现杨山杏的一点踪迹，他只在一棵树下找到了一个包袱，里面包的是陈二贵给他的那套新军装，军装上面放着自己那块嵌了子弹的银圆。

栓娃抱着包袱大哭一场，哭得昏天黑地。前营子村早就没了保安团的踪影，栓娃把齐大哥和陈二贵等人的遗体都拖进一个山洞，怕再被野狼祸害，他搬了许多石头，严严实实封住了洞口。

十天之后，栓娃到集结地归队。在那里，他得到了国民党方面发布的顾顺国视察防务坠马而亡的消息，而对黑虎岭上发生的真实情况，国共双方都缄口不提。

顾顺国的死可以烂在心里，但是我的山杏姐呢？她身上可是两条命啊！是落入保安团手里了，还是被野狼吃了呢？只要想起这些，周长河心里的疼痛就盖过了伤口的疼痛。

“副指挥，副指挥，二小姐来看你了。”

昏睡的周长河被小高摇醒，他慢慢睁开眼，杨山杏的面容在他眼前由清晰转向模糊，而卢小雁的面容却越来越清晰。

卢小雁先被日本特务劫持，又被保安旅击伤，最后被一枚袁大头所救，高河镇的百姓谁听了都觉得不可思议。卢小雁是镇上名人，无人不知无人不晓，高河镇里的居民谁要是不知道卢家二小姐的大名，那不是瞎子就是聋子，要么就是傻子。

卢小雁有名，首先得益于她爸爸卢见章的名气，其次得益于自己的相貌。卢家两女是镇里民众公认的美女。见过她们的人都说大雁长得比小雁漂亮，也都说小雁长得比大雁可爱。

姐妹俩回来之后，都在镇上的学校教书。卢大雁教语文、算术，加上她已婚，所以是一个文质彬彬的淑女形象；卢小雁教唱歌、跳舞，显得调皮活泼，再加上小雁经常带着学生上街表演抗日活报剧，高河街上的人见到大雁的机会少而见到小雁的机会多，人们对这个身穿城市学生装并有着灿烂笑容和爽朗笑声的姑娘都很熟悉，而这种熟悉中都还夹带着羡慕和好感。

小雁被鬼子奸细抓了当人质，保安旅的人不去解救反而朝她开枪，这件事情激起了高河镇民众的愤慨，而一枚神奇的银圆竟然成为卢小雁的护身符，这传奇故事又激发了人们的八卦心理。

卢小雁正是手握那块救命的银圆来看周长河的。这枚银圆正是周长河的那一枚救命钱。这是很普通的一块银圆，就是市面上流通的那种，正面有袁世凯的头像和“民国三年造”的字样，反面就是“壹圆”的字样，这就是民间俗称的袁大头。

这钱成色还新，拿来的时候袁世凯的光头上就嵌着一个黄铜弹头，管家老祁找银匠把弹头抠下来，把现成的枪眼磨平锉光后拴上一根红带子。

现在这块银圆上的袁世凯下巴底下又嵌了一颗小小的铜弹头。

“这颗子弹不能抠掉了，这是我的纪念。”卢小雁默默地想着。

这枚银圆原本属于周长河，阴差阳错到了卢小雁手上。那一天邓二贵拉着周长河去高河浴池洗澡，邓二贵说是包场其实根本没有付钱，周长河知道之后写了一张欠条，让小高拿着这块不能用的大洋先做抵押。高河浴池的王老板不敢收，他拿着这钱在卢家大院门口等周长河，结果被卢小雁碰上了，一听这事，她一把抢过这枚带着子弹头的银圆。

“我带你找我爸去。”卢小雁说。

银圆和欠条交到卢见章手里，卢见章一阵大笑：“哈哈，好好，新四军就是不一样，我没有看错人。小雁，拿两块银圆给王老板。”

王老板赶紧摇手：“哎哟，没有这么多，是我柜台的伙计多嘴了，他说包场一天两块，可是人家在里面待不到一个钟头，没有喝茶也没有吃饭。我说不要这么多，可送钱的卫兵不听我说啊，说他们副指挥也没钱，先用这一块不能用的押着。他放下钱就走。你说说，我也不能这么做人吧，买卖不实在不是？”

卢小雁从自己的兜里掏钱：“那多少啊？”

“一块，一块就够了。”

卢小雁从兜里掏出一块钱给王老板，把周长河的那一块银圆从桌上拿回来。

“爸，一块换一块。这一块我要了。”

卢见章说：“你别拿这钱，这是人家副指挥的。”

“你再给周长河一块钱，这一块钱不能用，给人也是白给。”卢小雁说。

管家老祁给周长河发军饷的时候多给了一块钱，周长河得知自己的纪念品到了卢小雁手上，曾经让小高拿着银圆去讨要一次，卢小雁没给，他也没再要。

卢家二小姐被一枚神奇的银圆所救的奇异故事是卢见章在唏嘘感叹中说给商会会长听的，商会会长是个大嘴，经过他的传扬，高河镇家喻户晓。

高河浴场的王老板忽然想起来这枚带着弹头银圆的来历，于是八卦中多了副指挥曾用这救命之物抵账还钱的内容。

镇上的一个银匠也发现了自己的功劳，这枚银圆也经过了他的手，是他抠出银圆上的子弹头，打磨了上面的弹孔，穿进一根红带子。所以他们也都当仁不让添油加醋地加进了自己的故事，俩人也都以二小姐的救命有缘人自居。

是人都爱听故事，镇上有头有脸的人在医院慰问卢见章的时候，都提出要看一眼那块神奇的银圆，而镇上多事的婶娘媳妇们更能发挥自己的多嘴本事，她们议论最多的自然是那个副指挥和二小姐的关系。

“你说，这个副指挥是不是二郎神下凡啊，用身边宝物救了二小姐，他自己没了宝物，所以在救卢老爷的时候受伤了。”

“可不是嘛！那宝物可能就是俩人的定情物啊！”

就这样，高河镇的婶娘媳妇们一致认为副指挥周长河和二小姐卢小雁就是天赐的良缘，不然事情不会那么巧。太巧了，那就是天意。

二　心　事

卢小雁清醒之后拿回了银圆，她不想再给别人看给别人摸了。

当时她躺在病床上，把这块银圆一直捂在自己的手心里。

真的很恐怖，被子弹击中的一瞬间，好像自己的灵魂一下从身体里飞了出去，她脑子里当时冒出来两个字：完了。原来死亡来临是这样的感觉，不疼，不难受，不可怕，什么都不知道，什么都来不及说。疼痛是活回来之后的感觉，害怕也是活回来之后的感觉。但小雁不愿死，她想活，她庆幸自己又活了回来。

病房没人了，小雁悄悄解开自己衣服的前襟，她看见自己隆起的双乳中间有一块青紫的印记，好像有一点凹了下去。如果没有这块银圆挡住，这颗子弹就会从这里钻进自己的胸腔，那现在自己一定不会躺在这张床上，那会躺在什么地方呢？不想了，不敢再想了。她特别庆幸自己当时的决定，其实她拿这块银圆就是为了好玩，为了标新立异，为了和其他的女孩子不一样，谁会把一块银圆吊在脖子上呢？沉甸甸的，一点也不美。

“胸口挂着个大光头，像什么啊？”姐姐卢大雁当时就这么说她。

她醒来之后，爸爸就只来看过她一次，当时只说了一句：“周长河受伤了。”

后来爸爸一直没来，老祁给她送饭的时候，说了周长河受伤时的情景和现在的伤势，她才知道爸爸为啥老是不来看她，原来是他救了爸爸，而且伤势严重的周长河现在还在危险中。

卢小雁忍不住打了一个寒噤，子弹冲击身体的记忆又浮了上来。自己只被冲击了一下，而他的身体被子弹穿透，穿透又是什么感觉呢？要是没有周长河，那这颗子弹就会穿透爸爸的身体，那是真正的日本鬼子的子弹。要是没有爸爸了呢？卢小雁不敢想下去。

周长河！周长河？老实说，周长河并不是卢小雁喜欢的类型。可奇怪了，这个土人最近怎么老会在她的心里扑腾呢？

卢小雁比姐姐小七岁，卢见章的太太当年生了大女儿之后，被查出有心脏病，汉口的洋医生叮嘱说以后最好不要再生育。可卢太太一心想生个男孩给卢家接上香火继承家业，在忍耐了七年之后，最终又生下小雁。

又一个孩子的出世使卢太太病情加重，不久就离开了人世。也许因为有对妻子的寄托，卢见章不仅对小女儿偏心，而且真是喜爱有加。在汉口的时候，卢见章让大雁住校读书，但就是没让小雁离开过他的身边，卢见章爱听戏，也常常带她去戏园子转悠，所以小雁变得不爱读书喜爱戏台。小雁发现戏台上的男人比现实里的男人帅气，她心中有过朦胧的男人形象，那就是戏台上的武生罗成、武将赵云，白马银枪，驰骋天下。

小雁一天天长大了，她很羡慕姐姐的自由恋爱，但那个姐夫她看不上。虽然顾顺家长得一表人才，也能夸夸其谈，还是一副城里学生打扮，可在她眼里并不是很顺眼，小雁总感觉他从骨子里都散发出一种土包子的气息。

“这种男人心眼小。”她对姐夫的评价只说过一次，姐姐当时就不高兴了。

姐姐是女校毕业的，真是没见过男人，联谊了一次就认识了一个男人，结果就被顾顺家哄得五迷三道，赌咒发誓非他不嫁。爸爸倒很开明，只要女儿喜欢的男人不是吃喝嫖赌的主，他都不反对。

姐姐结婚的时候一切开支都是卢见章负责，场面也不小，在姐姐的婚礼上，卢小雁还见过那个到高河镇来的胡专员。

抗战了，卢见章先带着小雁回到高河，面对严峻的形势和一天天长大的女儿，卢见章的心思有过变化，汉口要是回不去，他就准备在家乡给她找一个上门女婿，来顶卢家的门户。

他的意见遭到卢小雁的跳脚反对：“爸，你不要偏心我姐，我一定要像姐姐一样自由恋爱。我不会走你们封建婚姻老路。”

卢小雁说到做到，她对上门说媒的一律冷眼相看，就连爸爸最好的朋友商会会长都被她呛得没有话说，从此没人敢在她面前提“相亲”俩字。

对于周长河的到来，她有一种既新奇又复杂的心理，既然连顾顺家这种土财主出身的她都看不上，那周长河就更是一个从土堆里爬出来的土包子。她对周长河的新奇首先来自他军装上的那三个字：新四军。

卢小雁是脱离封建束缚的一代人，也是接受新思想的一代人，这一代人从骨子里对传统有一种本能的反叛，这种反叛也包括他们对当局最反对的东西有一种本能的好奇。

在汉口的时候，小雁就听过共产党新四军的抗日宣传。难怪国民党要反共防共，因为共产党的宣传非常厉害，新四军的一番街头抗日演讲，就让不少城市里像小雁一样的青年学生热血沸腾、跃跃欲试。

虽然卢小雁当年去参加新四军的愿望被姐姐相拦，但自从新四军进军皖东，她不由自主地关心来自新四军的各种消息，爸爸和新四军合作让姐夫和姐姐沮丧，倒是让她很高兴。

新四军派来了周长河，小雁挺满意的，首先这是一个年轻人，不像父亲的几个部下，个个老气横秋。更好玩的是，他竟然还是姐夫的死敌，这个发现让小雁更加兴奋，她竟然有了一种身在传奇故事中的感觉。

可她看不惯周长河的习惯，暗中称他为土人。这个土人吃饭的样子特土，原来爸爸让周长河在卢家搭伙，可小雁的直言不讳把周长河弄得不敢上桌，结局是爸爸给他们两个单独开伙。

小雁觉得现在吃饭特没意思，没有西洋景看，反而不好玩了。周长河做了两件事让她惊奇，一是他的枪法，看了他的枪法，她就为姐夫担心，姐夫趁早不要与他为敌，不然一定死得透透的；还有就是这个周长河有计谋，本来双河口一战就是他组织的，最后他把功劳都算在爸爸头上。

这个土人怎么会有这样的本事？这个问题小雁一直没有想通，当她听到周长河挺身为爸爸挡子弹的时候，这个土人让她有了一种震撼心灵的感觉。

卢小雁看过周长河两回，她去的时候他正在昏睡，医生说他刚脱离危险。这次小雁没有马上走，她在周长河的床边坐了一小会儿，她还是第一次这么近、这么长时间地盯着一个男人看。虽然这个土人还没睁开眼睛，但小雁发现他不动弹的时候还是挺耐看的。土人的鼻梁挺高，嘴唇有棱有角，眉毛不浓不淡，闭上的眼睛不大不小。缺点也有，皮肤有点黑。

小雁心里一动：要是把这个土人扮上，描眉上色、穿袍戴甲，那不就是舞台上的罗成吗？卢小雁噘着嘴呆呆地想着。

土人终于醒了，两只眼睛迷迷糊糊地看着她。“你还要它吗？”她在周长河面前打开了两只白皙的小手，里面捂着的正是那枚带着子弹的银圆。

周长河的嘴角竟然有了一丝笑容：“真没想到，你拿走了它，还真拿对了。”周长河也觉得不可思议，他庆幸自己当时没有要回这个纪念品。

“你留着吧。也是一个纪念。”周长河说。

“真的啊？那就真的归我了。”卢小雁高兴得嘴角一扬，周长河的心呼地动了一下，但他又马上把它给压了下去。自己梦中的那个影像还没有完全消失。

三　学　棋

周长河出院了。他当兵打仗十来年，这次枪伤是最致命的一次，可也是伤口愈合最快的一次。他伤口好得快，全凭了卢见章用重金托人从上海、南京购来最好的药，除了第一周伤口有些反复之外，后来就眼看着伤口一天天愈合起来。

俗话说，伤筋动骨一百天。周长河可不止伤筋动骨，他还开胸做了手术，虽然好得快，可也元气大伤。周长河回到指挥部的西小院后，卢见章什么也不让他做，也不让他过多动弹，最多让小高扶着他在院子里面晒晒太阳走动走动，什么营养吃什么，每天三顿饱两个倒，周长河活了二十几年，哪过过这样舒心的日子？转眼就长了好几斤肉，黑脸皮都捂白了。

卢见章怕他着急，就教他下围棋，周长河生性聪明一点就会，三天就摸上了路子，没过一个星期，卢见章就开始夸他了："哈哈，到底是战场上磨出来的，学得就是快，还不按路数出招。"

卢见章的夸奖让小雁忌妒了，自己和爸爸下了好几年棋，除了刚学会的时候能得到几句夸奖，现在没有夸不说，还老埋怨自己悔棋。而且爸爸这一段时间也不找自己下棋，原来是和周长河干上了。

小雁心里一动：他才学几天啊？我要和他斗一斗，看看他到底是个什么斤两。卢小雁和周长河下了一次，下完之后她心里有底了，自己可以让他四个子。她开心极了，不是为赢棋，而是以后有人玩了。

这天下午小雁没课，估计周长河午觉也睡醒了，她悄悄来到西小院，院子里面静悄悄的，只听见枝头上的小鸟时不时叫唤两声。小雁轻手轻脚走上台阶，刚想敲门，忽听里面砰的一声，像是从人肚子里泄出来的浊气，小雁忍不住捂上了鼻子。果然，房间里面传来小高的埋怨声："副指挥，你又放屁了！"

"我放屁怎么啦？中午萝卜烧肉，肉都让你小子抢吃了，给我的都是萝卜。"这是周长河的声音，卢小雁屏住呼吸，想听听他还说什么。

“吃萝卜能不放屁吗？老子云，屁是人身之气，哪有不放之理？放屁人通肠顺气，闻屁人长命百岁，吃屁人得道升天……”

卢小雁差点笑出声，心想这人怎么没脸没皮的，读过书吗？还老子云呢！

“老实说，这屁都是憋出来的，天天没事，肚里有气没地方出啊，气一多，我就要找地方出啊。你看我们住的这个院子，不是老爷就是小姐，吃饭不敢大声，说话不敢大声，放屁也不敢大声。唉！”周长河一声长叹，“还不如在我们队伍里，都是粗汉，一个屋里磨牙放屁说梦话，谁笑谁啊？这里真是憋得慌。”

砰的一声，又是一响。

“说着就来，你也太快了吧。”

小高话音未落，偷听的卢小雁忍不住扑哧笑出声来，她赶紧捂住嘴。

“谁？”屋里两人到底是当兵的，外面的一点动静都能听出来，两个人一起问。

卢小雁机灵，先蹦下台阶，后退几步，只见小高推开窗子，伸头往外看。

“二小姐啊，快进来，副指挥在屋里。”小高叫她。

卢小雁摇摇头："我才不去闻你那萝卜臭气呢，你自己长命百岁得道升天去吧。”

“你让周长河出来，我找他下棋，让他四个子，”卢小雁指着面前的青石圆桌说，“就在这里摆。”

周长河从房间里出来了，他穿一身崭新的新四军军装，这是卢见章按他的身材找裁缝量着给他做的，比部队发的二尺半军装合身多了，换上新装人也显得精神。

“哈哈，二小姐又找我下棋，今天我要报仇。”周长河很乐意和卢小雁对弈。

周长河执黑，卢小雁执白，两人捉对厮杀。棋局展开没多久，卢小雁本来舒畅的心情开始紧张起来，自己说大话小瞧周长河了，这盘棋有些悬。她心想，不对啊？他昨天输这么多，是不是有意试探我啊？卢见章夸得没错，周长河看起来是新手上路胡乱点子，其实他的棋路有些诡异，棋局一长，那些乱子就成了卢小雁躲不过去的一个个劫点。卢小雁双眉紧皱，不再大大咧咧了，她知道在爸爸面前悔棋没啥，可要在周长河这个土人面前悔棋就太丢面子了。

卢小雁认真专注，倒给了周长河一个细细打量她的机会。虽说周长河这一段时间和这位二小姐接触蛮多，但就像他说的那样，卢家大院给他一种无形的压抑感，让他始终不敢面对这个爽朗直率的姑娘。说句实话，他的那枚银圆如果给别人拿走了，他一定会去要回来，但卢小雁说了一句不给，他就没敢再要。两人说过那么多次话，见了那么多次面，卢小雁的模样始终在他脑海里形成不了一个完整的图像，总是模模糊糊的。

小高到厨房打开水走了，静静的小院里就剩下他们俩，卢小雁的注意力都在胶着的棋盘上，动态变成了静态，周长河的眼神不由自主地集中到她身上。

今天这位二小姐没穿学生装，她穿了一件蛋清色的旗袍，显得素雅精致，这旗袍剪裁得也很时髦，高领蜂腰衬出她身材窈窕，袖子还短出一截，露出她的半截小臂，展示出她的白嫩肌肤。周长河当年见过卢大雁，认为卢大雁是他见过的皮肤最白的姑娘。而眼前的这位二小姐皮肤虽然不像她姐姐那样白得亮眼，但这是一种透着红润的白，而且细嫩光滑，看不见一点细微汗毛的痕迹。

卢小雁的一只手托在自己的腮帮子上，她正在苦思冥想，这让周长河更有时间来细细打量她的面容。小雁是真正的小鼻子小嘴加小瓜子脸，这种瓜子不是南瓜子，也不是西瓜子，而是稍稍宽一点的葵花子。小鼻子虽小却直，小嘴虽小但翘，嘴角两边有两个浅浅的酒窝，并不是笑起来才有，而是随着脸部表情的变化随时出现，唇的红更显出脸的粉，她的两眼也不算大，但安在她的小脸上似乎正好，细眉长睫的，像古代的仕女画，而最亮的点缀就是她那两颗黑眼珠子，水灵灵的，似乎让画活了起来。

一阵清风拂过，小雁身上有一种淡淡的清香扑进周长河的鼻子，他顿时心猿意马起来，此时小雁纤细的手指终于把一枚白子点到了自己要点的地方。

“好了，该你了。”小雁长出一口气，抬头看着周长河。只见周长河目光游散，鼻子上渗出细细的汗珠，小雁心里忽然一阵跳动，红晕也漫上脸来。

“走啊，愣什么啊？”小雁的声音忽然大了。

“哦哦。”周长河随手补了一子，这一子让小雁心跳加快，她迫不及待地再放一子，周长河的一大片黑子顿时被围了个水泄不通。周长河一败涂地，棋盘上一片白茫茫，连打水回来的小高都惊呼：“哎呀二小姐，你比总指挥还厉害啊！”

小雁再一次得胜收兵：“哪像您说的那样。我都让他四个子，还杀得他丢盔卸甲。”卢小雁经过今天一战，有机会在她爸爸面前显摆了。

卢见章不相信：“他看你是姑娘，让你的吧？”

“切！”卢小雁虽说大胜一局，但此后大话不敢继续，以后再和周长河下棋，她也不敢大意，先期顶多让他俩子，后来一子不让她也难占上风。

两人的棋局摆多了，卢家大院里的各种传言也就多了，这种传言也传到顾顺家的耳朵里，他觉得不可思议，这俩人可不是一个档次啊，一个天仙一个癞蛤蟆，那小雁看自己都土，怎么能看上周长河那个土包子？

自打胡专员被刺，自己又一次失禁尿裤子之后，老丈人看自己的眼光不是不屑一顾，简直是目中无人，就是自己站在他身边，也像没看见一样。

好在妻子不断解释说他从小就有晕血症，老丈人的态度这才慢慢有了转变。时间是治病的良药，老丈人的态度不断好转，顾顺家在家里的地位慢慢又上来了。

胡专员也不断带信说好话，在下了多次保证之后，卢见章终于让顾顺家放走了因打伤卢小雁而被大刘扣下的许副官。

昨天顾顺家收到胡专员派人送来的一封信，信里说时机已到。吃完晚饭之后，他去书房，把胡专员的信给老丈人看了，卢见章看后没说话，把信扔在桌子上。

“爸，胡专员是一片好意，”顾顺家说，“军队的编制一直紧张，可胡专员还是上告省府给我们批了保安二旅的编制，您是少将旅长。就以我们高河自卫军为基础，您可以扩招三千人，军饷由皖东公署解决。如果您愿意进城，就把旅部设在长天县城；如果不愿意，旅部就驻防高河镇。这多好啊，省得您再卖房子卖地，把辛苦得来的家产都抖搂光了。”

顾顺家一口气把改编的好处都说了，可卢见章还是摇头：“顺家，胡专员的好意我心领了，你回信给他好好谢谢他，就说我卢见章是闲散之人，不想再受任何约束，组织队伍抗日完全就是保卫乡里，没有想过被政府招安，这层意思你也代我转达。”

“爸，您也要看看形势，胡专员信上说国民政府已经下令新划防区，属于共产党的八路军和新四军要全部拉到黄河以北。您背靠新四军是不可能了，所以我们要组建保安第二旅以扩大兵源、填补空缺，这样才能防住日本人。”

“国民党、新四军我都不靠，我说过了，招安的事我决不干，我手下愿意高就的我也决不阻拦，我自己就算了，你就这样回。”

顾顺家碰壁之后窝了一肚子火，他出了卢见章的书房，竟然鬼使神差走到了西小院，听见从周长河的房间里面传出来卢小雁爽朗清脆的笑声，这让他更加火冒三丈：周长河啊周长河，你真是个阴魂不散的搅屎棍子，是我顾顺家的克星！好好的自卫军让你搅得一塌糊涂，连自己的老丈人都明显把屁股坐偏了。你还想怎样？还想在卢家大院得一位置？我一定要阻止，卢家大院绝不能姓共，我顾顺家要是和你周长河成了连襟，那就成了天大的笑话！

第十八章 斗争升级

一 时 机

顾顺家终于等到了机会，皖南发生大事。

1941 年 1 月初，驻扎在皖南的新四军军部及其直属部队九千多人由云岭出发北移，在皖南泾县茂林地区遭到国民党军八万多人伏击，打了七天七夜之后新四军弹尽粮绝，大部分牺牲或被俘，只有两千多人突围出去。

这就是震惊国内外的“皖南事变”。就在皖南事变发生的同时，蒋介石宣布取消新编第四军的番号。

战乱时期邮信不通，更没有电话，电台属于军队高层的专有物品，所以皖南事变的消息传到高河镇时，已经到了 1 月中旬。

顾顺家和周长河一前一后向卢见章请假，他们要分别回皖东公署和新四军东进支队打探准确消息。

两人刚走，驻守小李庄的李有才就来到指挥部报告敌情：“总指挥，清河镇的鬼子开始动了，巡逻队和小火轮都往双河口方向推进。”

“闹！闹！最后便宜了日本鬼子。”眼睛里布满血丝的卢见章把烟头使劲按在烟灰缸里，“副指挥走的时候有没有从你那里过？”

“没有。我的哨兵说，他带着小高直接往许村方向走了。”

李有才走后，卢见章陷入了沉思。要是传言都是真的，眼看国共又要分裂，分裂到什么程度还要看事态发展。刚刚出去的李有才是共产党，而黑二混子的三大队听命于皖东公署，只有邓二贵这个原来的川军营长在台儿庄大战之后遭了劫难，差点儿成了流寇土匪，是自己收留了他们。邓二贵为人不错，自己才放心把高河镇的防务交给他，想想可笑，难道自己这个总指挥只能调动一大队了？

卢见章是因为厌烦了党派之争才弃政从商，但只要是人，那都有私心，他当初请新四军帮忙也并不是偏心共产党，其中也有一定的投机成分。从大处说，卢见章抗日是真心，他也想在抗日中有一番作为而留名青史。他经历丰富、心明眼亮，既不想把这支队伍变成自己的护院家丁，也知道没有根基的队伍很难长久生存，所以还是要有靠山。

事实证明，国民党皖东公署不仅依靠不上，它还老盯着自己的一亩三分地。

不管共产党新四军好不好，抗日打鬼子是一心一意的。卢见章有自己的想法，既要用新四军所长，也要防共产党别有用心，还要防两家钩心斗角，所以他一方面重用周长河，另一方面也和了不少稀泥。

卢见章对新四军的真正认识是从周长河身上开始的，此人不计前嫌从鬼子手里救了顾顺家，也不怕争议一心一意打鬼子，特别是为自己挡了鬼子一枪。那个胡专员呢？他的人却打了小雁一枪，这让他心中的天平发生了严重倾斜。

倾斜归倾斜，但还没有一边倒，因为这中间还夹着自己的两个女儿。顾顺家是大女婿，小女儿虽然没有明说，但心有所向已经让人看得很清楚了，没想到老天爷偏偏安排这样的巧合，两党纷争加上家仇积累，周长河和顾顺家根本就是两条道上跑的车，大势一变，两党分裂定会在高河抗日自卫军里重演。卢见章感到自己的头都要炸了。他伸手去抓香烟，没想到烟盒已空。

“老祁！”候在门外的老祁应声进来，他身后还跟着刚刚进院的邓二贵。

“烟呢？”卢见章问。

“怎么，顺子还没有买回来？”老祁看着满烟缸的烟蒂和烟灰，他也是心头一紧，老爷早就戒烟，昨天夜里开始复吸，两包烟半天就抽完了。

“我去找顺子，这臭小子怎么回事？”

老祁转身出去了，邓二贵抢上一步，掏出自己兜里的香烟：“总指挥，我这有，先抽这个吧。”邓二贵把自己手里的大半包香烟放在卢见章面前，卢见章抽出一支点上，深深吸了一口。

“怎么样了？”卢见章问。

“都按您的命令做了，镇里加强了岗哨，巡逻哨一直放到镇外五里，和二大队的防区对接上了。”

“告诉你的哨兵，只要副指挥和参谋长回到高河镇，无论他们进不进指挥部，都要向我报告。”

高河镇上最先得到皖南事变消息的既不是顾顺家也不是周长河，而是鸿运楼的余老板，因为他有日本人配发的电台。

上次在高河镇刺杀胡专员未果，高河旅馆被捣毁，鸿运楼也被怀疑，好在查奸细的负责人是顾顺家和黑二混子，余老板过去一直在孝敬这俩人，和他们之间关系不错而躲过一劫，可他的高河谍报组损失大半，元气大伤。

日本人想知道自卫军何去何从。他刚想出门打探消息，正好碰上黑二混子带着顾顺家进门，顾顺家风尘仆仆，卫兵手里还提着一个箱子，一看就是远道而来。

“赶紧的，余老板，开个楼上包间。”黑二混子叫道。

余老板发现黑二混子满脸都是喜色，心想来得真巧，省得自己去找他了。

“有有，楼上请。”余老板忙不迭地带着他们上楼，推开了最大的包间房门。

“不要这个，这个不吉利。”黑二混子一看这是胡专员挨枪的包间，知道顾顺家也忌讳这里，他连门都不进。

“那就这边，”余老板推开了隔壁房门，“这个一样大。请问多少位啊？”

“就我们俩，你随便弄点，其他人让他们楼下吃去！”顾顺家说。

“行，那我先给您沏一壶茶。”余老板知道，他要的货已经自动送上门来了。

顾顺家先一步回到了高河镇，他要部署皖东公署的计划。

“我们的机会终于到了。”在只有他和黑二混子两个人的包厢里，顾顺家抑制不住地高兴，当他看见余老板亲自端着酒菜上来的时候，他的口水也上来了。

“老蒋真的取缔新四军了？”黑二混子问。

“取缔了。你也看看。”顾顺家拿出一封信给了黑二混子。

黑二混子接过来看看封皮：“这是胡专员写给你老丈人的信，你怎么拆开了？”

顾顺家先往嘴里丢了一块肥肉解解馋：“这封信胡专员不仅让我拆开看，而且还让我向你们各位传达。什么是机会？这就是机会。胡专员信上说得很清楚，蒋委员长已经发布政令，宣布新四军为叛军，取消番号了。”

“好啊！”黑二混子不看信了，自己先喝了一杯酒，“我们的委员长还是原来的委员长，那我们这里的新四军怎么办？”

顾顺家皱皱鼻子：“江北新四军已经是群龙无首，委员长也已经下令解散他们，当时下令叫他们撤到黄河以北，他们赖着不走，这回好，彻底解散了。”

“那我们自卫军呢？”黑二混子问。

“我们？”顾顺家放下筷子站起来，走到茶具桌边，那上面放着卫兵带进来的那个箱子，“你来看。”黑二混子跟着站起来，顾顺家打开箱子，里面是一套崭新的保安旅上校呢子军服。黑二混子的眼睛睁大了。

“这是给你的，”顾顺家指着军服说，“等明天胡专员一到，你就是保安第二旅的上校团长了。”

“啊呀呀！”黑二混子高兴得简直要跳起来了，他摸着毛茸茸的军服料子，感觉比摸女人的皮肤都惬意，“好啊！改编了！终于改编了！”

“不过我们不能高兴太早，”顾顺家的脸色严峻起来，“要使我们自卫军顺利改编，有一个人很重要。”

“你是说邓二贵吧？二少爷，你把这套军装给他，他保准乖乖听话。”

黑二混子此时显得很大方。

“这套你留着吧，他的我也准备好了。”

“好！只要改编成功，我要干的第一件事，就是干掉周长河这个小兔崽子。”

“周长河？”顾顺家耸耸肩，“他还敢回来吗？”

周长河当然敢回来。顾顺家和黑二混子正在鸿运楼喝酒的时候，周长河已经到达小李庄，他没有想到，他进李有才的大队部看见的第一个人竟然是卢小雁。卢小雁面朝房门正在吃饭，她皱着眉头，心不在焉地用筷子挑着碗里的米粒。李有才背对房门，手里的一碗饭也没动多少。

看见进门的周长河还在惊愕，卢小雁丢下筷子劈头就来了一句：“周长河，你们新四军是不是出大事了？”

“二小姐，你怎么在这里？”周长河奇怪地问。

“别叫我二小姐！叫我卢小雁！你说啊，是不是皖南发生事变了？”

卢小雁死死盯着他的脸，把周长河看得发毛，他生怕自己的脸上有什么脏东西，用手抹了一把：“哦哦。卢小雁，我说、我说你来这里你爸爸知道吗……”

“你别打岔！”卢小雁打断他，“你说，新四军是不是出大事了？”

“你怎么知道？”

“别瞒我了，你走了，我姐夫也到皖东公署去了，我姐让我不要和你来往，说你们新四军完了，军部被灭了，是不是真的？你说啊！”

“这个嘛，”周长河故意慢悠悠的，“倒是真的。”

“啊？真的啊？那你怎么办？你到哪里去啊？”卢小雁急了。

“哪里去？我不是回抗日自卫军了吗？”看卢小雁如此为自己着想，周长河的心里一暖，“抗日自卫军要是不要我了，我还回新四军。”

“那新四军不是说被取缔了吗？”卢小雁被他绕糊涂了。

周长河干脆坐下来：“我们新四军是共产党的部队，他老蒋是国民党的主席，他说取缔就取缔啦？老李，有饭吗？饿死了。”他看着桌上的饭碗叫了起来。

从他进门李有才就没有插上一句嘴，听见周长河叫他，赶忙答应："有有。马上就来。"

"老李，这是你的饭吧？我先吃了啊。"周长河拿起桌上放着的一双筷子，在胳肢窝里擦擦，端起桌上李有才的饭碗就往嘴里扒拉，吃了几口之后，好像听到面前的卢小雁在问话，他抬头一望，只见卢小雁盯着他的军帽看。

"你的帽徽呢？"卢小雁指着他的帽子问。

"国民党的帽徽，揪了，扔了。"

二 舌 战

国共两党的人都回到了卢家大院，真正的好戏这才开锣。

周长河带着卢小雁回到卢家大院时，指挥部里正在开会。卢见章、邓二贵和黑二混子都在自己的位子上坐着，顾顺家一反常态，他站在卢见章面前高声说着什么，看见周长河进来，他顿时停止了发言，用好奇的眼光看着他。

"长河也回来了。"卢见章看见周长河进门，赶紧招呼他。

周长河问："总指挥，我刚从小李庄过来，开会为什么没通知李大队长？"

"不是开会。我是在给我爸，不，我在向总指挥汇报当前的形势。"

顾顺家脸红红的，一看就知道是喝多了酒。

"参谋长讲形势？那我也听听。"周长河一屁股坐在自己的位子上。

顾顺家肯定是在游说卢见章，周长河知道现在找卢见章单独谈话不现实，说不定马上就面临着一场唇枪舌剑。

"好，我继续。"顾顺家就是喝多了酒，也发现了周长河军帽上有了变化，帽子上没了那颗青天白日的帽徽，他顿时觉得自己更有说理的依据了。

"你看看，你们都看看，周长河帽子上的帽徽都不翼而飞了，这说明了什么？这说明他们自己都不承认自己是国民革命军了。我没有说错吧？蒋委员长已经宣布新四军为叛军，取消了番号。爸爸，您一定不要再被他们迷惑，让我们自卫军背上新四军的嫌疑，目前接受改编才是上上之策。"

“就是，总指挥，你不能再上新四军的当了。”黑二混子也接上一句。他看见周长河回来很激愤，就像看见那一身上校军服一样，有了打进鸡血一样的热度。

他原认为周长河不会回来了，可也做了周长河回来的准备，不仅准备他回来，而且为了不辜负胡专员和二少爷的重托，他还悄悄做了其他准备。

“总指挥，参谋长说得没错，他不戴青天白日帽那就不和我们一路了，新四军既然已是叛军，我们就要坚决把他赶走！”

黑二混子的激动并没有让周长河有所动作，他一声不吭，两眼直视顾顺家。

他的眼神让顾顺家心里抖了一下，他明白目前周长河不是重点，重点是说服卢见章。顾顺家见黑二混子说完，就继续对卢见章进行说服：“爸爸，您也是读书人，识时务者为俊杰，这不用我多说，胡专员的信上已经说得清清楚楚，新四军已经没有前途，我们不能再和他们合作，必须划清界限。现在安徽省府的李仙洲主席和江苏省府的韩德勤主席都已经命令部队进攻江北新四军，日本人也乘机而动，您说新四军还有活路吗？”

“照参谋长的话，日本鬼子和国民党都已经联合起来进攻新四军，所以新四军没有活路了。那到底是共产党和国民党搞统一战线，共同抗日，还是国民党和日本鬼子搞统一战线，共同对付抗日的武装啊？”

周长河不紧不慢说了一句，就让顾顺国卡了壳，咳几声才想起来反驳：“你不要混淆是非，拿你们那套赤色宣传来狡辩。”

周长河站了起来：“什么是狡辩？我在说事实。总指挥，我给你说说皖南事变的来龙去脉吧。去年 10 月，国民政府军事委员会向八路军和新四军发‘皓电’，命令在长江南北坚持抗战的八路军和新四军在一个月内全部开赴黄河以北，并将二十万八路军和新四军合并缩编为十万人。这个事，我向总指挥报告过。”

卢见章点点头：“我知道，这是蒋介石排斥异己的一贯手法。”他点点邓二贵，“邓二贵也应该有体会。”

邓二贵马上附和：“他过去对我们川军也是这样。”

听见俩人都同意，周长河的声音大了起来：“为了统一战线，继续团结抗日，我们做了让步。同意新四军驻皖南的部队开赴长江以北，可是，就在我们撤出江南的时候，第三战区忽然向转移的新四军进攻。”

顾顺家一敲桌子：“完全是一派胡言！爸爸，您不能听共产党的宣传。新四军在苏北打黄桥、在皖南北上为虚，实为袭击我们的四十军。”

周长河轻蔑地撇撇嘴：“顾顺家，你身为一个参谋长，最好学点军事常识。皖南新四军只有九千人，袭击几万人的整编军？可能吗？拿鸡蛋碰石头啊？”

黑二混子立刻起来反驳：“这也不是不可能啊？你们进攻苏北黄桥不就是一万人打韩德勤的十万人吗？”

周长河又对黑二混子摇摇头：“以一万对十万，李二黑，你带兵也不少年了，你说这种兵力对比，你是自卫啊还是进攻啊？总指挥，你想想，新四军和国民党军这些年没少摩擦，哪一次是新四军挑事？”

卢见章刚想说话，就听见外面一阵的吵嚷声，驻防卢家大院的一大队护卫班长匆匆进来，对邓二贵耳语几句，邓二贵脸色发黑，眼睛直直地盯着黑二混子。

“什么事鬼鬼祟祟的？”卢见章问。

“你直接向总指挥报告！”邓二贵对进来的班长说。

班长立刻立正：“报告总指挥，三大队的一个中队包围了指挥部，说要协助我们警卫，和我们的哨兵吵起来了。”

卢见章两眼直视顾顺家。顾顺家慌了，他连连摇手：“爸，不是我的意思！”

卢见章立刻转向黑二混子，黑二混子也是酒老子当家——大包大揽：“是我干的。参谋长说胡专员明天要专程来改编自卫军，鉴于上次有人暗算胡专员和总指挥，我要提前做好警戒。”

“放屁！”一贯温文尔雅的卢见章禁不住拍了桌子，指着顾顺家和黑二混子开骂，“高河抗日自卫军现在还姓卢！谁说改姓胡啦？妈勒个层的老子还没死呢！”

本想说服卢见章接受改编，谁知道周长河偏偏这个时候回来了，而黑二混子又不看时机调兵遣将，顾顺家史无前例地挨了老丈人的一顿臭骂，他又气又恨地回到自己房间。

妻子卢大雁已经有了几个月身孕，她听说大厅里发生争吵，看见顾顺家进屋，立刻站了起来。顾顺家也不理她，把帽子扔在桌上，端起茶壶就往嘴里倒水。

“你怎么啦？那是凉的，你不是说这样喝水粗鲁吗？”卢大雁看他一反常态，更加小心了。

“整天跟着这些个熊大兵我能文雅吗？”顾顺家就想用凉水浇浇心火，喝了两口之后，他把茶壶重重地放在桌上，一把抓住卢大雁的手，“大雁，我这回和周长河正式摊牌了，不对，还有你爸，和他们都摊牌了啊！现在就是你了，你给我一句话，你还爱我吗？”

卢大雁真被他吓住了，看着他那双发红的眼睛，战战兢兢地问：“你喝多了吧？说什么啊？”

“说什么？你爸爸，我的老丈人，我已经看透了他，他就是想跟共产党走。”

卢大雁一个劲地摇头：“不会，我爸爸是中立的，他就想两党合作。”

“合作？这共产党就是迷魂药，沾上了就着迷，”顾顺家摇着脑袋，“我老实和你说吧，皖东公署这次一定要收编自卫军，免得它变成又一个新四军，胡专员明天就来了，这次不是他自己来，他会带着军队来。”

三 摊牌

胡专员果然又来了，这一次他志在必得。胡专员这一次来高河镇的打扮和上一次不同，那一次他穿着地方官员的中山服，而这次他一身戎装。军大衣里面是呢子军装，领口还佩戴中将军衔领章。到达高河镇镇口，胡专员没有看见卢见章和民众组织的迎接队伍，只有顾顺家带着邓二贵和黑二混子等几个孤零零的人在列队等他。让他欣慰的是，邓二贵和黑二混子都换上了崭新的保安旅上校军服，而顾顺家的毛呢军装领口上也挂着一颗将星。

“不错，高河镇看来已经归属我皖东公署了。”胡专员暗暗想着。周围是马队，身后是步兵，足足一个营的兵，顾顺家觉得还是少了。

“不是说有一个团吗？”他悄悄问胡专员。

“是有一个团，那两个营已经包围小李庄，这里有你的两个大队，”胡专员看了一眼邓二贵，“你昨夜不是派人说这个姓邓的也听话了吗？”

“对对。”顾顺家昨天晚上的确说动了邓二贵，并连夜派人报告了胡专员。他心想也是，自己太草木皆兵了，周长河的嫡系都在小李庄，镇里只有两个人两支枪，就是周长河枪法再神，几百双拳脚你挡不住吧？顾顺家顿时信心满满。

“现在到哪去？”顾顺家问。

“一刻不停，先到他的卢家大院，就地开会就地解决！”胡专员恶狠狠地说。

胡专员到皖东三年了，当官的都想出政绩。胡专员本想风风光光在皖东搞出自己的一块地盘，可是共产党新四军就像沙子一样无孔不入到处渗透，跟着他的屁股也进了皖东地界，表面上是打鬼子，实际是扩充实力抢地盘。三年下来，新四军实力越来越强，而皖东公署的政令基本出不了长天县城。

胡专员何尝不想学皖南，一次性彻底搞掉新四军？可这里的情况不一样，别说自己没有八万军队，就是皖东新四军的实力也比皖南的强。再加上苏南的新四军要渡江北上，山东的八路军已经南下，江苏省府主席韩德勤在苏北让新四军搞得焦头烂额，安徽省府主席李仙洲躲在皖西根本不出大山，自己要想正面和共产党抗衡根本不可能。

他思来想去，要想在蒋委员长面前立功，只有拿高河抗日自卫军开刀，卢见章投降最好，要还是执迷不悟，那就只能拿掉。胡专员其实也不愿意动武，卢见章毕竟是皖东民间抗日的一面旗帜，他要是能顺利被招安，将会给皖东大大小小的民间武装起一个示范作用。可让顾顺家几次带信，那卢见章就是不听话，他如果一带头把这些民间武装都带到新四军那里去，那自己别说回省府了，就是这个专员的身份也难以保住。所以他要再开会，最后再争取一次，会上要是说不拢，那就不客气了。

胡专员毕竟是本地的最高领导，卢见章虽然没到镇口迎接，但出于礼貌，他还是带着管家老祁在卢家大院门口迎接了胡专员。

两人寒暄之后，胡专员提出开会，卢见章把他们引进大厅，坐下之后胡专员环顾四周："好像少人啊！"

"我去叫。"黑二混子知道他说的人是谁。黑二混子来到西小院叫周长河，刚进院子，就听见房间里面有一男一女说话的声音，他伸头一看，非常意外，周长河和卢小雁正面对面地坐在桌前，摆着一个棋盘杀得正酣。

卢小雁出手一招，周长河悔棋了："我是新手，你让着点。"

"什么新手？不让！"

"你不能放在这里。你一断，我这个眼做不成了。"周长河好像有点急眼。

卢小雁不干："你也知道没眼不能活啊？我要让你活了，我吃谁去？"

周长河要赖："悔一步。"

"不行！"

"你和总指挥下不也是老悔棋吗？"

"我爸让我，我不让你！"卢小雁一步不让。

"哈哈，副指挥好兴致啊。"黑二混子心里说，不知死活的周长河，大祸临头还有心思在这里和小姑娘玩黑白子。

卢小雁见他进来连忙招手："黑大队长快评评理，这个人走错了还悔棋。"

"哈哈，"黑二混子笑道，"没想到副指挥这个大男人还在小姑娘面前悔棋。"

卢小雁不高兴了："谁是小姑娘？"

黑二混子马上纠正："对对，我说错了，是大姑娘，哈哈。"

周长河头也没抬："你不懂，这围棋啊，要想活就必须做两个眼，她就让我做一个眼，不悔棋活不了啊。"

"那是，想不周全后悔也来不及了。"黑二混子一语双关，他心说，两个眼？等会儿你求我，我能给你留具全尸就算你幸运了。

"副指挥别下了，皖东公署胡专员来了，请你去开改编会议。"

周长河只看棋盘:“改编?总指挥昨天没有同意啊。”

“昨天没有不等于今天没有。副指挥请吧!”

周长河站起来,对卢小雁指着:“别动啊,我看到一步好棋。”

“谁动?你输定了。”

黑二混子笑得更欢了:“哈哈,二小姐说得好,你今天输定了。”

“出水才见两腿泥,这还早得很呢。”

周长河把一把棋子放进棋盒,朝卢小雁挤挤眼睛,跟着黑二混子出去了。卢小雁也迅速把手里的棋子放进盒子里,她也跑出了院子。

周长河跟着黑二混子进入客厅的时候,身着青色丝绒夹袄的卢见章和一身戎装的胡专员一左一右,隔着方桌已在大厅坐定,不同的是,胡专员身旁有两个荷枪实弹的卫士,而卢见章身边只有大刘一人。更明显的是,胡专员的右手一排放了四个座位,依次坐着三个人,顾顺家、邓二贵和周长河曾经见过的那个许副官,竟然也挂着上校军衔领章。

黑二混子进屋之后,一屁股坐在第四把椅子上。而卢见章的左手边只有一把空椅子,显然是留给周长河的,椅子后面还站着四个保安旅的卫兵。周长河一声不吭,给上座的两位敬礼之后,走到空位前稳稳坐下。

看见周长河坐好,顾顺家转脸看着胡专员,胸有成竹地说:“胡专员,人到齐了,我们开会吧……”

“等等,”周长河打断他,“我想问一句,既然召集会议,两个大队长都来参加了,二大队的李队长没有来,怎么说是到齐了?”

“李有才病了,来不了。”顾顺家说。

“不会吧?我昨天还见他好好的。”周长河不信。

“昨天好,不一定今天就好。再说,今天的会议与他无关。我们开会……”

周长河再一次打断他:“怎么会无关?”

外面忽然传来了枪声,顾顺家会心一笑:“听见了吗?这就是与他无关了。”

卢见章脸色突变,转脸看了看胡专员。胡专员好像就在等这枪声,听见枪响,他也转脸向卢见章一笑,然后慢慢地站了起来:“好了,卢总指挥,还有各位，我此次来主要是宣布安徽省府李仙洲主席令，高河自卫军自今日起，整编为皖东公署保安二旅。现在我宣布任命！”

胡专员拿起放在桌上的任命书：“任命高河自卫军原总指挥卢见章为保安二旅少将旅长。”

卢见章听罢立即起身，站起来就往外走，胡专员有点傻了：“等等，卢旅长，你干什么？”

“你叫我什么？”卢见章问。

“卢见章旅长啊，你刚才没有听见任命吗？”

“你下令改编的是什么部队？”

胡专员被问得有点蒙：“高河自卫军啊，看，省府任命清清楚楚。”他说着递过来任命状。

卢见章根本不看：“你改编的部队和我无关。我队伍全称是高河抗日自卫军，你改编的是不抗日的自卫军，不关我的事。长河，我们走！”

周长河立刻站了起来。胡专员火了，他一拍桌子：“姓卢的，你是敬酒不吃吃罚酒。一定要和新四军穿一条裤子，不接受改编，你就别怪我翻脸无情！”

卢见章声音也提高了：“你我有什么情？我为什么不接受整编你心里最清楚。我组织抗日自卫军是抗日打鬼子，是保护高河镇。你皖东公署管着保安旅，兵马几千，和日本鬼子近在咫尺却相安无事。我高河抗日自卫军一不靠政府养，二不当汉奸二鬼子，我卢见章几乎倾家荡产组织起这支队伍，你一句话就收编？你给过我一块钱吗？给过我一支枪吗？你身为父母官，为我们高河镇抗日做过什么……”

“爸爸。”顾顺家要打断他的话。

卢见章厉声斥责：“住口！你没资格说话！”

胡专员指着卢见章：“我怎么没有为你做事？你的顾参谋长就是我派来的，你三大队的老底子也是我给你的。”

卢见章指着顾顺家：“你派我的女婿到我的队伍当参谋长？他会组织军事战役吗？他放过一枪吗？你派一个不懂军事的人来负责军事！他负责挖我的墙脚拉我的队伍！我惭愧啊！我高河抗日自卫军七百人哪，月月几百大洋养着，是指望你胡专员带着我们一起抗日打鬼子，我找过你，也让你派来的参谋长找过你，可你呢？屡屡推托。自从我请来了新四军的周长河，我们在双河口打伏击，在镇子里杀鬼子，这才打开了抗日局面，自卫军在高河镇扬眉吐气。我看清了，老百姓要的就是自己的队伍能打鬼子，能打鬼子的不是你皖东公署的保安旅，而是新四军，要改编，我他娘的就改编成新四军！”

胡专员气得再拍桌子：“好你个卢见章，敬酒不吃吃罚酒！不见棺材不落泪！新四军明明是叛军，我看你原来是党国的老人，想保你一把，没想到你真是茅厕里的石头，又臭又硬。你不给我面子，就不要怪我做绝了。来人！”

胡专员话音未落。“啪！啪！”两声枪响把房间里的人耳朵震得嗡嗡直响。

众人回过神来，只见卢见章的护卫大刘右手举着一支驳壳枪，枪口正在冒着青烟，还有一支驳壳枪举在左手，枪口正对着胡专员的脑袋。胡专员身旁的两个护卫枪都没拔出来，自己已经命丧黄泉。

“啪！”又是一声枪响。拔枪在手的黑二混子脑壳中央出现一个弹洞，开枪的是周长河。黑二混子两眼不甘地大睁着，扑通一声倒下了。

随着枪响，门外呼啦冲进来一班士兵，这是邓二贵派到卢家大院的护卫班，但为首的却是跟着周长河的小高。他们枪口一致，对准了周长河身后的四个卫兵和顾顺家等人。

胡专员慌了：“我的人、我的人呢？”

“你的人都在外面站队呢。”邓二贵忽然说话了，他正好在黑二混子和那个许副官之间，黑二混子死了，他一面说话一面把许副官的手枪拿了下来，交给走过来的小高，而后又绕到浑身颤抖的顾顺家身边，从他的枪套里掏出手枪。

“邓二贵，你这个叛徒！”顾顺家咬牙切齿，“你拿了五百大洋还反水！”

“五百大洋太少，”邓二贵把顾顺家的手枪也递给小高，“党国欠我兄弟们的何止五百大洋啊！”

“卢见章你不要得意！我的一个团解决了小李庄马上就会过来。你不就控制了卢家大院吗？外面还有我的兵，还有黑二混子的三大队！”胡专员狗急跳墙了。

“你省省吧，胡专员，”周长河开腔了，“你的一个团正在小李庄给新四军当俘虏呢。刚才枪响的地方是码头，亏你们都还是当兵的，连枪声远近都分不清，我们二大队已经占领码头，对你的部队进行反包抄，我两个大队对付你镇子里的一个营，还不是小菜一碟？”

正说话间，李有才兴冲冲地进来了：“总指挥、副指挥，保安旅的兵根本不想打仗，都缴枪了。”

这是周长河和卢见章共同布好的一个局。

昨天周长河回来，带来了皖东公署要吃掉高河抗日自卫军的消息，顾顺家和黑二混子的行动终于让卢见章下定了决心，他们商量了一个晚上，做好了两个眼。

一个眼是让新四军派兵在小李庄布置陷阱，让李有才的二大队腾出手来夺取码头；另一个眼是让邓二贵假装同意改编，让胡专员这颗棋子放心走进卢家大院，小雁出门就是给李有才送去行动的信号。

卢家大厅里的事刚刚结束，周长河拉着卢见章走进西小院，卢小雁已经在棋盘前等着他们了。

周长河惊奇了：“嘿！你还真快啊！”

“那有什么？不就是到码头去送信吗？你那里完事了吗？”

“完事了。”周长河一面说着一面把卢见章拉到棋盘前面，“总指挥快来看。”

“你拉我爸看什么啊？你都要输了。”卢小雁说。

“我看到一步好棋，让总指挥瞧瞧。”

卢小雁急了：“爸，你别帮他啊，他悔棋。”

周长河从棋盒里拿出一个子，放在一个位子上：“总指挥，你看怎么样？”

卢见章连连点头：“不错，失小赢大。”

卢小雁惊诧了：“什么意思？你不悔棋啦？”

周长河得意了：“那一点给你了，这一片我要了。”

卢小雁看着他手指着的一颗棋子马上傻眼了，她两手一扒拉，把一盘棋都拨乱了。

“不干不干！赖皮，一定是我不在的时候你动手脚了。”

第十九章 冰天雪地

一 老抠

日本人败了，抢地盘又开始了。日本天皇宣读战败诏书后没几天，八路军冀晋军区紧急召开军事会议，传达朱德总司令的命令，命令他们组织精锐部队开赴东北，迅速从苏军手中接收东北。

二十天后，冀晋军区赴东北先遣支队轻装进入锦州，几天后，后续的大批辎重也进入山海关，来到锦州城外。负责辎重队的是先遣支队联勤部长杨泽田。从战斗部队到改行后勤，杨泽田真是越干越背了。

他 1939 年从晋绥出来，到冀晋地区开辟根据地，不到一年就打出一片天地，到了 1940 年夏，杨泽田当上了主力团团长。那一阵杨泽田算是潇洒得意，他一脚踏着山西，一脚踩着河北，那真是躺在炕上吃烙饼，想就陈醋就陈醋，想蘸大酱蘸大酱。1942 年秋天他开始走麦城。在冲破鬼子铁壁合围的时候他负了重伤，伤愈之后瘸了一条腿，此后他就离开了战斗团，调到了三分区当联勤部长。干了后勤的杨泽田在冀晋军区以能吵架出名，他瘸了一条腿，嗓门倒是大了不少，他到军区来，准定要和首长抬杠，话题就一个，为啥要调他离开战斗部队。

“老子一个脑袋、两条胳膊、两条腿加上裤裆里的两个卵蛋，一个不比你们少，凭什么不让老子带兵啊？”

军区的司令、政委让他搞烦了，通知三分区领导，以后别让杨泽田到军区来！此次他能担任东北先遣支队联勤部长，还得益于他的老首长，即刚调到军区的柳政委发的话。柳政委不仅推荐他担任要职，另外还送了他一个礼物——一双鬼子的大皮靴。他去见昔日的老首长，正好军区司令员也在，柳政委把大皮靴拿出来了。

杨泽田开始不愿意接：“鬼子的大皮靴我那多着呢，这玩意儿笨了吧唧的没人要。”

柳政委摇摇头：“那不一定，你试试，这可是从一个打死的鬼子将官脚上扒下来的，那是鬼子有名的瘸子将军。”

“什么？瘸子穿的？那我试试。”杨泽田提着大皮靴出去了。

司令员看着他的背影直摇头：“老柳啊，自从他负伤我把他调离战斗部队，他至今对我都没有好脸。你来太好了，你是他的老首长，这个倔种可是有克星了。”

“杨泽田其实是一个好同志，”柳政委说，“他打仗也是一把好手。”

“柳政委对他很了解啊。所以你一直坚持让他去东北的部队当联勤部长？”

“他是我认识的军事干部中最细心的一个，交给他你会放心很多。”

两人正说着，杨泽田穿着大皮靴大摇大摆进来了，很兴奋地看着他们：“嘿，谢谢首长啊，真的不瘸了。你看看，好人一样啊。”

杨泽田不瘸了，他得了个新外号，叫杨大靴子。这外号是金立中起的。金立中提拔团级比杨泽田晚，可杨泽田改行干了后勤，而他金立中一路绿灯当上了副师级的三分区参谋长，又成了杨泽田的上级。

从老首长的口中，他明白这次分兵东北极其重要，是中央的战略大局。先遣队是从军区所属的三个分区中抽调的，都是最强的主力团，由一分区的梁司令和二分区的李政委带队，金立中也被任命为先遣队参谋长。这会儿又要一起走了，金立中心想还是要和杨泽田搞好关系，他找着杨泽田的时候，杨泽田正在联勤部和陈助理一项项地对清单呢。

“一团问，还有三门山炮带不带？”陈助理问。

“问什么？都拉上。反正先遣队的梁司令员也是他们分区的司令员，我去说。”杨泽田看着清单，用一支铅笔敲着脑袋，“你要的四十辆大车肯定不够，最少八十辆。仓库里的物资你都给我装上，粮食也不能少。”

“好你个杨大靴子，到了山西变成老抠了。”接着杨泽田的话音，金立中推门进来了，“醋坛子盐罐子你都捧着啊？你也不怕闪了腰。”

陈助理见参谋长进来，赶紧立正敬礼，杨泽田倒是大模大样地坐着。

“你叫我什么啊？”杨泽田刚才没有注意听。

“杨大靴子啊！你现在又不瘸了。”

“行！再听你叫我瘸子老子捶你。”杨泽田觉得大靴子比瘸子好听，但他对金立中刚才说的话不买账，“好你个金立中，我们是给你运物资，又不让你背，都是为你好，你还说风凉话。”

“老杨，我听说河北先期到东北的部队把轻重机枪都留下来了，苏联红军在东北接收的日本装备几十个师都装备不完，我们只要唱着歌甩着胳膊去就行了。”

“唱着歌甩着胳膊？那你就等着喝西北风吧！”杨泽田对金立中呲鼻子，“你没听朱总司令的命令啊？除了我们冀晋的，还有冀中的山东的，有多少部队要进东北啊！要是都沿路征粮，那老百姓的粮缸都见底了。我们四方面军当年三次过草地，我吃过这个亏，除了一个月的粮食，还有弹药、被服、药品……”

杨泽田一语中的。由于大批部队接到命令赶赴东北，把沿线老百姓的粮食都征完了，杨泽田备的一溜大车可真起了作用，部队不用筹粮，有吃有喝顺顺当当出了山海关。

杨泽田让陈助理跟着部队先走，他带着其他的坛坛罐罐慢慢走。

这天，他们终于到了锦州城郊，拖车拉炮的骡马都被卸下来喂草补料，杨泽田刚在草窝边撒了一泡尿，先期进城的陈助理就跑来了：“报告杨部长，还走十里路就是锦州城了，金参谋长急了，问你什么时候到。”

杨泽田用马鞭轻轻地敲打着自己的大皮靴："操，老子又不打仗，吃的喝的都给他了，既没让他买也没让他赊，他啰唆个屁啊。"

"不是，是武器方面出问题了。"陈助理说。

"娘了个腿的！"杨泽田皱着眉头骂，"武器？他不是说有苏联大鼻子给他送去吗？他的大炮机枪全扔在山西了，找我要？我哪有！"

陈助理笑了，他知道杨泽田说的是气话，他都看见那一长串的马拉大炮了。

杨泽田撒气是因为他受了委屈，几个分区首长把状都告到柳政委那里，说人家出关的部队把好家当都留在家里，这个杨泽田就像个乡里娘儿们，什么针头线脑都塞在自己的兜里，连擦屁股的纸都不放过。

柳政委找杨泽田谈话，杨泽田就一句："除非你撤了我，要还是让我干，我就非要这样干。"

"部长，这一路可就数我们部队最厉害了。"陈助理很得意地说，"出发的时候他们都骂你，说你在山西住长了，变成老抠什么都要。结果呢？这出关的部队，河北的山西的山东的，听说华东的都来了，一路上吃的喝的拿钱都买不到，只有我们管饱管够，一路小跑到锦州，梁司令员和李政委可得意了。"

二 医院

从各地入关的共产党部队有了一个统一的新名称，叫东北人民自治军。原以为自治军能从苏联红军手里顺当接收东北，谁知道苏联人和蒋介石签了协议，东北要交给国民党，缴获的日本关东军的武器装备也都不给共产党了。

进了锦州的杨泽田听了金立中的介绍，他火了："娘了个腿的！那苏联人不也是共产党吗？怎么胳膊肘往外拐啊？"

"我们丢下的武器你带过来了吗？"金立中真急了，"我们先遣支队五千多人，就剩下步枪手榴弹了，土匪的装备都比我们的强，你说我们怎么办啊！"

"我以为你拿根烧火棍站岗就行了，不是东北满地是洋捞吗？你捞啊，那些留在山西的破烂你还要啊？"杨泽田这回有话说了。

"你个杨大靴子，你到底带回来多少破烂啊？"

问他话的是开会回来的梁司令，他和李政委一同走进指挥部。这俩人也都是老资格，一个是从江西出来的老红军，一个是原吕正操部队的地下党。看来两人受的压力也不小，脸色都很严肃。

杨泽田不敢再扯淡了："报告司令员、政委，三个团的重武器都拖来了，重机枪三十挺，迫击炮十八门，九二步兵炮六门，山炮六门，子弹炮弹一发不缺。"

梁司令和李政委互看一眼，满是惊讶，他们都知道走之前杨泽田为了这些装备承受了各方面的压力，没想到他顶着压力硬是把武器都给带过来了。

梁司令上前给了杨泽田一拳："好你个杨大靴子，你可解了我的大难了。"

李政委也是连连点头："是啊，国民党马上要来抢占东北了，说不定就要和他们干一场，我们奉命返回南面警戒，要是没有重武器可就危险了。"

杨泽田拍着胸脯："国民党要来抢地盘？揍他狗日的足够了。"

"哈哈，"李政委笑了，"怪不得军区柳政委极力推荐你当联勤部长，敢情还真了解你。老杨，你的名头大，大家都不敢要你。老梁，老金，你们说是不是？"

梁司令点点头："对啊，你杨大靴子可是'挂号'的，都说你不是家猫而是野猫。"

杨泽田也笑了："管他什么猫！我们老家有一句话，不管黑猫花猫，抓到老鼠就是好猫。"

李政委摇摇头："不对吧？应该说不管黑猫白猫，能抓老鼠就是好猫。"

"我们老家都是黑猫花猫，谁见过白猫？有白猫吗？"杨泽田问。

梁司令也疑惑："对啊，我们家乡顶多有黄花猫，我也没见过白猫。"

杨泽田得理了："政委，你看梁司令也说没白猫，还是我们老家人说得对。行了首长，没事我要去睡觉了，这一路累死我了。"

梁司令赶忙拦住他："哎，老杨，你还不能睡觉，你马上到城东去接收一座战地医院，这是你的第一个战利品，以后这医院就归你管了。"

"是！"杨泽田答应道。

金立中说："你赶紧去吧，那是个好医院，我已经带你的陈助理先去看过了。"

杨泽田不高兴了："嘿！金立中，拿耗子是猫的事，你瞎操什么心！"

杨泽田反身出去了，金立中还没明白："他什么意思？怎么跟猫干上了？"

李政委笑了："哈哈，他骂你呢。管他的闲事。"

"骂我？"金立中终于明白了，"哦，狗拿耗子多管闲事。他骂我是狗，这个狗日的铁拐杨。"

梁司令也笑了："哈哈，这杨大靴子是只好猫。对了老李，真有白猫吗？"

李政委白了他一眼："有啊，外国有波斯猫，全白的。"

杨泽田接收的战地医院是日本人的。杨泽田对正规的战地医院第一印象就一个字：白。墙是白墙，门窗桌椅都用白漆，床是白铁架子，床单被子连枕头都是白布。白就代表着干净，代表着卫生，代表着一种宁静。

正规的战地医院除了病房，最多的房间就是外科手术室。窄长的手术床也是白的，手术灯是圆的，大灯套小灯。看见这样的设施，杨泽田就想起自己几次负伤，手术不是在老百姓的门板上就是在老百姓的饭桌上。

"娘了个腿的，早有这样的医院，老子也不会瘸腿了。"杨泽田小声嘀咕。

"什么？"医院的院长前原是日本人，可他也算一个中国通，中国人说话要是带"娘"字，那大多都是骂人的话，说明领导不高兴了。

从前原的介绍中，杨泽田知道了这座医院并不属于日本关东军，而是属于垦区，苏联出兵之前才被征为军用。

"什么是垦区？"杨泽田问。

"就是建立'满洲国'以后，让日本国内的老百姓移民过来种地，就叫垦区。"

"娘的小日本，连中国老百姓种的地你都占。以后改口啊，不许叫'满洲国’，这是我们中国的东北！”杨泽田纠正他。

领导又说“娘”了。前原马上立正，嘴里连说：“是是。”他心里又一次提醒自己，说话要注意，这位八路军首长可能脾气不好。

两人正说着，一个白衣的护士从病房出来，她正回头和后面的人讲话，一出门正好撞在站在门口的杨泽田身上，她手里端着的器械盘哗啦一声掉在地上。

前原立刻上前大骂：“八格牙路！”

护士吓得赶紧蹲下收拾。前原没想到杨泽田也同时蹲了下来帮女护士捡起器械，起身之后他竟然和颜悦色：“别怕，没你的事。”护士赶紧鞠躬，端着器械盘小跑离开了。

杨泽田也就看了女护士一眼，而这第一眼就一个印象，他觉得这女护士长得很白，就像一个瓷娃娃。但他这一刻没时间去想女护士，而是转身批评前原：“你们现在是八路军，八路军不许骂人，”杨泽田说着又补了一句，“娘了个腿的，尤其不许用日本话骂人。”

杨泽田第二次见到“瓷娃娃”，是在金立中负伤之后。

先遣支队到达东北没多少天，锦西阻击战就打响了。抗战胜利之后，国民党也看到了东北的重要地位，他们在美国提供的飞机军舰的支援下，很快就从大后方调集了大批军队赶赴东北，他们首攻的是山海关。进攻山海关的部队是乘军舰从海上过来的国民党第十三军和第五十二军，他们由国民党名将杜聿明指挥。

共产党的部队初来乍到，指挥又未统一，顶不住重兵，被迫放弃了山海关。国民党军一战得势迅速北上，很快就逼近锦州。锦州一线装备最好的就数杨泽田的部队，他们担任阻挡敌精锐十三军的任务。金立中是前沿指挥员，阻击部队和敌人一交火，他就知道对方来者不善。

和以往打交道的国民党军大不一样，嫡系十三军全部是美式装备。炮火打过来都是一片片的，前沿部队打退敌人的每一次冲锋伤亡都很大。第一道防线上的战士在敌人发起第一次集团冲锋时就拼上了刺刀，而我方的炮兵压制不住敌人。金立中冒着敌人的炮火跑上了自己的炮兵阵地，他指挥山炮连刚打了一轮炮，敌人的炮弹就飞到了头上，金立中在连续的爆炸声中倒下了。

金立中被送到战地医院，他多处受伤要实施紧急手术，但医院伤员太多血浆不够，杨泽田卷起袖子要输血。

“长官是什么血型？”拿着针头的护士问。

“血型？不知道啊。”杨泽田摇摇头，“等不及了，赶紧抽，不都是红的吗？”

杨泽田把胳膊伸得老长，护士还是摇头，此时一只嫩藕似的胳膊从杨泽田的身旁伸过来，亲昵的一句日本话，抽血的护士立刻在那只胳膊上操作起来。杨泽田一歪脸，在他身旁输血的就是那个“瓷娃娃”，而她的身后已经排了一长排的医生、护士。

“这怎么回事？”杨泽田问，“怎么都是日本人输血？我们的战士呢？”

赶来的陈助理把他拉了出来：“部长，他们说我们战士输血之前要验血，每个人的血都有型号，对不上不能用。要是现在一个个验血，就把抢救的时间给浪费了，他们日本人都有记录，谁能对上就用谁的。”

杨泽田挠头了：“嘿！这里的弯弯绕这么多！”

正说着，第一个献血的“瓷娃娃”已经出来了，她那圆圆的脸稍显苍白，杨泽田一只手按住她的肩膀：“你叫什么？”

“瓷娃娃”愣了一下：“千代丸子，长官。”

“千代丸子？千代丸子？”杨泽田连着念叨了两遍。

三 冻 伤

从 1945 年 11 月起，东北人民自治军就改称呼了，叫东北民主联军。

根据上级的部署，东北民主联军采取了“放弃大路，占领两厢”的战略，把沿着铁路线的城市大都让给国民党，杨泽田的部队在打完锦西阻击战之后也一路向北撤退，他们钻入深山，开始分兵剿匪。

杨泽田的联勤部驻扎在一个叫马家屯子的大镇子里。这是杨泽田到东北过的第一个冬天，真是冷得够劲。

关内来的部队第一次领教了东北的大雪天，漫天大雪是没日没夜地下啊，房上和地下的积雪都不能用寸来衡量，那都是用尺来形容。

这个冬天的雪老厚了，足有三尺。

杨泽田的主要任务是为部队筹集冬装。东北部队的要求高，帽子是皮的，棉衣棉裤比关内部队要多出两斤棉花，每个战士要配发大衣，干部还要配发皮大衣。

杨泽田搞后勤有经验，他每到一地都要调查当地的土特产。东北出三宝，即人参、鹿茸、乌拉草。前两件宝是大补，是地主老财的最爱，而穷人少不掉的是最后一件宝贝。乌拉草具有保暖防寒作用，当地人把这种草填充在他们穿的乌拉鞋中。既然乌拉草不值钱，杨泽田就命令大量搜集乌拉草，给战士们垫鞋。乌拉草在其他人的鞋子里都垫了，但杨泽田自己的鞋子里没放乌拉草。他虽然也换上了皮帽子和皮大衣，可脚上还穿着那双单层的日军大皮靴。

医院的院长前原为此提醒过他，他却一摆手："我的脚经冻，不像你们娇贵，红军过草地的时候我光着脚丫在冰水里走了几天几夜，那不也没事吗？"

只有他的警卫员吴用知道是怎么回事，杨泽田不能离开大皮靴，否则他那瘸腿就原形毕露了。没过多久，杨泽田就尝到穿单鞋的苦果了。

保卫部门送来了情报，说这一带有一座小白山，上面也有一帮响马，为首的叫马大壮，手下有两百来条枪，已经让国民党收编成少将司令了。

"屁！两百条枪就封司令？老子的警卫连就能收拾他。"杨泽田骂骂咧咧。

马家屯子是一个大镇子，住户就有上千家，杨泽田之所以考虑把联勤部放在这里，就因为马家屯子位于十字路口，是深山里面数得着的一个商业重镇，在这里筹粮运货都很方便，他刚刚就让陈助理给部队送去了一批粮食和皮衣。

待到有土匪的情报之后，杨泽田也不敢大意，他做了新的布置，他让警卫连长把大部的警卫力量都集中到屯子西头，主要护卫战地医院和物资仓库，重点部位双岗双哨，尤其是布置暗哨，其他方位只放一些游动哨。

布好防务，杨泽田还亲自去小白山侦察一番，就这出去一趟，他把脚冻伤了。冻伤脚的杨泽田住进医院，他是联勤部最高首长，院长、医生、护士都到了。

“是个冻伤，又不是子弹穿心，这么多人在这干吗啊？”

进杨泽田病房的是参谋长金立中，他在锦州负了重伤还没有痊愈，就住在杨泽田隔壁，听说杨泽田冻伤脚住院，就想来损他几句。他进来就感到氛围不对，没人看他，都在看着前原，他惊奇地发现千代丸子也站在房间里，正毕恭毕敬听着从前原嘴里冒出来的一串又急又快的日语。

她不是休息吗？怎么也在这里啊？金立中的脑门顿时有一股火冒了上来，本来是千代丸子今天给他打针的，但她今天没来。其实金立中的伤口痊愈了，但他舍不得离开医院，因为这里有千代丸子。他喜欢千代丸子。

千代丸子不仅白，而且长得很乖巧。千代丸子的脸和五官有一个共同特点——圆。但她不是大圆脸，而是小圆脸、小圆鼻子、小圆嘴。虽是一双单眼皮，但她有两只黑亮亮的圆眼睛，加上两条淡淡的弯月眉，怎么看都是一种笑眯眯的模样。不仅杨泽田认为她像瓷娃娃，其实她在医院里的外号就叫“瓷娃娃”。

金立中喜欢千代丸子的原因，不仅是她那瓷娃娃般的容貌，还有她的打针技巧。

千代丸子打针有一个动作，即进针之后她会用柔软小手的两个指头轻轻搔拂着进针部位的皮肤，让被打针的人感受不到进针的酸胀，反而有一种被抚摸的感觉。金立中就喜欢千代丸子给他打针，不仅喜欢，简直就是上瘾，特别是他得知千代丸子还是第一个给他输血的人后，金立中对千代丸子有了一种更亲的感觉。

昨天下午是千代丸子给他打针，闭着眼睛的金立中感觉太舒服了，他真希望进针的时间可以再长一些，可以更久地回味屁股上细细柔柔的感觉。

“好了，首长。”提起针的千代丸子说。

金立中睁开眼睛，见千代丸子收拾东西要走，忙着一面提裤子一面吩咐：“等等小丸子，你打针好，明天就是你来打啊，那个齐小花就别让她来了，她打针太疼了。”

千代丸子赶紧解释："不是的首长，齐小花看见你紧张，所以就有点疼。"

"不是有点，是真疼！你比她好多了。"

受了表扬的千代丸子脸上有了一层淡淡的绯红，这让金立中心中一阵潮涌。

要说这姑娘的五官，单个看并不十分好看，可是摆在一起就有一种独特的韵味。还有就是皮肤白。中国不是有句老话吗？叫一白遮百丑。怎么长得比白面馍馍还白呢？金立中感到自己的比喻也不对，医院炊事班做的馍馍里有玉米面，也不怎么白。对了，像外面的雪一样白……

"首长请休息，我走了。"千代丸子细小的声音打断了金立中的思绪。

"哦哦。"

那个在红围巾的映衬下显得更加乌黑的后脑勺在门帘后面消失了，金立中暗暗下定决心，明天找前原谈谈，这个日本姑娘应该成为自己更亲密的同志。但今天千代丸子没来打针，说是昨天夜里给伤员做手术，今天休息了。替代她的是自己最不喜欢的新护士齐小花，这让他心里很不爽。

遇见我就休息，遇见杨泽田她就回来了，近水楼台啊？金立中正在腹诽呢，前原已经说完了，只听千代丸子应了一句："哈依。"她拿着一个脸盆跑了出去，不一会儿又进来了，端着一盆白雪往地上一放，拉了一个小凳子就势坐下，把雪堆到杨泽田红肿发黑的光脚上，抱着杨泽田的伤脚使劲搓了起来。

"这是干吗啊？"金立中太吃惊了。

"别啊，我这脚臭！"杨泽田想把脚缩回来。可千代丸子手小力气不小，她死死攥住他的脚踝："杨部长，你的脚不能动。"

"对，杨部长不要动，我们这是给你治疗冻伤，"前原赶紧解释，"这是最有效的治疗。我们在东北好多年了，冻伤就要这样治，不然你的脚就要截肢了。"

杨泽田傻了："你说什么？我都短了一截了，你还要截啊？"他半信半疑地看着前原，"怎么会这样，陈助理的手冻伤了，我还让他赶紧烤火呢！"他说着又往回缩脚，"别别，别搓了。我脚太脏了，你让吴用给我搓。"

"对。让男人搓，男人有劲。"看着千代丸子柔软的小手在杨泽田丑陋的脏脚上搓着，金立中忽然感到有一股强烈的酸气向上蹿，这股子酸味直入他的脑颅，他恨不得用自己的脚来替代杨泽田的臭脚。

“两位首长放心，我能治好，这和有劲没劲没关系。”千代丸子笑笑，她的鼻子两侧已经有了细微的汗珠。

金立中好像真嗅到这烧着暖炕的屋里有一股臭味，他转脸一看，吴用还提着杨泽田的两只大皮靴发愣呢。

“愣啥啊？这臭烘烘的，你还不赶紧扔出去？”金立中指着大皮靴说。

“敢？！谁扔我跟谁急啊！”杨泽田叫着。

见到杨泽田的伤脚，前原院长知道杨泽田不愿穿棉鞋的缘由了，原来他的大皮靴是一双校正靴。前原拿出一双关东军给军官们配发的皮棉鞋，既结实又保暖。前原把这双鞋交给了千代丸子，让她按杨泽田大皮靴的尺寸做个校正。

第二天一早，千代丸子围着自己喜爱的红围巾，抱着一只皮棉鞋来到街上，她要找个鞋匠，给这只鞋子钉鞋掌。千代丸子在镇子里最热闹的骡马大街上找到了一家掌鞋的铺子，便走上前，和坐在门口干活的掌柜打招呼：“掌柜的，你能给这只鞋子打掌吗？”

马家屯子是这一带的山货商品集散地，又是小白山响马头子马大壮的老家，他理所当然要在这里安排自己的眼线。马大壮的眼线在骡马街上开了一家饭店，饭店正好在掌鞋铺子的对面，坐北朝南的方向。两个眼线一个是光头，一个是麻子，他们都不是汉族人，是朝鲜族人，此时他们正隔着窗子朝外面看呢。

千代丸子身上的军装引起了他们注意，但注意还不是关注，他们也知道马家屯子有一所驻着民主联军的医院，有医院的地方有女兵不稀奇。这个女兵在等掌鞋的时候又来了一个女兵，两人开始站在掌鞋铺的门口说话，可能是想晒太阳，又手拉手一起走到街的这一边，正好站在他们的窗户底下。

戴红围巾的女兵为了说话方便，还把围巾拉到了下巴上。饭店里的两个眼线一听她们说话就关注上了，这两个女兵叽里咕噜说着笑着，让他们惊奇的是，她们竟然说的是日本话。这一关注不要紧，他们又把她们细细打量了一番，这一打量不要紧，俩人心动了。

“那个戴红围巾的日本小娘儿们长得真他妈俊，那脸蛋，瓷娃娃。”光头使劲地咽着口水。

“看，要走了？”

“跟上，看她们住哪个屋。”光头是负责的，对麻子说话用命令的口气。

经过校正的皮棉鞋当天上午就到了杨泽田手里。杨泽田拿着千代丸子给他的两只棉皮鞋翻看着，一只皮鞋没有异样，而另一只的底子很厚，他惊异地朝千代丸子看看。

“杨部长不用看，不一样的，是千代丸子刚刚在鞋匠那里改的。”说话的是和千代丸子一起回来的女护士加腾美子，加腾美子到集市上买一块肥皂，碰到千代丸子之后，两人又一起回来。

一旁的吴用接过杨泽田手里的皮棉鞋，连连咂嘴：“对啊，我怎么没有想起来啊？马就是可以加掌子的，这一只厚一只薄，不就一样长了吗？”

“去去，”杨泽田一把拿回鞋子，“人家梁山上的吴用是智多星，你这个吴用就是无用。哈哈，这个，千代啊，不，丸子啊，谢谢你啊。哈哈，这大雪天我老杨也不用当瘸子了。”

杨泽田穿上皮棉鞋走上两步，一点也不感到脚下不方便，他从心里对千代丸子更加有好感，没有别的语言，只是连连说谢谢。

千代丸子的脸红了，她从没有见过长官感谢下属。

四　救　人

千代丸子被劫了。

千代丸子住的护士宿舍在凌晨的时候遭到响马偷袭，除了千代丸子，住在同一个房间的日本护士加藤美子和中国护士齐小花都被绑架了。

听到消息之后，杨泽田立刻带着吴用来到了千代丸子她们住的地方，只见凌乱的炕上扔着棉衣和皮大衣，看来人是从被窝里面被拖出去的，连鞋子都没穿，六只棉鞋都在地上，东一只西一只。

“屯子都封锁了吗？”杨泽田问。

“部长你放心，你安排的暗哨立功了，绑匪没跑出去，从这里出去的脚印一直往东边的屯子里面去。”警卫连长拍着胸脯。

从雪地里的脚印判断，对方至少有四个人，痕迹上也能看出三个被劫持的护士是被拖着走的，脚印中还有光脚的痕迹。

杨泽田带着人一直跟着这些痕迹走到了骡马大街上，脚印和痕迹被马车和马蹄印子以及更多的脚印给掩埋了，因为天亮时分也是屯子里的商号往外送货的时间，来往的人车很多，痕迹被破坏了。

“可能隐藏在这一片，抽一个排过来，跟着我搜！”杨泽田对警卫连长说。

杨泽田在饭馆遇到了阻挡。

三个男人说着让人听不懂的语言，就是不让杨泽田和他的士兵进后面院子，杨泽田一怒之下掏出手枪，为首的一个光头反把自己的脑袋对着黑洞洞的枪口。

杨泽田反身出门再回头看，这个饭馆招牌上的字曲里拐弯，他一个都不认识。

他走到街对面，问刚刚开门的鞋匠：“这对面饭馆是日本人开的吗？”

“不是，长官，他们是朝鲜族人。”鞋匠说。

“朝鲜族人？”杨泽田踌躇了，部队有纪律，朝鲜族是少数民族，对这些地方他们不能硬闯。

他又回到饭馆，朝三个阻挡的人看看，然后命令对峙的战士：“撤！”

战士们退了出去，杨泽田看三个人的眼光都注意后退的战士，他乘机看了一眼被风吹开门帘的后门，他看见后院的雪地上有痕迹，门帘后还藏有一只脚。

“这一家太可疑了，我怀疑就是这里，你们明着撤，暗地里给我围牢了，”杨泽田小声地说着，“我去四周看看。”

杨泽田是老侦察兵，知道硬闯不行，刚才看见的那只脚说不定就是埋伏着的枪手，要是自己在前面受阻，那三个女护士说不定就有生命危险。

他在外面走了一圈，刚才进的是前厅，是招待客人的地方，后面是院子，院子里还有一排房子，要是关人一定就在后面，计划应该如此如此……

杨泽田分析得没错，千代丸子、加藤美子还有齐小花都在这个院子里，她们被绑在一个冰冷的黑屋子里面。三人中只有千代丸子身上还穿着棉衣、棉裤加一双袜子，加藤美子和齐小花都是单衣、单裤还光着脚丫子，她们俩是从被窝里被土匪直接拖出来的。

昨夜本不是千代丸子值班，可是夜里来了伤员，千代丸子跟着前原院长做了两个手术，天快亮了才回到房间，她正脱衣服准备上炕，突然听见了敲门的声音，千代丸子问了一句，外面回答说又有伤员来了。

千代丸子刚打开门就被人给扑倒了，紧接着几个人冲进来，从睡梦中惊醒的加藤美子和齐小花来不及喊叫，也都给捂住嘴捆了起来，她们被拖着扛着弄出了门，要不是哨兵发现响枪报了警，她们就被拖到屯子外面去了，现在不管怎么样还在屯子里面，还有一线希望。

回到隔壁房间的光头此时很紧张，虽然几句朝鲜话就把这些当兵的给说走了，可是别处搜不到是不是还会回来呢？他带着麻子回到后院的房间。

“怎么办？”麻子问。

“等着吧，等到天黑再说。”光头说。

“天黑？这天才亮呢！”麻子揉着鼻子，“他们是不是还要回来啊？”

“那你说怎么办？”光头也在头皮上抓着。

“我说一不做、二不休，咱先把那几个娘儿们办了，然后……”

麻子说着做了一个抹脖子的动作：“这叫死无对证。要是为她们咱把命丢了，亏不亏啊？”

“说得没错，”光头站了起来，“妈勒个巴子的，老子就是被那个小瓷娃娃迷的，就是命丢了我也要尝尝日本女人的味道！我先上了，然后再归你。”

杨泽田对饭馆的突袭按部就班开始了。两个战士悄悄上了后面的屋顶，翻墙小组也同时做好翻进去攻击的准备。

杨泽田第二次笑眯眯地来了，他又一次敲响了饭店的大门。那个小伙计忙不迭地跑到后面，把麻子叫到了前厅，后面厨房里的两个枪手也迅速出来了，埋伏在后门两旁。

所有人都被前门吸引，房顶上的战士看见两个埋伏的枪手都抽出了手枪，他们先下手了，两支冲锋枪来了一个密集射击。埋伏在后门的俩人登时被扫倒。长串的枪声未落，外面的战士已经翻墙而入。

杨泽田本来想等里面的人开门之后再动手，可里面的小伙计带着麻子进来之后并不开门，只是隔着门用朝鲜话大骂。听见后面房顶的枪声连珠般地响起，麻子本能地伸手到怀里掏枪。

站在窗户边上的杨泽田刚有反应，他身边的警卫员吴用隔着玻璃窗抢先开火，里面的麻子脖子中弹，歪歪斜斜地倒下了。埋伏在门边的战士撞开大门，一拥而进，按住了吓得发晕的小伙计。

杨泽田带着战士冲进后院，只见后院一排三间房，东面一间出来一个翻墙进来的战士，他高声叫道："杨部长，找到两个女兵！"

还少一个！杨泽田两眼一扫，中间的房门是开着的。他冲到西面紧闭的房门前，上去就是一脚。

房间里面的光头正要对千代丸子施暴。

自见到小瓷娃娃的那天起，光头就犯了心思，他和麻子一直跟到了千代丸子她们住的地方，看熟了地形。前天他去了小白山，花言巧语地说了一番日本女人如何漂亮，把马大壮说得心里痒痒的，让他们赶紧动手。

其实动手之前光头就后悔了，这样一来，这瓷娃娃般的女人就是马司令的了，没自己啥事，顶多闹点奖赏。刚才麻子的话激起了他的欲火，他冲进关着三个女人的黑房子，扛起被捆得像粽子一样的千代丸子，迫不及待地跑进自己住的房间。他把千代丸子扔在床上，用刀子割掉了碍手碍脚的绳子，上手就扒她的衣服。没想到小瓷娃娃不叫不喊，一把抱住他的一只手，上口就狠咬，光头疼得连人都跳起来了，她就是咬住不松口，光头只能当头一拳，把小瓷娃娃给打晕过去。

"老子先办了你，再打掉你的满口牙！"

光头顾不得自己的手还在流血，他先扒了千代丸子的裤子，一个一个解扣子他嫌麻烦，直接用匕首割开她的棉衣和内衣，直到小瓷娃娃雪白粉嫩的胴体横陈在自己的面前。

光头忍不住了，在那诱人的身体上抓捏了起来，而后又迫不及待地褪下自己的裤子……

一切就绪，光头刚提起小瓷娃娃的两条嫩腿，枪声就在自己的头顶上响起。光头先是吃了一惊，他下意识去找自己的枪。他在自己身上摸了几下，发现自己也是个光屁股，这才想起自己的枪丢在和麻子说话的房间里了，好在炕席之下还有一支。

光头迈腿的时候又因为裤子褪到了脚踝而阻碍了行动，就这样一来二去，他刚把枪拿到手，房门就被杨泽田给踹开了。

杨泽田首先看到一个很滑稽的场面，那个光头正面对着他，上身的衣服敞着，下身光着，两只手正在拉手枪枪栓。

杨泽田想也没想，顺手就朝他裆下连开两枪，光头低头看着自己被打烂的下身，不相信的眼神刚刚射向杨泽田，杨泽田的第三发子弹出膛，光头的前额顿时冒出一个血洞。光头倒了下来，这让杨泽田看清了昏迷在炕上的千代丸子，他不相信自己的眼睛，他用没拿枪的那只手揉了一下眼睛。

门外传来吴用的叫声："杨部长！"

"你别进来！"

杨泽田一面叫着，一面快速扯过一条被子直接盖在赤裸的千代丸子身上。

吴用此时已经带着解开绑绳的加藤美子和齐小花来到了门口，两个姑娘虽然都在医院见过各种场面，可是光头的惨样还是让她们忍不住捂住了嘴巴。

"把这家伙拖出去！"杨泽田第一句是对吴用说的。

"你们两个快进来看她。"第二句他是对两个护士说的。

第二十章 | # 虚张声势

一 念 妻

周长河已经有两个多月没有见到老婆卢小雁了。他一直在打仗，打仗期间部队又在整编，上次见到妻子时，年历还翻在1946年12月，而现在已经是1947年2月了。

周长河现在的职务是华东野战军苏鲁军区特务团团长。在此之前，他是新四军高河支队代支队长。高河支队的原支队长是卢见章，但卢见章已经牺牲，他是被日本间谍刺杀的。皖南事变之后，皖东的顽固派意图搞分裂，周长河和卢见章联手在高河镇扣住了胡专员和顾顺家，粉碎了他们的阴谋。

卢见章向前来支援的新四军黄主任明确表示，他要加入新四军。新建的新四军军部给高河抗日自卫军发来新四军高河支队番号，卢见章为支队长，周长河为副支队长，周长河此时正式进入团级干部序列。

卢见章和周长河他们忙着组建新部队，没想到身后还有一只窥视之鼠。

鸿运楼的余老板接到日军电令，一定要让皖东国共破裂。他策划了一个阴毒的暗杀计划，动用了最后一根暗桩，此人就是卢家大院的伙计顺子。顺子把余老板和另外一个特务带进卢家大院，他们兵分两路，余老板带人到库房暗杀胡专员和顾顺家，顺子去杀卢见章。

余老板一组被查岗的邓二贵发现，经过一番搏斗，余老板和其手下均被抓获。顺子以送烟为由进入卢见章书房，对正在看书的卢见章连开数枪。逃跑的顺子被护卫大刘击毙，胸口中了三枪的卢见章被送到医院救治。

在小李庄布置防务的周长河闻讯大惊，他匆匆赶到医院时，卢见章已经不行了，弥留之际，他拉着周长河的手嘱咐了两件事，一是放过顾顺家，二是好好对待卢小雁。

卢见章牺牲了，新四军军部授予他革命烈士称号，他的葬礼是高河镇建镇以来举办的最隆重的葬礼，全镇的父老乡亲都来了，他们面带悲愤扶老携幼，成群结队地前来为他送行，路上和田野里都站满了人。

原抗日自卫军战士一起举枪，为他们的总指挥送行，三轮枪响，震天动地。

“只要新四军高河支队存在一天，卢总指挥就永远是我们的支队长！”代支队长周长河向新四军高河支队的全体战士宣布。

为了继续巩固抗日统一战线，同时为了完成卢见章的遗愿，在胡专员和顾顺家写了保证书，保证不再和新四军为敌的前提下，周长河释放了他们。

卢见章牺牲的一个月后，新组建的新四军高河支队担任对清河镇鬼子据点的主攻任务，代支队长周长河亲临前线，他用神枪封住了日军炮楼的枪眼，逼得鬼子机枪只能上升射击角度，邓二贵大队的战士乘机送上大量炸药包，日军鸠山大队长和他的炮楼一同被炸得飞上了天空。

从那以后，高河支队一直在皖东战斗。

1945 年 8 月日本投降，国共谈判貌似要和平了，可蒋介石在 1946 年 6 月撕毁了停战协议，他们先后向中原解放区和华东解放区进攻，迫使高河支队离开高河镇，一路北撤，从皖东撤到苏北，又从苏北一直撤至鲁南山区。

1946 年底，高河支队协同山东主力部队参加了鲁南战役，在峄县、枣庄地区连续歼灭国民党军整编第二十六师、第五十一师和第一快速纵队，消灭了五万国民党军。

鲁南战役之后，山东野战军和华中野战军进行合并，成立了华东野战军。高河支队归属野战军辖下的苏鲁军区，周长河被任命为苏鲁军区特务团团长，邓二贵升任团参谋长，李有才调任军区保卫科长。

苏鲁军区特务团有四个加强营和一个机炮营，每个加强营都有四个连，每个连四个排，每个排四个班，连长能带小两百人，全团的战斗人员就有两千来人，一个实打实的加强团建制。

这一天，周长河接到去军区开会的通知，他迫不及待地出发了。

开会很重要，更为重要的是，两个月没见老婆，他要赶紧去和在军区宣传队当队长的卢小雁团聚一次，解决一下心理和生理上的饥渴，所以他一路策马飞跑，把胯下战马累得口吐白沫呼呼直喘。

周长河和卢小雁是在抗战胜利之前结婚的，当时的黄主任、现在的苏鲁军区黄政委专门到高河镇给他们俩主婚，他也连连发出感叹："你小子，二八五七团后面几项什么都占，就是前面年龄不够，回去我都不能说，那些从大别山一起出来的老人非得给我提意见不可。"

周长河是个幸运儿，在部队的晋升中他没有进过营级，高河支队编入新四军时有三个营，当时就给了团级建制，只有二十四岁的周长河算是副团长了。他的老部队中有不少资历比他老，级别比他高的干部都没有周长河升得快，常有一些资历老年龄大的干部在他身后腹诽：这小子命太好，官升得太快。

二八五七团是当年部队干部结婚的死规定，要求二十八岁以上，五年党龄，七年军龄加团级干部，这四个标准缺一不可。那时周长河军龄十三年，党龄十年，副团也算团级，可他年龄刚到二十七岁，部队里比他大的光棍干部真是不少。

"我都够了，我们老家都算虚岁，算虚岁我今年就是二十八。我敬首长一杯。"

看着黄主任把喜酒喝了，周长河脑子里不知怎么地忽然冒出一个念想：要是当年我向黄主任提出和山杏姐结婚，那会是什么结果呢？这个念想一出，周长河立马打住，这个秘密要烂在自己肚子里，想都别想。

卢小雁参军后分在战地服务团，虽说黄主任没把周长河结婚的消息到处散布，可是漂亮的卢小雁是部队里很多干部关注的目标，这种秘密根本保不住，这无形中又提高了周长河的知名度，妒忌他的人更多了："这小子命好，属桃花的。”

周长河急着想见到妻子，上次见面看她瘦了不少，肯定水土不服。苏皖到鲁南来的部队近期流传一个顺口溜：“反攻反攻，反到山东，吃的煎饼，卷的大葱。”

煎饼大葱对周长河倒没什么，在大别山里吃糠咽菜的日子都过来了，可那卢小雁是大家闺秀，皖东又是鱼米之乡，到鲁南啃那又粗又硬的高粱煎饼再加上呛鼻子的大葱，她一定不习惯。所以周长河出发之前还特意带了几个打国民党第一快速纵队时缴获的美国牛肉罐头，想慰劳慰劳妻子，给她加加餐。

周长河心里急，马鞭就扬得高：“驾！”

周长河想卢小雁，可卢小雁在心里暗恨周长河。两个月前两人“牛郎织女”了一回，无意之间播下种子，眼见已经有果实了。

卢小雁这一阵感觉不好，胃里老是泛酸水。黄政委的爱人是军区医院的医生，很明确地告诉她：“你就是有了。”

卢小雁觉得来得真不是时候，不仅是驻地老转移，而且也吃不好，想吃什么都没有，管够的就是呛鼻子的大葱。

卢小雁从医院回来的路上正好碰上军区保卫科科长李有才。

“小雁，长河要到军区来开会，你知道吗？”李有才问她。

“不知道啊！他啥时候回来啊？”卢小雁问。

“今天准到，你们两个‘牛郎织女’又可以见面了。”李有才笑着说。

见面有啥用？卢小雁心里一阵喜悦一阵踌躇，这怀孩子的事告不告诉他呢？

“小雁，你脸色不好，是不是太累了啊？”李有才看她脸色不太好，“赶紧回去休息，我那还有老乡给的大枣，一会让人给你拿去啊。”

李有才还有事，朝卢小雁扬扬手走了。卢小雁转身朝伙房走去，心想不管怎么样，丈夫来一趟也不容易，看看炊事班还有没有面，给他弄碗面条吧。

二 令 箭

卢小雁准备的面条成了疙瘩汤，周长河根本没进屋。

周长河到了会场才知道此次会议并不是开到团一级，参加会议的都是军区所属的各个军分区司令员和独立师师长，只有他是个例外。周长河在最后一排找了个座位，和军区作战科的几个参谋坐在一起。

他刚坐下，主持会议的黄政委就点他名了："周长河过来，坐前面。"

周长河一个劲地摆手，黄政委生气了："搞什么啊？叫你上前就上前！"

周长河看周围的领导都用异样的眼光瞧他，身上如同钻了毛毛虫一样不自在。可首长发话，他只好躬着身子上前，坐在第一排最边上的位子。坐在前面听得清楚，会议内容是这样的：鲁南战役之后，国民党军的统帅部判断华东解放军伤亡惨重，续战能力一定不强，他们又集中了三十一万重兵，分南北两线进攻山东解放区，他们把这次进攻叫作"鲁南会战"。

"根据中央的部署，华东野战军上个月正式成立了。"军区张司令员说，"我野战军首长决定集中主力二十四个师，击破敌人的"鲁南会战"。目前我军主力已经撤出临沂，迅速北上，计划围歼敌北路集团。我们的任务是配合南线野战军留下的两个纵队，伪装成主力，阻击南线之敌。"

张司令员说完大致情况，参谋长站起来宣布各部队的战斗任务，周长河把耳朵竖得老高，可是一直到司令员宣布会议结束，也没叫他一次，更不用说任务了。

周长河也不知道自己来开这个会要干吗，他懵懵懂懂地跟着散会的人站起来，黄政委又发话了："周长河，你跟我走！"

在黄政委的房间里，周长河噘着嘴闷闷不乐："政委，军事任务都是司令员参谋长布置，你政委布置的不是宣传就是民工，要不就是警戒保卫。我这个特务团长都生锈了，你还让我坐前面，还没有战斗任务，纯粹让人家看我笑话啊。政委，您干脆把我调到主力去吧，自从 1939 年你把我派到了抗日自卫军，这几年连一个大仗的影子都没有见着，我都成了王八的孙子，老鳖（憋）了。"

"你别得了便宜还卖乖！"黄政委是一步步看着他从一个小屁孩到现在

的正团级指挥员，太知道他的禀性了，点着他的脑袋说，“你就这么看不上我？你怎么知道我布置的不是战斗任务？”

周长河认真了：“真是战斗任务啊？”

“你看看，来精神了。”

“嘿嘿！”周长河诡异地笑了，“不当众布置，一定是秘密任务。”

“臭小子，不愧是侦察员出身，”黄政委把笑容收起来，“比战斗任务还重要，还艰巨。你过来看看。”

他把周长河带到地图边：“刚才张司令员讲了，敌人南线有八个整编师，一大半是老蒋的嫡系，他现在兵分三路北上，摆的是一副稳扎稳打的架子。敌人中路主要是嫡系74师和后续两个师，我南线主力部队的一个纵队加上我们军区所属的两个分区和两个独立师配合作战，要让敌人误以为这就是华东主力；敌人左路是我军右翼，也是两个整编师，我们用一个纵队加一个独立师堵着他，让他不敢冒进；这个作战方案有一个大问题，就是敌人的右路有一个整编师加一个旅，而这一边我们已经没有主力部队了，也就是说，我的左翼是空虚状态，如果敌人发现我左翼空虚，他们就会很快和中路会合，发现我军的意图。”

周长河好像有点明白了：“你是让我们团去阻击右路敌人？”

“周长河，你们只是一个加强团，要顶住一个整编师和一个旅的敌人，你自己认为有把握吗？”说话的人是刚刚进门的张司令员。

周长河没时间去看老婆了，他让黄政委的警卫员把他带来的牛肉罐头给卢小雁送过去，自己又马不停蹄往回赶。回去的这一路他也没工夫想老婆，只是一遍遍回想着刚才和首长们的对话。

“右翼的敌人不是嫡系，他和中路的74师若即若离，你的任务不是和他对着干，而是想办法让他产生一个错觉，最好是让他以为我军有一支主力要绕到他后面，逼他掉头回去。”张司令员交代了真实意图。

“要把他拉得越远越好。”黄政委补充了一句。

“那首长给我多少部队？”周长河觉得有意思了，他赶紧问。

“没有部队给你。”张司令员说。

“对！就你一个加强团。”黄政委的补充等于废话。

周长河严肃了：“首长们开玩笑吧？我特务团虽然是加强了，可满打满算也就两千人，连个大炮都没有，你让我冒充一个纵队，那也不像啊。”

“不像？”张司令员说，“野司在南线摆了两个纵队，加上我们分区和独立师的部队，要冒充整个野战军主力。所以说，不像也要像。刚才会议上各部队的任务你都知道了，你说，我把哪个部队划给你？”

周长河低着脑袋不吭声，黄政委打破了沉寂：“这样，正规部队没有，只有军区机关，你要什么、调什么人都归你，我和张司令员都去给你充数。”

周长河抬起头：“那行。不过，你们要给我写一个手令。”

张司令员没有明白：“写什么？”

周长河赶紧解释：“手令啊，就是令箭。你这是军区，哪一个部门官都比我官大，我能调动谁啊？”

司令员点头：“行！特事特办！我给你写！”

“调谁呢？”周长河在马背上颠着还在想，“管他呢，把老婆先调过来再说。”

“调我？你凭什么调我啊？”卢小雁诧异了。

她真搞不懂自己的丈夫，她昨天好不容易到炊事班弄点白面，擀了一碗面条，谁知道这个人离开会场后一声不吭跑了，黄政委的警卫员说他回部队了。要不是看在他送来的几个罐头的面子上，卢小雁真跟他翻脸。

小雁最后还是自己把那碗成了面疙瘩的面条给吃了，她还打开一罐美国牛肉罐头想解解馋，谁知道吃了两口就吐了出来，怀孕的人反应大。卢小雁不知道这人一跑何时才能见面，谁知道才隔了一晚上，他又回来了，还大模大样说要调她。

“凭什么？就凭这个。”周长河得意地从口袋里抽出一张纸，卢小雁接过来，“军区特务团团长周长河同志所做的一切都是军区司令员的命令，请军区机关各部门听从周长河同志的调遣。此令，张保正。”“张司令员？”卢小雁看到后面的落款吃了一惊。

“怎么样？”周长河一脸得意样，“宣传队长同志，还有什么问题？”

“你要调我干吗？”卢小雁问。

“晚上回来再告诉你，跑了一上午了，给点吃的吧。”

“没有别的了，只有煎饼大葱。”卢小雁不好意思再去麻烦炊事班了，就把自己从炊事班拿来的中饭推给了周长河，周长河嘎巴嘎巴就塞到嘴里，卢小雁看他吃得香，反而自己有一种要吐的感觉，她赶紧跑出去。

“你不吃啊？”周长河没发现卢小雁的脸色不好，还以为房间光线暗呢。

吃了老婆的中饭，周长河一时也没有闲着，他先是跑了民运科，又跑了通讯科，一路都用张司令员的手令开路，最后他又进了军区军械所的院子。

在军械所的修理间里，黑黑瘦瘦的所长正在拆大炮零件，就在车床边上接待了他：“有话就说，你要干吗？”

周长河指着那些正在修理的炮：“这玩意儿有多少啊？”

“你问正在修的人啊！山炮有七门，野炮有六门，步兵炮四门，迫击炮……”

周长河摇摇头：“迫击炮我有。这炮都能用吗？”

所长斜眼看着他：“你看你说的，要能用还放在这里？早就让部队拉走了。”

“我是说，你把这些正在修理的炮轮子都装上，能拉着走吗？”

“拉走？拉出去也是废铁。”

“那行，”周长河笑了，“只要看着是炮就行。我拉出去用用。”

所长摆手了：“那不行，人家部队不愿意。”

“这是命令。”

人家所长也是团级，他瞪眼了：“你命令我啊！”

“我哪有胆子命令你？”周长河拿出司令员的手令。

所长看了一遍，不相信似的盯着他：“早说啊，执行！”

三 方案

从军械所出来之后，周长河又去了区委，和地方上的同志谈完了，天也到了傍晚，他又出现在张司令员和黄政委的面前。

“听说你已经拿着我的手令到处招摇了？”张司令故作严肃地说。

“当然！不然要它干吗？”周长河说。

“好用吗？”黄政委问。

“好用。司令的手令不好用谁的好用？”

“用完了就还给我吧。”张司令员伸手要。

“我还没有用完呢。”周长河不干了。

黄政委笑了：“张司令昨天就后悔了，怕你拿着它跑到别的部队去调兵。”

“司令员和政委这么看我，那别让我干了。”周长河拿出手令来，“看看，上面清楚写着呢，军区机关各部，各部！没有部队！当我傻啊，还假传圣旨。”

“哈哈，那就留给你吧！”张司令员说，“怎么样，方案出来了？说说吧。”

周长河愣了：“首长怎么知道我的方案已经出来了？”

“那你来干吗啊？”黄政委说，“还是那句话，兵没有，老将只有两个。”

“不要兵，只要到时候借你们两位的军装用用。”张司令员和黄政委都是军级干部，他们已经穿上了新配发的呢子军服，大衣也是翻毛皮领子的。周长河过来的目的其实也就是汇报方案，他昨天回去之后就把方案想了一个大概，今天上午到军区的路上已经看好地形，下午就是和各部门沟通。

周长河把自己的计划完完整整说了一遍，张司令员和黄政委频频点头。

“你这个虚张声势的计划不错，”张司令员肯定，“怎么能让敌人知道呢？”

“黄政委知道我，我原来干侦察兵的，每次战斗之前我们都要去敌方化装侦察搞清敌情。敌人也不是吃素的，这么大的战役，他不派人到我们这里搞情报？”周长河胸有成竹，“我想让民运部门散布消息，并让区政府组织大批民工，就说去枣庄方向，这样可以引起敌人的注意……”

周长河话没说完，门口有人喊报告。进来的是李有才，李有才敬礼之后看见了周长河：“周团长也在啊。”

“你这个保卫科长驾临一定没好事。”黄政委说。

李有才说：“首长，我们发现敌人的一个特务小组，他们带有电台。”

“控制住了吗？”张司令员有些紧张，“这时候被敌人搞到情报不是好事啊。”

“已经监视了。我来请示首长，是不是现在抓了他？”

“那还请示什么？抓啊！”张司令员一拍桌子。

一旁站着的周长河赶紧说话：“老李你等等，有特务？这可是好事啊！”

张司令员看他一眼，马上明白了：“好事？对，是好事啊！哈哈，我说周长河，你还真是一员福将啊！你把我给你的手令也给李有才看看吧。”

“手令？什么手令啊？”李有才有点迷糊了。

周长河哼着刚刚学会的沂蒙山小调回到卢小雁身边时，已经到了晚上七八点钟的光景，卢小雁还是第一次发现自己丈夫的喉咙还能发出唱歌的声音，从他那愉悦的表情能看出任务一定完成得不错，但是哼出来的调子可不值得恭维。

“难听死了，”卢小雁说，“不会唱别唱，丢我宣传队长的人。”

“行行，不唱了。”周长河一把抱住卢小雁的脑袋，在她脸上亲了一口。

“什么呀！酒味，还有大葱味。”卢小雁噘着嘴，“吃过了吧？”

“嘻嘻，在李有才那里吃的。就喝了两口。”周长河不好意思地抹抹嘴。

“到底什么任务？现在该说了吧？”卢小雁给他倒了一茶缸水。

“说，现在就说。”周长河端着茶缸一屁股坐下，把来龙去脉说了一遍。

卢小雁叫起来了：“你怎么这个时候才说啊？整整一个下午都耽误了，你以为让我们宣传队出节目容易啊？能张嘴就来？”

卢小雁说着就往外跑，周长河跟在后面叫：“你干吗去啊？”

“我去布置任务，你自己先睡吧！”卢小雁丢下一句话，跑了出去。

周长河给自己脸上一巴掌：“就是嘴快，给老婆布置任务，也等办完正事再说啊。”

卢小雁回来的时候已经很晚了。冬天的夜，房间里也冷，周长河也没人说话，干脆脱衣服躲进被窝，等卢小雁摸黑到了床边，他已经迷糊好一会儿了。“怎么这时候才回来啊？”周长河本来睡觉就惊，再加上和老婆的正事没办，心里不踏实。他看了一下放在枕头边的怀表，已经是半夜了。

“同志们的快板词还没有编好。对了，你听听，这样行不行？”卢小雁一面脱衣服一面轻轻念起了快板词，“同志们，勇向前，大步流星出鲁南，消灭临沂蒋匪军……这后面一句就是想不好，不押韵。”

“想不好不急，明天接着想。”周长河一把把她搂进被窝里，急切地摸她的身子，卢小雁把他揉摸自己乳房的手推了下来：“不行！今天不行！”

“为什么啊？”周长河急了，等了半夜就为了这个事，老婆不干，这不是白等了吗？

“我不舒服。你下回吧。”卢小雁想起了黄政委爱人的嘱托，怀孕期间尽量少房事。自己怀孕的事本来是想告诉他的，可听到周长河接受特殊任务以后，她就改变了想法，先不告诉他吧，免得他分心。

可她这种托词让周长河更加急了，一只手又伸了过去：“小雁啊，我求求你了啊，你让我勇向前一次啊，我勇向前了，才能放心出鲁南哪。”

小雁心软了：“那你轻一点哪。我不舒服。”

“行行。”得到允许的周长河立马在老婆身上动作起来。

完事之后，周长河头一歪，很快就发出了轻微的呼噜声。卢小雁却一直不能入睡，她抱着丈夫暖暖的身子，想起了高河镇的卢家大院，想起了熙熙攘攘的高河街，想起了清澈的高河水，多好的家乡啊，可那里现在也是蒋匪区了。她的脑子里忽然冒出了一句快板词：“消灭临沂蒋匪军，收复咱的好家园……对！用收复好家园。”

卢小雁兴奋了，她更睡不着了。

四　游　行

周长河的虚张声势的计划是在一个较大的镇子里搞一次南下部队的欢送仪式。

他选定的这个镇子沿街到处贴满了红红绿绿的大标语。

这也是他老婆的功劳。卢小雁带着军区宣传队把“欢送主力南下”“打回临沂，消灭蒋军”“彻底粉碎蒋军的鲁南会战”等宣传标语贴了一路。地方政府也发动了十里八乡的老百姓聚集在大路的边上，欢送出征的队伍。

“来了！来了！我们的队伍上来了！”

执勤的民兵首先发现了行军的尖兵，登时镇子里面锣鼓敲响，唢呐齐鸣。

一个连的战士迈着整齐的步伐进入镇子，紧接一个战斗营……

宣传队的快板响起来了："同志们，勇向前，大步流星出鲁南，消灭临沂蒋匪军，收复咱的好家园。"

骑着高头大马的邓二贵是第一拨亮相的人，此时的邓二贵身穿黄政委提供的翻毛领子军大衣，头戴皮军帽，周围背手枪骑战马的战士有五六个，引得送行的百姓纷纷议论：

"这个大首长气派，少说也是师长吧？"

"师长哪有这么多卫兵，一定是个军长。"

一个营，又一个营。两边的老百姓不仅喊着口号，婶子大娘们还不住地把红枣鸡蛋往战士们的衣兜里塞。在离镇子不远的山包上，周长河正陪着穿着普通棉军服的张司令员和黄政委看着下面的阵势。

张司令员频频点头："兵不厌诈，你小子演戏倒是不错，我都看傻了。"

"你摆这么大的阵势，队伍能接得过来吗？"黄政委担心。

"接得过来。"周长河胸有成竹，为了把一个加强团变成一个纵队的阵势，他还真想了不少点子。

从军区回去之后，他就让邓二贵把队伍打散，把一个团变成了两个团。接下来的两天就是训练队列，布置行军顺序。他之所以选这个镇子，就是因为这个镇子南边五里之外还有一条岔道，绕着镇子走一个大圈还能再绕回来。

"我们需要的就是骑马的指挥官，两位首长什么时候出马啊？"周长河问。

"你当戏台老板，当然听你的。"张司令员刚刚说完，就看见李有才气喘吁吁地爬上山头。

"怎么样？特务们来了吗？"黄政委问。

"来了，都来了，"李有才一个劲地点头，"昨天地方同志一散布消息，上午他们就全到了，连电台都移到这里来了，都在人群里面数数呢。"

"好，就怕他们不来啊！"周长河说，"老李，想不想狐假虎威一次？等会儿你骑着马穿着张司令的大衣凑个数。咱兵不少，官不多，你别让狗日的看出来。”

李有才摆摆手：“我就算了吧。”

“让你凑数是看得起你，一会儿张司令员和黄政委也要去凑数呢。”

张司令员不高兴了：“老黄，你听他说什么？我们是凑数的。”

镇子里过炮兵了，马蹄声声，车轮滚滚，骑马走在前面的是黑黑瘦瘦的军械所所长。卢小雁和其他宣传队员都站到大路边，快板又清脆地响了起来：“老乡们，快点瞧，咱们的大炮上来了。有山炮，有野炮，迫击炮，六零炮，还有九二步兵炮，准备的炮弹真不少，临沂的蒋匪军无处逃……”

马拉的炮车轰隆隆过去了，两个老百姓打扮的人凑到了一起，小声嘀咕起来：“没错吧？整整一个团。”“没错，这是一个混合炮团。”

一个上午，卢小雁带着宣传队打的快板都不重样，一会儿是“二师的同志别落后，要和一师争上游”，一会儿是“第三师，本领强，攻坚夺城你最棒”。

周长河的特务团足足跑了五个大圈，一上午跑了五十里地，炮车也跑了两趟，只是每一趟马上的指挥员都不同。

跑得多了，生怕老百姓能认出来，在镇里大游行的战士们后两趟都不敢抬头，就是快步赶路。就这样还是露出了破绽，一个带着孙女的大娘只往扛机枪的战士兜里装鸡蛋，到了第四圈的时候，碰上的正是第一圈给过鸡蛋的一个战士，那战士不好意思地捂着鼓鼓的兜，赶紧跑了几步。

孙女眼尖，好像认出来了：“奶奶，你刚才给过那个叔叔鸡蛋了。”

“胡说，没听宣传队说吗？刚才过去的是一师，现在是二师。”

大娘说着揉揉眼睛，看着扛机枪战士的后背：“真像，是不是双胞胎啊？”

周长河穿着张司令员的呢子大衣随着最后一批部队走过镇子，到了三岔路口，他跳下战马，脱下大衣和帽子，交给正在等他的李有才：“老李，戏演完了，你赶紧动手，咱们虽然热闹一回，可忽悠的破绽太多，弄不好一会儿他们就回过神来了。”

周长河说的话没错，真正能当特务的人也不会是傻瓜。

一个上午，化装的特务们既要数人头，又要向他们的上级通报情况，也没来得及细细思考，此时完成侦察任务了，情报也发出去了，就着煎饼卷大葱喂肚子的时候，他们有感觉了，这味道好像不太对。

为首的特务组长吐出嘴里的煎饼："不对啊！"

"怎么不对？"另外两个特务朝他看，其中一个是报务员。

"炮队过去两次，都是十七门，炮一样，怎么连拉炮的马都是一个颜色？"

"好像是。"和他一起数数的特务也想起来了。

"他们要是奔袭枣庄和临沂，那就是打我们后方啊！按兵法说那应该是悄悄而行出奇兵啊！他们怎么还敲锣打鼓的？"

"你是说有诈？"报务员问。

"可能有诈。"特务组长命令报务员，"你赶紧打开电台，告诉指挥部防备。"

可惜晚了，敌报务员刚刚打开电台，李有才就带着战士冲了进来："不许动，缴枪不杀。"三个特务举起了手，李有才一把从特务组长手里拿过拟好的电文，他看了一眼，笑出声了，"哎哟！悟过来啦？晚了！都带走！"

听完李有才的汇报，张司令员和黄政委都捏了一把汗。

张司令员马上表扬他："好，干得及时，这回他不信也要信了。"

敌情通报也及时到了，敌人南线右路的敌人也真相信了他们特务的情报，已经停止北进，部队回防枣庄、临沂一线。

"好，成功了。马上向野战军首长报告，南线的阻击可以放心干了。"黄政委在桌上猛击一记。

"诱敌成功，我们要给周长河记上一功。"张司令员说。

有好消息也有不好的消息，政治部的人来报告，说宣传队长卢小雁因劳累过度流产了。军区的两位首长面面相觑，一时间不知道该说什么好。

第二十一章 | **老婆为大**

一 犯 上

杨泽田结婚了，他娶了千代丸子。他和千代丸子定下关系是在马家屯子，就在他救下千代丸子的当天。

拿掉了土匪眼线，安排好部队警戒，杨泽田只身来到了千代丸子的宿舍。前原院长告诉他，千代丸子被救回来之后一句话都没有说过，只是一个劲地哭。杨泽田进门，让陪着千代丸子的齐小花出去一会，说自己有事情要问她。齐小花出去了，杨泽田关上门，只见千代丸子一个人围着被子坐在炕上，身子一阵阵地抽楢着，杨泽田一时不知道如何表达，冷场了。

“你放心，”杨泽田忽然说了一句，“除了那个死人，只有我看过你的身子，我没让他们进门。”

他的一句话把千代丸子的泪水又勾出来了，杨泽田这才想起这样表白实在不恰当，他忽然变结巴了：“千千、千代丸子同志，你、你是我们联军的战士了，我要叫你同志，同志是吧！丸子同志，我是、是这个意思，我是农民出身，没有文化，不知道怎么说。我是说，我娘说我们老家有个习俗，男人要是看到了女人的身子，这个女人就是他的老婆。‘老婆’你懂吗？”

千代丸子的哭声好像停了，她抬起头来，两只哭肿的眼睛傻傻地朝他望着，抑制住的抽搐好像又要开始，杨泽田赶紧又解释起来："还不懂啊？说白了啊，就是今天我、我看到了你的身子了，我愿意娶你当老婆，你愿意不愿意嫁给我当老婆？你给一句话，就一句话啊。"

……

杨泽田从房里出来，出了一口长气，心里暗想：娘了个腿的，好事都让我给摊上了，民国二十年我在观音庙里救了个光屁股姑娘，可她是我杨家堂妹，当不了老婆。这一个小瓷娃娃可是点头了，这是天意，我才不管她是不是日本人呢。

杨泽田和千代丸子一场恋爱谈了四年，可他就是结不了婚。娶媳妇是多美的事啊！俗话说，良宵一刻值千金。四年，一千多个日日夜夜，多少个良宵？又值多少金？一百吨都有了。

不是他不急，是因为东北战局变化太快，一年能变几个样。

1946 年的工作重点是剿匪、实行土地改革、建立革命根据地。

1947 年是东北的转变年，民主联军三下江南四保临江，变防御为进攻。

1948 年，东北民主联军被改称为东北人民解放军，仗越打越大；9 月底开始辽沈战役；11 月打完辽沈战役，紧接着就出关打平津战役。

1949 年元旦刚过，平津战役结束，现在四野已经打过长江，挺进湖南。

大仗打多了，杨泽田这才知道当联勤部长比当团长累多了。指挥战斗虽说危险大，可是痛快啊！就一锤子买卖，打胜了高兴，打败了沮丧，打死了也就是黄土埋人。这联勤工作看起来在后方，可是能磨死你。打仗之前你粮草要先准备吧！不然怎么叫兵马未动，粮草先行呢？仗打起来了，你要去前线送弹药、担架、热水、热饭，送上去是应该，送不上去指战员要骂死你，领导发怒要枪毙你。人家仗打完了，你还要管伤员治疗，管阵亡掩埋，管消耗统计，管缴获清点。一句话，没有一天是清闲日子。

杨泽田每天忙得倒头就打呼噜，你就是给他一个媳妇，他也没气力搂着了。好容易碰上几天清闲日子，想起来该娶媳妇办事了，一问才知道，自己的结婚报告还没批，等到再找上级批报告，新的战役又开始了。

如今东北全境都解放了，杨泽田和他的老部队留守东北，现在四野主力已经到了湖南，可进入湖南的部队水土不服。不仅战士水土不服，连战马也水土不服，这些吃惯了大豆高粱的东北战马对南方的稻草感觉不爽，纷纷撂挑子当病号，林总急了，发急电要留守东北的部队尽快给予解决。接到命令的杨泽田两天两夜没睡，装了几十车马料，让火车直送湖南前线。

任务圆满完成，他刚回到联勤部，陈科长就来报告，军区的金立中参谋长明天结婚，请他去参加婚礼。

不提结婚还好，一提结婚，一下把杨泽田肚子里的怨气给顶出来了，他叫来他的老警卫员、现在联勤部当助理员的吴用，劈头盖脸就给他一顿骂："我说你这个吴用真无用！老子的结婚报告都弄哪去啦！金立中个新兵蛋子都要娶老婆了，老子还一个人搂着枕头打光棍，我怎么找了你这么个无用的兵？！"

"这怎么能怪我啊？你一封封写，我一封封交，"吴用只是叫冤，"第一封交给李政委，刚上交李政委就调走了；第二年交给林主任，林主任调骑兵师当政委了；第三年的交给周政委，周政委去年年底跟着大军进关了；今年组建新军区，瞿主任一调来我就交了，我又不是领导，骂我吴用顶个屁用啊。"

杨泽田想想也对：骂吴用是一点道理也没有，这些年部队变动是大，可这些政工干部怎么一拿到我的结婚报告就开溜啊？

辽沈战役之后，组建了新军区，梁司令出任正军级的军区司令员；金立中升任副军级的军区参谋长；组织上也没忘他，已经找他谈过话了，即将任命他为副师级的后勤部副部长，让他完成马料任务之后就到军区报到。

既然骂吴用没用，杨泽田自己出马，跑到军区政治部追问自己结婚的事。瞿主任亲自接待他，杨泽田也知道自己在求人，他开始还是心平气和坐着说话，可三句话不投机，两个人都憋不住了。

"你的报告还有问题，你结婚对象可是日本人。"瞿主任说。

杨泽田的眼睛瞪起来："她是日本人，可她也是我们解放军的战士！"

"你急什么急？"瞿主任想压他的火，"我知道她是你们联勤部医院的护士，可你马上就是我们的高级干部了，政审这一关是一定要走的。"

“屎！我算个屁高级！”

瞿主任严肃了：“杨泽田同志，你后勤部副部长的任命就要下来了，副师级难道不是高级干部？对你的婚姻问题我们组织上是要把关的。”

杨泽田强压怒气：“好好，你把关。你说，我那个千代丸子到底有什么问题！”

“千代丸子是日本人，她的家庭你了解吗？”瞿主任拿出纸笔做记录状。

“了解。她们家过去是日本拓荒团的，1945 年苏联大鼻子解放东北，把拓荒团都遣送回日本了。”

“这不就对了吗？日本拓荒团到中国来抢夺我们中国人的土地，那就是侵略！而且千代丸子所属的拓荒团医院又划归日本关东军掌控，这难道不是问题吗？”

瞿主任貌似找到了理由，杨泽田反倒呲鼻子了：“日本拓荒团医院在抗战胜利后编入我们民主联军，这三年跟着我们打仗，救了我们多少战士？你能说他们不革命吗？什么逻辑！”

杨泽田的出言不逊让瞿主任火了，他把笔一放：“杨泽田同志，医院是医院，千代丸子是千代丸子！你为什么一定要找一个日本人当老婆呢？”

“日本人当老婆为啥不行啊？我这还是什么……那个国际主义。我不管她什么人啊，至少现在她还是我们解放军战地医院的护士。”

瞿主任摇头：“可她们家在日本干吗你都不知道，我们要对你负责。”

杨泽田急了：“她家在日本，我管她家干吗！你们爱怎么调查怎么调查，那你告诉我，你什么时候能批我的结婚报告！”

“鉴于这种情况，我还要调查。现在还不能批。”

“你找梁司令，找金立中调查，他们都知道。”

瞿主任看着他：“金参谋长？你以为我没有找过他吗？”

“你找过了？他怎么说的？”

瞿主任一脸严肃：“杨泽田同志，要有点组织性吧。”

杨泽田终于忍无可忍了，他跳了起来：“我怎么没有组织性了？没有组织性我一次次给你们打报告啊？老子早抱着媳妇生儿子了！你他娘不听我的，就听金立中的！千代丸子要是有问题，金立中当年干吗要追她？你们是看老子娶日本媳妇眼馋啊？有本事自己找一个去！”

瞿主任先拍了桌子：“杨泽田，你太不像话了！”

杨泽田拍得更响，把桌上的茶杯都拍跳了起来：“你老几啊？跟我拍桌子！”

二 准 备

杨泽田被逼上梁山，他孤注一掷，先把老婆娶回来再说。他从军区政治部回来就给医院的前原院长打了电话，让他转告千代丸子，明天结婚，在联勤部食堂举行婚礼。

接电话的前原忽然想起来一件事：“对了部长，军区金参谋长也是明天结婚，通知我们医院不值班的女同志都去。”

电话里面的杨泽田发火了：“谁也不许去！你们都是我的部下，他结婚让他的司令部自己热闹去。你们都到我这来，这是命令！”

……

听到院长通知，千代丸子既紧张又慌乱，在紧张和慌乱之中，她心里还有一种说不出的味道，不知道是兴奋还是难过。这消息似乎是她盼望的，可又让她感到很突然；心里好像有准备，又好像一点准备也没有。这种矛盾和复杂的心情来自她和杨泽田这种奇怪的恋爱关系。因为他们两人的关系很奇特，只存在关系，不存在恋爱。

在马家屯子的时候，她恍恍惚惚对这位救了她性命的杨部长点了头，杨泽田出门就放话了，医院的上上下下也都知道了。报答救命之恩，姑娘以身相许。这本是戏文里的故事，可后来故事的发展让人匪夷所思。

三年多来，作为恋人的杨泽田没和她一起吃过一顿饭，也没有陪她上过一次街，就连肩并肩一起散步的情景都没有出现过，更别说打电话写信。每次杨泽田看她都是因为工作顺带着去看看，除了几句“好好干，别给我丢人”的话以外，没听到任何温柔体贴的话。

“中国男人怎么比我们日本男人还跩啊？”好友加藤美子说，她还帮着千代丸子找原因，“中国人老封建，他们说男女授受不亲，结婚之前最好都不见面。”

千代丸子当时还点头同意呢！可这种理由随着革命胜利而变得不是理由了。

东北解放后，留在东北的联勤部医院有不少护士成了留守部队军官的目标，有的首长坐着吉普车来看对象，有的还成双成对在戏院里看戏，在街上下馆子。

因为长相和工作能力，千代丸子一直是军官们的首追目标，这里面比杨泽田级别高的军官太多了，他们追求的方式也很单一，就是找医院政治处主任提亲。

医院的政治处主任也是个明白人，无论是谁，只要一提千代丸子的名字，他立马推给了院长前原。那前原是日本人，说话直来直去，他直接告诉人家别惦记，千代丸子已有主。也有不死心的直接给千代丸子送礼写信，但这些东西和信从千代丸子手里到了前原手里，最后到了杨泽田的手里，杨泽田又无一例外给扔了回去。

“老子的女人！别想挖墙脚！”就这一件事，杨泽田得罪的人也不老少。

千代丸子对院长的通知半信半疑了：明天结婚，时间怎么会这么紧呢？前原又让加藤美子带话，给她半天假。加藤美子现在是前原院长的老婆，她今天轮休，既然有假期，千代丸子准备拉着她上街，要结婚了，总要买点东西吧。

千代丸子和加藤美子还没有出门，齐小花就来找她们了，想一起上街。

齐小花就是金立中要结婚的新娘子，他俩能走到一起，那也真是缘分。

马家屯子杨泽田捷足先登，把已经决定要娶千代丸子但还没有来得及表白的金立中气得差点吐血，当时金立中就闹着要出院，杨泽田早就猜到金立中惦记的女人是谁，怕夜长梦多他马上同意：“他早就该滚蛋了！老在我的医院里面泡病号算怎么回事！你让他走！这前线打成这样，正缺指挥员呢！他不是伤口都封口了吗？还在医院赖着干啥啊？”

杨泽田是外行，可以大大咧咧随嘴乱说，可前原是技术干部，对首长的伤情不敢不小心，正好部队来了命令，剿匪前线需要一支救护队，前原派齐小花跟着救护队出发，临走还给她布置了一个任务，负责给金参谋长打一个疗程的针。

下级服从上级，被金立中骂过的齐小花只能服从。一个疗程之后，千代丸子的容貌渐渐在金立中脑子里模糊了，齐小花成了他的菜。今年东北无战事，金立中把齐小花调入军区卫生所，两人正式明确关系，双双写了申请，选了个好日子办个革命的婚礼。

齐小花虽然人已调走，可是关系最好的几个姐妹还在医院，自己办喜事当然要找好伙伴帮忙，何况在上街选东西方面，医院的几个日本籍护士算是眼光别致。

“真的啊？”听到齐小花明天也要结婚的消息，两人都表示惊奇。

“明天是什么好日子啊？你和金参谋长结婚，千代也要和杨部长结婚了。”加藤美子说。

“是吗？”齐小花看着千代丸子，“那我的婚礼你去不了啦，真可惜。”

“丸子不去最好了，她要去了，把你放在哪里啊？”

加藤美子心直口快，她对当年的那一幕很清楚，齐小花对当时金立中的心思也是心知肚明，她说的其实也是客气话。

虽说战争时期的婚礼简单，可打仗时的婚礼和不打仗时的婚礼也不一样。打仗时候没有条件，解放军干部的婚礼简洁朴素，连房子都是借来的，房子中间贴上双喜字，有两张单人床合并的，也有借个门板搭两条长凳子的，只要把两只装衣服的枕套一靠，被褥一铺就算是结婚新床，简单得不能再简单了。

占领城市之后条件有些改善，有条件的也能照张结婚照挂在新房里了，最让人开心的，是有条件摆酒了。

干部、战士聚集在大食堂，大锅饭大锅菜加上散装大曲酒，上来一个领导证婚，说说革命夫妻携手前进等等一套词，就算完成对这一对合法夫妻的祝福了。

杨泽田和千代丸子要结婚了，前原来找杨泽田，他代表女方提出三个条件，第一，摆酒席，杨泽田点头了，本来就在联勤部大食堂准备了；第二，派车接，杨泽田也点头，联勤部的吉普车闲着也闲着；到第三条，杨泽田挠头了："还要礼金啊？"

"当然了，没有礼金不出门。"前原振振有词，"这不仅是日本人的习俗，据我所知，中国人也有吧。"

"那一定有，"杨泽田点头，"在我老家大别山娶媳妇也要给聘礼，可我们是革命军人啊。"他说完之后又自己摇头：革命军人也是人，做人就要讲规矩。他在自己身上摸着："我没钱，叫吴用来。"

"上次我们出差剩下的经费是不是还在你这里啊？"杨泽田问进门的吴用。

"是啊，"吴用被问得一愣，"不是说没用完要上交吗？"

"你就算是用完了，钱给前原，你明天带车到医院直接帮我去接新娘。"说着他又把一个信封塞给他，"抽时间把这个送到梁司令那里去。"

……

两张一万元的纸币到了千代丸子手上，围在周围的几个日本姑娘都傻了。"这么一点礼金啊！还不够买十个包子呢。"

"行啦行啦！"前原说，"共产党的官再大也没钱，两万元就是个意思吧！杨部长全身掏遍了，身上一块钱也没有，他还是个联勤部长，管着这么多物资呢。"

三 婚 礼

接亲的吉普车回到联勤部大院，从车里下来的千代丸子穿了一身崭新的解放军军装，胸前戴着一朵红花。杨泽田也是一身新军装，胸前一朵红花，脚下的大皮靴擦得锃亮，他被联勤部的干部、战士簇拥到车边去迎接新娘子，满面春风，笑得合不拢嘴。

加藤美子跟在千代丸子身后下车，她手上还捧着一个大纸盒："首长，恭喜了，您赶紧接着啊！"

杨泽田不明白："这是什么啊？"

"这是千代丸子的嫁妆啊！首长，你给丸子的礼金可够少的，可我们娘家带来的陪嫁可够多的。"

杨泽田的脸上更是乐开了花，他从加藤美子手上接过盒子，交给身后的吴用：

“好啊！打仗我老杨不吃亏，讨老婆我也不吃亏，这就是我杨泽田。哈哈！”

杨泽田和千代丸子的婚礼安排在联勤部的大食堂里，联勤部机关的干部战士加上医院不值班的医生、护士，把整个食堂坐得满满当当。婚礼开始了，大家发现杨泽田的婚礼很奇怪，上级领导一个都不在，最大的官就杨泽田自己。

“怎么回事啊？上级领导都没来，谁来证婚啊？”有人问。

“杨部长这日子选得不好，”知情的陈科长悄悄说，“军区金参谋长也是今天结婚，撞车了。”

底下的议论很快就被上面的热闹给淹没了。主持婚礼的前原拉着杨泽田和千代丸子互相鞠躬，杨泽田马上拒绝：“不不，鞠躬是你们日本人的规矩。我们中国人的习惯是磕头。不过，咱俩的老人都不在，磕头就免了。革命军人嘛，互相敬军礼吧。”

大家都叫：“同意！敬礼！敬礼！”

杨泽田和千代丸子互相敬礼，又给台下的人敬礼，大家一起鼓掌。前原又对下面人进行煽动：“我们让杨部长介绍恋爱经过好不好啊？”

“好！”大家一阵哄闹。

杨泽田连连摆手：“咳！这个经过没法说。”

“不行！大家不答应。是不是啊？”前原继续煽动，弄得下面一片大叫：“不答应！不答应！”

杨泽田不敢开口，总不能说看见了千代丸子的光屁股就爱上人家了吧？

见杨泽田左右为难，前原换了话题：“那首长说说什么时候爱上我们的千代丸子的？”

“什么时候？啊！要说什么时候？”杨泽田抓脑壳，“对了，给我治那双臭脚的时候喜欢上的。”

下面的干部、战士大笑起来。杨泽田一本正经地说：“哎哟，别笑别笑，我说的是真话，就是我那双臭脚。我那双脚有毛病，打仗打残了不算，还臭不可闻，不信你们问我的老警卫员吴用。”

下面的笑声更大了，千代丸子不好意思地捂住了脸，前原连忙制止：“首长，大喜的日子别说臭脚了。”

杨泽田不明白了：“不说？那你问我什么时候喜欢的，就那个时候。我那双臭脚，我自己都嫌弃……”

“首长！”

“好好，不说臭脚了，入席入席，吃香喝辣的！”

同一天晚上，在军区大食堂里，戴着大红花的金立中和齐小花站在打饭的窗台前面，梁司令和瞿主任等领导带着司政后机关的一大群干部都来祝贺。

给他俩证婚的是军区许政委。许政委的证婚结束之后，询问梁司令有什么可说的，梁司令一摆手：“好啊，又一个老大难解决了。老金啊，恭喜恭喜。该说的政委都说了，也该让我们入席，好好喝几杯吧！”

酒宴开始了，正喝得高兴，梁司令发现问题了：“咦？这杨泽田不是老金的老战友吗？一个部队出来的怎么不见影子啊？”

许政委也发现问题了：“医院那些姑娘不都是新娘子的姐妹吗？老金，你太不够意思了，重男轻女啊。”

“怎么回事啊？”金立中问身旁的齐小花，“你不是对你们医院的姐妹们说了吗？怎么没看见她们啊？不对啊，我给联勤部和医院都打过电话了。”

齐小花鼻子酸了，在众多首长面前她还要赶紧掩饰：“不是，杨部长和千代也是今天办喜事，医院的姐妹都到他们那里去了。”

“杨泽田今天结婚？我怎么不知道？”梁司令吃了一惊，他转头看着身边的许政委，“你知道吗？”

“也没通知我啊。”许政委摊开两手，两人不约而同地看着瞿主任。瞿主任脸色惨白。

“谁让他结婚的？组织上还没有批准呢！” 瞿主任的话把在座的都说愣了。

梁司令和许政委一同从金立中的婚宴上出来，看看周围没人了，梁司令才悄悄问："老许，这杨泽田结婚是怎么回事？"

"我刚才问瞿主任了，他说杨泽田的结婚报告他们政治部还没有批。"

"怎么会到现在还没有批？他好像几年前就报告了吧？我记得李政委还在我们部队的时候他就报告了，当时打仗没顾上。"

"瞿主任解释了，说他找的那个对象是日本人。"许政委也是从别的部队调过来的，对杨泽田不熟悉。

梁司令接话："这我也知道啊，他们战地医院的一个日本护士，叫千代丸子。"

"我刚来也不了解情况。"许政委转身看见瞿主任也出来了，"老瞿，你把杨泽田怎么回事给梁司令说说。"

"这个杨泽田也太不像话了，昨天到我办公室里拍桌子，说他一定要结婚。我说我们政治部的外调还没有结束，他就和我吵架，今天还来了一个先斩后奏。司令员、政委，我把话撂在这里，对这样没有组织纪律性的人一定要进行处分！"

梁司令奇怪："怎么这么长时间外调还不结束？"

"他找的日本护士家是日本拓荒团的，1945年就遣送回国了。找不到怎么办？杨泽田是即将任命的后勤部副部长，算是高级干部，这不清不楚的怎么批？"

梁司令指着瞿主任："你这是理由啊？乱弹琴。"

瞿主任不买账："可他不批准就结婚，这是违反纪律！也是作风问题！"

梁司令看着许政委："违反不违反纪律，政委你说吧。"

许政委一时不知道怎么回答，他也只能骂了一句："妈的这个杨泽田！有意见不能来找我们吗？就他妈的胡来！"

四　处　分

第二天一上班，梁司令员看见一个信封放在自己的桌上，他打开一看，一股无名火涌上了脑袋瓜，他马上抓起电话："让联勤部的杨泽田滚到我这里来！”

杨泽田没及时滚到，他醉酒没醒，快到中午他才过来，一进门梁司令就拍了桌子：“你个狗日的杨泽田！天老大，你就老二啊？你说结婚就结婚！你有组织纪律性没有？没有报告你就敢娶老婆睡女人，还敢大张旗鼓地迎亲！”

杨泽田一梗脖子：“谁说我没报告？三年前就报告了。”

“你是报告了，这是你的报告！”梁司令拍着桌上的信纸，“我念念你是怎么报告的！”他拿起杨泽田的报告：“结婚报告，梁司令，杨泽田要和千代丸子结婚并已经结婚。特此报告。妈的！你都结婚了你还报告？先斩后奏啊！”

“对啊，写清楚了，结婚报告嘛，谁和谁结婚，清楚就行了呗。”

“你倒是清楚，组织不清楚！杨泽田同志，你要知道，你要结婚的人不是一般人，她是日本人！”

“日本人怎么啦？老子这条腿就是日本人打的，老子娶日本媳妇不行啊？”

“杨泽田！”梁司令要被他气疯了，“你在谁面前当老子啊？别以为你早当两年兵就狂得没边儿。你要明白，这他妈的不是小事！”

“我不知道有多大的事！”杨泽田反正横下心，心想就是这一堆了，“他瞿主任一口一个调查，他怎么不调查你梁司令？他怎么不调查我啊？千代丸子是日本人不假，可她是我们解放军的一员，我能证明她是解放军，你司令员也可以证明！他金立中的血管里还有千代丸子的血，他为什么不能证明？她连解放军的军装都能穿，为什么不能和我结婚？调查？你是不是要跑到日本去调查她的祖宗十八代啊？我今年四十岁了，等你调查完了，我杨泽田还能结婚吗？都七老八十了！”

“你不要强词夺理！瞿主任不知道情况，你为什么不找政委？为什么不找我？”梁司令好像被杨泽田的话打动了，他的言辞有点软。

杨泽田得理不饶人：“我找你司令员就是补这份报告，旁人我信不着。这是第五份了，还是那句话，批了她千代丸子是我老婆，不批她也是我老婆，我知道我犯了纪律，你们领导要给什么处分，随便。”杨泽田说完立正敬礼，径自开门出去了。

梁司令愣了一下，跟在他屁股后面又拍了桌子：“妈的！无法无天了！”

当天下午军区就召开了处理杨泽田的党委会，会上分歧很大。

“要都像杨泽田这样，我们的军队还像军队吗？”金立中说。

“老金，我没想到你会说这种话。”梁司令看着他直摇头，“杨泽田这次是不对，可对待他结婚这件事上，我们做得对吗？我认为也不对。也可以说这件事他是被逼上梁山。”

瞿主任马上举手要发言，梁司令先抬手止住他：“你们也许会说我老梁和杨泽田是从一个部队来的，说我是护犊子，可对于杨泽田这样从枪林弹雨里闯出来的老同志，我们难道对他找一个老婆也要这么阻拦吗？杨泽田说得对啊，千代丸子能穿我们解放军的军装，为什么就不能做我们解放军干部的老婆？”

“没说不行。”瞿主任辩解，“不是还要调查她的家庭吗？高级干部结婚，政审这一关是必须要过的。”

“你能怎么做？瞿主任，你心里其实很明白，对我们部队里像千代丸子这样的日本籍同志你没法外调，只能是表现说明一切。”

瞿主任强词夺理了：“那她要是潜伏特务呢？我们的机密不就出去了？”

“你怎么能这样没有边际地怀疑人？”梁司令恼了。

许政委赶紧制止瞿主任：“你先不要说了。老梁，直接说你的意见。”

梁司令掏出杨泽田的报告放在桌上：“这是杨泽田写给我的结婚报告！我已经签字了。”

瞿主任吃惊了：“梁司令……”

梁司令摆摆手：“千代丸子……这里我写了我的看法啊。经过战争考验的千代丸子同志如果在政治上有问题，请上级第一个处分我！”

梁司令把杨泽田的报告放在许政委手里，站起来说：“一码归一码。我先声明，杨泽田同志的做法是非常错误的。对他的处理你们政治部先拿出意见来。我还有一个军事会议，老金，我们先走。”

金立中站了起来，和梁司令一起出去。瞿主任急了，看着许政委："政委，不能批啊！"

许政委拿起笔："司令员都说得很清楚了，怎么不能批？"

"政委你不知道啊，这联勤部战地医院还有不少日本的女医生、女护士，军区所属的好几个师长、旅长都盯着呢！写的报告全都让我给压下来了，这杨泽田一带头，你要是批了，那不就乱套了吗？"

许政委不理他，在报告上签完字："我也批了，其他的人你看着办！"

……

一周之后，杨泽田拿到两个通知，一个是他批下来的结婚报告，第二个是他的党内警告和行政记过处分。瞿主任还正式通知他，随着这个处分的下达，同时也取消了升任他为军区后勤部副部长的任命。

杨泽田心里暗骂了一句：娘了个腿的！不是打仗的官老子也不稀罕！

第二十二章 荣归故里

一 上 坟

栓娃爹娘的老坟头上冒青烟了。他们的儿子荣归故里，坐着四个轮子的美国吉普车回到了大别山。一辆车坐了四个人：他、他老婆、一个司机、一个警卫员。即使是乘四个轮子，那路也不近，跑了两天，小车才从海边跑到大别山。

“首长，过了河就是岳山县了。”司机小郭说。

看见轮廓渐渐清晰的大山，坐在驾驶座边上的周长河很激动，他对司机招呼：“小郭，你给我过了河就停车。”

“你要干吗啊？”坐在后座的卢小雁问。

“撒尿啊，我都憋了半天了，早晨起床后就没撒尿。”

“那为啥现在不停车？路边也没人。”卢小雁不理解了。

“过了河不就到家了吗？我们家有一句老话：肥水不流外人田。这尿啊，能憋就憋着，憋着回家尿。”

周长河的俏皮话把车上人逗得哈哈大笑。卢小雁轻轻在他背上敲了一下：“一说要回家，人怎么都变得像小孩了？”

周长河走出大别山是在1937年秋，那时他们东进抗日，现在是1952年春，共和国成立两年多了，屈指一算，他离开家乡快十五年了。刚出来那几年没有感觉，可是越临近胜利，他思念家乡的情绪越强烈，而且他还形成一个习惯，每到一个新地方，都要把那个地方和老家放在一起比较一下。

淮海战役第一阶段，副师长周长河奉命带他的老特务团阻击徐州之敌增援黄伯韬兵团，双方在广袤的平原上拼了老命，敌人用钢铁和血肉一次次冲击着他的阵地，美式榴弹炮的炮弹密密麻麻，把他的指挥所都炸塌了，战士们把他从土里挖了出来，他吐着满嘴的泥土："呸呸！奶奶个熊的！也就在平原上发狂，要是到了我们老家大别山，他狗日的能这么牛逼？"周长河全力顶住敌人进攻，这一仗是他当兵以来损失最惨的一次，两千多人的一个超大特务团打得只剩下八百多人，直到主力全歼了碾庄的黄伯韬兵团。

渡江战役，已经当上师长的周长河领到打南京的美差，他当时信心满满，想在国民党的老窝里打一个漂亮仗。谁知城里的国民党军一枪没放就跑了，他也一枪没放就进了南京城。

他骑着高头大马，带着部队沿着油亮亮的大马路向国民党南京总统府进发，两边遮阴的高大梧桐树又让他想起了大别山的丛林。

"乖乖！这树比我老家的树长得排场，怎么捯饬的？路两边的都一样，棵棵都向大路中间伸胳膊伸腿的。"

他的部队从南京出来，一路向南追到浙江，直接把蒋介石的军队追下大海。周长河第一次见识到大海的广阔和海水的蔚蓝。爱水的他脱了衣服就下海游了一把，浪涛直接把海水灌进他的鼻孔里："怎么是咸水啊？怪不得我们老家没盐吃，盐都跑到这里来了。"

新中国成立以后，他给老家的县政府写过信，询问他母亲的消息，县政府很快就了解了情况，给他回信并给予安慰。此次他回家是给他父母上坟的。

他们到岳山县城的时候刚刚中午，没有惊动任何人，在街边找了一个小饭店，匆匆吃完饭就继续赶路去周家湾。毕竟是坐汽车啊，出城不到半个小时，周长河就看到了周家湾的炊烟和村东头那熟悉的观音山。离村口还有一里多地的时候，军用吉普车陷在开渠引水的泥地里了，周长河跳下车，看着打滑的轮子，对还在加油的司机说："你别倒腾了。我们先走过去，找两头毛驴给你拉出来。"

周长河带着卢小雁和警卫员下车了，他们还没走几步，就看见一个十三四岁的孩子带着七八个大人跑来了，他们手里还拿着铁锹锄头。

"解放军同志，是不是车子陷住了？我们给你弄出来。"走在前面的一个年纪较大的男人，对周长河喊着。

那人走得越近，周长河眼睛睁得越大。那人刚站住，周长河就叫出声来了："十三叔？你是十三叔吗？"

"你是栓娃！"此人正是当年闹红的农会副会长十三叔，顾顺国屠村的那一次，他家人都被顾顺国杀了，就他一个人跑了。十三叔扔了铁锹，把周长河抱住又推开，他放开栓娃的时候，已经满脸是泪了："真的是栓娃啊。"

"是，我真是栓娃。十三叔还好啊？"

"好好，托共产党的福，"十三叔擦着眼泪，"上次县里来人打听你娘的事，我就寻思你是不是还活着，不然谁能打听你娘呢？可是县里人不说，我也不好问啊。你走的时候才十三四岁，这都多少年了？十几年了，你说我怎么认得出来啊！"

"可您我一眼就认出来了。"周长河拉了一把身边的卢小雁，"小雁来，给你介绍一下，十三叔，我爹的堂弟，原来我们闹红的时候，十三叔是我们村农会会长。十三叔，这是我媳妇卢小雁。"

"十三叔您好。"卢小雁连忙招呼。

"好好，侄媳妇啊！当年闹红啊我闹农会，当副会长。栓娃子闹儿童团，他当团长，当年我们周家湾走了几十号人当红军，还就他回来了。好啊，坐小汽车回来的，大干部了？"

警卫员插话："这是我们师长。"

"当师长了？出息了啊！"十三叔絮叨着，"我们刚放下饭碗，石洞这孩子跑来说解放军的车陷在村口了，我听着就带人来给你们推车，没想到是你回来了啊，真是我们老周家祖坟上冒青烟了。"

周长河想起自己回来是干什么的："十三叔，你知道我娘啥时候没的吗？"

十三叔摇头："说是民国二十六年就没了。六嫂没的时候我也在外面跑反，听人说你娘可怜，找你找得眼睛都瞎了。"

周长河的眼睛顿时就湿了："那你知道我娘埋在哪里吗？"

"是石洞他爹埋的，石洞知道。"十三叔拍着身旁孩子的脑袋说。

周长河爹娘的坟不在观音山，是在观音山南面的两个山头中间。那里有一个蓄水的水塘，水塘后面是一片郁郁葱葱的山林，山腰中间有几棵参天的老松树，一个平平的坟头就在松树之下，坟前没有墓碑，只有几块石头。

周长河默默地站在爹娘坟前，他强忍住不让自己哭出声来。卢小雁默默地走过来，把一大把映山红给他，周长河把花放在坟前，他跪在了地上，一分钟、两分钟，他的双肩终于抽搐起来了："娘啊，爹啊，不孝的儿子，栓娃我回来啦。"

……

"你娘去世后，你长金哥找到你爹的坟，把尸骨起出来，买了棺木和你娘合葬一处的。"十三叔一说，周长河想起来了，他爹的遗体是和周五叔他们一起被队伍抢出来，当时用芦席安葬在观音山山腰，能和娘用棺木葬在一起太好了。

周长金？周长河的脑海里立刻浮现出堂哥的模样，那一回他和杨山杏回家看娘，还把小金观音托他带给娘："十三叔，我爹娘的坟都是我长金哥给弄的，那我要谢谢他。他还好吗？还跑小买卖吗？"

"他？还好，"十三叔忽然支吾起来，"他在，他还在村里呢。"

"那我们回去，我要看看他，好好感谢感谢他。"周长河很郑重地说。

听了他的话，一直跟着他们不吭不哈的石洞眼里露出了兴奋的光彩。

"我说大侄子啊，回村到我那里歇歇，长金家就别去了，"看见周长河不解的眼神，十三叔又解释，"他成分不好。你这个身份，去他家不合适。"

二 往事

周长河回来的消息传到村里，周长金和他的媳妇都知道了，因为他们七岁的小儿子宝儿一趟趟跑回来报信。

“娘，一辆小汽车到村口了。”

“娘，是个解放军大官。我哥带十三爷迎的，十三爷叫他栓娃。”宝儿娘一听，惊得差点要昏过去了。宝儿娘不是别人，正是十五年前在黑虎岭上失踪的杨山杏。

“娘，我哥和十三爷带那个栓娃去给六爷六奶扫墓了。”

杨山杏的心扑通跳着，跳得都要飞出来了：栓娃还活着？真的活着？杨山杏来到自家院门口，她不敢出门，只能隔着门缝偷听，她听见了本村的一群人正在自家的大门前叽叽喳喳地议论。

“这是栓娃叔家的老宅地吧？你说，会不会叫地主让出来？”

“一定要让出来。这地基多好啊，咱们村终于有个武曲星下凡了。”

“什么是武曲星啊？”

“这都不知道啊？当文官的是文曲星，当武将的就是武曲星了。我们周家湾几百年都是撅着屁股刨地的，哪见过这个阵势。”

一句句话从门缝里穿过，像屠夫的刀子一样撕剥着杨山杏的心。一只手扶住她的肩膀，颤颤抖抖的，她知道是自己的丈夫周长金。

“是栓娃弟回来了吗？栓娃回来要进屋坐啊，宝儿他娘，你去烧点水。”

“来了！来了！”听见外面有人叫，杨山杏赶紧扒着门缝往外看。只见一群人朝这个大门走来了，一个身穿军服的人走在最前面。面容也越来越清晰了，是他，就是这个脸形，这个轮廓，脸上的孩子气已经不见了，取而代之的是满脸英气。

杨山杏忽然离开了大门，她抓住了身后周长金的手。“怎么办？怎么办？”杨山杏全身发抖。

“真是栓娃弟来了吗？我知道他要来看我的！”周长金也激动地嘟囔。两人都紧张地看着紧闭的大门，期待着敲门的声音。

没有声音，外面好像寂静了。又有了脚步声，不是近，是远了，越来越远了，看热闹的人也跟着远去了。

“啊！”杨山杏一声哭号，她猛地冲上去，打开院门，只有一个人孤零零地站在门口，是自己的儿子石洞。

“你栓娃……”杨山杏一时不知道怎么说。

石洞举起了一只手，指着自家大门的门框。杨山杏明白了，他们家的大门框上钉着一个白色的木牌，上面有四个黑字，这四个黑字就是挡住栓娃脚步的门神。四个字是“管制地主”。

杨山杏是一个苦命的人。当年她和栓娃错过对方，都是老天爷的特意安排。

因为栓娃和齐大哥见面时间比较短，说话也比较急，分手分得更急，所以齐大哥带给山杏的信息既不连贯也不全面，只知道要她离开鲇鱼洞，躲到山上去。

“栓娃说一定来接我们吗？”这个问题，山杏已经问齐大哥三遍了。

“是！他说带队伍去前营子之后就来接我们。”齐大哥把栓娃给他的包袱也给了山杏，山杏打开一看，里面有一套崭新的红军军服和几个面饼子。她放心了，这套红军军服说明栓娃真的找到了自己的队伍。

根据栓娃的嘱托，山杏连忙又找些吃的，连同栓娃给她的那颗手榴弹和那块被子弹打残的银圆一并包进放军装的包袱里，跟着齐大哥离开了鲇鱼洞。

齐大哥是山里的猎户，对这里的一草一木都不陌生，他带着山杏躲进了黑虎岭后山下的一个小山洞里，这里离前营子村近一些。而就是这个躲藏的地方让他们的判断出了差错。这里离前营子村太近了，就在这天夜里，他们听见从前营子村方向传来了枪声。

山静，夜更静，枪声越发明显。

枪声不是好事，这枪声让山杏紧张起来，因为齐大哥带话说栓娃要去前营子村。她坐不住也睡不着，一定要拉齐大哥上黑虎岭，到前营子村看个究竟。齐大哥拗不过她，可天黑看不见，他们只好等到天蒙蒙亮时才动身。

上了山顶后，山杏突然肚子痛了起来，一滴滴汗珠沿着她的额头流了下来，湿透了她的前胸和后背，齐大哥赶紧把她扶到一片林子里，让她坐下先休息。

天大亮后，山杏才感觉好多了，他们刚想动弹，又听到前山响枪，这回听得更加真切，看着山杏焦急的目光和焦黄的脸，齐大哥决定不让她再身犯险境，他坚持要山杏藏着别动，他自己先进村探个究竟。

山杏无奈，只能从包袱里给齐大哥拿出那颗手榴弹，说了一下怎么使用，齐大哥拿着手榴弹走了，没有再回来。

后来保安团搜山的人过来了，山杏不敢跑，她只能把自己藏在深深的茅草中，搜山的动静越来越近，后来她又听到叫喊声，又是几声很近的枪响，最后是一声手榴弹的轰响，听到这一声轰响，山杏晕了过去。不知道过了多久，山杏醒了，她跌跌撞撞出了树林，山上已经没人，她急得乱找，终于在山顶的来路上找到了浑身是血的齐大哥，齐大哥身中两枪早已断气。

山杏在齐大哥怀里发现一顶带血的红军军帽，和栓娃带来的那一套新军装里的帽子一样，都是崭新的。

“栓娃啊！我的栓娃啊！”山杏一声惨叫，她哭昏在齐大哥的身上。她是怎么走下山的，她是怎么走进前营子村的，她是怎么走出黑虎沟的，这些经历在她的记忆中似乎是一片空白。她只记起齐大哥对她说过的一句话：“栓娃说要带你去见他娘，让他娘承认你是她的儿媳妇。”

就是这句话让她在半夜三更的时候摸到了周家湾，又在一片狗的狂叫声中摸到了那个没有门框、只剩下半间小屋的院子。好在没有门的小屋里有一盏小油灯，亮光显示里面还有生命迹象，就在那盏忽明忽暗的小油灯下，她见到了躺在地铺上的栓娃娘。栓娃娘此时已经病入膏肓，到了只有出气没有进气的光景。

山杏扑到她面前，在她耳边轻轻地唤着：“娘！娘！”

也许是叫娘的声音刺激了栓娃娘的神经，她终于吐出了一口气。山杏惊喜了：“娘，您真的醒啦！”

栓娃娘那已经完全失明的双眼使劲地睁着，她的双手也慢慢伸起来，像是要在空中抓着什么：“谁叫啊？是栓娃吗？”

山杏一把抓住了她舞动的手：“娘，我不是栓娃，我是山杏，现在我是栓娃的媳妇，他让我回来了。”

“栓娃媳妇？那我的栓、栓娃呢？栓、栓娃怎么没回来？”

山杏强忍着悲痛，看着栓娃娘那两只一动不动的眼珠：“娘，栓娃一时回不来了，他让我回来见您，来伺候您。”

“见不着了，见不着我的栓娃了。”栓娃娘的手无力地瘫了下来，越来越凉，她说话的声音几乎听不见了。

“娘！娘！”山杏越发慌了，她把栓娃娘的手按在自己凸起的肚子上，“娘，你摸，你摸摸，摸这里，这是栓娃的孩子。”

栓娃娘眼瞎耳不聋，她竟然听到了，她浑身颤抖起来，同样颤抖的手在山杏的肚子上摸着，她那两只盲目里竟然有了哗哗的泪水。

“观音菩萨啊，您老人家真的显灵啦，保佑我周家有后了，我给您磕头，磕头啊……”

栓娃娘带着微笑咽气了，咽气之前，她把捂在胸口的小金观音交给了山杏。山杏忍不住号啕大哭起来，她的哭声惊动了在自己家里烧水的周长金。

周长金这些年一直在照顾栓娃娘，他的痨病老婆前年去世，他自己带女儿生活，他也知道栓娃娘的情况不对，估计熬不过今夜，半夜烧水是准备让女儿一会来给婶子再擦一次身子，这也是今夜里栓娃娘的床头还燃着油灯的原因。隔壁传来的女人哭声让他吓了一跳，他赶忙灭了灶火，跑过来看个究竟。

没想到栓娃娘已经过世，而她的床前竟然哭昏了一个大肚子女人，周长金走近一看，认出她是杨山杏。这让他很纠结，虽然他不知道周长山的女人怎么会跑到栓娃娘的床前哭，但是她的身份会不会给自己带来什么样的祸端还真难说。

左右是躲不过了，周长金赶紧把山杏连抱带拖弄到自己屋里藏好，让年满十岁的女儿守着她，他吩咐女儿，一不能让这个女人出去，二不能让人知道。

周长金出了家门，他先赶紧把栓娃娘的死讯报告给保长，再唤醒邻里，一块忙着给栓娃娘安排后事。一切安定天已大亮，周长金赶紧回家，一进家就闩上了大门。

此时山杏已经醒了，她躺在周长金女儿的床上，正两眼发直地看着屋顶上被灶火熏得漆黑的房梁，而周长金的女儿一直就站在自己的床前，傻愣愣地看着她。周长金下厨给山杏做了一碗鸡蛋面糊糊，看着她那狼吞虎咽的样子，他猜想这个女人一定也是遭了大难。

“长山呢？他怎么会让你大着肚子乱跑啊？”周长金知道她是周长山的媳妇，没想到一句话把山杏问得泣不成声，他心里忽然有了一种类似喜悦的感觉。自己的女人已经离世，看这个杨山杏眼前的情形，周长山十有八九也不在了，

他看着山杏的大肚子，一个主意在脑子里转悠出来了。

“山杏，你肚里的孩子是长山的吧？那你就不能在这里住了，保安团要来查的。你看这样行不？你等我把栓娃娘的后事办了，就带你走，我们去麻城我姨娘家，就说你是我的女人，先把孩子生下来再说。”周长金眼巴巴地瞅着杨山杏，他欣喜了，因为眼前的杨山杏居然点头了。

后来杨山杏就跟着周长金去了麻城，在那里生下了石洞，后来又有了宝儿。

三　旧　地

周长河又回到了石桥镇，他受到了石桥区区长李桂花的热情欢迎。在原顾家大院的大门口，李桂花紧紧握着周长河的手，她使劲地摇着：“周师长啊，我是区长李桂花。首长从周家湾来的吧？老村长已经让人报信了，说你们老家的房子已经没有了，没地住了。没关系，我们区里都安排好了。”

周长河还是第一次让一个女同志把手攥得这么紧，这李区长的主动让他有点局促了，他赶紧开口说：“打扰区里的同志了。”

“怎么是打扰啊？请都请不回来啊！老革命终于回来了，您早就应该回来了，这江山都是你们打下来的，没有你们流血牺牲，哪有今天老百姓的好日子啊！”李桂花说话很快，她一口的北方腔，就像机关枪打连发一样痛快。

“这是我爱人。”周长河赶紧介绍身边的卢小雁，不然没办法打断她的话。

李桂花放了周长河的手又赶上去和卢小雁握手：“哎哟！首长的爱人也是解放军同志啊！还这么漂亮啊！欢迎回老家！老村长说周家湾没有地方住，怎么能没地住呢？这区政府就是顾家老院子，首长想怎么住就怎么住。”

“这就是顾顺家的房子？”卢小雁问。卢小雁的眼睛直勾勾地盯着顾家大院的大门，这门边上已经挂上了石桥区人民政府的牌子了。

周长河赶紧打岔：“这就是顾家大院，我当红军的第一仗就是在这里打的。”周长河之所以打岔，是因为他不想提到顾顺家。

抗战胜利之后，那个皖东公署的胡专员回省府升任接收大员，没几天他就发出调函，调当时在皖东公署当商务主任的顾顺家回皖西接任岳山县长。顾顺家临走的时候还带着卢大雁和孩子回了一趟高河镇，到老丈人卢见章的墓前祭拜告别，周长河和卢小雁在卢见章的墓前等着他们。

真和仇人成了连襟，周长河和顾顺家都在感叹：老天真在作弄人啊！两对夫妻祭拜之后，周长河还邀请他们回卢家大院坐坐。顾顺家心里虽不愿意，但拗不过想带孩子回家看看的老婆。没办法，顾顺家只好又走进了这个曾经让他伤心的地方。

“你说你去哪里？回老家？回岳山？”

看着吃惊的周长河，顾顺家刚进卢家大院的那种不快心情顿时好了很多。本以为这卢家大院是自己将要发迹的地方，谁知道周长河鸠占鹊巢，这让他心里的妒意和恨意油然而生，而报复周长河最好的办法就是直接告诉他自己的新任命：“省府任命已经下达，我此次回乡是接任岳山县县长。”

他的话果然有了效果，周长河扔过来的话明显带着忌妒和嫉恨：“你去当县长？你干过什么了？我真是搞不懂，八年抗战你们出了多少力？碰到鬼子一个个跑得比兔子还快。怎么胜利摘桃子了，你们比孙猴子抢得还多？”

顾顺家微微笑道：“你说这话没用。周长河，我唯一没想到的是你和我还能成了连襟，既然你我还有这层关系，我倒是想奉劝你一句。你是否愿意听？”

“你想说什么？”

“识时务者为俊杰。”

天下大势，胜败已分，那个自认为识时务的顾顺家在刘邓大军进军大别山的时候被枪毙了，这也是周长河从岳山县委书记给他写的信中知晓的。

顾顺家死了，周长河高兴，但卢小雁担心了，因为她听不到姐姐的消息。

周长河此次带着妻子回老家有一个目的，他要找顾大宝的父亲顾郎中给妻子看病。卢小雁在鲁南第一次流产，在打淮海战役之前又流了一次。以后就流成习惯了。这老是留不住孩子，两口子都急了，周长河最相信顾郎中的医术，因此他要趁这次探家的机会让顾郎中给卢小雁看看。

但是卢小雁来周长河老家另有一个目的，她心里还惦记着自己的姐姐，那个已经被人民政府镇压的反动县长老婆。两人为这事在没来之前就开始争执了，走的前一天晚上卢小雁又提这事。

“我给你说了多少次了，这事情太敏感了，你千万别随便打听。”周长河说。

“不管她什么身份，她到底是我姐啊！打听一下不犯法吧？”

“告诉你了，要看什么时候。现在是什么时候？正抗美援朝呢，对阶级敌人管制很厉害。”周长河有点不耐烦了。

“那是我姐！“

两口子当时都躺在床上，话不投机，卢小雁一下背过身去，给他一个后脊梁。不一会，周长河就听见她低低的抽泣声。

周长河赶紧摇着肩膀哄她：“好好好。我来打听，到时候你别多嘴行吗？”

卢小雁终于转过脸来，她泪珠盈眶：“我就是要知道她是死是活。”

……

在昔日的顾家大院里安排好住处后，周长河带着卢小雁在街上走着，他的警卫员远远地跟着，一到街上，周长河更多的记忆就被勾出来：“这是石桥镇的老街。记得每一次赶集，我爹都要把从汉口进来的货挑到这里卖。现在还是这么热闹。”周长河自顾自地说着，“当年我在这里上私塾，逢赶集的时候就逃学出来找我爹，要钱买糖球……你怎么啦？”

周长河发现卢小雁只是闷闷地走着，脸上没有表情。他赶紧拉了她一把，看见她眼眶红红的，知道顾家大院又把妻子的心事给勾出来了，他拉着卢小雁走到街边一个角落里：“小雁你别急，我知道你想什么。可是现在我不能问。你也知道顾顺家是被枪毙的，被枪毙的是什么人？反革命啊！你姐姐是反革命家属，我们穿这一身打听一个反革命家属，你说这合适吗？”

卢小雁噘着嘴："我知道。可是越到了这里我就越想……"

"我不是答应你了吗？会帮你打听到的，但要找到合适的人啊。"

"那你这个也不敢说那个也不敢问，你找谁啊？"

周长河之所以带着卢小雁单独出来，是因为想赶紧找到顾大宝，一来落实给妻子看病的事；二来他也十分想念这个当年的小伙伴，当年他和杨山杏给部队弄药，顾大宝把他们送到河边，那是他们见到的最后一面。

周长河思来想去，也只有顾大宝是可以信任的人，虽说他们十几年都没有见过面，但顾大宝的秉性他最清楚，当年他偷鸡摸狗、钻狗洞、打麻雀的那些烂事顾大宝都知道，可他从来没在他爹和老先生面前提过一个字。

在周家湾的时候周长河已经向十三叔打听过了，顾大宝和他爹都在，顾大宝已经接了父亲的班，而顾郎中年纪大了，轻易不给人看病了。周长河得到这个消息就放心了，只要人在，那一切就好办。

石桥镇本来就不大，几个穿解放军制服的人很招眼，特别是他们中间还有一个女兵，立马就引起了关注，不仅街上有人对他们指指点点，还有一群鼻涕邋遢的小孩跟在他们身后看热闹。警卫员想把小孩赶开，被周长河阻止了，他想起了当年自己的模样，那时他跟着红军屁股后面也就是这个样子。这群孩子又触动了他的心底，他决定等一会去看顾大宝，他要先去一个地方。

"走！带你到我上学的私塾看看去！"周长河说，"我当年哪是上学啊，就是想着法和老师斗，结果天天背不上书挨板子。看，前面就到了。"

转过几条巷子，到了老私塾的大门。现在换了一个牌子——石桥镇完全小学。

校门是虚掩着的，周长河看着大门摇头："当年我老是挨先生打，闹红的时候我听说了一句话，有压迫就有反抗。我就带了一帮小孩绑老师去游街。"

周长河的这种行为卢小雁还是第一次听说："啊？你还干过这种事！"

两人正说着，没想到校门开了，一个提着两桶泔水匆匆出来的女人跨出门槛，和背对着她的卢小雁撞在一起，泔水泼到了卢小雁的身上。提着水桶的女人低着头，不敢看卢小雁，只是一个劲地说对不起。

卢小雁转过身，她忽然圆睁两眼：“你！你！”

“真的对不起啊！我不是故意的啊！”那女人都要哭了。

“姐！”卢小雁一声惊叫，那女人抬起了头。

四 姐 妹

反革命的老婆竟敢向解放军首长夫人泼脏水，区长李桂花恼了。抗美援朝开始，对国内的阶级敌人要实行管制，李桂花管到石桥镇小学的时候有点纠结，小学里只有一个教师，就是反动县长顾顺家的老婆。

顾顺家在 1948 年底就被枪毙了，卢大雁因为没有罪恶，被释放回家接受管制。卢大雁原想带着孩子回皖东高河镇，但由于身份特殊没有被批准，后来石桥镇要恢复私塾学堂，还是顾郎中建议请师范出身的卢大雁过来教书的。

当时的工作队也同意了，也有给反动派的家人劳动改造的意思。

卢大雁很自觉地带着两个儿子离开顾家大院，搬进了私塾学堂。当严管阶级敌人的政策下达时，李桂花本能地感到不能再让反动派的老婆教革命的娃娃，她就派工作队里上过小学的小毕到学校去接替卢大雁。

卢大雁家里的田地全被没收，房子变成了区政府，她没地儿可去，李桂花同意在学校办一个饲养场，结果她从一个小学教师变成了在学校喂猪的饲养员。

派小毕去还有一个任务，就是监视卢大雁，她是石桥镇地富反坏的头牌，只许她老老实实，不许她乱说乱动。没想到啊，这个坏女人不仅不老实，还泼了老革命的老婆一身脏水。

李桂花发怒了，她找来了民兵队的王小毛队长：“你通知各村的四类分子都到区里报到，明天我要亲自训话。都反了天了，敢向解放军身上泼脏水，明天要狠狠批斗！”

周长河不知道李桂花会发火，两姐妹见面，周长河只能在门口当警卫。

卢大雁的处境让卢小雁感到心酸，她不能想象这个在卢家大院的闺房和汉口洋房里长大的姐姐，最后会沦落到只能住在一间由私塾伙房改造的土坯屋子里。这间屋子四壁是土墙，又矮又暗，房间里光秃秃的，房门一关，只有后墙上一个小小的气窗能透进来一些微弱的光。

卢大雁的房间里没有别的家具，只有一大一小两张要散架的木床，大床是两个儿子的，小床是她自己的。除了这一间，后面还有半间柴棚改成的厨房，里面有一张小破桌、一把歪歪倒倒的木桌和两个小凳子。虽然都是破烂，但床上补了又补的床单和叠得很整齐的被子显出了卢大雁的整洁风格。

卢大雁看着显老，脸上已经现出细细的皱纹，头上也开始有白发了，黑粗布的大襟衣裤也是补丁套补丁。

姐俩进屋关上房门，先是抱头一阵痛哭。还是卢大雁先止声，她擦干眼泪，看着妹妹长叹了一口气："别哭了小雁，我太高兴了，没想到还能见到你，还过得这么好。我好久没有哭过了，不瞒你说，我已经哭不出来了。"卢大雁抬头看看房梁，"顾顺家被枪毙之前我去看他，他说'胜者为王败者为寇，你找错人了，你妹妹找对人了'。小雁啊，我不能怨别人，丈夫是自己找的，我曾经想在这里结束自己的性命，可是看见两个孩子我就想，再怎么样，为了孩子我也要忍。我想透了，这就是我的命。"

卢小雁又一把抱住她："姐！"

……

卢小雁走的时候把身上的钱全都丢下了，因为部队是供给制，她也没有多少钱，她也想给姐姐换衣服，可自己身上穿的是军装，不可能留给姐姐。

躺在床上，小雁不自觉地回忆起当年在高河镇家里的一幕幕，她喜欢到姐姐的房间玩，和姐姐聊天，姐姐贤淑、漂亮，在学校讲课也讲得好，没想到现在沦落成这样。她越想越悲伤，忍不住哭出声来。这让躺在她身边的周长河不理解了，他虽然也没睡着，但是心境不一样，他回到老家是兴奋。小雁一哭，他烦了。

"喂喂喂，你怎么啦？别说打听了，人都让你见了，怎么没完没了的？"

小雁没理他，哭得更加伤心，周长河翻身起来点亮油灯。看到了满脸泪痕的妻子，他急了："你干什么？干什么啊？人家看见了要胡思乱想、要怀疑的。”

“随便！”卢小雁一翻身坐起来了，“我管人家怎么想，我就是心里难受，那是我姐。”

“是你姐，是你姐又怎么样？她是被枪毙的国民党县长的老婆，大地主的媳妇，路是她自己选择的。小雁，你是革命军人，抗日时期就投身革命的共产党员，你的立场到底在哪里？卢小雁同志，你同情地主阶级，你很危险！”周长河觉得要给她上纲上线，引起她的充分注意。

“谁同情地主阶级？我是同情我姐姐。她不就是嫁错了人吗？”

“她是嫁错人吗？她就是喜欢那个地主阶级狗崽子，说你危险你还不承认！”

“我危险？是你狭隘。你和顾顺家有仇！”

“我就是和这顾家有仇。这你都知道！”周长河从床上下来了，“你姐姐的公公，那个罪大恶极的顾老爷就是我抓住的。为了这个，顾顺国就在这个镇上杀了我爹，杀了周家湾的农会会长一家。从1931年到1937年，他杀了多少闹革命的人？你那个姐夫顾顺家虽然没有亲手杀人，但是给他哥哥出过对付我们红军的坏主意。日本鬼子投降后他回来当县长，他要是没有血债，人民政府怎么会枪毙他？你说我想要报仇，我和顾顺家第一次在你们家见面我就想宰了他。这些事你都知道。而且你爸爸也明确地说过，你要是和我在一起，就会和你姐姐势不两立。事实证明，你选择了一条革命的路，而你姐姐选择了一条反革命的路，她落到如此地步，那是老天爷的报应。”

看着义愤填膺的丈夫，卢小雁的心情慢慢平静了下来，她毕竟受了部队十来年的教育，知道什么可为什么不可为的，她擦掉了眼泪，抱住丈夫的胳膊：“别说了啊，我都听你的。”

“真要听我的啊！”周长河上床搂住妻子，“一定要听我的！”

第二天天没亮，周长河带着警卫员和司机按部队的惯例出操跑步，他们在石桥镇上跑了一圈。回到区政府时天已经大亮。李桂花此时站在大门口，看着几个民兵带着一队低头耷脑的男女来到区政府大门外，为首的一个正是卢大雁。

“站好了，现在点名。卢大雁！”负责领队的民兵队长王小毛叫道。

排头的卢大雁低声应答：“到！”

“刘富贵，张有财，胡大发……”

随着王队长的点名，队列里一个个在喊：“到！”

“这是？”周长河问。

“这是管制训话，这些都是各村的地富反坏分子。”李区长解释。

“好！管制很重要。”周长河刚要进门，耳边传来一个名字。

“杨山杏！”

“到！”一个女人回答。

周长河的眼睛睁大了，他脸上的肌肉抽搐起来。他看到队列最后站着的那个女人了，他也认出来了，正是那个被他深深埋藏在心底的女人。

“姐，你怎么会在这里啊？”他没敢出声，只是在心底暗暗喊着。

第二十三章 老兵新传

一 被黑

就在周长河回家显摆的时候，杨泽田又一次走麦城了。他此时的职务是志愿军吉城基地联勤部长，正组织往朝鲜前线的物资调配。

时间是 1952 年 9 月，抗美援朝的上甘岭战役开打前夕。他接到通知，基地金副司令要他去一趟。金副司令就是金立中。当年他和杨泽田为娶媳妇有了矛盾，到现在还是心里别扭。虽说他情场失意，官运倒是不错，杨泽田一直原地踏步，他已经升任副军级的基地副司令，战时还分管后勤，杨泽田又被他管上了。

杨泽田进了金立中的办公室，随随便便用右手碰了一下帽檐就当敬礼了："老金，我忙得脚丫子要敲脊梁骨了，你找我为啥事？"

"你干的好事，我不找你找谁？"金立中没好脸给他看。

"我当然干好事。我一天到晚给前线张罗吃的穿的、治伤的，哪一件不是好事？我一天要安排多少物资送到朝鲜，哪一件不是好事？"

杨泽田一副倔头样子，金立中拿他没辙，把放在桌上的一张纸递给他："好事？你看看，这是前线发来的电报。彭总说要是查不出来，就要枪毙我了。”

杨泽田漫不经心地拿过电报：“凭啥？你是当逃兵了还是卖情报了？”

他看电报的眼睛瞪大了：“什么？急救包是脏的？青霉素里面有水？”

“这些物资是不是从你的兵站发出去的？”

“你怎么知道是我发的？”杨泽田说，“就算是我发的，又不是我进的。”

金立中说：“基地已经成立调查组了，你们联勤部的兵站是被调查的重点对象。”

“为什么我们是重点对象？”杨泽田叫起来，“这志愿军后方的物资兵站多着呢，又不是只有我们一家。”

金立中指着他手里的电报：“可这次前方发电报是指责我们，说明就是我们输送的物资，你要配合，要彻底查清楚。”

“娘了个腿的！老子查出哪个干的，扒了他的皮！”

杨泽田嘴硬可心里在打鼓，回来之后他赶紧给前原打电话，让医院派人到兵站来专项检查药品。打完电话，他又吩咐原来跟他的陈助理、现任的兵站陈站长赶紧找人，彻底清查自己兵站里面的所有物资到底有没有问题。

从1951年开始，新中国在党政机关中开展了“反贪污、反浪费、反官僚主义”的“三反”运动，随着“三反”运动的深入，也暴露出一些新的情况。党政机关内部出现的贪污行为是与一些不法资本家有关系的。这些不法资本家不仅行贿，还偷税漏税、盗骗国家财产、偷工减料、窃取国家经济情报，这些在后来被称为“五毒”行为。

1952年年初，反“五毒”的“五反”运动开始了，还有打击贪污受贿的“打老虎”行动也一并展开。就在这样的严厉打击下，还有不法资本家把黑手伸向志愿军的物资，这些东西能到前线，也说明军队内部不是铁板一块，难怪正在北京治病的彭总拍案发火，下令一定要揪出志愿军里面的蛀虫。

金立中看了保卫处长拿来的一沓材料，他松了一口气：“药品和急救商品没有我们负责采购的吗？”

“没有。”站在他桌前的保卫处长回答，“根据我们和地方公安部门的调查，那些都是上海、沈阳、长春、哈尔滨的一些不法资本家干的，由各地的后勤部门采购，到我们这里集中发出，我们已经通知采购部门和公安部门控制这些人了。”

“要一查到底！对不法资本家要坚决打击！”金立中狠狠敲了一下桌子。

“是！”保卫处长有些迟疑，“副司令，有一个订货单好像涉及我们基地的兵站。”

金立中又紧张了：“什么？在哪？”

保卫处长上前一步，帮他把文件夹翻到最后一页，一张订货单上写的货名是“军用铁锹”。订货单下面签着三个歪歪斜斜的字——“杨泽田”。

杨泽田是在兵站门口被基地保卫处带走的。他分管的兵站自查已经结束，也查到了那批伪劣的军用铁锹，都是用油桶皮造的，一铲土就卷刃。更要命的是，已经有两批发到了前线。

杨泽田看着单据脸都白了：“娘了个腿的！这狗东西参加了捐赠飞机活动，我就以为他是爱国商人，没想到他娘的是个黑心坏蛋。吴用，跟我去把他抓回来！”

他正带人去抓人，刚到门口，保卫部门的人就到了。

……

听说保卫部门对杨泽田的问题一无所获，金立中决定亲自找他谈一次。

金立中之所以认定了杨泽田，是因为他老婆齐小花在枕头边说了两件事。第一件是千代丸子结婚的时候，杨泽田给了新娘子礼金，他一个吃供给的干部怎么会有这么多钱送礼？第二件是齐小花结婚后到千代丸子家去过，她看见千代丸子有一个木盒子，里面有不少东西，金的银的都有，都是齐小花想都不敢想的。

一提起结婚的事，金立中火就往脑门涌：杨泽田抢走了千代丸子，成了他俩矛盾爆发的导火线，更不要说这些年杨泽田还凭着资历不把自己放在眼里。

他一个解放军的团级干部怎么会有钱？不就靠着管理这些物资吗？金

立中看过一个内部通报，资本家腐蚀的干部并不都是大官，而都是手握实权的干部。杨泽田虽然官不大，可是什么物资都要经过他，正好符合这一点。

金立中想起毛主席在进城之前警告全党干部时说的一个词：糖衣炮弹。为了和杨泽田谈话，金立中做了精心准备，按东北话的说法，杨泽田不理自己，怎么能让他服服帖帖地交代呢？金立中带上一本毛泽东在党的七届二中全会上讲话的小册子。

杨泽田被带到保卫处的一间房间里，给了他一把椅子。

“杨泽田同志，我还是叫你一声同志。”隔着一张桌子，金立中坐在杨泽田对面，看杨泽田坐下，他把小册子往杨泽田面前一放，“我们都是毛主席的兵，红军时期你就到我们一方面军了，你更要听毛主席的话。毛主席在进城之前就说过，我们的干部没有倒在敌人的炮火中，而是倒在了敌人的糖衣炮弹里。”

“放你娘的屁！那是你！老子什么炮弹都不会倒，你那屎盆子尿罐子别想扣在老子头上，老子不吃你这一套！”杨泽田开口就没有好话。

金立中提高音量：“杨泽田同志，我再叫你一声同志！我是代表组织和你谈话，这也不是你骂大街的地方！”

杨泽田把头一扭：“谁来谈也不和你谈，娘的你要是有证据就把老子毙了。”

金立中气得说话开始结巴：“杨、杨、杨泽田，我忍你很久了，自从1935年第一次见面，你是营长我是连长，以后只要我的职务比你高，你就不服气。”

杨泽田抬头看他了：“不服气就是不服气！老子不就是打瘸一条腿吗？老子瘸腿照样娶日本老婆，你当年在医院泡病号不就是看上老子的老婆吗？什么糖衣炮弹？你那糖衣里面连子弹都不是，是他娘的狗屎。”

金立中忍不住了，他气得大叫：“杨泽田，你搞清楚了，这是组织在审查你！”

两人真翻了，把杨泽田带走之后，金立中命令保卫处长立刻搜查杨泽田家：“他家里一定有钱！有钱就有问题！”

……

杨泽田家真有一个齐小花说的木盒子，那盒子被拿到了保卫处。金立中打开一看，里面有两枚圆圆的金戒指、两只带坠子的金耳环、一条长长的金项链、一只银手镯、一对银耳环，都是些资本家老婆才有的东西。盒子里面还有两张一万元面值的纸币，只不过现在已经不用了。

“怎么样！我说什么？这就是证据！”金立中在基地的党委会上义正词严，“同志们啊，毛主席说得好啊，有些干部枪林弹雨不倒，就倒在了糖衣炮弹中。杨泽田就是其中之一！”

可金立中的定论很快就被推翻了。首先是医院的院长前原带着那些日本籍的医生、护士集体找基地司令员上告，证明保卫处抄走的那些首饰是千代丸子的母亲离开中国时给女儿留下的陪嫁。还有就是吴用找基地政委汇报，两万元是杨泽田给的礼金不假，可当时只是挪用，后来千代丸子添置东西时卖了一只银手镯，已经把那两万元归还了。

吴用到了关键时候还是很有用的，他带来了当时归还公款的账本。

“杨部长爱人的银手镯只剩下一只了，不信你们查。”吴用说。

更有利的证据也同时出现了，贩卖军用铁锹的不法资本家被地方的公安部门逮捕，他交代了，根本没有向杨泽田行贿。

杨泽田这只“大老虎”在保卫处的反省室住了五天，每天都在呼呼大睡。保卫处抓人容易放人难，杨泽田就是不出去。没辙了，金立中自己带着酒瓶子进了反省室。

杨泽田从睡梦中醒了，他揉着眼睛，看清了床边的桌上放着一个酒瓶子和两个被打开的罐头，再抬头，金立中站在自己面前。金立中看他睁眼了，打开桌上酒瓶的盖子，先给他倒了一杯酒。

“怎么啦？最后一顿啊？”杨泽田坐正了，“娘了个腿的，吃杀头饭还搞这么小的杯子，拿碗！”

……

杨泽田醉醺醺地进了家门，一直等着他的千代丸子一把扶住他。他摇着脑袋推开她的手：“别扶我，我没醉。”

“没醉怎么这样？你坐下，我给你脱鞋。”

“我没醉，狗日的金立中醉了。”杨泽田喃喃地说着，他一屁股坐在凳子上。

千代丸子给他脱下皮靴子，扒下臭袜子，一股臭脚味弥漫全屋。千代丸子打开门窗，端来水盆拿来毛巾。怀孕大着肚子的千代丸子蹲不下来，就搬个小凳子坐着，给他洗好脚并擦干，又给他换鞋，在整个洗脚过程中，杨泽田一声不吭。

千代丸子有些慌，怕他给关出什么毛病来："你怎么啦？说话啊！"

杨泽田的嗓子咯一声冲出一股酒气。他忽然开始急促地喘气，只见两股眼泪流出了他的眼眶，他用拳头敲着自己的胸口：

"说什么？让我说什么？！我心痛！我他娘的不是人！国家把这么一大摊子交给我，我没有干好啊！我对不起我们的战士，铁锹不能挖工事，带来多大伤亡啊！我真该被枪毙啊！枪毙！打这里！"他以手代枪指着自己的太阳穴，"我杨泽田打仗不含糊，老子二十年后还是一条好汉，二十年后我还当兵，我当打仗的兵，我再也不干这狗日的后勤了。我要去打仗！千代你放心吧，我上朝鲜，我让他美国鬼子哭爹叫娘！"

千代丸子哄着他："好好，你打仗，打仗啊。"她第一次看见这个汉子流泪，而且哭得如此伤心。

二　复　员

杨泽田恢复了工作，他不是"大老虎"了。但他又一次受了处分。他进的那批军用铁锹真给前线带来了损失。

上甘岭战役结束了，美国鬼子乖乖坐下谈判了，前线无战事，对杨泽田的正式处分也下来了：保留团级，转业去地方。考虑到他的资历还有职务，组织上也想照顾他，准备把他安排到一个较大的国营机械修理厂当副厂长。

征求杨泽田意见的时候他不干了，他写了申请报告，要求带着老婆复员回乡。

按照他在东北学的说辞：二亩地，一头牛，老婆孩子热炕头。虽然他老家没有热炕，但是有床也一样。

"当农民好啊，没人管没人烦了。再说了，复员有一大笔复员费，绝对不止买二亩地一头牛的。”这是杨泽田说服他老婆的理由。他虽然知道自己娶的这个日本老婆是一个“嫁鸡随鸡，嫁狗随狗，嫁个枕头抱着走”的听话女人，但还是要说清道理，新社会男女平等，何况这次是他独自做主让千代丸子也脱了军装。

1953年的夏天，在朝鲜的停战协议签署之后，杨泽田带着全家回乡了。之所以晚走几个月，是因为千代丸子临产。这是他们的第二个孩子，他们的第一个孩子是个女儿，1950年底出生的，杨泽田给她取名叫抗美；第二个孩子是个儿子，取名就叫援朝。

就在这段时间里，部队里的老首长还来做他工作，连金立中都来劝他：“别办复员，还是转业吧，转业还是国家干部。”

他一个劲地摇头：“我听见机器轰鸣声就头痛，还是看着我们老家的大山痛快。”

“欢迎老红军回来建设家乡。”这是区长李桂花见杨泽田时说的第一句话。

也是在石桥镇老顾家大院的大门口，李桂花拉着杨泽田的手使劲地摇，她不停地催着身旁的民兵帮着杨泽田卸车。

杨泽田赶忙制止：“哎哟，李区长，卸什么车啊！我只是前来报到的，我还要回我的老家杨营子去呢。”

“老红军，”因为杨泽田已经没有职务，李桂花不好称呼，她看杨泽田长得老相，直接就叫他老红军了，“我说老红军啊，您先到我们区委办公室坐坐行不行啊？喝点水，听我跟您汇报一下工作行吗？”

“汇报工作？那行。”杨泽田爱听这话，好久没人向他汇报工作了。

一听汇报，杨泽田没法回杨营子村了。女区长李桂花告诉他一个事实：二亩地，一头牛，老婆孩子热炕头是过去老农民的理想主义，今天这个理想实现不了了。

“老红军啊，您是不知道我们农村现在的形势啊，”李桂花兴奋地说，“现在农民都从农业互助组转为初级合作社了。您想想，农民个人的土地和牛都向合作社转了，您买地买牛也买不到啊。”

“你是说我们现在也像苏联一样，走那个集体化的路了？”杨泽田毕竟是部队的干部，不仅有学习，而且耳濡目染的东西也多。

“对啊，老红军就是不一样，我们就是要像苏联那样发展。”李桂花笑着说。

其实李桂花并没有说出实情，虽然现在农村正在搞“互助组转社”，但并不是没有土地出让，区里就掌握了一些耕地。她之所以不卖给杨泽田，是因为有一个叫吴用的部队同志来打前站，说杨泽田情况特殊，希望地方上能给予一些照顾。

“我们这位首长脾气倔，一门心思要回家种田，”吴用对李桂花说，“他还是名二级甲等伤残复员军人。抗日的时候是位部队团长，一条腿在冀晋区被日本鬼子铁壁合围的时候打残了。区长同志您说，这样的战斗英雄能让他当一个下地种田的农民吗？”

“那是不能。”李桂花很坚定地表态。

李桂花是跟着南下工作队过来的，她的老家就在河北和山西交界的老根据地，听说杨泽田还是当年在他们那里打过仗的老八路，她很激动：“请吴同志放心，回去转告部队首长，杨首长是我们家乡的大功臣，他要回来我们欢迎，我一定安排好、照顾好，放心吧，不会让他种地的。”

“早知道没地种，我就不回来了。”杨泽田一脸丧气。不种地也回不去了，杨泽田接受了李桂花的安排，干老本行，抓枪杆子。

“老红军，我们现在是新中国，老百姓当家做主，可是阶级敌人还不死心啊！抗美援朝战争我们打胜了，可蒋介石还在台湾呢！所以啊，我们农村的民兵工作很重要，老红军您一直是抓枪杆子的，回来还抓枪杆子，当区里的民兵营长吧。”

“不回杨营子，可是我家怎么安排呢？”杨泽田踌躇了。

“老红军是我们区里的人了，当然我们来安排。”李桂花站起来，“走，看看我们给老红军安排的家。”

李桂花给杨泽田安排的家是顾家大院后面的一个独立小院子，里面有三间砖瓦房一间厨房，原来是顾家家丁住的地方。

“老红军觉得怎么样？要是觉得这里不好，我就把办公室那边腾给你。”

李桂花高着嗓门地说着。

“别别，就这样够麻烦了。”杨泽田对这个女区长充满了好感，“千代，这是我们的父母官李区长，我们住的这个家就是她安排的。”

千代丸子赶紧抱着儿子给李桂花鞠躬：“给您添麻烦了。”

李桂花连连摆手：“有啥麻烦？都是现成的。”

千代丸子弯腰又是一鞠躬：“还请多关照。”

李桂花赶紧鞠躬还礼，杨泽田拦住她：“打住打住，你别和她鞠躬啊！她是日本人，就会鞠躬。”

“啊！日本人啊？”这回该李桂花发愣了。

杨泽田回了一趟老家杨营子村。这一趟闹大了，他请全村的男女老少大吃了一顿。聚餐的地点是杨营子村打场的场院，老杨家的只要是家里有大方桌的户，都把家里的大方桌搬出来放在场院上。

杨泽田让人赶来两头肥猪，挑来十来坛酒。猪当众杀了，杀猪的屠夫还兼任大师傅，烫猪拔毛开膛剖肚，把肉剁成一块块的，堆了满满几大盆，杀猪的大锅随即又用清水洗洗，垒上土坯、抱来柴草，大块肉加上萝卜、豇豆来个一锅烩。热气腾腾、热热闹闹，过年也没有这么开心。

老杨家的家家户户都抱着大碗过来盛肉，男人就留在场院坐席上喝酒，女人孩子可以把菜端回家吃。

杨泽田穿一身新军装，脚上不离他的大皮靴。他满脸喜气，认识不认识都先递上去一支烟，不认识就先报名字，村里人一报名字就知道了辈分，名字中间只要有个“泽”字，那就是同辈，要是长辈就请上座，杨泽田必然要亲自敬酒。

喝了一大圈，杨泽田一个人也顶不住了，他端起酒杯：“不管怎么说，我杨泽田的根就在杨营子，这里就是我老家，出去几十年，这一回我都敬了，老辈的叔叔、大爷，凡是辈分比我高的我一下都敬了啊。”

村里的老人一个个把酒碗举得高高的。一个年纪最大的长辈感叹：“什么都能忘，就是不能忘家啊！大侄子，你爹娘都在咱杨家老坟呢！当年顾家清共产党，咱们杨营子前后也死了几十口子啊。”

老人们好像都想起了当年的惨状，忍不住都眼泪汪汪的。“惨啊，杨营子，周家湾，当年死了多少人啊！凡是当红军的都满门抄斩啊！咱们杨营子出去的也就你活着了。”一个喝得脸通红的老头说。

“怎么就他啊？”有人反驳了，“还有杨泽江啊。”

杨泽田惊奇了：“什么？杨泽江还活着？他在哪啊？”他记得杨泽江是和栓娃一个营的，没想到还有他的消息。

“就在我们村里啊。”年纪最大的老人说，“他是解放那年回来的，说是打散了，到处找人证明呢，你回来了，你可以给他证明啊！”

“对对，我能证明。”杨泽田环顾，“他人呢？让他来喝酒。”

“这会他不在，他去城里找人了。”

一个本家侄子抱着一个坛子找杨泽田来了：“叔，没有酒了。”

杨泽田掏出一沓钱给他：“去打酒，再买几盒香烟啊。”他一面说着，一面转回头，“来来来，喝酒吃肉，哎呀，还是回到自己村里痛快！”

三　山　空

杨泽田痛快了一回，千代丸子紧张了。她跟着杨泽田回到杨营子，没想到一村子都是亲戚，介绍了一圈一个都没有记住，她隐隐约约感到这以后的日子不太平了。

果然，从这以后，只要是石桥镇逢集市，家里就有杨营子的客人，只要是来客人，杨泽田就要她去集市上割肉。开始千代丸子还热情，来客人了，她就用上在东北学的手艺，做大盆肉烩菜，让来的亲戚吃得过瘾。后来发现不对了，这石桥镇是三天一集，家里人流不断，杨营子近一点的亲戚把他们家当饭店，散集就来了。

这一天镇上不逢集，千代丸子想清闲一天，谁知道快到晌午了，杨泽田拉着一个人进屋。

“来来，千代啊，这是我兄弟，当红军的兄弟，赶紧割肉打酒，我们喝一通。”

“这是嫂子啊？长得这么排场。”跟着杨泽田进来的是又黑又瘦的杨泽江，他的年纪其实也就四十来岁，可看起来比杨泽田还老相，两只昏黄的眼睛眨巴眨巴，盯着白净的千代丸子看，“这嫂子叫什么？钱袋。这名字好。”

“哈哈。什么钱袋？”杨泽田大笑，“她是日本人，叫千代丸子。”

杨泽江更加惊讶了：“啊？大哥，你这打日本不亏，日本老婆都娶到家了。”

杨泽江看来是饿了，酒喝得少菜吃得多，每一筷子都瞄着碗里的肥肉。

杨泽田频频举杯，杨泽江的到来触动了他的神经，他喝着喝着眼圈就红了：“不容易，不容易啊。就说我们杨营子，民国十八年暴动，和我一起走的九个都不在了，民国二十年从你们赤卫队转红军的，也有十七个吧？”

杨泽江连连点头：“对对，十七个里面就有我，大哥，你看你，媳妇、孩子、家，什么都有了，你要帮帮我，证明我是红军，不然政府不管我。”

杨泽田连连点头：“当然了，我证明你是红军。喝、喝啊，我们杨营子留下两个，不算少了。”

……

没过多久，杨泽田家的生活水准就下降了，杨营子再有亲戚来，桌上也就只有两个素菜了，亲戚们闲言碎语就多了：“哎哟叔啊，您老红军就吃这个啊？怎么也要有肉啊。你这么大的功劳，肉里填肉里埋都不为过啊。”

杨泽田就叫：“千代，去，集上割肉去！”

终于有一天，矛盾彻底爆发。石桥镇的民兵营成立了，杨泽田亲自到县里要了一批民兵武器。县武装部派两个干部押送武器到了石桥镇，杨泽田让副营长王小毛带着民兵卸车，自己拉着两个解放军到家里吃饭，两人推辞，杨泽田火了：“半年前我也是解放军，还是团级呢！命令不听啦？走！”

千代丸子忙了好一会，端上来一碗烧茄子、一碗烧豇豆、一个水煮豆腐，还有一盘咸菜，看着千代丸子端上桌子的菜，杨泽田的手发抖了：

“搞什么啊？真是三天不打上房揭瓦，我看你是皮痒痒找打。今天来的贵客是我的战友、我的兄弟，你就拿这个打发他们？你丢我的脸啊！”

两个解放军坐不住了，赶紧站起来：“首长，没事。”

杨泽田喝道：“坐下！”

李桂花和王小毛听见动静跑进来了，杨泽田还是一头恼火，他骂骂咧咧，千代丸子低着头一声不吭，而两个解放军坐立不安。

李桂花开腔了：“哎哟，老红军啊，好好的你发什么火啊？”

“你看看，你看看，人武部的同志给我们送装备，这抠门娘们就给人家吃这个，这不是当面丢我的脸吗？”杨泽田拍着自己的脸。

李桂花看看桌上四个素菜，她马上笑了：“哎哟，老红军，这就是你的不对了，人武部的同志是为我们区民兵营里办事的，吃饭应该区里管啊，哪能让你老红军破费？王副营长一说，我就让食堂里准备了，小王赶紧带同志去食堂啊！对了，食堂没有酒。老红军出酒了啊。”

李桂花拿起桌上的酒瓶塞到小王怀里，使个眼色，王小毛拉着杨泽田和两个解放军出去了。

杨泽田出门还回头对千代丸子嚷了一句：“你个抠门娘们，回来再找你算账。”

他回来之后没找千代丸子算账，千代丸子反倒和他摊牌了。就三个字：没钱了。

杨泽田不相信：“不可能，我的复员费加上你的，最少能买八亩地、两头牛，这就没了？你不要骗我！”

“是，回来的时候有这么多。可是你们中国人不是有句老话吗？叫坐吃山空。你这座山已经空了，没有了。”

杨泽田看着老婆，还是不相信，他推开她，翻箱倒柜找着什么。千代丸子知道他要什么，从柜子底下拿出她的木头首饰盒，交给他。

杨泽田打开，里面空空的，只有两张老钞票：“这不是还有钱吗？”

“你仔细看看，这是你当年给我的聘礼，民主联军时候的钞票，不是现在用的人民币。”

杨泽田不甘心：“那你原来的，手上、耳朵上的环子呢？脖子上的链子呢？”

“不都换成肉啦！”

杨泽田拿着两张不能用的钞票，手无力地垂下来，他一屁股坐到床上。千代丸子把钞票又从他手上拿下来，放进盒子里。

这回杨泽田可真发愁了：“这可怎么办？一家四口要是当了区政府的救济户，那我这张老脸往哪里放啊！”

千代丸子把首饰盒放进柜子里，掀开放在角落里的一架缝纫机的盖布。这台缝纫机是她复员时卖了金项链买回来的，当时杨泽田不知道她要干啥，听说是做衣服的机器，他还耸鼻子：“缝衣服用针线，谁用铁疙瘩？”

千代丸子指着缝纫机说：“看看这个啊，以后这个家就要靠我了。”

杨泽田不相信：“你？”

……

没过十天，石桥镇的街面上出现了一家“千代衣铺”。铺面不大，可是来这里看稀奇的人真多，别说石桥镇，就是岳山县，裁缝都是用手缝，谁见过做衣服用机器？

千代丸子脚下踩着缝纫机，一道道细细的针脚从她手下流了出来，引起妇女们一阵阵惊叹。也就这一天，千代丸子拿到了第一笔做衣服的钱，她给杨泽田做了一大碗东北烩肉，好久没有闻到肉味的杨泽田吃得满嘴流油。这个老婆娶得太值了啊！杨泽田心想。

第二十四章 善意谎言

一 秘密

周长河又进步了，1954年，他被任命为江淮军区副司令，跨入军级行列。

1955年，周长河被授少将军衔，这还不是最得意的事情，最得意的是，他终于有后了。

顾郎中不愧为神医，周长河带着卢小雁回家一趟，吃了顾郎中开的四十服中药，第二年就生下儿子，生日正好是8月1日，取名建军；三年之后，一个女婴呱呱坠地，取名春雨——周长河儿女双全了。

1958年初，《解放军报》发表了一篇通讯，报道一位老红军下连当兵的事迹。毛主席看了这篇报道之后，针对部队在实行军衔制和正规化以后出现的一些军官脱离士兵、机关脱离基层的现象，提出了“军队干部下连当兵”的号召。

解放军总政治部随即发出指示，把军队干部每年下连当兵一个月定为制度。周长河是江淮军区第一批下连的干部，在班里当列兵一个月，和大伙处得特别好，除连以上领导，谁也不知道他的实际职务，战士们都叫他老周。这一个月里他和士兵们一起摸爬滚打，哪一项都不落后，大家纷纷猜测，这个老周一定是军区训练处长，军衔不低于中校。

就在他当兵的最后一个星期，他接到了大军区的许松涛司令要来视察的消息。一听说许司令来，周长河激动起来，从红军退出大别山，他们营在平汉路打阻击战失联之后，他就没和老首长再见面。许师长还能认出我来吗？周长河心里暗暗想着，这样见面倒是一个好机会。

连长把他所在的一班拿出来进行军事科目展示，不仅因为一班的战术训练在全连是拔尖的，还可能有自己在一班当兵的因素吧，周长河心想。

挂着上将军衔的许松涛在一群将校的簇拥下观看了一连一班的突击、爆破和穿越障碍等科目，一连长又前来报告："司令员同志，下一项是实弹射击，各射手已经就位，请批准开始。"

许松涛挥挥手："你们开始就是了，我就是看客。"

一班得到指令，全班战士均采取立姿、跪姿、卧姿三种姿势各进行三发点射。枪声几乎都是齐射，三轮小站靶全被击倒。

许司令脸上有了点笑意："花拳绣腿练得不错，有没有特别的啊？"

一连长立正："报告首长，我们有个特别展示，请司令员一起参加！"

"什么？"许松涛来兴趣了，"较劲啊？看看去！"

只见靶场五十米开外升起两只红色氢气球，两根绳子扯着气球不让它们飞出去，但风有点强，气流吹得它们乱摇晃。一个列兵提着新配发的五六式半自动步枪上前，只见他双手一抬，枪响绳断，氢气球刚脱了缰绳斜着飞出，就在第二声枪响中爆裂，周围一阵掌声。

许松涛愣了一下，接过一连长递过来的另一支半自动步枪，立姿托枪，他对准第二个气球也是啪啪两下，第一枪断绳，第二枪爆球。

"娘了个腿的，好歹老子现在还打个飞鸟走兽的，不然在你们这些小子面前现眼了。"许松涛嘴里嘟嘟囔囔地骂着，把枪扔还给一连长之后，忽然对背对着他的列兵叫起来了，"小栓娃，你小子还不转过来！"

周长河转身的时候眼圈都红了。

一旁陪同的江淮军区孟司令员赶紧介绍："这是我们军区的副司令员周长河，在这里下连当兵的……"

"我知道，"许松涛打断了他的话，"他下连当兵也是我批的。"

许松涛走到周长河面前，一只手抓着他的肩膀，另一只手攥着拳头，在他胸前捶了一下：“还真是你啊，栓娃，这甩手打步枪的人我还没碰上第二个。”

“老师长，没想到您还记得我。”周长河的声音都有些发抖了。

“怎么能忘？”许松涛的眼圈也红了，“1932年我们打出大别山，在平汉路把你们丢下了。你告诉我，平汉路我留下的这个营还有谁活着？”

周长河摇头：“没有了，就剩我了。”

许松涛一把抱住他，好久才松开：“江山来之不易啊！周长河，小栓娃，你这个兵当得不错，本事还没丢！”

周长河当兵结束之后请假回了一趟老家，有个麻烦事他要回去亲自处理，这件麻烦事关系到他保守了多年的秘密。除了周长河自己，全世界只有一个人知道他的秘密，那就是他儿时的玩伴顾大宝。这也是周长河在无可奈何中做出的选择。

六年前，当周长河在区政府的大院里看见被集中训话的“四类分子”中竟然还站着杨山杏时，他惊呆了，那时他唯一想到的是赶快去找顾大宝，搞清楚杨山杏怎么还活着，且她怎么成了“四类分子”。没想到顾大宝对杨山杏的情况很熟悉，把她怎么从黑虎岭逃出来，又怎么被周长金收留，后来怎么嫁给周长金的情况简短地说了一遍。

“你知不知道她有个孩子？”周长河问。

“她有两个，都是儿子。”顾大宝说。

“有没有一个十三四岁的。”周长河急着问。他记得他们分开的时候是1937年，那时候的杨山杏就大了肚子要生了。

“有，叫石洞，十四岁。”顾大宝明显感到了什么，“你怎么知道？”

“石洞！”周长河的脑海里忽现在父母坟地跟着他们跑前跑后的男孩，他的眼眶湿润了。看着顾大宝怀疑的眼神，周长河放实话了：“那是我的孩子。”

“真的啊！”顾大宝惊讶得叫起来，他又赶紧放低声音，“怪不得我第一眼就觉得他像你小时候的模样，我爹也说像，山杏姐说是长山哥的，我就再没怀疑。”

“她说这个孩子是长山哥的？”周长河敏锐地感到这是最好的解释，“那就说是长山哥的。大宝，这个事你一定要保密，对任何人都不能说。”

周长河用最简短的语言把他当年主动向常特派员坦白自己和杨山杏要好，结果差点被枪毙的经过说了。顾大宝连连吐舌头：“还有这事啊？那真不能乱说。你放心，我一定保密，我连我爹、我媳妇都不会告诉。对了栓娃，你现在是大官了，你就不能为山杏姐说句话？她当地主真的很冤枉。”

顾大宝是从十三叔那里听说杨山杏是怎么当地主的，她真的很冤枉。

1948年刘邓大军挺进大别山，解放了岳山县城，枪毙了反动县长顾顺家。没多久，周长金带着杨山杏和两个儿子也回来了，他们在周长河家的老宅地基上盖了新房。

共产党的南下工作队跟着也来了，队长就是李桂花，他们完善了村镇的基层组织，重回老家的十三叔当了村长，他推荐杨山杏当了村妇女主任。

时间过得很快，全国解放没多久，岳山进行了土地改革。

有一天，杨山杏跟着十三叔一起到顾家大院向工作队汇报工作情况，十三叔说杨山杏对政策理解最透彻。李桂花就让她说说她家能划什么成分。

杨山杏当过红军，识文断字，她拿出一个用几张糙纸缝成的本子，上面写满了铅笔字：“我们家有三亩水田、两亩旱地，一共五亩地。有一头牛，还有犁耙算是劳动工具。我们自己种自己吃，按政策属于一般占有土地，拥有一部分牲畜和劳动工具。生活靠自己劳动，也不剥削他人，也不受人剥削。那就算是中农了。”

“行啊。政策掌握得很熟悉嘛！”李桂花笑了，“中农也是被团结的对象。十三叔，山杏嫂子可是你的好帮手啊！我想把她要到区里来呢！”

“好啊！”十三叔替她高兴，“山杏啊，你可是要吃公家饭了。”

山杏也高兴，她心想要不是当年和栓娃跑散了，我早就吃公家饭了。

天有不测风云，她也就高兴了几天。一天中午，正吃晌午饭的杨山杏被人叫到了十三叔家，堂屋坐着好几个人，为首的李桂花脸色铁青，而十三叔只是蹲在地上抽着旱烟，他一声不吭。

杨山杏一进屋，李桂花甩过来一句话："杨山杏，你的丈夫叫周长金吗？"

"是。"杨山杏这才发现，李桂花旁边的一条长凳上不仅坐了两个穿中山装的干部，他们身后还站着两个背枪的民兵。

"你们家在湖北麻城有地没有？"李桂花接着又问一句。

"没有。我们家周长金在那里就做小买卖，没有地。"

"杨山杏，你不老实！"李桂花的一声大吼把周围的人都吓了一跳，她也感到了自己失态，转脸对坐在长凳上的两个男人说，"你们问吧，就是她家。"

一个干部站起来，他手里拿着一个本本："根据我们麻城土地改革工作队的调查，周长金在土山坳藏有旱地二十三亩，在黄家坝有水田十八亩，在王营子有水田三十一亩，另有三头牛、两头驴，均租给农民使用，收过租子。"

"听到没有？"李桂花用拳头敲打着桌面，"你们家在麻城有七十二亩地租给农民收租，杨山杏，你不是懂政策吗？你说，你们家是什么成分？"

当时就被问蒙的杨山杏被民兵带回家，他们在床下的一个木箱里搜出三张地契和合约，上面的落款都是周长金，购地的时间是1949年年初。

那正是兵荒马乱之时，有钱人要跑，都便宜卖地，周长金的表弟带信说现在土地就跟捡的差不多。表弟的话让做了二十几年小生意的周长金心动了。他认为机不可失，也没和老婆商量，暗自把埋在猪圈里的积蓄起了出来，跑回麻城和表弟一起买了田地，他把这些田地都让表弟代管，给表弟提成。谁知道才收了一年租子就碰上土地改革，麻城的工作队查出了周长金的表弟有一大批土地，表弟交代了其中有些土地的主人是岳山县的表哥周长金。

"原来她是这样当上地主的，这不公平，我要替她说话！"周长河咬着牙说。

二 界 限

周长河没有食言，他那次从岳山回来之后，给石桥区的李桂花写了一封信，证明杨山杏是红军战士。他在信中写道：“在革命斗争最艰苦的时候，杨山杏也没有对革命背叛，把她划成地主的成分是不合适的，请求区里给予纠正。”

李桂花接到尊敬的周师长来信，她也非常认真地对待了，杨山杏的情况她清楚。可是把周长金划为地主的不是石桥区政府，而是湖北麻城的土地改革工作队，而且人家也是按国家政策做的，做得一点也没错。

李桂花脑袋想疼了也想不出办法，她只好把周家湾的老村长十三叔请来。十三叔把嘴里的烟袋吧嗒了好一阵子，才放出一句话：“虽然说宁拆十座庙，不毁一桩婚，可为了山杏的名誉，我豁出去了。”

“你是说让杨山杏和地主丈夫划清界限？这行！老村长，就按你的办法。”

“李区长，还有一件事，”十三叔说，“这杨山杏有个儿子不是周长金的，是咱村的红军烈士周长山的。”

“什么？”李桂花糊涂了，“什么乱七八糟的？”

十三叔赶紧解释：“这杨山杏是改嫁给周长金的，她原来的丈夫叫周长山，两人一起当红军，周长山后来牺牲了，牺牲的时候孩子还没有出生，杨山杏是怀着孩子改嫁的。栓娃应该知道。”

李桂花说：“周师长信里没有说啊！这样，您先把划清界限的事情办了吧。”

十三叔找了一个杨山杏下田干活不在家的机会，单独和周长金谈了。

周长金自从划为地主之后就得了痨病，而且越来越重。十三叔进门的时候，周长金还围着被子坐在床上，十三叔问了几句有关病情的话，两人就陷入了沉默。

干坐了一阵，周长金先开了口：“十三叔，不管好话歹话，有啥话你就说。”

有他开口，十三叔就好接话了：“长金大侄子啊，你把你媳妇害惨了啊，正是上进的时候，被你给拖累得抬不起头啊。”

“我知道。”周长金低着头，粗糙的手摸摸干涩的眼角，“还有我那个儿子石洞，现在都把我当仇人一样看。十三叔啊，你给我想个主意吧。”

“我是有个主意，你听吗？”

“听，听。”周长金连连点头，“只要他们好，拿我的命我都不稀罕。”

十三叔下决心了：“那我说了，你和你媳妇离婚行吗？”

周长金吃惊了，他没想到十三叔说这样的话：“离婚？你让我跟山杏离婚？”

“新社会，讲婚姻自由。”十三叔看着两眼直直的周长金，硬着头皮说下去，“按说我这么大年纪的人，劝和不劝散，不过你们家特殊啊，你媳妇当过红军，还有石洞不是你亲生的，他的亲爹是烈士周长山，本来我也不好说，没人证明啊！可是栓娃回来了，已经给山杏证明了。他们娘儿俩在旧社会吃了这么多苦，解放了，还是让你这顶地主的帽子压得抬不起头啊！”

“十三叔，你别说了，”周长金哭了出来，“你是让我媳妇把我休了，我这个要死的人没什么说的，就一条，让她把宝儿也带走吧。”

十三叔把和周长金谈的情况先报告了李桂花，李桂花的眉头皱了起来：“十三叔，你说她那大儿子行，那是革命的种，长出来的那是稻子；那小儿子是地主的种，长出来的那不是稻子而是稗子。种子不一样，那庄稼怎么能一样呢？十三叔啊，你也是个老革命了，党员的身份也恢复了，这是阶级斗争的事，不是你叔叔、侄子之间的事，你要坚定立场！”

李区长给定了性，十三叔出门之后给了自己一个嘴巴，骂了一句自己昏头。他马上回村去找杨山杏，把周长河写信的内容及李区长的意见都说了。

“山杏啊，现在是共产党的天下，不仅你戴个地主帽子，要是让石洞也戴个地主帽子，那睡在地下的长山侄子会怎么想啊？这可是孩子一辈子的事啊。”

杨山杏直流眼泪：“十三叔，我懂，可现在宝儿他爹这个身体，我要是一走，他立马就会……”

“是啊，长金这身子我也问过顾大宝了，他说挺不了几天。说真的，就你们的事，我已经和长金说了。”

杨山杏吃惊了：“什么？十三叔，你都……那他什么都没和我说啊！”

十三叔叹口气：“长金侄子也是个通情达理的人。”

“那宝儿怎么办？他还小。我要是和他爹离了，我能把他带走吗？”

“这恐怕不行。”十三叔想想，还是没有把李桂花的原话说出来。

“那，十三叔，让我想想，明儿告诉你吧。”杨山杏小声地说。

那一夜，杨山杏想了很多很多。她想到了那个伸手不见五指的黑夜，周长金用架子车拉着大着肚子的她匆匆忙忙离开周家湾；她也想到了住在麻城他姨娘家的时候，每次周长金从汉口挑着货郎担回来，都要给她和小石洞带一点小礼物，哪怕是几卷带颜色的缝衣服线，几颗小糖豆，即使有了宝儿，两个孩子他也是一样对待；还有这两天他看自己的眼神，传递的都是一种凄楚和哀求的光，他心里不情愿，不情愿啊……

杨山杏找到十三叔，确定了自己的态度，十三叔使劲地摇头：“侄媳妇啊，你要是这样，我就没法说话了啊。”

杨山杏咕咚一声跪了下来：“十三叔啊，人不能没有良心！孩子他爹是在难中救的我，我不能在难中舍弃他，我也不能为了自己舍掉自己的孩子，这个地主帽子就是到死我也戴了。只有一件事想求您。”

“什么事？你起来说。”十三叔想拉她，可叔叔拉侄媳妇在村里是一个忌讳动作，他只能急得跺脚。

“您一定要答应。”

“你起来我就答应。”十三叔没点子想了。

杨山杏说了求他的事，十三叔立马就答应了。只过了三天，十三叔就带人在村东头周长山家过去的老宅上搭起一间土坯草房，就在草房前面，他召开了全村的村民大会。

“各位乡亲。我们周家湾都是一个族、一个宗，在村里，我是村长；在族里，我是老辈。大家听我的不？”十三叔问。

大家纷纷叫道：“听！”

十三叔把身边的石洞搂在自己怀里：“石洞，是长金和山杏的儿子，可是你们可能都不知道，杨山杏是怀着这个孩子改嫁给周长金的。孩子的亲生父亲是老五哥家的周长山，他们在红军队伍里结的亲，大家都知道，老五哥因为革命被灭了门，眼下就剩这根独苗，前些日子回来的周长河已经当了师长，他当面跟我说长山侄子是革命烈士，那革命烈士的儿子能不能戴地主的帽子？”

大家一起叫了起来：“不能！”

“对了，不能！我们不能让长山在地下死不瞑目。我做主了，长山家这一门的户主就是周石洞，今天盖的这屋就是周石洞的家，他和他的养父周长金已经划清界限。可是石洞今年才十四，以后，石洞就在我们村子吃百家饭，我们全村供他上学，直到他娶上媳妇我们才撒手，行不？”

大家一致同意，纷纷说行。一个婶子上前拉住石洞：“石洞今天就上我家了。”

另一个马上接上：“明个上我家。”

石洞紧紧地搂住十三叔，他第一次洒下了感激的热泪。

杨山杏的举动激怒了区长李桂花，她叫来了十三叔：“十三叔，这地主分子都是花岗岩脑袋，什么划清界限？她就是一个顽固不化、誓死与人民为敌的地主！我已经给周师长写信了，直接告诉他，杨山杏就是死不悔改的地主。她当过红军，可这只能证明她的过去，也有人先参加革命后当叛徒，那我们就因为她前面有功就饶恕她后面的罪？他们老革命对在一起打仗的人有感情，可是，阶级斗争的复杂性也是难以预料的，我相信周师长一定能够理解我们。还有，你搞的那个划清界限的儿子，那也不能算数！”

由于李桂花对杨山杏的厌恶和“恨”屋及乌的心理，已经被周家湾承认为烈士后代的周石洞在连续两年的征兵中被村里推荐，最后都被区里退回。

今年征兵又开始登记了，已经二十一岁的周石洞面临最后一次机会，村里保送了，但公社就是不给盖章。

周石洞不吃饭也不出门，这让杨山杏心急如焚，最后她不得不找顾大宝，她知道顾大宝是和周长河唯一有联系的人。顾大宝给周长河写了信，刚刚当完兵回到机关的周长河气坏了，自己打了十几年地主，自己的亲生儿子倒成了地主狗崽子，他必须请假，到石桥镇跑一趟。

三 调 查

秋天是丰收的季节。1958 年的秋天不仅丰收了，还是一个创造奇迹的季节。

杨泽田骑一辆自行车，他一进石桥镇就嚷上了：“我们老家杨营子，水稻亩产三千斤啊！我看着入仓的！”

这年头，这样的消息屡见不鲜，一个正在执勤的基干民兵说：“三千斤啊？我们胡营子亩产一万斤了，还放在地里呢。”

杨泽田认真了：“别胡说了，这个时候还放在地里，那冬小麦还种不种啦？”

“真的，是县里不让归仓的。李书记带着省里的记者还去拍照片了，说要上省报。老红军，这要是报纸上一发表，我们石桥公社在全国都闻名啦。”那位家在胡营子的基干民兵把腰杆挺得直直的，一副炫耀的神情。

杨泽田刚到五十，随着李桂花的称呼，他已经习惯人们叫他老红军了。

“好啊，真是应了那句话，人有多大胆，地有多大产。哈哈，对了，你赶紧告诉王副营长，让他给你们胡营子村派一个班的民兵，这胜利果实放在地里可要看好了，不能让地主反动派给破坏了。”

“行。”那基干民兵答应着，“老红军，你去哪啊？”

“我去我媳妇那裁缝铺子看看，找点吃的，这个点，食堂也没饭了。”

1958 年，总路线、“大跃进”、人民公社，三面红旗飘得呼啦啦，社员同志们自己不再烧饭，都吃公社大食堂了。

杨泽田回到千代丸子的裁缝铺，正大口吃着媳妇从食堂带来的馒头，他们的女儿抗美跑来了：“爸，不好了！来了一个大官，正骂李姑姑呢！”

抗美说的李姑姑就是现今的公社书记李桂花，杨泽田回家之后处处得到她的帮助，为了表示亲切，就让孩子们叫她姑姑。

听说有人骂李桂花，杨泽田蹦起来了：“哪来的野种要翻天啊！我看看去！”

跟李桂花吵架的人正是回到老家的周长河。周长河并不是个鲁莽人，他到达石桥镇后先找到顾大宝。

顾大宝很惊讶："没想到你真的能来。"

"到底是怎么回事？信上你说得也不清楚。"

"还是山杏姐和你的那个孩子，"顾大宝看周长河不说话，他想起来了，马上改口，"是山杏姐和周长山的孩子，石洞，当兵又给刷回来了。"

"还是成分的问题？你信上不是说划清界限了吗，都承认石洞是烈士的孩子？"周长河和顾大宝一直通信，老家的事情基本上都知道。

"大队认，可公社不认啊！"顾大宝说，"那孩子不错，都三年了，每次验兵都合格了，村里年年送，先是区里卡，然后成立公社公社卡，其实就是那个李桂花卡。石洞今年都二十一了，再当不上解放军，就要过年龄了。"

周长河听完之后，认为李桂花这样做没有道理，他起身去找她理论，结果话不投机，两人就吵起来了。

杨泽田一进院子就听到了李桂花的大嗓门："你是首长我尊敬你，可是你不能没有阶级立场，地主就是地主，不是我们一个阶级。"

"她是什么地主？我早就给你们写过信，证明过她是红军。"

杨泽田一愣，自言自语："这是谁啊？声音怪熟的。"

李桂花的大嗓门又响起来："她就是当过红军那也是过去，现在她就是地主！她自愿当地主！"

"那是给你逼的！谁自愿当地主！你自愿吗？"

杨泽田走到门口，刚要伸手推门，门口一个身背手枪的战士伸手拦住他，杨泽田顿时火起："娘了个腿的，也不看看这是什么地方！你拦我？"

杨泽田骂骂咧咧地伸手把他拨拉开，战士反手擒拿，嘶啦一声，把他的上衣袖子给撕破了。杨泽田更恼了，一翻手拧过战士的胳膊，另一只手一把把他斜挂的手枪给掏了出来。

……

周长河根本没有想到会在李桂花这里碰上一个硬钉子，特别是李桂花说了一连串老革命也不能不讲理，也不能没有阶级立场，更不能为地主阶级翻案的话，把他彻底惹毛了，他面红耳赤扯着嗓子骂人："我没有阶级立场？奶奶个熊的！我搞阶级斗争的时候，你还在你娘的腿肚子里转筋呢！要不是看你是个女同志，我……"

周长河还没骂完，王小毛冲进来："李书记，老红军和当兵的打起来了。"

李桂花顾不得听周长河的叫骂了，她一扭头，只见衣衫被扯破的杨泽田冲进来，一手还提着一支手枪。

杨泽田把拦路的王小毛推到一边，他声音洪亮："娘了个腿的！谁跑到这里来撒野？你以为你是谁？你肩膀上扛着一颗星就敢闯人民公社政府！"

周长河愣住了。

杨泽田没认出他，还在继续叫着："娘的，你以为你将军就了不起了！告诉你，老子……"

周长河忽然叫了一声："大老表，你不是我大表哥杨泽田吗？"

该杨泽田发傻了。

"看看我！看看！"周长河指着自己的鼻子叫着，"我是栓娃啊！"

杨泽田愣愣地瞧了他好一会："表弟？栓娃？哎呀，真的是栓娃！哈哈，我终于看到你了。"

两人呼啦一下子抱在一起了。那两人一激动，李桂花委屈了，她哇一声哭了起来，抹着眼泪跑出了办公室。

杨泽田被她的哭声震动了，转头对周长河说："你怎么和我们的父母官吵架？她可是个好人啊。"

周长河无奈地摇头："一句话和你说不清。"

"说不清回去慢慢说。走，到我家去坐坐。"杨泽田转头对副营长王小毛说，"去，你去告诉李书记，大水冲了龙王庙，一家人的事啊。"

走到窗口的李桂花听见了杨泽田的话，哭声更大了，边哭边跑着出了大门。

杨泽田拉着周长河到了门口，被他卸了枪的警卫员正被几个武装民兵逼着，还满脸不服："首长，不是我不行，是他们人多。"

"不行也没关系。看看和你动手的是谁，这是我大表哥，我当勤务兵的时候他就是侦察排长了，你那两下子不如他。"

听了周长河的话，警卫员立刻敬礼。杨泽田把手枪扔给他："小样，饶了你。"

周长河想起正事："不行，我和那女书记的事情还没有说完。"

"有事家里和我说。"杨泽田拍着胸脯，"隆重介绍一下，我现在是石桥公社的民兵营营长。在石桥公社没有我解决不了的事。"

杨泽田虽然说了大话，但听说他堂妹杨山杏就在周家湾，还是地主成分的时候，他也大吃一惊，叫来分管"四类分子"的王小毛："我怎么不知道这个事？'四类分子'名单上没有杨山杏啊。"

"'四类分子'名单都只登记男人，他男人叫周长金，前年死了，她只是一个地主婆，地主婆没有登记。"王副营长解释。

"是不是说杨山杏有个儿子，李书记不让这个儿子当兵？"杨泽田问。

"是！"王副营长老老实实地回答。

杨山杏当年不愿意和周长金划清界限的事情他也知道，每年征兵的事情都是王副营长操办的，李书记的态度他也知道。

"走，坐你的小车，我们到周家湾调查一下。"杨泽田对周长河说。

……

杨泽田在十三叔家里见到了杨山杏。杨山杏在这个时候才真正见到和她分离二十一年的栓娃。千言万语万语千言，爱恨情仇无限感慨，统统涌上了杨山杏的心头，说什么呢？怎么说呢？她知道，自己现在的身份和眼前这个男人已经是地下天上了。好在他来了，他不是忘恩负义的人，他们两人的心都被一根线紧紧地拴着，这根线就是共同的儿子周石洞。

周长河有同样的感觉、同样的心情，他的心好似被一只无形的手紧紧揪着，揪得一阵阵地痛。有多少话要说啊！可就是不能张嘴！一句话都不能说！两人的眼圈都红了。

杨泽田不知道这里的究竟，开口就对堂妹责难："你说你，你怎么就把自己弄了一个地主呢？"他也不管杨山杏委屈地抹眼泪，自顾自地说，"无论你过去干过什么，一弄上地主，那就是敌人了，就是革命的对象！你不找我也对。你就是找我，我也为你说不上什么话。”

周长河听不下去了：“大老表！”

杨泽田转脸就教训周长河：“你也不要说话。不是我说你，她既然是地主，你就不该来啊！你为她说话，还骂公社书记，你还是个共产党的将军吗？”

周长河急了：“唉！你是来帮忙还是来帮倒忙啊？”

“什么帮忙？我是共产党员，我就要站稳立场，这地主能翻案吗？”

“我说给地主翻案了吗？我说的是她儿子当兵的事情。”

十三叔这才插上话：“对，是小石洞当兵的事。”

杨泽田摇头：“这是一回事。地主的儿子能当解放军吗？那我们不是把枪杆子交给阶级敌人了吗？”

听了他说的话，从门口闯进来一个结实的小伙子，他一脸怨气：“我爹不是地主！他是红军烈士！”

杨泽田被他说得一愣：“你是谁？”

“我是周石洞！我爹叫周长山！他是红军烈士！”周石洞张大嗓门叫着。

周长河终于看见已经长大的儿子了，他脸上的肌肉在颤，他的心也在颤，他两眼直直地盯着自己的儿子，这小子身上流着自己的血，和自己小时候的秉性一个样。他兴奋，他激动，他不由自主地和杨山杏对视了一眼，杨山杏那哀怨的眼神让他发抖。周长河终于让火热的心凉了下来，他提醒自己要冷静，要办正事。

“大老表，周长山你应该记得。”周长河知道现在最重要的不是看儿子。

“我当然知道周长山，山杏的对象。”杨泽田想起来了，“对了，是许师长给他们办的婚礼，长山是为了保护医院牺牲的……”

“不是牺牲，当时是失踪，”周长河立马否定杨泽田的回忆，“后来他回来参加了我们便衣队，那时你们已经走了，周长山是1937年牺牲的，我可以证明。”

周长河自从知道杨山杏说石洞是周长山的孩子之后，他在心里把这段自编的历史背了很多遍了，他明明知道自己在说谎，但他一定要把它说成一个没有漏洞的谎话。更重要的是，他这段话也是说给对面站着的杨山杏听的。

十三叔站起来："我们也给周石洞证明，他已经和地主家划清界限了。你们领导搞调查，跟我去看看就知道了。"

十三叔带着他们往外走，在周石洞住的房子门口，十三叔指着门框上的牌子对杨泽田说："看看，贫农。这是我们村里贫农协会当时给评的。这孩子，十四岁就和地主家庭划清界限了，他吃的是我们贫下中农的百家饭。"

看见杨泽田将信将疑，十三叔的声音放大了："杨营长，你可以到村里各家问问，小石洞十四岁划清界限，十六岁就是我们村的基干民兵，咱们周家湾的人谁敢说石洞是地主的崽子？他是红军烈士的后代。五哥一家老小一门忠烈，他是这一门唯一的后代，是上了我们老周家族谱的。"

杨泽田也激动了，当年给老农会主席一家收尸，他就在现场啊！那一幕幕的惨状又在眼前浮现。他相信了十三叔的话，上下打量着石洞："好啊。十四岁就反叛地主家庭，调查了才有发言权，我不能让我们这么好的红军后代让地主给糟蹋了。"

十三叔高兴地问："这么说，你同意啦？"

"十三叔啊，这事你早就应该跟我说，"杨泽田指着周长河说，"你都把他弄来了，把我这个民兵营长放在一边，你什么意思啊？"

周长河赶紧问："那你的意思是你可以解决？"

杨泽田拍着胸脯："送兵本来就是我民兵营长的职责，县武装部那里我去说！好啦，调查完毕。走，我们回镇里喝酒去。哈哈！"

周长河等一干人刚离开了周家湾，杨山杏就跌跌撞撞地跑回家，她关上了门。她终于能痛快淋漓地大哭一场了，她不是在哭，而是在号，她发出了像狼嚎一样的哀鸣，甚至比狼的叫声还要恐怖。

这通哭啊，真是惊动了天地泣动了鬼神，这是压抑了二十一年的悲痛，这是禁锢了二十一年的顽疾，如同长江发水黄河决堤，波涛汹涌一发不可收拾。只是发泄，一味地发泄，杨山杏终于把存在心底二十一年的苦水酸汤全都倒出来了，倒得彻底，倒得干净，也倒得痛快。

她只顾放声号哭，全然听不见宝儿急促的打门声和发疯一样叫娘的声音。杨山杏一直哭到天色漆黑，哭到屋里见不着五指。她终于安抚了自己的心境，她终于能静下心来了，她点燃了一盏小油灯，然后打开房门。只见宝儿倚在门框上眼泪吧嗒吧嗒地往下掉，手里还端着一碗从大食堂打来的凉山芋。她赶紧抹去泪水，接过宝儿手里的凉山芋放在桌上，哄着宝儿回屋睡觉。

宝儿终于睡了，杨山杏也不再哭泣了，她忽然站起身，端着小油灯进了里屋。她把小油灯放在窗台上，脱鞋上床，站在床沿，从一个破柜子的顶上拿下一个装着针线和碎布的簸箕。她从筐里面拿出一个布包，借着小油灯的光打开一层层包裹的布，里面藏的就是那尊黄灿灿的小金观音。

她恭恭敬敬地将小金观音捧了出来，又恭恭敬敬地敬在桌上。她双手合十，竟然在小金观音像前跪了一夜。

第二十五章 如此造反

一 像 章

“文化大革命”开始了，毛主席像章走俏。为了一枚毛主席像章，杨泽田和女儿抗美干了一仗。

抗美在县城中学参加了红卫兵，她到省城串联，和同是红卫兵的建军成为造反战友，回来之后，建军寄给抗美一套毛主席像章，可这套像章被杨泽田截留了。

杨泽田不能不截留啊，谁让建军寄来的像章是老领导佩戴的那一种呢？

这位老领导是杨泽田转到八路军之后的师长，虽说没见过几面，但杨泽田一直以参加了他指挥的平型关之战而自豪。到了东北之后，老领导又成为第四野战军的一号人物。“文化大革命”开始之后，公社电影队放的都是报道“文化大革命”的新闻简报，影片中的老领导手举红宝书频频出现。杨泽田注意到他左胸前戴的毛主席像章和别人戴的圆形像章不一样，那是上下分离的两件套，上面是金底子的五角星，中间镶嵌毛主席头像，下面是一个小横牌，上面有“为人民服务”五个字。

毛主席像章各种各样，而杨泽田就喜欢老领导戴的那一种，这是军人的喜好，因为这种样式像是部队立功授的军功章。

公社邮电所的投递员给抗美送包裹，抗美不在，杨泽田接收了。打开包裹一看，建军寄给抗美的毛主席像章正是自己心仪的那一种，他毫不犹豫地把像章别在自己的左胸前，乐呵呵地跑到石桥镇大街上去显摆了。

可他不知道，建军不仅寄了一个包裹，还给抗美写了一封信。信比包裹先到，她娘接到后，就放在抗美房间的桌上。

抗美回到家，先看到信，看完信之后就问娘，千代丸子说她没有看见啥包裹，抗美就跑到公社邮电所查，投递员说包裹交给她爹了，有她爹的签字。抗美扭头就往民兵营跑。

杨泽田不知道女儿在找他，他此时正在营部看报纸。这一阵报纸上的消息不断让他感叹，不断有熟悉的名字出现，而且一个个都是名声显赫的人物，他一面翻看报纸一面摇头："哎哟！怎么这么多走资派？这些人怎么啦？跟着毛主席打天下坐天下，怎么能反对毛主席呢？真不想活了！"

他放下手上的报纸，从上面撕下一小块，又从烟袋里搓了一些烟丝放在撕下来的纸上，卷成一支烟卷，点上火，美美地抽了一口，对同在房间里看报纸的副营长王小毛说："毛主席是神！当年张国焘想和毛主席分裂，毛主席说红军要北上，娘了个腿的张国焘非要南下，害得我们过了三次草地不算，还死了那么多红军啊！后来我们听毛主席话，北上了，就胜利了，就打下新中国了。"

"那是，毛主席是人民大救星，谁反对都不行。"王小毛说着把自己手里的报纸也给了杨泽田，"看这个，这是新来的。"

杨泽田接过王小毛递过来的新报纸翻起来："这不对啊。"

"怎么啦？"王小毛也伸过脑袋。

杨泽田指着报纸上的人名："这人有名啊！他也反对毛主席？"

王小毛又拿过报纸："我说怎么了，解放十几年了，这老百姓日子还不好过，原来都不听毛主席的话，搞修正主义路线啊！你看看1960年把我们给饿的。"

"所以说啊，我们就要和搞修正主义的人算算总账。"杨泽田说。

王小毛放下报纸："这账可有的算，从省里到县里，原来都是刘邓黑路线啊！老红军你还不知道吧，我们公社书记和社长大前天被叫到县里，到今天也没回来，听说去的人都给关起来批判了，说他们都是李桂花线上的人。”

“哦？”杨泽田倒是第一次听说，“李桂花线上的？李书记怎么啦？”

李桂花去年年底被提升为县委书记，是岳山县的一把手。

“你真不知道啊？李桂花是走资派啊，城里造反派已经把她打倒了。”

杨泽田感到事态有些严重：“李桂花也倒了？你说我们公社的书记社长都回不来，谁来布置农业生产啊？”

“抓什么生产？现在主要是抓革命，”王小毛说，“现在公社里就你民兵营长是最大的官，一切都是你说了算。”

“我说了算？这也没人通知我啊！”

“不用通知，”王小毛刚从县里回来，知道点城里的情况，“现在县城里都是造反派自己任命自己，不是造反队长就是造反司令。”

“自己任命自己，那还要不要党的领导啦？”杨泽田已经有点迷糊了。他刚想细问一下城里的造反情况，女儿抗美闯进来了，她一眼就看到杨泽田胸口佩戴的毛主席像章，上来就抢：“爹，像章还我！”

杨泽田忙不迭地捂着自己的胸口：“坏了！造反的回来了！”

……

办公室里一番搏斗后，抗美始终没有得手。两个人从办公室一直闹到家里，一个委屈地抹眼泪，一个手一直捂着胸口，杨泽田的上衣口袋还被抗美撕破了。

千代丸子看傻了：“你们怎么啦？你衣服怎么啦？”

“问你女儿！都是她撕的！”

“你干吗抢我的像章？那是建军给我寄来的。”抗美自小没有哭过，为了心爱的毛主席像章，这回她流泪了。

“谁抢你的？我先拿到就是我的！”杨泽田此时也不讲理。

“你衣服破了，脱下来我给你缝两针。”千代丸子指着杨泽田的上衣说。

“不能脱，一脱就给她抢走了。”

“你这么大的人还赖皮。那像章是我的！”

"你的怎么啦？就连你都是我的。你的我也要了！"

两人小孩一样你一句我一句地斗嘴，千代丸子赶紧和稀泥："哎哟，不就一个毛主席像章吗？前几天建军他娘寄来不少呢，我拿给你们。"

她抱着一个盒子从里屋出来："抗美，你挑一个，有好大的毛主席像章，还有这一种，和电影里周总理身上戴的一样，镇上好多人想要我都没给。"

抗美看都不看一眼："不干不干不干！我就要建军寄给我的。"

千代丸子为难了："他爹啊，抗美从来不哭鼻子，要不，你挑一个，把那个还给她？"

"不行，"杨泽田此时就跟抗美杠上了，"这一种是老领导戴的，我就戴这一种，不管怎么说我也是跟着老领导打东北的，说破天也不给。"

抗美越发哭得伤心了："赖皮，没见过这么赖皮的人！"

"抗美，"千代丸子气了，"不能这么说你爹！"

杨泽田倒是无所谓："赖皮就赖皮，反正我不给你。"

抗美气得跑进屋子，把门摔得噼啪响。杨泽田做了一个要揍她的手势。

"算了，让她给建军写信，让建军再寄一个一样的。"千代丸子说。

"这就对了。这个矛盾是建军引起的，得让建军解决。"杨泽田看看自己被扯破的上衣，眉头一皱，"不行，我要抽时间去省城一趟，叫栓娃给我弄件军装穿穿，不然和这像章不搭配。"

二 浴 池

江淮军区，上班号响了。睡醒午觉的周长河穿上军装，拿着皮包，随着号音出门，向办公大楼走去。

1965 年 6 月 1 日，解放军取消了军衔制，全军都换上了六五式军服，陆军发的是全身草绿色的军服，官兵一致，一颗红星头上戴，革命红旗挂两边。六五式军服样式只有两个版本，四个兜和两个兜，四个兜是干部，两个兜是战士，过去军人是看着军衔敬礼，而现在军人要看着兜兜敬礼，两个兜兜向四个兜兜敬礼没问题，四个兜兜给四个兜兜敬礼要先认人。

一路上都有军人向周长河敬礼，奇怪的是他们敬礼的时候都朝他的胸口看。

一个两个没有在意，到第三个的时候，周长河下意识地看了看自己的胸口，他忽然停住脚步，一只手下意识地捂住了自己的胸口。操！胸前的毛主席像章不翼而飞了。肯定是建军那小子干的。

卢小雁说抗美给儿子写信，一定要他戴的那种像章。建军也找过他，他没答应。这种毛主席像章很难弄，这还是军区政委到北京开会，找到关系才弄到一些，军区领导每人才分了两套。没想到这小子拿不到就偷。偷就偷了，给我换一个也行啊。这可是非常时期，当兵的要不戴毛主席像章，那就像领子上没有红领章一样，往小里说是感情问题，往大里说就是政治问题。

“周副司令，明天我们司令部进行政治学习，你来参加吗？”问话的是从他身后赶上来的司令部副参谋长邓二贵。

“参加。”周长河指着邓二贵胸口的像章，“你把这个给我，我马上有一个支左碰头会。”

周长河现在是红人，他还是军队支左领导小组组长。

邓二贵看看他的胸口，立刻卸下像章给他：“我回去一趟，不然也不像样。”

周长河端端正正地别好毛主席像章，这才迈着步子走向办公大楼。

……

周长河参加的支左碰头会刚刚结束，就接到军区政委打来的电话，让周长河去他的办公室一趟。

军区政委是个办事稳重且小心翼翼的老将军，周长河一进来，他立马把门关严，周长河感到奇怪，看来政委要和他谈的不是一件小事。

果然，周长河一坐下来，政委就忧心忡忡地递过来一份材料：“长河啊，麻烦事来了，‘文化大革命’对地方各级的头头影响比较大，当权派里已经查出不少有问题的人。现在造反派又瞄准我们军队了，这份材料是一个转到地方的干部交代的，说邓二贵副参谋长有历史问题。你们过去一直在一起，他的情况你应该比较清楚。”

周长河说：“是，邓二贵的情况我基本清楚。他过去是川军，后来参加了抗日游击队，又转到我们新四军的。”

“那他参加新四军之前有没有收国民党的钱？有没有答应国民党做什么？”

周长河奇怪了：“还有这个事？”

政委点点他手上的材料：“地方造反派的专案组明天就到，我和司令员商量过了，你了解情况，你负责接待。”

周长河点头：“行，我知道了。”

回到自己的办公室，周长河把手里的材料细细看了两遍，他一面看一面用手指不断地揉着眉心，过了好一会，他给秘书打了一个电话。

快下班的时候，秘书进来报告：“周副司令，我都打听过了，街上的浴池都关门了，浴池工人造反，不为资产阶级服务了，企业停工闹革命，职工浴池也不开了，只有我们军区的浴池天天都开，外面的老百姓都到我们这里买票洗澡。”

“我要是用军区的浴池，找你干吗？”周长河不高兴了。

“那，地方上的还有一个——发电厂的浴池，为保障发电厂安全，我们派部队警卫，就是远了点。”秘书说。

周长河点头：“好，就去发电厂，告诉他们我九点去。”

等秘书关门出去之后，周长河拿起电话，摇通了邓二贵的办公室：“老邓啊，晚上我俩出去一趟。”

……

吉普车停在发电厂浴池门口，周长河和邓二贵下车，邓二贵感到气氛有点诡异，禁不住问了一句：“周副司令，我们到这来干吗？”

周长河还没回答，负责发电厂警卫的一个执勤排长跑步过来报告：“两位首长，浴池已经备好，请使用。”

邓二贵惊异地看了周长河一眼，周长河不动声色：“老邓，走。”

工厂的浴池和街面的公共浴池不一样，没有专门的更衣柜，更衣间里放了两排长椅，供值班工人换衣服用。周长河和邓二贵脱得赤条条的，把脱下的衣服扔在长椅上，好在没有别人，只有执勤排长一个人跑前跑后。

周长河对排长说：“就我们两人，别人都不让进啊。”

泡在热气腾腾的大浴池里，两人都闭着眼睛，看似都在静静地享受，其实两人的心里都不停地翻腾。

周长河下午看了地方造反派送来的材料，往事历历在目。

二十五年前的事了。就在和胡专员、顾顺家他们摊牌的前一天晚上，他也把邓二贵约到了高河浴池，他也包场了，池子里就两人。周长河说两人都是赤条条的，什么都能看见。

可当时邓二贵没给自己一个准确答复，也就是说，他看到的只是邓二贵赤条条的身体，不是他的心。揭发材料说，邓二贵当时收了胡专员和顾顺家的钱。

周长河睁开眼睛，发现邓二贵正看着他。

邓二贵笑了："我们现在又是赤条条的了，你不是副司令，我也不是副参谋长。叫你一声周老弟，我们一起洗澡有两次吧？第一次我请你，第二次你请我。你说过，两人赤条条地相对，就没有什么隐瞒。我知道你想问我什么。记得我手下的一中队长吗？他后来转业到了江苏一个工厂当厂长，他在旧军队当兵的老账被造反派翻出来了，他写信让我救他，我怎么救？我没法救他，他只能把我咬上，我的事情他都知道，从他在川军当兵的那天起，他就是我的兵。"

周长河点头："我知道，旧军队里当共产党的多了，我们的朱总司令也在旧军队里当过兵，毛主席都说他是红司令。还有，当时收我当红军的冯营长，他也是西北军出身，张口就是奶奶个熊的，我骂人的话都是跟他学的。你说得对，赤条条的没有隐瞒，我就想问一件事，当年顾顺家是不是给了你一笔钱啊？"

邓二贵点头："是，给了五百块大洋，我全分给了我大队的弟兄们了，自己一块没留，国民党欠我的军饷太多了，这一笔差得远呢。"

"那胡专员和顾顺家是不是让你站队？"周长河的这一句问话很关键。

"说老实话吧，如果不是总指挥，我不会跟你走，"邓二贵也在回忆当时的场景，"我跟谁走？我不是看你周长河，更不是看胡专员，我在看卢总指挥，他怎么定，我就怎么决定。我们在当丧家犬的时候他收留了我们，他还把自己的身家性命交给了我。他是最相信我的人，我也最相信他。"

周长河仔细听着，他不想打断邓二贵。

邓二贵一面撩水搓着胸口的灰，一面继续说着：“你找过我之后，顾顺家也找过我，卢总指挥半夜让大刘来叫我，他问我怎么想，我表示一切都听他的。我当时真的不相信共产党，也不相信国民党。你说我是投机分子也好，是混入革命队伍也罢，当时我就是啥子都不信，我就相信卢总指挥，这是千真万确的大实话。”

周长河心里一块石头落地了，他相信邓二贵说的是实话。

卢见章，也只有他才能让邓二贵迷惑顾顺家，成为整个棋局一个关键的子。

周长河从池子里站起来：“我相信你说的这是实话。怎么样，泡得差不多了？我先给你搓，不要争，你刚才不还叫我老弟嘛。”

邓二贵笑了，他趴在池子边上：“那行，我就倚老卖老一回！哈哈，今天副司令给我搓澡！”

“你不是说没有副司令吗？”周长河上前把毛巾一层层地卷在手上，他一面使劲推着邓二贵后背上的油灰，一面感叹，“我一直忘不了你第一次带我下澡池子，老是回想起那位搓澡师傅的手艺，揉肩捶背真的很舒服，现在批判封资修，那种手艺，”他摇头，“找不着了。”

邓二贵也有同感：“可不是嘛周老弟，你说啊，这人是不是不能太舒服啊？一舒服是不是就容易朽了？”

……

第二天，周长河和江苏来的造反派吵了一架，吵的什么别人也不知道，反正造反派很不高兴。吵完架的周长河一脑门子官司回到家里，没想到大老表杨泽田正坐在他家的客厅里，见到他就叫唤：“栓娃，你给我弄一套像建军那样的军装！”

三　抢　人

杨泽田这趟大有收获，他弄到了一套非常拉风的军装。为了弄套军装，他坐着长途车从岳山县跑到省城，到了周长河家里，正品尝卢小雁泡好的名茶六安瓜片，建军带着妹妹春雨回家了。

“文革”开始之后，所有的学校都停课闹革命，建军他们这些红卫兵每天不是批判封资修，就是上街游行、刷标语，春雨是哥哥的小尾巴，天天跟着他转悠。

他们骑在自行车上，一遍遍唱着当时最时髦的战斗歌曲：“老子英雄儿好汉，老子反动儿浑蛋。要革命就跟我们走，不革命就滚你妈的蛋！”

建军和春雨唱着歌进了自家院子，最后两句让卢小雁听见了：“这唱的什么呀？怎么骂人的粗话都出来了？”

“妈，怎么是粗话？这是革命歌曲！”建军让春雨跳下车，他把自行车支好。

“什么歌曲也不能骂人，赶紧进屋，你表大伯来了。”

建军一进门，杨泽田顿时觉得眼前一亮。他一步迈到建军面前，上下打量，嘴里不住地赞叹：“好！就这好！”

建军给他看得浑身不自在，卢小雁跟着进门：“大表哥，你是不是说建军长个了，他都快十六了，现在也是大小伙子了。”

“不是，我说他身上的军装好。”

建军的打扮是革命小将中最时髦的一种，是革命的干部子弟形象。他这一身搭配有讲究，上身穿了一件二十世纪五十年代后期部队给高级干部配发的棕黄色将军呢，肩上的两个襻扣是原来挂肩章用的，现在的军装根本没有；下身是现今部队发的草绿色军裤；脚上是一双雪白的回力牌篮球鞋。上身穿着历史，下身穿着现代，脚下踏着时尚，要多拉风就有多拉风。杨泽田就看上了这拉风的呢子军上装了。

将军呢周长河也只有一套，回家后的周长河让儿子脱下来，建军可不干，周长河刚要发火，卢小雁接话：“长河，还有一套马裤呢，给大表哥拿来试试。”

周长河赶紧对杨泽田说：“对，我当年还发了一套苏联的马裤呢，你穿上看看。”周长河对卢小雁说：“你赶紧找出来。”

卢小雁从阁楼的一个樟木箱子中找出了基本还是全新的马裤。

……

杨泽田满意了，马裤呢也是呢子，而且是草绿色的，他穿着这一身回家了。周长河要留他多住几天，杨泽田说啥也不干，他说公社现在没有干部，就他自己在唱空城计，他要是也不在，那就只剩下一个空城，没有计了。

杨泽田天不亮就从省城汽车站上车，在长途汽车上颠簸了大半天，下午到了岳山县城，他没有停留，直接转上去石桥镇的乡镇班车。车上的人都认识他，让他坐第一排位子。不到一个小时，班车就到石桥镇，车还没有进站，前面的路就给堵上了。

街道里面红旗招展、人头攒动，司机一个劲地按着喇叭，也没人给车让路，女售票员下去转了一圈，回来说："造反派正在游斗走资派李桂花呢。"

"游斗李桂花？"杨泽田起身，"开门，我下车。"

杨泽田下了车，边扒拉人边往街里面走，那些被他扒拉的人都不耐烦地回头想骂人，转脸一看是他，又赶紧给他让路。杨泽田挤到了人群前面，只见街上有一长溜戴高帽子的人，押着这些人的都是穿蓝布工作服的工人，个个戴着红袖标，手里还拿着红白相间的铁棍子。杨泽田看见自己公社的书记和社长也挂着牌子在游街的队伍中，他还看见了挂着反动派牌子的卢大雁和挂着地主婆牌子的杨山杏。

杨泽田再往前挤，一直到了队伍最前面。他看见了为首的一个女人披头散发，胸前大牌子上写着"大走资派李桂花"，"李桂花"三个字上打着红叉叉。

杨泽田回到石桥镇见到的第一个人就是李桂花，给自己安家的人也是李桂花，他把李桂花当亲人，抗美和援朝都叫李桂花为李姑姑。反过来说，原来的公社书记李桂花也把他当恩人相待，因为杨泽田成就了李桂花的政治生命。

那还是在1960年，三年困难时期。1958年的"大跃进"和全民大炼钢铁破坏了植被，1959年和1960年岳山县又连发两年大水，致使沙河上游刚刚修好的岳山水库发生垮坝，汹涌的洪水冲垮了不少沿河的村庄，漫过水的田地里还铺了一层由山水带下来的沙子和石块。眼看着今年又要绝收，而公社大食堂已经陷入绝境。

1958年盛行浮夸风虚报产量，石桥公社公粮交得多口粮留得少，公社和各大队的存粮几乎陷于枯竭。石桥公社大食堂还在一天三顿稀饭的时候，虚报亩产三千斤的杨营子大队食堂已经在米里加野菜了，而上报亩产万斤的胡营子大队早就无粮，举村要饭。公社书记李桂花从县里开紧急会议回来，她首先来找杨泽田，说县里决定要把垮掉的水库修好，各公社都分了一段土方工程。

“干工程没问题，只要有粮食就行。”杨泽田问，“县里给粮食不？”

“县里哪有粮食？要我们自行解决，”李桂花的眉头都拧成麻花了，“不行就动用我们库里的备荒粮。”

“这坚决不行！”杨泽田坚决反对。

公社粮库里有一些储备粮，那是准备今冬明春度荒用的，里面还有种子粮。储备粮必须要留，最困难的时候是冬季，冰天雪地你连野菜都挖不到，那场景会极其可怕。所以公社干部集体做出了决定，宁可现在饿昏，也不能到冬天饿死，更不能明年荒地。

“老红军，那只能求你到省城找找周副司令了，他是我们家乡人，不能见死不救吧？”李桂花要哭出来了。

“行！我去找他！”杨泽田答应，“这是最关键的时候，不然叫什么解放军！”

杨泽田去省城找周长河救援还没回来，县里要求民工自带粮食上水库的电话一个接一个，县长发火了，说如果李桂花完不成工作任务，就把她就地撤职。但自带口粮上水利的命令遭到以十三叔为首的大队书记们坚决反对，他们坚持派人就要给粮的要求，简直要把李桂花逼疯了。就在她召开干部会议，准备宣布把十三叔撤职的当口，杨泽田风尘仆仆地闯进来了。

杨泽田宣布：“解放军省出来的粮食到了，大家赶紧去卸车！”

解放军支援的两万多斤粮食上了水利，有粮食保障的石桥公社完成水利任务最好，李桂花到哪都说杨泽田是石桥公社的救命恩人。

除了弄来救命粮，1964年，杨泽田又立了大功，再次给李桂花的脸上贴金。1964年，全省民兵大比武，石桥公社基干民兵营夺得冠军！开玩笑！全省有十六个地区，再加上省城，全建制的基干民兵师有十个，还有两个炮团和一个高炮团，民兵的军力实际超过了解放战争时期解放军的一个正规兵团。

负责江淮军区民兵工作的副司令周长河可没给他开后门，那是杨泽田手把手训练出来的民兵一场场拼下来的。虽说高手如林，但石桥公社的民兵夺取了射击、手榴弹加受阅三个第一。由杨泽田亲自率领的石桥公社民兵方队在受阅比赛中特别引人注目。

这个民兵方队打扮特别：白粗布对襟褂子、黑粗布大裆裤子上打着黑色绑腿，人人后背还斜背一顶黄草帽，胸前横挎子弹袋，手持苏制七九步枪。本来这一身是农民装束，可受阅的民兵每人脚下都有一双黑色翻毛皮鞋。皮鞋是杨泽田找老部下吴用从东北的军用仓库里翻来的废旧物资，用黑炭抹黑的，目的就是吸引眼球。有了皮鞋，走正步的气势可就不同了，煤渣铺成的跑道硬是给踏出了金属声响。

石桥公社民兵营的军姿奇特，他们下巴高昂对准刺刀，眼睛斜视主席台，据说这是杨泽田在东北学到的苏联模式。吸引眼球的还有一杆火红大旗，上面是红彤彤的七个大字：石桥公社民兵营。大旗下的杨泽田手执一柄指挥刀，他和他的民兵一个装束，唯一不同的就是，他脚上还是那双擦得铮亮的大皮靴。

看台上，参加检阅的大区司令许松涛终于见到了失去音讯多年的老部下。当天晚上，他和杨泽田推杯换盏，骂着哭着，在周长河家里喝得酩酊大醉。

许松涛发话了："石桥民兵营要办成全国样板。"

周长河有了许松涛给的尚方宝剑，就把石桥公社基干民兵营当作江淮军区的民兵样板基地，民兵营的装备在全省独一无二。连带李桂花有了政绩，升官当了县长，她回到石桥公社开大会表彰基干民兵营，还发话说今后岳山县有招工、参军名额，首先在石桥公社基干民兵营中选拔。

杨泽田和李桂花的关系如此深厚，他能看着有人在石桥镇游斗李桂花？

杨泽田挤出了人群，直奔民兵营部，房间里只有副营长王小毛在值班，看见他进来，立马站了起来："老红军回来了。"

"娘了个腿的，谁同意在石桥镇游斗李桂花的？"

王小毛赶紧解释："是顾红卫干的，他说他带来的走资派少了，还把我们公社的牛鬼蛇神放在一起陪绑。你不在家，我就做主了。"

"顾红卫是哪路的神？"

"顾红卫你都不知道？"王小毛感到惊奇，"就是原来我们基干民兵营的顾小三啊，现在他改名了，叫顾红卫。"

一说顾小三，杨泽田想起来了，此人原是石桥民兵营的一个班长，表现不错，推荐他去县机械厂当了工人。

"顾红卫现在可有名了，"王小毛说，"他在城里组织了最有名的工人造反队，叫工总司，他就是司令。"

杨泽田更惊讶了："他老几啊，能当司令？"

"现在城里乡下都动起来了，各公社都开始组织造反派了，顾红卫带着李桂花来批斗，也是想和我们串联，要壮大力量。"

"他造他的反，找我们干吗？"

"我们基干民兵不是全省的标兵吗？再说我们公社是武装基干，有枪啊。"

杨泽田警惕起来："娘的，想得好，毛主席说枪杆子里面出政权！他哪是串联啊，他是想弄枪夺权吧？"

两人正说着，一个基干民兵跑进来，看见杨泽田也在，赶紧立正："营长，副营长，县城来的造反派把走资派和我们公社的牛鬼蛇神一起带到了场院上，让社员揍他们，我们管不管？不然要出人命了。"

"集合！把人都给我抢回来！娘了个腿的有这么造反的吗？"

……

公社常年集结一个连的基干民兵，所以杨泽田发布的抢人命令被立刻执行。

"文化大革命"是一场史无前例的群众运动，特别是过上好日子的劳动人民，只要听说是反党、反毛主席的人，那绝不轻饶。造反派把这些游街的走资派和牛鬼蛇神带到场院之后，城里那些戴着红袖标的人一声喊打，围观的群众立刻冲上前去，逮着这些戴高帽子的人就是一顿拳打脚踢。

群众正打得带劲，忽然一队武装民兵冲进来，他们提着打开刺刀的步枪，气势汹汹地推开正在打人的人，拖着那些被打的人就往外走。

李桂花等人被民兵们拖着，一个个脸色灰白，戴着红袖标的造反派和群众都振奋起来，一起跟在民兵身后叫唤："好啊、好啊，枪毙走资派啦！枪毙牛鬼蛇神啦！"

哄闹的造反派和围观的群众跟着这些抓人的武装民兵跑出场院，刚到了路边，人们都站住了，形势不对啊。又有一队基干民兵荷枪实弹排成一排，他们形成了路障。造反派们眼睁睁地看着走资派被武装基干民兵抢走了。

"顾司令到！"杨泽田正和王小毛商量抢回来的走资派怎么处理，忽然门外响了这么一嗓子，把两人吓一跳。

杨泽田欠着身子趴在窗户上一看，只见院子里进来十多个拿着水火棍的工人造反派，这些人一进门就分站两排，一个穿工装戴鸭舌帽的人跟着就进来了。真是顾小三，这小子摆谱啊！杨泽田心里说着，屁股又坐回到板凳上。

"顾红卫找来了。"王小毛说。

"找来又怎么样？他敢翻天？"杨泽田眼珠一转，一个主意出来了。

顾红卫进门，王小毛到门口迎他："老红军，这是工总司的顾司令。"

"顾司令？我怎么听着像是保安团的顾顺国回来了？"杨泽田不阴不阳地说，"他不就是顾小三吗？"

顾红卫双手抱拳："哎哟，老红军回来了，久仰久仰，这身军装真神气。"

杨泽田看他一眼："那叫久仰吗？那叫久违。没听清，你如今当什么啦？"

"工总司司令。"顾红卫很热情，"老红军，你们已经落后啦！现在紧要的任务就是造反，成立造反派。我回来就是要串联你们一起造反。"

"屁话，我老红军什么时候落后过？造反？老子民国十八年就造反了，你玩的东西都是我玩剩下的。告诉你，老子不稀罕你串联，老子也成立组织了，叫赤卫军，老子是军长，"他指着王小毛说，"他就是我的参谋长。"

王小毛有些傻，一眨眼自己就升了这么高的职务，太没心理准备了。

杨泽田看着目瞪口呆的王小毛："别这个熊样，参谋长就要有参谋长的样子。”他转脸又对顾红卫说，“不过我也感谢你，哈哈，把走资派给我送来了，省得我到城里去找你了。行了，你回去吧，我要回家休息了。”

杨泽田说着站起来，他自顾自地出门走了。来找杨泽田要人的顾红卫目瞪口呆。

第二十六章 大闹岳山

一 绑 架

司令很生气，后果很严重。昔日的基干民兵顾小三、当今的造反司令顾红卫很恼火，走资派被抢走十几天了，杨泽田一点也没有要归还的意思。手里没有几个有分量的走资派，那还能叫造反派吗？

岳山县最大的走资派不是别人，就是李桂花，她是顾红卫手上的法宝。顾红卫相信一句话：时势造英雄。半年前的顾小三只是县机械厂的一个工人小组长，是“造反有理”的时势把他造就成了顾司令。

“文革”初期，红卫兵先开始闹腾，他当时只是看看热闹，慢慢地，他就从热闹中看出门道来了。

红卫兵运动就是造反，他们天天嚷着革命无罪造反有理。造反有理是有根据的，那是伟大领袖毛主席说的。他顾小三跟着杨泽田当了多年基干民兵，那杨泽田不就是造反有理的典型吗？不造反他杨泽田能当老红军？能娶一个日本媳妇？还有啊，不造反他那个表弟周长河能当上将军？

顾小三看出来了，想干大事，想摆脱当工人每月二十四元钱工资的现状，那就不能在一旁看，要带头干。顾小三这个名字太土了，也叫不响，他先改名叫顾红卫，然后成立造反队。顾红卫非常得意于当初自己的选择，不去当兵，就要当工人，工人阶级是领导阶级。这也是伟大领袖毛主席说的。农民不行，农民只是工人的同盟军，农民一辈子也当不了领导阶级。

红卫兵破旧立新的声势一过，工人造反派就兴起来了，县城里一下子冒出好多个工人造反队。可造反也要抢机遇，也要有头脑，当其他的工人造反队正对着自己厂里的头头脑脑进行斗争清算的时候，顾小三带着机械厂造反队的二十来个弟兄抢先捣毁了黑县委，抓住了岳山县的最大走资派、县委书记李桂花。就这一下子，他立刻震住了其他的工人造反队，在岳山县城打响了顾红卫的名头，连县里两个较大的红卫兵组织也不得不对他刮目相看。

什么叫秀才造反三年不成？什么叫后来者居上？他不是秀才，不干纸上谈兵的事，几年基干民兵那也不是白当的，顾红卫也学习了一些战略战术，他在抓住李桂花之后，又以她的名义调下面的公社头头们开会，在会场上把他们一网打尽。结果他手里一下子就掌握了一长串走资派名单，他的机械厂工人造反队转眼之间就扩大到了五百人。

人怕出名啊，顾红卫的光辉业绩被串联的红卫兵用小传单带到了省城，省城最大的工人造反总司令部看中了他并收编了他，按照上级的统一部署，他把原机械厂的工人造反队改名为岳山工人造反总司令部，简称岳山工总司。这一切都是托李桂花之福，李桂花被押到哪，哪里就是革命的海洋。

就干错了一件事，农民出身的顾红卫小看了农民，他没有想到自己会在老家的农民窝里翻了船，把李桂花等一干大小走资派都稀里糊涂送到了杨泽田手里。要是别人，他早就带着几卡车造反派杀过去了，可那是杨泽田，他不敢。

石桥公社基干民兵营的底子顾红卫再清楚不过了，那可是有好几百条枪的基干民兵营，子弹足足的，全省像这样的民兵单位没几个。自己也想抓杨泽田当走资派。可查了岳山县的干部档案，才知道这个杨泽田根本就没有干部编制，他就是一退伍军人，只不过身份特殊：老红军。

“老红军现在算个屁！大革命时期出来的都是走资派！一样打倒！再踏上一只脚！叫他永世不得翻身！”

顾红卫忍不住骂出声来，可他知道骂也没有用，杨泽田既然没有官职，就无法说他是走资派。可他没有官职怎么还能有权有枪呢？那他一定有后台。他的后台就是他那表弟，江淮军区的副司令员周长河。

顾红卫打长途电话给他的上司，省工总司的头头王胖子，他想问问省里有没有开始批斗周长河，谁知道招来对方一顿臭骂："找死不是！那周长河是谁？军区支左小组组长！毛主席怎么说的？撼山易，撼解放军难！我们还要靠解放军支持呢，你少给我惹事！"

看来搞周长河这条路走不通了。那是他们没有抓住把柄。要是抓住了周长河的把柄呢？抓不住周长河的把柄，能不能抓杨泽田的把柄呢？

对！杨泽田有把柄，他那个日本老婆绝对能当把柄！

杨泽田不知道顾红卫正在算计他，他现在提防的是女儿抗美。女儿抗美也几次要带红卫兵来揪斗李桂花，都让杨泽田给拽回去了。

"爹，你是要当保皇派！"抗美对杨泽田嚷嚷。

保皇派这个帽子不能戴。杨泽田对赤卫军的王参谋长布置任务了："我命令，基干民兵营全部集中到石桥镇，从明天起，你派一个排的民兵拉着所有的走资派和'四类分子'，这样说麻烦，统称牛鬼蛇神吧。你们拉着这些牛鬼蛇神到各个生产队去批斗，戴高帽子就算了，弄个牌子挂着就行。"

"我们也搞批斗啊？"王小毛不明白了。

"当然要搞批斗，我们是造反派，不是保皇派。我们公社有一百多个生产队吧？"

"是，二十一个大队，生产队一百二十一个。"王小毛说。

"那就以生产队为单位进行批斗，批一圈也要一百多天，"杨泽田扳着手指头算着，"要是批个十圈八圈的，这几年也就过了。对了，到哪个队哪个队管饭啊，就说是我说的，批斗也是强体力活，要干饭，别弄稀饭糊弄人，尿多了误事，挨斗的人也不能老请假上茅房。"

王小毛参谋长偷偷笑了："是！"

杨泽田板着脸："不能笑，这是上纲上线的事。还有，多做几面赤卫军大旗，大门的牌子已经换成赤卫军，但还不够，我们民兵的胳膊上都戴红袖标，写上赤卫军，娘了个腿的，这就和当年闹红差不多了。”

杨泽田又不想让人说他是保皇派，又要保护李桂花他们，终于想出一个批斗加保护的新招。但他没有想到，他昔日带的小兵比他狠，开始对他动手了。

千代丸子被劫的时间是清晨。天蒙蒙亮的时候，石桥镇的街上没人，一个早起拾粪的老头正在路边捡两坨牛粪，他看见了老红军的那个日本媳妇披头散发还光着一只脚，被几个男人从镇里拖出来，推上停在镇口的一辆大卡车，大卡车轰响起来，屁股冒着黑烟跑了。

那日本女人也看见了拾粪的老头，她眼睛瞪向他，还乱扭身子，嘴里支支吾吾的，好像是塞了一块破布。拾粪老头丢下粪筐就往镇里跑，一面跑一面还纳闷，老红军难道不在家？这老婆被人家从被窝里掏出来了他还不知道？

杨泽田真不在家，这一阵子他在下面的大队里收粮食。

今年水稻丰收了，可公社所属的各个机构都垮了，没人收公粮，也没地卖余粮，各大队的粮食堆在稻场上，变不了钱也着急。各大队的头纷纷来找杨泽田，他召开了一次收粮会议。

各大队的头头都到了，可粮管所找不到人，好不容易找来了一个人，还说自己不是管事的，一问才知道，原来粮管所的所长也在杨泽田的走资派的队伍里。

“什么？这么小的官也是走资派？”杨泽田问赤卫军的王参谋长，“你那个牛鬼蛇神队里有多少走资派啊？”

王小毛挠挠头：“除了李桂花，其他都是公社社长级别的。我们公社多一些，有粮管所所长、信用社社长和供销社社长，然后就是‘四类分子’，三十多人吧。”

“娘了个腿的！”杨泽田骂起来了，“干事的都成了吃饭的了！赶紧，把那些收粮的、放钱的都给我放回来，把社员同志们的粮食收了以后再批斗他们。‘文化大革命’也要吃饭不是，不能把脖子吊起来干革命啊！除了执勤的，全体基干民兵都出动，跟着我到各个大队收粮食。”

就是杨泽田这句全体基干民兵都出动的话说坏了，已经集中在石桥镇的三个民兵连又分了下去，他们不仅要帮着各个生产大队收粮，还要负责对收来的粮食进行警卫，石桥镇里除了在小学校园里看管牛鬼蛇神队的一个排的民兵，连镇口的岗哨都撤了，这就让县城来的造反派钻了空子。

千代丸子也不是在自己家里被抓的，是在街上的裁缝铺。谁也没有料到，“文化大革命”给千代丸子的裁缝铺带来了无限商机，人人都想穿绿军装，部队的正规军装弄不着，就自己染自己做，市场上草绿色的布卖得脱销，成匹的布料都摆到了千代丸子的裁缝铺子里。

这方圆十里八乡的人都知道千代丸子军服做得好，特别是女式军服，式样和针脚几乎和部队发的一样，千代丸子的裁缝铺几乎被姑娘、媳妇们给挤破了，弄得她天天晚上加班，一做就做到深夜。所以杨泽田只要一说住在下面大队，千代丸子就干脆不回家，困了就在裁剪衣服的桌上搭铺睡觉。

打听到了千代丸子的情况，顾红卫下定决心要抓住杨泽田的日本女人，定她一个日本女特务罪。

省里也没有这一号的，省工总司的王司令一定会夸咱们有创意。最低限度拿她换李桂花。都准备好了，就动手了。

跌跌撞撞的拾粪老头跑进公社大院，一阵狂喊：“不好啦！不好啦！抓人啦！”

公社院子里起床的、没起床的，都被他这一阵凄厉而沙哑的叫声给惊到了，一个个跑出来，瞧着这个发疯一样的老头。

赤卫军的参谋长王小毛衣服也没穿好，他一手扣着扣子一手指着老头发火：“你瞎咋呼什么？也不看看这是什么地方！”

老头一把抓住他的手：“不、不、不好了！老红军的媳妇被人抓走了。”

“再胡说我扇你！”王小毛骂完心想不对，他一把揪住老头，“你说什么？”

“老老老、老红军的那个日本媳妇，被一帮人抓走了。”老头都吓结巴了。

“谁抓的？抓哪去啦？”

“大汽车上，往城里跑了。就上回来的那一拨子城里人，蓝衣服，拿红白两截棍子，袖子上也戴红箍箍的。”

老头见过上回县城的造反派来游斗走资派，认定就是那一伙人。

王小毛拽着老头一溜烟地跑到后院，杨泽田家的院门没关，他们正好碰上抗美端了一个脸盆出来洗脸。

“你爹呢？”王小毛问。

“不是在杨营子村收粮吗？昨晚没回来。”抗美说。

“你娘也不在屋里？”

“她住在裁缝铺子里。”抗美看着王小毛着急的样子问，“怎么啦？”

“坏了！你娘让城里的造反派给抓跑了。”

咣当一声，抗美手里的洗脸盆掉在了地上。

二 进 城

正在杨营子村大队长家吃早饭的杨泽田是从墙上小喇叭里得知自己的老婆被人绑走的。

为了宣传毛泽东思想，从公社到每个大队的各家各户都连上了一个广播小喇叭，除了放广播，公社通知各个大队开会也无须派人叫了。

杨泽田嘴里嚼着一口饼子正在下咽，听到喇叭里面传来王小毛的喊叫声，干涩的饼子一下子卡到他喉咙里了。

“社员同志们！社员同志们！有重大情况！重大情况！”王小毛在广播里面的声音都变调了，“今天清晨，有一伙匪徒绑架了我们杨老红军的老婆，他们是城里的一小撮造反派，他们为了和我们赤卫军争夺走资派，竟然绑架我们赤卫军军长的老婆，是可忍，孰不可忍！社员同志们要行动起来，一定要支援我们的革命行动！杨老红军，杨老红军，绑架你老婆的就是顾红卫一小撮……”

杨泽田的脖子直着，脸都挣白了，拼了老命才咽下去那口饼子：“通知公社一声，我去县城了！”杨泽田大叫一声，也不管目瞪口呆的杨营子大队长了，他奔出房门，拖过放在院子里的一辆加重飞鸽牌自行车，骑上就走。

他出了村子，抄近路骑上了大沙河的河沿，他一面骑一面骂：“娘了个腿的胆子不小，欺负到老子头上！千代你别怕，我来了！”快到六十岁的杨泽田第一次像个毛头小伙一样发疯地猛踏自行车，他只觉得两耳生风，根本没有考虑他这样独闯敌营会带来什么后果。

半个小时不到，十几辆飘着赤卫军大旗的拖拉机和马拉大车装着全副武装的三个连民兵到石桥镇的镇口会集，他们一刻未停，直接上了从石桥镇通往县城的公路。紧接着，公路上、河沿上、小路上，只要是从石桥公社通往县城的道路，都络绎不绝地跑着带着人的自行车、装满人的架子车和毛驴车。随后跟着的就是大批扛着锄头拿着扁担的农民，他们奔跑着、呼喊着，再现了一场只有在电影里面才能见到的农村包围城市的壮观场景。

这一切都为了一个日本女人，而这个女人是老红军杨泽田的老婆。

杨军长快速到来，顾司令根本没想到。杨泽田从杨营子村骑车到县城，用了一个小时。

前几年大修水利，沿河的各村在大沙河东岸修了一条堤坝，坝上平整可走架子车，从这条沿着河岸的路进城，比走公路还要近七八里，加上杨泽田一路没停，三十多里远很快就到。

进城问工总司在哪里，几乎人人知道，岳山工总司司令部就是原来的岳山县政府大院。

娘了个腿的，还真是夺权了。杨泽田心里暗骂着。

他在县政府大院门口支好自行车，县政府办公大楼和县委办公大楼其实是一个楼，老百姓喜欢说政府，所以就叫县政府大院。杨泽田对县政府的三层楼不陌生，李桂花当县长和书记之后他也来过多次。

下了车没进门，杨泽田要先侦察一下门口的情况。

现在的县政府门口和过去也不一样了，门口挂着工总司司令部的大牌子，还有四个拿着红白水火棍的工人造反派分站两边，像是观音山上观音庙前的四个门神，那座观音庙已经被破“四旧”的红卫兵捣毁了，四个门神也成了一摊泥。

杨泽田到了工总司的大门口之后，才意识到今天单枪匹马的有些莽撞了，何况自己还没带枪，只是单人单车。既然到了这里，还能再掉转车头回去？

杨泽田不干装孙子的事，何况老婆还在人家手里。

不知道是自己身上的马裤呢军服有威慑力还是左胳膊上的红袖标让岗哨不放心，工总司门口四个岗哨的八只眼睛都直直地盯着他。

奇怪啊，也没有一个人上来问他。娘了个腿的一帮孬种，老子就来个独闯敌营又怎么样？杨泽田大模大样地走进大门。

他一进大院，就感到了一股杀气，院子里面的空场上一溜排停了两辆解放牌大卡车和两辆嘎斯小卡车，周围足足有三四十个造反派在晃荡，有的站着抽烟，有的蹲着聊天，刷上红白漆的铁棍都靠墙一溜排放着。

进来了就不能当缩头乌龟，杨泽田站在院子当中，双手叉腰，对着三层楼就是一声大喝："娘了个腿的顾小三，你把我老婆藏哪去啦？"

顾红卫的办公室在二楼。当杨泽田站在顾红卫眼前的时候，顾红卫忽然觉得自己的心跳加快了，紧接着又产生一种无名的兴奋感。杨泽田终于掉进了自己布置好的陷阱里了，而且还是自愿进来的。顾红卫感到自己导演的一场好戏终于开始了。

顾红卫没站起来，也没有让座，他要让杨泽田看看，他现在也是司令，是有身份的人："老红军来得这么快啊！我想老红军一定会派人来，没想到你还自己来了，看来这个日本女人还真是个吸铁石啊。"

"顾小三，你小子到工厂两年有出息了啊，连吸铁石也知道了。"

杨泽田自己找了把椅子一屁股坐下，拿起桌上的一杯水一饮而尽："你说对了，老子的女人就是吸铁石，我就是被这石头吸来了，快把我老婆放了。赶紧！"

"你说得轻巧！你老婆是日本特务，你说放就放啊？"顾红卫摇头。

杨泽田重重地放下茶缸，张口就骂："放你娘的狗屁，我老婆是日本人不假，可她是中国人民解放军战士，复员证上清清楚楚、明明白白，跟特务不沾边，你想找特务上日本找去，别在这和我扯淡。赶紧，我老婆在哪？千代！千代！"

杨泽田大着嗓门叫了起来，这让顾红卫心慌起来，他看见门口站了不少看热闹的造反派，杨泽田这样的气势会影响自己的形象。

他猛地站起，一拍桌子："杨泽田，你要老婆可以，但要谈判！"

杨泽田一歪脑袋："谈判？怎么谈？"

顾红卫一听有门，立刻又坐下来："两件事，第一，把那些走资派还给我们，当然，你乡里的那些牛鬼蛇神就算了；第二，你那个民兵营有武器，要全部上交。"

杨泽田哼了一下鼻子："顾小三，你老几啊？问我要武器？我有的是子弹，你准备吃几颗啊？按我的枪法，一颗你就上西天了。"

杨泽田的一番戏弄让顾红卫再次跳起来："你个老不死的给脸不要脸！什么老红军？在石桥镇你可以一手遮天，这是岳山城里！是我工总司的天下！你既然来了，识趣的就接受我的条件，我可以让你和你老婆平平安安回去，要不就别怪我不讲乡亲情面，我让你和你老婆一起游街，你是大军阀，你老婆是大特务，一对狗男女，你马上就名扬天下了。哈哈。"

杨泽田跳起来，抄起椅子向顾红卫砸去："狗娘养的我看你是活腻了！"

顾红卫肩膀挨了一下，他连忙抱头大叫："来人啊！"

俗话说，双拳不敌四手，单虎难斗群狼。杨泽田再胆大毕竟也是孤身一人，加上又上了年纪，他虽然连着打倒了两个扑上来的造反派，但还是被一拥而上的一群人给死死揪住了。

躲在角落里的顾红卫惊魂未定，他捂着肩膀扯着嗓子大叫："绑起来，写大牌子，拉出去游街！"接着又叫道，"脱他的衣服，我要他身上的军装！"

不一会，杨泽田的上衣被扒下，皮鞋被脱掉，脖子上套着一个写着"大军阀"的牌子，被造反派绑得像个粽子，又被造反派推推搡搡地拖到外面走廊上。

杨泽田挣扎着大骂："娘了个腿的顾小三！老子要扒了你的皮！"

顾红卫一边穿着他的马裤呢军上装，一边跟着出来了："扒我皮？我现在已经扒你的皮了！"他看着杨泽田被脱了皮鞋的光脚，哈哈大笑，"杨泽田，早就听说你是个瘸子，这回真是见着了。来啊，押出去游街！"几个造反派使劲推他，杨泽田死也不移步。

"不想走啊，那就等等，把他老婆也一并拖出来！"

顾红卫叫着，不一会，几个造反派从最西头安着铁门的房间里推出千代丸子，她的脖子上挂着一个大牌子，上面写着五个大字：日本女特务。

杨泽田这一刻真是后悔透了，自从学会了打仗，每次战斗自己都会精心布局，真是离开战场太久了，怎么变得这么幼稚莽撞？不仅自己，连老婆都一起给人游街示众，真是虎落平阳被犬欺。杨泽田死也不动身子，造反派几个人一使劲，把他架起来就往楼梯口推，杨泽田的叫骂引来的是一阵阵的哄笑声。

"放开他们！"一个尖亮的女声止住了所有的声音。

架着杨泽田的造反派顺着声音望去，只见楼梯口站着一个身穿绿军装、戴着红卫兵袖章、留着齐耳短发的姑娘。这姑娘两眼喷火，脸色铁青，刚才还在兴奋嬉笑的造反派们不仅站住了脚，而且都不约而同地往后退。

让他们心惊胆战的不是姑娘圆瞪的大眼睛，而是她高举的右手。她的右手紧握一颗手榴弹，而她那左手的食指正勾在手榴弹拉弦的圆环上。

"抗美！"杨泽田是一声欣喜的惊叫。

"女儿！"千代丸子是一声担忧的惊叫。

三 围歼

顾司令惨了，凭空杀出一个穆桂英。

抗美几乎是和她爹同时骑车出发的，只因为她从石桥镇走大路，远了七八里，所以晚到了一会。抗美得知她娘被绑架的消息，简直要急疯了，这个直率的女孩从小就听她爹讲打仗的故事，革命英雄主义的精神早已浸透她的血液。

抗美比她爹想得还周到一些，她跑到自己房间里找了一颗手榴弹。手榴弹也不是真弹，这是一颗给民兵讲课用的仿真教练弹，它和训练投弹用的练习弹唯一不同的是，这颗手榴弹有底盖，有拉弦。这颗手榴弹是杨泽田给抗美和援朝讲手榴弹原理的时候带回来的，抗美想把手榴弹的知识显摆给自己的红卫兵伙伴们，因此也就一直没有归还。

抗美提着教练弹敲掉了一辆停放在公社院子里的自行车车锁，然后把手榴弹装进随身斜挎的军用挎包里，她骑着自行车上了大路。抗美自打上了高中就在城里住校，“文革”一开始就加入红卫兵，身为岳山红卫兵组织的成员。她当然知道工总司司令部的位置，直接往原县政府大院骑去。

此时的抗美身穿一套千代丸子仿造的女军装，加上鲜亮红卫兵的袖章，她闯进工总司大门的时候就说了一句话：“省城红卫兵来串联的，你们的头儿呢？”

门卫一看她这个派头，立刻就指引她上了二楼。刚上到二楼的楼梯口，她就遇上了顾红卫要推她爹娘去游街。

接下来发生的事情分为两步，先简单后麻烦。

走在最前面的顾红卫被抗美的气势吓了一跳。他当然认识抗美，这个天不怕地不怕的丫头从头到脚的血管里都流着和她爹一样的血，要是这颗手榴弹真在这个挤满人的走廊里炸响，那首先玩完的就是自己这个没处躲藏的司令。

顾红卫能当工总司的司令，那智商也不是靠吃素形成的，他立刻使用缓兵之计：“抗美，你别激动，小心手榴弹爆炸。我放人，马上就放。”顾红卫连连摆手，让跟在身后的造反派去给杨泽田和千代丸子松绑。

本来很简单的事情，麻烦出在杨泽田。

杨泽田被松绑之后，马上和千代丸子一起转到抗美这一边，三个人本来可以就势慢慢退出工总司大院，但杨泽田打骨子里就不是躲在别人身后的人，他转身之后的第一件事就是去接抗美手里的手榴弹。

杨泽田的本意是想先掩护这娘俩撤出去，他还要找顾红卫算账，谁知道这一接手榴弹就露出了破绽，抗美两手一分，手榴弹的拉环出来了。

“抗美！危险！”杨泽田一把夺过手榴弹，满走廊的人都慌了，都不知道他会扔哪个方向。

杨泽田反而不动了，他瞅着这个已经被拉掉弦的手榴弹弹尾，正奇怪怎么没有嗞嗞冒烟。

抗美心虚地说了一句：“爹，那是你的教练弹。”

“啊？”已经趴在地上的顾红卫跳了起来，“手榴弹是假的！都给我抓起来！”

杨泽田眼疾手快，一把扯住顾红卫，一只手勾住了他的脖子，另一只手用手榴弹在他脑袋上敲了一下："都别动！谁动我就砸死他！"

鲜血立刻从顾红卫的脑袋上流下来，吓得他大叫："别动手！别动手！"围上来的造反派投鼠忌器，一时不知道该怎么干才好。

就在杨泽田和造反派对峙的这段时间，岳山县城已经是另外一番景象。先是十几辆拖拉机和马拉大车拉着几百名荷枪实弹的民兵进了大街，接着后面又络绎不绝地跟来大队的农民，这些人跑着叫着，奔的都是一个目标，岳山工总司的司令部。

工总司的院门打开来，冲出来了上百个手拿铁棍、喊着誓死保卫工总司口号的造反派，可双方一照面，他们很快就开始后退。他们的对手有足足三百人，这些武装基干民兵的手里可不是棍棒，他们一个个平端着上了刺刀的步枪，一声不吭，踏着整齐的碎步，从三面逼了过来。

工总司的造反派们不仅喊声弱了，最后几乎听不见他们的声音了，因为武装基干民兵的身后是一层层围过来的农民，他们高高举着锄头扁担，发出如浪的声响。造反派们心慌了、胆战了，他们第一次见识到了什么是农村包围城市，什么才是真正的人民战争。

赤卫军的红色大旗飘在县政府的大楼顶上，被风吹得哗啦响，楼里楼外都是欢笑的人群，抗美带着民兵们唱着眼下最时髦的造反歌曲：

"马克思主义的道理，千头万绪，归根到底，一个道理，造反有理……"

在欢腾的人群中，杨泽田向营救他的各村乡亲们一一道谢，王小毛把工总司的造反派关起来之后也挤进人群，他找到了杨泽田，大声叫道："老红军，杨军长，工总司已经让我们铲平了，我们赤卫军的大本营是不是也搬到城里来？"

"搬城里干吗？这又不是我家，"杨泽田说，"老子是救老婆，老婆已经救出来了，要这县城干吗？"

王小毛不明白了："您不是说枪杆子里面出政权吗？咱们有枪杆子了，这县里的权他们可以夺，我们也可以夺啊！"

杨泽田一瞪眼：“胡说八道！枪杆子里面出政权是我说的吗？那是伟大领袖毛主席说的。政权早就归共产党了，你还夺什么权？走！回家！打道回府！”

在往回开的拖拉机上，杨泽田看到满街都是出来看热闹的人，就像解放东北的时候老百姓欢迎解放军入城一样。

他忍不住和自己的老婆打趣：“看到没有？为你一个日本娘们，我把整个县城都掀翻了。”

“哇！”他的一句话倒让千代丸子放声大哭起来。

“干吗？干吗？你别哭啊！”

杨泽田越说千代丸子哭声越大，她一屁股坐在拖拉机的厢板上，大声地哭个不停，弄得杨泽田无可奈何，只好随她。

杨泽田看着飘着的大红旗和身后紧紧跟随的大队人马，自言自语地叨咕：“哭什么哭，我们是打胜仗的人，该笑了。”

第二十七章 | 玩玩心眼

第二十七章 玩玩心眼

一 报 信

杨泽田大闹岳山县城的消息传到省城，周长河被叫到中央“文革”派驻本省的张联络员办公室。进门之后，周长河看见屋内坐着一个大胖子，他就是全省最大的造反派头头、工人造反总司令部的一号勤务员王发现。

王发现原是省城钢铁公司的一个科长，科长当了十多年升不上去，“文化大革命”给了他翻身的机会，他率先成立了工人造反队，冲击了钢铁公司的党委会，结果被钢铁公司公安处以扰乱治安罪给抓了起来，还在看守所关了几天。

在革命无罪、造反有理的形势下，公安处又不得不把他释放。王发现出来之后名气大涨，他把造反队升格为工人造反总司令部，简称工总司，自称总司令。

王总司令不仅夺取了钢铁公司大权，之后又冲击重工业局、市委，最后冲击省委，在这个过程中，省城重工企业的造反组织基本都归到他的麾下。

乱世出英雄，此时省城的众多造反派经过多次斗争整合，已经形成了三股势力，除工总司之外，以轻工纺织行业为主的工人成立了无产阶级革命派联合指挥部，简称“革联部”；还有以红卫兵为主力成立的红卫兵联合战斗队，简称“红联战”，这三个造反组织形成了省城的三大造反派系。

工总司的王发现棋高一着，在其他两个造反派还在当地争权夺利之时，他率先进京向中央“文革”表忠心，中央“文革”也肯定了工总司是真正的革命“左”派。“真正的革命‘左’派”这个头衔让工总司身价倍增，已经有天下一家我为大的气势，王发现在全省的其他市县也合并了不少势力，岳山县的顾红卫也就是那时投靠王发现的。

王发现也很聪明，中央“文革”派驻的张联络员一到省城，他立刻取消自己的总司令名号，改称自己为一号勤务员。一号勤务员是工总司的老大，小弟被人欺负了，老大不可能不管。

周长河进张联络员的办公室时，这位平时对他一脸媚笑的王发现不仅对他不理不睬，还用鼻子哼了一声。

王胖子今天怎么了？对我摆出这副模样。周长河想。

“周副司令，你知不知道你们石桥公社民兵营已经是保皇派的据点了？”

北京来的张联络员四十出头，戴着一副黑边眼镜，看起来斯斯文文，可说起话来火药味十足。

“石桥民兵营怎么啦？”周长河被张联络员的一句质问弄得有些发慌，这一阵子省城的事情他都忙不过来，没工夫管理下面的民兵。

“怎么啦？你看看！”张联络员给他一摞纸，上面像是用鲜血写出来的文字。

“血书？”周长河眉头一皱。

自打“文革”开始之后，写血书表忠心的情况比较多见，江淮军区也有战士写血书，表示要跟着毛主席打到美国去，消灭帝国主义，解放全人类。

而这一份“血书”肯定不是表忠心，细看也不是用鲜血写成的，而是红墨水。

周长河看到标题是四个大字：血泪控诉。

周长河匆匆看了里面的内容，控诉书说了两件事，第一件是岳山县石桥公社的杨泽田成立了一个叫赤卫军的造反组织，他们从岳山工总司手里抢走了走资派，还把他们保护起来；第二件是杨泽田为了救自己的日本特务老婆，用民兵武装冲击了岳山工总司的司令部。看完这血泪控诉，周长河的心像是被一块石头压住，沉得几乎喘不过气来。

等周长河看完，张联络员开口了：“这是一起武力镇压革命造反派的反革命事件，一定要严肃处理。特别是牵涉到你们给民兵配发的武器，你们要有个态度！”

周长河立刻表态：“我们人民解放军是毛主席缔造的队伍，我们会和中央‘文革’保持一致，坚决支持造反派的革命行动。不过，这里面有两个问题。”

“什么问题？”张联络员问。

“从材料上看，赤卫军也是造反派。另外，这里面也承认工总司先抓了杨泽田的老婆，杨泽田后冲击工总司，是不是两派之间有矛盾啊？”

“你是不是想袒护保皇派啊？”一旁的王胖子马上跳了起来，“我知道你认识杨泽田，你是不是压迫我们工总司的幕后黑手？”

“王勤务员，你说话要有证据。我怎么是黑手？我是认识杨泽田，但认识他也不能说这事情就是我指使的。你们工总司是革命‘左’派，但也不能说其他的革命造反派就是右派。赤卫军的性质也不能仅凭你们写的几个字就认定。我想，张联络员让我过来也是为了搞清真相，不致生出更大的乱子。”

这话很对张联络员胃口，他到省里之后，最烦的就是省城另外两派不断要他承认自己的组织也是革命“左”派。这里忽然又冒出来一个赤卫军，而且竟敢冲击最大的革命造反派工总司，这让他一下子还真摸不清头脑。

“周副司令，你说这件事该怎么办？”张联络员问。

“毛主席教导我们，没有调查就没有发言权。岳山到底出了什么事还不清楚，如果真是用了我们的武器镇压革命造反派，我们解放军也绝不会袖手旁观。我建议，以您为首组织联合调查组，把岳山事件搞清楚。”

“行，我同意。”张联络员说，“既然事件中有民兵，你也要参加调查。”

“我们责无旁贷。”周长河当场表态。

杨泽田兴奋过头了，他不知道自己身后还有冷箭。

大闹岳山县城让他名声大震，石桥镇上说书的都编了一出“老红军孤胆救妻子，赤卫军大闹岳山城”的短篇故事，这故事像风一样迅捷而又广泛地传播到了岳山的各乡镇，杨泽田在老百姓的心中都成了手使双枪、飞檐走壁的大侠了。

一时间，各乡各镇新成立的农民造反派纷纷跑到石桥镇来找杨泽田，口气大的提出联合，有点诚意的要求加入，更有打心底钦佩的干脆就一句话：“老红军，您老就把我们收编了吧。”

今天清晨，周长河的儿子建军忽然来了，说是为爸爸送鸡毛信。鸡毛信，那是抗日时期报告鬼子要扫荡才用的信件。

看完周长河的信，杨泽田得意不起来了，他也是见过大世面的人，知道在自己的一亩三分地里闹腾是一回事，谁知道外面的天空刮什么风下什么雨。杨泽田先是感到委屈，自己本不想闹腾，是顾红卫那小子找上门来的。之后他又感到后悔，还真是轻敌了，这是造反，抗美的时髦话是怎么说的？坚决打倒，批倒批臭，再踏上一只脚，叫他永世不得翻身！

这才几天啊，顾红卫这小子就恶人先告状，而自己还两眼一抹黑地沾沾自喜，多亏栓娃提醒啊！杨泽田心里暗暗骂道：娘了个腿的！先告状又能怎么的？老子革命造反的时候，你娘还没生你们这些兔崽子呢！老子要好好想想，使使手段，这几十年的革命斗争可不是白干的。

杨泽田一天都没出门，他把自己关在房间里谋划起来……

从省城来的联合调查组搞突然袭击，他们夜晚出发，到岳山县城正好天亮。

调查组一共来了三辆车，弄了一个车队。第一辆是张联络员乘坐的华沙轿车，第二辆是王发现乘坐的美式中吉普，第三辆是周长河的苏式嘎斯69吉普车。除了司机和警卫员，周长河还带上了刚刚上任的支左小组副组长邓二贵。

张联络员是第一次带车队下基层，他对车队的布置都是借鉴电影里的镜头。

从省城出来时的行进序列是这样安排的：美式中吉普车先行，嘎斯69吉普车殿后，张联络员的轿车夹在这两辆吉普车之间。

进了山区之后，张联络员发现这样安排他十分吃亏，山区公路都是沙土路，夹在中间的车两头吃灰，行车时，他会吃前车的扬灰，停车后，他还会吃后车的返灰，一路上不见景物只见尘土飞扬。那个年代的轿车也没空调，关上车窗憋气，打开车窗吃灰。

他们在岳山县吃了早饭，又接了告状的苦主顾红卫，吃了一肚子灰的张联络员改变了行车序列，他加快车速，把两辆吉普车扔在后面。他的车最先到达石桥镇，车开到镇口被站岗的民兵给堵住，这让他大为恼火。

“车里是中央‘文革’的联络员！你们怎么敢拦他的车？”

下车发火的是顾红卫，他坐在张联络员的车上，一面带路一面汇报情况。

执勤民兵看见下来的人是顾红卫，马上叫了起来：“哎哟，这不是那个给我们打得屁滚尿流的顾小三吗？你还敢回来啊！”

“是来打架啊，还是给我们赤卫军赔礼啊？”

顾红卫被民兵羞辱得脸一阵黑一阵红，吵嚷间周长河的车到了，他立刻跳下来制止：“赶紧报告你们杨营长，中央‘文革’的领导来视察了！”

二　巧　辩

民兵营列队完毕，杨泽田穿着一身笔挺的马裤呢军服，站在赤卫军的军部门口迎接来宾。

周长河抢先一步下车，向他介绍从轿车里出来的一个文质彬彬的中年人：“杨营长你快过来，中央‘文革’的张联络员来了。”

杨泽田立刻上前，向张联络员敬了一个规规矩矩的军礼：“欢迎中央‘文革’领导，我是赤卫军军长杨泽田。”

张联络员打量了一下他的穿着，眉头皱了皱，没有握他伸出来的手。杨泽田愣了一下，周长河在一旁悄悄做了一个压住的手势，杨泽田夸张地把伸出去的手摊开，做了一个请进的手势：“首长请进。”

张联络员迈腿走上台阶之前，看看列队整齐的武装民兵，又忍不住揉揉鼻子：“你这里还真是一个土围子啊。”

“首长的眼力真好，这个院子过去就是地主老财的土围子……”

杨泽田没听出张联络员的讥讽之意，还想说下去，被周长河给打断：“杨营长，先找个地方开会，向首长汇报一下你的赤卫军是怎么回事。”杨泽田从周长河眼中看到了不悦的目光，心想坏了，第一印象不好。

原公社会议室，乒乓球桌当会议桌，张联络员坐一边，他左手坐着周长河和邓二贵，右手坐着王发现和顾红卫，而对面是杨泽田和王小毛。

会议一开始，杨泽田站起来，他拿出一张纸，念着时下最流行的欢迎词：“欢迎词。我们日日盼，天天想，今天终于盼来了亲人共产党。你们带来的是毛主席的关怀，你们是北斗星，是指路的明灯啊！”这词被杨泽田的一口土腔念得有点怪兮兮的，他边念还边皱眉头，“我们盼望着，盼望着，这什么字……”

杨泽田念的时髦欢迎词不仅让在座的其他人都云里雾里，而且把躲在隔壁厢房偷听的两人也急坏了。这两人一个是杨泽田的女儿抗美，另一个是周长河的儿子建军。

信送到之后建军不愿回去，杨泽田就交给他一个任务：写一个欢迎词。

一听杨泽田念的欢迎词，抗美浑身起了鸡皮疙瘩，她小声埋怨建军：“你给我爹写的是什么啊？”

建军很委屈：“一样的欢迎词，我们学校红卫兵念得可动人了，你爸怎么一念就变味了呢？”

“你爹念的是什么啊？”厢房里面还有第三个人——千代丸子。

千代丸子也心神不宁，她在这里等着，因为她也是丈夫布下的一颗棋子。

外面的会议室里，张联络员实在忍受不了杨泽田的欢迎词：“算了，多余的话不说了，我们是来调查的。王勤务员，你先说。”

王胖子站起来，他先对张联络员点头：“敬爱的张联络员，我们向您控诉，以杨泽田为首的保皇派武装冲击我们岳山县工总司司令部。他们这种做法，破坏了‘文化大革命’的丰硕成果，使亲者痛仇者快，我们强烈要求您……”

“等等、等等，”杨泽田打断他，“你县里的工总司都是司令级别的，你一个勤务员说得上话吗？”

“怎么不能说话？这是我们省工总司最大的官，一号勤务员。”顾红卫马上起来反驳。

“对！”王发现说，“我们之所以造反，是因为要打掉那些资产阶级的等级。我们是人民的勤务员。”

“好，好，”杨泽田点头，“勤务员好。不过这听着别扭，部队里勤务员是最小的。周副司令，记得你刚当红军的时候就是给营长烧水的勤务员吧……”

张联络员立刻打断他：“不说这个。杨泽田，王勤务员的控诉你听到了吗？”

杨泽田说：“我当然听到了。武装冲击，破坏‘文化大革命’的丰硕成果，这帽子够大的！张联络员，您来得太好了，正好可以让您公正地评评理。我冲击他不假，可我是赤手空拳一个人去的，他们是拿着棍子武装绑架我老婆……”

杨泽田没说完，顾红卫跳出来了：“我们是绑架了他老婆，但他老婆是日本特务。我们正在审查，他就带人冲击。”

杨泽田一下子蹦起来，张口大骂：“顾小三，你娘了个腿的说话像放屁！你娘、你姥姥、你奶奶才是日本特务！你敢说我老婆是特务？我老婆是东北联军的战士，是副统帅的兵，你血口喷人，活得不耐烦了！”

顾红卫不服气：“你说她是她就是啊？证据呢？”

杨泽田指着他：“你小子是不见棺材不落泪。丸子，丸子你出来！”

杨泽田对着旁边的厢房大叫，随着他的叫声，千代丸子战战兢兢地从里屋出来，杨泽田把她拉到自己面前：“这是我老婆千代丸子。丸子，你把照片拿出来。”

千代丸子从口袋里掏出一张发黄的相片，杨泽田一把抢过，指着照片对张联络员说：“首长你看看！辽沈战役，站在老领导身后的就是我老婆千代丸子，你说我们敬爱的老领导能和特务一起照相？”

张联络员拿过照片边看边说：“你说你是首长的部下？你们大别山出去

的人不都是红四方面军的吗？”

杨泽田拍拍脑袋故作明白：“啊，我明白了，首长说我是张国焘的部下是吧？你以为我们大别山人只能在他下面混啊？首长你不知道，中央红军长征，我是第一个在雪山脚下迎接伟大领袖毛主席的人。三大红军主力会师之后我就到了八路军第一一五师。后来上东北，老领导也把我带上了，这段历史三天三夜我也说不完啊。我强烈要求张联络员去老领导那里调查我老婆的历史问题，对我老婆的绑架，我也一定要有个说法！”

张联络员瞪了工总司的几个人一眼：“搞什么名堂！”他点着照片，“这个你们知道吗？”

王发现愣了，顾红卫一脸茫然。看那两人傻傻地摇头，周长河对杨泽田偷偷竖起拇指，邓二贵也满脸钦佩。

第一关，翻过来了。

三　追　击

周家湾热闹了，杨泽田在此安排了另一出戏。

就在杨泽田舌战工总司的同时，以李桂花为首的牛鬼蛇神都被押到了周家湾。这次批斗让李桂花慌了，她从杨山杏那里听到了一个消息，这次批斗是真正意义上的批斗，不仅要挂牌子、戴高帽，说不定还要“坐飞机”。

杨山杏的消息来自十三叔，那就不会错。这又让李桂花想起她在城里被造反派批斗的种种经历，这让她稍微平静了几天的情绪又几乎陷于崩溃。

周家湾的情景也和其他大队不一样，社员家的墙上都写满了大标语，李桂花至少看到了两条“李桂花不投降就叫她灭亡”的标语。不仅场院上拉起了批斗大会的横幅，场院后面还支起几口大铁锅，热气腾腾的，有一阵阵肉香，还有一阵阵刺鼻的怪味。李桂花心里又是一阵颤抖，不知道今天要受什么罪。

其他走资派个个也是心惊胆战，因为押解他们的民兵也多了好几倍。只有跟着走资派一起出来的“四类分子”心情没啥变化，习惯成自然了。

和往常批斗会一样，走资派站在第一排，“四类分子”站在第二排。今天不同的是，每个被批斗的走资派身后都站着两个背枪的民兵。

坐在场院上等待开批斗会的社员群众呼啦啦坐了一大片，都在议论今天是不是要把走资派拉出去枪毙。

三辆小车开到村口，听见汽车喇叭响，站在台前的十三叔立刻发令：“批判会开始！”

站在走资派身后的民兵们立刻操作起来，只见他们两人抓一个，抓住走资派的胳膊往后一撇，一个个“坐飞机”的姿势就出现了。

李桂花前一段老是挨斗，“坐飞机”是家常便饭，可自从被杨泽田抢到石桥镇，她一次“飞机”也没有“坐”过，这突如其来的一下让她疼得泪水直流，差一点喊出声来。

随着前排的走资派“坐”了“飞机”，站在后排的“四类分子”非常自觉地低头弯腰，其姿势也不比“坐飞机”好看多少。

一个民兵拿着一个用白铁皮做的土喇叭跳上台来，带领下面的社员高呼口号：“彻底清算走资派的反党罪行！”“李桂花不投降就叫她灭亡！”

包庇走资派肯定是工总司要拿出来指责自己的罪证，杨泽田觉得这个问题要是解决不好，保皇派的帽子肯定会落到自己头上。其实他只要把这些走资派一交，工总司也就没什么可说的了。可杨泽田不会，李桂花毕竟对自己不错，被批斗的公社领导也都是和自己共事多年的同志。

什么黑帮路线！这些小喽啰不都是听上面招呼吗？当年张国焘让我们过草地，谁敢不服从命令？谁知道他后来分裂中央呢？要是按这样的搞法，那我们这些当年背盒子枪的不都要被枪毙啊？可是要保他们，一定要谋划好了才行。杨泽田心里细细思量着。

在对待这些走资派的问题上，杨泽田心思花得最多。果然，在刚才的会上，王发现和顾红卫直接指责杨泽田是保皇派。

“说我是保皇派？”杨泽田嗤之以鼻，“我1929年就造反，老革命了。张联络员您今天来得好，让中央的同志看看我是怎么对待这些黑帮牛鬼蛇神的。”他问王小毛：“今天那些牛鬼蛇神给哪个生产队要去了？”

王小毛说："今天在周家湾二队。"

"好啊，周家湾是周副司令老家，革命老区。张联络员，你们上面来的人最讲调查研究，反正你们都有车，咱们别在这里磨嘴皮子了，走，都上周家湾调查去。"

这一群人参加批斗会，十三叔招呼着搬来小凳子，让他们坐在最前面。

社员们一个接一个上台大声批判，土喇叭筒子里冒出来的那些当地土话让京城来的张联络员耳朵发蒙，他一句都没有搞懂，倒是呼口号的声音惊天动地。台上的那些走资派腿脚发软，要不是两边民兵撑着，简直要跪在地上了。

"前排是走资派，后排都是地富反坏右。"杨泽田在张联络员耳边大声介绍，"他们都是坏人。你要是不把他们放在一块，社员搞不清楚啊，还以为走资派是好人呢！放在一起了，社员们就知道这些都是乌龟王八蛋，叫什么一什么之喝。"

"那叫一丘之貉。"张联络员点头赞许，"对啊，你这个做法好啊！毛主席说，重要的问题就是教育农民。"

杨泽田感叹一声："你看，联络员到底是毛主席身边的人，我们就说不出这个道理。看样子一会就批斗完了，马上就该给牛鬼蛇神开饭了。"

张联络员立刻板起面孔："什么？怪不得工总司说你们对走资派进行了保护！你们居然还给他们吃饭？"

顾红卫马上加了一句："这就是典型的保皇派做法！"

杨泽田把他一推："什么是革命派？什么是保皇派？开饭后你就知道了。"

参加批斗会的社员和牛鬼蛇神们共同开饭，不同的是社员碗里是白米饭，白菜豆腐炖肉，而走资派和"四类分子"的碗里是用野菜树皮熬的稀糊糊。他们端着碗还不能吃，要站着先看社员吃。

十三叔让几个女社员给包括张联络员在内的来客都端来香喷喷的饭菜。十三叔敲了敲自己的饭碗，大声说："社员同志们，我们要不忘阶级苦，牢记血泪仇，这忆苦饭原来是我们贫下中农吃的。今天，这忆苦饭要让走资派和牛鬼蛇神吃，让他们尝尝迫害我们的滋味，我们要当着他们的面吃幸福饭，这幸福是毛主席给我们的，对不对？”

社员们一起高喊：“对！”

张联络员激动啊，他眼泪差点掉下来：“好啊。这样太好了，杨泽田同志啊，你们利用走资派教育农民，真是好典型、好经验啊！要推广总结。”

杨泽田哈哈大笑：“来来，大家都累了，也吃一顿我们农民的幸福饭。”

饭后继续到十三叔家里开调研会，十三叔又拿出了花生大枣放在张联络员面前，说毛主席身边的人能到自己家来，真是三生有幸。

“老杨啊，你们批斗走资派是有一套，我们虚心学习。不过，这些走资派你也不能独占，让我们也批斗批斗啊。”王发现眼见张联络员的立场发生了变化，他口气也有了转变。

“不能给你。我们就这几块料，分不过来啊。”杨泽田把烟袋递给张联络员。

“走资派你们斗了多少次？”张联络员摆摆手不要，他问了杨泽田一句。

杨泽田说：“多少次？我们天天斗，每个生产队轮流批斗，我们有一百多个生产队，轮流一遍都不行，每个队都争着要啊。”

“别人不给，那李桂花你要交给我们吧？”顾红卫心里就想着李桂花。

“亏你还是石桥镇人，李桂花原来就是石桥区长，还当过这里的公社书记，是最老的走资派，执行的就是修正主义路线，把她给你，我用什么来说服农民？”

张联络员经过这一段体验，对顾红卫已经没有好感：“你干吗盯住一个李桂花？走资派多的是。那斗完了你们还有什么办法？”他后一句是问杨泽田的。

“我们都安排好了。”杨泽田点火抽了一口烟袋，“首长，你看看啊，各村都要安排批斗走资派和那些个牛鬼蛇神，还要管他们饭，这不行啊，管饭要算钱啊，我们贫下中农不能再吃走资派和牛鬼蛇神的亏了。”

张联络员连连点头：“说得对。你有什么好主意？”

“我让他们干活还钱，周家湾这个大队靠山，我让他们拿出一块山地，让这些牛鬼蛇神开荒种粮，得到的收成交给各大队。十三叔，拿你们的账本来。”

十三叔拿了一个账本过来，杨泽田让他解释，他连翻两页：“这批牛鬼蛇神在我们大队被批斗了两次，上次是一队，这次是二队，上次是二十人，这次是二十一个人。按每人一天四角钱算，上次是八块，这次是八块四，他们一共欠我们大队十六块四。还有全体社员吃的两顿饭，对了，还有今天你们各位领导一顿，一共是五十一块八。”

“我们吃饭也要算在他们头上？”张联络员问。

“对啊，就要算在他们头上！”杨泽田说，“难道要算在我们贫下中农头上，还让他们来剥削？他们现在付不了这账就劳动改造，种出粮食来还账。对了，工总司你们要人也可以啊，你们把这些钱都算给我们贫下中农了，我们就给人。”

张联络员指着王发现和顾红卫：“你们看看、你们看看，看看人家是怎么干的，你们要好好学习。”

王发现和顾红卫都低着脑袋，一旁的周长河好不容易才忍住不发笑。

杨泽田大获全胜，最后还来了一次乘胜追击。

一行人回到赤卫军军部，王发现知道此次扳倒赤卫军已经不可能，他眼睛一转，要求化敌为友：“张联络员，我们工总司是中央‘文革’认定的革命造反派，既然赤卫军也搞得很好。我看，赤卫军可以加入我们工总司，这样我们的力量更大。”

顾红卫立刻附和：“对，对。”

杨泽田嗤之以鼻：“对什么？你工总司才几个人？”

王发现很得意地说：“我工总司是省里最大的造反组织，省城有三万名工人，加上各地的分部，我们有五万名造反派。”

“才五万！”杨泽田把手一挥，“参谋长，我们赤卫军有多少人？”

王小毛说：“我们石桥公社所属各个大队的社员都参加了赤卫军，本地就有三万人。除了县城以外，还有七个公社外带十八个生产大队的造反组织被赤卫军收编，我们足有十八万人。”

“哈哈，”杨泽田笑了，“按照我们伟大领袖毛主席的指示，农村包围城市，我现在就可以夺取你的城市。你说，是你收编我还是我收编你？”

他看着王发现狼狈的样子，又加上一句："不过话又说回来了，我是农民，你是工人，毛主席说要工农联盟。我们可以联盟，收编？就免了吧。"

张联络员马上赞同："对！这个提法正确，工总司、赤卫军，都是革命的造反组织，就是要搞工农联盟，就这样了！"

杨泽田一把握住张联络员的手："哎呀，毛主席派来的同志都承认我们是革命造反派了，太谢谢了！太激动了！"

张联络员和工总司的两位当天就回去了，周长河让邓二贵去清点民兵武器，他也以此为由留了下来，眼看两辆汽车扬起灰尘远去了，周长河忍不住大笑起来："没有想到，你比演员演戏都好啊，简直就像真的一样。"

杨泽田一脸认真："什么演戏？就是真的，我都是实话实说。"

"就没有一点假的？那天天让走资派吃忆苦饭？"

"这叫投其所好！"杨泽田说，"亏你当过侦察兵，当侦察兵的诀窍就是敌人爱听什么你说什么。怎么样，这回放心了吧？"

周长河点头："放心了。好嘛，张联络员可是中央"文革"派到省里的大员，他说你是革命的造反派，那可就是一锤定音了。"

"这要谢谢你和建军，连夜给我送信，要不是你定下调调，我一定和他们吵翻天了。走，回家吃饭。"

晚饭很清淡，千代丸子做了当地的面籽汤和烙饼，杨泽田皱眉头了：

"咳！怎么没有肉啊？"

"这挺好啊。真正的家乡饭。"周长河吃得很带劲。

"没有肉算什么招待客人啊？"杨泽田叫着，"千代丸子，你个抠门女人，我买的半头猪呢？"

"不都让你拿到周家湾去啦？"千代丸子进来，"栓娃表弟，不好意思啊。"

"什么？周家湾的饭是你掏钱？"周长河傻了。

"什么我掏？是她掏的。"杨泽田指着他老婆说，"我一个复员的，又不是国家干部，也没地开支啊，是她开裁缝铺子挣的钱。你不知道，她现在挣大钱，找她做军装的多了去了。"

“那你还说人家抠门，你啊！”周长河用筷子点着他，“行，革命的点子用得正是地方。”

第二十八章 灾祸忽降

一 抄 家

眼见工总司的王发现出了他的房门，周长河立刻转身，他拿起桌上的话机打出一个电话：“你到我办公室来一下！”

他挂了话筒，又拿起桌上的“大前门”烟盒，今天的第二包烟也就剩下两支了。这一段时间他香烟抽得太凶，一天两包已经打不住了。烟抽得多，痰也多，夜里连续咳嗽，自己睡不着，还影响老婆的睡眠。

“你不能少抽一点吗？”卢小雁说他。他也想少抽，但忍不住，烦心事太多了。

对走资派的批判进入尾声，革命到了分配“胜利果实”阶段，省城的“革联部”和“红联战”为了和“工总司”抗衡，两家联合成立了革命联合总指挥部，统称“联部”。这样一来，三派争斗演变成了两派对立。

地方派系同时渗透到军队，江淮军区的领导层也立场各异，军区孟司令员暗地支持“联部”，新来的江政委支持“工总司”，作为支左小组组长的周长河身份特殊，两派都要周长河明确表态，周长河搪塞不住，他就干脆采取躲的办法，只要不是张联络员找他，他干脆就躲起来。

可他这一躲，让造反派恼火了，双方都刷出“周长河和稀泥”的大字报。和稀泥周长河不怕，怕的是这稀泥变稠，他和不动。

情况越来越复杂了，各路造反派已经喊着“文攻武卫”，向自己的对立面发起攻击。

“文攻”还好一些，各派都安装了超大的高音喇叭，每天十二个小时不间断地宣传广播。而“武卫”一执行就变味了，发展趋势其实就是“武攻”。先上棍棒，之后用了长矛大刀，冷兵器不过瘾，就向轻火器发展。联部在抢占旧市委大楼的战斗中动用了体委的小口径步枪，工总司死伤七八个，失去了一个重要据点。眼看联部以火力制胜，工总司大为恼火，于是瞄准了民兵武器库。

昨晚张联络员打电话，今天王发现到周长河的办公室堵门，全是为武器。

“周组长，你是支左小组组长，怎么害怕我们‘左’派革命群众啊？”

王发现很不高兴，因为他在军区大门口被门卫挡住了，后来他把电话打给了江政委，才进了这个大门。

“瞎说，我怎么害怕群众？群众是水，我们解放军是鱼，鱼儿离不开水嘛！歌都是这么唱的。”周长河很平和地说，还亲自给他倒了一杯水。

坐在沙发上的王发现不喝水，他直截了当：“保皇派已经对我们开枪开炮了，我们真正的革命派不能用空空的两手对付反革命的武装反扑吧？昨晚张联络员亲自给你电话，你还是不答应。没办法，我只能闯你的办公室了。”

周长河挠头：“我不是不答应，而是不在我的职权范围内。”

“那现在有办法了。”王发现说，“我们知道东郊有你们的一个民兵武器仓库，你周副司令分管民兵，就把我们工总司当民兵，直接配发武器不就行了？”

周长河愣了一下：“这倒是可以。”

一听周长河说可以，王发现高兴了：“那就好，这不就……”

周长河赶紧打断他的话：“等等等等，我没有说完，作为民兵没问题，还要走一个程序，你们把民兵建制上报过来，多少人，属于哪个单位，建一个营还是一个连，归军分区管理还是人武部管理，我可以立即上报。催促批复。”

“周长河，你这是有意刁难！等你批复？我的工总司还不让保皇派给踏平了？我现在清楚了，你就是保皇派的后台！你要为你今天的行为负责！”王发现被气跑了。

周长河其实也生气，王发现一走，他就打电话叫邓二贵，邓二贵一进门他就质问：“怎么搞的！我们东郊军火库是保密的，造反派是怎么知道的？”

邓二贵十分委屈：“这秘密哪能保住啊？军区内部和造反派关系密切的人有的是，有的家属就是工总司成员，你们军区领导层也不是那么统一吧？”

周长河知道他说的意思，但现在是他在负责民兵工作，王发现说的东郊仓库是全省最大的民兵专用军火库，“文革”开始不久，按大区司令员许松涛的指示，周长河已经下令把省会工人民兵师和两个民兵高炮团的武器装备都集中回收，封存在东郊仓库，这个仓库的武器要是流了出去，那可不是好玩的。

“你加派部队，对东郊仓库严加把守，不能出任何纰漏。”周长河说。

“是！”邓二贵嘴里答应，心里相当不满：你当领导的命令好下，可造反派真要去抢怎么办？我能下令开枪吗？

周长河不帮工总司，王发现发誓要打倒他，但他没有想到机会来得这么快。

王发现接到了下属从文化局打来的电话，他张着大嘴，像一只河马，而且一双眼睛眯着，几乎看不见眼珠。

“你说的是真的吗？”他追问一句。

“千真万确，”电话里的声音，“现场几百人都听到了。恶毒攻击我们的伟大领袖，是真正的现行反革命！人已经让我们扣住了，怎么办？”

“什么怎么办？押到工总司来！”王发现对着话筒大叫。

他放下电话，高兴得用拳头一下下地砸着桌子：“周长河！周长河！这下我要把你的牛黄狗宝都掏出来。”

他又抓起电话要打给张联络员："张联络员，向您报告，我们抓住了周长河的大辫子了！这回不是小辫子，是大辫子！可以让他倒台的大辫子！"

不仅王发现对周长河愤怒，而且张联络员现在也对他十分反感。他从周长河的行为举止中已经看出来了，周长河对他本人的指示是表面听从背地里阻碍，特别是他亲自给周长河打电话，让他用武器武装工总司。电话里的周长河一面说坚决执行中央"文革"的指示，同时又推说还需要大区批准。这就是典型的阳奉阴违。

张联络员虽然头疼，但是他对周长河也没办法，"文化大革命"对军队里的军师一级头头脑脑触动不多，一是伟大领袖下令不许冲击军队，再就是这些人都是战场上拼命下来的，谁知道后台会牵扯到谁！江政委就私下对他说过，周长河没这么大胆子，他其实是在执行上面的命令。对更高位的领导，张联络员这样的身份还真够不着。

王发现的电话就像给张联络员打了一针吗啡，让他从头到脚都兴奋起来，他立刻在电话里给了王发现几条指示。

"是！是！我马上就办！"

王发现现在的状态已经不是一针吗啡的兴奋度了，他放下电话立刻命令手下："快备车！上两卡车人！我们上军区抄家去！"

卢小雁是现行反革命！

卢小雁在1964年就从部队转业到省文化局，担任群众文化处副处长。"文革"开始后，因为周长河支左小组组长的身份，文化系统"文革"小组硬是把她拉进了宣传组，主要工作是宣传和联络，她的声音好，每次批斗会都让她领喊口号。

今天是工总司和文化系统共同召开的文化系统批斗会，卢小雁领喊的不是革命口号，而是反动口号。周长河从电话里听到这个消息时，简直就是五雷轰顶，他的大脑一阵眩晕，眼前一阵发黑。

"怎么可能？这绝不可能！"周长河对着话筒大叫。

"周副司令，全场几百人啊，都听见了啊。"

电话是邓二贵打来的，他的大女儿是艺校红卫兵，今天上午去参加文化系统的批斗会，她亲耳听到了台上的卢小雁喊了反动口号，亲眼看见她被一群冲上去的造反派当场揪倒，拳打脚踢。

“这绝不可能，这是阴谋。”周长河扔下话筒，一屁股掉进沙发里，他胸口发闷，喘不上气来。

邓二贵门也没敲就冲了进来，他从电话中听出周长河的声音不对，他的办公室在三楼，而周长河的办公室在四楼，他放下电话就往楼上跑。

眼看周长河脸色发白，额头上密密地冒着虚汗，邓二贵紧张了，他刚要抓桌上的电话，电话铃忽然响起，他拿起话筒：“门口值班室，什么事？造反派抄家？抄谁家？现行反革命卢小雁的家，拦住！什么？已经强行闯进来了……”

二 立场

卢小雁出事，被震昏的不仅是她的老公周长河，还有建军和春雨两个孩子。

一群如狼似虎的造反派忽然冲进家里乱翻乱砸，两个孩子如遭晴天霹雳。这种场面对建军来说不陌生，抄家本来就是他们红卫兵的强项，他抄过校长家，抄过市里和省里好多走资派的家，但是他连做梦都没有想到会轮到自己家。

“你们干什么！”建军堵着大门高声叫着。

“狗崽子滚开！我们要抄现行反革命分子卢小雁的家！”

造反派蜂拥而至，春雨吓得抱着哥哥大哭，好在邓二贵带着警卫连赶到，他一面布置战士封锁住周长河的书房，防止军事机密泄露，一面让人护住两个孩子。

“把俩孩子送我家去！”邓二贵吩咐战士。

一个小时之后，造反派抄家的大卡车离开了军区大院，周长河回到了被工总司抄得一塌糊涂的家里。书房有战士把守，门厅正中的忠字台没人敢动，其他房间不仅都被光顾，而且墙上还贴满了“打倒现行反革命分子卢小雁”之类的标语。

周长河虽是军队高级干部，但他家里的家具都是部队统一配发的，他是工农出身，不喜欢花花草草，也不懂古玩字画，军营里讲求朴素，他家里的摆设除了桌上两个花瓶和五斗橱上放照片的镜框外，没有什么其他东西。

造反派的抄家其实就是打砸抢，楼上楼下几个房间的地面上都是摔碎的花瓶和镜框的玻璃碎片，从箱子里掏出来的衣服也扔得满地都是。幸亏有解放军战士在场，抄家的造反派除了把有文字的本子和书收罗了一箩筐外，其他东西也不敢带走，而这样被军人盯着抄家的情景对他们来说也是第一次，王发现带来的人无法发泄，只好把东西都扔在地上，踩踏一遍也就草草收场。

……

"今天批斗的是两个演员和一个走资派，程序很简单，每换一个人批斗，卢小雁都要上去领喊一遍口号。"

邓二贵搞清楚了卢小雁成为现行反革命的整个过程，他正对浑身无力、斜靠在书房沙发上的周长河说着情况，现在周围没人，他才敢实话实说："前两个都喊得很正常，喊口号也有规律，先喊打倒谁，然后再喊毛主席万岁。不知道当时怎么了，最后一个人批斗完了，领喊口号的卢小雁还没有上场，有人把她找回来的，她举手先喊"打倒"两个字，可是没有喊被打倒人的名字，顿了一下以后忽然喊了毛主席万岁，连上去一听，就是反动口号了。"邓二贵不敢细细描述，但他相信周长河一联想就会明白。

周长河的面色白里泛青，他虽说什么枪林弹雨都经过了，可这样的事情他做梦也没有想到，他担心地问道："孩子们知道吗？"

"大院里已经传得沸沸扬扬，肯定瞒不住。"邓二贵也忧心忡忡。

周长河书房的电话铃响起来了，他拿起话筒，是江政委的声音："周长河吗？我通知你，你老婆已经是现行反革命，明天要召开她所在系统的批斗大会，中央'文革'的张联络员点名你必须参加！必须发言！必须批判！"

周长河拿话筒的手在发抖，即使话筒里面没了声音，他还没把话筒放下来。

邓二贵从他手上拿下话筒，刚刚放在话机上，又是一阵急促的铃声，邓二贵拿起话筒，是军区孟司令员的声音："老周吗？"

邓二贵忙把话筒递给周长河，周长河边听边微微点头："我知道，谢谢司令员。是吗？我还……"他话还没有说完，办公桌上另一部红色话机忽然响了起来，这是一部战备话机，平时一般不响。

周长河把手里的电话给了邓二贵，他起身接听红色话机的电话，在听到里面声音的一刹那他立刻挺直了胸脯："许司令！我是周长河。"

"周长河！你娘了个腿的！你家怎么会有反革命！该把你枪毙！"许松涛的大嗓门连邓二贵都能听见。

"首长，我敢拿脑袋担保，我老婆绝不是反革命，她只是一时口误。"

"你说口误就口误？这是什么情况？这是战场！战场失误要掉葫芦瓢的！现在同样要掉葫芦瓢！你跟我说这样的话，我可以饶了你，你要是在别人面前说这样的话，你的葫芦瓢也保不住！"

周长河铁青着脸说硬话："首长，我不怕掉脑袋，这脑袋已经多待几十年了。"

"放你娘的屁！"电话里的许松涛发大火了，"你的脑袋是你自己的吗？那是共产党的！你说掉就掉啊？告诉你，你给我保住你的葫芦瓢，千方百计地保住！千方百计！你那里是一个人吗？"

周长河看看一旁站着的邓二贵："是。"

"我告诉你，不要犹豫，打仗不只是冲锋，也要会后退。要记住，保存自己是第一位的，要保证你自己身上还穿着军装，还是革命军人！你明白吗？你只要保住自己了，你和你的家就还有机会！这是我个人给你的忠告，跟组织无关。"

"是！"周长河放下电话，他的眼泪哗哗地流下来了。

……

周长河彻夜未眠，他要写自己的发言批判稿。他写不下去，妻子已经和自己生活了二十多年，这二十多年的一幕幕就像过电影一样浮现在眼前，一个镜头连着一个镜头。

他绝不相信卢小雁是反革命，绝不相信自己的妻子会反对毛主席，可事实就是事实，事实就摆在了自己的面前。

邓二贵回去不久又打来电话，说他明天带一个排的战士也去批斗会现场。

“周副司令，孟司令员说这是大区许司令下的命令，还说你明天的抉择非常关键，能不能保你过关就看你的决断。他说不能强迫你，一切都靠你自己。”

邓二贵在电话里已经把话说得很清楚。周长河知道什么是决断，这个决断就是要他和卢小雁彻底划清界线。二十多年的感情，相濡以沫的七八千个日子，中间相连的还有他们结合出来的共同血脉，用什么样的刀才能了断呢？

许司令在电话里又是怎么说的？保存自己是第一位。记得第一次打仗负伤的时候杨泽田就告诫过自己：当你逞英雄的时候，你知道有多少只枪口在对准你？这些道理都明白，可这是打仗吗？我面前的敌人又是谁呢？

一个小时过去了，又是一个小时。周长河还是面对一张白纸。

让他下定决心动笔的是他忽然想起建军最喜欢唱的一首歌的歌词：“老子英雄儿好汉，老子反动儿浑蛋。”

是啊，我要是不和卢小雁划清界线，我也会被当作反动派的，老子反动儿浑蛋，我身上的军装要是被扒掉了，那建军和春雨的处境呢……

作为一个在枪林弹雨中闯过来的人，周长河终于清醒过来了，每一次战斗都会有取有舍，卢小雁倒了，我绝不能让这个家的另一半天彻底塌掉。周长河动笔写了，他写得很艰难，每一笔都像石块一样沉重，每一个字看起来是蓝黑色的，其实里面浸透了他的血。

天亮的时候，他趴在桌上睡着了，隐隐约约好像听见有孩子说话的声音：“哥，你让爸去把妈找回来。不，把妈救回来。爸爸不是副司令吗？有兵，把妈妈抢回来也行。哥，你说话啊。”

周长河打开门，站在书房门口的正是建军和春雨。看见爸爸，春雨立刻就哭了：“爸，你快把妈救出来吧……”

周长河终于见到老婆了。在省城大剧院的舞台上，两个造反派把卢小雁按成一个“坐飞机”的造型，她面色发灰，双眼紧闭，一头乌发被造反派剃得七零八落，胸前的大木牌子上面写着“现行反革命分子卢小雁”。“卢小雁”三个大字上还画着红叉叉，就像是被判了死刑的犯人。

周长河的职务还在，他被主持批斗的造反派请上了主席台。平日里不出面的张联络员也破天荒地来到现场，他和王发现的座位一左一右，把周长河夹在中间。

周长河感觉到这两人的注意力不在卢小雁身上，他们在关注着自己。

同样，台下的上千束目光也不全在卢小雁身上，而是在他俩之间游离。这让周长河想起一句古语：“醉翁之意不在酒，在乎山水之间。”

什么是山水？今天的山水不是风光，其实就是你自己的表现。按当今造反派发明的最时髦的话来比喻，卢小雁已经成了落水狗，而现在就看你，看你周长河在今天这个场合里是不是也会变成落水狗。

“清算卢小雁反革命罪行！”“卢小雁不投降就叫她灭亡！”一阵响亮的口号打断了周长河的思路，他不由自主地举起右手，举起手里的毛主席语录，他的嘴也不自觉地跟着动着，自己也不知道喊着什么。

他似乎看到了坐在右边的张联络员嘴角露出了讥笑。

一个卢小雁系统的造反派头头上台主持：“卢小雁，出身大地主家庭，早年混入革命队伍，多年蒙蔽组织，潜伏于革命队伍之中。卢小雁在一个非常时期公然跳出来，攻击我们伟大的导师、伟大的领袖、伟大的统帅、伟大的舵手、我们最最敬爱的毛主席，是可忍，孰不可忍！”

……

周长河努力想使自己保持镇定，但他发现自己的心脏越跳越快，这种超乎寻常的跳动让他的脸变得通红，这种现象在他革命的几十年里几乎没有出现过，在击毙顾顺国的埋伏中没有，在高河镇面对胡专员兵变的时候没有，在淮海战役被敌人的榴弹炮打翻了指挥所的时候也没有。

此时，他已经控制不住自己的心脏了。

“下面由江淮军区副司令员周长河对现行反革命分子卢小雁进行批判！”

全场安静了，所有的眼睛都转向坐在台上的周长河。

周长河用左手捂住左胸，左胸是心脏部位，紧靠心脏的军装上衣口袋里有他写好的批判稿。被造反派架着的卢小雁好像也清醒了，她的两腿开始发抖。

周长河拿起毛主席语录，他缓慢地站起来，还是想控制自己飞快的心跳，他同样步履缓慢地走向批判台。他站定后，把毛主席语录放在麦克风旁边，颤抖的手从军装口袋里掏出了发言稿。

他展开了稿纸，会场内出奇地寂静，好像所有人都屏住了呼吸，周长河展开稿纸的声音随着电波传来，是如此清晰。周长河嘴里好不容易挤出几个字："同志们，我以沉痛和愤恨的心情，声讨、声讨、声讨……"

他好像看见卢小雁转头了，好像看见她那紧闭的眼睛张开了，好像那双眼睛里面全是乞求的神情，周长河的红脸猛然发白，他的心脏急剧抽搐起来。

轰隆一声，"啊！"在场的人不约而同地一声惊叫。周长河摔倒在地，主持人抢前一步，他并不是去看倒地的周长河，而是抓住麦克风举起拳头，早有准备地高喊口号："打倒包庇分子周长河！"

"等等！等等！"坐在主席台边角的邓二贵一直在注视周长河的一举一动，在周长河倒地的同时，他噌地站了起来，一个箭步上前，从倒在地上的周长河手里拿下批判稿，夺下主持人手里的麦克风："同志们，听我说！听我说！周长河同志对现行反革命分子卢小雁的罪行非常愤恨，致使心脏病复发，医生不让他来，但他一定要亲自到现场，他说要亲自和反革命分子划清界线！"

会场里的人安静了一些，邓二贵回头示意跟上来的战士把昏迷的周长河抬下去，之后他又转回来，举起手里的稿纸："同志们，这是周长河同志在病重中写的批判稿，我帮他完成批判。卢小雁是一个彻头彻尾的反革命分子。我是毛主席的战士，决不能和反革命分子和平共处，要坚决斗争！我要和她坚决划清界限……"

邓二贵念完了周长河写的批判稿，当他转头再看卢小雁的时候，卢小雁早已在两个造反派的手中昏厥过去。

三 密信

卢小雁是小虾，周长河才是大鱼。白天给了他一记重拳，直接把他打进了医院，晚上，张联络员和王发现又亲自翻看从周长河家抄回来的东西。其他东西都没什么用处，而从卢小雁随身所带的军用挎包里搜出来的一封信让王发现小眼圆睁，眉飞色舞。

他哈哈大笑起来，翻看卢小雁笔记本的张联络员好奇了："发现新大陆了？"

"哈哈，周长河，这可是你的铁证。"王发现摇晃着信纸，"你貌似正人君子，竟然背地里和地主老婆通奸，还有一个私生子。"

张联络员一把抢过信来："什么？"他看着信，脸色也是不断地变化，最后他把信往桌上一拍："通知岳山顾红卫，找到这个写信的姐姐和那个杨山杏，拿到口供，要整就整死他！"

周长河在军区医院抢救，担子落在了邓二贵身上。卢小雁是现行反革命，但她也是邓二贵恩人的女儿，这一点没人知道。张联络员曾经给邓二贵打电话，说要找他谈谈，但被邓二贵以军务忙为由推辞。

到了晚上，邓二贵主动来到工总司大楼。为了周长河，他不得不来。

周长河在批判会上突发心脏病，晕倒后被送进军区医院，邓二贵不仅成了支左小组的实际负责人，还担负起照看周长河两个孩子的责任。而这两个不省心的孩子根本不了解大人的心思，搞得他后院起火。

无论邓二贵怎么保密，建军和春雨还是知道了消息，特别是得知自己的爸爸在批判会上和他们的妈妈划清界线之后，两个孩子立刻要到医院去，不是去看望爸爸，而是要找爸爸算账。

春雨还小，只是哭着喊着要妈妈。建军嘴上没有把门的，他说出的每一句话都让邓二贵胆战心惊："我妈妈绝不是反革命！我爸爸不能弃她不顾！她只是犯错误，她一直教导我们要热爱毛主席，我爸爸也了解我妈妈，他应该为她说话！"

建军的喊声就像炸雷，邓二贵一把捂住建军的嘴，建军甩开他的手继续叫着：“他要是这么没种，我不要他当我爸爸！”

邓二贵面对这个犟种简直要下跪了：“我的小祖宗啊！你妈妈是在大庭广众之下喊了反动口号，不管是有意还是无意，现在已经没有办法解释清楚，你们不能逼你爸爸干这样的事。如果这样，你爸爸还有你们，永远都无法翻身！”没有用，两个孩子都不听他的，他们当晚就跑了，邓二贵发动战士们寻找，军区大院翻遍了也没有踪影。他打电话到医院，周长河的警卫员说孩子们没来过。

邓二贵急得上火，他赶紧去了一趟军区医院。经过救治，周长河暂时脱离危险，邓二贵进门之前，心血管科的主任千叮咛万嘱咐，说他无论如何都不能再受刺激了。

邓二贵心中一沉，两个孩子失踪的消息现在不能告诉他。他轻轻推开房门，见到了睡在病床上的周长河。白被子下面是一张惨白的脸，原来乌黑的头发好像一夜之间也白了不少。邓二贵感到一阵心酸，这一场变故把当年那个自信而又聪慧的副指挥给彻底击倒了。

“老邓，东郊军火库的事情就靠你了。”一看到他，周长河竟然有气无力地说了一件和家里无关的事情。这让邓二贵很诧异，都什么时候了，还想着军火库。

“周副司令，现在别想那些事情了，家里的事你有什么要交代的？”

周长河看着他，慢慢从被子里伸出一只冰凉的手：“老邓，我还能相信你吗？”

邓二贵捂住他那冰凉的手，忍着酸楚强笑着：“我们可是一起光屁股泡池子三次了，都是赤条条的，谁不知道谁啊。”

周长河勉强露出一点笑容：“我的军上装口袋里有一样东西，你看看。”

邓二贵松开他的手，走到衣架边，从挂着的军装口袋里掏出两张纸，只看了一眼他就脸色大变：“离婚？”

“看第二张。”周长河说。

第二张纸只有简单的几行字，邓二贵却凝视了好久。从病房里出来，邓二贵还在仔细琢磨着周长河说的每句话，他忽然意识到，这个躺在病床上的人其实一点都没变，即使他现在心脏缺氧心肌缺血，他的脑子其实一刻都没有休息，事情都变成这样了，他还在想着布一个局……

在工总司的五楼办公室，邓二贵见到了张联络员和王发现。邓二贵说明来意，王发现立刻拒绝："想见反革命分子卢小雁？绝对不行！"

"你看看，就是为了彻底和反革命分子划清界限，周长河同志已经申请和卢小雁离婚，可这个必须要她签字。"邓二贵拿出周长河写的离婚报告说。

"签什么字？你们批了不就拉倒了吗？"

"这不行，这是军婚，我们有规定。"

张联络员开口了："卢小雁是专案，谁都不能接近！签字可以，但必须是我们专案组的人去让她签，你不能进去。"

邓二贵提出异议："卢小雁我了解，她比较倔，要是她不签字呢？"

王发现笑了："这么一个落水狗她还想怎么样！这个事我办了。"

邓二贵还想说话，但房间里面的电灯泡忽然灭了，眼前是一片漆黑。

"怎么回事？"张联络员叫了起来。

王发现打开大门，发现黑灯的不只是他们房间，整个大楼都停电了，工总司乱作一团，有人叫着电工，也有人喊着阶级敌人破坏。

在一片嘈杂声中，六楼忽然传来一声惨叫："不好啦！反革命分子自杀啦！"

导致工总司大楼停电的人正是关在六楼的卢小雁。她用写材料的桌子椅子搭了一个能够碰到囚室天花板的"梯子"，人站在上面，卸下了天花板上的灯泡，然后对着灯座伸进去一根手指头。

从看见周长河掏出批判词的那一刻起，卢小雁就失去了生存的信念，她其实并没有看见周长河倒下，因为在那之前她已经晕过去了。

这两天她和周长河一样在自己的脑子里一遍遍地过电影，但她回忆的不是这二十多年共同走过的景象，而是她从天堂掉入地狱的全部过程。她想起来了，一切变化都是从打开姐姐的那封信开始，从那一刻起，自己的心就被一只无形的手给揪住了。

这封信是卢小雁昨天早晨出门时候收到的。她看见信封上写的地址是岳山，以为是顾大宝的来信，因为她只和岳山的顾大宝有联系，通过他得知姐姐的消息，也通过他给姐姐一家一些生活补贴。因为有批判会，当时她没拆开看，把信放进挎包里，骑上自行车去会场了。

千不该万不该，不该在开批斗会的间隙独自一人跑到后台去打开了这封信。

她先看署名，信尾的署名是姐姐。这让她奇怪，二十年了，卢大雁从来没有给她写过一封信，此时接到姐姐的信，卢小雁想一定有很重要的事。

当她看完了那封信后，脑子里一片空白，她不知道自己是怎么被人叫到台上的，也不知道自己当时喊了什么，等她清醒的时候，她已经成现行反革命了。

女人！还是个地主婆！周长河在老家竟然有一个女人！还有一个儿子！

让她领喊口号的时候，她张口就喊打倒，但忘了被打倒人的名字，后面的“毛主席万岁”五个字是顺嘴溜出来的。结果被打倒的是自己，自己犯下大错心里还在犯迷糊。是周长河！是那个该死的周长河！是那个杀千刀的周长河害了自己！

那是个什么样的女人啊？怎么会连孩子都有了啊？卢小雁眼里流的是泪，心里淌的是血。反革命？反革命？我卢小雁跟着共产党、毛主席走了二十七年，我怎么能是反革命？老天爷啊，我究竟做错什么了啊！你要这样惩罚我啊！她想起来了，虽然自己在心里一遍遍地诅咒周长河，可当她在批斗会上看到自己的丈夫走到台前的时候，她心里还本能地生出一种希望，但这个希望比吹出来的肥皂泡破得还要快，周长河一开口，就把她的精神彻底打垮了。她最后的意念是既然一切都成为云烟，我还要这多余的命干吗呢？

冲进囚室里把卢小雁直接抱出来的是邓二贵。

黑灯瞎火的，同在一个房间里面的张联络员和王发现都不知道他是怎么跑出去，又怎么找到六楼囚室的。年近六十的邓二贵扛着一个瘫软的女人从无灯无光的楼梯上跑下来，这不是一件容易的事，但他做到了。这就是平常人和经历无数战争场面的人的区别。

张联络员和王发现当时正在五楼的外走廊上朝下看，他们看见院子里面有一辆没熄火的吉普车正亮着大灯，灯光下，扛着卢小雁的邓二贵忽然冲出一楼大门，朝着吉普车跑去。他们这才意识到卢小雁被人抢走了。

“快！拦住那辆军车！”张联络员指着冲出大门的吉普车叫着。

没人理会，直到工总司大楼恢复了照明，才有几卡车的造反派出动追击。

在六楼负责关押的守卫哆哆嗦嗦地说明卢小雁自己触摸灯泡座自杀，他们划着火柴查看卢小雁时，她好像没气了，当时冲进来的解放军叫着要救人。

工总司找到了追击目标，他们追击的车辆兵分两路，分别开往军区大院和军区医院，王发现还打了多个电话，让省城四周的工总司岗哨拦阻出城的军车。正在着急中，电话铃声忽然响起，王发现抓过话筒，没想到是邓二贵打来的。

“你在哪里？公安医院，”王发现对满脸焦急的张联络员说，“是那个邓二贵，他说已经把人送到了公安医院抢救，让我们马上派人过去。”

张联络员松了一口气，他一屁股坐在椅子上：“他们去了公安医院？好啊，看来这个邓二贵是个可用之人。”

当造反派杂乱的脚步声在医院走廊里响起的时候，已经清醒的卢小雁悄悄把周长河写给她的信放进了嘴里。

220伏的民用电，卢小雁穿鞋站在绝缘的木头椅子上，当然命不致死。卢小雁被当场击昏，邓二贵在路上停了车，用一瓢冷水将她浇醒。

周长河的计划实现了，他给卢小雁的信写了三行，总共十个字：

“坚持住！我等你！孩子等你！”

卢小雁牢牢地记住了。

第二十九章 风浪继续

一 救兵

建军带着妹妹跑了。

邓二贵找不着他们兄妹俩，是因为这俩孩子根本就不在军区大院。从邓伯伯家跑出来之后，他想去最要好的同学家。这个同学的妈妈平日对自己可热情了，可这次他带着妹妹刚敲开同学的家门，同学妈妈那平日里热情洋溢的面容立刻变得惊慌失措：

“你你你、你怎么到这儿来了？赶紧走！”

还没等建军说一句话，同学的妈妈就把他推出去，关门的同时又传来了教训她儿子的声音：“那个反革命的儿子来找你了，你千万要和他划清界限！”

建军终于尝到造反歌里的滋味了，一种从好汉变成了浑蛋的滋味。我妈妈不是反革命！绝对不是！建军一遍遍对自己说。

中国有句老话，儿和娘亲。建军自打出生就很少见爸爸，爸爸那一身威风的将军服只给他带来了荣耀，并没有给他带来亲情。从上幼儿园、上小学到上中学，都是妈妈带着他、教他，即使是生气打他，也是因为他干了不好的事。

“周建军一定会好好听毛主席的话，好好学习，天天向上。”这是他上二年级的时候第一次戴上红领巾，在加入少先队的入队会上，妈妈作为家长代表热情洋溢的发言。

“文化大革命”开始了，家里四个人比赛背毛主席语录，爸爸会背的语录最少，他背毛主席语录像念经，最经典的《为人民服务》让他背得三个字一分段：

“我们的，共产党，（和）共产党，领导的，八路军，新四军，都是的，革命的，队伍的……”他和妹妹听了直笑，妈妈说爸爸背啥都像背《三字经》。妈妈会背的毛主席语录最多，不仅会背，还会用。春雨和一个同学吵架之后又和好了，老师正好布置了一篇同学之间要团结的作文，妹妹就叙述了这件事，到了节点上就问妈妈：“妈妈，这个时候我应该想毛主席说的哪一段话啊？”

“你应该想起毛主席说的那一句：我们不但要团结和自己意见相同的人，而且要善于团结那些和自己意见不同的人，还要善于团结那些反对自己并且已被实践证明是犯了错误的人。第三句对你们小孩不适用，你就用前两句吧。”

妈妈是这样教妹妹的，结果春雨的这篇作文被老师打了五个大大的五角星。这样能把毛主席语录记得滚瓜烂熟的人，怎么能反对毛主席？最可恨的是爸爸，最关键的时候不为妈妈说话，反而和妈妈划清界限，我再也不叫你爸爸了，也不让春雨叫你爸爸，你和妈妈划清界限，我们就和你划清界限！

就是知道了爸爸生病住院，建军竟然没有一点要去看望的念头。既然爸爸都不能救妈妈，那谁能救呢？我们真要成流浪的狗崽子了吗？他又想起同学母亲的那副嘴脸：“娘了个腿的臭狗屎！”建军忍不住骂了一句粗话，这句话一出口，他知道自己该去找谁了。

“娘了个腿的”是表大伯的口头禅。

表大伯是造反派，是赤卫军军长，他有十八万人马，有枪有炮，他穿的马裤呢还是我妈妈给他找出来的呢！对！去找表大伯，让他带人把妈妈抢出来！

说走就走，就在邓二贵带人满世界找他们的时候，建军带着春雨上了去岳山县的长途客车……

得到建军带来的消息，杨泽田第二天一早就出门了。他到省城的行踪只有千代丸子知道，对外说他到别的公社视察赤卫军去了。这是他当赤卫军军长之后第一次出远门，去的时候连车票都没买。

其实他是要买票的，当时他正在排队，路过的值班站长连扯带拉把他拉出来："老红军啊，你现在名气大了，赤卫军总司令，谁敢让你排队买票？"

"胡说八道，谁是总司令？我是赤卫军军长，"杨泽田手里捏着买票的钱，"三大纪律八项注意是毛主席说的，买卖公平，这我要执行吧？"

"执行也看什么时候。现在的红卫兵串联造反派出差谁买票？戴个红箍箍就是车票了。"站长看着他的胳膊，"老红军，你的红箍箍呢？"

"在兜里啊！"杨泽田拿出他的红袖标戴在左胳膊上，"真行啊？"

站长从调度员手里拿过车位单，把上面最好的一号位画掉。他一直把杨泽田送上车，还对车上的司机嘱咐："到了省城你把老红军直接送出车站啊。"

"原来我这军长在岳山管用，到了省城不管用啊。"杨泽田笑着打趣。

没买车票的杨泽田一路上心里不踏实，这无票乘车还真是第一次，要是到了省城人家不认账怎么办？他几次想跟身旁的司机张口，都没好意思。

到了省城，司机真把他从职工通道送出车站，杨泽田的一颗心才放进肚子里。

出了长途车站，杨泽田犹豫了，是去军区医院还是去工总司呢？思索了一下，他决定在摸清情况之前哪都不去。

杨泽田进了军区大门值班室，让值班员给邓二贵打电话，上次周长河跟着张联络员去岳山，把邓二贵带去住了几天，两人很聊得来。

在电话里听到杨泽田的名字，邓二贵忙不迭地跑到大门口来接他。

"老杨军长，你怎么来了？吃饭没有啊？"邓二贵以赤卫军军长的职务称呼他。

“没有，肚子咕咕叫了。”杨泽田实话实说。

“那就去我家。我也没吃饭。”邓二贵说。

两人一起往家属院走，邓二贵一听杨泽田说他是被建军弄过来的，大喜过望：“什么？建军跑到你家去了？跑到岳山？那小春雨呢？”

“也在啊。”杨泽田说。

“啊呀！老杨军长啊，你可救了我的命了！”邓二贵感激涕零，“周副司令把两个孩子交给我，结果一不留神，两个小家伙就跑了，我都找了三天了，全城都要翻遍了，这件事到现在还不敢对周副司令说，你看看我脑袋，头发掉了一半。”

邓二贵拿下头上的军帽，果然已经有了秃顶的迹象。

“对了，卢小雁到底怎么回事啊？建军说得不清不楚的。”

“吃完饭我再告诉你。”邓二贵看身边不断有人路过，他放低了声音。

吃完饭，听完邓二贵述说，杨泽田吃惊了：“真是在批斗大会上这样喊的？”

邓二贵严肃地点点头。

“建军不是这样说的。”杨泽田说。

邓二贵又摇摇头：“建军这孩子心疼妈妈，希望有人能救她。”

“这、这、这应该是太紧张了，是喊错了吧？”杨泽田好像也不相信，“要是在这么多人面前喊了反动口号，再说自己喊错了，那也没人信啊。”

“是啊。”邓二贵点头。

杨泽田严肃起来：“这就是板上钉钉的现行反革命！咳！建军这孩子糊涂啊！这个事情找工总司没用，我去看看长河，尽快回去，他们家这个情况，他的两个孩子最好别回来，就放在我……”

杨泽田话没说完，邓二贵家里的电话响了起来，邓二贵拿起电话：

“对，我是邓二贵，啊，张联络员啊！对，我保证的，不会忘。一定要今天晚上？”邓二贵看看手表，“行，我知道了，我马上就布置。”

邓二贵接着又摇电话机的摇把：“要警卫三连。三连吗？我是司令部邓二贵。对，邓副参谋长。今天晚上八点，工总司毛泽东思想宣传队慰问部队演出，你们除了值班哨兵以外，全体带武器观看演出，我马上派汽车过去接你们。”

杨泽田听不明白了：“看演出还全体带武器？”

“情况复杂啊！”邓二贵放下电话，“现在造反派武斗不断，动枪动炮的，有的地方已经开始抢部队的武器，这里也有苗头了。”

“啊，”杨泽田点头，“怪不得顾小三前几天拿着那个张联络员的信来找我，让我支援他们一百条枪，我给顶回去了。不过这三百武装基干民兵我可是准备好了，要是卢小雁的事真搞错了，那我可真就来省里抢人。亏你这么一说，不然真他娘要闹出大事来了。”

二 仓 库

杨泽田去探望了周长河。

上午是医院的治疗时间，杨泽田在邓二贵家歇着，他下午去医院看周长河。周长河虽然还很虚弱，但已经能下床了，两人坐在沙发上聊了一会。

“你说你，官吧，你大；权吧，也是你大。可你连你老婆都保不住。你看我，没权没势的，我硬是保了几个牛鬼蛇神。”

听了杨泽田的话，周长河点头：“说实在的，大老表，这一点我还真不如你。”

“可也不是谁都能保的。”杨泽田放低了声音，“你老婆卢小雁干的这个事，铁定没法保！娘了个腿的，我想她可能是紧张了，一紧张就喊错了。可是话又说回来了，那能喊错吗？一个字都不能错！那是伟大领袖，是我们心中的红太阳！”杨泽田说着说着音调就上去了，“对我们这些跟着毛主席打过仗的军人来说，那是战神。说句实话，我要听到喊反对我们心中红太阳的反动口号，我当时就毙了她！管她是谁的老婆！”

周长河摇摇头：“没有办法，谁也没有办法。我知道建军恨我，他还不知道她妈妈还自杀了一次。大老表，你可千万别告诉他啊。”

“我知道，卢小雁自杀的事我听老邓说了，那更是干糊涂事。”

“是啊，是糊涂，”周长河一想起卢小雁，他的心脏就隐隐作痛，“多亏她当时是站在椅子上摸电的，要是接了地，人肯定就不在了。不该啊！

她是悔恨加上绝望。特别是我上了对她的批判会，念了批判稿，让她崩溃了。可是，自杀就是自绝于党、自绝于人民，是罪加一等啊！”

“傻啊！不是有句老话吗？好死不如赖活着。你看我那个黑帮队的那些牛鬼蛇神，不都是好好活着的吗？还有孩子，真是也害了孩子啊。对了，家里出了这么大的事情，你那两个孩子怎么办？”

“我想这样，既然两个孩子都到你家了，那就暂时不要回来了。特别是建军，他妈妈出了这样的事，回来就是麻烦。”周长河说。杨泽田看着眼前这个在巨大的打击中已经虚弱得变了形的表弟，心想这是关键时期，这个时候无论如何都要帮他挺住。

“行！孩子就交给我，保证不亏了他们。对了，我听说你媳妇是被那个张联络员和工总司的王发现抓的，你们不是一派的吗？他们怎么会对你这样？”

“我跟他们什么派？我没派，”周长河说，“他们找我要民兵的武器，我没给，卢小雁出了事，他们就下狠劲整。”

“他们要武器干吗？张联络员还写信让我支援一百条枪。”杨泽田很奇怪。

“两边的造反派为了夺权，已经从文斗变成武斗了，现在这个城市到处都是火药味，”周长河说，“都是工人学生，有什么不和拿着棒子打打也就算了，可现在都盯上枪炮了。老首长许司令可给我下了死命令，一支枪一发子弹都不能漏到造反派手里。要是家里不出这个事，我还准备到你的赤卫军去收缴民兵的武器。现在去不成了，大老表你来得正好，这里的事情你帮不上忙，你还是赶紧回去，看好你的那些枪支弹药，千万不能成为造反派武斗的凶器。”

“我知道了，老师长的命令我坚决执行，”杨泽田站起来，“我马上就回去。告诉你，我那里不存在造反派的武器，都是民兵的武器。等你好了再去点验，保证一支枪一颗子弹都不少。”

杨泽田刚出医院门，周长河病房里的电话就响了。电话是军区孟司令员打来的，周长河听着听着，他的脸由白变青了，拿着话筒的手在不断地颤抖着：“司令员放心，我马上就出院来处理这个事情。”

“老周，你身体还行吗？”话筒里传来孟司令的声音。

“我死不了。”

周长河接的这个电话非同小可。孟司令在电话里告诉他，就在昨天晚上，东郊的民兵军火库被偷袭，已经查明是工总司干的，仓库里的武器弹药已经被造反派运走，而负责警卫仓库的三连被副参谋长邓二贵调出去看毛泽东思想宣传队的演出，大区许司令已经下令逮捕邓二贵，勒令江淮军区立即去造反派处收缴被抢走的武器。

周长河吓出了一身冷汗，怎么刚刚说到武器，武器就出事了？东郊民兵仓库，那里可是有整整一个民兵师和两个高炮团的装备。他深为自己失职而内疚，要是自己不住进医院，绝不会发生这样的事情。

邓二贵？邓二贵你怎么能干这样的事情？

……

还很虚弱的周长河前脚刚进自己的办公室，秘书跟着送来了一个文件夹。

“这是刚刚送来的东郊仓库丢失武器的清单。”秘书说。

“我知道。”周长河顺手把文件夹扔在桌子上。

东郊仓库是民兵专用军火库，具体管理人是副参谋长邓二贵，可那里面装了什么，作为分管民兵工作的军区副司令，周长河心里也是一本清账。

“邓二贵现在在哪里？”周长河问。

“关在政治部保卫处。”秘书说完，指着桌上的文件夹，“您不看看？”

“你去请示一下梁主任，就说我要见邓二贵。”周长河想赶紧见到邓二贵，搞清楚他为啥要这样干，“这个昏了脑袋的，怎么能干出这事？”

“是！”秘书还没有走的意思。

周长河急了：“快去啊！”

秘书还是指指文件夹，不情愿地转身出去。周长河翻开放在桌上的文件夹，他只瞅了一眼就叫了起来：“等等！你回来。”

他指着翻开的文件夹问转头回来的秘书：“这是谁报的？”

“东郊仓库的管理员。说是邓副参谋长让他新做的清单，说是……”

“好了好了。你去找梁主任，说我要见邓二贵。”

看着秘书出门，周长河撅着屁股砰地放了一个响屁，一肚子的浊气终于泻出来。

此时的邓二贵正坐在保卫处的禁闭室里，等着上面对他的调查和处理。事情已经出来了，而且一切都在意料之中，周长河在关键的时候住院，那顶雷的肯定就是自己，谁让那些人惦记着民兵军火库呢?

邓二贵是在送卢小雁进医院的第二天被张联络员请到工总司大楼的，张联络员很客气，还专门给他泡了一杯茶。

“这是我从北京带来的茉莉花茶，很不错的。”邓二贵喝了一口，一股花香味。

喝花茶？这个联络员肯定不懂喝茶，本省的好茶太多了，光中国名茶就有好几个牌子。但今天联络员请他来绝不是让他来品茶的。老话不是说，酒无好酒宴无好宴嘛！那今天一定是茶无好茶，格老子的，别说他根本就不懂茶。

“邓副参谋长是军人，我也就直说了，找你来就是为了东郊仓库的武器，之前我已经和周长河谈过，想必邓副参谋长也知道。”

“我们周副司令是什么态度？”邓二贵想装傻。

“周长河？”张联络员冷笑一声，“谁还在乎他的态度？邓副组长，你是支左小组的副组长，从昨天你送反革命分子卢小雁到医院，然后主动给我们打电话的经过看，足以证明你这个副组长是站在革命路线一边的。周长河有个现行反革命的老婆，即使他划清了界限，他也不能继续担任组长。我希望你能担当大任，你现在是正师级，这个事情只要办好，我就向中央‘文革’报告，相信你很快就能升到正军级。当然，这也是对你的考验，看你是不是真的革命者。”

邓二贵严肃地站起来：“我当然站在革命路线一边！您是北京派来的领导，您下命令，我执行。”

想到了这里，邓二贵忍不住苦笑起来：两次了，都拿官位来交换，1941年是国民党的胡专员，1967年是共产党的张联络员，我邓二贵成了什么人了？禁闭室的门响，打断了他的思绪，他万万没有想到，进来的竟然是周长河。周长河一步上前，紧紧地抱住他，两人无话，眼眶都有点湿润。

忽然，周长河推开他："走，赶紧走！"

……

两辆军用嘎斯69吉普车一前一后驶出军区大院，此时已经是夜晚了。车里不仅有周长河和邓二贵，还有杨泽田。

杨泽田从医院回到邓二贵家，忽然听说他出事了，他还在纳闷呢，这都是怎么啦？上午还在发号施令，下午就成阶下囚了。

杨泽田正和邓家人一起着急呢，没想到周长河带着邓二贵回到家里，什么话都不说就让邓二贵收拾东西，看着邓二贵的老婆和女儿想问又不敢问的神情，周长河安慰她们："放心。你们家老邓是安全的。"

"你怎么想起这一招的？"在车上，周长河问一直在看街景的邓二贵。

"哈哈！"邓二贵转过头来笑道，"记得1947年鲁南战役吗？你玩的那一手虚张声势多漂亮，我就是向你学的。"

"你们说什么啊？我怎么听不懂啊？"杨泽田着急了，在邓二贵家听他老伴说，抓邓二贵的原因是他给造反派帮忙，也说不清是帮什么忙。

周长河把发生的事情一说，杨泽田吃惊了："原来是这样啊！好样的！那邓副参谋长是功臣啊！那他干吗还跑啊？"

"你以为造反派能放过他啊？"周长河说，"我一知道真实情况，马上就越级直接向许司令报告，许司令让我以向上押送的名义把老邓藏起来。大别山里有大军区的一个基地，就藏到那里去，正好也顺路，顺道把你送回岳山。"

到了市郊，周长河下车和他们告别："老邓，你可千万注意，别和家里联系。"

"为什么？"杨泽田问，"还搞秘密工作？"

"我不是说了吗？军区也不是铁板一块，造反派知道了也要狗急跳墙的。"

杨泽田点头："娘了个腿的，都掌权了怎么还出这样的鸟事！那你干吗去？"

“我？”周长河说，“回我的医院，继续治病去。”

张联络员和王发现都气疯了，邓二贵把他们给耍了。偷袭军火库的造反派们发现弄来的东西不对劲，但是找不到他们的头头。

原来张联络员和王发现一接到武器到手的电话，就跑到原省委的接待处，各找了一个房间美美地睡了一大觉。直到第二天下午，两个睡足吃饱的人才回到工总司大楼，回来就召集会议，给各个造反分队分配武器。

谁知道开会的人还没到齐，真实的消息就像一发炮弹在他们的脑袋上炸响，差点没把他们震昏过去。工总司派去偷袭东郊军火库的大队长也是一个退伍军人，也许是等了这两位领导一夜又半天，他的表情用又急又气来形容一点也不为过。

“我们上大当了！”大队长叫道，“箱子是新的，可里面装的都是废品，什么汉阳造、老套筒，还统统没有枪栓。搬回来三百多个子弹箱，说里面有三十万发子弹，结果都是试枪用的空包弹。这枪还不如烧火棍呢。”

“什么？那驻军的武器呢？不是还有一个连的驻军吗？”王发现问。

“驻军守卫就拿一本红宝书，”大队长说，“部队都全副武装看演出去了。”

“找！你去把邓二贵给我找出来！”张联络员指着王发现大叫。

从江淮军区内部传来的消息更乱，一会说邓二贵已经被保卫部门抓了，一会说邓二贵被秘密押走了。这边情况还没搞清，门卫又通知说江淮军区派人来了。

江淮军区来了个军务参谋，他送来一张盖着大红印章的公函。王发现拿起那份公函，念出上面的字：“工人造反总司令部，你单位未经批准，在12日夜强闯我军区民兵军火仓库，抢夺我仓库内各类枪支五百一十支，试用子弹十万发，回收弹壳二十万发。你部的行为违反了军委有关枪支弹药管理的规定，严令你部必须立刻归还所抢的枪支弹药并严惩策划者及闯入者。由此引起的一切后果由你部承担。此通知已经上报中央‘文革’及军委。”

王发现气得大叫起来：“这是猪八戒倒打一耙！这都是邓二贵的阴谋诡计！”

半夜，又一个消息传来，江淮军区大院里有人看见押送邓二贵的汽车上好像有周长河的身影。

张联络员气得鼻子都歪了，他重重地捶着桌子：“周长河！又是周长河！你有个反革命老婆还不老实。通知专案组，对现行反革命分子卢小雁要重重地判！从重从快！开公判大会！让周长河参加！还有，你立刻到岳山去，调查周长河和地主老婆的腐败问题。这回一定要定死他！”他指着王发现大叫。

三 审 问

专案组来了，他们从赤卫军关押的牛鬼蛇神队伍里带走了三个人：卢大雁、杨山杏，还有一个人名叫杨泽江。有人发出疑问，带走的这三个人没有一个是走资派，都是“四类分子”，还有一个连“四类分子”都不是，给他安的名分是逃兵。

杨泽江是逃兵，而且这个逃兵名分是周长河给他安的。

为了证明自己的红军身份，能每月到县民政局拿五元钱补贴，杨泽江多次请杨泽田写证明。但民政局说了，杨泽田只能证明他当过红军，他怎么离队的没法证明。有一次周长河来石桥公社视察民兵工作，杨泽田让杨泽江来见他，谁知道周长河异常激动，大骂他是逃兵叛徒，并让杨泽田派民兵把杨泽江抓送公安局。

杨泽江被关进看守所，三个月之后又被放出来了。身为副司令员的周长河虽然写了材料，但也只能证明他是逃兵，不能证明他是叛徒，因为他当时没被顾顺国抓住，没有抓住就不能叛变。杨泽江到了公安局就全部交代了，人民政府还是很讲道理的，要是他的叛徒罪名成立，那最少也要坐几年牢。

逃兵不一样，逃兵是部队的事，地方政府也没法处理，关他三个月其实就是调查，一直都没有找到他当叛徒的证据，再加上他老婆带着孩子不断跑到杨泽田家哭诉哀求，杨泽田到县公安局问明了情况，又把他保了出来。“文革”以后，杨泽江的逃兵问题也被翻出来。杨泽田也是好心，为了保护他，把他送进牛鬼蛇神队伍里，让他在伙房里打杂。

吃了周长河亏的杨泽江在牛鬼蛇神队伍里遇见了杨山杏，并听说了她的经历，一些疑问和臆想的答案就在他的脑子里浮现了。

专案组由三人组成，有省里来的王发现、岳山的顾红卫，还有一个杨泽田。专案组不能不让杨泽田插手，这些牛鬼蛇神都在杨泽田手里，杨泽田放出话，不让他介入，这几个人你连面都见不到。

专案组基本上是跟着杨泽田的屁股到达石桥镇的，从领队的王发现那黑灰色的猪脸面相上看，杨泽田知道他们一定被邓二贵气吐血了。

卢大雁、杨山杏和杨泽江被带到民兵营部，杨泽田也感到奇怪，除了两个“四类分子”，又把杨泽江弄出来干吗？

第一个受审的是杨山杏。看见审问人中有杨泽田，她安心了一半。顾红卫她也认识，到石桥镇押着他们游街的就是他。只有坐在中间那个猪头猪脑的人她没有见过。

“杨山杏，你认识周长河吗？”猪头猪脑的人开门见山。

杨山杏心一惊：“认识，我们一起当的红军。”

“他是不是和你一起搞破鞋？”

“什么？”杨泽田没听明白，王胖子只说要审查三人，没说要干什么。

杨山杏装作听岔了：“我们那时当红军苦，光脚，没鞋穿。”

王发现敲桌子了：“别耍赖！你们是不是通奸了？”

“胡说八道。我们是战友，是同志！”杨山杏说得理直气壮。

“别不承认，那个周石洞是谁的孩子？”

“我的！是我前任丈夫、红军烈士周长山的。”

杨泽田捅捅王发现：“她说得对啊，她丈夫叫周长山，当时部队为他们举办婚礼我也在，是现在的许松涛司令亲自主持的，不信你可以外调。”

“啊？”王发现吃惊了，“你怎么不早说啊？”

“你也没问我啊！”杨泽田摊开两手，“谁知道你们要调查什么啊？”

“那你丈夫是怎么死的？”一旁的顾红卫忍不住了，王发现拿着卢大雁的信到了岳山，顾红卫知道上面想要什么，眼看杨泽田搅局，他马上提出实质问题。

“他是1937年在黑虎沟战斗中牺牲的，一起牺牲的还有第九游击师的常特派员，我们岳山便衣队的陈二贵和其他十几个同志。”

杨山杏完全是按照几年前顾大宝带来的周长河的嘱咐一字一句地回答。

“你的孩子哪一年生的？”顾红卫紧盯一句。

“也是1937年，日本鬼子进中国的那一年，就因为我生孩子，才没有跟上队伍。”

王发现和顾红卫两人不知道怎么问下去。

杨泽田心里有些疑惑，周长山好像是1932年在百丈崖失踪的，记得当时定的是失踪，什么时候回来的没听说过。不过那时他已经离开大别山了，后来的事情也不清楚。现在干脆装糊涂，免得节外生枝。

第一个审问杨山杏，没有结果，第二个审问杨泽江。

“周石洞是谁的孩子？”顾红卫问。

杨泽江看见一声不吭的杨泽田，他心里一阵阵发虚：“杨、杨、杨山杏的。”

顾红卫敲了一下桌子：“我问你，他爹是谁？”

“他爹？他爹？我哪知道他爹是谁？”

“不是你说他爹是周长河吗？”

杨泽江发现杨泽田的那张脸阴沉可怕，他马上矢口否认：“我没有说过。”

“你这个逃兵，不见棺材不落泪啊。带人证！”顾红卫一挥手，卢大雁被两个民兵带进来。

“卢大雁，你老实交代，你是怎么听杨泽江说周长河和杨山杏通奸的？”

卢大雁被顾红卫的问话吓得一怔：“我没有听说过。”

顾红卫手指点着他们两人：“‘四类分子’一个个都不是好东西！你看看，这是什么？”他从王发现手里拿过一封信，“这是你这个历史反革命分子卢大雁写给现行反革命分子卢小雁的信。白纸黑字，明明白白！”

卢大雁腿一软，倒在地上。杨泽田也惊得站了起来，他抢过顾红卫手中的信快速看了一遍，大致明白了事情起因，他指着杨泽江质问：“你说，到底怎么回事？”

杨泽江扑通一下跪倒在地，一下下打着自己的嘴巴：“我交代、交代啊，我是泄私愤啊，我恨周长河啊，周长河不给我证明我当红军的事，还告我是逃兵啊，我恨他，我就害他啊。”

倒在一旁的卢大雁听着杨泽江的交代，气得都要吐血了，她看见专案组的桌子脚下因地面不平垫着半块砖，她扑过去抽出砖来，用力砸在跪地求饶的杨泽江头上，杨泽江顿时血流满面，变声大叫：“救命啊！反革命老婆杀人啦！”

王发现和顾红卫没想到审出这么一个结局出来。

杨泽田让民兵把二人押走，他指着王发现和顾红卫两人说：“你们怎么这么糊涂啊！拿着一封反革命老婆的信来诬陷革命军人，你知道那周长河和卢大雁的丈夫顾顺家是什么关系吗？周长河的爹是卢大雁的公公和大舅子杀的！而顾顺家的哥哥又是周长河亲手打死的，什么叫血海深仇？这就是血海深仇！你们是借反革命的手在害自己人啊！”

“我们不知道这里还有这么深的问题啊！”王发现很是懊悔。

“都是那个反革命老婆干的坏事，一定不能饶了她！”顾红卫咬牙切齿地说。

卢大雁自杀了。她恨自己，为啥要偷听那两个人的话，还心血来潮给妹妹写了一封信。可她真是无意中听到的啊！

她和杨山杏在牛鬼蛇神队伍里负责烧火做饭，而杨泽江进队之后负责砍柴劈柴。那一天她洗菜回来，在伙房门口听见里面有两人吵架。

先是杨泽江的声音：“杨山杏，你什么意思啊？我们一个庄子一个姓，当红军都是一年走的，按年龄你要叫我哥，过去对我不理不睬，现在都到这个份上了，还是不理不睬。”

“谁和你一年当的红军，你还配叫红军？”这是杨山杏的声音。

“杨山杏，你别惹我！乌龟看王八，都他娘一个样！我离开红军，你不是也离开了吗？别说你现在是地主婆，当年你和栓娃好你当我不知道啊？你们还弄出一个小崽子叫周石洞是不是？你瞒得了别人能瞒我？我要是告诉造反派，你和你那个周长河都跑不了！”

一听人说周长河，卢大雁的心猛然提了起来。她忍不住伸头往里面看，只见杨山杏的嘴唇发抖，两眼死死地盯着杨泽江那口喷飞沫的脏嘴。忽然，她右手抽出炉灶里燃烧的劈柴，声嘶力竭地大喊一声：“我杀了你这个逃兵，叛徒！”

杨山杏把烧得正旺的劈柴向杨泽江扔了过去，劈柴正打在杨泽江的裤裆上，他的裤裆口顿时冒起一团火，杨泽江一面拍火一面惊叫：“来人啊，杀人啦！”

裤裆上的火苗刚被他打灭，杨山杏已经从灶台里跑了出来，只见她提着案板上的一把菜刀，直奔杨泽江而来，杨泽江顾不得被烧的疼痛，掉头窜出厨房。

杨山杏跟在他屁股后面追，跑出来的两人都没看到闪在厨房门外的卢大雁。

周长河，你不是人！你连我妹妹都骗啊！

细细一想两人的吵架内容，卢大雁在狂怒之中给妹妹写了一封信。

给妹妹的信怎么会落到造反派手里？妹妹又怎么会从共产党的干部成为反革命？是不是因为自己的信惹恼了她而让她奋起反对共产党？是不是自己的身份也连累了她？一个个都是她不敢想而又不得不想的问题。她无法去寻找答案，要是妹妹被自己所害，那这一辈子没脸再见她了。

卢大雁当天夜里就在牛鬼蛇神队伍的伙房悬梁上吊了，她唯一的出路就是赶紧离开这个世界。

卢小雁被公判，周长河接到参加公判大会的通知。

王发现从岳山县回来的一周之后，对卢小雁的公判大会就在省体育场召开了，这次公判大会组织了上万人参加。

卢小雁被两个造反派押到台上，一番口号之后，审判员开始念公判词：“现行反革命犯卢小雁，现年四十四岁。卢小雁在公开的场合公然攻击我们的伟大领袖，并不思悔改企图自杀，自绝于党！自绝于人民！是可忍，孰不可忍……”

同上次批斗会一样，周长河还是被安排在主席台上，不过这一次有意把他放在最边上，因为他的军队支左小组组长职务已被解除。

在卢小雁被押上台的那一刻，周长河又看见了妻子胸前的大牌子，上面的名字还是被打了三个红叉叉，他的心脏又开始颤动起来。镇定！镇定！周长河努力克制着自己，他知道有很多双眼睛都在盯着自己，喊口号的时候他也振臂高呼："打倒反革命分子卢小雁！"但那三个红叉叉让他真的非常紧张，难道真要现场枪毙她？

周长河知道自己脸上的肌肉抽搐得厉害，可是脸上的肌肉和身躯里的心脏现在都不听他大脑的指挥。

"判处现行反革命分子卢小雁有期徒刑二十年，剥夺政治权利终身。"

听完宣判，周长河脸上的肌肉忽然停止了抽搐，他的心脏也从颤动变成了跳动，周长河听见了自己重重的呼吸声。

奶奶个熊的，判二十年。小雁，二十年后你六十四岁，我七十岁，小雁，二十年快，我等着你啊……

第三十章 继续革命

一 两 难

光阴如梭，转眼到了 1979 年，离春节还有二十几天了。

周长河陷入两难，一是离家十一年的老婆卢小雁有可能近期回来；二是当兵八年的儿子建军给妹妹春雨写了一封信，说他的探亲假已被批准，会和援朝一起回石桥镇过春节。

自那年的军火库事件之后，周长河被免去支左小组组长的职务；卢小雁被判刑之后，他又被免去副司令员职务。许松涛保了他，让他离开省城，去大军区医院养病。

1971 年年底，周长河重新恢复江淮军区副司令员职务，在以后的几年里，他这个副司令几乎没干过军事。

卢小雁被造反派判刑二十年，实际坐牢十年，她在四人帮垮台的第二年年底就被宣布释放。但获释的卢小雁不愿回家，她对提前释放她的理由不同意，也不签字。上面对她说，提前释放她的理由是“判重了”。

“判重了？我卢小雁根本就不是反革命！”卢小雁不服，她下定决心，不平反就不回家，她不能戴着一个现行反革命的帽子回那个军区大院。

周长河去接她，她不见；女儿春雨去看她，她也不见；她就留在那个劳改农场，一面在服务社里帮忙，一面没完没了地写着申诉信。

周长河也一趟趟往省委跑，一个负责冤假错案的省委副书记对他说:“现在打成走资派的好平反，你爱人这个情况比较特殊，还要再等一等。”

周长河能听出来这位副书记话里有音，无非就是卢小雁这个反革命罪是现行的，是呼反动口号的，对她能不能翻案还是有争议的。周长河已经彻底没权了，他去年正式从军区顾问的位置上退休，关系转到军区干休所，干休所给他一栋独门独院的两层小楼。但周长河此时没心思搬家，他一定要等到卢小雁回来，堂堂正正地在江淮军区的大院里再住上一段时间，名正言顺地告诉周围的人，卢小雁是平反昭雪回来的，是受“四人帮”迫害的典型，省得再有人说三道四。过去周长河不讲究这些，可现在不行了，退休了，更不能让别人在身后戳脊梁骨，这革命眼看就要到底了，屁股上还留条尾巴算怎么回事。

刚过了元旦，省里负责冤假错案的副书记打来电话，说去年 12 月中央召开的十一届三中全会要彻底解决“文化大革命”遗留的一些历史问题，卢小雁的申诉很快就会有结果了。

“哈哈，周副司令啊，你放心吧，连天安门事件都平反了，你老婆的问题没什么争议的啦！”那位副书记也是老革命，说话高嗓门的。

“这才是实事求是嘛！那大概什么时间能够解决啊？”周长河问。

“就春节前后，你就耐心地再等几天吧。”

其实就这“春节前后”四个字把周长河给难住了。是等老婆呢，还是见儿子呢？

儿子建军到现在也没有原谅他老爸。自从卢小雁出事，建军和妹妹躲到石桥镇，就再也没有回过省城。他不回去，春雨也不愿意回去，两人一直在石桥镇的杨泽田家里住到了 1971 年的秋天。

1968 年底，毛主席发出了“知识青年到农村去”的号召。从那年开始，不管你是造反的红卫兵还是黑帮子弟，只要你是城市户口的中学毕业生，都要顺应潮流，参加史无前例的上山下乡运动。

建军的户口在 1969 年初被迁到岳山县石桥镇人民公社，他成了一名下放知青。

春雨没迁户口，但周长河不在省城，她就留在石桥小学继续上学。造反派夺权之后，各级政府变成了革命委员会，不少造反派头头联合，进了革委会当头头，杨泽田是赤卫军军长，响当当的造反派，理所当然坐上了石桥镇人民公社革委会主任的宝座。他大权在握当然照顾建军，他把建军放在民兵营部，让他当营部文书。

可建军是个争气的孩子，他不愿受照顾，主动要求下到抗美担任队长的民兵突击队。他在队里主动抢干最苦最累的活，很快就担任了民兵突击队的班长。

周长河恢复工作之后，把女儿春雨接回省城上中学。同一年，杨泽田把抗美、援朝和建军都送进了部队。如今抗美成为部队医院的医生，援朝和建军也都提干，但是建军早已把石桥镇当成了自己的家，每次探家都是回杨泽田家，而把他的亲生老爸抛至脑后。

如果卢小雁不回来，这建军和他爸的关系就是一个死结。

考上大学并放寒假的春雨问爸爸："我们春节去不去石桥镇看哥哥啊？"

不提建军便罢，一提建军周长河就来气，他原本想赌气对春雨说一句："不去，我没他这个儿子。"可现在这句话他说不出口了，因为现在不是赌气的时候，眼下的形势让他非常想见一见建军。

老兵的感觉很灵敏，这一段时间南方不太平，中越边界这一仗跑不掉。建军所属的部队就在京广线上，离前线很近。这小子也算争气，他在野战军里摸爬滚打干了八年，当兵的第三年就提干当了排长，排长当了两年升副连长，副连长当了一年升连长，现在已经干了两年连长，而援朝只是一个排级参谋。这也是周长河最担心的事情，他打了近二十年仗，深知连、排干部是战斗伤亡最大的职务，这就是周长河非常想见儿子的原因。

他一定要把自己的作战经验传给建军，打仗不能怕死当孬熊，可保护自己也非常重要，当年杨泽田也是这样说自己的。周长河非常想和儿子好好谈谈，争取能冰释前嫌，取得儿子的谅解，而且现在最有利的条件已经具备，他妈妈即将平反回来了。思来想去，两头还只能顾一头，老婆回家时间未定，那就先去见见儿子。

周长河把卢小雁和自己过去照的照片都拿出来，挂在卧室最显眼的位置，万一卢小雁到家，看见家里这样的布置，她内心的感受会好一些。

周长河对卢小雁此次出事充满内疚，他从杨泽田那里知道，卢小雁情绪发生剧变可能是因他和杨山杏的关系暴露而引起她的行为失常。但这个问题不能再让她深究，她姐姐卢大雁为此自杀了，那个杨泽江前年也得病死了，这个秘密隐藏起来的条件十分充足。

周长河一直给服刑的卢小雁写信，他在一封信里叙述了造反派专案组审查卢大雁和杨山杏等人的过程和结果，也告诉了她姐姐自杀的原因。周长河这样做也是兵法中的先入为主，其目的只有一个：希望卢小雁回家之后不再提及此事。他怕卢小雁再出什么事，要是有仇有恨，都记在那个已死的逃兵身上算了。

离开省城之前，他把家里的钥匙丢给了同样退休在家的邓二贵，让他注意一下卢小雁的归期。他又让自己的公务员到军区小卖部里买了几条领导干部才能购买的中华牌香烟和几瓶古井贡酒，装在配给自己的上海牌小轿车的后备厢里，然后用电话向干休所请了假，带着女儿回到了石桥镇。

杨泽田在公社大院的大门口接他："操！你都退休了，破老百姓一个，怎么还能坐小轿车，还带一个什么公务员？你有什么公务？真是老朽！"杨泽田一见周长河的面，就说酸溜溜的话。

他也有了变化，爱发牢骚了。"四人帮"倒台之后，有人抓住杨泽田造反派头头的身份不放，还把他调查了好一段时间，弄得他那一段时间心情郁闷，烦躁不安。好在恢复工作又升任地委书记的李桂花和一帮被他保护过的走资派都纷纷出面保他，这才解除调查，恢复名誉。

杨泽田政治上没有问题，但生活上有问题了，他没有级别，也没有干部档案，还是农村户口，县里只好按老红军的特殊身份，民政局每月补助他五十元生活费。

古语说，人生七十古来稀，如今的杨泽田已经年过七十了，他背也驼了，牙也掉了几颗，也没啥排场可讲究了，觉得穿布鞋舒服，也就不掩饰自己的那条瘸腿了。他现在就是一个勾腰驼背的农村老头，见周长河排场依旧，他醋意大发。

“哈哈，按我的军衔级别，现在我是副兵团级待遇，小轿车和公务员都是按级别配的，跟修正主义没关系。”周长河很得意，“你眼馋？当年干吗复员回家啊？”

“靠！我现在没职没权，你带这么多人我家可住不下，你吃饭要付钱啊！”

“表大伯，看我给你带的好烟好酒，算是给你付饭钱了吧？”

春雨提着大包小包下车了，杨泽田一见她，笑得满脸的皱纹像开了的菊花，他接过春雨递给他的古井贡酒左看右看，嘴里口水都要出来了：“哎哟，还是我闺女疼我，今晚让你表婶给你炖肉吃。”

二 南 下

三天了，没见建军和援朝回来，家里有人着急了。千代丸子带着春雨到镇里的车站接了两回，都是失望而归。老接不着人，最先着急的是千代丸子，她拉着春雨赶紧回家，想和两个老头说说儿子们的事。

周长河和杨泽田倒是不急，他们吃完饭就下象棋，杀得难解难分，还吵得面红耳赤，吵急了就掀棋盘子，谁也不理谁。半个小时后气消了，两人就摆起棋盘再战。说他们像小孩一点也不过分，不过这两人下棋也并不一心一意，身旁还开着一个半导体收音机，两人都知道现在要关心什么。

“你说能打起来吗？”杨泽田走了一步车。

“百分之九十，早晚的事。”周长河跳了一步马。

“那要这样，这两个孩子不一定能回啊？”

“我看悬，要是再回不来，可能就出发南下了。”

“一点不错，吃车！”

周长河马上悔棋：“车不行！拿来！”

杨泽田不干：“哪有吃掉再拿回去的！”

“你刚才还悔了一个马。”

“我那是马，你这可是车。”

“许你悔就不许我悔？”

……

千代丸子带着春雨一进门，就听见两个人的吵吵声，春雨先叫起来了：“吵什么啊？两个臭棋篓子到一起就杀，杀了就吵。爸，你就不能让着表大伯一点啊？！过去你可不是这样。”

周长河不愿意：“让着他？他可从来没让着我。”

杨泽田站起来，一瘸一瘸地去拿茶杯：“这下棋就是打仗，能让吗？一让就完蛋，全军覆灭。你说我正在打锦州呢，刚刚吃了他一个军，那范汉杰说不算，说我走错一步要悔棋。那行吗？”

“别说你那辽沈战役打锦州，打锦州那是林彪不愿打，毛主席逼他打的，我们打的淮海战役才是最有名的战役。”

春雨对千代丸子说：“表婶您听听，不是这里吵就是那里争，像不像老小孩？”

千代丸子没法说建军和援朝的事，就提醒两人：“你们不是今天要进城吗？”

周长河和杨泽田这才想起今天还安排了很重要的事，两人乘机推了棋盘，吵吵嚷嚷地出门了。

看着两人走了，千代丸子拉了春雨一把：“春雨，再陪我去一趟邮政所。”

“干吗？”春雨问。

“给你两个哥哥发电报去。”

周长河和杨泽田在去县城的路上还在斗嘴，因为周长河问了杨山杏的情况。

1978年年底，中央还开了一个会，是一个关于地主和富农摘帽问题及地富子女成分问题的会议。这个会议的决定对下面还没有正式传达，周长河这一级的干部已经传阅了内部文件。

这一政策如果实施了，那杨山杏戴了二十多年的地主帽子就能扔掉了，她和长金哥的那个孩子也就能结束长期受歧视的日子。

周长河在车里把文件的精神说给杨泽田听，杨泽田明显不高兴了：“这我就搞不懂了，什么都纠错！这解放三十年难道我们都做错啦？要说给走资派纠错是对的，‘四类分子’是什么人？那是敌人！按你这么说，那蒋介石是不是也要平反了？”

周长河解释：“不是平反，是摘帽。去年年底定的，过完年估计就实施了。你啊，不学习，这脑子跟不上了。”

“这地富反坏都平反了，那还要阶级斗争吗？”杨泽田较劲了，“那我们革命是不是革错啦？”

“怎么和你说呢？这不是一回事。”

周长河一时想不起来怎么说服他，车子被路上的沙坑颠了一下，杨泽田趁势往沙发上一躺：“我知道，这‘四类分子’摘帽就你高兴。”

“什么就我高兴？”周长河说得言不由衷。

“别不承认。停车！”杨泽田叫着。

“干吗？”周长河问他。

“撒尿。”

“你不是在家刚撒过吗？”

“老了尿多。”

车一停下，杨泽田就把周长河拉下车。

“我没尿。”

“那也陪着我，你们别下来。”杨泽田对坐在车前排的司机和公务员说。

杨泽田把周长河拉得离车子远点，看看四周没人，边掏家伙边说：“你那车里有驾驶员、公务员的，我是给你留面子，有话出来说。”

“有什么秘密话？”周长河没辙，跟着他一起掏裤裆里的家伙。

“我怎么说呢？就接刚才那个话题，你看看那些和你有关系的女人啊，卢大雁是你的大姨子，历史反革命的老婆，你自己的老婆是现行反革命。你别说杨山杏和你没关系啊，专案组来的时候我就觉得疑点多多，我不揭你老底就算了。”

周长河的确心里有鬼，他不敢和杨泽田争辩，就装作没听见，看杨泽田真撒尿，他有没有都跟着挤了几滴尿，还都让风吹到了自己的脚面上。

“顶风拉屎顺风撒尿，你就是心里有鬼。”杨泽田乘机损他。

“我是为你好，顺风就撒你裤子上去了，真是不识好人心。”

到了县城两人斗嘴也没消停，车子经过了原来李记裁缝铺的老地址，两人都要下车看看，结果下车就争。周长河说：“记得这条街是裤裆街，怎么就成了十字街？”杨泽田说：“本来就是十字街，怎么就成裤裆街了？”两人你一言我一语的，还是周长河的公务员机灵，给他们圆了场。

“两位首长都别吵了，你们都没错。”公务员说。

“什么意思？你不能跟着栓娃和稀泥啊。”杨泽田歪着脑袋说。

“我刚刚问了那边的大爷，他说原来这里就是裤裆街，解放后打通了，就成了十字街。”公务员回答。

“怎么样，还是我说得对吧？要不要进去看一看？”周长河有些得意，他指着李记裁缝铺的大门，那上面挂的牌子叫“为民裁缝店”。

两人进了裁缝店大门，没人招呼他们，裁缝和顾客都在专心听广播，半导体收音机里正在播放一则新华社社论……

两个老头还在县城的当口，千代丸子带着春雨去了公社邮电所，给建军和援朝各发了一封电报。

两个老头回来，得知了电报内容之后，都开始发飙。杨泽田怒不可遏，一个嘴巴扇在千代丸子的脸上，千代丸子还在发愣，他已经像狮子一样咆哮了起来：“你这个日本臭娘们想干吗？你要让我儿子当逃兵啊？我杨泽田一辈子不当逃兵！我儿子也不能当逃兵！娘了个腿的，老子的一生名誉都给你毁了！”

在另一个房间里，周长河也对春雨发火：“你怎么能发这样的电报？这是在动摇军心！动摇军心知道吗？新华社的社论都发了，对越南马上就要开战了，你发这样的电报不是让他们当逃兵吗？你还是个大学生，怎么能扯谎胡说呢？”

春雨赶紧摇头：“不会的。”

周长河也扬起巴掌：“你还嘴犟？”

春雨拿过一张纸递给他：“你看，表婶让我写，我是这样写的，两份都一样。”

周长河拿起春雨递来的底稿：“母病危速归。母字。”

他又重复一遍：“母病危速归。母字。”

“哥哥他们一看就明白了。”抗美解释。

“那也不行！你表大伯说得对，这不仅是名誉问题，也是立场问题。你立刻去给他们再发一份电报。这样写：“母已痊愈。父已出发，亲自送儿上战场。”

“爸，你们要去哪？”春雨瞪大了双眼。

周长河把手中的电报稿撕掉：“我和你表大伯到你哥哥的部队去给他们送行。我的车连夜送我们去汉口，我在县里就给武汉军区打了电话，让他们帮我们买了火车票。我们南下去前线，你和你表婶子就在家过年吧。”

就在杨泽田和周长河南下的第三天，又有一辆挂着白牌子的军用吉普车来到昔日的顾家大院的门前。两鬓斑白却依然精神抖擞的邓二贵从前门跳下车，他拉开后门的把手：“二小姐啊，石桥公社就是这里了，下车吧。”

在杨泽田家里，春雨和千代丸子一面听着收音机里的新闻，一面猜测两个老头走到哪里了。

春雨忽然不说话了，她的两眼直勾勾地看着大门。门口站着一个头发花白的女人，春雨的眼泪夺眶而出，她撇着嘴大叫一声：“妈！”

坐了十年大牢，拿了一纸平反通知书的卢小雁终于回来了。

三 大 事

1979年，国家有几件值得记录的大事。

1979年，周家和杨家也有几件值得记录的大事。

1979年2月17日，《人民日报》发表了《是可忍，孰不可忍》的文章，正式向世界宣告，中国军队将在有限的时间、有限的空间和有限的规模上进行对越自卫反击，打一场保卫边疆的战斗。

同日，在中越两国延绵五百公里的边界线上，中国云南和广西的边防部队万炮齐发，发动了对越自卫反击战。

自卫反击战于1979年3月16日结束。周长河的儿子周建军和杨泽田的儿子杨援朝都参加了对越自卫反击战。建军奉命带领他的连队作为先期穿插部队，深入敌军后方。

战前，他爸爸周长河和表大伯杨泽田来到前沿部队。两位老红军送子出征，师长和政委借此机会，进行了一次特别的战前动员。

指战员们群情激奋，建军在激动加感动之中原谅了爸爸，爷俩和好如初。

周长河临场发挥，传授给他一些在山林作战的技巧，大别山的丛林和越南的丛林还是有很多相同特点的。杨泽田也不藏着掖着，特别传授一些他打日本鬼子琢磨出来的诀窍。

战斗打响之后，周建军带领的穿插部队迅速切断了凉山守敌的退路，占领了敌人必经之路上的制高点，穿插部队又面临敌军援兵和逃窜之敌的两面夹击，建军虽然身上两处负伤，但仍旧身先士卒，他的连队在他的带领下打得英勇顽强，像钉子一样牢牢控制住阵地，给大部队攻克凉山赢得了时间。

战后，周建军荣立二等功，伤愈之后破格提升为营长，并送入军校深造。杨泽田的儿子杨援朝作为团部作战参谋，亲手绘制了周建军带领穿插部队的作战路线图，为建军带领的穿插部队选定了最快和最便捷的路线和方向。战后，援朝荣立三等功，他放弃去军校深造的机会，申请转业。

1979年1月29日，中共中央作出《关于地主、富农分子摘帽问题和地、富子女成分问题的决定》，指出：

除极少数坚持反动立场至今还没有改造好的以外，凡是多年来遵守法令，老实劳动，不做坏事的地、富、反、坏分子，经过群众评审、县委批准，一律摘掉帽子，给予人民公社社员待遇。地、富家庭出身的社员，他们本人成分一律定为公社社员，与其他社员一样待遇，凡入学、招工、参军、入团、入党和分配工作等方面，主要看本人的政治表现，不得歧视地主、富农家庭出身的社员子女，他们的家庭出身应一律为社员，不应再作为地主、富农家庭出身。

1979年3月，杨山杏终于摘掉了地主的帽子。三个月后，她接到了来自新疆军区某守备团团长周石洞寄来的第一封家书。

1979年7月,国务院将《关于发展社队企业若干问题的规定(试行草案)》下发试行，为鼓励社队企业的发展，草案提出今后新办的小工厂从开办之日起免税三年。

1979年国庆节后，杨山杏的小儿子周四宝在观音山下开办了周家湾大队米厂，成为石桥公社第一个队办企业。同年，卢大雁的两个儿子在石桥镇建了一个砖瓦窑厂，成为石桥公社第一个社办企业。

自1978年《中日和平友好条约》的签订和邓小平出访日本两件大事之后，中日关系也进入了蜜月期。

1979年10月，千代丸子第一次获准赴日本探亲，她带着刚刚从部队转业的援朝回了日本北海道的老家,看望她那已经年迈的父母和弟弟妹妹。一个月后，千代丸子探亲结束，又和儿子援朝一起返回石桥镇。

同年11月，为庆祝老婆千代丸子不屑资本主义的诱惑而重返社会主义的家园，杨泽田在复员返乡二十六年之后第二次大请宾客，并将千代丸子带来的日本礼物一件不剩地分发给亲朋好友。当晚，杨泽田因饮酒过度，突发脑溢血，与世长辞。

石桥镇人民公社给杨老红军举办了隆重的追悼会，参加大会的县里各级干部和公社社员足有一万人。之所以惊动这么多干部，是因为地委领导来了。

老红军杨泽田的追悼会由县委书记亲自主持，地委书记李桂花亲自念了悼词，悼词没有念完，她情不自禁地号啕大哭起来。

周长河携妻子卢小雁、女儿周春雨同去参加了追悼大会。

杨泽田的身上覆盖着一面鲜红的党旗，他身上穿的是千代丸子专门给他做的灰色红军军服。周长河在杨泽田的遗体前久久站立："大老表，你走了，我还要继续革命下去……"

创作手记

只要周末不出差，我就回家看母亲。

每每走进那个院落，看见隐藏在绿树丛中的那一栋栋红楼灰楼，我就有一种心情宁静的感觉。

不管是红楼还是灰楼，都有些年份。最老的灰楼是二十世纪五十年代建的，最新的红楼也有三十年时光。走近了，你会发现砌墙的砖和奠基的石都已经不同程度地风化了。

这个院落原有四十来户住家，户主大都是老头，他们大有来头，因为他们有一个共同的称呼——“老红军”。

二十世纪八十年代，那时我还没结婚，和父母一起住在这个院子里。

那时候这里很热闹，称呼老头都是军中的各种职务：司令、政委、军长、师长……

这些老头都不怎么穿军装，即使穿也是没有领章的军装。他们说话都操着乡音，其中不少和我老爸来自一个地方：大别山。

老头们没事，每天种菜、下棋、骂架、吹牛。最爱说的一句话是：“老子革命了一辈子……”

在这个院子里，听了不少老头吹自己在鄂豫皖打游击的故事，他们时不时也以揭露旁人的隐私为乐。也就是从那个时候，一个个朦胧的人物形象开始在我的脑海中转悠。

这种回忆还要追溯到二十世纪七十年代中期，当时我是知青，上山下乡回到了老家大别山。村里的老人告诉我，这个村子当年“闹红”走了十几个，如今活着的只有我爸了，这前后左右的村子当年出去当红军的有上百号人，掰着手指头数数，活到新中国成立的也数不上五个。

后村回来一个老头，当兵的历史比我爸还早，民国十八年（1929 年）就参加了红军，他带回一个日本媳妇和一堆混血儿女。

我当知青五年，记不清在他家吃了多少顿饭，当年他的生活费只有老爸工资零头的三分之一。

从他口中，我听到了另一队红军的故事，他们似乎比留在大别山的兄弟们还苦，中央红军只过了一次草地，他们来回过了三次。

后来，老爸和那些老头都一个个陆续离开了，我一次次去参加用党旗覆盖的遗体告别仪式，按照他们的话说：他们“革命到底”了。

屈指一算，还有不到两年，就是建军九十周年纪念日了，最好的纪念，就是能让人知道一点他们的历史。

五年前我就构思这部小说，老爸并不是人物的原型，因为他和故事中虚构的主角形象差异大。

事实为证，有一个真实的故事我没有写进小说，我个子不高，年轻时常抱怨老爸，就因为他的基因，高个女孩都看不上我。

老爸说：“老子再高一点，就‘革命到底’，也就不会有你小子了。”

大别山的一次战斗中，一颗子弹“擦”着头皮飞过，在他的头顶上留下一道弹沟的伤痕。

为了庆幸他能继续革命，也为了庆幸我能来到人世，我用他们最爱说的那句话作为小说的书名，改得文乎一点：《这辈子干革命》。